长河

CHANG HE

裴云天 著

敦煌文艺出版社

图书在版编目(CIP)数据

长河 / 裴云天著. — 兰州：敦煌文艺出版社，2020.10（2022.9重印）
ISBN 978-7-5468-1979-2

Ⅰ.①长… Ⅱ.①裴… Ⅲ.①长篇小说－中国－当代 Ⅳ.①I247.5

中国版本图书馆CIP数据核字（2020）第191345号

长河

裴云天 著

责任编辑：田 园
装帧设计：孟孜铭

敦煌文艺出版社出版、发行
地址：（730030）曹家巷1号新闻出版大厦
邮箱：dunhuangwenyi1958@163.com
0931-8121698（编辑部）
0931-8773112 0931-8120135（发行部）

三河市嵩川印刷有限公司印刷
开本 787毫米×1092毫米 1/16 印张 29.75 插页 1 字数 520千
2021年5月第1版 2023年1月第2次印刷
印数 501~2500

ISBN 978-7-5468-1979-2
定价：88.00元

如发现印装质量问题，影响阅读，请与印刷厂联系调换。
本书所有内容经作者同意授权，并许可使用。
未经同意，不得以任何形式复制转载。

一列西去的火车，顶着清冷的月光，正吭哧吭哧爬行在西部高原的崇山峻岭之间。车厢是那种破旧的绿皮车厢，有的窗户被打起，有的车门被打开。正是隆冬时节，刺骨的寒风从门窗里灌进来，车厢里冷如冰窖。

"把窗子放下来行不行？"有人抗议。

坐在窗边的旅客回头望一眼抗议者，鼻子里冷哼一声，无动于衷。

"列车员！列车员！把门关上好不好！"有人大声喊叫，但没有人答应，也不见列车员的身影。

有人愤愤地说："列车员知道自己管不住，早就躲到她的小房子去了！"

于是，就有人去砸列车工作人员的房门，但砸死都没有人应答。

"怎么会这样？"有人不解地摇着头。

"文化大革命嘛，群众自己管理自己，自己教育自己。想开一些，能有车坐就不错了。"有人压低声音，故意作着温婉而又调侃式的解释。

他坐在靠窗的一个座位上。还好，身边坐了几位从山区上来的农民，他们身上那厚重的老羊皮袄，虽有一股难闻的羊膻味，但围成了一堵温暖的人墙，将寒风挡在过道里，将他严实地封堵在狭小的座位上。

柴沟，龙沟，深沟……

正当他庆幸今夜可以躲过寒冷时，列车进入一个叫作什么沟的小站。一个穿着军用大衣、留着短发的女学生，突然从人群里挤了过来。她分开老羊皮袄，几乎求救似的对他说："快！把窗子打起来！"他见她如此着急，没有犹豫，就帮她把窗子打了起来。这时，列车正好稳稳地停在了站台上。

"唐虎！唐虎！"女学生把半个身子伸出窗外，一边向月台招手，一边呼喊一个人的名字。

月台上，同样一个学生模样的铁路男职工，手里提一盏信号灯，听到她喊，朝这边跑了过来。

"谭梅！谭梅！"男青年几步就来到车窗下面。

他们亲热地握手，互相拍打，并抓紧时间进行交谈。

只听那男的问："都走了吗？"

女的说："都走了，我是最后一批。"

男的又问："党红、常念念他们呢？"

女的捶一拳男的，呶着嘴说："你就知道常念念！"接着又说，"党红去了沙湾，常念念、常思思她们去了黑城。他们是第一批走的。要不是我妈有病，我也和他们一起走了。"顿顿又问："怎么样，你在这里？"

男青年无奈地说："你都看见了，能怎么样！荒山野岭，深沟大坡，前不着村，后不着店。就我们三个人，两个师傅，一个徒弟。"他用拇指戳戳自己的鼻子，表示那个"徒弟"就是他。

"是吗？"女学生哈哈大笑，"那你不急吗？"

男青年："急有什么用！就这，还是顶替老爸，照顾的呢！"

说话间，开车的时间到了。

男青年说："我该走了，再见！记着到了来信！"

女学生立马就蔫了。她悻悻地说："你也记着给我来信！"

随着列车启动车窗放下，他看到清亮的眼泪，从她的眼眶中溢出。

一

　　龚羡林是公元1968年的最后一天到达黑城县的。

　　按照金河大学的学制规定，他们这一届学生，应该在这年的七月就毕业离校，但由于受运动的影响，毕业分配被推迟了。本来，高教部对于他们的毕业分配，早就有了不错的方案，但由于一个知识青年上山下乡，他们也只好面向基层、面向农村、面向工厂、面向边疆，参加劳动锻炼，接受贫下中农再教育了。六七届比他们还惨，整整被推迟分配了一年多，去向也不比他们好到哪儿去。

　　他是在地区报到以后，被二次分配到县上来的。当时，他一听到"黑城"这个名字，就想到在列车上那一对青年男女的对话。和他一同分配到达黑城的，还有北京中医学院的老胡、武汉水电学院的老董、上海医学院的老梁、龙丰师范大学的老宋、陇城农业大学的老张等人。

　　他们住在县城唯一的一家旅社——向阳旅社。

　　这是个典型的农业县。南面是白雪皑皑的祁连山脉，北面是广袤无垠的巴丹吉林沙漠，中间一条黑河，由东往西，像一条丝绸，飘然而去，一直消失在远方的沙漠瀚海之中。全县十一个公社，有九个依水草而居，散落在黑河两岸；有两个镶嵌在南山的怀抱之中。全县十二万人，都靠雪山融化的河水，过着"日出而作，日落而息"的农耕生活。县上没有任何工业。据说，近些年从北山的地坑里发现了萤石，但还没有组织起有效的开采和利用，更不用说产生什么效益了。

　　县城就一条街道。街道两边是高大的白杨树。由于品种退化，病虫危害，已是斑斑驳驳，形容枯槁。街道路面由黄土筑成，车辗人踏，又加干旱少雨，细土足可没脚。一阵狂风吹来，尘土飞扬，黄沙蔽天。县城里各种生活服务设施少得可怜。整条街上，就只有两个百货商店，一个副食商店，两个食堂，一个书店，一个理发店，一所中学，一所小学。食堂里卖一种名叫"合汁"的吃食：半碗粉条，几片肥肉，一碗鲜汤，味道倒是不错。

向阳旅社分前后两个院子，全都是低矮潮湿的平房。每间房也就六七个平方米大，两边两张单人床，中间一个生铁炉子。服务员每次来加煤添火，都用铁炉棍对着炉子一顿猛捅，弄得炉灰弥漫全屋，煤烟味呛得人连气都上不来。服务员一走，床上落满厚厚一层灰土，不扫不能睡，越扫灰土越多。

在大学生们基本到齐以后，政治部给他们开了一个会。据政治部负责人讲，这一次，响应毛主席号召，从全国各地共分配黑城应届大学毕业生二十名，这在黑城的历史上是从来没有过的。在这二十名大学生中，有学工的，也有学农的，有学医的，也有学文的，总之，专业门类比较齐全，正是基层所需要的。他说，你们不同于纯粹的知识青年。知识青年下来就是当农民当社员，你们也要到农村去，但你们是去锻炼，是接受再教育。知识青年下去什么也没有，而你们是带工资的。知识青年将来怎么办，要看国家的政策，而你们锻炼一段时间后，要根据表现分配适当的工作。他对这些人提出了严格要求。他说，根据你们的情况，县上研究决定，准备设两个点，一个点十个人。下去后公社再根据他们的实际情况，确定你们要去的大队和生产队。

龚羡林被分配在南滩公社。这是黑河南岸祁连山下距离县城只有十公里路的一个公社，铁路和公路都从这里穿过，交通比较便利。和他一同分配到这个公社的，还有金河大学的老贺、陇城农大的老郑等人。由于老贺老郑他们已于先期到达，县上让他们临时住在县上的机关农场，所以会议一散，他们回了机关农场，说等公社把点定了，再搬行李过去。龚羡林则提出他的行李还在火车站，他得取了行李先去公社报到。

黑城县火车站，远离城市，紧靠祁连山山脚，就像一座山神庙，孤零零地矗立在那里。它的北面，是一片开阔的戈壁滩，有一条细长的马路，穿过这戈壁，一直伸展到可以看见绿色的地方。车站到城里没有班车，据说有一种骆驼皮车，承载接送旅客的任务。但因为地方小，搭乘火车的人少，而且大多数旅客来去都是自己想办法解决交通工具，所以，骆驼皮车也没有正点，有时四五个小时才来一趟。龚羡林上次从地区过来和今天从县城出来，都是搭乘县武装部接人的便车，骆驼皮车什么样子，他至今还没有见过。

他从行包房取上行李以后，仍然无车可坐，就只好蹲在车站的台沿子上耐心等待。车站一工人师傅看他等的时间长了，对他说："你还是趁天亮赶快走吧，南滩公社就在这戈壁尽头的公路边上，也就十多里地吧，你一个年轻人，行李又不重，又是一路下坡，一个多小时就到了。不然，过一会天黑了，就不好办了，这里又没有旅社。"接着他又说起这戈壁滩的凶险和恐怖来。说某年某月某日，一个姑娘独身一人在这里赶路，被人大白天的给弄死了，身上带的行包也被抢了；说某年某月某日，一个外地人下车趁着夜色进城，被一群狼围住吃了，第二天人们发现，现场尸骨狼藉，惨不忍睹。羡林听着，头皮发麻，不敢全信，也不敢不信。他决定听那师傅的话，不等了，背起行李，自己赶路。

一路走着，一路看着，一路想着。这戈壁确实浩瀚，一眼望不到边。真有点"大漠孤烟直，长河落日圆"的壮阔景象。不管那师傅讲的是真是假，反正在这里走失个人，就好像走失个蚂蚁，根本没有人会发现，根本没有人会注意到你的安危。想到此，他的心头涌上一股酸楚：唉，半世苦读，学富五车，到头来竟落得这般下场！可悲啊可悲！一阵寒风吹来，他打了个寒战，脑子又回到现实。他想，再不能想那么多了，这已经是无法改变的现实了！现在的主要问题是，抓紧赶路，得在天黑之前到公社报到，以便今天晚上有个落脚之处。不然，厄运说不定也会落到自己头上。如果是那样，那就不是可悲的问题了。

他正汗流浃背地走着，突然听到身后有大轱辘牛车的声音。他回头一看，从大路旁边的岔道上，确实驶过来一辆当地独有的牛车。这种车，轱辘很大，车筐很小。由于车轮是用木头做的，走起路来，咯咯当当，非常响亮，老远就能听见。在县城向阳旅社住的那几天，他和老张老宋等人，就曾在街道上见过。那是一长串牛车，咯咯当当，浩浩荡荡，他们还戏称这就像古代的一种战车，还对它的轱辘为什么那么大百思不得其解。

他把行李放在路边稍事休息，等待那牛车从岔道上过来。这是一辆和城里见过的一样的牛车，只不过它不是一长串，而是一辆。车上装满了沙土，沙土上别着一把铁锨。赶车人是个身材高大面色黝黑的中年汉子。他悠闲地跟在牛车的旁边，任由小黑牛拉着车慢慢腾腾地在前面行进。

他本想上前打个招呼，让牛车把自己的行李捎上一段，但看到车上高高插着的铁锨，又想到那些可怕的传言，心想这荒郊野外的，周围又没有人，还是防着点好。于是，又重新背起行李，不打算和赶车人直接照面了。

"你这是往哪儿去啊？"谁知他不想照面，赶车人却主动问起了他。

他勉强笑笑，回答说："到下面南滩公社！"

赶车人说："把行李放车上吧，咱们同路！"

他重新打量那赶车人，觉得他虽生得威猛高大，脸色黑沉，但好像并无恶意，那笑意中透着真诚和憨厚。

于是，他不再犹豫，就把行李交给了他。在赶车人往车上架行李的当口，又顺势从车上取下铁锨，扛在了自己肩头。

赶车人显然没有弄懂他这是什么意思，还以为铁锨碍了行李的位置，就说："给我！"

他说："我扛着吧，这又不重！"

赶车人笑笑，也不勉强。

一路无语。

不一会儿，就到了南滩公社街头。赶车人停下牛车对他说："公社到了，你自己去吧，从这往西，也就几步路，我还要到东面的铁匠铺去办点事。"说着，从车上取下行李递给他，又从他手里要回了铁锨。

他谢过赶车人，望着他远去的背影，心里一顿自责：哎，你这个神经病，人家好心帮你，你还把人家想成啥人！

公社就在街边的一个院子里。一位姓殷的主任接待了他，听他介绍完身份说明情况，把他打量半天，说："县上已经通知了，我们也做了安排，就去信和大队的九队。待会儿信和大队的革委会主任过来，你就跟上他去吧！"

主任刚给他说完，就有一对身材颀长的女学生来找。主任一边热情地和她们打招呼，一边对他继续说："公社没有地方休息，你就在街上先转转吧，等人来了我让喊你！"那一对女学生用热情的目光看他，他也忍不住多看了她们几眼。在他出门的瞬间，他听到主任在给那两个女学生介绍说："一个大学生，臭老九！"

臭老九龚羡林正在南滩公社的街头上转着，就听有人在喊"龚大学"。原来信和大队的革委会主任来了。他急忙赶了过去。没有想到，革委会主任竟然就是和他一路来的赶牛车的汉子。那人好像早就知道他的身份，当听完公社文书的介绍，看到他吃惊的样子，只是抿着嘴笑。主任笑起来居然非常好看，嘴闭得很紧，拉得很长，眉头高高耸起，眼睛深藏在耸起的疙瘩肉里。主任和他热情握手，算是重新认识，热烈欢迎。那手粗大而有力。他望着主任微笑的脸，半天说不出话来。

　　于是，他就重又把行李搁上牛车，重又跟着主任走，不过这一次，他再没有打那把铁锨的主意。

　　一路上，主任判若两人。他一边赶着牛车，一边指着周围环境说："我们南滩，包含了七八个大队。除个别队，其他都是按照老先人提出的"仁、义、礼、智、信"起名的。我们信和共分了十一个生产队，每个生产队就是一个庄子，每个庄子基本上都是一个姓。你们要去的九队，就是万家庄子。全公社看起来是一马平川，但土地碱性很大。盐碱就把我们害死了！好好的地不打庄稼，小麦亩产才几百斤。夏天还可以，冬天到处白花花的，难看得很！要是再下点雪呀雨什么的，又都成了烂泥，滑得脚都搭不住。"他说着，又朝龚羡林一笑，一副调皮无奈的表情。从交谈中龚羡林知道，主任名叫薛得寿，是信和一队的人，当这个主任已经有些年头了。

　　信和大队就在南滩通往县城的公路边上。龚羡林没有想到，他和主任到来的时候，竟然受到了大队张文书带领的一帮社员的热烈欢迎。张文书是个个子不高、面色油黑的中年人，他对主任说，九队那边，还没有准备好，就让龚同志先在七队王正清家过渡几天吧。说着从身后拉出一位身材粗壮的年轻人，意思是说，这就是王正清。王正清和龚羡林热情握手。主任沉吟片刻，向龚羡林笑笑，征询他的意见。龚羡林明白他的意思，立即表态：行！于是，王正清就带他去了自己家里。

　　黑城地区的农村，结构比较散乱。一个庄子，就几十户人家。各家都是土坯泥房，相向而立，形成一个狭窄的院落。有的人家，既没有院子，也没有围墙，就几间房，在空旷的地里，就那么兀自立着。各家的房顶都是平缓的，上面堆满了正晒的醋坛、醋缸以及其他诸如玉米、小麦之类的粮食。各家的院子里都有一架梯子，专供从房顶上放取东西上下用。到了夏天，天气热得实在不行的时候，家里的丫头娃子就会抱块破凉席到房顶上去睡。龚羡林看着这一切，听着王正清热情地介绍，心中不免感到新鲜好奇。

　　王正清在把他领回家并安置好以后，歉疚地说，他要去城里看电影。他说，文化大革命以来，他们就再没有看过电影。今晚城里演《天仙配》，村子上的年轻人都要去看，他也去。"你有啥事，喊我家妹子，我让她给你把炕捣上，把水烧下。"

说罢就急火火地走了。龚羡林听到了大门外自行车的叮铃声和年轻人们相互的吆喝声。

　　王正清走了以后,龚羡林铺好被褥正准备睡觉,忽然房门被"咣当"一声推开了。这时候他已脱去外裤,腿上就只剩下一个三角裤衩,想要再穿已经来不及,就只好急忙将下身捂在被子里,将外套披起坐在炕上。进来的是王正清的妹子王正珍,这是一个身材高挑面色红润,年龄和龚羡林差不多的姑娘。她手里提着暖壶和杯子,说是给他送水来了。农村人没有进屋敲门的习惯,再加上这丫头已经结婚,没有一般农村未婚女子的胆小和羞怯。她进得门来,眼睛先朝整个屋里扫视一遍,然后面向龚羡林问:"还住得惯吗?"龚羡林侧转身子回答:"挺好挺好!"她又问:"炕热上来没有?"他说:"不急,慢慢就热上来了。"她又说:"太热也不行,太热你们城里人睡不惯,温热睡着才舒服。"龚羡林盼着她赶快走,心想她说完就走了,不走多尴尬,自己还光着身子呢。没有想到,王正珍一边说着一边靠近炕头,把手伸到龚羡林身子底下摸,她想摸一摸炕到底是不是热了,可那只纤纤玉手,不知道为啥就摸到了龚羡林的大腿根部,摸到了不该摸的地方。龚羡林猝不及防,不禁叫了一声,下意识地把被子捂得更紧。王正珍红着脸慢慢抽回了她的手,眼睛里有一种波光在闪动。她把嘴凑到龚羡林耳边轻轻问:"有媳妇了吧?"龚羡林不敢看她,只轻轻摇了摇头。"骗人!"王正珍不相信地甩下这两个字,就笑吟吟地开门走了。

　　龚羡林半天都没有喘过气来,他心跳得厉害。他没有想到,在下放农村接受再教育的第一个晚上,就碰上这样心惊肉跳的事情,这真叫人浮想联翩,夜不能寐!将后还会碰上什么事情呢?

二

　　信和九队接待安置下放大学生的准备工作,终于落实下来。大队分配他们六名学生,四男二女,其中有一对是小夫妻。他们经过和社员群众反复协商,决定让老贫农郁文伯把他的小屋腾出来,让小夫妻住;让副队长万有财把他的阁房腾出来,让那个单身女生住；让社员万有仁把他们家的堂屋腾出来，给另外三个光棍男生住。社员家的房子都不宽余，能这样解决就算不易了。至于学生们的吃饭问题，根据上面指示，开始让他们像干部下乡一样，在社员家轮流吃派饭，每人每天交一斤粮票四角钱，等以后条件成熟了，让他们自己做着吃去。做饭用的炉子和烧煤，由生产队帮助解决。

龚羡林住在王正清家，有点心急。他想，都好几天了，大队怎么还不通知他搬家。他想到九队那面去看一看，但人生地不熟，估计去了也问不出啥结果。薛主任自那日分手，就再没有露面。"看来这老家伙也把我给忘了。"这天，他正伏在桌上给家里写信，听见对面屋里传出嘤嘤的哭声和长长的叹息声。王正清两口子上工去了，家里只留下他的老母亲和那转娘家来的妹子。王正珍自从那天摸过龚羡林的炕以后，就再没有到他的屋里来，但见了总是坏坏地笑着，冷冷地审视着他，观察着他，这让龚羡林很不自在。是她在哭吗？她为什么哭？他本想过去看一看，劝一劝，但走到门边，又停住了。他听见屋里王正珍抽泣着说："你们把我弄到那样的人家，你叫我的日子怎么过？你叫我的人怎么活？"又听王妈妈叹着气说："还不是为了你弟弟嘛！你不嫁过去，人家的丫头咋能过来给咱当媳妇呀！"啊，原来是一门换头亲！龚羡林还想再听下去，忽然大门"咣当"一响，大队的张文书进来了，身后跟着九队的副队长万有财。

张文书他们是来接龚羡林去九队的。王正珍和她妈听见张文书来，急忙从屋里走了出来。当得知龚羡林要走时，王正珍着急地说，在七队待下就行了，为啥偏要到九队去？张文书扫一眼王正珍，开玩笑地说："咋？舍不得叫走？舍不得叫走你也是干看着，谁叫你早早地结了婚了？你不结婚，把龚大学霸着找个对象倒挺好！"王正珍娇羞地说："看张家大舅说的，人家大学生，还能看上我们！"龚羡林对王正珍和王妈妈说："正珍、王妈妈，感谢你们这几天对我的照顾！我这就走了，以后我会抽时间再来看你们！"王正珍眼含热泪。她在和龚羡林握手道别的时候，抓住龚羡林的手，久久不愿放开，弄得龚羡林很不好意思。

龚羡林搬过去时，其他几位大学生都已经到了。他和他们都见了面。那对小夫妻，男的姓罗，名叫罗成农，女的姓葛，名叫葛兰玲，据说都是江城医学院学医的。他们住的老贫农郁文伯家，不在旧庄子里，在去万家旧庄子的路边。那个单身女生，名叫肖淑娴，是陇城农大学园林的，她住的副队长家，就在旧庄子里。和龚羡林同住万有仁家堂屋的，正是陇城农大的老郑和金河大学的老贺。老郑是学兽医的，老贺是学历史的。老郑名叫郑世荣，老贺名叫贺丹峰。三个年轻人住到一起，都是二十多岁，又都同一个命运，不用磨合，很快就熟悉了。

　　万有仁家的院子，是黑河一带典型的农家小院。坐北朝南的是堂屋。堂屋的两肩，是东西房。堂屋正对的是大门。院子里住着万有仁弟兄三人：老大万有仁一家和他八十岁的老母亲住东房和堂屋夹角的偏房里，老二万有礼住东房，堂弟万有续住西房。这家的堂屋，大约有三间房子大，靠西有一铺炕，能睡三四个人，当地却摆了一方还没有上漆的白木棺材，说是为老太太准备的，实在没有地方再腾，只好先放在这里。龚羡林和老郑老贺猛见这口棺材，倒吸一口凉气，头皮发麻，想这怎么能住！可转念一想，不住怎么办呢？人家安排了，就这个条件，你们是来接受再教育的，你连这一关都过不了，叫人家怎么看！他们正这么想着，房东和队长说话了。房东万有仁说：不要紧！是老人的寿材，又不是死人的棺材，有啥害怕的！队长万有信不无抱歉地说：找了几个地方，都还不如这里！住去吧，你们大学生，不讲迷信，就是讲迷信，你们身上的火旺着哩，鬼怪见了都躲着哩！龚羡林望望老郑老贺，三个人都无可奈何地笑笑，住吧，不住住哪儿去！命运就这样了，认命吧！

　　这天晚上，生产队为大学生们召开了欢迎会，地点就在队长万有信的家里，全队社员都参加了。万有信的家，其实就是那种孤孤的独房，周围既没有围墙，也没有院子。总共三间大的房子，里头还隔了一个套间，外间盘了一铺大炕，靠墙一张条桌，当地一个生铁炉子，炉火烧得正旺。龚羡林他们去时，屋里屋外都已经挤满了人。他们被让到屋里炕上就座。龚羡林盘腿坐定，这才发现，炕上坐的全是丫头和婆姨，男人们都蹲在地下或门外。一股呛人的老旱烟味弥漫全屋，门外黑暗处也有烟斗的火星在依次闪亮。万有信的女人把会场上唯一的一盏罩子灯的灯捻再剔剔，会议就开始了。

　　会议由万有信亲自主持。他是个五十来岁的中年人，中等个子，圆脸，小眼睛，八字胡，爱笑，笑起来显得憨厚诚实，甚至有点可爱。他把会场扫视了一遍，望着龚羡林他们笑笑说，上面给我们分来了几名大学生，说是来劳动锻炼接受贫下中农再教育的，我们今天开个会，表示欢迎。现在几个人住是住下了，吃饭和劳动问题，按上面规定，先吃派饭，我看就从南头万有银家开始，一家一家往后排。劳动嘛，他们刚下来，体子又单薄，苦活累活就先不安排了，让跟着妇女们先干点轻活吧，以后慢慢再说。我们队条件差，现在又是寒冬季节，皮车明天上煤山拉一车大煤回来，给几个点都倒一些，让他们烧水烤火用；几个点的房主，让你们的丫头婆姨把学生们的炕捣热，不要把他们冻着。大家来了嘛，就不要嫌我们这地方不好，社员们哪，也不要把他们当外人，要好好地看待他们，这是党的政策！总之，我们双方要高高兴兴热热烈烈，要热烈地恋爱在一起！

哈哈哈！会场上一阵哄笑，气氛顿时异常热烈。

万有信吃了一惊，以为自己说错了什么，问身边的会计："我说错了吗？"

会计嘿嘿笑着说："说的对着哩，但恋爱用在这里不合适！"

"咋不合适？"万有信八字胡一翘，"就是要热烈嘛！"接着自己又嘿嘿一笑："反正就那个意思，就是要大家都亲亲热热的……"

队长的话还没有讲完，忽然门外一阵骚动，紧接着听见两个女人声嘶力竭的对骂和厮打声。

怎么回事？万有信停下讲话，问门外的人。

不知是谁大声回答："我月红姨和金花嫂子打起来了！"

会场立刻大乱。屋里的人全都涌出去看两个女人打架，龚羡林他们也都出去了。

打架的是两个中年妇女，一个个子高，一个个子矮。个子高的长得苗条清秀，个子矮的长得粗壮结实。据说高个子名叫杨月红，矮个子名叫张金花。这时候，张金花已是满嘴鲜血，正死命撕扯着杨月红的裤裆，杨月红的花裤带被扯断掉在地上。杨月红一手提着裤腰，一手扯着张金花的头发。两个女人，就像两只发疯的母兽，恨不得你吃了我，我吃了你。

怎么没人拉一拉？龚羡林问身边的一个社员。

叫往死里打去！这些婆姨，皮痒着哩！这个社员气愤地回答。

呔！你们有没有完？副队长万有财冲上前大声呵斥。

两个女人完全失去了理智，她们根本不管人们怎么骂怎么说。看来今天她们是要把一辈子的仇报了！打斗仍在激烈地进行。只见张金花的一绺儿头发已经被杨月红扯下来攥在手里，杨月红的裤子终于被张金花扯了下来，露出鲜嫩的半个屁股。

张金花鼻子里冒着血泡在骂:"把你个卖的!又想野男人了是不是?把你卖的事给大家说说!"杨月红显然没有张金花那么凶狠,她一边提着裤子一边极力挣脱张金花骂道:"你个满嘴喷粪!你再胡说八道看老娘不撕了你的嘴!"骂罢,捂着脸,跟跟跄跄地回家去了。张金花还要追,被她的男人一把扯了回来。

队长万有信被气得牙关子直抖,半天说不出话来。

几个老年妇女气恨恨地在骂:"两个不要脸的,丢人卖骚也不挑时间!"

龚羡林彻底被眼前的场景震慑了,吓住了。长这么大,他还没有见过两个柔弱的女人如此凶狠地打斗,而且在生产队的会上,当着全队社员的面!这不但破坏了万有信队长要社员们和来队大学生"热烈恋爱"的初衷,也将她们自己的丑行暴露在了光天化日之下。她们这是怎么了?有什么深仇大恨?

欢迎会就这么被搅了,万有信像泄了气的皮球,一下子瘫坐在炕头。待人们都走完以后,他才回过头无可奈何地对龚羡林他们说:"没治!就这么一帮骚货!让你们见笑了!"

老郑不失时机地安慰他说:"没啥,这种事,在农村多得是!"

老贺仍不解地问:"怎么开会开着就打起来了?到底为啥?"

"为啥?"万有信队长八字胡又一翘,气愤地说,"还不就为了一些球长毛短的事情!"

龚羡林他们不敢再问,就悄悄地回到住处。

回来关上门,三个人对视片刻,不由得叫苦不迭:哎呀!这下来的第一个夜晚怎么会是这样!这接受再教育的第一课怎么是这个内容!三个人无法入睡,就开始议论这两个女人打架的事。

谁知道,议论刚刚开始,门就被"咣"一声推开了。这是那种老式的双扇木门,里面既没有门闩,也没有插销,只是紧紧闭着的。外面一推就全开了。

站在门外的是房东万有仁的老婆和她的妯娌万有礼的老婆,身后还跟着万有礼十五六岁的儿子年娃。万有仁的老婆中等个儿,面色倒还红润,就是说起话来涎水吧唧的。万有礼的老婆个子稍高一些,一张干瘦麻脸,但说话办事比她的嫂子要麻利得多。他们推开门也不进来,只是站在门外傻乎乎地笑。

老郑问他们:"有事吗?"

万有仁的老婆笑得更凶了，口水直往下掉："我还以为你们睡了呢！"

老贺有点不高兴地说："睡了你们还推门？"

龚羡林忙说："有事进来说吧，外面怪冷的！"

三个人真就进来了。年娃子一进来就到处乱摸。一会儿把老郑的刮胡刀装上，咧着嘴在自己脸上胡刮，一会儿又把老贺的牙刷放到自己嘴里，来回捣鼓。那两个婆姨坐在炕头，都伸手摸炕热了没有，摸完对龚羡林他们说："今天的事情，让你们开眼了？"龚羡林知道她们是指杨月红和张金花打架的事，就问："到底为啥事？"万有仁家的诡秘地笑笑说："杨月红是个娼门子，外头有人呢！"说罢朝弟媳妇的脸上看。万有礼的老婆见嫂子看她，非常平淡地说："好男子，采百花；好女子，不管他。人家把裤裆卖破，关你屁事？张金花也真是！"

老贺见年娃拿着他的牙刷一直在自己的脏嘴里刷，生气地说："这个也能随便玩吗？"

年娃不但没有放下牙刷，反倒冷冷地说："老贺，听说你们下来是劳改来的？"

老贺更加来气，一把夺下牙刷，朝牙缸里狠狠一扔，说："劳改来的？老子是堂堂金河大学的高才生，不是文化大革命，你们请都请不来呢！"麻脸女人见老贺生气了，也骂儿子："手闲得很！能动的动，不能动的也动？"年娃子犟梗梗地说一句："有什么了不起的！"说完就出去走了。两个女人见闹得没趣，忙让他们休息，也出去走了。

房东家的走了以后，老贺气还未消。他从牙缸里取出牙刷，一把摔在地上，将牙刷摔为两截。可转眼一想，把它摔断，明天就没有用的，这地方没有商店，要买新的，得到城里去。于是，又从地上拣起，掂在手里狠狠骂道："真他妈不是东西！"

老郑见他骂得恶毒，提醒说："以后这类话就不要说了，太敏感，叫他们上纲上线，可没有咱们的好！"

龚羡林也生气地说："他们怎么说咱们是劳改来的哩？"

老郑胸有成竹地说："这可把咱们害惨了！这才进村就这么说，以后怎么办？"

老郑把门打开，探头朝外望了望，见外面漆黑一片，院子里静悄悄的，这才又把门关好，谨慎地说："两个女人打架，仅仅是个表面现象，这个队的情况复杂着哩。据说咱这房东，就不是个善茬。"

龚羡林问:"你都听到些什么了?"

老郑说:"机关农场的副场长老赵,就是这儿人,和这万家还有什么亲戚关系。听说我们分配到信和九队,住万有仁家,他直摇头。在我的追问下,他说到一些情况。"

老贺说:"啥情况,我咋不知道?"

老郑接着说:"听说这万有仁很歹毒。有一次碾场,他和对门他堂弟万有续,不知为啥发生摩擦,两个人打了起来。万有仁尽管没有万有续年轻有力,但他瞅准一个机会,像饿虎扑食一样,猛一把攥住万有续裆下的卵脖子。万有续没有防备,一声尖叫,立刻失去了抵抗力。万有仁攥着万有续的'老二',当着场上的人转了一圈,直到把万有续掐昏过去。"

龚羡林:"万有续好像是个老实人。"

老贺说:"是个老实人。三十大几了娶不上婆姨,去年才从窑沟收拾了一个寡妇,听说比他大十几岁,还带了两个丫头。"

龚羡林说:"万有礼的这个麻婆娘,肯定也不是个好东西。你听她说的:'好男子,采百花,好女子,不管他。'什么话嘛!"

老贺嘿嘿笑着说:"据说这个队上这种事多得很!"

老郑说:"那个年娃子,你别看人模狗样,坏得很!坏得出名着哩!"

老贺说:"听说那厮就那么大个人,都知道晚上抬人家女人的门了!队上有个矿工家属,独居,男人长年在外。这坏厮就去抬人家的门,结果那男人刚好回来了,给抓住打坏了。"

龚羡林问:"你们就早来几天,怎么知道得这么多?"

老郑和老贺同时哈哈大笑:"这种事不用打听,有人会主动给你说!"

龚羡林心想,看来,文明文雅的城市生活至此结束了,乱七八糟的新生活从此开始了!

三

龚羡林牵着队里的枣红母马，行走在生产队通往公社的乡间土路上。这匹马正发着情，他要带它到公社兽防站去配种。这是下到队里以后，生产队派给他的第一桩农活。

早上起来，队长万有信在给老郑老贺分派了其他活计以后，对他说："老龚，你给咱们的母马配种去吧！"龚羡林一愣怔，半天没有反应过来，正想问："配种？"老郑哈哈大笑，给他解释说："就是母马发情了，让你拉到公社兽防站去，叫那里的公马给配个种。"老贺更是粗俗地补充说："就是叫公社的种马给弄一下，让怀上个马驹子！"说完又不怀好意地质问龚羡林："你是真不懂还是假不懂？"龚羡林骂老贺："人家老郑是学下兽医的，人家当然懂，你是学下历史的，你怎么也懂这个？"转身又对队长说："队长，咱们干脆不去公社兽防站了，就让我们的老贺给配吧，你看那结实得就像一匹公马一样！"说得大家哈哈大笑。

昨天夜里，这里下了一场大雪。早晨起来，田野和村庄都被积雪覆盖，到处白茫茫一片。祁连山披着银装，静卧在风雪里，就好像一条玉龙，昂首蓝天，摇尾戈壁。树枝和草丛上挂满了雪绒花，渲染出一幅"千树万树梨花开"的景象。太阳出来了，万道金光驱赶着一地风寒，显得格外清冷。随着寒气的退却，道路和地埂的轮廓开始显现出来，它们把田野分割成一畦畦银色的方块，就好像大自然摆置的棋盘，等待人们在上面发挥才智，挥洒血汗。龚羡林望着眼前雪景，心里陡生出一股豪气，积压在心底的郁闷和惆怅散去不少。他不由地加快了脚步。

公社兽防站就在南滩街道的最东头。黄土夯筑的围墙，围起了一个很大的院子。围墙的一个角上，开了个豁口，算是大门。从门里进去，迎面是一排高大的马厩，马厩里拴着四五匹种马，个个毛色鲜亮，精神抖擞。马厩的对面，是一排低矮简陋的平房，算是站里的办公室了。

龚羡林拉着马进去，正好有一位四十开外身材高大的工作人员从马厩那面过来。

龚羡林向他说明了来意，那人瞅一眼他的母马，瓮声瓮气地说："先办个手续吧！"说着就把龚羡林领到边头的一个房间。

"交两块钱！"那人对他说。

"交的什么钱？"龚羡林问。

"手续钱。"

"我来时队长没有说啊！"

"那是故意不给你说。"那人憨厚地笑笑。

"为啥？"

"生产队没有钱，他不给你说，就是要你掏上。"那人又咧咧嘴角。

没有办法，龚羡林只好掏出两块钱给他。看着那人开收据，他半开玩笑半认真地说："我的母马无偿地提供给你享用，怎么还向我要钱？"

那人索性嘿嘿一笑说："你的母马不出力，我的种马出力着哩！"

龚羡林长这么大，没有亲身经历过牲畜配种这类事。小的时候放驴，也曾见过公驴和母驴在一起干坏事。往往公驴刚想爬到母驴的背上，就被母驴一顿乱踢，不得不败下阵来。可那毕竟是驴，远没有马干坏事这么神圣和庄严，且角色太小，背景太大、太空旷，其声势和氛围没有形成，缺乏现在特定环境带给人们的震撼和心跳。

那人牵着种马走出马厩。这是一匹枣红色的蒙古马，高大的身躯匀称而健壮，鬃毛似油洗一般光滑闪亮，两只眼睛就像两只电炉，喷射着熊熊燃烧的火焰。它比龚羡林的母马足足大出一倍。它见了母马"呼呼"嘶叫着就要扑上来，母马被吓得瑟瑟发抖。那人从脖子里死死地抱住它，不让它急着和母马靠近。他把它拴在院子里的一个树桩上，从屋里取出两颗生鸡蛋，掰开马嘴，将鸡蛋打破灌了进去。然后，他命令龚羡林，把母马拉到前面宽敞的地方，把马头扛住，不要让它乱动。说完，牵着种马绕到母马的身后。

一场惊心动魄的大戏就要开演了！还没等龚羡林反应过来，种马早已经昂首挺立，将高高举起的两条前腿，重重地搭在了母马的背上，随着一声嘶叫，它那硕大的生殖器，不容分说地插进了母马的身体里。母马一阵抖动，向前挪了一步，龚羡林感到泰山压顶般的气势。"不要乱动！"那人又喊了一声。龚羡林拼足全身力气，把母马死死地扛住，直到种马把事情干完。

完了，那人望着龚羡林笑笑说："没见过吧？"

龚羡林擦擦额头的汗珠，说："怎么这么厉害？"

那人又说："那当然！你没听人说，马一盆，驴一碗，好小伙子七八点，不厉害怎么能怀上！"

龚羡林待在那里，半天都没有喘上气来。

在回来的路上，刚才惊心动魄的一幕，像电影一样，一遍一遍在他眼前闪现。这闪着闪着，就把他自己的东西也给闪硬了。他强烈地意识到，自己该找个媳妇了，再不找，会憋出病来的。

其实，他的恋爱过程开始得比较早。之所以迟迟没有结果，与他的家庭、社会和心情不无关系。三年困难时期，他才上初中，姑姑就从她的同学中给他领来一个。那女孩据说和他同岁，但长得人高马大，体态丰满，一看就是发育成熟、一掐就能冒水的那种。后来弄清楚人家只是远离家人，一个人在外孤单，想找个安慰而已。后来高中毕业要考大学了，他看上了一个本校低年级女同学。他托人暗传情书，倾吐心声，终于俘获了那女生的芳心。那女孩回答他说，你现在面临高考，应集中精力静下心来考虑考学的事，咱们的事，等以后再说。他暗自庆幸，自己没有看错人，这女孩很懂事，很顾全大局。于是，他把女孩的话，当成前进的动力，经过一番囊萤映雪般的努力，终于考上了省城最有名的国立大学。从此以后，一场轰轰烈烈刻骨铭心的恋爱便开始了！这是他的初恋！在这场恋爱中，他拿出了自己全部的真诚和热情，拿出了全部的向往和期待。他们书信往来，甜言蜜语。他在自己的教科书、笔记本和一切私密的文具用品上，都写满了那女孩的名字，上课时满脑子也都是那女孩的话语和形象。那段日子，他几乎天天陶醉在恋爱的甜蜜和幸福当中。可是好景不长，这种幸福和甜蜜仅仅维持了两年的时光。两年以后，那女孩高考，因其父亲的历史问题，未被录取。尽管龚羡林对这种结果表示同情和理解，并一再剖白自己爱心不变，支持她振作精神准备再考，但那女孩仿佛已看破红尘，悄悄地离开了他的视线，并很快将自己嫁了出去。这件事对他打击很大，他从此不再相信爱情，也不再谈恋爱。

龚羡林牵着马，正低头纳闷沉浸在对往事的回忆当中，突然从路旁的沙枣林里钻出个人横在面前，"哒"的一声，把他吓了一跳。他一看，是王正珍！正坏坏地朝着他笑。

他问："你怎么在这儿？"

"我为啥不能在这儿？"王正珍斜他一眼。

龚羡林又问："是才来还是要回？"

王正珍说："买了点东西，就准备回。"

龚羡林说："回就回，藏到树林子里干啥？"

王正珍把脸一扬，眯着一只眼睛说："等你呀！"

龚羡林"咻"的一声说："你咋知道我到公社来了？"

"新来的龚大学给队里母马配种去了，谁不知道啊！"

龚羡林说："这有什么奇怪的，这是生产队派给我的活计啊！怎么，丢人了吗？"

王正珍笑着说："丢人倒不丢人，就是听着新鲜！"说罢，竟咯咯咯笑出声来。

龚羡林问："新鲜啥？"

王正珍避而不答，却故意问："看见捏死鸡娃子的来没有？"

"捏死鸡娃子？啥意思？"

王正珍朗声大笑，笑过说："走吧，我们一起回去！"

龚美林说："好！"

说着，两个人就牵着马，一同上了路。

一路无话。

走着走着，还是王正珍打破僵局，她对龚羡林说："这马挺乖的，你为啥不骑上？"

龚羡林说："不会骑，也不敢骑。"

王正珍嗔怪地说："连个马都不敢骑，算什么男人！还大学生呢！来，我扶你骑！"

说着，不由分说，就像扛麻袋一样，一胳膊就把龚羡林夹了起来，并连推带搡，几下就弄到马背上去了。紧接着，她又借助脚下一个陡坡，飞身一跃，稳稳地骑在了龚羡林的身后。

龚美林一阵紧张。他对王正珍说："正珍，快把马停下来，让我下去，这样叫别人看见多不好。"

"有什么不好的！"王正珍不但不听，反倒从后面把他抱住了。

龚羡林又急又气，他几乎是央求地说："正珍，你听我说，你让我下去，我和你们不一样，有多少双眼睛在盯着我，让他们看见，我怎么说得清楚！"

王正珍索性把脸贴到龚羡林的背上，撒娇地说："说不清楚就不说，有什么大不了的！"

说着，那只纤纤玉手，竟随着马儿的颠簸，神不知鬼不觉地又一次摸索到了龚羡林的敏感部位。

龚羡林"啊"地叫了一声，浑身麻木瘫软，不知所措。刚才本来想挣扎着跳下去，可这会儿像毒蛇缠身，动弹不得。

王正珍贪婪地胡乱地摸着，嘴里"咝咝"吸着冷气，整个人燃烧成了一个火球。

龚羡林闻到了王正珍身上的香味，他的神志被她炽热柔软的身体慢慢融化，他脑子里一片空白。

母马迈着悠闲的脚步，轻松地走进了一片茂密的沙枣林。沙枣花开过后的余香，充盈着整个林子，营造出一种温馨可人、混沌迷离的氛围。戈壁原野雪后的晴空，尽管寒气逼人，但也抵挡不住两颗年轻心脏的炽热燃烧。

王正珍抱着龚羡林从马背上滚了下来，正好滚到积满落叶和衰草的坡下。她的这个举动，把龚羡林吓了一跳，更把马儿吓了一跳。母马一声长啸，打着响鼻，自顾自地跑了。

王正珍没有让龚羡林逃脱，她用她健壮丰满的身体，把龚羡林紧紧拥进怀里。

龚羡林忘记了自己是谁，也忘记了那一双双可怕的眼睛……

就在这千钧一发之际，是母马遥远的嘶鸣，把他从恍惚中唤醒过来。他惊醒一看，王正珍正在脱衣服，凛冽的寒风也挡不住她炽热的情感。这可把他着实吓了一跳，他大叫一声"妈呀"，翻身而起，带着满身泥土，落荒而逃。

龚羡林追到队里时，母马已经在槽头上吃草，它好像有意无意地看了他一眼，龚羡林虽心跳得厉害，但总算松了一口气。

饲养员万有银问他："马怎么前面来了？"

他说："半路上挣脱缰绳，自己跑了。"

万有银说："不要紧，它认得路。"又问，"你怎么浑身是泥，滑倒了吗？"

龚羡林拍拍身上的泥土，说："不小心滑了一跤。"

万有银笑着说:"我们这地方碱大,一下雨下雪,就滑得很。"又问:"配了吗?"龚羡林说:"配了。"

万有银高兴地说:"配了就好,明年咱们就会有一匹小马驹子了。"

龚羡林见万有银没有发现自己的异常,就心跳得嗵嗵地回驻地休息去了。

回到屋里,老贺老郑都不在,他瘫软地倒在炕上,满脑子都是刚才的情景。

说实话,这会儿他是既庆幸又沮丧。庆幸的是,他终于没有和王正珍搅和在一起,终于没有敢越那雷池半步,终于没有让人抓住那在现今社会最叫人丢脸最叫人抬不起头来的"罪行"。何况,自己是下放锻炼之人,是接受再教育之人,接受再教育虽不是劳改,但和劳改差不了太多。如果自己在这件事情的开头,就犯了这样的错误,那还有什么前途可言,还有啥活头和奔头!一想到现实生活中一些干部,因所谓的男女关系和作风问题,被批斗,被审查,被羞辱,被开除,被流放戈壁,被遣送边疆,他的心头就不寒而栗!啊呀!幸亏自己在那迷离的最后一刻,被母马给唤醒了,幸亏自己在将要扑向悬崖的要命时分,本能地害怕了,不然就完了!他沮丧的是,他竟然还不如一匹公马!公马在成年以后,可以提着锤子,威风八面痛快淋漓地干自己想干的事,可自己不能。当然,人不可以和牲畜相比,但生理需求和欲望是一样的,强制性的压抑和打击,不是对人性的一种摧残吗?他又一次想起王正珍那火辣辣的眼睛,那高耸的乳房,那柔软的腰肢,那温热的胸膛……一想起这些,他就有些后悔。他在心里骂自己:你这个尿包蛋,现成的女人放在那里,你都不敢上,你还能干什么!像这种情况,干了就干了,天知地知我知她知,谁又能把你怎么样!况且,这是她主动献身,又不是咱们强迫,怕什么!但是,又一个声音立即从心底冒出说:不能啊,一失足成千古恨,这一锤子下去,你想回头你想后悔都来不及了。一时的快乐换来的可能就是万劫不复!按说,王正珍并不是一个坏女人,她出身贫苦农民家庭,是农村常见的"换头亲"的做法,造成了她不幸的婚姻。她不喜欢自己的丈夫,不安分于现有的处境和归宿。她长得也漂亮,鸭蛋脸型,虽不十分白皙,但透着青春的光泽;蛾眉大眼,虽不风情万种,但时时闪烁着妩媚动人的秋波;苗条健硕的身材,散发着成熟诱人的气韵;一头浓黑的长发,更比一般农村女孩子梳洗打扮得柔软光滑,时髦新潮。龚羡林从她第一次摸自己被窝时就想,这是个十分聪明的女人,她是有意的,不是不小心。以后随着她眉目传情,一次次坏笑挑逗,他觉得她勾引自己，不是为了一时的快乐，而是有着更长远的打算。今天的举动，更说明了这一切。像这样的女人，自己敢要吗？要了将会带来怎样的后果？龚羡林想来想去，最后还是理智占了上风，他为自己终于能够想明白长长地叹了口气。

晚上队里开会，社员们知道龚羡林今天给母马配种去了，就一个个跟他打趣开玩笑。他因为心中有鬼显得比较尴尬。几个年轻人也问他，见没见有人捏死鸡娃子？他振作精神问："你们怎么都问这个问题？什么鸡娃子？"一帮妇女笑得前仰后合。经过大家七嘴八舌地讲述和补充，龚羡林才知道，原来这是个笑话故事。说某年某月某日，在某配种站，一匹公马正在给一匹母马配种，一位妇女买了两只小鸡捏在手里，正好路过现场，不觉看呆了。待她醒过神来这才发现，由于自己动情用力，手里的小鸡已经被捏死了。如果在以往，龚羡林只当这是一个黄色笑话，可经受了之前发生的感情风暴的袭击，他对故事中所讲的这种结果深信不疑。

四

贺丹峰这两天神神道道，很晚才回房，不知道到哪里去了。问他他也不说，只狡猾地抵赖着，幸福地傻笑着。老郑告诉龚羡林，说他曾跟踪了几次，发现了这家伙的秘密，你猜他到哪里去了？"到哪里去了？"龚羡林着急地问。老郑压低声音神秘地说："到杨月红家去了！""啊！"龚羡林吃惊地说，"他总不会看上这半老徐娘了吧？"老郑撇撇嘴说："那说不上，不过我看醉翁之意不在酒，在乎山水！""山水？"龚羡林心有所悟，"看上人家丫头了？"老郑抿着嘴唇，肯定地点了点头。接着又说："今天晚上咱们就不要给他开门，把狗日的冻死！"龚羡林说："行！"

听老郑这么说，使龚羡林想起一些情况。自他们下来，他们住的万有仁家堂屋，就成为队里社员——主要是青年男女——集聚欢快的地方。每当收工吃过晚饭，他们都会三三两两结伴而来。有时候，不但年轻人来，中老年人也来；不但本队的来，外队的也来。老郑会拉二胡，他从学校来的时候就带了一把二胡。老贺和龚羡林都还能唱几句。这样，一闲下来他们不但自拉自唱，还教社员群众学唱革命歌曲。那时候革命歌曲特别多。好多同学没有事干，就成天收集、刻印、散发这些歌曲。他们来时，每人行囊里都揣着一本厚厚的歌曲集，有革命歌曲二百首的，有一百首的。总之，这是他们全部的精神财富。有的青年社员，不但跟着学唱，而且还把歌曲集借去，一首一首地抄录，显得极其珍爱。

　　毛主席像章是当时的珍贵之物。他们也都各自带来一些。但他们从不示人，也都互相保密。因为狼多肉少，被社员群众看见了，也就存不住了。他们想让这一珍贵礼品，为自己的前途和命运做出贡献，在关键时刻和关键人身上发挥作用。龚羡林记得，有一天晚上，他正在给大家教唱马玉涛的《看见你们格外亲》，老郑伴奏，老贺趁人不注意，偷偷给了杨月红的姑娘英子一个东西。

　　第二天，英子的胸膛上就多了一枚红光闪闪的毛主席像章，英子显得无比的幸福和激动。其他年轻人见了，羡慕得要死，问是谁给的，英子笑而不答。当时龚羡林没有太在意，现在看来，老贺这人虽长得五短三粗，嘻嘻哈哈，大大咧咧，心眼儿倒还挺活的，是个喋实活的家伙。他平时也谈女人，也谈找对象的事，可没有想到，会在这么短的时间里，拿定主意，瞅准目标，兵贵神速，直接下手了。这不能不使龚羡林对他刮目相看了！英子那丫头龚羡林是认识的。她是杨月红的丫头，但是没有她母亲长得高挑丰满。她小巧玲珑，机敏乖觉，一张鸭蛋脸上，有一双明亮的大眼睛。平时见人，不爱说话，羞羞答答，胆胆怯怯。就是年轻人聚会，也总是躲在不被人注意的地方，不声不响，安安静静。这丫头没有念过多少书，文化程度低，有着很强的自卑感，在龚羡林的印象中，是那种文静而不失聪明、可怜又不失可爱的农村姑娘。老贺会看上她什么呢？她是一个农民，没有城市户口，没有工作，将来怎么生活？念书少文化低，将来能不能说到一起？由此他又想起了王正珍，想起了自己找对象的事。可想来想去，脑子里一团乱麻，理不出个头绪，像是老虎吃天，无处下爪！后来就睡着了。

　　不知什么时候，他从睡梦中被惊醒，窗子外面有人轻轻叫他，让他给开门。睡在边上的老郑，不知是早已醒了还是干脆没有睡着，在黑暗中对龚羡林说："不要管！"龚羡林心想，玩笑是玩笑，你不管，外面天寒地冻，给冻出个毛病来也不是个事。于是，一边穿衣下炕，一边对老郑说："算了吧，可能冻得差不多了，进来了再审他！"

说着就去给贺丹峰开了门，这时候老郑也点亮了身边的罩子灯。

贺丹峰一头撞进门来，不但不说感谢的话，反而高声大嗓埋怨起来，怪老郑和龚羡林没有给他留门，故意冻他。老郑哈哈大笑，得意地说："活该！谁叫你夜不归宿，到处乱窜！"说罢，扭头看龚羡林一眼，转身继续申斥，"说！今天晚上抬谁的门去了？""抬门"是个很难听的话，就是搞女人的意思。贺丹峰一听，干笑两声，骂道："你们这两个坏厮，做梦娶媳妇，想得倒美！我能抬谁的门去？这队上婆姨丫头的门都垫得牢实着哩，没有垫牢实的身边都有人家的男人哩。你抬？你抬就像年娃子一样，不把腿打折才怪哩！""那你深更半夜干啥去了？"龚羡林也追问一句。"干啥去了？"贺丹峰又干笑两声说，"你老龚给马配了一次种，就知道抢着锤子干那活！我干啥去了，现在不给你们说，到时候你们就知道了。"说着，脱下衣服，朝炕脚一扔，就钻到自己的被窝里去了。龚羡林被他抢白了一顿，没好气地说："你看你看，人家关心他，他反倒猪八戒倒打一耙！"老郑斜贺丹峰一眼，熄了灯，在黑暗中严肃地说："玩笑归玩笑，正事归正事，这事咱们还真得注意哩。你老这样深更半夜地乱跑，叫社员看见，肯定影响不好。咱们院里这几个婆姨，本身就是闲话匣子，你高声大嗓地叫门，她们能听不见？"谁知他正絮叨着，老贺却早已进入了梦乡，鼾声打得像破风箱一样难听。

龚羡林暗自好笑。心想，老郑这人真是的，开开玩笑，打打牙祭就行了，还来真的！你又不是领导，谁也没有让你负责，你管人家跑不跑干啥？再说，人家是全国重点大学毕业的学生，而你才只是省属农业大学学兽医的，你说人家，说得上吗？可反过来一想，老郑说得对着哩，虽口气有些重，但道理就是这道理。你老贺晚上出去是嫖风，是谈对象，还是一般性的串门子，你得说清楚。该注意的你得注意。你不注意，造下影响，对大家不好。他推一把老贺，喊道："哎，姓贺的，老郑正给你说话着哩，你怎么就睡过去了？起来起来，起来咱们谈谈，把你的活思想暴露暴露！"

"我暴露个啥！我又没有嫖风去，我暴露个啥？"贺丹峰显然没有睡熟，龚羡林一叫，他就醒了。

老郑又把灯点亮，干脆披衣坐了起来："你嫖风没有嫖风，只有你知道，但我们希望你不要一只老鼠坏了一锅汤！"

贺丹峰"忽"地坐了起来:"我怎么一只老鼠坏了一锅汤了?"

龚羡林急忙起来打圆场,劝贺丹峰说:"不要生气,不要生气,老郑也没有别的意思,就是要你注意影响。"缓缓又笑着问,"是不是到英子家去了?"

贺丹峰理直气壮地说:"我就是过去串串门,和英子她爹妈拉拉家常,有什么大惊小怪的!"

老郑白他一眼说:"你拉家常怎么不去找贫农老大爷拉,怎么偏偏爱去漂亮女人家拉?"

贺丹峰急了,说:"老郑,你这么说就没有意思了,我随便串串门还能考虑那么多,再说,杨月红家又不是'地富反坏右',我为啥不能去?"

龚羡林听得出来,老郑的话本意是调侃开玩笑,可他说得生硬了,就给人无形中一种政治压力。而贺丹峰的脾气是不买这种账的,再说下去恐怕还有更难听的。于是赶忙接住话头,故意把话题引开。他问老贺:"你是不是看上人家丫头了?"

贺丹峰沉默不语,显然还没有从刚才的气愤中缓过劲来。

龚羡林继续说:"看上了就看上了,不要遮遮掩掩不敢承认。男大当婚女大当嫁,这是人之常情。何况我们都已经是二十五六的小伙!《新儿女英雄传》的开头不是说嘛,'小小子儿,坐门墩儿,哭哭啼啼要媳妇儿。'女人急了能捏死鸡娃子,男人急了说不定能捏死一头牛!"

老郑哈哈大笑,从炕脚的衣兜里取出一支八分钱的经济烟,就着罩子灯点着了,猛吸两口,说:"老贺你也不要生气,我没有别的意思,我的意思是说,婚姻问题是个大事,咱们可要想清楚了。咱们虽然被发配下来劳动锻炼,但还没有到饥不择食的地步,还没有到非找个农村丫头的境地。你再急也得捏着,就是捏死头骆驼你也得捏着。如果你想清楚了,真的看上了,真的要找,那就要对人家负责。你说你要上几天,改改心慌,又不要了,那可能会惹出麻烦。你别看英子这些丫头,她们虽然没有念过书,没文化,但她们对待婚姻是认真的。你要了她们,就是要了她们的家长,要了她们的家长,就是要了队里的社员群众。"

龚羡林频频点头,他非常赞成老郑的意见。他见贺丹峰仍不说话,就又问:"你找个农村的,户口怎么办?工作怎么办?家往哪里安?"

贺丹峰激动地说:"我倒是想找个城里的,想找个有工作的,哪里有?我们一个月进不了一次城，进一次城连个像样的女人都碰不见，到哪里去找对象？"

龚羡林说："这倒也是！"

郑世荣叹口气语重心长地说："反正你找个农村的，没有共同语言不说，将来老婆孩子落户、老婆找工作、孩子入学等等，都不好办，能把你折腾死！"

老贺说："这个我知道。咱们现在面对的就这么个现实，你说怎么办？"

怎么办？三个光棍讨论了半夜，得不出个结论，只好熄灯睡觉，听从命运的安排。

第二天，轮到贺丹峰做饭。自从结束在社员家吃派饭的日子后，他们去城里买了灶具、面粉、食油和蔬菜，自己轮流做饭吃，一人一天。这个县由于有一个专门生产硝盐的公社，那里盐堆如山，一片雪白，老百姓要吃盐都去盐场驮，因此县城各大商场竟然没有食盐出售。杨月红知道了，从自家屋里装了半麻袋，给他们送了过来。

杨月红走后，房东家的两个女人酸不拉几地走了过来，鬼头鬼脑想打探点什么。万有仁的婆姨腆着笑脸先问老贺做的啥饭，再问杨月红干啥来了。见老贺吊着个脸不想理睬她们，就又说："老贺，我做的甜面片，我们家老婆婆嘴馋得不得了，说饭里不见一点绿色，啥味道都没有。你把你的黄芽葱给我两根，我给添点绿色。"她这样借菜借面借油已经不是第一次了，而且每次都是有借无还，贺丹峰看着就胀气。本不想给她，但忍了忍，还是从地上抓了几根扔给了她。万有礼的婆姨更显可笑，手里掌着半块薄薄的洗得已经透亮的肥皂对贺丹峰说："老贺，给你的肥皂！"贺丹峰一看，这是他前几天买的一块新新的肥皂，自己还没有用，就被她借去了，现在用成这样才来还，就没好气地说："拿走拿走，你用成这样了还来还什么！"万有礼的婆姨一点都不感到难为情，平静地把肥皂又装进自己的口袋，而且还坐下不走，关切地问："你是不是和杨月红的丫头谈对象着哩？"

贺丹峰恨恨地说："谈着哩，咋了？"

万有礼的婆姨好像有什么话要说，但话到嘴边又改成了："谈着就好，我看你老往那面跑着哩，我就知道你可能看上人家丫头了。"

贺丹峰昨天晚上因为这个，已经被老郑老龚说了一顿，现在听这婆姨又这么说，气不打一处来。他红胀着脸说："我哪里老往那面跑着呢，我就去过几次，就被你们发现了？"

"群众的眼睛是雪亮的嘛！"万有礼的婆姨上过几天学，她不容老贺抵赖地笑着继续说，"早该谈了，农村像你们这样的小伙子，娃娃都几个了。哎！老郑和老龚谈着哩没有？"

贺丹峰稍稍平顺了一些心气说："那我怎么知道！"

话说着，中午收工的时候到了。万有仁的大丫头银桂第一个从外面进来。她把肩头的铁锨朝街门背后一立，高声大嗓地对贺丹峰说："老贺，老龚和老郑到南滩拉沙去了，估计回来就迟了，你把饭给热着。"贺丹峰知道，老龚和老郑干的起五更的活，就是早晨五更起来，顶着满天星星和凛冽的寒风，驾一辆牛拉大轱辘车，装一车刚刚从饲养场起出的圈粪，送到五里之外的地里，再朝前走十多里地，到南滩的沙窝里装一车沙子，拉回来倒在地里。这里的土地盐碱重，沙子可以起到压碱的作用。这一个来回就是三十里地，牛车走得又慢，没有七八个小时是回不来的。

贺丹峰今天烙的死面饼子，烧的小米稀饭，外加一小碟咸萝卜菜。他见其他两个伙伴回来尚早，就把饼子先焖在锅里，把稀饭盖好了，就去老太太的棺材上取过来一本书，开始构思他的鸿篇历史巨著。黑城这个地方，在古代是少数民族集聚的地方。民国三十六年（1947年），中国工农红军西路军征战河西，受到马步芳集团的围追和堵截，死伤惨重。1957年反右派，有好多右派被送到这里的农场劳动改造，死于非命。1960年三年困难时期，许多人被饿死。他想把这些历史事件再认真调查一下，从中理出个思想和观点来，写一本或几本书。这一段，他已经从英子的爷爷这些老人的嘴里听到一些情况，但还远远不够，还得继续加紧搜集。

银桂见他心神不定，走来走去，就说："不行你先吃，他们来了再给他们热。"

他说："不了，我等他们回来一起吃。"

银桂又笑着说："要不你干脆到英子家去吃。"

他瞪一眼银桂说："我又不是人家的女婿，我去吃个什么？"

银桂也瞪他一眼说："哟！装！谁不知道啊！"

他们正说着，万有仁回来了。万有仁显然听见了他们的对话，他一边拍打身上的沙土，一边问老贺："听说你和杨月红家的丫头谈对象着哩？"

老贺矢口否认："没有的事，你听谁说的？"

万有仁一脸庄重严肃："我用得着听谁说吗？你老往那面跑着哩，那不是谈对象着哩是干啥着哩？"

银桂接过她老爹手里的红柳枝条，望着老贺笑着说："老贺还不敢承认！"

万有仁说："那有啥不敢承认的。"说罢又不无感慨地说，"不过丫头嫁给你们这些人，糟蹋了！"

老贺愿闻其详，就问："怎么了？"

万有仁说："你们是公家的人，一年四季运动不断，说不定哪一天就倒霉了，不牢靠！再说，你们不是出差就是开会，站不下来，经常把我们的丫头撂下一个人守空房着哩，这样的人活着，有啥意思！"

他的这一番高论，贺丹峰还是第一次听说。他在心里嘲笑万有仁说，你是找不下城里的女婿胡说着哩，吃不到葡萄就说葡萄酸。城里不好着，怎么农村的人千方百计往城里跑哩！公家的人不好着，怎么我们来了，你们的丫头一个一个都想往怀里钻哩？嘿嘿！不过从他的话里可以听出，自己往英子家去的事，全队的人都知道了。是继续交往，我行我素，任他们去说，还是听从老郑老龚他们的劝告，注意影响，紧急刹车，从此冷却下去，现在看来，真的到该决断的时候了。

五

信和大队的领导班子，是由公社党委和革委会主持调整的。因为当时从上到下都是军方掌权，县武装部政委成了县委书记兼县革委会主任，公社武装部长成了公社党委书记兼公社革委会主任，大队一级则一般由民兵营长或民兵连长担任主要领导职务。王肃年就是这时候接替老书记万青山担任信和大队党支部书记的。

王肃年既没有担任过大队民兵营长，也没有担任过小队民兵连长，而是信和大队造反派的头头，和军方关系密切。老书记万青山，也是既没有任满，也没有到龄，而是由于在运动初期，不堪造反派的凌辱和毒打，跳了涝池，自绝于人民了。这样，原班子的老人手，就只剩大队革委会主任薛得寿和老文书张士维了。薛得寿只在班子里挂个名，有职无权。张士维也只是看看门户，干一些抄抄写写跑跑颠颠的事情。

龚羡林发现，他们来队这么长时间，大队没有召集开过一次会，没有谈过一次话，书记王肃年就根本没有见过面。这是很不正常的。因为县上跟公社有过交代，公社跟大队也有过交代。他们应该担负起对大学生们的培养、教育和管理工作。大学生们曾分析过这个情况。贺丹峰认为，这是这些家伙们成天忙着喝酒吃肉嫖风打浪，根本没有顾上管他们的事；龚羡林认为：可能他们想着我们归县上管，混打几天就走了，花不着为这事费心费力；郑世荣则认为，没有那么简单！

老龚和老贺问他："那你说什么原因？"

郑世荣又点一支他的八分钱的经济烟，猛吸两口说："你没听年娃子说，咱们是下放劳改来的吗？那都是有出处的，不然他狗厮会说这个！"说完又朝周围警戒地看了一眼，压低声音说，"不要忘了，年娃子的老子——就是咱们这个二房东，可是现在大队的民兵营长！"

郑世荣比龚羡林和贺丹峰都大两岁，平时处事老练成熟，很有城府。两个人就又问他："你都听到些什么了，给大家说说，好让我们注意，藏着掖着干啥？"

郑世荣急了："我藏着掖着啥了？我只是听说，情况比我们预想的要糟糕得多！说大队给生产队交代了，咱们这些人在省城犯了错误，在运动中参加了反动组织，和当年的右派一样，下来是接受贫下中农监督、劳动改造来的。国家花那么大的代价培养他们，培养出来又不给分配工作，让到农村来当农民，这就说明了问题。大队要求生产队，要对咱们严加看管教育。"龚羡林和贺丹峰问："你是听谁说的？"老郑吭哧半天说："听队上万会计说的，万也是听大队张文书说的。"龚、贺二人听了，一块重重的石头压在了心头。

贺丹峰愤怒地吼道："去他妈的蛋！这完全是歪曲篡改！老子在运动中参加的是拥有几十万人的群众组织，怎么成了反动组织了呢？"

龚羡林接上贺丹峰的情绪说："毛主席说，严重的问题是教育农民！这帮混球啥都不懂，抓住鸡毛就当令箭！怪不得把我们一送进村就再没人管了，怪不得晚上来我们这里的人越来越少了！"

郑世荣看着他们二人发泄，等发泄完了这才说："算了，不生那个气了，生气有什么用？在人屋檐下，不得不低头！他们不管也好，管了你听不听？你听，他不一定说得对；你不听，是对抗组织，罪加一等。不过最近人来得少了，是这两个房东给大队反映了，说晚上男男女女混杂在一起，吵着闹着他们睡不着觉。生产队背着咱们给社员们说了。"

龚、贺二人听了，更加来气，一头砸在炕上，半天说不出话来。

这天，大队通知召开全队社员大会，要求驻队干部和下派大学生也都参加。信和由于盐碱严重，地区农科所在这里设了一个盐碱改良站，改良站的站长老马，是郑世荣的大学学长。信和也是县武装部民兵集训的试点，武装部有一名副政委带队在这里长年蹲守。信和还是县上抓革命促生产的典型单位，县上让一位已经靠边站了的副县长盯住这里，不定期地下来调研调研，检查督促各项任务的贯彻落实。

今天大会的内容是：传达县委关于清理阶级队伍的最新指示，深挖隐藏在革命内部的阶级敌人，荡涤一切资产阶级的污泥浊水。

大会会场设在村学的操场上，这里有一个戏台，是逢年过节唱戏用的，今天正好做了大会的主席台。

龚羡林他们去时，各队的社员群众正朝这面涌来。主席台经过装点，两边贴上了阶级斗争的标语，门楣扯起了宽宽的红布，上面用白纸剪贴出了今天大会的会名。主席台上已经有人影在晃动。薛得寿站在台口下面，招呼各队队长整理队伍，清点人数，维持秩序。他老远看见龚羡林，笑着招了招手，就很快转过身去。

龚羡林觉得，今天的会有点特别，好像有一种什么味道，就问贺丹峰："这是怎么了，弄这大阵势？"

贺丹峰双手插在口袋里，不以为然地说："深挖？挖个球！哪里那么多的阶级敌人？"

龚羡林赶忙制止他："可不敢胡说！"他回头一看，幸亏身边没人，老郑郑世荣也不知到哪儿去了，就又问，"老郑呢？"

贺丹峰鼻子里哼了一声："可能和咱们划清界限了吧！"

龚羡林问："咋？"

贺丹峰阴阳怪气地说："你看着就知道了！"

龚羡林朝四处一看，果然在主席台入口的地方看见了老郑的身影，他正和一个不认识的人在那里说话，从他谦恭热情的态度来看，那人肯定是这会场上的一个重要角色。

这时候人到得差不多了，领导们开始在主席台依次入座。张士维文书和薛得寿从两头清点人数，清点完毕，张士维站在台下向刚才和老郑说话的那人报告说："齐了！"于是那人又向坐在最中间的一个赤红脸矮胖子报告，在得到矮胖子同意后，他清清嗓子，宣布大会开始。

只听他大喝一声："把五类分子带上来！"

人群开始有点骚动，就像平静的湖面上刮过一阵狂风，紧接着又死一般的沉寂，能听得见紧张的心跳和胆怯的喘息。

几个胸前挂着纸牌、领首弯腰的"分子"，被两个全副武装的民兵押解入会场。本来在农村常提的是"四类分子"，即：地、富、反、坏，现在又多了一个"右派"，那就成了"五类分子"。他们是：地主分子刘满仓，富农分子薛有财，历史反革命分子杨长喜，坏分子何望林，右派分子吴茂功。

会场慢慢平静下来。

主持人宣布大会正式开始。他先介绍台上的来宾和领导。原来那个赤红脸的矮胖子是南滩公社新到的党委副书记、革委会副主任，那个穿军装的就是县武装部的崔副政委，那个留着大背头、白白胖胖的就是已经靠边站了的赵副县长，那个戴着白边眼镜的，就是郑世荣的大学学长、信和盐碱改良站的站长老马马永丰。

老郑不知什么时候到了身后。

龚羡林问："那个主持会议的是谁？"

老郑说："大队王书记——王肃年呀！"

"噢，他就是王肃年！你们早就认识？"

"也就上一次，大队让我帮忙抄写一个东西，才认识的。"

贺丹峰脸偏向别处，不看他们，却忽然莫名其妙地放声大笑。

郑世荣斜他一眼："神经病！"

"那个新来的公社书记叫啥？"龚羡林又问老郑。

"荆家红！"

"哟！有姓这个姓的！什么来头？看着年龄不大，牛皮哄哄的！"

老郑压低声音："原来县委的一个通讯员，成天打扫卫生提茶送水的。因伺候主要领导有功，被提拔为团县委书记，后因主要领导受冲击倒了，他也受到株连。

最近，原县委书记到地委去当副书记了，他也就被解放出来重新安排了工作。你别看他小小年纪，发展势头大着哩，他有后台！"

龚羡林虽对老郑发表的这种感慨不感兴趣，但惊诧于同是同学，他竟然对这些情况掌握得如此清楚，于是就问："你咋知道得这么清楚？"

"老马说的。"郑世荣回答。

这时候，王肃年宣布由荆家红作动员讲话。

荆家红满嘴黑城土话，满嘴时下流行的地方干部胡编乱造的四六句子，通篇一个腔调，没有抑扬顿挫。每句话的最后都带一个地方口音"唡"字，比如，"我们唡，南滩唡"等等。他讲得慷慨激昂，声嘶力竭，唾沫飞溅，那张胖胖的圆脸，涨得更加通红。

一些没有太多见识的农民，听他这样讲，窃窃私语道：这书记还挺攒劲的！

荆家红讲完以后，崔副政委和赵副县长又分别做了强调和补充。最后，王肃年就信和如何贯彻落实大会精神，做了具体安排和部署。

他首先向公社书记学习，声色俱厉地警告台下的阶级敌人："只许规规矩矩，不准乱说乱动！革命的人民群众就是要把你们打翻在地，再踏上一只脚，叫你们永世不得翻身！"

在民兵把批斗对象押解下去以后，他又说：我们不但要把这些死老虎斗倒斗臭，而且还要清理阶级队伍，深挖暗藏的阶级敌人。这些敌人很狡猾，他们就像虫子一样，隐藏在我们革命队伍内部。他们会利用一切机会，向我们进攻。他们进攻的手段是多样的，有政治的，有经济的，有文化的，还有意识思想的……我们要把他们全部挖出来，统统打倒！

最后他还讲到一个问题，就是知识青年上山下乡的问题。他说，自毛主席"知识青年到农村去"的指示发表以来，一个知识青年上山下乡的高潮正在到来。黑城是省上知青安置的重点县域。就南滩而言，几乎每个大队都有接待安置任务。信和虽没有知青安置任务，但分配来了劳动锻炼的大学生。县上说了，对待他们要和对待知青一样，要热情接待，认真管理，严格要求，关心爱护。为了做好这一工作，县上成立了专门的知青工作办公室，各级都要由主要领导来抓这项工作。我们希望来队劳动锻炼的大学生同志们，认清形势，端正态度，虚心向贫下中农学习，在农村这个广阔的天地里锻炼自己，改造自己。要加强和大队党支部的联系，不断总结汇报你们劳动锻炼的心得和体会。

龚羡林对他讲的前两条没有太放在心上。他想：深挖就深挖，虽不能像老贺说的那样，但确实有点操蛋。至于斗倒斗臭之类的话，已经是老生常谈，不要说全中国的人民都会讲，恐怕在相当多的人的脑壳里，已经磨出老茧了。唯独最后一条，倒是传达了关于知青工作的形势和政策，与自己的命运有关。特别是那最后一句话，触动了他的神经，无论从声调从语速从表情，都能够听出一种弦外之音。"加强和大队的联系"，是忠告，还是希望，抑或是批评？不管他的动机是什么，这个问题确实应该引起自己的高度重视。

散会以后，龚羡林正准备回驻地，却在学校教室的拐角处意外地碰见了王正珍。自那次激情事件发生之后，他再没有见过她，也再没有听到她的任何消息。王正珍表情有点怪。她不再坏笑，不再轻佻，而是一脸的嗔怪和羞愤。龚羡林之所以眼前一亮，没有立即躲开，是因为她今天不是一个人来，而是带了同伴来。一个大约十八九岁，长得极其标致，且彬彬有礼的姑娘，正站在她的身边，向他致意。这姑娘完全不同于英子这些农村姑娘，一看就是受过教育，举止得体很有素养的那种人。她高高的个子，亭亭玉立，一头短发整齐地垂在耳畔，白皙的面庞，细腻而光滑，处处显露出青春的风采和气息。

龚羡林赔着笑问王正珍："你是没有走还是又转娘家来了？"

王正珍故作挑衅地说："我的娘家，我想啥时候来就啥时候来，你管得着吗！"

龚羡林知道她还在生他的气，就又指着她身边的姑娘问："这位是？"

王正珍把那姑娘往前推推，介绍说："这是我的好朋友彩虹！你们九队的，你不认识？"

龚羡林想了想问："是不是郁家的彩虹？"

那姑娘立即热情地说："我就是郁彩虹。"

龚羡林"噢"了一声，说："我在你们家吃过饭，郁大妈提起过你，我也见过你的照片，只是还没见过本人。"

彩虹说："我知道你！听说是国立重点大学的高才生，字写得好，文章写得好，歌唱得好！"

龚羡林不好意思地说:"哪里哪里。听说你高中毕业了,去你姑姑那里找工作了,怎么样?找上了没有?"

彩虹着急地说:"你别听我妈胡说!省城毕业的学生都到我们这里上山下乡插队来了,哪里有我们这些农村学生找的工作!"

王正珍见龚羡林和郁彩虹谈得投机,斜着眼在一旁冷笑了一声。

他们正说着,大队张文书过来了。王正珍和彩虹忙向张文书问好,张文书说,我找龚大学有点事。两个人听了,就和龚羡林道别。龚羡林问张文书:"啥事?"张文书说:"大队王书记找你!"龚羡林又问:"他找我啥事?"张文书说:"你去了就知道了!"于是,龚羡林就跟着张文书去了王肃年那儿。

这是龚羡林和王肃年的第一次见面。因受了老郑所说的那些不好消息的影响,又加对造反派的本能的反感,他从感情上讨厌这个人。特别刚才听了他的讲话,他感觉这就是近些年农村蹦跶出来的那种势利小人。龚羡林参加过"文革"前农村最后一期社会主义教育运动,又长期在农村生长,他太熟悉这种人了。这种人职位不高,架子蛮高,官不大,口气很大,说话阴不阴阳不阳的,生怕别人看不起他,生怕自己没有威信。龚羡林本不想去见他,但又不能不去见他,见了还不能不装出一副谦恭崇敬的样子。所以,在去大队部的路上,他在尽力调整自己的心态。

大队部就在离九队不远的一个旧时的寨子里。外围是一座黄土夯筑的两丈多高的四方四正的城堡,里面一个很大的院子,四周盖满了房屋。大队部的工作人员,都在这里办公。

王肃年刚把荆家红送走,回到自己的办公室。他正把一沓文件,锁进桌边的抽屉。张士维把龚羡林领进去,向他做了介绍。他抬起头把龚羡林上下打量一番,这才勉强笑笑说:"早就知道你们来了,想过去看看,但一直腾不出空。生活劳动各方面都好着哩吧?"龚羡林说:"谢谢书记关心,好着哩!"他知道,这是谈话的开场,下来就应该是正题了。果然,王肃年没有过多寒暄的意思,他从炉子背后拉过来一把凳子让龚羡林坐下,继续说:"找你来,是想让你和大队的杨在明一块出趟差,去石门油矿,调查薛得寿的有关问题。调查的具体内容,我已经给杨在明交代了。他没有文化,不会写,写的事情就全靠你了。"龚羡林听说要调查薛得寿,心里吃了一惊,不由得又想起当初他赶着大轱辘牛车接自己来信和的情景,想起他黝黑的面庞、憨厚的笑容和高大魁梧的身影。他能有什么问题呢？这是"深挖"的内容吗？他知道不知道王肃年要调查他？怪不得这一段时间一直不见面，见了面也只匆匆打个招呼就又转身走了！龚羡林不能多想，就又问："调查什么问题，找什么人，杨在明清楚吗？"王肃年说："主要调查他参加矿警队的事，我已经都给杨在明交代了！"

这时候龚羡林忽然发现，王肃年的左胸前别了一枚大大的毛主席像章，红光闪闪的特别耀眼。这会是谁给他的呢？怎么看着那么面熟！他正在浮想联翩，王肃年突然又问："听说你们的老贺和杨月红的丫头谈对象着哩？"龚羡林说："我不知道，你听谁说的？"王肃年又上下打量龚羡林一番，阴阳怪气地说："老龚还保密着哩，我听说的人多了。我们虽然第一次见面，但你们的情况我们都掌握着哩。说你老龚是国立重点大学学中文的，能写能说能唱，本事大着哩！"龚羡林虽心里恨恨地说："你知道就行！"但表面上装出诚惶诚恐的样子说："哪里哪里，书记可不敢这样说！羡林哪里做得不对，还望你多加批评！"

走出王肃年的办公室，他想，老贺和英子的事，他是怎么知道的？我们的一些情况，他怎么知道得那么清楚？看来是有人在不断地详细地向他"总结汇报"，这个情况自己以后可得当心啊！

六

龚羡林回到队里的时候，老郑和老贺已经把晚饭做好了。做的是小米稀饭、白面蒸馍和素炒洋葱。白面蒸馍是万会计的老母亲在她家给代蒸的，自己蒸根本蒸不了那么好。当地盛产洋葱，这种菜又特别能存放，所以一年四季都有的吃。小米稀饭虽看着颜色鲜亮，黄澄澄的，但因小锅熬煮时间较短，没有完全熬出小米应有的黏度和香味来。有现成饭吃就已经不错了，还讲究什么！龚羡林一边心里这么想着，一边取碗给自己盛饭。

吃饭中间，贺丹峰问他："王肃年把你叫去干啥去了？"

他给他们说了他要去石门出差的事。

老贺和老郑听了，都不再吭声。

龚羡林知道他俩心里想的啥。

过了好一阵，贺丹峰又突然问："你中午去的，怎么现在才回来？"

龚羡林说："从大队出来，张文书又把我领到杨在明家去了，和他接了个头，人家留着吃饭，就又喧了半天。"

贺丹峰一通不怀好意地傻笑说："我还以为你也给什么人送像章去了！"

"你他哥的！"龚羡林一声臭骂，回头看老郑，老郑脸色很不好看，他确信了王肃年的像章是谁送的。

他又说老贺："怎么？只许你送，就不许我们送？我们也想找一个知热知冷的丈母娘哩！"

贺丹峰又是一通哈哈大笑。

吃罢饭，老郑忙着刷锅洗碗，龚羡林叫上老贺说："走！咱们打冰去！"

信和各队吃的都是涝池水，基本上一个队一个涝池。涝池到了冬天就结了冰。要用水，就得凿池取冰，再化冰为水。

整个黑城地区，全靠祁连雪水滋养灌溉。雪水汇集的黑河，是这里的母亲河。为了合理有效地利用水源，县里在沿河乡镇都设立了水管所，修建了水库、渠道和其他水利设施。各个大队、生产队和自然村落的用水，都是按地按人按时严格分配的。黑河的水储存进水库，水库的水又通过干、支、斗、农、毛各级渠道，再送进各个村庄和田间地头。因此，每当轮到自己放水，队里总会抢先把涝池放满，以保证人畜饮水，然后再考虑浇地和其他事情。

九队的涝池，在万家庄子外面的荒滩上。占地有三四个足球场那么大，最深处也有三四米深。全队人畜饮水、生活用水全指靠它。因是人畜共用，再加上没有任何防护设施，卫生条件极差，水质被严重污染。冬天还罢了，到了夏天，牲畜粪便随处都是，各种微生物自由繁殖生长，水都成了绿色。有些讲究一些的家庭，把水打去以后，还进行过滤处理，一般家庭，就只好闭着眼睛往下咽了。万会计的老爹——原大队书记万青山，就是跳到这个涝池里淹死的！

冬日傍晚的池塘，在夕阳的映照下，虽有几分流光溢彩，但在人们无序的开挖和掘取下，却是坑坑洼洼，遍体鳞伤。龚羡林和贺丹峰过去时，池边已有了不少的人。令龚羡林高兴的是，郁彩虹和她的大弟弟建娃也在其中。彩虹看见了他们，向他们招手，并大声喊着让他们过去，他们就过去了。

彩虹所在的是池塘的东面。这里离她家近，人也比较少。她见了老龚和老贺，开玩笑地说："在高等学府住惯了洋楼，用惯了自来水，破冰取水怕是没想到吧？"

老贺什么时候都显露出他粗犷直率的本性，他先骂一句"他妈的！"紧接着说："老子本来是要到北京的大厦里，住更高级的洋楼，用更高级的自来水去的，没有想到给发配到这么个鬼地方来了！"

彩虹故意刺他："这个鬼地方怎么你了？我们世世代代在这里生活，没有觉得有啥不好呀！"

老贺揭她："好得很着，你怎么跑到你姑姑那里找工作去了？"

彩虹笑着说："人往高处走，水往低处流，能跳出农门我当然想跳出农门，毕竟城市比农村好吧？大城市比小城市好吧？不好你老贺为啥要千方百计考大学？"

贺丹峰一时语塞，龚羡林和郁彩虹同时哈哈大笑。

笑过，彩虹又认真地说："老贺，把你的毛主席像章给我们也给上一个吵！"

贺丹峰结巴着说："我、我哪有毛主席像章，你、你朝老龚要去，老龚多得很！"

彩虹揭他："你敢说没有？你没有，英子的是谁给的？"

贺丹峰被彩虹戳穿了隐私，脸涨得通红。突然对龚羡林说："你装什么好人，把你的给人家给上一个吵！"

龚羡林说："我给我的，你给你的，我和你有什么关系吗？"

其实，龚羡林早就给了彩虹两枚像章，一枚大的，一枚小的。下午，他并没有到杨在明家去，而是去了郁彩虹家。会后学校拐角处见过这丫头以后，他就有些魂不守舍，心里再也难以放下。他本来想和她和王正珍说说话，可是被讨厌的书记叫去了。他不知道自己为什么放不下这个丫头，反正心里痒痒的，浑身的肌肉都胀胀的，总想再看见她，总想再和她深聊深聊。他也曾和老郑共同认为，农村的姑娘绝对不能找，找了就给自己把麻烦找下了。但是，没有办法，碰见好的，他仍然止不住腿肚子转筋，止不住想入非非。她的出现，完全摧毁了他的理论坚守，打乱了他寻亲择偶的思路和步伐。正巧，下午回来路过郁家庄子，彩虹正和她母亲在房顶上倒腾醋缸着哩。彩虹老远就看见了他。她从王正珍的嘴里知道了这位大学生的大概，会后又见到了他本人。她对他也是一见钟情，心里扑通扑通乱跳。他英俊的相貌，潇洒的举止，文雅的谈吐，横溢的才华，正是自己梦寐以求的。本来她才十八岁，按年龄现在找对象有点早，但她不想错过。正珍姐好像也对他特有好感。像他这样的人，自己不找，会很快被别人找去的。她有点"踏破铁鞋无觅处，得来全不费工夫"的庆幸，有一点"过了这个村，就没有这个店"的急迫。于是，她下定决心，要和龚羡林认识交往，要和他谈！在这种思想支配下，她和她母亲把龚羡林请进了自己家里，奉若上宾，端茶倒水，还让母亲为他做了可口的饭菜。他们从一进门就开始交谈，一直谈到太阳西沉。他们谈各自的家庭、个人的情况、兴趣爱好和对未来的打算。那两枚毛主席像章，就是他临出门的时候，从怀里掏出来送给她的。

龚羡林他们正在涝池边互相打趣，开着玩笑，忽然老郑和两个队长急火火从庄子里冲了出来。老郑边走边对老龚老贺说："地主刘满仓自杀了，大队让我们都过去一下。我跟队长们先走，你们把冰放下后面就过来。"老龚老贺一听，大吃一惊，赶忙收拾冰筐，就往庄子里赶。

刘满仓是群众大会之后吊死在自家柴房子里的。他的队是十队，和九队紧挨着。他的宝贝女儿刘小慧哭得呼天抢地，死去活来。刘满仓年龄并不大，也就五十来岁。据说他的地主分子的帽子，是他主动争取来的。土改时，他家被划为地主成分，他的老爹理所当然应该是地主分子。但刘满仓是个孝子，他怕他爹年纪大了，加上有病，受不了政府和人民的批斗和改造，就向土改工作组申请，看那顶地主分子的帽子让他来戴行不行？他年轻，身体好，背手大。工作组经过商量，竟然同意了他的请求。于是，当时还不满三十岁的刘满仓，就早早地成为信和地区最年轻的地主分子。刘满仓戴上地主分子帽子的第二年，他的老爹——那个真正的地主分子，就因病去世了。他的孩子还小，不知道这中间的利害关系。以后孩子长大了，慢慢感受到社会的压力。又听说老子的地主分子帽子是他自己要着戴上的，不免对父亲充满不解和怨恨。儿子因受不了这种压力和委屈，在运动中开始清除"黑五类"和地主阶级孝子贤孙的时候，就已经跑到外面去了，剩下一个丫头，也一天天长大，慢慢对父亲也有了看法。刘满仓曾多次找过大队，找过公社，他天真地认为，他的地主分子的帽子是顶替老子戴的，现在真正的地主已经死了，他只是地主的子女，看能不能给把帽子取了？两级政府臭骂他说，你想得倒美！这是你们家的孝帽子？事情过了你就脱了？这是国家发给你的铁帽子！是孙悟空的紧箍咒！你想不戴就不戴？你不戴我给谁去？你就死了这个心吧！上午群众大会，丫头看着他又在那里挨斗，又伤心，又难过，又羞愧，又气愤，回来连饭都不做，一直在那里哭哭啼啼。他知道他对不起两个孩子，他们的妈妈死得早。儿子跑掉到现在一点音讯都没有，是死是活也不知道。丫头这么大了，没办法谈对象，人家一听是他刘满仓的丫头，都吓得直缩脖子。唉，说一千道一万，都是我把娃娃们害下了！这日子可怎么过呀？这日子什么时候是个头呀？我这个人还有啥活头？他越想越想不明白，越想越没有出路，最后寻思，还不如我死了，也好给娃娃们减轻点负担。就这么想着，咬了咬牙，一根麻绳就把自己挂到柴房子的房梁上去了。

大队和公社接到报案，都如临大敌，给予高度重视。要求调查事实经过，总结经验教训，写出沉痛报告，向县委汇报。同时，严察其他各类分子的现实表现和心理状态，注意阶级斗争新的特点和动向。

这件事大队由王肃年书记牵头，他点名让老郑协助他工作。同时分派老贺去五队调查一个名叫蒋兴禄的人的问题。一定要弄清他的具体犯罪事实，看有没有残害红军的行为，有没有私藏红军重要遗物、向马匪邀功请赏的表现。他要求老贺把情况调查清楚，弄清问题的性质，写出书面报告，提出处理意见。如果蒋兴禄能提供证人，就让他提供，最好能够再检举揭发出其他人的问题来。老郑和老贺听了，都觉得担子很重，但他们心里高兴，认为这是大队对他们的信任，也是自己发挥作用显露才干的机会，于是，都痛快地答应了。

刘满仓的后事处理，由他们生产队负责。忠厚老实的队里农民，本着祖上传下来的"以死为大"的原则，不管他生前干了什么恶事，死后一定要认真安葬。何况这个刘满仓，一生为人和善，没有干下什么伤天害理的事情。就是他的老爹，那个早就死了的真正的地主，不就家里开了一个酒坊，卖酒赚了些钱嘛！开酒坊就得雇工，不雇工他的摊子摆不开。你说他想着法子盘剥穷人那倒没有。唉！人都死了，还调查个啥！他肯定是心里过不去才去死的，没有哪个人是高高兴兴把自己挂在房梁上的！特别是那个丫头，你们看嘛，都二十几的人了，长得花骨朵似的，在她老子手里，硬是找不下个婆家。现在老的走了，留下这个小的，可怎么办？队长给几个年纪大的妇女交代,你们把娃好好劝劝,让想开一些,她的前程要紧。队长也给老郑说,情况清楚着哩,我们可以证明,你也别再在丫头跟前捣腾着问啥了。你看,老子死了,娃娃孽障的,都哭成啥了!

老郑看着哭成泪人的刘小慧,心里也不免掠过一丝酸楚。这是他第一次到刘满仓家来,也是第一次见到这丫头。他被她的端庄美丽所震撼。以前曾和老马谈起老贺和英子交好的事时,老马曾认真地对他说,如果你想找一个好的,刘小慧就是一个。今天见了,果然名不虚传,气韵不凡。这丫头好像有外国血统,个子高高的,身材直直的,鼻子棱棱的,眼睛大大的,眼窝深深的。她的外表看起来有点冷艳,像个瓷娃娃,但那双眼睛里所透露出来的,是真诚、聪慧和胆怯。她哭起来的时候,如梨花带雨,颤颤巍巍,清丽可人。老郑都不忍心再问她什么,但不得不问。他看到在她卧室的墙上,挂着一把精巧的小提琴,梳妆台上放着一本夹着书签的文学名著——俄国著名作家列夫·托尔斯泰的《复活》,心中不免产生出一种异样的感觉。

他问刘小慧:"你会拉琴吗?"

"会一点儿。"刘小慧擦擦眼泪,不想多说。

"都拉些什么曲子?"

"江河水、二泉映月之类。"

"这都是些二胡的曲子,不过小提琴也可以拉。"

刘小慧抬头看了他一眼。

老郑又指着《复活》问:"这是你的书吗?"

刘小慧轻轻地点了点头。

"你在看吗?"

刘小慧又轻轻地点了点头。

"你还读过哪些书籍?"

"读过一些。"刘小慧又擦擦眼泪,她见老郑等着她的具体回答,于是又接上说,"有《青春之歌》《林海雪原》《红岩》《安娜·卡列尼娜》《茶花女》等。"

郑世荣说:"你既然读了这么多的书,就应该明白事理:你爹是你爹,你是你!国家对剥削阶级家庭出身的人的政策是明确的,你应该好好表现,争取自己的前程!"他说着拿起《复活》,翻了翻,沉吟片刻,交给刘小慧说,"把这种书收起来吧,免得别人看见借题发挥！"说罢就从刘家出来了。

很明显，刘满仓的死，纯粹是社会和家庭压力太大，活着没有任何希望，不想再牵累子女，自己走上绝路的。

他的丫头刘小慧，不仅相貌出众，才华也很出众。短短的几句交谈，就可以看出，她是个有爱好有追求的人，是一个爱学习爱上进的人。这样的年轻人，特别是女青年，在农村是非常少见的，是极其宝贵的。但由于出身不好，有刘满仓这样一个父亲，不要说给她一个展露才华的机会和平台，就连婚姻问题也受到很大影响。

郑世荣越想越想不明白，这个报告该怎么写？是昧着良心，上纲上线，给这父女罗织一大堆莫须有的罪名，还是实事求是、原原本本说明情况，他处于两难境地。罗织罪名、上纲上线，既不符合事实，也不符合他做人的原则。他承认他有私心杂念，有明哲保身的思想，但还不至于堕落到落井下石、靠别人的鲜血染红顶子的地步。他还不想突破自己的底线，可不写些东西怎么办呢？就算大队能交代过去，公社肯定不行。听说那个荆家红主管这方面的工作，那是个"左"得不能再"左"的家伙，他一定要从这件事上嗅出阶级斗争的新动向，然后根据自己的想象，再编些四六句子，"嘟嘟"地向县委汇报，捞取政治资本。

郑世荣同情刘满仓父女，除了对刘小慧心存怜爱之外，还因为他也是地主家庭出身，他也有过类似的经历和遭遇。老郑的爷爷早年是个生意人，经常往来于内蒙古三边一带贩卖羊只。那里的羊只因是在荒漠性草原吃草长大的，皮毛丰厚细腻，洁白绵长，人称九道弯，而且肉质鲜美，肥瘦相宜，没有膻味，颇受省城和周边各地的青睐。郑家为此不但倒卖活羊，而且在县城开了一家羊肉饭馆，他家的手抓大块羊肉、黄焖羊羔肉和羊肉面片，是这个县远近闻名的特色小吃。倒卖活羊、开饭馆挣了钱，老郑的爷爷就置办土地、购买车马，赶到土改时，他们家已成为货真价实的地主家庭。好在他的父亲不谙此道，只在家乡的小学里谋了个教师的职业。1957年，有人撺掇着他父亲给学校领导提意见，他父亲不知好歹就在别人写的大字报上签了名。这一签名，就被打成了右派。以后虽然摘了帽子，但仍然是个摘帽右派。受父辈双重影响，郑世荣连考两年大学都未被录取，到了第三年，不知是上面政策宽了，还是他的努力感动了上帝，他终于被录取了。可是他时时小心，处处谨慎，生怕稍有不慎，招来严重后果。他不能像老贺老龚那样，直抒胸臆，针砭时弊；也不敢像他们那样清高自傲，对大队和公社领导不瞅不睬。他得巴结他们，讨好他们，和他们搞好关系，以便劳动锻炼结束时，能给自己有一个好的鉴定。他知道，老贺老龚对他有看法，但他顾不了那么多，有地主家庭这个大帽子压着，他不得不这样做。

对于刘小慧，他是想爱而不敢爱，想找而不敢找。他承认，老马说得没错，她是一个好姑娘。她的性格，她的爱好，她的谈吐，正合自己的心愿。但是，她是农村的，又是地主家庭出身。农村户口可以想办法解决，地主成分怎么解决？我们两个都是地主出身，将来生个娃娃，不是把娃娃害下了嘛！在婚姻问题上，他的思想几经反复：上大学之前，他不敢奢谈婚姻；上了大学之后，他欣喜过望，觉得自己有翻身、改变命运的机会，下决心要找个漂亮的，有工作的，不是地主成分的；下放劳动锻炼，对他的设想有所打击和破坏，但他决不死心，决不放弃原则。直到见了刘小慧，他的心里有点慌乱，他真不知道该怎么办了！

七

龚羡林坐在西去的列车上，心情有点兴奋。看着眼前的雪峰冰山、戈壁大漠，他想起发生在这片疆土上的历史故事，想起古人征战疆场的英勇悲壮和他们留下的脍炙人口的诗句。"青海长云暗雪山，孤城遥望玉门关，黄沙百战穿金甲，不破楼兰终不还。"心底轻声吟诵这些诗句，他感到自己的热血和激情被重新点燃，思绪像涓涓雪水，汇聚成清澈的溪流。

杨在明坐在他的对面，显得比他还兴奋，这里看看，那里摸摸。可能是第一次享受大队掏钱坐着火车出公差的待遇，他除了兴奋，还有点受宠若惊。

龚羡林问他："以前坐过火车吗？"

"没、没有，第一次！"他倒挺诚实，连连摇着头说，"我们队好多人都没有，只看见火车跑。北山一些老人，这一辈子都没有走出过他们住的村子！"

正说着，梧桐泉车站到了。听到列车员报站，杨在明几乎跳了起来："啊！这么快！十多里的路程，一眨眼就到了。牛车整整得走一个上午哩！"

龚羡林问:"梧桐泉是个啥地方?"

杨在明更加兴奋,眉飞色舞地说:"这是神灵住的地方,是我们黑城地界最大的一处佛教寺院。过去,梧桐树很多,密密实实的一大片。寺院一阶一阶,一直修到半山坡上。每年四月八庙会的时候,前来烧香拜神、求签问卦的人很多。只可惜被一把火给烧了个精光。那火啊,足足着了三天三夜,把半个天空都映红了!一些和尚尼姑,不知是死了还是活着,反正有一个年纪轻轻长得最漂亮的尼姑被糟蹋以后,从最高的寺院顶上跳下来摔死了!"杨在明说完,朝左右看看,压低声音叮嘱龚羡林,"这些话平时不敢说,今天说出来你听听就行了,可不敢乱传!"

龚羡林点点头说:"你放心!"

龚羡林知道,这里是古丝绸之路的一段,是通往西域的边城要塞。"大漠孤烟直,长河落日圆"是这里常态化的自然景观,驿马羽书、狼烟烽火,写就了一页页铁血历史,胡笳夜月、商旅驼铃,又传送出多少浪漫情怀和友谊佳话。方圆百多公里的地方,承载着丰富的文物古迹和历史遗存。除梧桐泉外,还有著名的骆驼古城,相传当年是西夏王国一个部族建都的地方;大山湾遗址,从出土文物来看,年代最早可以推算到汉朝;天正古城遗址,建在黑河下游与当年番邦交界的地方,城池至今保护完好,街道整齐,巷陌纵横,家家户户,门楼高耸,石狮成双,照碑屏风,雕梁画栋。城外沙滩上,荒冢成片,墓碑林立,宣示着在那战乱的年代,这里的人们守土保边的英勇悲壮和他们为家国民族所做出的牺牲贡献。在黑河沿岸,由于河水浸洇,形成了以胭脂湖、月牙湖、马尾湖为代表的多处湖泊沼泽,湖光潋滟,水天一色。湖边,水草丰茂,芦苇摇曳,成为水鸟栖息繁衍的绝佳胜地。常见成群的水鸭子、白天鹅、斑头雁在天空飞翔鸣叫,在水面嬉戏游玩。正如一位诗人写的:皇室把礼仪留在这里,臣子把奸佞留在这里,商旅把金币留在这里,农夫把汗珠留在这里,驿马把羽书留在这里,铁血把尘埃留在这里,文人把执着留在这里,骚客把酸臭留在这里,诗句把炙热留在这里,文章把浪漫留在这里……

那么,我们把什么留在这里了呢?

这时,列车进入一个名叫金水河的车站。杨在明从包里拿出一瓶酒,一边用牙咬开瓶盖,一边手指远处一片破败的建筑,说:"看,老龚!那就是金水河劳改农场,前些年可把人死邪乎了!"

龚羡林问:"那里面都关的什么人?"

"主要是右派,还有其他劳改犯。"杨在明说着,往瓶盖里倒一盖酒,递到龚羡林面前说,"来,喝两口!没有杯子,凑合凑合!"

龚羡林说:"你自己喝吧,我酒量不行,我休息会儿!"

杨在明笑笑,就自己抱着瓶子喝去了。龚羡林不是酒量不行,而是实在喝不下去。

1957年,龚羡林刚上初中。那年暑假,反右开始。全县的中小学教师都在县一中集中,他的家就在一中隔壁。一中的大门开始是开着的,后来就关上了,不准外人出入。在那扇紧闭的大门里,开始传出的只是文明的报告和慷慨激昂的演讲,后来就变成了野蛮的吆喝和有节奏的呐喊批斗。那吆喝和呐喊一波接着一波,就好像汹涌澎湃的海水,哗啦啦涨上来,又呼哧哧退下去,涨上来,退下去。有一天,他和同伴趁着大门打开,偷偷往里一看,只见大字报大标语铺天盖地,从房顶一直糊到墙脚。当局为"引蛇出洞",撒下了弥天大网。他的一位历史老师,画得一手好漫画,有人撺掇他给学校领导画像,以讽刺领导的官僚主义作风。不想秋后算账时被打成了右派。还有一位音乐老师,刚刚毕业的女大学生,当时也就二十出头,长得非常漂亮,同学们都喜欢她。就因为在"鸣放"会上,给党支部书记提了一点意见,也被打成了右派。

让龚羡林想不通的是,就黑城而言,有着厚重的历史底蕴,又有着不错的自然条件,土地一马平川,又有祁连雪水灌溉,旱涝保收,怎么会饿死人呢?再说,右派怎么了?右派也是人啊!他们中不知有多少还是被冤枉的,怎么就应该让他们去饿死呢?

就在龚羡林痛苦纠结的时候,杨在明已经把一瓶白酒都喝完了,脸喝成一片死灰,眼睛迷迷瞪瞪的。

龚羡林说他:"你喝成这样,待会儿怎么下车?"

杨在明龇着牙笑笑,吃力地举起右臂,又瘫软地砸在茶桌上说:"不、不要紧,我躺会儿就过了。"说完,真的斜躺在对面座位上了,旋即发出浓重的鼾声。

由于气候寒冷,加上生活习惯,住在黑河两岸的人喝酒都很厉害。一般男人,每次都能喝个一斤半斤的。你到谁家去吃饭,一顿干面拉条子吃饱以后,主人总会把餐桌收拾干净,再端上烧酒和酒菜之类,让你喝个够。就是不去吃饭,只要进了他家的门，他都要拿出酒菜热情地招待一番。有时一根下酒菜都没有，就是干喝你也得喝几口。如果男主人不在，女主人也不忘这样待客。每年粮食打碾入库，分红结算完毕，家家户户都会拿着粮食，到烧酒坊去换几十斤甚至几百斤酒，储存到家里。农闲下来，开始喝酒，今天到你家，明天到我家。而且每喝必醉，不醉不散。如果前来喝酒的人没有喝醉走了，主人就会感到歉疚，感到把客人没有招呼好。农民是这样，城里的干部也是这样。据说某单位有个领导，人称"两吨半"。说在几年之内，他光烧酒就喝了两吨半，从此名扬全县。龚羡林第一次到大队部帮忙，晚上张文书留下来喝酒，偌大一铺光席炕上，既没有炕桌，又没有吃的和下酒的菜，就三队的刘得成抱来了一罐子酒，足足有十多斤，几个人围坐一圈，就那么干喝。龚羡林不会喝酒，也没有见过那种喝酒的阵势，结果显得非常狼狈。不过，他喝酒的历史，也就是从那天晚上开始的。

　　杨在明翻了个身，从座位上滚了下来。龚羡林急忙上前，将他扶起，说："看，你都把自己喝成这样，到了石门可怎么办？"

　　杨在明依然嘴里呜啦着说："不咋的，喝这么点酒算啥！平常我喝的比这多多了！"他重新坐好，拍拍身上，说，"到了石门好办。王书记无非是要我们给薛大队长找点问题，好把他从大队班子里挤走，那我们就尽量找吧！找出来了，算他薛队长倒霉；找不出来了也不能硬找，是不是？那就实事求是，黑的就是黑的，白的就是白的！"

　　龚羡林能猜出王肃年要他们去调查薛得寿的真实目的，但这个话从杨在明的嘴里说出来，还真是出乎他的意料。他没有料到杨在明在这件事情上的态度。按说杨在明是王肃年信得过的人，正因为信得过才派他来，不想他竟然有这份正义感，这就使龚羡林对他不得不刮目相看了。

　　他问："王书记和薛主任不和？"

　　杨在明龇龇牙花子说："矛盾大着哩！"

　　龚羡林还想从他的嘴里知道更多的情况，但杨在明翻了个身，又睡着了。

　　石门油矿是我国最早开发建设的石油工业基地，是新中国石油工业的摇篮。矿区地处祁连山腹地，地形复杂，气候恶劣。龚羡林二人从石门火车站下火车，再转乘二十多公里的汽车，才到达油矿所在地。这里原本没有城市，只有一些零散的村庄，就是因为油矿发展越来越大，人员越来越多，为油矿建设服务，国家才在原有基础上，设立了县级市的全套行政建制。现在是市政府和矿区两驾马车并行，总人口二十几万，矿区占大头。

正值隆冬季节，石门冰天雪地，雪深足可没膝，气候寒冷无比。从汽车站到市区，地势越来越高，海拔也越来越高。龚羡林本来有支气管哮喘的毛病，叫石门的冷风一吹，又加上高海拔，只觉得胸闷气短，呼吸困难。就是这样，他仍然没有失去对这一工业基地的好奇感和新鲜感。他是第一次到这里来。这是个非常有名的地方，它在我国石油工业的发展上，起着举足轻重的作用。他一边走一边看，注意观察矿区的地形地貌、设施建设和人文景观。他看到了高高的烟囱、林立的厂房、奔忙的汽车和远处山头抽油机磕头作业的生动剪影，从内心生发出对油田建设者的崇敬和赞美之情。

矿区汽车运输公司对面的高台上，有一家交通旅社，是一排一排的平房。他们到这家旅社要了一间房，就住了下来。趁着龚羡林去水房洗漱收拾，杨在明赶紧又去小卖部买了一瓶尘庄酒和一盒宝成烟。

龚羡林问他："还喝？"

他认真地说："这里气候高寒，没有这个不行。"

他们找了一家饭馆随便吃了点饭，就去矿区办事。

龚羡林他们来到了矿区办事处，递交了介绍信，说明了来意。办事处让他们到档案馆去查。他们来到档案馆，工作人员给他们抱出一大摞矿警队的花名册。他们翻了半天，终于从那一堆名册中，找出了薛得寿的名字。但只有姓名、年龄、籍贯和来矿时间，其他什么情况都没有。

"这能说明什么问题？"龚羡林对杨在明说，"这只能说明薛得寿曾经在矿警队干过，其他什么也说明不了！"杨在明诺诺地说："就是，就是。"犹豫一阵，他又对龚羡林说，"不行咱们问问人家，看再有没有其他情况，再是，这个矿警队是干啥的，他们知道不知道薛得寿这个人？"龚羡林说："也只有这样了。"从内心讲，他不想薛得寿有什么问题，他对这个人有一定感情；他也不希望王肃年的阴谋得逞，如果他的阴谋得逞了，岂不又是一桩冤案！

杨在明向档案馆工作人员提出了他想要问的问题。档案馆工作人员是个老同志，他介绍说，矿警队，说白了，就是矿上自己的警察。他们的主要任务是：维护矿上的治安和安全，防范坏人坏事和一些突发性事件的发生，协助地方政府参与重特大案件的侦破和处理；维护矿上生产的正常运行，配合安全生产部门参与生产过程中一些险情的排除和事故的处理。矿警队人员很不固定，今天你来了，明天他走了，有的一干好几年，有的干个一年半载，说不定就回家了，或调到别的岗位去了。先后在矿警队干过的，少说也有好几百人。不可能有什么详细材料，能有个登记表、有个名册就不错了。你们说的这个人，我不知道。只要矿上没有什么记载，那就没有问题。有问题的，矿上都会有记载和备案。

杨在明嗫嚅半天又问："那他们打人吗？"

老人吃了一惊，反问道："打人？打什么人？"

"就是，就是……"杨在明结巴着看龚羡林。

龚羡林急忙接上说："就是说，他们镇压不镇压工人群众？打不打工人？"

"1949年前的事我不敢说，1949年后肯定不允许。"老人说，"你们问的这个人是啥时候参加的矿警队？"

龚羡林和杨在明把花名册拿给老人看。杨在明说："是1958年大跃进的时候来的，1960年挨饿，家里死了人，就回去了。"

老人肯定地说："那就不会有啥问题！"

老人的分析和判断，正合龚羡林的心意。他侧脸看杨在明，杨在明迟迟疑疑，似有些于心不甘。他知道杨在明虽然喝了酒说了几句硬气话，可心里害怕给薛得寿调查不出一点问题，回去给王肃年不好交代。老档案似乎也看出了他的心思，板板正正地说："我们这里能提供的就这些了，我们得实事求是！对待一个人，不管他是干部还是工人，也不管他是工人还是农民，实事求是客观公正是最重要的。不能没有问题硬找问题，也不能把芝麻大点问题硬说成西瓜那么大，那不符合党的政策！"

杨在明连连点头说："就是，就是！"

龚羡林趁机劝他："我看就这样了。咱们让人家出个证明签注个意见就可以回去了！"

第二天中午，杨在明在油矿工作的一个亲戚要请他们吃饭，吃饭前带他们到各处走走看看。他们来到离市区最近的东岗采油作业面。这是龚羡林第一次近距离地观看石油怎样一滴一滴被从地底抽取出来，第一次观看抽油机如何像磕头似的在工作。只见十里山冈上，迎着朝霞，沿着地底的石油河，"磕头机"连成了高低不平曲曲弯弯的一条长龙。每台机子的旁边，都有一间不大的工作室，有一名采油工在那里日夜值守。在明的亲戚边走边讲解说，男工都被派到大山深处的井位上采油去了，"磕头机"这里大都是女工。龚羡林忍不住问："那晚上也是她们吗？""也是。""这荒郊野外的，这些女工怎么能行？安全吗？她们不害怕吗？""害怕也没有用！"听他这么说，龚羡林这才认识到当一个石油工人的艰辛和不易，以及我国石油工业发展的艰辛和不易。

他们来到正在工作的一台"磕头机"旁边，从工作间走出一位二十出头长得很苗条很漂亮的女采油工，她的额头有一道很明显的油渍。在明的亲戚喊她"小柳"，问了问她作业的情况，指着龚羡林二人说："两个亲戚，带上来看看。"小柳对着他们莞尔一笑，算是打了招呼，紧接着背过身去擦额上的油渍。这时，正是朝霞绚烂的时候，龚羡林觉得，霞光里小柳的背影，是那么高尚，那么圣洁，那么美丽。这背影他好像在哪里见过。想来想去，心里霍然一片敞亮：啊！这不正是黑城信和大队彩虹的背影吗？对了，她们太像了！他弄不明白，是天涯处处有芳草呢，还是爱情的魔鬼就一直在追随着他、缠绕着他呢？

八

蒋兴禄是五队的一个孤寡老汉，长得黑黑瘦瘦，高大挺拔。一脸的皱纹就像刀刻似的，两只大手，就像干枯的树枝。他的老婆子1960年挨饿，为了顾全老汉和一对儿女硬是把自己活活饿死了。儿子后来出去要饭，也不知是死是活，总之再没有回来。丫头为了活命，不够年龄便嫁到了肃山一个比她大好多的男人家里，山高路远，也很少回来。现在家里就老汉一个人，自己做着吃，自己做着喝。好在他身体还硬朗，日子就这样一天天打发了过去。

这天，老汉正坐在房顶上，借着亮光给他那件已经穿成烂索索的棉衣捉虱子，忽然听到大门哐当一声，有人喊着找他。他心想这会是谁呢，他这个家，一年四季很少有人来，儿子找不见了，丫头和女婿年前来过一次，谁会想起找他呢？找他有什么事？

正在他狐疑不定的时候，院子里又有人大声喊"蒋兴禄在家吗？"他挪挪身子，探头往下一看，是一个穿戴整齐、粗粗壮壮的年轻人。他问"你是谁？有啥事？"那年轻人被房顶的声音吓了一跳，抬头解释说，"我是省上下派来的大学生，我叫贺丹峰，大队派我来找你问点事。"蒋兴禄好像没听懂似的，嘴里自言自语重复着说："找我问点事？找我问啥事？"又对下面说，"你上来吧，上面亮堂，梯子就在你眼前！"贺丹峰心里好笑："这老汉！"于是就顺着梯子爬了上去。

蒋兴禄一直没有挪窝，也没有放下长满虱子的烂棉衣，只两眼盯着贺丹峰上来，看着他坐到自己身边。

他问："找我？"

贺丹峰说："找你问点事。"

老人迟疑半天说："啥事？"

于是，老贺就把大队安排需要问的事提了出来。

听说要问以前的事，老人脸上显出非常痛苦的表情，两道像刀一样横着的眉毛，飞动起来，陷入对往事久远的回忆。

他沉默半天，忽然问："说哪节？"

老贺说："就从1937年元月马匪破城，你们进城看到的情况说起吧！"

蒋兴禄睁大眼睛，定定地瞅了贺丹峰一阵。摇着头，干枯的手指在空中摆动，好像贺丹峰的问题，重又揭开了他一块早已弥合的伤疤，连声说："不能说！不能说！"

老贺问："咋了？"

老人低下头，肩膀在轻轻抖动，待重新抬起头时，眼眶里已满是眼泪。蒋兴禄不再看着老贺，迷离的眼睛只瞅着远处的天空，好像要抓住一朵游云，那上面有他要说的全部秘密。

老人几度哽咽，不愿意再说下去。他把头埋在两腿之间，空气有些凝固。

老人说起曾经拿过一个女红军怀里的包袱，想看看她包袱里究竟是些什么东西，想留个纪念，想记住她！

"你打开看了吗？"贺丹峰问。

"看了，是两件换洗的衣服，几张女娃用的卫生纸，一小盒抹脸的香粉，还有一张一个男人的相片。"

"东西到哪里去了？"

"被我藏起来了。"

"没有人找你要过？"

"没有。我想她家的人总会来找的，可是没有。"

"你打算藏到啥时候？"

"我本来想把它交给公家，好早点找到她的亲人，可一直搞运动，到处乱哄哄的，我不放心。再说，女娃子连个名字都没有留下来，叫我到哪里去找？"

贺丹峰很想看一看那些东西，但他发现，蒋兴禄没有拿出来的意思。他知道他对自己并不信任，他理解他替女红军保守秘密的一片苦心。再者，他看了，就不能隐瞒，就得交出去，那不但不能保证这些革命文物的安全，而且还会使老人私藏红军遗物的罪名坐实，还不如就让老人留着，以后时机成熟了再说。于是，他又换了个话题，问："听说老乡们还救过一些红军，是真的吗？"

"那咋能有假！"蒋兴禄猛地抬起了头，眼睛闪闪发亮，语气十分肯定。他回忆了一下，扳着手指，如数家珍般地讲起老百姓救红军的一个个故事：你比如，有一个红军营长，被马匪围困，不得脱身，被一个瞎眼女人知道了，她主动当他的家里人，护送他出城。在城门口，马匪盘查毒打那营长，这女人扑上去护住他，对马匪说，这是我男人，他是个哑巴，你们不能打他！马匪见一个瞎子，一个哑巴，就放他们出了城。再比如，有一个小红军战士，被敌人的炮弹把腿炸折了，在戈壁滩上艰难地爬行着。一个农民发现了，把他背回自己家里，藏在自家的夹墙内。这个农民的老妈和婆姨还用草药为他清洗伤口，喂喝喂吃。就这样精心伺候了三个月，这战士终于伤好归队。再比如，有一个红军的大领导，受伤后昏迷在南滩的阴沟里，被一个放羊娃碰上了。放羊娃从母羊身上挤来羊奶，把他救醒，又把他背回家中，藏在地窖里。这事被庄子上的乡亲们知道了，大家不但没有人去告发，而且齐心协力都来帮忙。当时，马匪追查得很紧，随时都有危险，乡亲们就这家藏几天那家藏几天，这家几碗饭那家几颗粮的，硬是把这领导养了半年多时间，直到他恢复健康，安然脱险。像这样的事多了，你只要在老辈子人跟前打听一下，就能听到。

"那，你救过人没有？"

"我？我和别人搭伙救过。"

"能说说吗？"

"你问到这儿了，说说就说说。不然，我是想让这事烂到肚子里去的。"说着，开始讲述一个酸楚动人的故事，这故事让贺丹峰深感震撼和吃惊。

那是我们进城的第二个晚上。我和老婆子拴着门插着窗正在家里细细翻看我拿来的那个女红军包袱里的东西，老婆子还边看边流泪，忽然，"嘭嘭嘭"，街门响了。那已经是后半夜了，四周像鬼打了一样的寂静，会是谁敲门呢？那敲门声就像重锤擂着我们的胸膛，我俩被吓得大气都不敢出，赶快收拾了东西，吹了灯，只静静地听着等着，看有什么事情发生。过了一阵，"嘭嘭嘭"，门又被打了一遍，一个男人的声音，低沉却又非常急迫地从门缝里传了进来"兴禄大哥！兴禄大哥！"我一听是万青林的声音，就赶快去开门，老婆子重又把灯盏点着。门开了，万青林几乎是一个猛子般地扎了进来，身上糊满了土，好像还有血迹。

我们把他让进堂屋，忙问他出了啥事，他从水缸边舀了一马勺水先喝了，这才喘着气说："快走快走，你和嫂子都走！碱沟沿那面的瓜房子里，有一个女红军，本人受了伤，还是个大肚子，恐怕要生孩子了，我一个人弄不来！"我和老婆子一听，说这还了得，两条人命哩！于是就赶快收拾收拾，跟着他往碱沟沿跑。

万青林是我过命的兄弟。我们一块儿去漫口煤窑挖过煤，也去肃山牧场拉过羊粪，是一个有血性有担当的男人。他爹妈死得早，他家里穷，那时候还没有娶上媳妇。他爹活着的时候，是庄子上有名的种瓜能手，他爹死了，把手艺传给了他。他在瓜地旁边盖了个小房子，夏天住在那里看瓜，冬天闲撂着，有过路人避避雨烤烤火的，都能用上。

那天晚上月亮特别亮。我们害怕被马匪发现，就顺着碱沟悄悄来到瓜房子门前。进门一看，土炕上果真躺着一个女红军。她个子挺高，长脸，齐耳短发，看上去也就二十出头。那土炕上既没有席子，也没有铺盖，躺在那里就跟躺在冰冷的地上一样,不要说她受了伤,而且还有身孕,就是一个好人,要不了多长时间就会被冻坏的。我们决定把她抬回家里,青林说就抬回他家里吧,他家离这儿近,比较僻静,不容易引起人的注意,他家地方宽展,有一个他爹当年存瓜的夹墙,收拾一下,正好藏人。我们想也对,就赶快动手把这女红军抬回了青林家里。

女红军受的是枪伤加刀伤。一颗子弹从她的大腿根部穿过,所幸没有伤到肚子里的孩子。敌人见她不死,又给补了一刀,这一刀从右肩砍下去,几乎把整条右胳膊给砍掉了,刀口又长又深。她的整个人都浸在血泊当中,一身灰布军装全被湿透并牢牢地粘在身上。更加要命的是,她肚子里的孩子,不知是到了产期,还是受到了惊吓,急着要出来,已经呈现临产的状态。女红军从青林发现她,就一直处于深度昏迷,根本不知道自己将要生产的事。咱农村人常说,红头头好进,黑头头难出,这女人生娃娃可是天大的事,就好比在鬼门关上走一遭。一个健健康康明明白白的女人,都是这样,何况一个受了那么重伤,当时基本昏死过去的女人!我们一看这个情况急了,这可怎么办?我的老婆子当机立断说:先救孩子,再救大人!她吩咐青林赶快去烧一大盆热水;让我去碱沟边的沙丘上背一袋沙子回来,还要把沙子在青林家的大铁锅里炒干预热,一是为了消毒,二是为了待回儿产妇垫在身子底下舒坦;她自己则忙着准备接孩子用的剪刀、烧酒和裹孩子用的布包、衣裳。待一切准备停当,她让我们把预热的沙子铺在炕上,把热水放在脚下,她轻轻剪开女红军血迹粘连的裤子,要我们帮忙把她抬到沙子上,再把头和后背垫高。做完这一切,她在炕头上拉一个帘子,让我们两个大男人在地上候着,剩下的事由她来做。

我和青林蹲在地上,大气都不敢出,等着女红军生产。青林说,等娃娃生下了,他到罗城找一下我们县最有名的老中医尹大夫,让他给看一下,如果人家不愿意来,就给开一些药,把大人救一下。青林还说,嫂子得留下来帮我,不然我一个大男人,怎么顾得过来。他还对我说,这一段你就把家里先照顾一下吧!我说那没有问题。

帘子里面,我老婆在不停地往醒里叫那女红军。只听她说,妹子呀,你要赶紧醒来,你身体有伤,本来就不好动弹,现在又昏迷不醒,一会儿孩子要出来,你怎么用劲?妹子呀,我知道你受了不少苦,那些贼杀的马家军不是人,他们是畜生!不过你还是你们红军中命大的人了,你还活着,而且还有了自己的宝宝。妹子呀,我虽然不知道你姓啥叫啥,孩子他爸是干啥的,但我知道你们和我们一样,是苦出身，咱们穷人都是一根瓜蔓上结下的苦瓜蛋蛋呀！妹子，姐姐叫你，你听见了没有？你要赶紧醒来，你要用劲，你用劲孩子才能出来，你看你的羊水都破了，对！用劲！用劲！

就在我和青林浑身是劲帮不上忙、急得干搓手的时候，只听我老婆大喝一声：好！好！出来了！出来了！紧接着就听到娃娃"哇哇"响亮的哭声。我们悬着的一颗心刚刚落地，又听那女红军"啊"地长叫一声，醒过来了。我老婆一把扯下帘子，盖住那女红军的下身，高兴地说："是个丫头！丫头把她妈妈也唤醒了。快，青林！给大人冲一碗红糖水让喝！"我们上前一看，女红军真的醒过来了，她睁开眼，非常疲惫但又非常幸福地看着她的娃娃，望着我们笑了一下，说谢谢我们，谢谢大哥大姐！我们奇怪，我们三个人喊了一路，没有把她喊醒，她的丫头的一声哭叫，就把她从深度昏迷中给喊醒了，真是娘母子丫头，心灵连着哩！我老婆说，她人虽昏迷着哩，但生娃的事自己心里知道，是娃娃的一声哭叫，把那魂从远处给叫回来了。她一边说一边忙着给娃娃洗身、包扎、穿衣服，青林给炉子里又添了些煤，给炕洞里又捣了些柴，想把房子弄得更热和些，我则赶快又给锅里添了些水，把火点着了，我知道，待会女红军洗身、冲洗伤口，还需要很多热水。

贺丹峰打断蒋兴禄的讲述，问："那女红军的伤最后好了没有？"

蒋兴禄说："好了！真是好人自有神灵保佑，那么重的伤，尹大夫几味草药，天天洗，天天敷，半年光景，就给治好了。"

"那她没说说她的身份吗？"

"说了。她说她叫月明，是红西路军独立团的一名干部，她男人姓杨，是红军的一名师长，他们被打散了，她不知道她男人是死是活。"

"岳明？是岳飞的岳吗？"

"不，是月亮的月。"

"有姓这个姓的？"

"不知道，反正她说她就姓这个月。"

"那她伤好以后到哪里去了？"

"回部队了！又一个星稀月明的夜晚，我和老婆、青林我们三个人，为她凑足了吃的和盘缠，连夜把她送走了，一直送过了东三十里铺。"蒋兴禄又开始了他的讲述。

蒋兴禄说，本来他和他老婆想，万青林孤身一人，他又救了她，干脆别让月明走了，留下来给青林做个媳妇吧，他们年龄相貌也都般配。当时这样的事也多得是。可和青林一说，青林火了。他说："我们救人，是因为人家在苦难当中，是两条人命的事儿，谁遇到这种事，都不会坐视不管的。我们救人，是凭着我们做人的良心，是咱庄稼人的本性，没有想着要人家什么回报，更不用说要人家的人！人家是红军，所以，你留不住人家，也不应该留人家。再说，人家有丈夫有女儿，一家人迟早是要团圆的，我们半路里把人家拦下，这不是乘人之危趁火打劫吗？这样的事我们怎么能够干得出来！"他和他老婆一听，吓了一跳。啊呀，这幸亏还没有把这话说出来，如果说出来了，那多丢人！果然，月明的伤口稍有好转，她就提出要去找部队，要去找她男人。

"那她的孩子怎么办？"贺丹峰又问。

蒋兴禄接着说："临走的前一天晚上，她把我们三个人叫到跟前，扑通一声跪倒在地，泪如泉涌，声音抖得说不出话来。她说她要感谢我们对她的救命之恩，这个大恩大德，她一辈子也忘不了，以后不管走到哪里，她都会刻在心上铭记于胸。说到孩子，她说：'这个孩子，既是我的孩子，也是大哥大姐的孩子。没有大哥大姐，就没有我；没有我，也就没有她。你们才是她真正的父母。现在孩子太小，我还要寻找部队，行军打仗，根本没办法带，就先寄养在你们这儿吧！以后革命胜利了，有条件了，我再来找她。如果我不在了，就请大哥大姐把她当作亲生的骨肉看待吧！麻烦大哥大姐了！'青林听了，激动地说：'这有啥麻烦的，自己的亲生骨肉，我们都喜爱得不行，只要你心里能过得去，留下就留下吧，以后就做我的丫头，由我来抚养。'青林又对月明说，你临走给孩子起个正式名字吧，这一晌我们老'毛丫头，毛丫头'地叫着，可这总归不是正式名啊！月明抱着孩子这么亲那么亲，总也亲不够，眼泪自始就没有断过，那种难分难舍生离死别，叫人看着心里发疼。最后，她咬咬牙，甩掉眼泪，坚定地说：'她是红军的女儿，我姓月，她爸姓杨，小名叫月月，大名就叫杨月红！'"

"杨月红？哪个杨月红？"贺丹峰急着问。

"就是九队万家庄子上的那个杨月红！"蒋兴禄回答。

"那，万青林是谁？"

"就是现在杨月红她那个爹！"

"啊！杨月红是红军的女儿？"贺丹峰没有想到，调查蒋兴禄的所谓历史问题，竟调查出当年老百姓舍生忘死救红军、军民血肉相连感人至深的这么一段故事来；调查别人的问题，最终却查清楚了自己未来丈母娘的身世。他感觉到，冥冥之中，命运好像在捉弄自己；那根爱情的红丝线，在手上越拴越紧，越拴越牢。最近，他和英子的恋情，正在稳步健康地发展。他喜欢这个纯朴善良的农村姑娘，但却对她的家庭和身世很少了解。从来没有听她们家的人说起这些事。是不愿意提起还是另有缘由？除了红军的事还有没有其他的事？总感觉她们好像还有什么事隐瞒着自己。前一段，他把他在农村找对象的事写信告诉了家中父母。他父母虽不太情愿，但也无奈，只回信嘱咐他，一定要把人认准，人好家庭好，将来什么都好办。他决定注意这方面的情况，把有些神神秘秘的事情弄弄清楚。

九

外调回来以后，龚羡林他们把情况碰了碰，看来任务完成得都不好，都不符合王肃年的要求。

贺丹峰说："他硬说人家蒋兴禄脱过红军的衣服，是个隐藏的阶级敌人。结果我一调查，人家不但没有脱过红军的衣服，没有迫害过红军，而且还救过红军，可以说是个救助过红军的无名英雄。"

郑世荣激他："那他救助过谁，总有个名字有个证据哩吧！"

贺丹峰脸红脖子粗地分辩："救过谁？救过——"他忽然话锋一转，"救过的人多了，那时候那么混乱复杂的局面，他救谁还问人家的姓名和职务哩吗？人家不说，就是人家说了，他一个老农民，能记住个啥！"

"就是。"龚羡林打圆场说，"脱红军衣服的人可能有，但不一定就是蒋兴禄；就是脱了死人的衣服，拿到乡村去卖，也不一定就是充满阶级仇恨和感情！穷困潦倒的农村人，大字不识一个，知道什么叫阶级仇恨和阶级感情！他就知道那东西洗干净，婆姨娃子能穿着遮身，拿到街市上，能换两个小钱，有用！"

郑世荣问龚羡林："那你调查的薛得寿，怎么样了？""没有问题。"龚羡林说，"石门油矿的矿警队，说白了，就是矿上一个看家护院的内部机构，先后在这里面干过的上千人。薛得寿是大跃进的时候去的，挨饿的时候回来的，就两年多时间。矿上只留下一个名字和基本情况，多连一个字的资料都找不出来。我们倒腾着问，也都找了，就是找不出来。回来如实给王书记汇报了，王书记很不满意，把杨在明臭骂了一顿，说他没用，以后滚远一些。"

贺丹峰硬着脖子说："没有问题就没有问题嘛，还硬要给人家找出个问题，这不是鸡蛋里面挑骨头吗？这是要干啥？"

郑世荣问龚羡林："你们两个人去汇报的吗？"

"我才不去汇报呢，是杨在明一个人去的，挨了骂，给我说的。这家伙，挨了骂，猛喝了一顿烂酒，喝醉爬在阴沟的冰上睡着了，不是我发现，就阴死在那冰上了。是我叫人把他抬回去的。"龚羡林说着，直摇头。

"你这个滑头！"贺丹峰骂他。

龚羡林说："我怎么滑头了？这事是由杨在明牵头，我是在明的助手，再说，人家也没有叫我呀！我不疼的手总不能往磨眼里戳吧？"

龚羡林说罢，反问郑世荣："你的地富反坏右情况弄清楚了没有？有没有阶级斗争的新动向？"

还没等郑世荣回答，贺丹峰早在那里不耐烦地说了句粗话。

老郑瞪老贺一眼，转向龚羡林说："那些人的情况，几十年前就弄清楚了，阶级斗争搞了这么些年，没弄清楚等着我和你来了才往清楚里弄，岂不是天大的笑话！"说着就哈哈大笑。

"有没有什么新情况？"

老郑摇了摇头，说："那些不傻，往后缩都来不及，谁还直着脖子往锄刀底下伸！"接着，他详细说起他调查的那几个人的情况。

他说，地主刘满仓的情况，你们都知道。往重里说，上纲上线，也就是个畏罪自杀，对无产阶级专政有着刻骨仇恨，是对清理阶级队伍的严重挑衅，你再能说什么？反正人死了,你说上多严重,他也不知道了,你总不能把账记到人家的子女头上吧!龚羡林听得出来,这最后一句话是带着感情的,话里有那个瓷娃娃一样的刘小慧的影子。

富农薛有财,原本是这信和薛家庄子上的一个贫苦村民,后来在亲戚的拉扯下,去新疆某煤矿背煤挣了钱,回老家置办了一些土地和家业。谁知好日子还没有过,解放了,土改来了,就被定了个富农。他确实是自食其力,没有任何剥削。

历史反革命分子孙长喜,是个老大学生。在大学上学阶段,喜爱文学,曾和同学组织文学团体,办杂志,编刊物,发表诗文。后被反革命组织"西北反共救国军"所看中,借他们年幼无知,被拉入伙。后该组织被破获,主要头目被镇压,入伙者皆锒铛入狱,判以重刑。刑满释放以后在信和落户,至今还孑然一身。

右派分子吴茂功,更是奇冤一桩。他本是黑城一中的历史课老师,在大学学的是考古。因对全县几处主要文物景点遭到严重破坏心急如焚,上书县委,要求停止破坏活动,保护文物古迹,被认为是向党进攻,戴右派分子帽子,开除公职,送金水河劳改农场劳改,几乎饿死。后来还是他老婆背着炒面前去搭救,这才拣回一条命。回来以后就在老婆的娘家信和八队落户为农,自此再不出门。

"要说有点故事的,还要算坏分子何望林。"郑世荣嘿嘿笑着说。

他说这个何望林,是六队一个光棍社员。这家伙生性活泼,能说会道,见人点头哈腰,嬉皮笑脸。何望林从小死了娘,是他老子把他一手抚养长大。他还有一个弟弟。因为家里穷,老爹一个人供养不起弟兄两个人同时上学。何望林就提出,弟弟天资聪慧,将来比他有出息,让弟弟去上学,自己去漫口煤窑上挖煤,挣钱养活全家。转眼弟兄两个人都到了成婚的年龄,何望林又提出,弟弟是念下书的,条件比他好,先给弟弟找对象结婚,自己年龄已经拖大了,再拖几年也没啥。于是,他继续在煤山挖煤,来支撑这个家庭。弟弟结婚以后,感到对不起哥哥,提出让哥哥回来,自己接替他去挖煤。老父亲同意了这个想法。何望林回到家以后,看到新娶的弟媳妇就像一朵花似的,不觉热血翻滚,心潮澎湃。开始他还硬撑着,可后来实在撑不住了,就去抬弟媳妇的门。弟媳夏兰花正值新婚,春兴正浓,也就半推半就了。岂不知这个何望林搞女人搞上瘾了,本队的搞,外队的也搞;年轻的搞,年龄大的也搞。开始是在家里,在旮旯拐角里,是偷偷摸摸的,后来就直接搞到田间地头、光天化日下去了。你还别说，就这么个家伙，还挺有女人缘。有一次，他和几个青年妇女在地里干活，那几个女人骚情着说要和他摔跤，她们几个摔他一个。何望林知道这些女人的厉害，想跑，但是来不及了，那些女人已经像一群狼一样将他团团围住。她们拧胳膊的拧胳膊，抱腿的抱腿，只几下就把何望林的裤子扒拉下来了。裤子被扒拉下来，那几个妇女笑得前仰后合。何望林心想，家底都露了，干脆一不做二不休，干他一家伙！他瞅准自己平时最喜欢的一个女人，像饿虎扑食，猛扑上去，也是只几下就把那女人的裤子扒了个精光，并重重地压在自己身子底下。其他几个女人，开始还帮着同伴打他，但看着已无济于事，一个个都羞得躲了起来，眼睁睁看着何望林于光天化日之下非常熟练非常专业地把事儿干完。

"你胡编的吧！"贺丹峰故意问。

"我胡编啥呢，这事全大队的人都知道！"郑世荣有点生气。

"可以理解！可以理解！二十大几的吊蛋小伙，锤子硬得铁似的，没个媳妇咋成！"贺丹峰转而又嬉皮笑脸地说。

老郑抓住老贺的把柄说："你可千万不要把自己也硬成铁，走何望林的路子！你走了何望林的路子！我和老龚可没办法向你家里人交代！"

三个人同时哈哈大笑。

笑过，龚羡林认真地问贺丹峰："你和英子的事咋弄下了？"

贺丹峰还没有来得及回答，忽然门外有人来了，来人竟然是刘小慧。

龚羡林和贺丹峰同时瞪大了眼睛。

贺丹峰抢前一步问："你找谁？"

刘小慧浅浅一笑，文质彬彬地说："我找一下老郑，郑大学！"

贺丹峰和龚羡林又一起吃惊地望着老郑。

郑世荣心虚地红了红脸，说刘小慧："找我？进来吧！"

刘小慧抬腿走了进来，环视了一下三个大学生的住处，对龚羡林和贺丹峰笑着说："我找老郑借一张歌谱。"

郑世荣问："啥歌谱？"

刘小慧说："《赛马》你有吗？我想你是拉二胡的，一定有，借我抄一抄！"

郑世荣想了想说："噢，《赛马》？我还真有。你坐你坐，我给你找。"

刘小慧大大方方坐在了炕沿上，郑世荣在房东老太太的棺材上，从里面自己的东西中翻找着那首歌谱。这中间，龚羡林和贺丹峰挤眉弄眼，已经完成了怀疑、猜测、询问等各种信息交流。他们的举动被刘小慧看在眼里，笑在心上。

老郑手忙脚乱地终于把那张叫作《赛马》的曲谱给找见了。他郑重地递到刘小慧手上，望着她说："你最近气色不错！"

贺丹峰凑热闹地说："不错，不错！"

龚羡林话中有话地说："我们老郑最近气色也不错！"

刘小慧听出了他话中的意思，咯咯咯笑了。

刘小慧拿着老郑给的歌谱，轻轻地往下吟唱，纤纤玉指还敲打出曲子的节拍。

贺丹峰用手指点着老郑，朗笑着骂道："老郑啊老郑，隐藏得够深啊！"

龚羡林也接上莫名其妙地说："雄关漫道真如铁，而今迈步从头越！"

贺丹峰还对着老郑："你不是给我们三个开会，统一思想，农村……"

龚羡林打断老贺，接着说："农村是个广阔的天地，在那里是大有作为的！"说罢，望着刘小慧嘿嘿一笑。

他们正说得热闹，大队张文书过来了。

张文书为人诚实，待人宽厚，老那么和蔼地笑着。他已经来这个大学生点好几次了。今天来，见刘小慧在，更加高兴。他的到来，正好解除了郑世荣被龚贺二人调侃讽刺的尴尬。

郑世荣忙上前问："文书大人到来，有何吩咐？"

张士维说："春节快到了，大队商量了一下，今年春节你们都别回家，咱们排练文艺节目，搭台子唱戏。我们自己吹拉弹唱有几个人，加上你们，就够了。准备从乐队请几个把式过来，给咱们教。就唱秦腔《智取威虎山》，大队有这个戏的本子，社员们又爱看。先给你们说一下，你们再给罗大夫两口子和肖淑娴也说说，全部参加，明天到大队开个会，具体布置一下。"说完他望着刘小慧说，"小慧也参加，你们都是人才！"

刘小慧动了动嘴唇，没有说出话。

郑世荣对张士维为难地说："罗成农、葛兰玲两口子和肖淑娴你给说吧，你说了人家有什么困难可以当面提出来，我们说了人家有事还得找你们。"

张士维说："行。"

贺丹峰说："不回家过年可以，就是我们不会唱秦腔怎么办？"

张士维说："有人教，跟着学。你们大学生，把啥学不会！"转身又问龚羡林，"老龚，你呢？"

龚羡林心里有点犯难，大队的这个决定出乎他的预料。他的父亲还关在牛棚里，母亲和几个弟妹，也被"不在城里吃闲饭"的"王大娘的两只手"赶到了老家农村。他原本是想借春节回去看看他们的。但人家两个不走，自己怎么好意思请假走呢！再说，张文书一片诚心挽留，并把演戏的希望主要寄托在他们几个大学生身上，自己怎么好驳他的面子呢！与其惹得大家都不高兴，还不如就打消这个念头。于是，他表态说："行！"

大队的会第二天上午召开。来的人真不少，满满当当坐了一会议室。有大队干部、各队队长，全大队文娱活动骨干分子和积极分子，插队大学生和回乡知识青年。龚羡林惊喜地发现，郁彩虹和刘小慧也来了。

从石门回来以后，他曾去过彩虹家两次。一次是彩虹不在，说是到王正珍家去了，还有一次是她家里来了亲戚，好像是她远在新疆的姑姑和姑夫来了。两次去找，两次都没有见上面，也没有说上话，他心里猴急猴急的。贺丹峰和英子相恋，对他虽有触动，但没有太往心里去。昨天刘小慧的出现，她和郑世荣那种不清不楚不明不白的关系，确实叫他感到了问题的急迫性和严重性。原来一切都是假的！郑世荣半夜三更把他们叫起来统一思想，讲得钢邦硬铮，装得道貌岸然，原来他是说的一套，做的一套，早就和刘小慧勾扯上了。自己再不抓紧，就让这两个家伙当傻瓜给耍了。

薛得寿从他面前走过，什么话也没有说，只重重地握了握他的手。那有力的一握，是满腔的热情和感激，他能理解那只粗大的手掌所传递出来的全部内容和信息。

王肃年也从他的面前走过，高昂着头，装作没有看见，他也没有挪身，也装作没有看见，只冷冷地斜视了一眼，心里骂道：摆什么臭架子，谁怕你！

会议由王肃年主持。他讲了大队的安排，讲了排演革命现代样板戏的重要意义，讲了需要重视和注意的问题。他说要把春节的文娱活动，看作是清理阶级队伍的一部分，要像英雄杨子荣那样，明知山有虎，偏向虎山行，以上山打虎的精神，把公社党委布置给我们的工作，一件一件做好！

罗成农听着他比喻得有些牵强，轻轻问龚羡林："谁是座山雕？"龚羡林一本正经地说："不知道，正在找！"罗成农失声笑了出来，他老婆葛兰玲搗了他一拳。坐在后面的肖淑娴伸过头问："你们笑成这咋了？"龚羡林说："座山雕找不见了！"说罢他抬起头，正好和坐在肖淑娴旁边的彩虹打了个照面。彩虹朝他笑笑，他也朝彩虹笑笑，所有关切和思念都在那一笑中了。

王肃年讲完话，把具体工作交给了张士维。张士维看来早就有准备。他先宣布了参演人员名单，指出凡抽调出来的人都有误工补贴，各生产队不得刁难，让与演出无关的人和生产队长回家。然后把演出人员分为三拨，各司其职：一拨是演员，二拨是乐队，三拨是剧务。他点名让从县城下来插队的知识青年陆永刚饰演英雄杨子荣，陆永刚长得和京剧《智取威虎山》中的杨子荣非常相像；让龚羡林扮演203首长少剑波；让贺丹峰扮演猎户李勇奇；让彩虹饰演李勇奇的女儿小常宝；让郑世荣和刘小慧都参加乐队的工作。罗成农因为老婆怀孕待产，需要照顾，就没有分配角色。肖淑娴也是没有合适的角色可演，分配在剧务帮助指导。

角色分配完毕，待大家酝酿讨论，彩虹朝龚羡林这面看一眼，悄悄离开了会场。龚羡林也借着上厕所，随后溜了出来。他们在堡子墙角的僻静处恰巧相遇。龚羡林能够看得出来，彩虹溜出来是为了故意等他；而彩虹也能够看得出来，龚羡林是跟着她出来的。石门回来这是第一次见面，两个人都显得十分兴奋和激动。

彩虹看着龚羡林的脸问："石门那里怎么样？"

龚羡林笑着说："冰天雪地，不过很长见识。"彩虹说："我姑姑、姑夫过去就是石门油矿的。"

龚羡林说："是吗？以前怎么没有听你说起过？"

彩虹说："他们离开早了。"

龚羡林又问："听说他们到你家来了，走了吗？"

彩虹说："还没有。我爸今天从单位回来了，他们老姊妹要见上一面。"又说，"我爸和我姑想请你到我们家吃饭，你有没有空？"

龚羡林心想，请我吃饭，就是想见我，想当面考察考察我，替丫头把个关，于是高兴地说："我有空，啥时候？"

彩虹说："有空的话，那就明天中午吧！"

龚羡林说行。回头又问:"前两天我去找你,你不在,你妈说你到王正珍家去了,你到她家去干什么?"

彩虹叹一口气说:"正珍姐又和她男的吵架了,这一次听说那男的还打了她,她跑到娘家来了,我去看看她。"

龚羡林又问:"他们关系不好吗?"

彩虹说:"换头亲,本来就没有感情,那男的还成天喝酒,喝醉了就打她,依正珍姐的性子,哪能受得了这个!我看他们迟早得散!"

龚羡林长叹一声:"噢,是这样!"他们正说着,张文书打发刘小慧出来找他们了。

十

彩虹家这个郁姓,原本是江南长江流域的一个姓氏。不知何年何月,哪一个祖先冒犯朝廷,被定了重罪,家族才四散逃命,分崩离析。

黑城姓郁的不少。黑河下游的宁远公社,有个郁家庄子,全是郁家。可追问渊源,都说他们之间没有什么关系,不知是故意隐瞒,还是另有隐情。

彩虹的爷爷,老弟兄三个。老大老二在家务农,老三在城里经商。老大1949年前就去世了,留下一子一女,一子就是现在和彩虹家同住一院的大伯郁文伯。老二就是彩虹的爷爷,也于三年困难时期抱病而亡,膝下两子一女,两子就是彩虹的父亲和她在肃山当裁缝的三叔,一女就是远在新疆的姑姑。老三在黑城开有铺面,经营丝绸和纱布之类,还兼做其他生意,家境殷实,雇有店员和使唤丫头。由于是当地有名的富户,于某年某月某日夜黑风高之时,惨遭强盗抢劫,强盗不仅抢走丝绸布匹若干,还开枪打死了护家的女主人三奶。现在的三奶是原来那个三奶的妹妹,妹妹做了姐夫的续弦。他们跟前有三男三女,那两个大的儿女就是头一个奶奶生的。

郁家本有一个很好的家风。兄弟三人所生众多子女,不管城里乡里,也不管贫穷富有,都以长幼排序,大家亲密无间,互亲互爱。可是到了土改,老大老二被定为贫农，老三被定为资本家。同一个娘老子生的亲弟兄三人，由于阶级成分不同，阶级立场不同，从此少了往来。

彩虹的父亲郁文才，小时候上过学，有较好的文化基础。有一年，他的一个在新疆做事的长辈回乡，看到他精明能干，就带他到口外，让他在一家朋友开的绸布店学习做店员。这家绸布店的老板有一个女儿，年方十七，天生丽质，帮助父亲打点生意，里里外外都是一把好手。她见新来的伙计人才挺拔，相貌端庄，年龄又和自己相仿，本能地就有了一丝好感。及至后来接触时间长了，看到他手脚麻利，行事稳重，账目清楚，又打得一手好算盘，不觉暗生爱意。文才在这家一干就是三年，为这家生意的拓展，出了不少力，献了不少策，深得老板的信任和喜爱。老板的女儿对他的爱日渐加深，最后竟在心底盟誓，非郁文才不嫁。郁文才不是木呆之人，他看在眼里，记在心里。他也非常喜欢这个女东家。她模样俊，心眼好，聪明伶俐，处事果决，是自己理想的意中人。可是，他在家乡已经定了亲，家里多次来信催促他回去完婚。他不敢违抗祖训，违抗父母。一方爱火燃烧，穷追不舍，一方胆小怕事，不敢应承，终于在一个寒冷的夜晚，郁文才眼含热泪落荒而逃。他这一逃，等于把姑娘的心给拔走了。姑娘随后就搭了个便车，一直从口外追到口内，从迪化追到黑城。姑娘失魂落魄追到信和郁文才的家里时，文才和同村郭姓女子的婚礼，正在呜呜啦啦的唢呐声中热闹举行。这个郭姓女子，就是以后彩虹的母亲。据说那个老板的女儿追到郁家，看到此情此景，整个人都瘫了，一连几天，茶饭不思。郁家的女眷们知道内情以后，要赶她走，被文才的父亲挡住了。他对家中人说，人家能看上咱的儿子，是咱郁家的造化，人家能从口外追咱儿子到口内，说明情深义重。从此我就认下这个干女儿了。他对那姑娘说，如果你父亲同意，我要和儿子去新疆看他，当面向他赔罪，并感谢他这些年对儿子的培养和关照。他给儿子和媳妇交代，好生看待新疆姑娘，让她在自己家多住些日子，等情绪好了，精神好了，再送她回去。就这样，老板女儿在郁家一住就是两个多月，在郁家上下的劝说和抚慰下，她终于想明白了，高高兴兴地回去了。

彩虹的母亲郭秀芹，是个典型的农家妇女。自结婚以后，丈夫常年在外工作，是她独撑着这个家。生产队是靠挣工分吃饭的，谁家的劳力多，挣的工分就多；挣的工分多，分的粮食就多。她家就她一个劳力，挣不了几个工分，挣不来工分，就分不来粮食。所以，别人家平时能吃干的，她家就只有喝稀的；别人家一年的口粮能吃到第二年麦熟，她家的口粮只能吃到年底。彩虹是家里唯一的女孩子，正是成长发育的年龄，每天上学，别的同学有干粮带，而她什么也没有。饿得实在不行，就去自来水管上接生水喝。

三年困难时期，队上好多人家都饿死了人。彩虹的两个弟弟饿得哇哇直哭，母亲的心像刀绞似的。有一天夜里，她做出了一个大胆的决定，她等孩子们都上炕睡了，自己藏一条麻袋，悄悄摸到生产队的打麦场上。场上有昨天打碾扬出的小麦，没有来得及入库，她忘记了一切危险和耻辱，就往那麦堆上给麻袋里装麦子。她不知道当时哪来那么大的劲，沉沉的一麻袋小麦，叫她趁着夜深人静，三下两下就背回了家。之后这样的事她还干过几次，有几次还叫上小小的彩虹给她壮胆帮忙。好在还有娘家弟弟的资助和一些亲戚的帮忙，丈夫也不时带回来一些亲友资助的粮食和干菜之类，才使全家勉强度过了那段生死年月。

龚羡林曾到彩虹家去过几次，给他一个突出的印象是，这个家庭虽然也是农村家庭，虽然也很简朴，但和一般农村家庭相比，却有着很大不同。两间大小的厢房，靠窗盘了一铺大炕，地上迎门支了一张条桌，条桌前又并了一张方桌，方桌的两边两把木头椅子。厢房的里面，又套了一间小屋，小屋的隔壁是厨房。同样的格式，同样的陈设，但是炕上收拾得干干净净整整齐齐，箱柜桌椅被擦拭得明光锃亮，沙枣木固有的花纹清晰好看，桐油的光泽能照出人影来。墙上，挂着几幅名人的字画和影星的照片，给人一种温馨清爽而又略带文化气息的感觉。更加可贵的是，这家的孩子都很有礼貌，见人落落大方，阳光帅气。你从表面很难看出他们曾受过的苦难与艰涩。孩子们的表现，说明这个家庭的教养和家风。看到这一切，龚羡林很自然地联想到自己的家庭，他感到他的家庭和彩虹的家庭有许多相同之处，他们成长的环境和氛围也有很多相似之处，因而，他们的心是相通的，在对待生活的认知和态度上，有着高度的契合。

那天应邀去吃饭，她的父母、姑姑、姑夫和两个弟弟都到门口来等候迎接，这让他十分感动。自他沦为"臭老九"以来，没有人这么热情地对待过他们。他感受到了逆境中从未有过的人间温暖。他知道，这种热情，说明了她家对他们相爱的重视。是她的父母想趁姑姑、姑夫来，一起考察考察丫头结识的这个对象，帮着把把关。

果然，在吃饭中间，他们问起他家中的一些情况，问起他父亲挨斗的情况，问起国家对他们这些学生下一步的安排和打算。这些问询虽都是随意寒暄中问的，带了浓厚的同情和关切，但却覆盖了他全部的信息。龚羡林心想，看来彩虹已经将他的情况告诉了他们，他们这样问，是想做深入一步的了解。婚姻是人生的大事，有哪一个家长不是为儿女操心！更何况，当时社会上流传着对他们这些人各种各样的说法，有些说法直接充斥着造谣、中伤和贬损。他们自己也说不清自己将来会到哪里去。谁能证明那些说法不是真的？谁能放心把心爱的女儿嫁给一个来历不明且没有前途的人呢？他如实地诚恳地把自己和家里的情况，做了详细全面的介绍。谁知，酒过三巡，彩虹的父亲忽然对着他说："你父亲的问题还没有解决，你们这事怎么办？"意思是说，你父亲还在接受批斗，问题没有最后结论，你们的事让我们怎么表态？这使他的自尊心瞬间受到伤害。他一时语塞，郁家人也一时无语，场面显得比较尴尬。彩虹的姑姑望一眼哥嫂，又望一眼龚羡林，一边给他碗里夹菜一边笑着说："早晚会解决的！"龚羡林感激地笑笑，挣扎着吃完了那顿饭，心情沮丧地离开了郁家。

　　龚羡林的父亲是一位中华人民共和国成立前参加工作的老干部。起初在公安系统工作，先后做过陇中地区公安处的科员、清源县公安局副局长。1958年，清源县撤销，他被调往陇中地区搞电力建设，先后任陇中电厂筹建处主任、陇中电厂厂长、西州地区青牛电厂厂长、西州电厂厂长。因是当权派，在运动中受到冲击、批斗。至龚羡林下乡插队，虽已解除监管，恢复自由，但尚未给出结论，尚未安排工作。龚羡林坚信，父亲是无辜的，他的问题迟早会解决。至于什么时候能解决，不是父亲说了算的，更不是龚羡林说了算的。他从来没有怀疑过父亲的问题是否会影响到自己的个人问题，也从来没有想到找一个农村姑娘竟遭遇如此的难堪。在个人问题上，他一直比较清高，比较自负。这次吃饭，对他打击很大。

　　他在彩虹家的大门口碰见了罗成农、葛兰玲两口子，他们正在做回省城生孩子的准备，葛兰玲挺着个大肚子，显得身材更加矮小。他们见了龚羡林，略微有些迟疑，以为是找他们的，问他有什么事。龚羡林不想让他们知道自己的事，就编谎说："过来看看，看你们什么时候走，也好去车站送送。"罗成农说："送什么，又没有多少行李，到时候我们坐班车就走了！"龚羡林说："送还是要送一下的，到时候一定通知我。我先到大队去了。"说完就赶快去了大队。

龚羡林对罗、葛二人并不感冒。这两口子平时是很看不起人的。他们自认为自己是大城市的人，家庭显赫，身份高贵，一般不与来自农村的同学来往。再者，他们都是大学生，郎才女貌，门当户对，学的又是不管城乡贵贱人人都离不开的医学专业，因此总有一种优越感。他们又特别会做人。别看和同学很少来往，但却和队上干部以及一些大头社员打得火热。时不时地给大队和生产队干部介绍一些省上著名医生，让他们去就医看病；给一些社员一些廉价药片，以解一时之急。因此，干部群众对他们都有很好的印象，见了总是"罗大夫""葛大夫"的亲切地叫着。贺丹峰和英子的事他们早就知道了，龚羡林就曾听他们嗤之以鼻地说，一个大学生，找一个农村姑娘，大字不识几个，这是咋了？难道饥不择食了？为啥要这样轻贱自己？为啥要给我们大学生丢人？龚羡林和彩虹的事，他们虽有耳闻，但没有证据，也不相信。在点上几个同学中，他们唯一欣赏的还是龚羡林。龚羡林是全国重点大学毕业的高才生，人长得英俊，脑袋瓜又聪明，能写会说，将来必堪大用，他怎么能和贺丹峰一样呢？龚羡林几次到彩虹家去，都刻意躲着他们。如果让他们知道了，还不知道会说出什么难听的话呢！

龚羡林在大队一待就是一个下午。他本来想背背少剑波的几段唱词，但心绪烦躁，怎么也静不下心来。

就在这时，"老龚！"杨在明突然出现在面前，对他说，"薛主任有请！"

龚羡林问："干啥？"

杨在明右手放到嘴边，"嘘"的一声，做出个喝酒的动作，然后诡秘地笑了。

龚羡林左右看看，悄悄地跟着他去了。

薛得寿自从龚羡林、杨在明调查他回来，实事求是做了汇报，很是感激，老想请他们在家吃顿饭，但碍于王肃年对此耿耿于怀，害怕给两个好人带来麻烦，所以就放了下来。最近，王肃年去地区开会，一时半会儿不会回来，他就让杨在明去找龚羡林。杨在明被王肃年臭骂一顿后，再不被信任，心里窝着一肚子气，心想你也太缺德了吧，调查不出问题是人家没有问题，你还能让我给硬编些问题？乡里乡亲的，低头不见抬头见，你让我那么做，我怎么见人？再说，人嘛，总得有点人性，你连人性都没有了，那不成了畜生！管他的！爱信任不爱信任，你信任我叫个杨在明，你不信任我还叫个杨在明！王肃年对他这样，他就把他的全部阴谋以及他和龚羡林调查的情况，都告诉了薛得寿。薛得寿听了，觉得龚羡林这个人他还真没看错，自火车站认识把他接来，他就感觉这个年轻人聪明精干，稳重成熟，很有水平。来队以后，虽然出于某些方面的考虑，来往不多，但心灵是相通的。特别是这一次的调查，他知道那主要是龚羡林的主意。所以，他一定要找机会请这个年轻人到家里来坐坐，以表达他的一片喜欢和感激之情。

昨天，他特意让家在红山的女婿买了一只绵羊下来，今天为龚羡林他们做了黄焖羊肉和羊杂碎汤。龚羡林他们去时，家里已有一人，这人不是别人，正是九队的万有年会计。龚羡林不知道薛得寿和万有年是啥关系，反正见他们来往密切。他刚坐下，大队的张文书也来了。

看大家坐定，薛得寿端起一杯酒说："很少请大家到家里来坐，今天有时间，咱们喧喧。龚大学是外乡人，经过这一段相处，已经成了我们信和人了，这第一杯酒，我提议我们先敬他，感谢他为我们信和人所做的一切！"龚羡林有点诚惶诚恐，连忙站起来说："哪里，哪里！不敢，不敢！"

在酒桌上，龚羡林听说，知识青年上山下乡，又掀起新的一波。最近，要给信和又来一批上海某中等专业学校的学生，年后还要来一批天津和本省的知识青年。上面要求让抓紧知青安置点的建设。还要加强对知识青年的管理、教育和培训，要注意解决他们中出现的各种问题，以保证这项工作能够健康顺利地发展。大家也谈到已经出现的问题，深感责任重大。

龚羡林离开薛得寿家时，已是后半夜了。杨在明已经喝得烂醉，张文书和万会计好像还没有喝够。薛得寿把他送出街门，一直送到上九队的大马路上。临分别的时候，紧紧地握着他的手，久久不愿松开。月亮很圆很亮，洒下一地光华。一股暖流在两个人身体里流动着。龚羡林醉意朦胧地说："我没事，你回吧，他们还等着你哩！"说完，挣脱薛得寿的手，走了。

他忘了九队饲养场的那两只大黑狗晚上是放开的。这两个家伙，不咬队里社员，专咬他们几个大学生。来了这么长时间，就是认不下人。就在他摇摇摆摆刚刚走过涝池，它们就狂叫着扑上来了。龚羡林被惊出一身冷汗。他急忙就地拾起几块土块，朝它们打去。它们很狡猾，立刻变化队形，一前一后将他包围起来。这里离住地还远，附近又没有树木，折不到一根树枝，光靠土块是轰不走也挡不住它们的。没有办法，龚羡林只好蹲下来。他有农村生活经验，他知道蹲下来狗就不追了。果然，他蹲下来，那两只狗也一前一后蹲了下来。雪亮的月光下，寂静的干滩上，狗与人就这样对峙起来。龚羡林有点犯难了，这可怎么办？总不能就这样和狗相持一夜吧？就在他发愁不能脱身的时候，他听见身后有急促的脚步声，到了跟前一看，竟是彩虹和她的大弟弟建娃，她手里还提了一把铁锨。

"是龚哥吗？"他听到了一句亲切的问话。

"是我。你们怎么来了？"他如遇救星但又十分不忍地问。

"狗咬那么凶，我就知道是你！"彩虹说。

"那不一定，说不定是个贼呢？"龚羡林犟嘴。

"就你这个……贼！"彩虹娇嗔地说。

原来中午吃过饭，龚羡林走了以后，彩虹也走了。她知道因为她父亲的一句话，龚羡林心里不高兴，想给他解释。谁知撵到大队部，不见他人，一问，说是好像被杨在明拉上喝酒去了。她心里暗暗叫苦：中午就喝了不少，这还喝的什么酒？心里有事的人最容易喝醉。别人喝醉了，有家，他喝醉了，谁管？她又以排练节目为由，找到杨在明家。杨在明的婆姨说，不是在他们家喝，是被薛主任叫走了，杨在明也去了。她只好作罢，回到大队。

一个下午，她心神不宁。她让弟弟帮她盯着。从薛主任家回到九队万家庄子，龚羡林一定会从她家门上过，她要把他拦住。谁知前半夜过去了，仍然不见他的身影，弟弟都睡着了。正当她困顿准备去睡的时候，听见了饲养场附近的狗咬。她知道那狗是专门咬他们几个大学生的，是咬他的，她就紧急叫醒弟弟，拿上铁锨赶了过来。

"今天中午，我爸说了那句话，你生气了？"彩虹问。

"我怎么敢生你爸的气，我是生我自己的气！"龚羡林说。

"你要理解，我爸也是从历次运动中过来的，他不容易。他就我这么一个丫头，对你和你们家的情况又不了解，当然担心就多一些。"

龚羡林借着酒劲大声说："完全理解！完全理解！"接着又小声说，"既然担心我爸的问题解决不了，那就给你找个没问题的人家去吧！我何必自作多情！我爸的问题什么时候能解决，这不是我说了算的！"说着竟有些东倒西歪。

彩虹一把扶住他，趁势将头埋在他怀中，带着哭腔说："你净胡说！"

龚羡林的心瞬间像冰雪消融，一股暖流在周身奔涌，他伸手抱住彩虹，在她的头上抚摸着，在她脸颊上亲吻着。

建娃站在一旁，傻傻地笑着。

过了好一会儿，彩虹推开龚羡林说："走！我们送你回去吧！"

龚羡林说："夜深了，你们也不安全，你们回吧，把铁锨给我！"

"能行吗？"彩虹还是有点担心。

"没问题！只要有了铁锨，三只狗我都不怕！"说着，举起铁锨，大喝一声，就朝前面那只狗冲去。

那只狗被吓了一跳，狂叫着朝前逃去。后面那只见了，不明就里，也跟着拼命奔逃。两只狗的狂叫，响彻了整个夜空。

龚羡林一路追杀，一直杀进了睡觉的地方——万有仁家的街门。

彩虹和建娃在月光下看着他一路杀去，心里轻轻地骂一句："疯子！"

十一

贺丹峰纳闷：杨月红是红军的女儿，女红军临走把她托付给了万青林，万青林的老婆子呢？难道他一辈子没有结婚，一个大男人倾其全力养育了这个女儿？杨月红是1937年生的，现在也就三十岁出头，而她的女儿英子却已经十七周岁了，难道她十三四岁就生了她？英子家常有一个三十多岁的男人造访，晚上来，早上天不亮就走，他是谁？他在躲避谁？他和杨月红是什么关系？杨月红的男的万有德在家，他为什么要住在杨家？难道张金花骂杨是"卖的"，指的就是这个人？这些疑问一直困扰着他，他曾试探着问过几次英子，英子吞吞吐吐说不清楚，是真的不知道，还是故意向他隐瞒？他觉得他有必要弄清楚这些问题。

他先找了万青林老汉了解情况。他给他说了蒋兴禄讲的故事，问他有无此事，可否真实。万青林闭着眼睛沉默许久，猛地睁开眼说："有！"然后像春蚕抽丝般地慢慢吐露出那段刻骨铭心的往事。

他说女红军走了以后，他就全职做起了小月月的爸爸。那时候他还是个年轻人，光棍一条，根本不懂孩子怎么抓养。开始他还依靠蒋兴禄老婆，可时间长了人家也有一摊子事情，他就只好自己学着干。孩子饿了，他就朝锅里刷一碗面糊糊，给一口一口吹着喂。好在家里当时还养着两只母鸡，他就把鸡蛋打破和到面糊糊里，烧成鸡蛋毛汤，使孩子多少能有点营养。孩子拉了，他就给她擦洗，总能保持她的小屁股小身子干干净净清清爽爽。后来不知什么人多嘴，给马家军告发，说他的丫头是红军的后代。他一听抱起丫头就跑，一口气跑到甘州一个亲戚家里，在那里躲了半年，等风声过了，才又回来。

就这样，一晃几年过去了，孩子也慢慢长大了，长得越来越漂亮，越来越懂事，他们父女之间的感情也越来越深。在这中间，也有人给他介绍过几个对象。有的人家一听他年岁大了，身边又有个孩子，不想成。他则害怕找的人不对，孩子受气。就这样又拖了几年。后来他想："算了，干脆不找了，就我和我的丫头相依为命，挺好。再说，我答应了人家红军，我就得做得好一些，做不好，咋对得起人家的爹娘！我把孩子带好了，带大了，将来人家的爹娘来找，我也好交代了。"

"人家的爹娘再来过没有？"贺丹峰问。

"没有。"万青林摇摇头，"也可能活着，也可能早就不在了。"

贺丹峰心中的第一个疑团解开了，结果和他预想的一致。他不觉对面前的这位老人更加崇敬。不要听他说来轻松平淡，他知道，三十多年的岁月，一个男人带着一个孩子，又当爹又当娘的，绝不是那么轻松地走过来的，这中间要经受多少艰难困苦！

贺丹峰又去找了杨月红，他想从她这儿知道，英子是不是她亲生的，那个经常到她家来的神秘人物是谁？

杨月红还没开口，眼泪早就掉了下来。难过半天，她擦擦眼泪，望着贺丹峰说："丹峰，这些伤心的往事，我本不想说，我怕伤害到我的丫头。英子是知道她自己的身世的。但有些事她知道，有些事并不知道。她本来就性格内向，非常自卑，再知道我把这一切都告诉了你，会更加难过的。她很爱你，老觉得她配不上你。我要你答应我，我说了你不要给她说，你可要好好对待这个可怜的孩子！"

贺丹峰郑重地点了点头。

于是，一段近乎残酷凄美的爱情故事从杨月红的叙述中缓缓流出。

杨月红说，她知道她的身世。她爹，也就是现在的万青林老人，在她刚刚懂事的时候，就给她说了。他要她牢记着她的父辈，好好学习，诚实做人，长大了做父母那样的人，为国家出力，为老百姓谋利益。老爹一直以这个标准严格要求她，热情鼓励她。她就在这样的教导下，上完了小学，又上完了中学。

她本来是想高中毕业以后考大学的，但那一年老爹害了一场大病，差点把命都丧了。"老爹为了保护我拉扯我，一辈子连婚都没有结，身边没有一个亲人，我再考上大学走了，他怎么办？老爹对我的大恩大德，比天高，比海深，我在他最需要我的时候转过走了，良心何在？"于是她决定，不去考那个大学，留在家里和老爹相依为命，侍奉他一辈子，照顾他一辈子！

那时候她已经十八周岁。高挑的身材，匀称的身段，俊美洋气的脸庞，出落成了全乡有名的大美人，前来提亲跟着追求的男人不少。她也考虑，自己该成个家了，农村像她这个年龄的丫头都抱娃娃了，有个男人在身边共同承担家中的事情，可能对老人对自己都更好。于是，在众多的追求者中，她选择了忠厚老实、死心塌地爱着她的本村青年万有德。万有德是她小学到中学的同学，从小一块长大，知根知底。

中学的时候，她有个非常要好的女同学，名叫方英，比她大四五岁。她们就像亲姊妹一样，成天形影不离。方英是本公社义和大队的人，她和同班男同学、家住智和的段怡飞相恋多年，两个人爱得死去活来。中学毕业以后，段怡飞考上了省上的医学专科学校，方英却因成绩不够名落孙山。农村人家是不允许女孩子过了二十岁还待在娘家的。方英当时已过了二十岁，前来提亲说媒的踏破了门槛。但方英一个都看不上，她就铁了心地要等段怡飞毕业回来。为此，她的父亲提着牛鞭抽她，她的母亲几次喝碱水，想把自己毒死，说男大当婚女大当嫁，她把丫头养了二十几了，还不嫁人，她这个当娘的在人面前抬不起头，老脸没处搁。父母亲还动员族里长辈给女儿讲"父母之命，媒妁之言"等等的人伦道理，发动亲戚朋友做丫头的思想工作。在强大的家庭压力和社会压力胁迫之下，方英没有办法，只好屈从。

家里给方英说下的对象不是别人，正是信和和杨月红打了架撕了裤裆的张金花的弟弟张金虎。方英是个性子极偏的丫头，在她心目中，这一辈子就只有一个男人，那就是段怡飞。除了段怡飞，她对其他男人都不感兴趣。你们要找就去找吧，随便哪个都行。因此，张金虎长什么样，有没有什么毛病，她一概不管。谁知洞房花烛那晚，问题就出来了。张金虎等曲终人散，就猴急猴急地要和方英睡觉，方英此时已哭干眼泪，心灰意冷，任其摆布，只把自己当烂肉一堆。可只见张金虎嘴上用劲，下身却没有任何作为。折腾了半天，把方英弄躁了，她一把推开张金虎，骂一句"滚！"就自己蒙着被子抽抽咽咽地哭了起来，哭得非常伤心。张金虎自此越发的软了，再也不敢上方英的床。过了一段时间，自己觉得没趣，就找了个借口，上煤山挖煤去了。

方英结婚前曾约段怡飞见了一面。她给段怡飞倾诉了自己的委屈和无奈，表达了至死不渝的态度，最后两个人抱头痛哭了一顿，又各自把自己完完全全地给了对方。

张金虎的爹娘死得早，家里就只他和哥哥、嫂子，还有姐姐。这个家是阴盛阳衰，两个男的都很内向，少言寡语，两个女的却性情粗暴，伶牙俐齿。姐姐在时，是姐姐当家；姐姐出嫁以后，是嫂子当家。方英就是嫂子凭着三寸不烂之舌硬给说进来的，不然一个高中女学生，怎么能屈尊下嫁给毫不起眼的初中生张金虎呢！

把方英娶进门，嫂子觉得很有成就感。但就在她还没有得意够的时候，张金虎却突然提出要到煤山上挖煤去。她感到有点蹊跷，心想他们结婚才两三个月，怎么舍得离开？她把张金虎叫来问，张金虎死活不说。叫自己男人问，也是问不出个子丑寅卯来。张金虎走后，她发现方英的肚子好像一天天大了。开始，她还有点暗自高兴，心想，只要你把瓜种上，想走哪里走哪里去，不然，我和你哥没有根苗，你再不操心着种地，岂不叫我张家绝后？过了一段时间，张金虎回家背吃的，嫂子把方英怀孕的事告诉了他。谁知张金虎听了，非但不高兴，反而脸涨得通红，把装粮的袋子朝地下一摔，气急败坏地说，那孩子不是他的，他有病，他不能生孩子！哥哥嫂子听了，如五雷轰顶，彻底傻了。他们把方英叫出来问，并要她说明肚子里的孩子究竟是谁的。方英知道纸里包不住火，就如实承认了。但对方是谁，她打死也不说。

家里出了这种事，这是辱没门庭的事，是关乎张家脸面的事，张金虎的嫂子当然不会善罢甘休。她知道家里的两个男人都是窝囊废，就从婆家叫来了小姑子张金花。这姑嫂两个先是抓住方英一顿乱撕乱扯，乱打乱骂，逼她交代出野男人来，直扯得方英披头散发，满嘴流血，直骂得方英的祖宗八代都不安生。张金花还把方英摔倒在地，骑在身上，用她的大屁股猛颠方英的肚子，想把肚子里的"私娃子"颠出来，颠得方英上不来气，几乎昏死过去。完了，她们又把她捆住双手，单独关进又潮又暗的柴房子里，门上锁上铁锁，不给饭吃，不给水喝，说要饿她几天几夜，看她说不说实情，看她再找不找野男人了。这两只母老虎还直接打到方英的娘家兴师问罪，把方英的两位老人骂得狗血喷头，羞辱得无地自容。她们提出，要么你方家退回当初向张家索要的彩礼，赔偿损失，把丫头领走，要么劝说丫头说出实情，把肚子里的私娃子做掉。方英的父母都是老实本分的庄稼人，丫头出了这种事，他们说啥也不相信，跟上到张家一问，才知道是真的。两个老人当下就瘫软在地，号啕大哭。不是这个彩礼退不起，是这个人丢不起啊！他们问丫头："你这样做，你叫我们的两张老脸往哪里搁？你还让不让我们活了？"最后，方家妈表态，由她留下来协助张家嫂子劝说方英打胎，方英从此不准离开家门，直到把孩子打掉为止。

  方英不认为自己有错。开始，她犟着不吃药，看着犟不过去，又把嫂子熬成的药偷偷倒掉。她不想打胎，她想把这个孩子生下来，这是她和段怡飞爱情的结晶。以后就是不能和心爱的人在一起，有孩子和她相守，也就知足了。毕竟来人世一场，真真切切爱了一回。可是她的行为被嫂子发现了，她又把她臭骂一通，娘家妈也在絮絮叨叨说她。之后每次喝药，身边都有人监督，直到看着她把药喝完。就这样连着喝了好多服药，方英的身体受到很大损害，脸色土灰土灰，连饭都不吃了，可是肚子仍然在一天天隆起。不见有任何异常动静。娘家妈首先看不下去了，她央求张金虎嫂子，不能再给吃了，再吃会闹出人命来的。张家人见打胎不成，对方英的管束越加严紧，不让出门，不让见人。她们心想，打不下来就打不下来吧，只要风声不要传出去就行，将来生了，送人就是。现在要抓紧给金虎治病，金虎的病治好了，堂堂正正生一个自己的娃子，才是正主意。就在他们心态稍稍放缓的时候，忽然有一天他们发现，方英不见了，而更加奇怪的是，张金虎也不见了！这使全家人顿时呆若木鸡。

  杨月红说，方英和段怡飞的事情，她知道。因为他们都是同学，方英还是她很要好的朋友。方英和张金虎结婚的事，她也知道。她还曾为好朋友深深地难过和惋惜过呢。至于方英怀了"私娃子"的事和最后出走找不见了的事，她都是听张金花说的。这些人，害怕丑事被传扬出去，可传扬的恰恰是他们自己。她为此还和张金花吵了一架，她认为方英不是那样的人。她曾到方英的娘家去打听，方妈妈哭得泪人似的，说是她害了自个儿的丫头，现在丫头走了哪里，是死是活，连她也不知道。

方英怀的是谁的孩子，杨月红一猜就猜出来了。那么，她会不会是找他去了呢？

四年后，一个风雪交加的夜晚，天地混沌一片。杨月红服侍老爹吃完药，正准备吹灯睡觉，忽然，"咚咚咚"，自家的街门响了。她刚把门打开个缝，一个包裹得很严实的人，就挟着风雪挤了进来，而且头也不回，径直进了她睡觉的厢房。她跟着走了进去，随手把门关了。待那人放下怀中的娃娃，解去身上的行装，回过头来，杨月红才看清，她竟然是失踪多年的方英！她吃惊得半天说不出话来。四目相对良久，两个人紧紧地抱在了一起。

"这么多年，你到哪里去了？"杨月红嗔怪地问。

方英脸色苍白，嘴唇干裂，好半天才说："一言难尽！"

原来方英一直想着逃出张家，但苦于没有机会。那天，她正纳闷家中怎么这样安静，张金虎来到她面前，对她说，你要走就赶快走吧，我知道你心里有一个人，你去找他吧！你再不走，她们迟早会把你折磨死！今天，我嫂子有事回了娘家，我哥下地干活去了，我姐也回他们家了。你走了我也走，再也不回这个家！说罢，将早就准备好的一小袋干粮放到她面前，又给她怀里塞了一沓钱，就出门走了。方英望着他的背影，眼泪唰唰地流，心里默默地说，对不起，金虎！你是一个好人，你好好治你的病去吧，治好了找一个疼你爱你的人吧！

方英逃出张家，心里只有一个信念，就是去找段怡飞，她要他救她，救他们的孩子。她不敢走大路，只能走小路，害怕碰见熟人，害怕被张家的人追了回去。她连着服了好多天打胎的药，身体受到很大摧残，又加怀孕反应，药物反应，不能正常吃饭，走不了几步就眼冒金星两腿发软。但是一想到段怡飞，一想到肚子里的孩子，她心上就有了劲了。她就这样一路打听着一路前行，一会儿坐车，一会儿步行，磕磕绊绊，风餐露宿，经过几天几夜，总算找见了省医学专科学校，找见了段怡飞。

段怡飞被面黄肌瘦的方英吓住了。听完她的讲述，他泪飞如雨。他不知道方英为他受了这么多的罪。他在学校附近找了一间房，安顿她住了下来，又请医生为她做了全面身体检查。医生告诉他们，大人身体主要是营养不良，体质太差，胃部出现一些问题，好像还曾有过中毒的征兆。孩子基本足月，发育正常，但胎位不正。

现在必须先把孩子生出来,然后才能调理大人的身体。方英说,只要孩子安全,我怎么都行。于是,医院为她实行了剖宫产,从她肚子里取出了一个完全健康且十分可爱的女儿。

杨月红担心地问:"那你怎么又回来了?你不怕被张家的人看见?段怡飞呢?"

方英说:"我是万不得已啊,妹子,我得把这个孩子暂时放你这儿,你帮我养着,我得陪段怡飞去!"

"段怡飞怎么了?"杨月红问。

"上面反右派,他的导师被打成了右派,他替导师说了几句公道话,也被打成了右派,现在就送劳改农场劳改去了,我得去找!"方英激动地说。

"你去顶什么用?那会连你也搭进去的!"

方英不听,趁着孩子睡熟,转身又消失在了茫茫风雪和黑暗之中。

"那后来呢?"贺丹峰问。

后来又过了几年,又一个风雪交加的夜晚,一个蓬头垢面的男人忽然闯入杨月红家中。他一进门,就盯住方英的女儿看,一边看一边流泪,一边流泪一边轻轻地向孩子靠近,把孩子都吓哭了。

不是自我介绍,杨月红几乎都认不出他是谁了。她问:"你来了,方英呢?"

来人仰天长叹一声说:"方英到新疆去了,她已沉睡在北疆广阔的大草原上了!"

"什么意思?"杨月红追问。

"方英不在了!"来人把头埋在两腿之间,抽泣使他的身体在剧烈颤抖。事实上,方英并不知道段怡飞被送去了哪里。顺着河西走廊一直往西,沿途有许多劳改农场。她一个一个打听,一个一个寻找,就像大海捞针似的。有的还给她提供一些信息,有的三言两语就把她轰了出来。终于,在一个名叫"大草滩"的劳改农场,她找见了段怡飞。他们经过一段时间的酝酿策划,在一个黑风乍起的下午,借着天昏地暗,岗哨看管疏漏,两个人偷偷逃出了那里,仓皇奔逃,一路向西,最后在北疆一个谁也不认识他们的大草原上停住了脚步。在一对哈萨克老人的帮助下,他们弄了一顶毡房,从此隐姓埋名住了下来。可是好景不长,方英就一病不起,最后终于撒手人寰。段怡飞把她安葬在了大草原上,发誓相伴一生,永不离开。

杨月红说:"他中间来过几次,是来看孩子。可能被张金花看见过,她认出了他。

他今年来就没有走，住在亲戚家。是因为英子正和你谈对象，我让他来见见你，听听他的意见。他才是孩子真正的父亲。"

贺丹峰听完杨月红的讲述，心中长叹一声，原来英子的身世这么凄苦！怪不得她那么内向，那么自卑。自己一定要尽全力让她高兴起来，幸福起来！他也对杨月红父女更加感激涕零。红军的女儿就是红军的女儿！老百姓救了她，抚养了她，她又收留抚养了同学的女儿，而且顶着恶名和辱骂，承担着巨大的精神压力和生活压力。这种举动，无不彰显她心灵的善良、果敢和坚毅！接受再教育，这些行为和这些故事，就是对自己最好的教育。

十二

吃完早饭，龚羡林正在刷锅，刘小慧来了，手里拿着老郑借给她的那张歌谱《赛马》。

她问："老郑呢？"

龚羡林说："给二队桑万林家劁猪娃子去了。"

刘小慧笑着说："他还会劁猪娃子？"

龚羡林说："人家是学下兽医的，劁个猪娃子算啥！你们这里没有人愿意劁，如果有的话，他连人都能劁！"

刘小慧笑得更凶："你这个老龚，净胡说！"

龚羡林也笑了："你还不相信，我们老郑本事大着哩，又会拉胡琴又会劁猪娃子！"

刘小慧知道老龚在逗她，就说："我把歌谱给他放下，他回来你给说一下。"

龚羡林一边干活一边说："留你那儿就行了，还回来干啥！"顿顿又说，"不过他说了，劁完猪娃子直接到大队去。你等我一会，我收拾完了，咱们一起去大队。噢，顺便把你的小提琴也带上！"

刘小慧说："那我过去取琴，取上从那面走，你从这面走！"

龚羡林说:"行。"

"穿林海,跨雪原,气冲霄汉;抒豪情,寄壮志,面对群山。"大队部里,陆永刚正在反复演练杨子荣"打虎上山"那一经典唱段,戴上皮帽子,穿上皮大衣,确有一股英雄豪迈之气。乐队的艺人老盛正在一句一句纠正他的唱腔。

龚羡林和刘小慧刚去不一会儿,老郑就来了。

龚羡林问他:"弄完了?"

老郑点点头:"完了。"

龚羡林又问:"这是第几个了?"

老郑屈指一算:"最少也有十来个了吧!"

龚羡林开玩笑说:"罪过啊罪过!因为你,多少猪娃子不能恋爱不能结婚!"

刘小慧在一旁听着嘿嘿地笑。

老郑悄悄告诉龚羡林,二队安排的那二十名上海知识青年来了,全是中等专业技术学校毕业的学生。那些女生,一个个细皮嫩肉,亭亭玉立,漂亮极了!要不要过去看看?

龚羡林说:"'上去个高山望平川,平川里有一朵牡丹,看去是容易折去是难,折不上者枉然!'看看就看看,完了过去。"

他们见张文书看着他们,知道是在催促排练。龚羡林站起来说:"来吧,只说不练是假本事,只练不说是傻本事,又说又练才是真本事!乐队给我拉个二六板,我把少剑波那一段唱唱!"说着,摆开架式,唱起203首长的重点唱段:"我们是工农子弟兵,来到深山,要消灭反动派,改地换天,一颗红星头上戴,革命的红旗挂两边……"唱罢,大家都说唱得好,老盛说,架口也不错!

张文书没有看见老贺,问:"老贺呢?"

老郑正要回答,贺丹峰高声大嗓从门外唱了进来:"早也盼晚也盼,盼穿了双眼,今日里,打土匪,进深山,救穷人,脱苦难,自己的队伍来到面前。亲人哪……"见大家都在等他,不觉戛然而止,惹得大家哈哈大笑。张文书也笑着说:"接着唱,怎么不唱了?唱得挺好啊!"

贺丹峰红着脸说:"完了再说,完了再说!"

龚羡林给张文书说,我想了,咱们把京剧打虎上山的那段过门音乐也加上,让小慧的小提琴和老郑的二胡合奏。这段音乐太美了！它能够很好地表现杨子荣骑着骏马穿行在林海雪原中，去完成侦察任务的那种豪迈气概和大无畏革命精神。那种马蹄哒哒的节奏和骏马嘶鸣的音乐效果，使观众如临其境如见其人。这段音乐，事实上是交代当时的环境与背景，渲染气氛，烘托人物。音乐过后，杨子荣出场，就会产生强烈的艺术效果。

张文书问刘小慧："会吗？"

刘小慧说："会。"

于是大家要求，刘小慧和老郑当场演奏。

刘小慧和老郑对了一下音，就开始演奏起来。

小提琴的明亮悠远和二胡的细腻绵长，有机地融合在一起，在人们面前勾画出一幅山高林密、冰天雪地的北国画卷，随着那马蹄声的逼近，我们仿佛看到孤胆英雄杨子荣扬鞭策马深入虎穴的勃勃英姿。音乐一停，陆永刚立即接上唱"穿林海"，秦腔的锣鼓家什一齐响动起来，效果果然较前好多了。

张文书高兴地说："好！好！老龚这个建议好！这一加，我们的乐器也不单了，效果马上出来了。"

老郑和小慧深受鼓舞，说："我们再熟练熟练，争取再配合得好一些。"

老贺又冒怪声："好好熟练，好好配合！"

龚羡林回头一看，彩虹正在身后。他抵在老贺耳边说："你怎么不把英子叫来，让看看大家排戏，感受感受！"

老贺说："明天就过来。"

二队确实来了不少上海知识青年，他们大都十七八岁，好多人是第一次出远门，更没有一个人到过风沙弥漫的河西走廊。龚羡林和老郑过去时，二队桑队长正忙着给他们解决生活上的一些问题。桑队长哭丧着脸说，有两个问题不好解决：一是他们提出要睡床，不睡炕，我到哪里去找那么多的床板？二是吃米不吃面，咱们信和又不出大米，我还得到黑河下游几个出大米的公社去找去换。反正这些学生不比你们，难伺候多了！老郑说："上海丫丫子嘛，就这样！难伺候你也得伺候，这是分派给你的任务！"龚羡林说："他们还小，又都是南方人，到咱们这种地方来，各方面肯定不习惯，多担待些吧！"

桑队长说："这个自然。不过话说回来，这些学生确是绝顶的聪明能干。有一个男学生，说他是学木工的，木工工具都背着哩。他说要给我们打张桌子，前天接活，今天东西就出来了。样子挺美，工艺很细，我看着就是枵薄了一些。"

老郑说："那都是有比例有尺寸的，不会枵薄，连个桌子都做不好，人家学了个啥！"

龚羡林说，那是你们看惯用惯了当地土木匠做的活，感觉新的东西哪里都不对。这是个观念问题。土木匠做活用料多，做工粗糙，还不一定结实。新工艺做的活用多了用惯了，你就会觉得既结实又美观大方。慢慢接受吧！

他们正说着，几个上海女学生来找桑队长。龚羡林、郑世荣见了，惊若天人，眼前发亮。她们正值如花妙龄，一个个身材苗条，皮肤白皙，穿着新潮得体，打扮朴素入时。桑队长问她们什么事，几个人忸忸怩怩不好开口，一个年龄稍大的说："队长，这里的厕所我们实在用不惯，我们想请你给我们找几只马桶。"

"马桶？什么马桶？"桑队长不解地问。

"就是……就是……就是马桶嘛！"几个女学生吭哧半天，就是不好意思说清。

"挑水用的木桶吗？"

老郑哈哈大笑，说："不是挑水用的，是用来上厕所的！"

桑队长吃了一惊："木桶子咋能上厕所？"

龚羡林说："这个在咱们北方不怎么用，在她们南方都这样，每个房子都有一个马桶，晚上上厕所不出门，就便在马桶里，早上起来倒掉，再把马桶刷洗干净。人家南方水方便！"

桑队长"噢"的一声说："我明白了，就是晚上尿尿的夜壶嘛！"

龚羡林说："也还不完全是。算了，你就给她们弄几把夜壶得了，弄上马桶往哪里刷洗去？"

那几个女学生认为龚羡林和郑世荣是大队的什么人，就又向他们提出这个问题。

龚羡林和郑世荣说："我们已经给你们桑队长说了，他会给你们解决的。"说完赶快离开了二队。

路上，郑世荣问龚羡林："怎么样，漂亮吧？"

龚羡林说："漂亮是漂亮，可对你和我来说，那只是水中月镜中花！'看去是容易折去是难，折不上者枉然'！"

"怎么就'枉然了'？只要功夫深，铁棍磨成针，下决心去追，不信就追不上一个！"郑世荣还信心满满。

龚羡林说："你就把头磕烂，也是白搭！你知道她们在这儿能待多久？上面怎么考虑她们的分配去向？她们待几天走了，你从哪里去抓挖？你没听队上人说，原来在这里驻队的县上一个什么人，人长得很气派很攒劲，还是个科级干部，找了一个天津支边女青年，两个人在一起过了几年，生了一儿一女。1960年挨饿，那女的死活不在这儿待了，领着两个儿女回了天津。宁可在天津当黑人黑户，打零工，也不要这面的正式工作。害得这位科长四十多岁了，又打光棍，又过牛郎织女的生活。你说有意思没意思？那是天津，还不是上海！"

老郑像泄了气的皮球，好半天才骂道："去他妈的！"

龚羡林接上说："现实一点吧，老兄！我看刘小慧就相当不错，你别再白日做梦了！"

郑世荣哈哈大笑，自嘲地说："难道我们真成癞蛤蟆了？"

龚羡林说："不是我们成了癞蛤蟆，而是命运把我们逼成了癞蛤蟆，你不认命不行！我看小慧对你情有独钟，你就不要再好高骛远了！"

郑世荣："小慧人没问题，就是成分！"

龚羡林一听老郑说成分，就想起父亲的事，一想起父亲的事，他就来气，他骂了句比郑世荣更难听的。

路过七队，龚羡林忽然想去看看王正清的妈妈。他在王家虽只住过几天，但这家人对他不错。特别是和王正珍之间发生了一些事情之后，他时不时地想起这家人，想起王正珍。从理智上来说，他不能接受正珍，但从感情上，他又一直记挂她，忘不了她。上一次，听彩虹说起她的不幸婚姻和生活境况，又勾起他对她的怀念和同情。已经好长时间不见她了，不知现在怎么样？还那么坏坏地笑吗？

王妈妈见龚羡林来看她，高兴极了。又是端茶，又是倒水，还从柜子里端出一盘红艳艳的沙枣，就像迎接久未见面的儿子。龚羡林心里很过意不去，自责道，多好的老妈妈，我怎么直到现在才来看她！家里就老人一个人，王正珍没有回来，王正清两口子和弟弟王正洁两口子都不在，可能下地干活去了。炉子里的火烧得正旺，他就坐在火炉边和老人闲聊起来。老人问了他在九队的情况，问了他家中的情况，也问他结婚了没有，对象咋找下了，等等。问着，问着，又说起自家的一些情况，说起正珍的情况。

她非常惆怅地说，她就这么一个丫头，从小宝贝得啥似的，可为了她弟弟，嫁给了那么一户人家，真是把丫头推到火坑里了。龚羡林说，如果实在过不下去，可以离婚，不能顾及换头亲把正珍毁了。王妈妈说，谁说不是，可怎么个离法呢？人家那面不同意离，就是咱们离了，小儿媳妇也就保不住了，到时候我是鸡飞蛋打两头空啊！龚羡林一听，这事盘根错节，互相缠绕，说起来简单，真正办起来可不容易，自己也没有好的办法，只好劝王妈妈想开一些保重身体。临走，他望一眼对门自己曾住过的房间，想起那天晚上王正珍给他端茶送水的情景，心里竟泛起无尽的惆怅和酸楚。

快到九队，老远看见彩虹站在街门上和人说话，走近一看，竟是两个和她年龄相仿、长得一模一样的漂亮姑娘。彩虹向俩姑娘介绍说，这就是和罗大夫葛大夫一起来的大学生老龚，你们有什么话，可以问他。又给龚羡林说，这两位是礼和的知识青年，是来找罗大夫和葛大夫的。龚羡林和她们打了招呼，并做了自我介绍说，老罗他们早就回去了，据说葛大夫的预产期就要到了。女知青听说他是金河大学中文系的，相视一笑，显得格外亲切。说："原来是苦大仇深的大草包，跑到这里来了！"说罢，两个人"咯咯咯"一通大笑，笑罢，又自我介绍说，她们是金城一中的，现在在这个公社的礼和四队插队。她们是双胞胎亲姊妹，姐姐叫常念念，妹妹叫常思思。她们是葛兰玲的表妹，听说她最近要回省城生孩子，过来看看，如果没走，想照顾她一起回去。彩虹见她们大老远地来，又和龚羡林有话要聊，就请她们进屋说话。于是，几个人来到彩虹家里。

龚羡林望一眼常氏姐妹，心里明白了，这就是在公社殷主任那里，曾有过一面之识的姐妹俩，怪不得看着眼熟呢！她们的名字，又勾起他的一些回忆。

他问："党红呢？"

"啊？你认识党红？"姐姐常念念非常吃惊地问。

"不认识，只是听说。"龚羡林答。

"那是我们同学，我们的班长，分到沙湾去了，前几天还来过一次。"妹妹常思思说。龚羡林发现，在妹妹说这话的时候，姐姐常念念的脸颊，飞起两朵红云。

"还有唐虎、谭梅！"龚羡林又说出两个人的名字。

"都是我们同学，一个班的。"常思思说。显然，妹妹的性格要比姐姐活泼。

"啊！你认识我们班这么多同学，你总不会是搞侦探的吧？"常念念开玩笑地问。

"怎么会呢？"龚羡林说："我是上次从省城出来，和你们那个叫谭梅的同学坐同一趟车，听她和唐虎说的。"

"对，唐虎顶替他爸，已经在铁路上上班了，谭梅就在黑城，在宁远公社。"

"你觉得我们那个谭同学怎么样？"常思思意味深长地问。

"我就那么匆匆见过一面，认识都不认识，能知道人家怎么样！"龚羡林说。

"她结婚了。"常念念说，"和一个农民，是她原来房东的儿子。那家对她好，她就搬过去和那小伙住在了一起。她爸妈知道了，从省城赶来，气得要死，可怎么劝都劝不回来，现在还僵持着。"

常思思说："那不叫结婚，叫同居。问题是，将来招工怎么办？走还是不走？"顿顿，又对龚羡林说，"龚哥，你是学中文的，一定有很多好书，能不能借我几本看看？我现在最苦恼的是，没有书看。"

"你都喜欢看什么书？"龚羡林问。

"当然是世界名著。"常思思说。

"世界名著我不多。"龚羡林说，"有的可以看，有的不敢借给你看，怕人家说宣扬'封资修'的东西。就是现有的几本，也还在我住的那面，你今天拿不上，等春节过了你们再来，我给你准备好。"

"你都有几本啥书？"常思思又问。

"《茶花女》《安娜·卡列尼娜》《基督山伯爵》，还有但丁的《神曲》，普希金的《叶甫根尼·奥涅金》等诗集。"

"把《茶花女》先借我看吧，诗歌我只喜欢中国的，不喜欢外国的。"

"唐诗宋词？"

"对！还有近代的徐志摩、戴望舒，现代的郭小川、贺敬之。"

"鸡娃子叫来狗娃子咬，当红军的哥哥回来了。你不喜欢？"

"不喜欢！"

常氏姐妹又聊了一会儿就回去了，临走约定，春节后仍在彩虹家见，叮嘱龚羡林不要忘了拿书。

她们走后，彩虹问龚羡林："你和老郑到二队干啥去了？"

龚羡林编谎说："看老郑劁猪娃子去了。"

彩虹直视着龚羡林："你就编吧，怕是劁人娃子去了吧！"

龚羡林滋嘿一笑："你怎么知道我们到二队去了？"

彩虹正色道："要想人不知，除非己莫为！"

龚羡林问："谁给你说的？"

彩虹说："你们嘀咕，刘小慧都听见了。"

龚羡林恨恨地说："这个刘小慧！"

彩虹又说："朝三暮四！"

龚羡林一把抓住她的手，嬉笑着说："准确点说，应该是朝秦暮楚！不过，我没有！"

彩虹又冷冷地加一句："这山望着那山高！"

龚羡林急了："是老郑说二队来了一些上海知识青年，要我们过去看看，我就去了。"

彩虹不满地说："老郑？他也不自己掂量掂量，刘小慧哪一点比不上他？"

龚羡林见彩虹真的生气了，说："这不是谁和谁比的问题，就是那面来了几个外地人，我们过去看看，这有什么？"说完，也愤愤地走了。

十三

春节到了。

龚羡林感到一种莫名的惆怅。不能回家，不能和家人一同过年，这在他的生命中还是头一次。他是家中的老大，很长时间以来是家中唯一的男孩子，就是前年亲爱的弟弟出生以后，他长子的地位和在父母心中的分量，一点都没有缩减。他想，此刻父母肯定又在急切地盼着他回去。每年过年，他们都是这样，早早地问他什么时候回去，在家能待多长时间。每当他从省城回去，几个妹妹争着抢着去火车站接他，母亲总是早早地擀好了他爱吃的臊子面，倚在门口翘望。父亲上班很忙，但总是设法提前回来几分钟，而且托人买好了猪蹄、猪肝、猪大肠等他们全家都爱吃的熟食品。父亲还特别喜欢提早买好花灯、花炮、对联、剪贴这些过节必备的东西，把个春节准备得圆圆满满，五彩缤纷。

　　家乡过年和黑城有着很大的不同。就整个环境和经济条件，家乡不如黑城。家乡陇中是山区，是黄土高原沟壑区，土地瘠薄，干旱缺雨。但家乡人对年的看待上，要比黑城重得多，准备工作颇为细致复杂，氛围更显热闹浓烈。家乡人过年，家家户户都得杀年猪、蒸年馍、洗粉、炸油饼，做一系列认真的准备工作。就是穷一年，也不能穷春节。谁家如果没有杀年猪，其他庄户就会一家送他一块肉，端一盘自家蒸的馍馍。各家从腊月就开始杀猪，一家挨一家，整个腊月整个山湾里，都能听到猪叫的声音。从小年一过，又挨着蒸馍，蒸一刀切的蒸馍，蒸圆的馒头，蒸三角形的糕斜，蒸千层饼等等。花样繁多，不一而足。剪窗花、熏染橱窗、扎彩灯、刻皮影、灌石蜡，更是不可少的辞旧迎新的重要内容。初三一过，就要耍秧歌、唱大戏，一直狂欢到正月十五曲终人散，烛熄灯灭。黑城不这样。这里的农民也养猪，但是，猪养肥了卖给商店，自己最多留一副下水。一般人家都是去商店称几斤肉，过年炒几个菜，绝不会大块大块地煮着吃。黑城人过年也做馍，但大多都在鏊子里烧制所谓的"烧壳子"和"刀把子"，其他准备，好像比陇中要少了许多。龚羡林发现，他们春节过得比较平常简单。黑城有一些习俗是陇中无法比拟的，比如说要做面筋、粉皮，这是要用大量川地小麦磨成的面粉，经过和水、浆洗、沉淀、晾晒、切割而成的一种条状食物。食用时，配以适当佐料和菜肴，干吃也行，勾汤亦可，绵软筋道，味道极佳。再比如，购置年货，烧酒是家家户户必须首先考虑的，而且数量之大，大得惊人。黑城地界的一些生产队，基本上都有酒坊。酒坊条件不一，但都能用玉米和小麦烧出酒来。农村人没有钱去买商店里的瓶装酒，就去酒坊买或兑换廉价的酒。一般人家一个春节要准备上百斤的酒。彩虹的大伯一家人，一个春节不见买一斤肉进来，可装酒的塑料桶却已经准备下了十几个，而且都是三十斤、二十斤大容量的。春节还没有到，他的酒桶却已经打满整整齐齐码到了桌子底下。酒是黑城人春节的灵魂。有了酒，就有了欢乐，就有了气氛，一个春节，他们非喝得昏天黑地不可。

现在，让龚羡林几个发愁的是，他们的春节怎么过？是准备还是不准备？怎么个准备法？他们商量的结果是，今年出门在外，虽不能像往年一样，吃上龚羡林家乡热气腾腾的木炭火锅、猪肉炒粉条子和鲜蔬四大碗；吃上郑世荣家乡大块大块的手抓羊肉、鲜香可口的羊肉面片；吃上贺丹峰家乡的糊果、沙米粉和肉肠，但年还是要过的。小时候，家里人就曾说过，有钱没钱，剃个光头过年。杨白劳都知道卖豆腐挣下了几个钱，称回二斤玉茭子面，带回家去包饺子，和女儿欢欢喜喜过个年。我们再难场，总比杨白劳强吧！于是他们决定，进城去割几斤肉，买几斤上好的大米，再买些新鲜蔬菜。花样太多的、太过精细的，他们做不来，做个猪肉炖粉条子，炒两个简单的菜，焖一锅白米饭总会吧！对！春节几天，天天就吃这！吃饱了就唱戏！

这天，他们请好了假，准备三个人一同进城一趟。正要动身时，薛主任和张文书来了。张文书说：春节就要到了，大家这一段排戏都很辛苦。大队商量了，今年过年，你们什么都不要准备，也没办法准备，三个光棍汉，怎么个准备法？你们就在我们干部家中过。肖淑娴的爱人陈老师从西州过来了，他们自己过去，你们三个人，老龚就到薛主任家中去过，老贺就到我家中去，老郑就到王书记家去过。王书记有事没有来，但把话留下着哩。你们看怎么样？薛得寿笑笑说，这既是大队的决定，也是我们的一片心意。大家从大老远的地方来到我们这儿，吃，吃不好；喝，喝不好，还给我们干了那么多的事，还给我们唱戏，春节再让大家为难，就说不过去了。龚羡林他们听了，一时感动得不知所措，平时对大队的一些误会和怨气，顿时烟消云散。他们还在内心深深地责备自己，不该对朴实憨厚的贫下中农、对乡亲们疑神疑鬼，说三道四。还是郑世荣老谋深算，待薛得寿、张士维走了以后，他对老龚老贺说，咱们多少还得准备一下，一个春节老窝在人家家里怎么能行？再说，咱们自己回来，也得吃一点喝一点，一点都不准备，吃啥喝啥去？龚羡林和贺丹峰听了，觉得他说得在理，于是不改变决定，仍然去了城里。

但是，又一个情况出现了。由于龚羡林和贺丹峰谈恋爱的事，已成为不是秘密的秘密，彩虹家和英子家提出，让未来的女婿到她们家去过年。彩虹的父亲对薛主任和张文书说,人家和咱的丫头谈对象着哩,咱们大人也同意着哩,既然同意了,那就是咱的一口人,过年再到你们干部家中去,这就说不过去了。薛主任和张文书对郁家二哥是非常尊重的,见他这么说,也只好改变决定。那就是:龚、贺二人各随其便,剩下老郑,问他本人的意思,老郑说他就自己做着吃。张文书对他诚恳地说,其实我问过小慧,我说人家老龚和老贺都有了去处,不行你把老郑叫过来一起过个年吧,小慧说只要老郑愿意来她没有问题。郑世荣摇着头说,谢谢张文书的一片好意,也谢谢小慧,但孤男寡女在一起,怎么能行!既然这样,我就还是按大队决定,到王书记家去过年,混混打打几天就过去了。薛主任和张文书见他态度坚决,也就只好同意了。

彩虹的父亲是一位极勤快而又爱干净的人。只要他在家,总是这里擦擦那里抹抹,把个家收拾得干干净净整整齐齐。他还做得一手好茶饭,凉拌热炒,蒸煮煎炸,样样都行。据说彩虹的大伯面食做得很好,三叔更是裁缝兼厨师,大席都可以做。大年三十,郁爸爸问龚羡林,陇中老家除夕晚上吃什么。龚羡林说,除夕的饭五花八门,一般北方人都是吃饺子,可在龚羡林家乡那儿,却是吃长面、臊子面,是祝愿人寿年丰的意思。家乡过年,爷爷奶奶住的上屋,中堂提前挂上先人的画像,供桌上献上由奶奶亲手烹调的四色献饭,点上蜡烛茗香。一家人都吃调制得香喷喷的臊子长面,算是对旧年的送别,对新岁的向往。郁爸爸说,那咱们就吃臊子面吧,说着让彩虹妈和面擀面,他亲自备菜勾汤。

彩虹家的饭还没有做好,对面大伯家的饭已经做好了。大伯让丫头金兰请龚羡林到他们家去吃饭。彩虹母亲说,我们的很快就好了。彩虹爸爸说,过去就过去吧,大哥大嫂也是一片心意。彩虹叮嘱龚羡林,少吃一些,意思意思,回来再吃,我爸我妈忙活了半天。龚羡林说知道,就跟着金兰过去了。

大伯家人比较多。光金兰姊妹就是四个,还有一个残疾的儿子,一个寄养的外甥女。这一群丫头性格特别开朗,她们和龚羡林早就熟了,见他进来,索性"姐夫长姐夫短"的叫成一片,把原本还没有正式决定的事情,叫成了事实,不容龚羡林有半点迟疑和后悔,这让龚羡林既感到亲切温暖,又没有任何退路。大伯还是那样慈祥地笑着让他上炕。他听金兰说二妈家的饭还没有好,就对丫头说,去,把你二爸和彩虹叫过来吃,你二妈做好了她和娃子们吃去。金兰"噢"的一声,又去叫彩虹和她爸了。

　　大伯家做的是面筋臊子汤，又炒了四五个菜。这个和臊子面一样，汤吃干拌都行。黑城人一般是先吃饭后喝酒，因听说龚羡林的家乡和省城一带都是先喝酒后吃饭，所以大伯早早地就把酒烫好了，把酒杯洗干净了。彩虹爸抓起酒壶正要斟酒，彩虹和金兰抢过酒壶要她们斟。酒杯斟满了，彩虹看龚羡林一眼，龚羡林立即明白她的意思。他举起酒杯向两位老人说，过年了，我先向几位老人敬个酒，一是拜年，二是感谢，感谢全家人热情地待我，也祝全家人新年愉快，生活幸福！给两位大伯敬完酒，他又端着酒杯到厨房给大妈、到对门给彩虹妈敬酒。一周转回来，大伯疼爱地说，赶紧上炕！赶紧上炕！当地人喝酒是必定要猜拳的，但同时又有个讲究，儿子、女婿辈是不能和父亲、和岳父划拳的，这样，就只是大伯和彩虹爸划，而和龚羡林则只是碰杯。

　　吃过饭，龚羡林回到住处，老郑和老贺都没有回来。他一个人坐着无聊，就又锁上门，朝杨月红家走去。他要看一看英子和她妈给老贺吃的啥，怎么到现在都没有吃完。杨月红家在万家庄子的后面、碱沟沿旁的一个僻静地方，独门独院，四周长满了沙枣树。老远就见橘红色的灯光从树缝中流泄出来，屋里传出说话声和欢笑声。街门是半掩的，他不用敲，推门径直走了进去。第一个发现他的，是杨月红唯一的儿子、英子的弟弟。他见龚羡林来高兴地朝屋里喊："龚哥哥来了！龚哥哥来了！"话音未落，英子从屋里跳了出来，紧接着杨月红两口子和老贺、杨月红的老父亲万青林，都出来了。老贺的脸喝得通红，可能刚才正吹了一通牛，精神饱满，容光焕发。他说龚羡林："你不在彩虹家好好待着，跑过来干啥来了？"龚羡林回他："我来给爷爷叔叔阿姨拜年，顺便看看阿姨给你这个胖贼都做了什么好吃的东西。怎么？阿姨家就只准你来不准我来吗？"杨月红忙着给龚羡林让座，并吩咐英子快去厨房取干净碗筷，说："我们吃的饺子，你先喝酒，我给你下饺子去，马上就好！"龚羡林挡住她说："千万别麻烦，我在那面吃饱了，咱们说说话！"杨月红看拗不过他，只好作罢，又端起酒杯让他喝酒。他接过酒杯，向这家老小一一祝节，互致问好。

　　自从知道了杨月红的身世和她帮助同学方英、段怡飞扶孤成人的事迹后，龚羡林对这个女人开始刮目相看。他更敬重她的老父亲万青林。这一对父女传奇般的经历和故事，折射出黑城普通劳动人民的善良、仁义、坚强和诚信。他给老人敬了酒，也给杨月红夫妇敬了酒。他在这里没有见到段怡飞的影子。按照他做人的品行和道德，除夕之夜，肯定在那遥远的北疆大草原上，头顶一轮明月，伴着一壶热酒，守护在爱妻孤独的坟茔之旁。据说他之后当了草原医生，为当地游牧民巡医治病，可苍天有眼，他心底的痛苦和孤寂，有谁能医治得了呢？他不想认领他们唯一的女儿，是因为他不想让女儿知道他们夫妻悲惨的结局，怕影响她的身心健康。女儿在杨月红这里生活得很幸福，杨月红夫妇待她比亲生骨肉还亲，爷爷万青林老人更是百般呵护，视若掌上明珠。她现在出落得一天比一天好看，又有省城下来的大学生深爱着她，这就够了，这就足以使他这颗牵挂的心能够安定下来，也足以向他可怜的母亲做出交代。

喝了一通酒以后，龚羡林悄悄对贺丹峰说，咱们到刘小慧那里去看看，看老郑这家伙去了没有，他嘴上说的不去，我看不一定。贺丹峰说行。

走出门来，满天星斗眨着眼睛，空气干冷干冷。寂静的村庄里，不时传出人们喝酒猜拳的吆喝声。他们绕过涝池，跨过阴沟，来到刘小慧家门前。小慧家黑灯瞎火。贺丹峰像贼一样，把耳朵贴在门上听了听，没有听出什么声音，于是举拳砸门，一边砸一边大声喊叫小慧，屋子里仍然没有动静。贺丹峰坏笑着说："不会睡下了吧？"龚羡林知道他说的什么意思，一把推开他说："不要胡说！"自己再敲，还是没有动静。他说可能到别人家去了，咱们再到杨队长家去看看，如果没有，就是自己一个人孤单，早早地睡了。

杨队长家灯火通明，高朋满座。杨队长见他们来，有些意外，但又特别高兴。他忙站起来招呼，在座杨家亲戚，见有贵客到来，也忙起身让座。龚羡林和贺丹峰连忙制止，让他们坐着不要动。杨队长介绍说，儿子从新疆回来了，我们把娃他舅从仁和请过来一块坐坐。他们正说着，刘小慧端一盆鸡汤从厨房过来，见老龚老贺来了，既高兴又吃惊，险些把鸡汤洒了。杨队长说，慧慧就一个人，可怜巴几的，还有两个五保户老人，我把他们都叫过来了。龚羡林感动地说："好好好！杨队长这才是好队长好长辈！"又对刘小慧说，"我猜你就在这儿，就和老贺一起过来了。在我们家乡，除夕之夜是要守岁的，你们这里好像不兴这个。反正睡不着，就找着喧喧。"刘小慧说："怎么不兴？也兴的！先坐下再说，杨伯为我们把自家的老母鸡都杀了，是喝酒还是喝鸡汤，自己挑选！"杨队长说："先吃着喝上些，吃饱了喝好了，我再给你们二位敬酒。"龚羡林说："吃是肯定没地方吃了，鸡汤倒可以喝一些，喝完了，由我们给队长敬酒！"

喝酒中间，杨队长问："你们两个过来了，老郑呢？"

贺丹峰说："老郑被王书记请上吃饭去了！"话语中有些夸张和嫉妒。

龚羡林说："大队见我们三个光棍不好吃饭，分配我到薛主任家，老贺到张文书家，老郑到王书记家。"

杨队长说："薛主任酒量好，人也干脆；张文书酒量也行，拳好，就是喝酒有点黏乎；王肃年酒量不行，拳也不行，他能有啥好酒！"

杨队长的儿子接上说："人家现在有权哩，可能人给送下好酒着哩！"

杨队长鼻子楞哼一声，不以为然地说："也就四五块钱的酒，最多就是个绵竹、尖庄之类，能好到哪儿去！"

酒足饭饱，刘小慧请龚羡林他们到她那里坐坐，他们答应了。

刘小慧把个家收拾得干干净净清清爽爽。窗子上、门扇上也都贴满了她亲手制作的剪贴和装饰画，显得一派喜气。看来这一段排练节目，和大家在一起，她从父亲去世的悲痛中基本上走了出来。她热情地招待老龚老贺落座，先沏上色泽碧绿的江南香茶，继而又端出她自己做的油果子、炸糕、五香花生和水果糖之类。看来她对过年做了认真的准备。

龚羡林问："你一个人，还准备了这么多东西？"意思是给谁吃啊！

刘小慧凄美地一笑："过年嘛，总得准备准备，不然，你们这些贵客来了，我啥也没有，多不好意思！"

老贺一边吃着糖一边问："你哥跑掉一点音讯都没有吗？"

"没有。"

"那他不管你吗？"

"不管。"刘小慧说，"常言说，夫妻本是同林鸟，灾难到来各自飞。我看兄妹也一样！"说罢又说，"你们稍坐坐，我给你们热酒去！"

老贺问："你也有酒？"

龚羡林白他一眼："你忘了吗？她祖上就是开酒坊的！"又对刘小慧说："你不用热了，放着哪一天再喝。喝了一晚上的酒，我的头都大了！"

刘小慧见他们执意不喝，只好作罢。

从刘小慧家出来，龚羡林心里感到莫名的难过：多好的姑娘啊，一个人，置办了那么多年货，分明是想等另一个人来，可这个人就是不来，姑娘的心受到多大的冷落啊！郑世荣，你个王八蛋！你也不撒泡尿照照，人家哪一点比不上你？你怕太把自己当个人物了吧！他决定回去好好说说这个老郑。

非常奇怪，郑世荣早就回来了，而且把自己关在黑房子里，一个人在那里拼命地抽烟，自斟自饮地喝酒。龚羡林和贺丹峰回去时，八分钱劣等烟草刺鼻的呛味弥漫整个房间，夹杂着地方烧浓烈的酒味，房子里空气混浊不堪，令人窒息。郑世荣是他们三个人中唯一抽烟的人，但又同时是最不能喝酒的人，一喝脸就红，就过敏。今天这是怎么了？不是书记请着吃饭去了吗，没有给酒喝？没有给烟抽？

龚羡林觉得情况不对，小心地问："你怎么早早地回来了？"

贺丹峰也觉得有些反常，问："怎么还一个人喝上了！"

郑世荣红涨着脸，半天才掐灭一根烟，倒了一杯水，在地上转了一圈，又坐回原地，什么话也不说。

贺丹峰见他不说话，对龚羡林说："我到英子家再去去，她们要我转完了回去再喝醒酒汤哩，我给说说，不喝了，免得人家等！"

龚羡林故意气他："说完了赶快回来，可不敢住在人家家里！"

贺丹峰嘴里骂一句，就着急忙慌地走了。

看老贺走了，龚羡林又问老郑："到底怎么了？"

郑世荣这才"唉"一声，说出他生气的原因。

其实，王肃年让郑世荣去他家吃饭，他自己并不在家，而只是让自己的两个妹妹和小兄弟王茂发代他陪客。这王茂发，老家虽也是信和十队人，但自小游手好闲，好吃懒做，队上人都见不得他。运动伊始，王肃年造反了，做了信和大队革命造反司令部的司令，王茂发做了他的打手。这家伙性情古怪，心狠手辣，做事从不计后果。为了造反打人，他特地给自己打制了一条钢鞭，一鞭下去，皮开肉绽，血肉横飞。他打所有平时轻蔑过他看不起他的人，更打王肃年让他打的人。薛主任、张士维文书、九队的万有年会计，都曾挨过他的钢鞭。老支书万青山就是被他打得遍体鳞伤，实在忍受不过去才跳了涝池的。这家伙还跟着公社的造反派，参加过火烧梧桐泉的恶行。但是，时下是坏人当道，鸡犬升天，人们只是在心里恨着，表面上还得对付着这个泼皮无赖。

老郑进门一看这架势，问："王书记呢？"

王茂发显然已经喝了一阵，坐在桌边没有挪窝，还是王肃年的小妹妹雁林说："我哥被公社的荆书记临时叫走了，他说你先吃饭，吃了饭不要走，等他。"

郑世荣立马就不高兴了。心想你不在，我在你家吃的什么饭！再有王茂发那种死狗样子，觉得和这种人一起喝酒是对自己的侮辱。郑世荣是个心思细腻的人，他碍于王肃年的权势，表面上在和他靠近，在巴结他，但他背地里也做过调查了解，对王的为人和他平日的表现，从骨子里瞧不起，更瞧不起他手下的一些喽啰。但是既然来了，就不得不应付一下，他强迫自己坐了下来。

王茂发醉眼蒙眬地端起一杯酒，举到郑世荣面前，说："来，大学生，喝一杯！"郑世荣也端起一杯酒，勉强地回应了。一杯酒喝干，借斟酒的机会，王茂发又说："过年了，你们不回家去，留在这里干啥？"郑世荣说："不是大队不让回嘛，让排节目唱戏哩嘛！"王茂发说："唱什么狗屁戏！农村嘛，就两项文娱活动，一是喝酒，二是嫖风，唱锤子戏！"郑世荣听他这么说，就不想说什么了，他自顾自地吃喝起来了。

没有想到，王茂发话还挺多。他一边挟着吃菜一边说："听说你们的老贺和老龚都找下对象了，你咋不找一个？"

郑世荣问："你听谁说的？"

王茂发"嗨"的一声："我还听谁说吗？你问一下全信和的人，谁不知道！贺丹峰找的杨月红的丫头英子，龚羡林找的郁文才的丫头郁彩虹！"

郑世荣说："恋爱自由嘛，人家想找就让找去，有什么问题吗？"

王茂发脖子一昂，凶巴巴地说："问题大着哩！你们是下来劳动改造的人，也就是说，是有问题的人，你们怎么能随便找对象？就是要找，你到别处找去，你找的什么信和的丫头？信和的丫头肥水不流外人田，你们找掉叫我们的小伙子怎么办？再说，你找你给大队报告了没有？你们这么做，群众意见可大了，人家要告你们去哩！"

郑世荣吃了一惊，这个情况他还没有听说。他问："找对象又不犯法，他们能告个啥？"王茂发眼睛一瞪："告个啥？以后你就知道了！"顿了顿又问："哎，老郑，你找下了没有？"

郑世荣骗他说："我在老家早有了。"

王茂发霸道地说："你在老家找的啥，你就在这达找！"

郑世荣不解地问："你不是说老贺老龚找了对象，群众要告哩，我找，还不是一样的下场！"

王茂发冷笑两声说："那要看你找的谁的丫头！"顿顿，又诡秘地说，"你把王书记的这个大妹子找上，不但不会有人告，还会表扬你哩！"

郑世荣好像被蜜蜂蜇了一下，心头猛地哆嗦了一下。他不屑地瞅王茂发一眼，说："原来你是为我保媒的！书记家的千金，我们怎敢高攀！"

王茂发立刻一本正经地说："王书记的这个妹妹人挺好，就是文化程度低了一点，英子不是才只混了个初中毕业嘛！会过日子不会过日子，不在文化高低！你看，丫头胖胖的，屁股大大的，刚解放那阵不是说嘛，要想富，炕上坐个大屁股嘛！你把她找下，将来有你的好！"

郑世荣起身要走，说："我给你说了，我在老家已经有了！"

王茂发着急地说："这可是王书记的意思！"

郑世荣摔门而去："谁的意思也不行！"

龚羡林听完，也是一肚子的气，但转眼一想，也很正常。他劝老郑说："算了，劳改这种话，连年娃子那坏孙都说着哩，何况王茂发！说就让人家说去吧，咱又堵不住人家的嘴，只要咱们没干下反党反人民的事，咱谁都不怕！至于王肃年想把他妹子嫁给你，你不同意就行了，气成那样干啥！"

"不是，"老郑还是怒气未消，"太欺负人了！我们又不是牲口，你想配哪个就配哪个！"

"我说你把刘小慧找下，他就不会有这种想法了，你还不找！人家今天晚上可是准备了酒菜等你去呢，你也太辜负人家了！"

郑世荣不再吭声，又开始一根接一根地抽烟。

龚羡林知道，他本意是想和王肃年搞好关系，可经过今天晚上这事，这个关系就不是那么好处理了。再联系王茂发所说"告状"那些话，今后在他们身上会发生什么事，都很难说。

十四

革命现代秦腔《智取威虎山》的演出，盛况空前，非常成功。令组织者和参演人员没有想到的是，演出会如此轰动，竟然惊动了全公社的人。不到开演时间，一些老头老太太就已经提着小板凳来了。不但本大队的人来了，就连外大队的也来了不少。一时间，小学校的操场上，人头攒动，笑语喧天，新装闪亮，粉脸飘香。龚羨林知道，这不是他们的戏唱得多好，而是农村文化生活极度贫乏所带来的一种"久旱逢甘霖"现象，是农人们经过一年的辛勤劳累和困乏之后的一次难得的团聚和放松。

既然是一次团聚和放松，不同性别不同年龄层次的人，就会很自然地聚拢在一起，谈论他们共同感兴趣的话题，说说自己的心里话。老汉老婆婆见了，颤巍巍地停住，互相打量着，问候着，说着各自的身体情况、生活情况和儿女们的情况，问询对方眼睛还能不能看得见，耳朵还能不能听得到，牙齿还剩下几颗，馍馍还能不能咬得动。蒋兴禄和万青林就在这一堆人里头。成年男人见了，总是满身风尘，一脸沧桑，互相倾吐着这一年的艰辛和不易，家庭的收入和支出，对时局和政策的认识和看法。这一年自己都去了哪里，听到什么传闻和信息。最为活跃耀眼的，是那一帮一帮年轻媳妇和丫头们，她们穿着最为光鲜的衣服，抹着男人或对象千辛万苦买来的雪花膏，把头发梳洗得整整齐齐油光锃亮，故意在人们面前走来走去。她们不会放弃一切自我表现的机会，会顽强地勇敢地向世人展示自己的容貌和风姿。她们心想，你不批我是农民，你批了我还是农民，难道你能把我的农民给撤了？我没有，算我命苦；我有了，我就要穿，就要戴，就要擦，就要抹！不穿不戴，不擦不抹，算什么女人！所以，她们穿戴打扮是理直气壮的，是毫不遮掩的。这使得龚羨林很自然地想起辛弃疾那首著名的《青玉案》词中所描写的场景："蛾儿雪柳黄金缕，笑语盈盈暗香去。"在这些丫头媳妇中，龚羨林看到英子和九队的一帮丫头，看到了王肃年的两个妹妹雁林和桂林，看到了杨在明的媳妇子，看到了王正清的女人和他的弟媳妇。最后，他在她们不远处，又一次看到了王正珍。

王正珍今天收拾打扮得特别飒。一件新鲜的淡绿色翻领夹克，将她丰满的上身勾勒得更加潇洒性感，一条酱紫色的紧口长裤，更凸现出她腿部的笔直和修长。她把头发往起拉了拉，就像一只展翅欲飞的雌鹰，随时准备冲破世俗的牢笼。他不知道她从哪里弄来的这副行头。这身打扮，有点新潮，在农人们的眼里，可能有点另类，但在他看来，特别舒服，特别好看，很好地表现了她的形体和气质，他没有想到，她稍加打扮，竟这么漂亮，这么迷人，不觉心又怦怦地加快了跳动。他本想赶快走开，但不经意间，又多看了她几眼，正好和她的目光深情相遇。她向他浅浅地一笑，招手要他过去。众目睽睽之下，他不得不过去，大大方方向她问了好，并问她最近的情况。正珍不正面回答他的问话，却说："我妈想请你晚上到我们家去吃饭，能行吗？"龚羨林知道，这顿饭他非去吃不可，一是不能拂了王妈妈一片好意，二是正珍可能要和他商量她自己的事，他得帮她出主意想办法，不能为了躲避嫌疑见死不救。所以，他痛快地答应了。再说，几天春节，薛主任、张文书、杨在明都请他吃了饭，到正珍家去吃饭，也没有什么可顾忌的，因为她家是他的第一个房东。

晚上到了王家，王家老小都在街门口等候迎接。龚羨林快步上前，首先握住王妈妈的手，向老人家祝贺春节，拜个晚年，然后和王正清兄妹一一握手。王正清拉着他的手，一边往屋里请，一边夸赞地说："老龚，你的少剑波演得真好，唱得好，架口好，大家都夸着哩！"他的妻子许晓兰跟着说："就是，大家都说着哩，今年来了你们知识青年大学生，给我们唱戏，信和一下子欢腾起来了，有了名了！"弟弟王正洁说："陆永刚演的杨子荣，和京剧上的那个杨子荣太像了！老贺的猎户李勇奇也演得不错。"弟媳葛兰说："彩虹的小常宝唱的那段'八年前，风雪夜'，把我给唱哭了！"唯独王正珍不吭声，只淡淡地笑着，眼光一时也没有离开龚羨林的身上，那眼光里流淌的，是深深的爱慕、崇敬和暖意。龚羨林知道，她生活得很不幸福，内心充满压抑和痛苦，这是她高兴不起来的根本原因。

他对她说："你今天这身打扮真不错，洋气，精神，把整个人都衬托得更加亮豁了！"

王正珍见龚羨林夸她，一下子来了精神，笑道："哪里，这还是驻扎在我们那里的北京医疗队的顾大姐帮我做的。人家是北京人，心灵手巧，见多识广，我扯了布，她给量着做的。开始做好，我不敢穿，后来她说，这有什么不敢穿的，这又不是奇装异服，我就穿上了。你觉得好吗？"

"好！"龚羡林十分肯定地说，"今后你就穿一些新式的，穿老式的，把好好一个人都糟蹋了！"

王正珍不再说话，但脸上泛起红晕。显然，听着龚羡林这些话，她的心里是温暖的，是甜蜜的。

王妈妈给龚羡林做的是大肉沙葱饺子。这种沙葱，是一种野生葱类，生长在戈壁沙漠地区，营养丰富，味道鲜美。龚羡林一边吃着，一边连声称赞。

吃过饭，大媳妇和小儿子两口子给龚羡林敬完酒，就忙事情去了，王妈妈看王正珍和她哥王正清陪龚羡林喝酒，就不失时机地提出了王正珍的婚姻问题。她认为龚羡林是大学生，又从省城来，对上面的政策知道得多，问他有什么好的办法。谁知，龚羡林还没有回答，王正珍突然变着脸说她母亲："大过年的，你给人家龚大学说这号破事干啥？我自己的事情自己解决。上有天，下有地，大不了一个死，有什么了不起的！"说完，摔门而去，弄得王妈妈和王正清噎在那里，半天说不出话来，龚羡林也觉得非常尴尬。过了好一会儿，王妈妈才抱歉地说："你看这丫头，嘴像刀子似的！"王正清也不好意思地说："她就这脾气，特别要强，明明受了很大的苦，但不给人说，也害怕人知道！"王妈妈痛心地说："唉，都怪我和她爹，把丫头害了。"说着，就抹眼泪。龚羡林说："没关系，完了我和她单独谈谈。大妈你也不要难过，问题总会解决的。"说完，就准备告辞。

王妈妈和王正清刚把他送出堂屋，王正珍却站在小屋的台子上说："大学生，你来一下！"王妈妈见状，和儿子止住了脚步，并使眼色让龚羡林过去。龚羡林犹豫了一下，就跟着王正珍来到她的小屋。这间小屋是王正珍的闺房，她出嫁的时候曾留下话，她的房子谁都不能占，她回娘家来要住，房间的一切陈设都是她当姑娘时的陈设，从这些陈设可以看出，少女王正珍的性格和她未嫁时所过的生活。龚羡林此时已经比较了解这个人的脾性，所以，他没有等她招呼，就靠小床的床边坐了下来。

他环顾房间四周，沉静一会，理理思绪，问："啥事？"

王正珍铁青着脸说："没有啥事。"

"没有啥事,你把我叫住干啥?"

"我是想问你,"王正珍嗫嚅着说,"我想离婚,对方不离怎么办?"

"他为啥不离?"

"他说他用妹子换了我,他妹子没有离,我就不能离。"

龚美林忽然想起,说:"他那个妹子在你们家,我看过得挺开心。"

"当然开心,我弟弟对她好,我妈妈又特别宠着她,比起他家,我们这边要好多了。"

"好着你弟弟怎么娶不上媳妇,还要拿你去换?"

"是我爸和他爸同在一个煤矿干活,成了朋友,一起喝酒喝高兴了说下的,我妈又没有主见,这事就这么定了。"

"他家,也就是你这个丈夫家,到底是个啥情况?"

"葛兰不是他的亲妹妹。他就独苗一人,他爸他妈宠着他。十岁不到,他妈就死了,他爸又续了女人,就是现在葛兰的妈。葛兰是她妈从前房带过来的。这丫头和他那个哥,完全是两种人,她生性善良,聪明懂事,心眼实诚。可他那哥,却是为人刁钻,生性歹毒,自私自利,啥坏事都能干得出来。他爹却一味地偏袒着他,我看迟早要出事!"

"你们离婚的事,你给法院起诉了没有?"龚美林问。

"起诉了。"

"法院怎么说?"

"他们问原因。"

"你怎么说?"

"我说夫妻感情不和,他在外面乱搞女人,还打我。"

"法院怎么说?"

"他们说,感情不和,两个人在一起多睡睡就和了;乱搞嘛,那是小节问题;打你嘛,打倒的婆姨揉倒的面,农村都这样,谁见过打上一两次,就离婚不过日子了?那娃阶级成分好着哩,好好过去吧!"

"真他妈混蛋!"

"所以,我想听听你的意见,人家硬磨着不离怎么办?"

"你干脆去告他！他打了你，你带着伤去告他，告他虐待！"

"告了，不起作用。告到公社，公社下来个公安员，和大队生产队一起，抓住训上一顿，好上几天，又是原样子。文盲白痴，不可救药！"

"叫天天不应，叫地地不灵，你干脆离开那个家，走得远远的，看他怎么办！"

"跑掉容易，可婚姻关系解除不了，还是一根绳子把你拴死着哩！"王正珍无奈地说。

两个人再想不出什么好的办法。龚羡林心中非常沮丧：自己的大学看来是白上了，就这么个具体问题，竟然找不出一点解决的办法！王正珍见他又气又恼又急的样子，说："你回吧！感谢你和我说了这么多话，以后有空常来我们家坐坐，常来看看我妈妈，她很喜欢你。我的事，走着看吧，车到山前必有路，没有路了我就从崖上一头栽下去！"说完，竟咯咯咯地笑了起来，笑完又是满眼的眼泪。龚羡林听她说的这些话，看她凄然落泪的样子，心头一阵阵发凉。

回到九队，彩虹已等候多时，问他到哪里去了，他如实以告，并愁肠地说，你说正珍这事可咋弄哩？彩虹说，她结婚的时候，是我做的伴娘，她爱人我认识。不行我瞅个时间去劝劝她爱人，让他们离婚吧，老这样下去可怎么办，强扭的瓜不甜。说着从怀里掏出一封信给龚羡林，"这里有你一封信，可能是你家里来的吧，晚饭前大队张文书送过来的。"

龚羡林接过信一看，果然是父亲来的。父亲在信上说，城市居民下放农村的事已经定了，他和母亲商量，母亲和几个小的弟妹，还是回陇中老家为宜，老家是咱们的家乡，老家有爷爷奶奶和叔辈们，不至于看别人的白眼，受别人的闲气。说年前他已请假把他们送回去了，暂住在老庄爷爷奶奶给腾出的一间屋里。大队答应按上面的政策规定，划拨自留地，打桩盖房，进行安置。父亲说他因问题尚未解决，在家不能多待，过完年就回单位了。他走时生产队已将宅基地划定，说好过完年暖和了就安排劳力打桩，盖房的事让他们自己张罗。让龚羡林能回去了尽量回去一趟，一是看看母亲和几个弟妹安置的情况，给母亲做做思想工作；二是看看打桩的动工了没有，如没有动工，催催队里。父亲在信的最后说：你小舅已于年前某月某日因病去世，时年二十九岁。

龚羡林一边看着一边落泪。在几个舅舅中，小舅是和他们来往最为密切最为亲近的一个人，挨饿那年，自己还和他一块偷挖过农民地里的洋芋，他还不到三十岁就去世了，这对年迈的外奶和母亲，都是沉痛的打击。他和小舅的最后一次见面，是在他办完各种手续，准备离开苦读了五年的金河大学的头天晚上。那天晚上，他已将自己的全部行李和书籍打包装箱，甚至连未吃完的饭票也一并退出。就在整个学生宿舍楼一片狼藉一片混乱的时候，有同学领来了小舅和三舅。三舅是护送小舅来省城治病的，小舅得的是肺癌，医院已经出具诊断结果，说此病目前无甚有效疗法，让回去好好休养。龚羡林看着两个舅舅灰黄的脸色，听着他们的讲述，自己也毫无办法。幸好退了饭票，学校又发了一点派遣费，他只给自己留了路费，其余的全部给了小舅，让回去买一些有营养的吃的，并把他们送上了回家的火车。谁承想，才半年多的时光，小舅就去世了。

彩虹见他难过，问出了什么事，他不说。彩虹一把夺过信自己看了起来。看完她着急地说："那你就赶快回去吧，还犹豫什么？"一边说着，一边就要陪龚羡林去大队部请假。龚羡林说："我自己去吧！"

龚羡林回到家，看到母亲正在老庄后面的山坡上铲草皮，他鼻子一酸，几乎掉下泪来。家乡是山区，没有煤和其他燃料，做饭烧炕全都靠庄稼秸秆和漫山遍野的柴草，母亲铲草皮是为了烧炕。母亲虽说是农村出身，会干各种农活，但毕竟在城市生活了大半辈子，现在又过农村的生活，龚羡林看着心里发疼。二妹晓峰和三妹晓飞，都已是大姑娘了，原在城市养得皮白肉净，这会一人身上背了一个大背篼，去生产队干活。巨大的落差，使她们抬不起头来。龚羡林心里那个愤怒啊！

爷爷奶奶腾给母亲的是母亲原在家时住的南房。这房子总共也就二十几个平方米，靠西的窗户前，盘了一铺大炕，母亲和晓峰以下五个孩子，就挤在这铺炕上。靠东的窗户前，母亲垒起炉灶，支起案板，算作厨房了。父亲母亲在城时没有置办下什么家具，就母亲结婚时外爷家陪嫁的一个小柜子，还有挨饿前小舅替母亲打造的一个面柜，再就是几只旧箱子，母亲都很整齐地把它们摆置在合适的位置，并擦得干干净净。母亲抱怨父亲不该回到老家来，说回到老家外人倒不说什么，可自家人的白眼和闲气更加伤人，更加难以接受。母亲给儿子说了许多这方面的具体事例，完了让羡林再找找队里，看他们答应的打桩的事情什么时候开工。

龚羡林找了大队的领导，也找了生产队的队长。大队生产队领导都挺热情，队长说，现在地冻还没有完全化开，等完全化了才能开工。但他又说，今年天旱，土地墒情不好，估计到时土壤的黏合度不好，如果那样，还要你们挑水泼土，以保证土的黏度达到打桩的要求。还说，打桩的劳力队上给你们派，但工钱要你们自己出。龚羡林一一答应，只催促他们能够及早开工，并保证质量，让母亲和弟妹们能够尽快住上自己的房子。

龚羡林还给母亲说了自己找对象的事，说了郁彩虹的基本情况。母亲对彩虹是农村户口、没有工作虽有疑虑，但没有说什么，只要求儿子一定要把人认准，只要人品好，勤快能干会过日子，农民也是人当的，以后你们再慢慢折腾去吧。母亲还说，对于你的婚事，你的几个叔父、长辈都很关心，在我跟前问过多次，也介绍过一些人家的女子。我知道，那是看着你是大学生，每月有几十块钱的工资，眼热着哩。他们要在你跟前提起，你就说你已经有了，不要答应他们。咱这地方太穷，人太私心，找下他们能把你拖累一辈子。

龚羡林还陪同母亲专门去看了看外奶。外奶见了他们，又是痛哭不止，母亲也陪着哭。几个舅舅去世，外奶都是伤心欲绝，小舅的去世，更是在她的心头插了一把钢刀。

离开老家，经过省城，龚羡林又去母校金河大学看了看。他们毕业时，同班两个同学因什么问题，被军宣队和工宣队扣了下来，至今没有分配。母校像被强盗洗劫过一样，到处一片狼藉，死气沉沉，原来浓厚的生动活泼的学习氛围，荡然无存。学生宿舍楼的楼道里，好像几年都没有打扫过，废纸、垃圾堆积如山，灰尘四处飘落。墙上贴满了各种小报，加上原来的大字报没有铲除，沓三撂四，斑斑驳驳，将原来干净整洁的墙面，涂抹得污秽不堪，将一个全国重点高等学府，糟蹋得面目全非。

龚羡林上到二楼，敲开一间宿舍的门，从门缝中好半天才探出一张胡子拉碴的脸来。"老朱！"他叫了一声，那人才突然把门打开，一把把他拉了进去。他们相视良久。龚羡林感觉，他不是来看望同学，而像是来探监。面前这个胡子拉碴的人，也不像是当年那个激情洋溢的同窗同学，而像是个根本不认识的囚犯。

"你怎么来了？"老朱胆战心惊地问。

"我回陇中老家，顺道过来看看你们。老董呢？"

"被工宣队叫去了。"

"怎么弄下了？"

"现在还说不清楚。"

"你们当初都弄了啥了，怎么偏偏把你们两个给留下了？"

"弄了啥了？不就给军区领导写了一张大字报嘛，那时候军内开展四大，谁都写着哩！"

"那老董呢？"

"据说他骂了人家工宣队的邓队长，说人家是流氓、工贼！"

"唉！"龚羡林长叹一声说："给你们买了几个和平饭店的肉夹馍，算作是一点心意吧。"

"人家早改战斗饭店了！"老朱说。

两人又沉默半天，苦思半天。老朱又问："哎，王芸你认识吗？"

"哪个王芸？"

"就是附中高三那个女学生！"

"认识呀，那时候不是在我们分部嘛，她怎么了？"

"真是个奇女子！一个有胆有识有情有义的奇女子！"

"到底怎么了？"

"老洪不是打进红三司做卧底嘛，权势部门宣布我们是保守派后，他带人冲击权势部门，被逮捕移送金城关进了军窑监狱。王芸本和他不认识，但听了他的事迹后，为其大义忠贞的革命精神所感动，竟冒充老洪的妻子前去探监，成就了一段可歌可泣的爱情故事。"

"是吗？"龚羡林感到无比振奋和吃惊。这个王芸，是金大附中高66级的学生。那时候省城三大派群众组织对抗激烈，以金大总部为首的一派，深得省城群众和各大专院校绝大多数师生的支持，一些中学生也来参加。龚羡林当时是总部一个分部的负责人。一天，他正在分部办公室资料室翻看文学书籍，突然门被推开了，进来了一大一小两个女中学生。那个大的白白的脸庞，大大的眼睛，皮肤光洁，身材苗条，那个小的稍嫌清瘦一些，和她姐姐长得很像。大的进得门来，莞尔一笑，自我介绍说：我叫王芸，附中高三的；这是我妹妹王莉，初三的。龚羡林问她有什么事吗？王芸笑笑说：现在能有什么事，就是想参加你们的分部。龚羡林说，那太好了。从此，他们就成了一个战壕里的战友。王芸王莉天天来，时间长了，龚羡林隐约感觉到，他和王芸之间好像有一种东西在流动，那东西是什么呢？他说不清楚，也不敢往清楚里去想。他只是想天天看到她，一日不见，如隔三秋。就这样非常友好非常温馨地相处战斗了一段时间，他们的组织失败了，同学们大都回了家，龚羡林也回去了。待他返回学校，就再也没有见到这姊妹俩了。他也曾打问寻找过她们，但没有人知道她们的踪迹。之后，龚羡林就被毕业分配去了千里边关。没有想到她竟这般有胆识有情义。他后悔自己当初怎么没有早点下手，怎么就没有向她表白！他在心里骂自己：你这个混球！美女站在你的面前，你都没有抓住，你光知道干革命！

"怎么，后悔了？"老朱闷闷地问。

"没有，我后悔什么！"龚羡林犟着嘴回答，"人家老洪革命坚决，应该抱得美人归。"

过了好一阵，老朱又问："你的个人问题怎么弄下了？"

"还没有弄。"龚羡林说，"你知道咱们同学都怎么弄着哩？"

"情况不同，"老朱说，"绝大部分'就地取材'，有找工人的，有找基层干部的，有找部队战士的，有找知识青年和农民的。"

"还有找农民的？"

"也不是纯粹的农民，就是下乡知识青年和回乡知识青年，户口在农村的。"

"那将来怎么办？户口怎么解决？"

"哪能管那么多，只能走一步看一步了，先别耽误了儿子！"

龚羡林也无奈地叹口长气。

老朱接着说："我们这一代人，就这么给毁了！你在政治上抬不起头，个人生活肯定就很难过。你知道吗，老阎那么聪明那么精干的一个人，去洮州山区，看上商店一个营业员，当地百姓认为是他'高攀'。在他们眼里，大学生，有知识的人，都是'酸酸'，而小商店负责人，不管管了几个人，都是'主任'，说阎酸酸看上了汪主任，癞蛤蟆想吃天鹅肉哩！你说，我们还能找谁？"

老阎是龚羡林最要好的朋友之一。听到他的遭遇，他既为老朋友感到难过和惋惜，又有种释怀的感觉：原来同学们的命运并不比我强到哪儿去，因此更加坚定了对彩虹的感情。

他望着老朱"嘿嘿"地笑了。这笑是那么勉强，那么无奈。老朱也望着他"嘿嘿"地笑了，老朱说："赶快找一个人成家去吧，将来咱们俩做儿女亲家！"

龚羡林点了点头：做亲家！

十五

贺丹峰这两天有点纳闷，王肃年怎么想起找龚羡林了！前天他从大队门前经过，被王看见了，王从窗子里探出头喊着问，老龚回来了没有？他说没有。王又说，回来了说一声，找他有事。能有啥事？难道又要叫去调查什么人的问题？上次调查薛得寿的问题，没有调查出结果，你不满意，怎么又要叫去？难道老龚看上了你家妹子，愿意顶替老郑做书记家的女婿？不可能！老龚是啥人，谁不知道！他眼光高着哩！再说，人家正和郁彩虹谈着哩，你家丫头能和彩虹比吗？

他把这个情况告诉了老郑，让分析分析。老郑又点一支他的经济烟，猛吸两口说："不会有别的事，可能就是大队有啥写写画画的事要老龚干。哎，老龚回去几天了？"

"啊呀，也快一个月了。"贺丹峰想了想说。

"可能就是这事！"老郑弹弹烟灰很有把握地说。

郑世荣嘴上虽这么说，但他过后多了一个心眼，他借故找到张文书，问王书记几次带话找老龚是要干啥哩？张文书说："听说年过罢了要给你们开个会哩，啥内容他没有说。"郑世荣想：开会是好事，他们也应该给我们开个会了。来这么长时间，表现怎么样，是好是坏，你得有个说法。劳动完使唤完就不管不顾，恐怕说不过去。他还想：半年时间，顶着凛冽的寒风，迎着边塞的严寒，我们赶着大轱辘牛车，起五更送粪，拉沙压碱，取土垫圈，平整渠道，什么脏活累活都干了。还帮助大队、生产队和社员群众干了许多其他事情。这回春节，我们没有回家，给大家唱戏，现在，戏唱红了，给信和争了光了，扬了名了，你们得好好表扬表扬我们，也好给我们将来分配打下一个好的基础。

这事就这么吵吵了一阵过去了，谁也再没有往心里去。

过了几天，龚羡林回来了。老龚一回来，大队就通知全体大学生到崔副政委那里开会。崔副政委和他的助手小李，原在老马的盐改站要了一间办公室搞民兵冬训，现大队部搬到小学校旁新建的办公室了，原老庄子的旧房子就腾给他们单独使用。

第二天的会不是以大队名义召开，而是以崔副政委的名义召开，但大队党支部和革委会的成员全部参加了，还扩大了九队的正副队长，这就使大学生们感到莫名其妙。

果然，一走进会场，就感到气氛不对。崔副政委端着个架子，稳坐在主宾位置，进来什么人，看都不看。王肃年一脸严肃，脸吊得比驴还长，好像发生了什么重大事情。薛得寿、张士维一脸茫然，不知道政委和书记唱的哪出。贺丹峰心想：是不是自己暗中调查信和1960年饿死人的情况被他们发现了，要拿他开刀？如果是为这，老子还真不怕，老子有充分的事实！郑世荣心想：看这架势，绝不是总结表彰前一段的工作，是要兴师问罪呢。兴师问罪问谁呢？问我们吗？问我们什么呢？难道我看不上你书记的妹子就犯了王法了吗？忽然，他灵机一动，想起那个流氓王茂发说过的话："人家要告你们呢！"不由得心头一紧：看来与这有关。他悄悄扯扯龚羡林的衣角，向他递一个眼色。

龚羡林从一开始就感到情况不对，他把他们下队以来的表现，飞快地过了一下，感到在劳动、学习、听从大队安排、尊重贫下中农、政治立场和群众感情等方面，他们都在努力去做，做得不错，没有出现大的缺陷和漏洞。但从老郑的眼神来看，这肯定是个找茬的会，绝不是评功摆好的会。那么，找茬又能找到什么呢？忽然，他也想起王茂发和年娃子那些人说过的话，对了！大概就是这事！如果真是这事，他倒不怕，他有一千个理由为自己开脱辩解！但他告诫自己，切不可莽撞冲动，一定要冷静！

会议还是由王肃年主持。他吭哧半天，也没有说清楚是个啥意思，就说请崔政委讲话。

崔副政委手中拿一份红头文件，故意把文件的封面亮给大家看。其实这份文件与今天的会议没有半点关系，但他必须拿着，拿着他心里才踏实，拿着他才像个政委，这也成了多年的老习惯。他把茶杯往身边挪了挪，吹了吹茶水上面的浮萍，轻轻呷一口，这才慢腾腾地说："很早就想开个会了，但一直忙，腾不出时间。现在年过罢了,新的一年的工作开始了,机关里早就开过收心会了,咱们也应该开个会,把心收一收,把思想统一统一,把有些事情说一说。"

崔副政委说着,把全场扫视一遍,"嘿嘿"干笑两声,接着说:"大家都是大学生,大学生嘛,顾名思义就是读书读到大学了,学了比较多的文化知识。但从思想改造和世界观改造的角度讲,你们才只上了个小学。大学是知识分子成堆的地方,也是资产阶级思想成堆的地方。为啥历次政治运动都要从知识分子身上开刀,就是这个原因。你像吴晗、邓拓、廖沫沙,再比如'三家村''四家店'等等,不都是知识分子吗?啊?这也是现在社会上把知识分子叫作'臭老九'的原因。同志们哪,这'臭老九'的名声可不好听啊!它是和地、富、反、坏、右、牛鬼蛇神、走资派连在一起的呀!"

大学生们听着副政委的讲话,句句刺耳,字字锥心。但他没有讲错,事实就是这样。这种观点也不是他的发明,而是来自上面。因此,尽管心里有一千个不赞成一百个不愿意,甚至极为反感,但敢怒不敢言。没有办法怒啊!怒什么呢?向谁发怒呢?向崔吗?他只是个传声筒。别看他在那里一板一眼地讲着,连他也不知道中国的知识分子为什么会这样!他知道吴晗是怎么回事吗?他知道"三家村"是怎么回事吗?究竟是有知识好还是没有知识好?是知识多了好还是知识少了好?他也说不清楚。

崔副政委接着说,"所以啊,毛主席提出,让你们到农村去,到工矿去,到边疆去,到部队去,接受工农群众的再教育,很有必要。毛主席还说,农村是一个广阔的天地,在那里是可以大有作为的。你们只有低下头,俯下身子,在农村最艰苦最困难的环境下,在社会阶级斗争的大熔炉中,不断锤炼熔化自己,努力改造,脱胎换骨,重新做人,才能锻炼成为对党对人民有用的人。反之,如果还放不下架子,还低不下头来认真改造,那结果将是很危险的。"

薛得寿和张士维、九队两个队长,听他这么讲,瞪大了眼睛,张大了嘴巴。按照党的一贯政策,好像没有这么严重啊!好像国家对知识分子是团结教育的政策啊!没有把他们放到对立面啊!你讲的是对待资产阶级知识分子,放到这些青年学生头上并不合适啊!你崔副政委就没有闹派性?你们县武装部在县上支一派打一派,都闹出人命来了,那算啥?

几个大学生听着，仍然敢怒而不敢言。他们知道，副政委今天要把他所知道的知识分子的劣行全部列举出来，要把他自己积攒的对知识分子的怨恨和嫉妒全部发泄出来。任他无限上纲胡乱发挥去吧！你说轻了，我脸皮发烧，你说重了，我反而镇定自若。他们不和他争辩，争辩就要吵架，吵架就是对抗改造，这是态度问题。但他们下乡半年来所取得的收获，已荡然无存；在劳动锻炼中所激发出来的热情，已完全熄灭。

崔副政委这时才切入正题。他说："大家下来有近半年的时间了。这半年来，根据大队和群众的反映，基本还算可以，大家在接受贫下中农再教育、改造客观世界的同时，主观世界也得到了改造，取得了一定成绩。但是，改造才刚刚开始，任重而道远。在改造的道路上，也难免会出现这样或那样的问题。你比如，最近我们就听到，有的同学阶级立场不稳，对地主分子刘满仓自杀表示同情，和地主分子子女打得火热；有的同学对三年自然灾害所造成的饥荒，不能正确看待，看天灾少了，说人祸多了；有的同学家庭出身不好，家庭主要成员在'文革'中受到冲击，不能够正确对待；有的同学仍然放不下知识分子的架子，说话口气很大，行为脱离群众，贫下中农很有意见。特别要指出的是，有的同学忘记了自己的身份，忘记了接受再教育、劳动锻炼的任务，一下来就和队里的丫头婆姨搅缠在一起，谈情说爱，找起对象来了。这一点，在群众中反响很大，影响非常不好！"

龚羡林、贺丹峰、郑世荣三个人像触了电一样，都感到头皮发麻，忍耐度正在经受着耻辱的拷打。罗成农把嘴凑到肖淑娴耳边，不满且不屑地说："我们又没找对象！"肖淑娴竟然附和说："就是。"他们的说话声尽管很低，但还是传到了龚、贺、郑三个人耳里，贺丹峰终于忍无可忍，"嚯"地站了起来。

贺丹峰面色红涨，青筋暴露，质问道："崔副政委，你给我们戴了很多帽子，这些帽子都很大，很沉，我们实在承受不起！我要问你：你说我们同情地主刘满仓，我们究竟说了什么？做了什么？刘满仓的女儿刘小慧，按照政策，是可以教育好的子女，按照她个人的表现，大家都是清楚的，是充分肯定的。我们和这样的人打得火热又怎么了？怎么做才算站稳立场？怎么样做才能表现出对阶级敌人的刻骨仇恨？你说我们把三年困难时期的人祸说多了，天灾说少了，请问你是听谁说的？在什么场合说的？我们要面对现实，实事求是，不要动不动就用大帽子压人！"

崔副政委的脸像被人抽了一巴掌，血红血红。王肃年站起来正想给他解围，被龚羡林毫不客气地给挡住了。龚羡林本来强忍着，不想发言，但看崔副政委不是把他们当同志对待，而是完全放在大队和群众的对立面来训斥，不由得气从心头起，恶向胆边生。他一贯特别憎恶那种摆出一副架势、貌似正确、"左"得要命的人。他接上贺丹峰的话说："我们这些人下来，是走上工作岗位之前的一种劳动锻炼和生活体验，这一点，省、地、县各级领导都讲得十分明确。但我们下来以后，就听到有人说，我们是在学校犯了错误，被发配到农村劳改来的，和当年的右派一样。这些人还振振有词地蛊惑群众说，国家培养一个大学生要花多少钱，培养出来让到农村来捣牛尻子可能吗？这些话从农民的嘴里说出来并不奇怪，因为他们不了解情况，可从你崔副政委的嘴里说出来，这就奇怪了！我们承认我们自身有许多毛病和缺点，我们欢迎各级领导和贫下中农善意地批评和指正，我们自己也在实践中注意不断改正。我们每个人也都有各自的一些家庭情况。你比如，老郑家庭成分是地主，我父亲是一个工厂的负责人，运动中受到冲击和批斗，老贺的家中也有一些其他情况。正因为有这么一些情况，我们时时处处小心谨慎，时时处处想着正确对待。如果崔副政委和大队领导连这一点都看不到，都不能承认，那我们只能表示深深的遗憾了！至于说我们'一下来就和一帮丫头婆姨搅缠在一起'，这话说得太难听！怎么个'搅缠在一起'？难道队里分派我们和一些妇女社员在一起干活就是'搅缠在一起'吗？那'搅缠在一起'都干了些什么，两个队长在，你可以向他们调查。谈情说爱找对象是事实。我们都是男大当婚女大当嫁的年龄，谁也没有说下放大学生不能和农村女青年谈恋爱！我们谈情说爱'影响非常不好'，不好在哪里？是违反了什么组织原则还是哪一条政策规定？是败坏了农村社会风尚还是侵害了农民利益？请崔副政委明示！"

这回是王肃年的脸像被人狠狠地抽了几巴掌。如果在平时，他早就发作了，他会用一大堆革命大道理加上农村骂人的脏话，狠狠地训斥一通。但今天他不敢，他面前的不是信和的普通社员，他们连崔副政委都不放在眼里，何况自己。他想尽量和缓会场气氛，好给崔副政委一个台阶下。可正当他又想站起来制止时，薛得寿挡住了他。薛得寿说："让我来说几句。"崔副政委和王肃年见老主任要说话，只好把肚子里的气暂时压了回去。

薛得寿说:"召开这个会,我不知道。崔副政委关心几位大学生的成长,这个无可厚非,但崔副政委讲的一些情况和观点,我不能完全同意。遵照毛主席的指示,大学生同志们来到我们大队以后,经受了由城市到农村的转变,由学生到农民的转变,应该说这个转变完成得是比较好的,是受到广大贫下中农赞许和肯定的。他们来的这半年,正是我们这儿天寒地冻自然条件最恶劣的一段时期,但是他们不怕寒冷,不怕困难。在劳动中,和社员群众一样,起五更,睡半夜,顶严寒,冒风雪,什么脏活苦活累活都干了,有的同志衣服单薄,手和脚都冻肿了。在日常生活中,他们自己做着吃饭,和社员一样,砸冰取水,刷锅洗碗,和贫下中农打成一片,说说笑笑,快快乐乐,还经常教队里青年社员识字唱歌,我们没有看出他们摆什么架子。在工作中,大队有什么安排,他们总是痛快地接受,刻刻印印,写写画画,还牺牲春节和家人团聚的机会,排练文艺节目,有什么才华就显露什么才华,为群众干了许多有益的事情。我不知道崔政委讲的一些情况是从哪里来的,我觉得这些情况与事实有很大出入。我们虽然只是一个大队,级别很低,但我们看问题仍然要摆事实讲道理,要实事求是。不实事求是,对这些同志不公,也显得我们信和人不厚道,不地道。"

崔副政委脸色铁青,定定地瞪着薛得寿。王肃年像屁股上着了火,偷眼看着崔副政委,坐卧不安。

薛得寿不管这些,继续讲了下去。他说,"至于说他们和队里的丫头找了对象了,谈了情了,说了爱了,我认为这是好事,不是坏事!一是这正好说明他们看得起我们农村人,是他们思想改造的一大进步,是对贫下中农有感情的表现;二是他们都已经二十五六岁了,到了该找对象的年龄了,农村像他们这个年龄的人,娃子都四五岁了,想找对象,这是人之常情,没有啥可责怪的;第三,他们在劳动锻炼期间找对象,这不犯法,我们至今没有接到上面通知,说他们在劳动锻炼期间不能找对象。要我看,只要他们处理得当,不影响劳动锻炼和思想进步,谈就谈去吧,没有什么大不了的;第四,我没有听到社员群众关于这件事有什么不好的舆论,我只是听说几个家长都乐意把丫头许配给他们,社员群众也都是高兴的赞同的,有的还是羡慕的。就是啊,哪一个丫头不想找一个有文化有知识有本事、见过大世面的女婿子?哪一个家长不想把丫头嫁给这种人?我就听说在我们的干部当中,有人就有这种想法。说句老实话，我的丫头早就出嫁了，如果没有出嫁，我也想在他们中间给我选一个当女婿呢！总之，我的意思是，我们要看到大家的优点和成绩，不要听到个别人胡咧咧，就将大家的热情和积极性全盘否定。"

张士维没等薛得寿说完，就抢着补充说："我同意薛主任的意见，不能因为个别人的意见，就全盘否定大学生们所做出的努力和贡献。别的不说，单就春节的文娱活动，就应该受到表扬，而不是批评。今年，我们信和唱大戏，是历史上没有过的，它不但为我们扬了名争了光，而且帮助我们组建起了一支文艺骨干队伍，活跃了农村文化生活，把青年们的积极性和热情都调动起来了。这个影响非常大，这比他们找对象的事影响大得多了！"

王肃年见同班子的两个主要领导成员都讲了不同意见，尽管十分生气，也不好当面发作。正在他抓耳挠腮不知该如何收场的时候，崔副政委铁青的脸忽然有了颜色。他又是"嘿嘿"干笑两声说："那好！既然大家都觉得我说得不对，那就算我没说，我收回我的讲话。今天的会就开到这里！"

会散回到住所，龚羡林、贺丹峰、郑世荣三个人都不说话。他们知道，他们把崔副政委和王肃年彻底惹下了，这以后的日子肯定是不好过的。郑世荣又点了一支烟，狠狠地抽了两口。龚羡林也要了一支，蹲在炕边上点着了。

贺丹峰望着他俩，余气未消地质问老郑："你怎么不发言？"

郑世荣掐灭烟头，没好气地回敬道："你们两个还说得少吗？我说什么？我说王肃年想把他妹子给我，我没有要？"

龚羡林哈哈大笑，说："你可以说嘛，你说了看姓崔的和姓王的作何反应！"

贺丹峰骂道："他妈的，什么玩意！除了扣大帽子，还会干啥！"

郑世荣说："你也不要光知道生气骂娘，从今天开始，恐怕你和老龚得和英子、彩虹暂时回避一下了。"

贺丹峰忽地跳起："回避啥！我明人不做暗事，我回避啥！"

郑世荣耐着性子说："你总得让这个风头先过去吧！今天我们惹了人家，人家肯定不会善罢甘休，肯定会寻找机会报复我们。我们总不能再给他们新的辫子抓了吧？"

龚羡林说："老郑说得对，我们得暂时回避一段时间。不过，回避是一个方面，家贼也要提防啊！为啥我们的一些事情，崔副政委知道得那么清楚？是谁收集的黑材料？是谁告的密？"

"而且是以批评谈恋爱为突破口，寻找咱们政治上的麻烦。"郑世荣接上说。

贺丹峰仍然气呼呼地说："你看罗成农那几个人的嘴脸！都是天涯沦落人，你把你撇那么清干啥！"

郑世荣说："这就是咱们这些知识分子的臭毛病：敏感、自私、脆弱、动摇，灾难还没有到来，就想着如何出卖别人，保全自己！"

龚羡林说："你还别说，咱们知识分子中有些人，真不是玩意儿，总见不得别人比自己强，嫉贤妒能，背后使坏，临阵叛变，形形色色，不一而足。这一点，这几年见得太多了。更何况，像我们这样的半瓶水，还称不上真正的知识分子。所以，组织上要我们改造，我觉得太对了。你像罗成农这些人，队里脏活苦活累活都叫我们干了，他们想着法子躲避清闲，可一遇风吹草动，就害怕把自己牵扯进去，就又叉着腰在那里说风凉话。不过通过这件事，咱们把人的嘴脸看清楚了！"

贺丹峰说："看清了又能怎样，人家继续做人家们的好人！听说这次从家里回来，又背了一包过了期的药片子，挨家挨户地送。年纪稍长的就大爷大妈地叫着，年纪轻的就大哥大嫂地喊着，可亲热啦！哈哈哈！"

龚羡林说："你也别太相信他那一套！绝大多数干部和群众对咱们好着哩。从今天会上薛主任和张文书的发言，以及咱们九队两个队长的态度，就说明了这一点。他们能够客观公正地对待我们。"

郑世荣说："幸亏有薛主任和张文书的发言，不然你说我们还锻炼啥着哩！"

贺丹峰把一本书狠狠地摔在炕上，骂道："去他妈的！"

十六

几个大学生因谈对象受到崔副政委批评的事，很快在全大队传开了。而且越传越玄，最后竟说他们被县上带走了，将来可能连工作都没有了，要当一辈子农民了。

听到这个消息，受到震动最大的，是几个当事的丫头和她们的家人。

英子听到人们议论，又不见贺丹峰到家里来，在门外翘望了半个时辰，回到屋里，抱着被子就哭，哭得非常伤心。杨月红劝她，她说是她把贺丹峰害了。杨月红问她，那你还爱不爱他？她抬起头顶撞她妈："那你说呢？"眼泪摔了一地。杨月红说，那你问问他去，究竟怎么回事？英子说她不敢去，庄子上的人都盯着她呢！杨月红说，那怎么办？英子说她不知道，又哭。杨月红拍拍她的肩膀，摸摸她的头说，别听刮风就要下雨，完了见了贺丹峰再说。这庄子上的人，舌头长着哩，你听他们说，还不把你气死！英子又可怜巴巴地点了点头。

彩虹毕竟是高中学生，她才不相信这一套：因为谈了对象就不给分配工作了？这是哪家的政策？这不是明摆着欺负人吗？欺负的不但是龚羡林他们，还有我们这些农村女青年。意思是说，你一个农村丫头，找的什么大城市来的大学生！崔副政委他有什么权利阻挡我们的爱情？他的一些消息是听谁说的？哼！肯定是他那个李干事李春，向他胡说八道了什么，不然，他不会知道得那么清楚。李春曾多次向她表白，并大献殷勤，被她拒绝，他又托王肃年来做工作，施加压力，她仍然不为所动，他就到处说龚羡林他们的坏话。肯定是他！是他向崔副政委进了谗言。我要找这个政委去！

彩虹父亲这两天正好在家。听到这种消息，他心里又开始紧张起来：如果传言确实，那可怎么办？那不是把丫头害下了吗？他是个胆小谨慎的人，又是个很爱面子的人。他不去打听消息的真伪，也不认真分析分析，只把忧愁挂在脸上，不停地来回踱步，长吁短叹。彩虹妈看着老头忧愁她就忧愁，老头子长吁短叹她也就长吁短叹。彩虹见他们这个样子，心里就有气。她对父亲说："事情还没弄清楚哩，你们就愁成那样，干啥哩？"父亲说："如果羡林真的当了农民，那不是把你的一辈子毁了？"

彩虹说："怎么毁了？如果他真当了农民，我也跟着他！农民也是人当的！我妈不就是农民吗？"

父亲被她呛得再也说不出话来。母亲说她："丫头，你爸也是为你好！"

"为我好就再不要胡说！我看上的是龚羡林的人，又不是他的工作！"

彩虹说罢，就气呼呼地出了门。她要找张文书问问情况，再找崔副政委讲讲道理。

张士维正在家里闷着头喝酥油茶。他的气管不好，爱喝酒，又爱抽烟，成天咳咳咳的。他的儿子在牧区工作，每年给他带来几斤上好的酥油，让他调到炒面里面冲着喝，说酥油有利于心肺和气管的湿润。

他一见彩虹来，就知道她来的意图。他没等她开口，就放下茶碗说："丫头，我知道你来是啥事情，我也正为这事生气呢！咱们为人做事要讲良心，不能为了显示自己，就胡说八道。那样，会遭报应！人家老龚几个人，为了咱们，起早贪黑，受苦受累，又是抄，又是写，又是刻，又是印，又是拉，又是唱，硬是把咱们的文娱演出队给折腾起来了。我们作为一级组织，不但不说人家们的好，还搜搜寻寻地找人家的麻烦，你说这对得起人吗？你王肃年主持开这样的会，你崔副政委不顾事实地那样讲，我作为文娱演出活动的组织人，现在都没脸见他们几个的面了！"

彩虹问："崔副政委那么讲，是谁提供的情况？"

张士维说："我估计是王肃年。"

彩虹说："那我就知道了，我找崔政委去！"

彩虹在旧大队的门口首先碰见了崔副政委的助手李春，她毫不客气地堵住他问："哎，李春，你这个人怎么这么缺德，你给崔副政委都瞎编了些啥情况？"

李春二十四五岁，和龚羡林他们差不多大，被彩虹一通质问，脸涨得通红。他不敢正眼看彩虹，只偏着头支支吾吾地说："那他们本身有问题，还在队里找对象……"

彩虹没等他把话说完就截他："他们不能找对象，那为啥你就能找？他们有问题是谁通知你的？他们有什么问题？"

李春吭吭哧哧说不出来话，脸红得就要滴出血来。

彩虹又说他："我给你说过，你喜欢我，我非常感谢你，但我们两个是不可能成的，因为我喜欢的是龚羡林！你不要为了达到自己的目的，就在崔政委跟前编造一大堆人家的不是。你越是这样做，我越要怀疑你这个人的人品！"

李春害怕他们的对话被崔副政委听到，央求地说："彩虹，能不能找个地方说话？"

彩虹说："不能！我就是要找你们崔副政委说说，为啥大学生不能和农村姑娘谈恋爱，为啥农村姑娘不能找大学生？"

他们的对话，显然已经被崔副政委听到了。他推门走了出来，明知故问："哟！彩虹来了？有什么事吗？"

彩虹说："崔政委，我有事找你！"

崔政委说："那进来说吧！"说罢，狠狠地瞪了李春一眼，李春自知心机败露，不免心惊肉跳地离开了。

彩虹见崔副政委是长辈，又很诚恳地请她进屋说话，心里的气就消了大半。她很有礼貌地向他陈述了她和龚羡林相爱的经过。她说："崔政委，这件事情的起因在我，是我看上的他！我是一个希望自己有文化有知识有理想有进取的人，因此，我崇拜龚羡林的知识和才气。我想，作为长辈和领导，你不会反对吧？龚羡林他们有什么问题我不知道，但我觉得你召开会议专门解决他们的问题，这可能与一些人饶口嚼舌有关系。据我们知道，情况不像你说的那样！"

"你说的是李春从中嚼舌吗？"

彩虹沉思片刻认真地说："还不完全是他。他也说了一些，但他是个老实人，他喜欢我，追求我，我没有答应，他失意之下说了些错话，做了些错事，这都可以理解，你千万不要责怪他，以免影响了他的前程。一个农村的孩子能当兵，能干成他那样，很不容易，不要因为我，影响了他！"

崔副政委显然有点感动。他动情地说："彩虹，你能这样善良、大度，替别人考虑，我很钦佩。李春这个小伙，是农村娃，没有念过几天书，说话办事可能有不妥当的地方，这个我们批评教育，也请你原谅。但是他本质上是好的，是纯朴的，实在的。他和你的事，你不喜欢就不喜欢，这个没啥商量的。但是他说了什么，做了什么，最好咱们就说到这里算了，再不要到外面去说了，说了影响不好。至于你和龚羡林的事，还有贺丹峰与英子的事，郑世荣和刘小慧的事，我是听到了一些传言，这里面可能有一些夸大不实之处，你相信，我一定会调查清楚的。你们相爱，我不反对，但你一定要用阶级斗争的眼光去看人看事，把人认准。这些知识分子，反正比咱农村人多着几个心眼。你把人认准了，觉得确实可靠踏实，谈就谈去吧，注意影响就行。"

彩虹能够听得出来，崔副政委对龚羡林他们的偏见是很深的，他之所以对她如此客气，是因为这件事情牵扯出了他们武装部的李春，他怕她把李春的丑行揭露出来，影响县武装部和他自己的声誉。她见他是这种态度，非常失望。她心想：你的助手、你武装部的人下乡工作谈对象，而且还不择手段，造谣诬陷他人，你不认为是严重的事情；人家大学生在劳动锻炼期间谈个对象，你就上纲上线，还专门开会来解决，好像人家真的犯了多大的错误！你调查？人家谈个对象你没完没了地调查，究竟想干啥？你放着民兵冬训不抓，对人家谈对象的事却抓得很紧，这不是狗拿耗子多管闲事吗？你对李春一个态度，对龚羡林一个态度，这是你的阶级斗争观点吗？

她没有说出她心中的愤懑，就憋着气走出了崔副政委的办公室。回到家，她把情况给父亲说了，父亲只是唉声叹气。父亲说："丫头，你现在还没有出路，你把人家惹下可怎么办呢？"彩虹说："我没有惹他，我只是向他说明情况，承担我自己的责任，我不能把嘴装到兜兜里，让他把人家龚羡林害了。"说罢，赌着一肚子气，摔门走了出来。

她要去找龚羡林。她要问他那个会究竟怎么开的，崔副政委都说了些啥？王肃年说了些啥？其他人又是怎么说的？她要向他表明心迹，要他不要怕，自己一旦决定了爱他，一生一世都会爱他，一生一世都不会后悔！哪怕天塌下来，她和他一起顶着！

万有仁的堂屋里，谁都不在。龚羡林不在，贺丹峰不在，郑世荣也不在。他们到哪里去了？怎么齐刷刷地都不在了呢？她正抓着门上的铁锁使劲摇着，万有礼的麻脸婆姨和她的嫂子、万有仁的红脸婆姨同时出来了。万有礼的麻脸婆姨一脸淡漠地问她："彩虹，找老龚来了吗？"还没等彩虹回话，万有仁的红脸婆姨涎水达拉地说："你还不知道啊，丫头？老龚他们犯了大错误了，被县上调走了。"彩虹吃惊地问："调走了？"她从门缝往里一瞅，炕上的行李还在，她就知道这两个女人啥都不知道，胡说着哩，就再没有理睬她们，从院子里出来了。

正当她犹豫要不要去找队长万有信问问的时候，有人从身后轻轻拍了她一巴掌。她回头一看，是英子。两个同病相怜的丫头见了，心头一阵温暖，又一阵酸痛，都流泪了。英子说，她是来找贺丹峰的，也是一个都没有见着，不知道他们到哪里去了。她胆小害羞，又不敢问，所以，正站在桩墙的拐角处一个人着急哩。

她问彩虹："他们会不会被抓起来了？他们会不会不要我们了？"彩虹坚定地说："不用怕，不会的！咱们去找队长问问。"

她们来到队长万有信的家，万有信的女人撅着个嘴，很不屑地斜她们一眼说："找啥找？叫县上来人给带走了！要找到县上找去！"她们一听，话茬不对，也不和她一般见识，就出来了。

县上带他们去干什么？万有信的老婆说话历来没个准头，她说的是真的还是假的？不管到哪里去，总得给我们招呼一声嘛，怎么几个人都这么悄无声息地失踪了呢？这再到哪里去打听呢？人家刚给他们开过会，批评他们下来谈了对象了，再到别处打听，这不明摆着是挨骂看脸色嘛！现在多少人在看我们的笑话，各种冷脸、各种风言风语能把人呛死！算了！我们干脆不打听了，随他们是死是活听天由命去吧！谁叫他们临走连一句话都没有呢！

两个热恋中的丫头，就这样像被黑风吹昏了头的小鸟，无助地徘徊在寒冰刺眼的沟沿上。谁也不想回家，谁也不想吃饭，谁也不想说话，都心情沉重地想着自己的心事。

也不知转了多长时间，坐了多长时间，反正是天慢慢地黑了。一阵晚风吹过，带来深重的寒意。

英子终于忍耐不住，细声细气地问："彩虹，怎么办呢？"

彩虹想了一会儿说："要不你先回吧，出来时间长了，杨家姨娘着急。我再到刘小慧那里打听打听，看她知道不知道情况。"

英子和刘小慧平时很少来往，彼此不熟，又想彩虹她们两个都是高中生，自己只念了一个初中，啥都没有学下，去了没有话说，就同意了。临走，嘱咐彩虹："有什么消息，赶快告诉我！"

彩虹看着英子慢慢走远，孱弱的身子逐渐消失在夜幕之中，这才跨过阴沟，朝着刘小慧家走去。

刘小慧春节过罢以后，据说到新疆去了一趟。她有一个叔父在伊犁做生意，知道她家的变故后，回来了一趟，后来又写信让她去玩玩，去散散心。彩虹分析，可能还有在新疆给物色对象的意思。她去了十多天，前天刚回来。这么快回来看来对象没有谈成。其实，小慧是真心喜欢老郑的，可这个老郑，就是不明确表态。说他不喜欢小慧吧，他说他喜欢；说他喜欢小慧吧，他又一直不向人家表白。一个丫头家，而且已经二十六七岁了，你这样做，人家能拖得起吗？

现在冬闲，队里没有啥农活，春节刚过，男人们照常往死里喝他们的酒。喝着当场栽倒再也起不来的，喝着烧得难受跑到阴沟的冰上爬下阴死的，喝醉了抬别人家女人的门到处嫖风的，喝醉了到处惹是生非打锤嚷仗的，形形色色，不一而足。女人们则窝在家里，趁着难得的闲暇，打褙子、纳鞋底，给全家人做鞋或其他针线活。刘小慧不会这些，就喜欢捧一本书，坐在靠窗子的地方，静静地阅读，从中享受艺术和文学的熏陶。

正当彩虹准备上前敲门的时候，一条黑影，于沉沉夜色之中，掠过她的眼前，"嗖"一声，从低矮的院墙上翻了进去。那身手，绝对是那种翻墙上房的老手，不留痕迹，没有响动。她被着实吓了一跳，本能地藏到一棵沙枣树下，并把眼前的红柳枝拢来遮挡住自己。她心想，天这么黑了，他不从门里进去，而是翻墙而入，肯定不是好人！那他是什么人呢？他想干什么？是偷盗还是……她不敢往下想了，额头急出一层冷汗。她知道，小慧有了危险，她得帮小慧去。就在这时候，她听见屋里传出刘小慧撕心裂肺的喊叫声和撕打声，夹杂着一个男人厚颜无耻地威胁，只听他说："刘小慧，你要知道你是什么人！我睡别的女人，只要事先通知她，让她晚上给我把门留着，我喝酒喝好了，想什么时候去就什么时候去，去都是大摇大摆地去。我见你是黄花闺女，又是中学生，才给你这么大的面子！但是你不要忘了，你是地主家的丫头，命贱着哩，你想你不答应我，你在队里能有好日子过吗？"彩虹听得出来，这是造反派王茂发的声音。这时候她心里只有一个声音：冲上去，帮助小慧，驱走这个色狼，不能叫这只癞皮狗祸害了小慧！可就在她抓了一块砖头正准备冲出去的时候，小慧家的门"哗啦"一声从里面打开了，只见另外一个男人，手里提一把好似斧头般的东西，正追赶着王茂发从屋里出来。王茂发显然还没有得手就挨了一斧头，正抱着头狼狈逃窜，后面那人紧追不舍，他只几步就将王茂发擒在手里，"通、通"又是两下，王茂发就像一只死狗瘫在那里。

这时候，才见刘小慧踉踉跄跄地从屋里撵了出来，她见王茂发被砍倒在地，惊恐地问那男人："哥，这可怎么办？"

彩虹没有想到，那另一个男人，竟然就是早早出去逃亡的小慧的哥哥刘小强。只听小强安慰小慧说："不用怕，妹子！他作孽到头了，咱们也忍到头了。等一会儿，夜深人静了，我送他去一个地方！"

说完，把昏死过去的王茂发拖到庄后的小柴房里，暂时掩藏了起来。

彩虹看得目瞪口呆，她再也不能到小慧家去了。不但不能去，而且还不能让小慧兄妹看见。她不知道王茂发是死了还是活着，刘小强夜深人静之后会将他如何处理，尽管他企图强奸民女命本该死，但如果他真的死了，这里将是一桩命案的现场，将来上面肯定会追究的。她不想把自己卷到这桩命案里去。她得设法赶快离开。令她释然的是，小慧最终得救，她没有被辱没了清白，这是她最高兴的。大家都是一个大队的丫头，都是亲姊妹，以前虽然来往不多，交流较少，但心底是相同的。特别是通过这次春节排练节目，共同出演《智取威虎山》，她对小慧的为人，对她的好学和才艺格外崇拜。小慧获救，也就等于她们一帮同龄女孩子获救，王茂发完蛋，也就等于他们那帮邪恶势力完蛋。她从心底下定决心：这事从此就烂在我肚子里了，将来谁问，都不知道！

令她奇怪的是，这个刘小强怎么会在关键的时候出现了呢？他是早就回来了，还是刚巧赶上？如果是早就回来了，那就是和小慧一起回来的，那说明他也在新疆，可小慧回来没有听说有他呀？如果是正巧赶上，那就说明小慧命不该辱，王茂发的死期到了。王茂发不但把老支书万青山打着跳了涝池，也把地主刘满仓打得吐了几次血。幸亏那时候刘满仓为了拉扯一双儿女不敢死，不然就浑身浇上烧酒，早把自己点了。真是善有善报，恶有恶报，不是不报，时候未到，时候一到，全部报销！人作恶，不可活！

彩虹像一只惊恐的兔子，连走带跑地回到家里。在街门上，她不忘拍拍身上的土，整理整理头发，喘喘粗气，这才推门进去。

屋里的灯还亮着。母亲和弟弟们早已经睡了，只有父亲一个人在灯前直直地坐着。桌子上还捂着给她的饭菜。看到这一切，她心里明白，父亲是在等她回来。

她鼻子一酸，眼泪扑簌簌掉了下来，早上对父亲的怨气，早已烟消云散。

父亲疼爱地看她一眼，说："暖壶里有热水，洗个手吧，洗了吃饭。"说着，又端起菜盘去炉子上加热去了。

彩虹从壶里倒些热水，洗了手，正在擦脸，父亲已经把菜热好端出来了。

父亲看着她吃，问："去打听了吗？"

"打听了。"彩虹说。

"都到哪里去了？"

"说是被县上叫走了，可铺盖都在，可能是临时的吧。"

"没有说干啥去了？"父亲又问。

"打听不着。队长不在。"

父亲凑得很近看她，对她说："不要着急，明天我去公社找人问问，我估计最近县上中心工作太多，人手拉不开栓，他们被临时抽调帮忙去了。"

彩虹说："爸，你也早点睡吧，我收拾完了就去睡。"

在寒冷静寂之中，夜渐渐地深了。窗外，缀满繁星的夜空，仍然是那么深邃莫测。月亮在云间穿行，一忽儿露出脸庞，一忽儿又隐在云朵后面，清晖穿过云层，照亮祁连山脉，山脉雪白逶迤的身躯，恰似一条静卧的长龙。夜风从戈壁滩上吹过，黄羊野兔们又来黑河边喝水。广阔的天地，呈现一幅恬淡宜人、水墨浸洇的画卷。

彩虹躺在床上，本想尽快睡着，好让龚羡林托梦，他们去了哪里。可经历了刚才的事情，怎么能睡得着哩！她在心里想，这世界本来是和顺静好的，硬是叫人为地搅和成了这样！矛盾、怨恨、嫉妒、仇杀，最后恨不得你吃了我，我吃了你。刘小慧不就出身不好嘛，出身不好难道就该被王茂发这样的人渣、这样的流氓欺辱吗？老龚他们不就找了个农村姑娘嘛，难道就应该被崔副政委上纲上线地指责吗？正是因为你批评了他们，给王茂发这种坏人壮了胆鼓了劲，他才敢如此嚣张如此胆大！啊呀！这家伙不知死了没有？看那情况够呛。小强这会把他处理了没有，可千万不要叫人看见！她在心里又一次发誓：这事从此就烂到肚子里了，我什么也没有看见，我什么都不知道！这么想着，身上觉得愈发寒冷。

十七

崔副政委给大学生们开过会以后，薛得寿心里很不安。倒不是因为自己在会上说了什么，而是觉得这个消息一经传开，群众中肯定会有各种各样的说法，势必将对大学生们的劳动锻炼和成长产生不利的影响。中国的老百姓，历来是畏官畏上的，也是盲从的。问题是这只是开始，崔和王肃年他们整人的手段是一套一套的，谁知道他们还会弄出什么新的花样。更何况龚羡林和贺丹峰当面强辩了他们，他们岂肯善罢甘休！如果这些人再以阶级斗争为纲，深挖狠揭隐藏在革命内部的阶级敌人，给学生们编造一些莫须有的罪名，那可怎么办？不行！这个事情我得找上面反映去！

公社革委会殷主任是他当兵时的老战友。人家有文化，复员不到一年就被录用，任南滩公社的武装部长，运动一来，又成了党委书记、革委会主任。现任县委书记、县革委会主任的庞政委，是他们那时候的老连长，以后当了团长，因身体原因，前些年转业到地方，任县武装部的政委。很快又当了县委书记、县革委会的主任，成了黑城县党政一把手。

他先找到殷主任，把所发生的事情和他的担忧说了一遍。殷主任同意他的看法。说：这就是一些比较单纯的学生，经多见广，爱讲爱说，咱们有的人就看不惯，就搜集人家的材料，说人家的坏话。其实，他们这种好学上进的精神，正是我们农村所缺少的。但他又说，王肃年主要是我们的荆书记在支持，荆和我在一个班子里，但是人家有后台，根本不把我放在眼里，再加上崔是县武装部的领导，我不好说啥。我看你还是到县上找找庞政委吧，老领导说了可能会起作用。

薛得寿骑着自行车又来到县城，找到庞政委。他把大学生们来信和的表现，详细汇报了一遍。特别提到，他们在政治上，立场坚定，认识分明，能够高举毛泽东思想伟大红旗，将革命进行到底，还能够利用休息时间，教群众唱革命歌曲，宣传毛泽东思想，春节期间，放弃和家人团聚的机会，帮助大队排练文艺节目，演唱革命样板戏《智取威虎山》，受到广大贫下中农的喜爱和欢迎。在劳动中，他们不畏严寒，不怕困难，什么脏活累活都抢着干，起五更，睡半夜，赶车送粪，拉沙压碱，破冰挖沟，开渠放水，真正是苦了筋骨，炼了红心。在生活上，他们严格要求自己，和群众打成一片，虚心向贫下中农学习，同时发挥自己的特长，替大队、生产队和社员群众办了许多好事和实事，受到群众欢迎。在充分肯定大学生们表现的基础上，他也把几个大学生谈对象的事和崔副政委开会批评的事说了，也谈了他和张士维等人的看法。因为是老上级，互相知根知底，有些话说得比较透，也比较直接。

庞政委听完他的汇报，抬起头，浓眉一扬说："年轻人谈个对象，这不是很正常吗？有什么大惊小怪的！"

薛得寿说："就是，就是，他们说这些人是下来劳动改造的，谈对象是不革命的！"

"搞对象就是不革命了？打光棍就是革命？那我们千千万万革命先烈流血牺牲，为的就是打光棍吗？乱弹琴！再说，谁说他们是劳动改造来的？是劳动锻炼！他们是一帮大学生，是国家的栋梁之材，通过劳动锻炼，树立正确观念，培养工农感情，增强感性认识，获取实践经验，以便将来成为一名优秀的国家建设者或管理者。不要动不动就想改造谁，'改造'这个词不要乱用！其实，真正需要改造的，是那些老想着改造别人的人！"

薛得寿觉得，老领导还是当年在部队时的那个脾气，那个作风。

"哎，你这些学生里面，有没有笔头子厉害、能写文章的？"庞政委又问。

"有啊，我看那几个都行，特别是那个叫龚羡林的，口才好，文章写得好，字也写得好！"

"那你的意思呢？"

"我的意思就是请你考虑，给他们换一个环境，在信和再待下去，怕对他们的成长进步不利。"

"你这个薛葫芦，平时没话，关键时候，还真有你的！"庞政委用手指指薛得寿，笑笑又说，"是这样，县上最近有几项重要工作，人手拉不开栓，正准备从全县范围内抽调一批干部帮助工作。你今天来提醒了我，六垻和南滩劳动锻炼的这些大学生，除个别的外，都可以抽出来，先让他们参加县上的中心工作，其他的完了再说。待会我给政治部陈部长说一下，让他们统一组织安排。你说的那个能写文章的学生，让他们注意考察一下，如确实好，劳动锻炼结束以后，可以考虑调县委办公室来工作。咱们现在缺的就是这样的人才！"

"那太好了！"薛得寿高兴地又问，"那让他什么时候来？"

"等县上的通知吧！"庞政委刚说完，又有人来找。

"好好好！"薛得寿一迭声地答应着，赶忙起身，向庞政委告别，从县委大院走了出来。

第二天，信和大队就接到公社党委的通知，让来队里劳动锻炼的大学生，全部到县政治部报到，只带牙具和随身物品，不带行李。

大学生们接到通知，心里七上八下。罗成农夫妇认为县上要给他们分配工作了，龚羡林几个则担心，是不是顶撞了崔副政委，县上要拿他们去治罪？到了县上才知道是抽调大家临时参加县上的中心工作。

县委政治部对所抽人员进行了集中培训，明确了任务要求，划分了编组，要求排除干扰，尽快下去，定期汇报工作进展情况。

龚羡林被分配去县知识青年办公室帮助工作。具体参加县委主管知青工作的纪副书记带队的调查组，对全县知青工作进行一次全面深入地检查。最近一段，城市知识青年上山下乡，又迎来了一个新的高峰，来黑城安家落户的知识青年越来越多。接待、安置、管理各个环节，都存在许多问题。阶级敌人和旧的习惯势力的干扰破坏没有停止。这是落实毛主席重要思想的伟大战略举措，各级党委必须高度重视，认真做好。要热情接待，妥善安置，加强管理，严防各种问题的发生。对于阶级敌人的破坏和各种阻挠知识青年上山下乡的行为，要给予打击、批判、教育，以保证上山下乡工作的健康发展。

贺丹峰和肖淑娴被分配去路线教育办公室工作，具体参加湖湾公社党的路线教育的试点工作。

路线教育是按照省、地委的指示，对农村各级领导班子进行全面考察、整顿和调整，对农村党员进行党的路线、方针、政策的系统教育，让党员重温入党时的誓言，对照党章进行自我检查，在群众中进行评议，最后进行党员重新登记。在这中间，还要加进去"一打三反"运动的内容。即：打击一切破坏无产阶级文化大革命的行为，反对贪污盗窃，反对投机倒把，反对多吃多占。

郑世荣被分配去县战备办公室协助工作。和办公室其他同志一起，在县武装部的直接领导下，进行全县战备形势和资源的考察。主要进行地形地貌、战备物资资源储备、雪山、戈壁、沙漠的分布、气候条件、河流、动植物生长情况的调查，以确定战争一旦打起来，哪些地方可以屯兵，哪些地方可以修筑工事，哪些地方可以挖地道，哪些野草可以充饥，等等。最后绘制出详细的战备地图，标出村庄、树木、沙丘、沼泽、河流、动植物的位置，为县上也是为部队提供一系列数据支持。

罗成农、葛兰玲两口子被分配跟随北京医疗队，进行特、危病种的调查和治疗。

黑城一带，不知什么原因，癌症的发病率出奇的高，是内地一些地方的三到四倍。特别是胃癌和食道癌的发病率比较集中突出，严重危害当地人民的身心健康。国务院知道这个情况后，从北京各大医院抽调了医术精湛、从医多年且有丰富经验的医生，组成了北京医疗队，来黑城进行普查调研。医疗队以黑河流域为主，兼顾祁连山区，时间可能在半年到一年。

六垧点的几个同学，也都被分配到了不同的工作编组。龚羡林见到了他比较熟悉的老张和老宋。老张还是那么嘻嘻哈哈的，说话表情丰富，语言幽默。老宋曾在草原当兵多年，不但练就了一身骑马的好技术，而且还特爱吃牧人的酥油、糌粑，一说起来，就止不住要流口水。这两个人都是性格开朗爱说爱笑的那种，和龚羡林很投脾气，三个人见了，天上地下，古今中外，谝个没完。

龚羡林先问起梁亚雯和赵毓蕊的情况。这两个人都是龚羡林他们进点两个月后，分配来信和六队的女大学生，都是上海医科大学毕业的高才生，光大学就上了七年。梁亚雯大个子，短发，人长得漂亮，但比较冷艳。赵毓蕊小个子，卷发头，嘴唇厚。梁亚雯来时就是个大肚子。听说大学一毕业就结婚了，又被推迟分配了一年，所以有了孩子。丈夫在上海某单位工作。赵毓蕊还是单身。她们在信和只待了两三个月，后来因为水土不服，要求调整到六垧点上去了。六垧吃的是井水，相对干净一些。在信和的那段日子，龚羡林的支气管哮喘经常发作，一发作，他就让贺丹峰去请梁亚雯来给他看病。梁亚雯的医术高超，人又温柔贤惠，他信得过。罗成农夫妇虽也是学医的，而且就在一个队里，但他信不过，他害怕那家伙心术不正故意害他。

老张"嘿嘿"笑笑说，赵毓蕊在大队医疗站当赤脚医生，病人多，根本离不开，没有来。梁亚雯死缠硬磨，县上同意调回上海去了，这两天正在办手续。

龚羡林吃惊道："哎呀，那很不容易！别说调回上海，咱们连个省城都调不回去！"

老张又说，梁亚雯从你们那面过来没有几天，就回上海生孩子去了。我们估计，生孩子是一个方面，联系调动是另一个方面。待孩子生下过了百天，工作也联系好了，她就抱着孩子回来在这面磨。老梁的办法是，我也不哭，我也不闹，我就是磨。每天政治部的人一上班，她准时抱着孩子就来了。她一来就将孩子往政治部主任的办公桌上一放，孩子又哭又闹，又吃又喝，又拉又尿，主任根本无法工作。批评她，训斥她，骂她，她都不生气，只诚恳地申述自己的困难、调动的理由，并对孩子的哭闹表示道歉，一副孤立无助可怜巴巴的样子。一次，主任刚进办公室，老梁就来了。老梁一来，就将孩子的包被解开。孩子拉了，拉了一裤裆一被窝，臭气熏天。老梁急了，随手就从主任的办公桌上撕了几张纸，给孩子擦屎。主任气也不行恼也不行，最后实在撑不住了，就去请示庞政委，庞政委大手一挥，同意调走，老梁终于如愿以偿了。

龚羡林说："老梁就是高人！"又问"那再有没有走的同学？"

老张说："再走啥哩，大多数是光棍，结了婚的就那么几个，劳动锻炼都还没有结束，谁放你走？"

老宋是在上学的时候就结婚了，他爱人是他同班同学老吕，现在就在一起。他正儿八经地说："咱们这些人，这辈子可能就要待在这个黑城了。所以，你们这些光棍汉，在听党的话，劳动锻炼之余，把自己的终身大事抓紧了。战争年月，组织是帮助老战士找对象的，现在谁帮你？只有自己靠自己！可不要光忙着锻炼，把这件大事给忘了，更不要心存幻想，想着往哪儿调！要调，至少也是十多年以后的事情！"老宋是陕西人，眼睛又大，说起话来，眼睛瞪得大大的，语句又抑扬顿挫，铿锵有力。被他这么一说，龚羡林心头反倒增添了不少烦恼和焦躁。

老张被分配去战备办公室帮忙，和郑世荣在一起。老宋被分配去教育局帮忙，而且一宣布，就被教育局的方局长叫走了。

龚羡林又问六坝点上其他同学的情况，老张说，我们点原来是八个人，除老宋老吕是两口子，老苟老骆两口子，剩下我们四个单身汉：老胡是北京中医学院的，老董是武汉水电学院的，我和姜燕琴是陇城农大的。人家成了家的各吃各的，我们四个单身在一个锅里搅勺子。

龚羡林问："听说老董早就成了家，家属在汉中老家，老胡怎么样？"

老张："老胡是北京人，一心想着回北京，不考虑成家的事。可回北京谈何容易！"

"姜燕琴也是单身吗？"

老张又"嘿嘿"一笑，鬼头鬼脑地看看周围，悄悄对龚羡林说："一个人。也心慌着哩！"

龚羡林说："胡说！人家一个女的，心慌啥哩？"

老张又一笑说:"我养了一只公鸡,金红金红,高大威猛,非常漂亮。人家养了一只小母鸡,又瘦又小,黑不溜秋。我们两个的鸡老在一块吃食。每次给鸡喂食,我就故意逗她说:'你看我的公鸡多漂亮,一身羽毛就像绸缎似的,打起鸣来也高亢嘹亮;你的母鸡又瘦又小,长得又丑,根本不配和我的大公鸡在一起。'你猜她怎么截我?她说:'啥东西都不能看表面,要看本质。你的大公鸡虽然样子长得漂亮,可习性不好,仗着个子大,欺男霸女,水性杨花,到处找母鸡干坏事。我的小母鸡样子虽然长得可怜了一些,但心肠好,对公鸡忠诚,而且一天下一个蛋,供我吃喝,就像我的女儿一样!'"

龚羡林也哈哈大笑:"你怎么说?"

老张:"人家那么一说,我再怎么说?"

龚羡林:"那是看上你了,是借着说鸡在向你表白。"

老张:"我知道,我又不是瓜子!可我总是提不起兴趣来!"

龚羡林:"你看不上?"

老张:"也不是看不上,而是没感觉。再说,我家在河南,家里一大摊事情,我也想着要回去。"

两个人说到这里不说了,心情沉重起来。

过了好半天,老张又问:"听说你在信和找了一个,怎么样?"

龚羡林不好意思地说:"你都听说了?"

"听说了,郑世荣来说的。"

"他还说什么了?"

"其他倒没有说啥,就是发愁找一个农村的,将来户口、工作怎么办。我说现在还能管那些,只能走一步看一步了。我家里就给我说了一个农村的,要我尽快回去相亲呢!我们同学绝大部分找的都是农村的,或在劳动锻炼地就地取材的。咋了?农村女人不是女人啊?农村女人不会生孩子啊?我们学校那些助教讲师,真正过得好的、业务上做出成绩的,是那些老婆是农村的。老婆是农村的,懂得疼人,把家务活全都包揽了,男人静下心来全力搞业务,业务就出成绩。反之,两个人都是助教或讲师,都想着出成绩,都忙自己的,根本顾不上理家。往往为这个吵吵闹闹,结果,工作没有搞好,家庭也弄得一塌糊涂。你比如我们有一对讲师,业务能力都很强，但生活能力却很差，两个人谁都不愿意搞家务，也不会搞家务，三十大几快四十岁的人了，还不想要孩子。两个人为此经常吵吵闹闹，那个家呀，你进去根本没处下脚。最后，实在过不到一起，只好分手了。你说与其这样，还不如找个不识字的，只要对你好，把家和孩子照顾好了，比啥都强！"

他们正说着，老宋又回来了。

老张问老宋："这么急着把你叫去干啥去了？"

老宋："说了说全县教育方面的情况，教育上重点调查了解的是：农村戴帽子中学的运行情况和贫下中农进驻学校管理学校的情况。"说完又在老张和龚羡林脸上看看，问："你们在谝啥呢，这么长时间？"

老张说："我正和老龚说咱们这些同学的情况。"

老宋又开罗圈腿，弓着腰说："我刚听教育局的人说，像咱们这样的，还算好的，分到部队农场和牧区的，比咱们更惨！分到部队农场的，完全是军事化管理，早上五点吹号起床，由部队干部带队，出操，训练，十公里拉练，单双杠，一天下来，这些老鬼就被整日塌了。分到牧区的，和牧民一起住帐篷。蒙古族的蒙古包是四面严实的，里面还架着火炉，暖和着哩。藏民的毛毡帐篷下面可是开着的，我们的这些老兄睡觉连被子都不会盖，还要人家藏族女人把被子盖好了，捂严实了，这才钻进去。自己盖的被子四面漏风，冻得一夜都无法睡觉。"

老张哈哈大笑，说："那晚上尿憋了怎么办？总不能叫憋死吧？"

老宋说："尿憋是憋不死人的，只要他还活着。更加恐怖的还不是这！"于是，他又讲起他同学一个故事。

他说："我们班有一个同学，分到哈萨克地区去了，人家没让他下乡，留在县报道组工作。一天，宣传部领导带来一匹马，说哪里哪里有一条线索，让他骑着马去采访一下。那时他刚学会骑马，对全县的情况也不是十分了解。他骑着马一出城，就再没有看到一棵树一户人家。他一个人骑着马在荒凉的草原上整整跑了一天，也没有跑到那个采访点上。天黑了，他又渴又饿，马也显得非常疲乏。他没有办法，只好按牧人说的办法，找一处避风的山崖下面，把马打着卧倒了，自己再躺在马肚子下面。就这样半睡半醒提心吊胆地过了一夜。第二天醒来，虽一夜无事，但回头一看，马不见了。他只好提着鞭子再去找马。他找啊找，喊啊喊，偌大的草原上，一点回声都没有。就这样，两天过去了，马没有找见，他自己却被饿昏在了草原上。不是一个牧人骑马路过发现，他早就喂了狼了。"

老张听得不断唏嘘，酒糟鼻子愈发红亮。他向龚羡林挤挤眼睛，吐吐舌头，感慨地说："你看！你看！"

龚羡林看老张发感慨，也无可奈何地摇了摇头。

不过他想，同学们见见面，传递一些各方面的信息，排遣一下心中的郁闷，可能这日子要好过一些。

十八

郑世荣做了一个梦，梦见刘小慧站在远处的山冈上，沐浴着清亮的月光，在演奏她心爱的小提琴。夜风轻轻掀动她的衣袂，云丝从她身上飘过，她就好像飞天仙女，不时送来天籁般的琴声。那琴声，一忽儿飘洒寒冷的雪花，展现东北大地一望无际的林海雪原，激越的马蹄声送来杨子荣打虎上山的英雄形象；一忽儿又回荡在茫茫的蒙古草原，铺展开一马当先万马奔腾的壮丽风情画卷；一忽儿又归于沉静，淡淡的月光下，泉水悠悠，琴声瑟瑟，瞎子阿炳在泉边用琴声倾诉着心中的痛苦和缠绵。那舒缓抒情的曲调，足以使我们忘却尘世的烦恼，而沉湎于冰清玉洁的幻梦之中。郑世荣仿佛站在她的身后，正陶醉地倾听着那深情的演奏，小慧的琴声又透出电影《冰山上的来客》中那优美的旋律："花儿为什么这样红，为什么这样红，哎，红得好像燃烧的火，她象征着纯洁的友谊和爱情。"一曲奏罢，她回头朝他嫣然一笑，琴声戛然而止，人不见了。郑世荣撵上前寻找，月光下，只留下一把精巧的小提琴——郑世荣吃惊地叫一声"小慧"，醒了。

郑世荣醒来，半天回不过神来。他感到奇怪，自己没有打算和小慧继续发展感情，怎么会一睡下就梦见她了呢？春节文艺会演，他们彼此熟悉了，走得也越来越近。他承认他喜欢她，她聪明能干，好学上进，性格温柔绵软。特别是作为一名女孩子，生活在农村，家庭出身又不好，还那么热爱文艺，每天练琴不止，每天坚持读书，读中国古典诗词，读世界名著。人们常说："腹有诗书气自华。"小慧就是那种"腹有诗书"气质高雅的人。但欣赏归欣赏，喜欢归喜欢，他一直告诫自己，不能找她做爱人。因为他们两个人出身都不好，两个出身都不好的人结合在一起，将来的日子肯定不好过。他已经有好多天没有见她，不知她近来一切可好？

他正这么想着，一抹霞光从东方地平线上升起，点亮了整个巴丹吉林沙漠，也点亮了他们住的蒙古包。遥远的沙滩上，那个昨天晚上就看见过的蒙古族少女——娜仁格尔勒，已经赶着羊群出圈了。迎着朝霞，她的歌声又一次勾人魂魄地响起。

这次战备考察，县上共抽调了六个人，由县武装部高副部长带队，兵分两路，一路去南部祁连山一线考察，另一路沿北线巴丹吉林沙漠一带考察。高副部长带老张和另一名同志去了南线，武装部蔺参谋带郑世荣和人防办小寇则来到北线。

为什么要搞战备考察？难道真的要打仗吗？高副部长说，帝国主义亡我之心不死，苏联修正主义集团不停地派遣特务对我进行渗透，盘踞在台湾的蒋介石集团天天喊叫着要反攻大陆，国内的阶级敌人，包括地富反坏右，日日梦想着阶级复辟。所以，伟大领袖毛主席发出了"深挖洞，广积粮，不称霸"的伟大号召，要我们提高警惕，有备无患，随时准备歼灭一切来犯之敌，粉碎国内外阶级敌人妄图颠覆我无产阶级专政的阴谋诡计。这一次考察，就是要做到底子清，心里明，知己知彼，百战不殆。高副部长还煞有介事地说起国内外阶级敌人侵扰我国家安全的一些具体事例。他说，某年某月某日，美蒋特务的飞机趁夜晚飞抵黑河上空，撒下无数传单后，仓皇逃窜；某年某月某日，苏修收买的一个蒙古特务，骑马从巴丹吉林闯入黑河下游，进行侦察，搜集情报，后被我公安部门一举擒获；某年某月某日，隐藏在内地的反革命分子，在红山、暖泉一带偏僻村落，以发展天主教教徒的名义，宣传反动思想，蛊惑群众，企图叛乱，被我政府及早发现并破获。高副部长是行伍出身，人又长得高大，特别是那一对大眼睛，说起话来，滴里吐噜，很有感染力和说服力。老郑他们听着，就有点草木皆兵的感觉，就好像活生生的阶级敌人就在身边，不由得加强了对战备考察工作的认识和理解。

他们是前天一早出来的，已考察了黑河沿岸的一些乡镇和村落，昨天晚上，进入巴丹吉林沙漠深处进行考察。黑城县的地理状况是：两边两座山，中间一条河。南部祁连山距黑河比较远，形成了一条平均宽度一百公里的走廊，而北山距黑河比较近，平均宽度也就十多公里。北山很矮，是那种丘陵状的黄土隆起。过了北山，便是干旱缺雨的巴丹吉林大沙漠。沙漠里除了干滩和沙丘以外，几乎看不到一棵树。考察要求很细。要对每一座山、每一条水、沟沟岔岔、梁梁峁峁、戈壁滩涂、沙丘草甸都做认真地登记，画出地形地貌图，标出经度和纬度，进行文字说明。还要弄清哪里都有哪些动物和植物，哪些植物能吃，以备战争发生粮草断绝时充饥。郑世荣就是在这次考察中，才认识了黑河一带独有的芨芨、刺蓬、骆驼草、梭梭、红柳这些植物。

巴丹吉林沙漠广袤无垠，没有树，也看不见人，只有那沙土上深深的车辙，宣示着曾有人经过这里。郑世荣他们经过两天的奔波，终于走出黑城地界，前面是属于内蒙古的荒漠性草原，有了牛羊和蒙古包。他们投宿的这家牧人，是一对中年夫妻，有一个儿子在旗里的中学上学，平时很少回来。他们把为儿子准备的蒙古包让给他们住。娜仁格尔勒的帐篷就扎在离他们不远的地方。

蔺参谋和小寇还在酣睡，郑世荣没有惊动他们，悄悄走出帐篷。女主人见他起来，忙着给打洗脸水。他问女主人，对面那个姑娘怎么一个人？怎么没有看见她家里的人？女主人朝对面瞥一眼，表情神秘地连连摆手，嘴里叽里呱啦不知道说的什么。他借着散步向对面走去，谁知还没有走出几步，女主人就从后面惊恐地追了上来。她一边追他一边大声喊叫："不能过去！不能过去！"他停住脚步问她："为什么？"她什么也不说，只死拉硬拽地把他拽了回来。这使他一头雾水，他弄不明白她为什么要这样做，难道那个漂亮的蒙古族姑娘是个魔鬼？她身上究竟有着怎样的故事？

一会儿，这家的男主人从羊圈提着羊奶回来了，他趁女主人为他们准备早餐，和男主人聊了起来。

他问男主人："娜仁格尔勒姑娘看起来好像是个学生，怎么在这里放羊呢？"

男主人叹一口气说："谁说不是，她本来就是民族学院的大学生！"可为什么在这里放羊他没有说，他把后半截话咽了回去。

郑世荣又问："那她家里再没有人吗？怎么一个姑娘家孤孤地在这里放羊呢？"

男主人又是长叹一声说："人家不准她家里人来，就让她一个人在这里放羊！"停顿了一下，他又补充说，"再说，她家里也没有人了！"

"人家？人家是谁？"郑世荣百思不得其解，看男主人又忙别的事了，也就不问了。

　　事后，郑世荣从小寇处了解到，娜仁格尔勒犯了事，被批判斗争之后流放到这里劳动改造呢！牧羊人夫妇就是被安排负责监管她的。至于犯的什么事，小寇也说不清楚。

　　吃过早饭，郑世荣他们又该继续往前考察了。就在他忙着收拾一些考察器材的时候，娜仁格尔勒乘其他人不注意，突然来到他的面前，叫一声"同志"，就泪如雨下。郑世荣被她的举动惊呆了，问她怎么了。娜仁从怀里掏出一封信，双手平举到他面前，说："我曾是江城民族大学的学生，运动开始，因父亲的问题受到株连，被勒令退学，后又受旗里造反派的诬陷，被强迫在这里牧羊。同志！我看你像一名大学生，请看在同是大学生的份上，帮帮我吧！我是冤枉的！这是我的申诉材料，我的事情都写在上头了。我们旗里不受理我的申诉，我只有往北京申诉。请你帮我把这份材料寄出去。"说着又掏出一角钱，"我没有钱，发不成挂号，只能发平信。麻烦你了！"郑世荣不由自主地接过了那封信，左右看看，急忙把它装进了贴身的口袋。娜仁见他接过了信，鞠一个躬，马上离开了他的身边，紧走两步，回头又说："信你可以看！"

　　这是多么真诚的信任啊！郑世荣望着她远去的背影，再回忆她刚才给信时的样子，感觉她无论身段、气质、面容，都和刘小慧特别相像。一个弱女子，被流放在这戈壁滩上，成天与牛羊为伴，岂不等于把一朵鲜花弃于荒野之中，任其枯萎凋零。何况她还是个大学生！这么年轻的姑娘，能有多大问题！信和那几个地富反坏右，听起来名声都很大，都很坏，可深入一了解，情况并不是那样，大部分是被人为地编造上去的。你说刘满仓有什么罪恶？你说那个右派老师有什么罪恶？所以，他下定决心要帮娜仁这个忙，他在心里对她说：你的信我一定给你寄出去，我给你寄挂号！凭着她那一对真诚信任的眼睛，凭着她那被折磨得十分憔悴的面容，凭着她那绝处逢生的渴望，他都得帮她！

　　考察组继续向西北方向进发。这里是一望无际的戈壁沙滩，沙滩上不时隆起一个个绵软的沙丘，沙丘的表面被风吹得非常平整光滑。再往里走，就见一墩一墩的骆驼草，干枯而无力。一些沙丘的底部，红柳丛孤独地生长着，开出一片一片红色的小花。在一些低洼的地方，由于雨水的积淀滋养，芨芨草一丛一丛，长得高大、坚硬而挺拔。这是农家最喜欢的沙生植物，它可以编筐、编席、编草帘子，泡软捶烂还可以搓绳。农家所使的农具和牲畜身上，大都用的这种芨芨绳子。在这些草本植物密集的地方，偶尔可以碰上胡杨的残败身躯。它们像一个个守边的将士，在朝廷遗忘粮草断绝的情况下，轰然倒塌在这千古荒原！又像一个个走不到尽头的旅行者，在渴望彼岸渴望水源的焦渴之中，悄悄倒毙在无人过问无人知晓的地方！胡杨是大漠的精灵。它坚忍不拔，耐寒耐旱，据说生长千年不倒，倒而千年不死，死而千年不腐。树身粗壮高大，树冠蓬勃浓密，树叶大部分时间是褚黄褚黄的，那是一种深沉的黄，赤贞的黄，十分醒目，十分养眼。它是戈壁瀚海的主要乔木，也是生活在这里的人们的一种精神象征。

骄阳似火。虽只是春末夏初，太阳就已经铆足了劲地把它的热量全部洒了下来。沙窝子就好像一口大铁锅，郑世荣他们就好像铁锅里的几粒豆子，再要没有水喝，再如果找不到水源和遮阴的地方，可能就要熟了。为了生存，必须分头寻找水源。蔺参谋决定，由他带小寇一路，朝西北方向去寻找，郑世荣单独一路，朝东北方向去寻找，找到找不到，一个小时后在原地会合。

郑世荣和蔺寇二人分手，背着塑料大水壶，一个人朝东北方向走去。他走着走着，就看见远处有一条河，波光粼粼，水波荡漾。他高兴极了，加快脚步向那河流走去。可走啊走，他走大河也走，他停大河也停，看着就在眼前，却怎么也走不到它的岸边。他停住脚步想了想，忽然明白了，那不是大河，而是热气蒸腾所形成的一种幻觉，是戈壁沙漠里常见的那种"海市蜃楼"奇观。他像泄了气的皮球，一下子瘫坐在地上，这一坐，竟把娜仁格尔勒交给他的信从口袋里顶了出来。他原本是不想看别人的信的，偷看别人的信是很不道德的行为。但娜仁说过，"信你可以看！"又见信封上那娟秀的字迹，心里忍不住又想看了。

信是这样写的——

敬爱的毛主席、敬爱的党中央：

我是江城大学法律系的一名学生，名叫娜仁格尔勒，蒙古族人。在校期间，曾担任过校学生会的副主席、系学生会的主席，是多年的三好学生和优秀班干部。我坚决拥护伟大领袖毛主席亲自发动并领导的无产阶级文化大革命，决心在主席思想指引下,把这场斗争进行到底,在斗争中锻炼成才。

我的家在祖国西北边陲的一片大草原上,父母是生活在那里的贫苦牧民。是毛主席、共产党给了我们当家做主的权利,并把我们从苦难中解救了出来。我从小就知道共产党最好毛主席最亲,我们全家人对党和主席怀有深厚的感情。我做梦也没有想到,我这样一个在党的阳光雨露下成长起来的少数民族青年,有一天会成为反党反人民的现行反革命分子,我这样一朵正在绚丽绽放的花朵,会成为和党势不两立的大毒草!

就在我即将完成学业走上工作岗位的时候,有一天,我正在上课,我的校长和系总支书记,领着两个陌生人,突然来到我们的教室。他们当着全班同学的面宣布,中止我的学业,勒令我退学!理由是:我的生父曾参加过解放初期的一次反革命叛乱,罪恶深重,而我没有把这一段历史向组织坦诚交代,具有欺骗组织的行为。我当时就愣了,半天没有回过神来。我也是从这个时候才知道,我还有个生父,我现在的父母是我的养父母。养父母没有孩子,他们在我才只有四个月大的时候,从生母的怀里抱走了我。而且为了割断和生身父母的关系,养父母抱着我,一直逃离两千多公里才定居下来。当时,我求告我的校长,求告我的总支书记,求告我的班主任,能给我一个说法,但是他们都无能为力。他们眼睁睁地看着我被家乡来的专案人员带走。岂不知这一走,才是我噩梦的开始……

一只蜥蜴从郑世荣的脚面上跑过,把他吓了一跳。他看了看表,已经过去快一个小时了,心想,不能再看了,再看就要耽误事情。他收起娜仁的信,继续寻找水源。

烈日像一轮火球,在他头顶燃烧。脚下的沙滩,像一铺灼热的火炕,烫得双脚生疼。连空气也好像要开了,滚烫得令人窒息。他感到浑身被热汗裹住了,头脑也变得昏沉起来,心里一阵阵地憋闷恶心。他觉得情况不对,就赶快找一个遮阴的地方坐下,岂不知这一坐,就什么也不知道了。

不知过了多长时间,一阵漠风把他从昏迷中吹醒,他醒来一看,大吃一惊,时针已经指向下午四时。他知道他是中暑昏迷了,于是挣扎着站了起来,拍拍身上的沙土,往回来的路上走。可就在这时,狂风大作,沙尘满天,回来的路找不见了。

这荒原之上，四处一个样子，都是沙包，都是干滩，没有一个参照物，经过刚才的沙尘暴，哪面是北，哪面是南，他从哪里来，现在往哪里去，他一时糊涂了，分辨不清了，他迷路了。

夜幕降临。戈壁沙漠中的气温，热得快，冷得也快。当被太阳炙烤了一天的酷热慢慢散尽，寒冷即随着夜风的脚步很快到达。郑世荣这时候有些慌张。他原想抽到县上的战备办公室，考察又由县武装部牵头，这对自己是个机会。不承想遇到今天这样的麻烦！这沙滩上有没有狼？会不会碰上坏人？有没有危险？他都不知道。蔺参谋、小寇他们在哪儿？怎么自己走了这么长时间，还看不见他们的身影？他抬头往天上望望，他想借助北斗七星确定一下自己的位置，但今夜天气不好，天空一片混沌，北斗七星根本看不到。这时候他有点害怕了，不敢再往前走了。他怕他走的方向不对，那会越走越远。巴丹吉林沙漠的北缘，有一段通向邻国的国界线，据说离黑城不远，那年捉获的那个苏修特务，就是从那段边境线上窜过来的。自己糊里糊涂再往前走，万一走出国界怎么办？那不是叛国吗？再加上自己出身不好，人家联系起来一分析，那还得了！他这么想着，自己把自己吓出一身冷汗。狼他不怕，坏人也可以对付，但这个后果，是自己无法对付的。他决定不走了，原地等待救援。

他从周围的沙滩上拣了一大摞干柴，选了一个相对比较高的沙丘，把柴火点着了。他想有人看见火光，就会发现他。柴火越烧越旺，不一会儿，就吸引来一些动物驻足观看。他发现有几只黄羊站在不远的地方，有一只野兔从火堆前跑过。他是学兽医的，他知道黄羊看见光亮不会躲避，这是它们往往被猎杀的重要原因。而狼是怕火光的。有了篝火，不但可以驱寒，可以通风报信，还可以排除危险。于是，他就不停地往火堆上添加柴火。反正沙漠里有的是骆驼刺等干柴。他一边添柴一边大声喊叫，这叫声在寂静的夜晚显得那么怪异，那么恐怖。他被自己的叫声吓住了，黄羊和野兔也四散奔逃。

他又一次瘫软地坐了下去，摸出一根烟来抽。摸烟中间，又带出娜仁的信。这封信他没有来得及看完，他准备回去以后再看。现在让他想不通的是，按他做人的标准，别人的事，尽量少管。"事不关己，高高挂起。"可不知为什么，他竟毫不犹豫地答应了娜仁的委托，而且发誓要把它办好？是因为她太像刘小慧吗？是见她太可怜吗？他不知道。他在学校的时候，曾看过一部电影叫《柳毅传书》，说的是书生柳毅替落难的龙女传递家书的事情。那故事发生的地方离他的家乡不远。一个古代的读书人都知道"救人一命，胜造七级浮屠"。我一个当代的大学生，怎么就不能代人发一封信呢？何况她是那么美丽，那么无辜，那么无助！

不知过了多长时间，篝火渐渐地熄了，他依稀听到远处有驼铃的响声。他精神为之一振，立刻站起来大喊："有人吗？快来人啊，我在这里！""叮咚，叮咚"，那驼铃声越响越近，越响越近……

十九

抽调下乡的大学生中，参加路线教育的贺丹峰和肖淑娴是需要自带行李的。因为路线教育要住在老乡家，老乡家没有多余的铺盖，而且时间比较长，一期大约要两个月。

贺丹峰难得有这样的回队机会，和英子团聚一回。英子抱着他哭成泪人。一边哭一边拍打着他问："怎么连个招呼不打就走了？""怎么连个口信都不捎回来？""你是不是不要我了？""庄子上的人说你们被抓掉了，到底怎么回事？"贺丹峰一边替她拭泪一边解释说："县上通知太急，没有办法打招呼，也没有办法传口信。我都站在你面前了，你还担心什么？"他们搂着搂着就搂到炕上去了，这一上了炕，就更加爱得死去活来。

这一夜，杨月红就让他们一起住了。第二天早上，肖淑娴来找，见贺丹峰皮泡眼肿的，就怀疑他干坏事了。她问他啥时候动身，贺丹峰说："尽早吧，王主任说明天晚上要在大队见面开会，路长着哩，听说路上很不好走。"肖淑娴酸溜溜地看他一眼说："那就快点，反正我那面收拾好了。"贺丹峰说："好，我再给车子打点气，咱们就走。"

整党和路线教育选的点是湖湾公社天鹅湖大队。距县城一百五十华里，距天正古城仅二十华里，是黑城和沙湾两县交界的地方。县上抽调县农委王占华主任带队，下配九名工作队队员。王主任在县上开会时讲，因大家住得比较分散，就回去各准备各的，各走各的，后天晚上在天鹅湖大队碰面。县上的同志都有自行车，贺丹峰和肖淑娴没有，回去自己解决，不行就让大队想办法。昨天晚上，这件事已经落实。

吃过早饭，他们驮着行李就上路了。路过县城，肖淑娴让贺丹峰等她一下，她去商店买了一些女孩子用的卫生巾之类，贺丹峰也去买了一管牙膏一把牙刷。

县城到湖湾，整一百华里的路程，没有公路，不通班车。仅有的一条马路，也被刚刚兴起的拖拉机砸得坑坑洼洼，破烂不堪。由于路面临着黑河，水位比较高，每到春夏，翻浆严重，部分路面软软晃晃，根本无法行车。有些翻浆路面，破损厉害，用脚踩踩，就有碱水溢出。他们推一阵，扛一阵，骑一阵，还没有走上一半的路，就已经累得气喘吁吁，汗流浃背。

他们在河边的一片沙枣树下停下来休息。沙枣树是生长在黑河沿岸一种非常坚韧的植物。它的树干质地坚硬，纹路华丽，是打造家具的上好材料。它的花朵呈淡黄色，很不起眼，但那股清香却是其他任何花种都无法比拟的。花香不但沁人心脾，而且传得很远很远。每当沙枣树开花的时候，一队一队的骆驼队，连着串从沙枣树林里穿过，夕阳的血红映照着枣林，驼铃发出叮叮咚咚悠长的歌唱，赶骆驼的姑娘小伙骑在头驼的背上，说着甜蜜的情话，那真是大戈壁上一道亮丽的风景。

肖淑娴最喜欢沙枣树了。此刻，她掏出随身携带的小手绢，往那清凉的河水里去淘了淘，擦了擦脸上的汗，又洗干净了，把它搭在眼前的一棵树枝上。现在是春夏之交，离沙枣树开花还有一段时日，但那树枝已开始发红变软，有青春的欲望正在萌动生长。贺丹峰注视着肖淑娴在做这一切。这个女人并不丑。论年龄，她只比他和龚羡林大两岁，看她刚才踮起脚跟往树上搭手绢的样子，身材是很苗条的，样子是很可爱的，特别是那两坨肥大的肉肉的屁股，还是很有弹性很有吸引力的。但贺丹峰曾经很生她的气，主要是见她跟着罗成农、葛兰玲两口子曾嘲笑过他，嘲笑他和英子谈对象，嘲笑他找了一个农村丫头。没有想到，这一次竟和她分到一起了，而且还要一起待两三个月。

肖淑娴好像把这些早就忘了。她又从挎包里掏出一盒饼干，取几块递到贺丹峰面前说："来！压压饥吧，这些地方可没处吃饭！"贺丹峰有点不好意思，但他还是接住了。他为自己的小肚鸡肠而感到羞愧。

肖淑娴一边吃着饼干，一边问贺丹峰："你和英子咋弄下了？"

"没咋弄下！"贺丹峰硬硬地回答。

"没咋弄下是啥话么？"

"没咋弄下就是没咋弄下，你听不懂吗？"

"咋？还生我的气哩？"

"谁敢生你的气！"

肖淑娴哈哈一笑，笑过又劝慰地说："别生气了，我当时就那么跟着一说，没想到伤害了你们，对不起！"顿顿又问："老龚和郁彩虹咋弄下了？"

"不知道！"

肖淑娴又递几块饼干给贺丹峰："唉，你们这些人啦，眼睛里光有小的和长得好的，从不在我们这些老同学的身上瞅一瞅！"

贺丹峰有些意外地抬起了头："咋？你不是早就和陈老师好上了吗，我们瞅啥瞅？"

"早啥早？"肖淑娴有些激动，"我是看你们一个个名花有主了，才回学校答应的他。"

"你们咋弄下了？"

"就那样，办了。"

他们休息了一阵就又动身。到湖湾公社时，已经下午五点多了。乡政府院子里空空荡荡，干部们都下队去了，只有一个做饭的老汉。他们报了身份，说了去向，老人说他知道，王主任他们吃过中午饭已经过去了，问他们想吃些啥。贺丹峰显然饿急了，就说什么方便就来什么吧，越快越好。老人听完就进了伙房，不一会儿，端出一盆馒头、一碟素炒青椒茄子，一小碟腌制的沙葱。乡上生活清淡，一年中很少能吃到肉，湖湾因水面宽广，水产丰富，又加滩涂湿地，天鹅、大雁和其他各种鸟类常有光顾，公社干部实在馋得不行了，就去湖里捞两条鱼或打一只大雁之类，改善改善伙食。据说这厨师老汉鱼做得很好，爆炒大雁肉更是一绝。可那要等公社人全了，主任下命令了，才能去打、去吃。贺丹峰和肖淑娴没有这个口福，他们只能抓着馒头一顿狼吞虎咽，吃饱肚子了事。

吃完饭，他们问老人，今夜他们住哪里。老汉用手指指西面一排平房说："那就是客房，门都开着，自己随便挑一间吧，铺盖都在炕上，柴火和煤在屋里，炉子要自己生，炉炕要自己烧。"

他们选了靠南相邻的两间房。进门一看，房子不大，炉炕占了三分之二，墙壁和顶篷全都是黑乎乎的。炕上铺着苈苈草打的席子，两床和墙壁一样黑的被子就散乱在炕上。地上一角堆满了柴火和煤砖，还有一把高粱笤帚。贺丹峰伸手摸了一把炕，炕像石头一样冰。像这样冰透了的炕，火架得再大，要想热上来，也到后半夜甚至天亮了。他到隔壁一看，情况一模一样，肖淑娴正愣在那里发愁呢。

"赶快生火烧炕，愣着干什么？一会儿天会越冷，能把人冻死！"他对肖淑娴说。

肖淑娴指着炕上散乱的脏被子说："我发愁这怎么盖？"

贺丹峰不无幸灾乐祸地说："你不盖你就解自己的行李去。"

肖淑娴说："解自己的行李麻烦不说，这炕上有没有虱子？染上虱子可怎么办？"

贺丹峰干脆笑了："染上就染上么，都啥时候了，还讲究那些！"

"那你怎么睡？"

"我就准备在这黑被窝里滚！"

"那我就和衣坐一晚上。"

"还是把炕烧热好好睡吧，休息不好，明天怎么赶路！"说完，回到自己房里，生自己的火，烧自己的炕。

炉火很快就被点着了。炉子挺利索，吸劲很大，只见金红色的火焰，呼呼呼全被吸进了炕洞。他等柴火着得差不多了，就把煤块添满。屋里没地方坐，他用高粱笤帚把炕上的灰土粗扫一遍，就上到炕上，并用脏被子把腿脚捂严实了。他想等炕热上来，再脱衣睡觉。懵懵懂懂不知过了多长时间，他觉得屁股底下热上来了，房子里的温度也好像暖和一些了，就赶快把一床被子铺了，用另一床被子盖身，脱掉衣服，倒头就睡。

就在他热热乎乎要进入梦乡的时候，他的房门被人轻轻推开了。这种门外面没有锁子，里面没有插销，只是轻轻闭着的，一推就开。他睁眼一看，进来的竟是肖淑娴。

肖淑娴像做贼似的，回身把门关了，又伸一根指头搭在嘴上，让贺丹峰别出声。贺丹峰起来不是不起来也不是，着急地问："你怎么来了？"肖淑娴抖抖地说："冻死我了，我的火根本没有着，柴火着完了，煤块没有着起来，顶篷上老鼠又在打架，怪吓人的，我就到你这边来暖和暖和。"说着，把手伸到贺丹峰身子底下摸摸，"你的炕烧得挺热的嘛！"一边说着，一边脱鞋上炕，不由分说，就将冻麻的两条腿硬塞到贺丹峰的身子底下。

贺丹峰彻底被弄醒了。他压低声音着急地说："这……这，叫别人看见怎么办？"

肖淑娴面如桃花，不屑地说："看你啥胆子！都这时候了，还管那些！"

贺丹峰嗫嚅道："那就……那就……"

肖淑娴暖和了一阵，周身的热血开始涌流起来，她索性脱掉衣服，挤在贺丹峰身边睡了。

贺丹峰开始像一具僵尸，硬硬地不敢转身，待到肖淑娴把那两坨肥大的屁股塞进他怀里时，他周身的热血也开始奔涌起来。这时候，他什么也不管了，他像一只饿狼，把肖淑娴狠狠地搂在怀里……

两个寒冷的身体和心灵，都得到了温暖和慰藉。

第二天早上，厨师老人为他们准备了稀饭、馒头和咸菜，他们吃过早点就又上路了。

阳光照在胭脂湖上，湖水真像涂抹了艳丽的胭脂，赤橙黄绿，五颜六色，既美丽动人，又充满青春的气息。

贺丹峰推着车子走在前边，他回头瞥一眼肖淑娴，言不由衷地说："你把我害死了！"

肖淑娴冷笑一声说："得了便宜还卖乖，你也把我害死了！"

贺丹峰说："你这叫我怎么对得起我的英子？"

肖淑娴以牙还牙："你又叫我怎么对得起我家老陈？"

贺丹峰半真半假地说："下不为例啊！"

"可笑！"肖淑娴反唇相讥，"想得倒美，能有下一次吗？"

穿过胭脂湖，便到了天鹅湖。这里的农事已经开始。湖边的耕地上，农民架着犁铧开始犁地，黑色潮湿的土地，被翻成一垄一垄，就像母亲在为待嫁的女儿梳理长长的发辫，又像季节书写的诗行，蕴含着冬去春来生机勃发的韵味，充溢着汗水的苦涩和泥土的芳香。农人翻过的地里，一只只雪白的天鹅、一只只长腿的大雁、一只只肥硕的水鸭子，跟着犁铧的脚步，正在垄沟中寻吃着从泥土中翻晒出来的蚰虫。一片湖泽边，能有这么多的天鹅聚集，实属罕见。天鹅湖的名字，可能就是由此而来的吧!

　　他们在大队部见到了王主任和队里其他成员。

　　晚上召开全体工作人员会议，大队党支部书记参加。根据县委关于农村整党和路线教育的安排，天鹅湖这一次的试点，总体上是以阶级斗争为纲，抓革命促生产。抓革命就是抓大队、生产队领导班子的整顿、补充和调整，抓全体党员两条路线斗争的学习和教育，抓党员和干部队伍中贪污盗窃、投机倒把、腐化堕落、多吃多占现象的揭发和批判，带动广大社员群众一心一意跟党走，做社会主义时期的新农民。促生产主要是促进春耕生产，不能贻误农时；继续开展农业学大寨活动，战天斗地，搞好河滩地和山坡地的修复整理，大搞农田基本建设。天鹅湖大队共有九个生产队，按照各队的情况，工作队分为三个小组。队长王主任带三个人算第一组，包大队和一、二、三生产队；副队长、县法院张副院长带两个人算第二组，包四、五、六生产队；副队长、县气象站曹站长带两个人算第三组，包七、八、九生产队。贺丹峰被分在第二组，肖淑娴被分在第三组。具体工作程序是：先召开全大队干部群众大会，由王主任说明来意，进行动员，发动群众；然后组织学习，提高认识，揭摆问题；第三步是调查取证，落实主要问题；最后是提出处理意见，进行整改。

　　动员大会一开，村里就不安静了。有的社员不用发动就起来了，各种告状的和反映问题的接踵而来。有告干部打骂群众的，有告干部多吃多占的，有告干部损公肥私的，有告干部欺男霸女乱搞男女关系的，有告一些大头社员胡作非为没人管的，也有告队与队之间的矛盾、邻里之间的矛盾长期得不到解决的，等等。真是五花八门，生动具体。

　　二组组长张副院长是军人出身，人很正直，做事也很讲原则。组里有一个老杨，是县公安局的干部，平时嘻嘻哈哈松松垮垮，张副院长很看不上他。这样，贺丹峰就成了主要倚重的力量。

　　贺丹峰自那晚和肖淑娴冰雪交融之后，思想压力很大。一是害怕这事一旦被人知道，他将无地自容，将身败名裂，平时常爱吹嘘的国立大学高才生的名讳将不复存在；二是担心被英子或她们家里的人知道了，他这伪君子的面目就会被彻底揭穿，将无法面对英子那双善良、单纯的眼睛，将对不起她对自己的痴心一片和所有付出。他还担心英子会因此受到刺激，做出意想不到的事来。三是后悔自己聪明一世，糊涂一时，不该为了一时之快而留下终生憾恨！犯这种错误的人，不要说工作不保，前途不保，就是想做一个清清白白的好人都很难。这时候，听到的或看到的这类人的下场，像过电影似的在他眼前重叠出现，反复出现，这使他不寒而栗。

　　他开始恨死了肖淑娴这个女人。你心慌了，撑不住了，你到石头上杠去，你跑来害我干啥？你明明知道我和英子好，你又来掺和？你既然喜欢我，你就应该早说，早表示，还装得神一样的，叫人以为你真的神圣不可侵犯呢！现在，在我们都已经生米煮成熟饭的时候你来这么一锤子，这不是害我吗？可他转眼一想，苍蝇不叮无缝的蛋，这事怪自己关键时刻没有把持住，怪人家干啥！这样一想，又不恨肖淑娴了，又开始恨自己了。他恨自己没出息，嘴上恨着人家，心里却喜欢着人家，喜欢人家的身材和肉嘟嘟的屁股，这就从根本上埋下了祸根。人家是女人，只比自己大两岁，青春年少，刚结了婚，两地分居，烈火干柴似的，你怎么允许她上自己的炕呢？怎么人家说"做"就做了呢？唉，你这个混球！

　　张副院长从大队开会回来了，把老杨和贺丹峰叫到一起交代任务。他说，根据王主任那里掌握的线索，咱们包干的这几个队问题不少，尤其以生产队干部多吃多占、克扣群众、奸淫妇女和少数群众盗墓成风最为严重。四队有一个队长，利用派轻活、多记工分等手段，把全队的妇女丫头都奸污了，搞成年人，也搞未成年人。五队有个盗墓贼，五十多岁了，一生就靠盗墓为生。什么人的墓都敢盗，古墓敢盗，现代人的墓也敢盗；富人的墓敢盗，穷人的墓也敢盗，搅得四邻八方不得安宁，对文物和古墓葬的破坏也很严重。县上要求通过这一次路线教育，查清事实，下决心解决，该逮捕的逮捕，该法办的法办。说完案情，他分派任务说，盗墓的那个事，小贺给咱们去抓，找本人谈，找群众了解。我和老杨就抓四队这个队长的事。

　　接受任务，走出房门，老杨老马识途般地给贺丹峰说，农村就两件事，一个是干部嫖风，另一个是大头社员捣乱，抓住这两条，什么问题都就解决了。贺丹峰不了解老杨的为人，不敢表态，只谦和地笑笑。

　　张院长交代的那个五队的盗墓贼，家就住在天鹅湖湖边。据说他不盗本队的，专到周边各地作案。天正古城后面的古墓，是他一个重点盗挖区。他没有团伙，只一人单独行盗。他也没有什么先进工具，只一把阴阳铲、一根探棍。探棍往地上捣一捣，就知道有没有墓葬、有没有东西；探棍捣一个三角形的点，就能确定墓藏的位置。据说他实施盗墓的时候，还是挺恐怖的。他一般深夜作案，天越黑越好。他带一根绳，把人家墓穴挖开了，把棺板揭开了，他就用手中绳子绾个扣，一头套在自己脖子里，一头套在死人脖子里，嘴里念一声"起"，就把棺材里的死人拉起来和他面对面站着了。然后，他就从头到脚脱人家身上的衣服，脱完再把死人放回去。之后，再把脱掉的衣服和顺手拿来的随葬品找一个地方卖了。贺丹峰当时听着，有点毛骨悚然，心想，这需要多大的胆子，需要多好的心理素质！一般人肯定是做不了的！但是老杨说，就是这货，最近给吓坏了，现在还在炕上躺着。怎么回事？说前不久他去牛庄盗墓，这是一座现代墓，墓主人是一家殷实家庭的女主人，因家庭琐事，寻了短见，陪葬相当豪华。岂不知他如法炮制，刚用绳子把女尸吊起，女尸竟伸开胳膊，一把将他从脖子里抱住，他盗墓无数，从来没有碰到过这种场景，当场就被吓死过去。贺丹峰不敢不信，又不敢全信，心里忐忐忑忑地向那家人走去。

他在湖边的小路上碰上了肖淑娴。他想躲开，肖淑娴拦住了他。肖淑娴说："老贺，你不要躲着我，我有话对你说。我知道你恨我，但是不要紧，经过了这一次，我的心愿了了，我给自己有个交代了，以后咱们就是大路朝天，各走半边，井水不犯河水了。"

贺丹峰说："咱们本来就是井水不犯河水，你这番感慨，从何而来？"

肖淑娴眼含热泪，但微笑着说："湖色这么美，早霞这样灿烂，能不能陪我在这湖边稍坐坐，让我把心里的话说一说？"

贺丹峰本来急着要找盗墓贼去询问情况，可看着肖淑娴那楚楚可怜的样子，心又软了，他说："那就坐坐吧！"

他们选了一个僻静的地方坐了下来。

肖淑娴接着说："我不是一个随便的女人。我之所以那么做，一是那天晚上实在太冷，我一个人住着害怕；二是我觉得碰上了一个难得和你单独相处的机会，我想给自己的爱情一个交代！"

贺丹峰不解地问："你什么意思？"

肖淑娴幽幽地说："什么意思你听不懂吗？我一直都在偷偷地爱着你！"

贺丹峰吃惊地问："我怎么一点都不知道？"

肖淑娴不无抱怨地说："你知道什么！你进村没有几天，就一头扎进英子家再没有出来。我一个女孩子家，总不能大声喊，贺丹峰，我爱你！"

贺丹峰又问："那你后来为啥一直没有表示？"

肖淑娴说："我表示什么？你已经和英子好上了，我再厚着脸皮表示，那不是太掉价吗？"

贺丹峰说："那陈老师是怎么回事？"

肖淑娴说："老陈是我大学的老师。他在学校的时候就在追我，我没有答应。不是他的人不好，而是他是离了婚的，年龄又比我大好多，身边还有一个八岁的儿子。我是在看着你们一个个有了心上人之后，才勉强答应的他。不答应怎么办呢？我自己年龄拖大了，咱们现在这个处境，熬下去啥时候是个头啊！我怕如果连他也错过了，我可能真就成了嫁不出去的老姑娘了！"说完，又是凄楚地一笑。

贺丹峰被她的真情打动，忙说："哪能呢！"

肖淑娴的眼泪又溢满眼眶，她扬一下头说："我不甘心！"

贺丹峰感动地说："淑娴，谢谢你！请你原谅我的麻木和迟钝，我不知道这个世界上还有你这样一位善良的姑娘在喜欢我！其实，如果不是接受再教育，不是把我们关在这样一个环境里，我们的爱情是不成问题的。但是，命运不眷顾我们，让我们这样阴差阳错地走向了各自的方向。让我们珍重吧，我会记着你一辈子的！"

肖淑娴没有再说什么，只苦笑着点了点头，就起身走了。她的身影，倒映在天鹅湖的水波里。

一队天鹅，向着远方游去……

二十

黑城知青点的建设，选择了黑河两岸自然条件相对比较好的几个公社。县上发放了专项资金，规定了统一标准，要求保证质量，限时完成。知青点建成后，知青全部从老乡家搬出，统一在知青点居住。知青点除从知青内部选两个点长以外，大队和生产队选派忠实可靠的贫下中农协助进行管理。在开始阶段，各个点还选派一名妇女帮助做饭，料理生活，待他们各方面适应了，能够独立生活了，再撤出来。

龚羡林跟随纪副书记带领的检查组，开始了对全县知青工作的大走访大检查。他们一个公社一个公社地听取汇报，一个知青点一个知青点地实地检查，发现问题，就地解决，工作深入而又扎实。纪副书记是一个刚从"牛棚"中被解放出来的县级领导，因所谓的"反党集团案"，被残酷斗争，无情打击，受尽折磨。至今，右筋尚有三根筋骨被打断没有长好。但是，一让工作，便又好了伤疤忘了疼，说话办事，雷厉风行，大刀阔斧。他听说龚羡林是学中文的，非常高兴，要他参加听取所有的汇报，进行现场采访，广泛收集情况，特别是一些具体感人的细节，准备写出最后的总结，以便为县委制定知青工作的政策，提供思想和事实依据。

由于各级党委都把知青工作当作大事来办，知青点的建设又有上面拿钱，在知青的接待安置方面阻力不是很大。现在，问题就出在管理教育上。就认识来说，普遍还没有把这项工作当作落实伟大领袖毛主席战略部署、培养造就千百万无产阶级革命事业接班人的高度来认识，而只当是接待安置城市青年的临时性任务来对待。在指导思想上，缺乏总体规划和长远设计，目标、任务都不是十分清楚。在管理上，存在不敢管和不会管的问题。特别是只注重了对知青生产劳动上的要求，而忽略了他们的思想政治教育。对他们在生活上的困难也关心不够。对知青中发生的一些问题，不知道该怎样去解决。

据县知青办李主任介绍，来县三百多名知识青年中，绝大多数是好的和比较好的。他们响应毛主席号召，来到农村广阔天地，锻炼成长，涌现出了好多先进人物。有的做了民办教师，有的做了赤脚医生，还有的做了公社的团委书记，个别的做了县上部门的领导。但不容忽视，在他们中，也出现了一些问题：有的游手好闲，不好好参加生产劳动；有的不服管教，想去哪里就去哪里；有的打架闹事，和当地社员打，知青内部打；有的偷吃群众活鸡活羊，偷拿群众东西；还有的乱搞男女关系。最近，全县就发生三起大的事件，都是带全局性倾向性的事件，如不很好解决，都将影响知青工作的大局。

第一起是，宁远公社红河大队一个省城下来的女知青，和本队一个农村小伙好上了，住在男方家里不肯出来。女方的父母和哥哥从省城赶来，怎么劝说都不起作用。女方的哥哥一气之下，砸了男方家的东西，还骂了一些侮辱性的话，引起男方全队人的不满，又打了女知青的哥哥。现在双方僵持不下，事态有进一步扩大的可能。

第二起是，罗池公社柳园大队，最近春灌中，为了争水，派知青前去镇守分水渠口，配发了镢头铁锨等生产工具，说清楚和邻村可能为争水有一场恶斗，他们乡里乡亲的不好出面，让知识青年往死里打。结果，恶斗果然发生，这些十几岁的年轻人不了解情况，不知道轻重，听上队长的话，果真"往死里打"了，把对方好几个社员都打趴下了，其中一个伤势严重，正在医院抢救，对方全队闹到县上，要求严惩打人凶手。

第三起是，东川公社高地大队，有一个男知青，深夜撬开女知青的门，把房内三个女知青都奸污了，现在这三个女知青的家长都从省城赶来了，要求县上给个说法，严惩肇事者，保证他们孩子的人身安全。

纪副书记"啪"地拍一把桌子，愤怒地问："那这个男学生呢？"

"已经叫公安局抓起来了，等候处理！"李主任回答说。

"对这样的害群之马，要坚决进行打击！"纪副书记余怒未消，接着就宣布对这几件事情的具体处理。他说："先把这几件具体事情处理掉了，然后再根据反映出来的普遍倾向，提出对整个工作的指导意见，使今后的工作能够有法可依有章可循。那个抢水打人的事件，完全是队上的责任，他们乡里乡亲的，不好出面，就让学生上，学生都是十几岁的瓜娃子，知道个什么好歹！一争起来肯定要出事。现在的问题是，先把受伤群众的病治，然后，你们知青办会同公社了解情况，提出处理意见。那个入室强奸女知青的案子，肯定是要严厉打击的，这已经涉及犯法了，是破坏知识青年上山下乡的典型案例。过去县上曾处理过类似的案子，都是生产队队长和基层干部作案。现在这个案子中的罪犯，也是知识青年，看怎么处理，有没有不同的政策？你们和公安局商量提出具体意见，供县委常委会讨论。你们提到的第一起事件，即宁远公社红河大队女知青和农村男青年相爱的事情，是知青工作中出现的新问题，是好事还是坏事，值得赞扬，还是需要反对，要做具体调查具体分析。可以肯定地说，这一类事情将来不会少。这是女知青看上农村男青年，那么，男知青看上农村女青年了呢？所以，下一步大家就去调查处理这件事情。"他问李主任，女方家长现在哪里？李主任说，在县招待所住着。纪副书记说："你们给他们说，这婚姻问题是受法律保护的，婚姻法里没有规定女知青不能找农村男青年，也没有规定男知青不能找农村女青年。因此，我们解决，也只能是规劝，不能强迫。而且这个规劝的话，我们不好说，要他们家长去说，去沟通。要好好说话，不能动粗，不能有过激行为，你过激只能把事情越弄越糟。要他们配合。"李主任说："行，我们再给谈谈。"

　　第二天上午，以纪副书记为首的检查组到了红河知青点。龚羡林没有想到，他在这里碰上了常念念常思思姊妹俩，还有她们的同学党红和唐虎两个男孩子。常氏姊妹看见他，也欣喜地迎了上来。

　　常思思问他："你怎么来了？调县知青办了？"

　　"没有。临时抽调帮助工作。"他如实回答。又问，"你们怎么没有再去看你表姐和姐夫？"

　　常思思鼻子里楞哼一声："人家不太欢迎，我们也就再不自讨没趣了！"

　　龚羡林深知这话中的意思，却故意说："你们又不吃他们的喝他们的，不欢迎着干啥？"

　　常思思还想说啥，被她姐姐常念念挡住了。常念念说："人家忙，可能害怕我们老去麻烦人家！"

　　龚羡林不平地说："真是！我还以为思思要到我那儿去取书哩，一直等着哩！你不是说你要看世界名著哩吗？"

　　常思思高兴地说："你带来了吗？都有啥？"

　　龚羡林说："《茶花女》《基督山伯爵》《约翰·克利斯朵夫》《复活》等等。不知道能碰上你，知道的话，就给你带上了。"

　　"不要紧，等你回点上了，我再去取。我们也是被临时通知，过来帮助劝说我们这个同学的！"说着，朝身后一处农家院落指指。

　　龚羡林顺着她指的方向看看，问："这个谭梅，是你们班上的？"

　　常思思说："就是上次我们说的那个，你忘了？"说着把她们几个同学都叫过来介绍说，"这都是我们班的！这个是党红，在隔壁沙湾县，这个是唐虎，在野柴沟火车站上班，我姐就不用介绍了吧！"

　　龚羡林和他们一一握手。在和唐虎握手的时候，他清晰地回忆起了来黑城那天晚上，在野柴沟火车站看到的一幕。

应该说，唐虎和谭梅是一对恋人。这从他们在火车站几分钟的见面里就能看得出来。谭梅当时还流泪了，那依依不舍的样子，绝不是普通同学之间能够有的。可她一到黑城就把这份感情给忘了，就仓促地和一位农村小伙住到一起了，这不能不使人觉得她的决定有点唐突，有点轻率。唐虎是一个非常诚实敦厚的小伙，他本来是不想来的，但同学们希望他来，谭梅的父母和哥哥请他一定来，都是想请他来感化感化谭梅，让她回心转意。

常思思对龚羡林说："唐虎本来就有些看不上谭梅，经她这么一折腾，今后更没戏了！"

龚羡林说："这种事谁也没有办法，现在就是不要叫家长和村民对立起来，放上一段时间，看能不能得到解决。"

常思思连连摆手："完了完了，都弄成这样了，还解决个啥！谭梅是自己把自己毁了！"

龚羡林问："谭梅呢？"

常思思说："躲在男方家里不出来，不见同学，也不见她父母。"

龚羡林又问："男方家长啥态度？"

常思思说："男方家长当然很得意，白捡了个媳妇。男方的奶奶把谭梅喜欢得不行，让孙子跪着请谭梅的父母到家里坐，谭梅的父母连脖子都不给。"

龚羡林说："这就是他们的不对了，你城里人有什么了不起！是你的姑娘主动往人家家里钻，又不是人家强迫去的！"

常思思说："谁说不是！"

龚羡林又问："你们劝了吗？"

常思思说："都劝了，根本听不进去！"

龚羡林看常思思那种俏皮无奈的样子，笑着说："你别到时候也这样！"又问，"哎，那你和你姐怎么弄着哩？"

常思思故作没有听懂："什么怎么弄着哩？"

龚羡林说："婚姻大事啊！"

常思思"噢"一声说："现在这么个处境，还谈什么婚姻大事！我姐人家——"她用下巴指指党红，"不是和这个好着哩嘛，至于我，现在就想多读书，多长见识，

143

将来出国去!"

龚羡林被她的这句话吓了一跳。他左右看看,见没有人注意,这才回过头来给常思思竖竖大拇指,说:"好样的!"

纪副书记先后给谭梅的家长和农村小伙的父母都谈了话,也给谭梅本人和大队的负责同志谈了话。他要求谭梅,自己的事情自己做主,但婚姻问题是一辈子的大事,不能心血来潮,不能草率从事。要想清楚了,要从长远考虑。自己想清楚了,自己为自己负责,以后出现什么问题都不要怨天尤人。他要求双方家长,保持理智,保持冷静,多做自己孩子的工作,绝不允许因此而互相对立、吵骂,甚至发生伤害的事情。如不听劝解,以破坏知识青年上山下乡论处。他要求大队党支部和各生产队领导,认真做好知识青年上山下乡的工作,加强对知青的教育和管理。要把各种矛盾和事态消灭在萌芽状态。要鼓励知识青年扎根农村干革命,但也要鼓励他们努力学习科学文化知识,以便将来为国家做出更大的贡献。

龚羡林自始至终参加了纪副书记对各方的谈话。这是他第二次见到谭梅。她和半年前在火车上见到的没有什么两样,仍然是胖胖的身材圆圆的脸,只是低着头一言不发。龚羡林在心里说她:你这个傻丫头!你是真看上了这个农村小伙,还是心血来潮?你这么做了,将来怎么回头?如果有一天上面有了新的政策,你的同学都招工走了或回城了,你怎么办?你能受得了这个苦耐住这个寂寞吗?你没听纪书记说,你们要努力学习,争取将来为国家做更大贡献吗?那就是说,你们有着远大的前途,不要自暴自弃于这样一个贫穷落后的农村。你看,同样是一个班的女同学,人家常思思多聪明,多有抱负!你这样做,将来有你后悔的日子!不过,这些话,他只是在内心里说说,他不敢说出来。

罗池公社柳园大队知青因浇水打人的事情,又有了新的情况:那个被打的社员,终因伤势过重,不治身亡。这就更加加剧了两个队之间的对立。今天早上,被打方煽动群众,抬着死人,又到县委去闹,现在又在县医院搭起灵棚,焚香烧纸、祭奠亡人,搞得医院不能正常工作。

纪副书记对李主任说:"你把事情的经过详细说说!"

李主任说,水是农业的命脉,对黑河沿岸的人来说,水比命都金贵。为此,从旧社会,官府就制定了严格的水法和水规。到了新社会,这些规定更加完善。现在生产队用水，是按时间分配的。几点几分该甲队用水，几点几分该乙队接水，盯得死死的，一分钟都不能错。到了放水的时候，生产队长都提着马蹄表守在渠上，时间一到，马上把别人的渠口堵上，把自己的渠口扒开。有时候经常为这前后几分钟的时间发生械斗，甚至大打出手。伤人死人的事多次发生。那天轮到柳园一队放水，他们的上游是洛川五队。一队队长以前受过对方的欺侮，就决定派知识青年上，并且交代，如果对方不讲理，发生冲突，就不要留情，往死里打。事情果真如柳园队长所料，到了交水的时间，对方死把着他们自己的渠口不让封堵，足足多浇了十分钟的地，而这十分钟要从柳园的总时间里扣。队长急了，第一个冲上去封堵对方渠口，几个知青见队长上了，一拥而上，和对方社员打了起来。不知哪个愣头青朝那个死掉的社员头上刨了一镢头，那个社员就倒下了。惨案就这样发生了。

纪副书记说："你给庞政委汇报，我的意见，先把双方队长抓了，一个是带头违反水规，一个是公开支持械斗。把队长抓了，批评教育双方社员，平息事态，处理好善后工作。把打人的知青先保护起来，完了单独处理。这种事情，要从长远考虑。我看还是要抓阶级斗争，抓大批判大斗争。阶级斗争一抓就灵。你把这些贪占小便宜的、爱带头闹事的人批倒了，批臭了，群众的认识才能够上去，正气才能够抬头。"

龚羡林暗自好笑，纪副书记就是阶级斗争斗断了三根筋骨，怎么自己又把阶级斗争喊得那么响？他是真心，还是假意？是自觉，还是装样子？这人啊，就是现实主义者，在利益面前，是会拼命的，这一点毫不含糊，这与阶级斗争没有关系。不过在农村，有的社员，你给他讲道理，你对他温良恭俭让，他就不听你的，他就欺负你；你对他凶神恶煞，你对他来硬的，时不时地拉出来批一批，斗一斗，他就怕你，他就服你。从这一点讲，阶级斗争真的一抓就灵。纪副书记是被这一套整怕了，还是有了条件反射，有了思维惯性？只有他自己知道！

东川公社高地大队那个奸污了女知青的男知青，名叫赵晓龙，今年十八岁，是省城铁路中学的学生。被奸污的三个女孩子，都是他们一个学校的同学。其中有一个叫闫小曼的，还是他的恋人。龚羡林看过赵晓龙的材料，他出身于一个铁路工人家庭，父亲是某车站的扳道工，母亲是站台服务员。他有一个哥哥一个姐姐，哥哥高中毕业当了兵，在西藏喀喇昆仑山兵站服役，姐姐初中毕业后，被内部招为列车员，专跑新疆库尔勒到成都这一条线路。这孩子从小学习很好，人又长得精神，身边总有一帮女孩子像蝴蝶一样飞来飞去。但这孩子天生有一个缺点，就是不爱说话，性格比较内向，他心里想什么，别人不容易猜透。

出事的那天晚上，赵晓龙本来是应他的女朋友闫小曼之约，来高地看电影的。那天晚上，放映了两部影片，一部是老电影《智取华山》，一部是《天仙配》。电影放完，已经半夜十二点了。赵晓龙要回到他自己的点上去，还得赶十多公里的夜路。小闫心疼他，就劝他别回了，住到她们的宿舍。这个孩子没有多想，就住下了。任何人都可以想见，几个正当青春时期的男女住到一起，会发生什么事情。

现在的问题是，虽然三个女孩子都承认和赵晓龙发生了性关系，但只有闫小曼承认她是主动的愿意的，而另外两个则说她们是被迫的。另外，赵晓龙是提前被允许留宿住进去的，还是半夜破门而入的，也成为争论的焦点。据小闫说，赵是被她留下来的，不存在破门而入的情况。而另外两名女孩子在被隔离询问的时候，则说赵是什么时候进来的，她们不知道，她们被惊醒的时候，赵已经在她们床上了。对此，赵晓龙本人的交代说："我和闫小曼是恋人，那天晚上，她要求我住到她的床上，我就答应了。我住到小闫床上，她宿舍另外两个女生是知道的。我们做爱的时候，她们是醒着的。我们做罢，她们哼哼叽叽地要求说：'龙哥，过来把我也抱一抱！''到我的床上来睡睡！'我看小曼没有反对，就鬼使神差地去了她们两个的床上。"闫小曼证明赵晓龙说的是事实，她痛骂那两个同学"无耻！"但是现在这两个女孩都不承认，不知是羞愧，还是别的原因。

公安局在审理这个案子的时候，也是两种意见：一种认为，就算闫小曼是自愿的，但对那两人，如果本人坚持是强迫的，那就是强奸。赵晓龙如果不能证明他是提前留宿的还是破门进去的，那他的强奸罪名成立，应予严惩。另一种意见认为，有主要当事人闫小曼的证明，赵晓龙是被提前留宿，那两个女学生也是主动要求和他睡觉，这和罪犯本人的交代完全一致，因此，只能认为是青年男女之间的乱搞，而不能简单地按强奸来论处。

纪副书记把这个问题看得很重，他是主张严惩的。第一，他认为赵晓龙强奸罪成立，这要以那两个女孩子的证词为准，不能以赵晓龙的女朋友的供词为凭。因为没有哪个女孩子是没有受到侮辱而自己承认受到侮辱了的。第二，赵晓龙的供述完全是胡编乱造，为自己洗刷。他供述那两个女孩子主动要求跟他睡觉，这真实吗？

他的女朋友的证明也完全是两个人定的攻守同盟。第三,这件事影响很坏,影响很大。特别在"一打三反"运动深入开展的今天,完全是顶风作案,是阶级斗争在知青工作中的具体反映。如不严惩,必将对全县的知青工作带来破坏性的影响。

龚羡林感到吃惊。书记在这件事情上的看法,远比对谭梅事件的看法偏颇,有点"左"。如果说对待前者,他不得不装装样子,不得不那么去讲,这回是认真的了,是就这么认为的了。为什么一个备受"左"倾路线残酷斗争无情打击、至今身上还有三根断骨的人,执行起"左"的一套还这么疯狂还这么固执呢?这是一种自觉认识,还是一种思维定式?龚羡林曾接触过这个案子里的几个当事人。他知道赵晓龙滞留女生宿舍是不对的,闫小曼留其共床与其做爱也是不对的,赵晓龙和另外两个发生性关系更是不对的,但事实是,他们都是情愿的,并非强迫的,是少男少女性饥渴性孤单的生理要求,没有什么罪恶的东西和见不得人的东西。但是他说了不算,他说了不但起不到应有的作用,而且人家会怀疑他的品质。因为在咱们这样的国度里,把性看得过于严重,讳莫如深。那两个女学生,也正是屈于这种压力,不敢承认事实,不敢为自己的行为负责。

经县委常委会研究讨论,赵晓龙终究被判了死刑。据说,常委会上也是两种不同的意见,但最终极端的意见战胜了平和的意见。赵晓龙,这个才刚十八岁的铁路工人的儿子,在刚刚开始自己花样年华的时候,就因为自己的一次感情放纵,将要付出生命的代价,这不得不使人感到格外的惋惜!

赵晓龙的父母和哥哥姐姐都来了。其母在探监的时候,开始扇了儿子一个巴掌,紧接着又搂住儿子放声大哭,一句话也说不出来。其哥哥因为弟弟的问题,被提前转业,前途受到影响。

和赵晓龙出事的三个女同学,据说受到了保护,被分散安置到了别的点上去了。只是闫小曼在赵晓龙被枪毙的当天,突然出现在刑场。在行刑者举起枪扣动扳机的一刹那,在那一颗子弹划破长空在人们心头炸响的时候,她披头散发声嘶力竭地喊一声"晓龙",就朝着赵晓龙奔去,并随即摔倒在地,昏死过去⋯⋯

经历了这次事件,龚羡林的心灵受到极大震撼和伤害。他没有想到,轰轰烈烈的知识青年上山下乡运动中,还会出现如此血腥如此惨烈的事情。难道赵晓龙非杀不可吗?杀了赵晓龙,成千上万知识青年的情欲就消失了吗?纪副书记让他很快拿出这一路检查的总结。纪副书记非常高兴地说，面上的情况你都看到了，总的形势很好。县委有专门的机构，有主管的领导，各级党委都很重视，知识青年队伍正在健康茁壮地成长，这些泛泛地总结总结就行了，把重点放在我们对问题的处理和解决上。特别要突出我们怎样以阶级斗争为纲，处理和解决知青工作中一些典型事件和恶性案例，引导全县工作向着健康稳定的方向发展。尽管书记的交代非常具体非常明白，但龚羡林的脑子里一片空白。赵晓龙临死前的后悔和无助，他的父母那呼天抢地的哭声，小闫姑娘那披头散发完全崩溃的样子，一直在他的眼前挥之不去……

　　这时候他特别想念彩虹。他不知道她在干什么，有没有想他？他也特别想念王正珍，他已经有好长时间没有见到她了，不知她的婚怎么离下了，她男人再打她没有？胡乱想了一阵，他又仰天长叹一声，无可奈何地回到房中。"编吧！"他给自己下达命令，"不管怎样，你得把这个总结给人家编出来，还要编得天花乱坠！不然，纪副书记怎么出政绩，你自己又怎么过关！"

二十一

　　王肃年这些天心里一直纳闷：一向东游西逛不务正业的王茂发，怎么好多日子不见身影了呢？他是不请不叫也往你家里跑的人，怎么这么长时间不见来了呢？他知道这家伙品行不端，爱抬人家女人的门，爱仗着自己是造反派，上头有人，到处混吃混喝，不知最近又到哪里耍酒疯去了？可千万不要再惹出事来。他问杨在明等人，最近看见他没有，杨在明说没有。他又到王茂发家里去问，王的婆姨何桂兰怼他："你们不是亲兄弟吗？你都不知道他到哪里去了，我怎么知道！"王肃年挨了这一头子，生气地说："我们怎么成了亲兄弟了？你们两口子都不知道，我们外人咋能知道？"何桂兰更来气了："怎么？你当了支书就不认他是兄弟了？当年你们不是好得要穿一条裤子吗？他不是你，还不至于坏到现在这个地步！"王肃年彻底恼怒了，他说："何桂兰，你可不能胡说！他坏与我有什么关系？""没关系？"何桂兰索性撕破脸吵了，"有关系没关系，老天爷知道，全信和的贫下中农知道，你的良心知道！如果你的良心叫狗吃了，那我就认定，他从他娘肚子里出来就是一个坏厌！"她喘了口气，接着说，"欺侮吧，只要你们没有把我欺侮死，我迟早把底子都抖搂出去！"说着，"咣当"一声，把门闭了，将王肃年闭在门外，骂骂咧咧地回屋去了。王肃年受此一怼，愣在那里，半天说不出话来，待回过神来想起她说的话，心里暗暗感到吃惊。

这天，他正在办公室生闷气，忽然，杨在明、九队的年娃子等人急火火地闯了进来。还没有等他开口问，那两个就抢着说："书记，你快去看看，王茂发找见了。"

"在哪里？"他着急地问。

"就在院子里！"那些人说。

他急忙起身走出门外，只见院子里停着一辆架子车，架子车上不知拉的什么东西，上面苦着草帘子，湿漉漉的，正往下滴水。年娃子抢前替他掀开草帘，立刻把他吓得倒退了一步：原来那车上躺着一具赤裸的尸体，已经泡得水涨，完全变形。定睛细看，周身好多地方好像被什么东西啃食过，残缺不全。

他问杨在明："这是谁？从哪里拉来的？"

杨在明说："王茂发！年娃子钓鱼，从海子水库钓上来的！"

"王茂发？"王肃年绕着架子车仔细辨认，"这不像啊！"

杨在明说："被水泡着变形了！这头上、腿上，好像是被鱼儿啃着吃过了，但他肩膀上那块黑痣还在，你看！"

王肃年随着杨在明的手势看过去，王茂发左肩上那颗黑痣果然非常显眼。

他转头问年娃子："你怎么发现的？"

年娃子说："我去水库钓鱼，杆子下去，死沉死沉，怎么也拉不上来。后来明叔从远处路过，我就喊他帮忙，我们两个又费了好大劲，才把他从水库里拉了出来。拉出一看，是一个人，没把我们吓死！后来还是明叔提醒，说王茂发好长时间不见了，活不见人，死不见尸，会不会是他？结果拉上来辨认半天，果然是他！就向库区借了个架子车，把他拉回来了。"

"你在水库的哪面钓的鱼？"王肃年警惕地问。

年娃子无所谓地说："东面啊，就是海子大队四队的陈家渡口啊！我年年都去那里钓！"

王肃年问杨在明："他怎么会掉到水库里去了？"

杨在明犹犹豫豫地说："不知道么，是不是在海子谁家喝醉了酒，路过水库，不小心掉里面了。"

年娃子抢着说："不对！这家伙在海子四队有个相好的，肯定是半夜嫖风，被人家家里人发现，跑得急，不小心掉里面了！"

王肃年瞪年娃子一眼，骂道："你他妈知道的不少啊！"转身又对杨在明说，"把何桂兰叫来，让认认，看是不是她家的人！"

这时候，薛得寿、张士维听说，也过来了。还来了不少社员。

大家都惊叹：这是怎么回事？

一会儿，杨在明叫着何桂兰来了。何桂兰没有一点着急和悲痛的样子，她甚至摔摔打打还不愿来呢。她走到尸首跟前，只朝那左肩一望，就像根木头杵在那里，不说话了。

张士维问她："你看清楚了，是你家王茂发吗？"

何桂兰只轻轻地点了点头。

薛得寿又问："你记得他是啥时候离开家的吗？"

何桂兰说："人家走哪里从来不给我说，想走就走，想来就来。我还不能问，一问就骂，问多了就打。这次走掉有近一个月了吧。那天下午，天都快黑了，我看他在镜子前收拾来收拾去，知道他又要出去干坏事去了，就回到我的小屋睡了。谁知道他走了哪里？"

王肃年接着问："他在海子四队有没有相好的？"

不想王肃年这一问，何桂兰又跳起来了："他有没有相好的，你就应该知道，你问我干啥？他在哪里没有相好的？"

王肃年一看她话茬不对，知道再问下去，她还会说出更难听的来，于是就对杨在明说："给公安局报案吧！"随后又让年娃子把何桂兰送了回去。

薛得寿回到家，心里一直在想，这个王茂发，好端端的，怎么就被淹死了呢？是自己不小心掉到水里去了，还是被人弄死了撂到水里了？按他的德行，后一种可能不是没有。王肃年让杨在明去报案，显然也想到了这一层。按照法理，如果真是他杀，那是要追究法律责任的；但按常理，他希望这家伙是自己了结了自己。这样，一是为民除了害，从此信和再没有这样一个大祸害了；二是不牵扯别人，不要因为这个坏家伙的死，影响到另外一个好人。但有一点他可以肯定，王肃年一定会抓住这个事情，闹出更大的动静来。如果是他杀，他一定会把这件事当作当前阶级斗争的新动向来上纲上线；如果是自己溺水，他也会因失去了他最亲密的战友而情绪受挫，做出一些极端的事来。

这些年来，薛得寿一直偷偷调查老书记万青山的真正死因。万青山是被关在王肃年王茂发他们私设的"牛棚"里死的，究竟是自己跑出去跳的涝池，还是被打死撂到涝池里的，现在谁也说不清楚。再说，他们看得那么紧，他是怎么跑出去的？队里好多人都怀疑是被打死的。他的儿子万有年多次上告，要求查明真相，给个说法，但没人理睬。人家说，死了就死了，谁给你去查？谁给你说法？大家都觉得，老书记不是那种想不开事的人，造反派打他肯定是打得很惨，但他知道"自杀是自绝于人民，自绝于党"，他宁肯被打死，也绝不会自寻短见。如果他是被打死后撂到涝池的，那这冤一定要申，恶人一定要得到惩罚。信和的村民们一贯老成持重，本分做人，即便是运动中，这种为人的本分不能丢，这种歹毒的心肠不能有！有，就应该全队共诛，全村共讨！大家要求薛得寿做他们的主心骨，把这件事情弄清楚。

他还接受老书记万青山临终前一个秘密指令：要他调查落实梧桐泉寺院被火焚的真相。那是老书记刚被关"牛棚"的一个晚上，他借自家一个亲戚娃值班看守，前去探望。老书记拉着他的手说："得寿，现在我们的国家遭了大难，我们当共产党员的一定要挺住。我们受点苦没有什么，群众不能受苦。你现在还自由，你县上公社都有人，他们暂时不敢把你怎么样。你要趁这个机会把火烧梧桐泉的事情弄清楚，我怎么听说这中间好像牵扯咱们信和的人。"老书记的话还没有说完，站岗的亲戚娃进来催他快走，说有人来了。这次见面之后时间不长，老书记就被害死了。但他的叮嘱，却像炸雷一样一直在他脑海回响。

大约已经到了半夜时分，他正准备睡觉，街门响了，有人敲门。他让老伴去开门。没有想到，老伴开了门，从外边领进来王茂发的婆姨何佳兰。何桂兰一进门就扑通跪在地上，号啕大哭。白天，当着王肃年的面，她没有哭，她有的只是尊严和愤怒。但见了薛得寿，她再也忍不住满肚子的心酸和痛苦。但她很聪明，她只哭了几声，就想到半夜三更害怕惊动邻居，又改为隐忍不发的啜泣。薛得寿扶她起来坐下，让老伴倒一杯水来，问她咋了？何桂兰哭了半天，这才说："薛主任，王茂发这个死鬼就这下场了，他是罪有应得！我不是替他难过，我是难过我自己这大半辈子的人白活了！"她接着说起王茂发平时怎么打她怎么骂她怎么欺侮她，又说得鼻涕眼泪流了一脸，身子抖动得不能控制。薛得寿老伴劝她："这些我们都知道，再不要哭了，哭坏了身子可怎么办？你还年轻，脚下的路长着哩！"

何桂兰听了劝，果然再不哭了。她果决地擦了把眼泪，坚强地对薛得寿说："薛主任，我知道老书记是怎么死的，我还知道王肃年他们许多许多的事情——"

薛得寿没有让她说完，示意老伴出去看看，看街门关好了没有，周边有没有什么动静。等老伴看完回来，他才又放心地让何桂兰说下去。

没有想到，何桂兰，这个普通的农村妇女，在备受其丈夫的摧残欺压之下，终于像火山爆发一样，说出一个惊天秘密，破解了积压在人们心头长期难以释怀的痛苦和疑问。

听完她的讲述，薛得寿觉得事关重大，必须保守秘密，一切都需要进一步查证落实。他要何桂兰不要将所说情况传播出去，同时要注意自身的安全。他答应何桂兰，自己一定会将她说的情况汇报上去，给全队村民一个满意的答复。完了，他和老伴把何桂兰亲自送回了家。

第二天上午，公安局和法院的人来了。他们把王茂发的尸体搬过来搬过去，认真查验了一番，然后又找年娃子、杨在明和何桂兰等人问了问情况，最后说：由于在水中浸泡时间太长，又加库鱼啃食，尸体已严重受损。从尸检的情况看，找不出任何他杀的痕迹。初步判断，就是喝醉了酒，不小心掉到水库里的。这个水库里淹死的醉汉，已经不止王茂发一个了。至于他当时在哪里喝的酒，或是在哪里和什么女人鬼混，这还有待于进一步地调查。"不过，我敢肯定，"公安局刑侦股的袁股长说，"没人承认，死无对证！"末了，他又说："你们先把死人埋了吧，以后有了新的情况再说！"王肃年心想，埋就埋了吧，留着也是晦气，尸体已经味道很大，臭不可闻，于是就给下面安排，把王茂发的尸体埋了。

王肃年虽然下令把王茂发的尸体埋了，但他心里总觉得哪里不对，总觉得别扭和窝囊。按王茂发的体格，和他的贼性，喝几斤烂酒，怎么能随便掉水库里呢？他会游泳，就是掉进去呛几口水，也会游出来的，怎么就给淹死了呢？王茂发是他的革命战友，信和的革命造反队伍，就是他们几个人拉起来的，他能坐上现在大队书记的宝座，与王茂发等人的扫清道路保驾护航是分不开的。他知道，王茂发是个惹了民愤的人，包括他老婆何桂兰，都对他恨之入骨。他的死，对于信和大队的绝大多数人来说，是个大喜事，他们会为此拍手称快，欢欣鼓舞。但他的死，对王肃年来说，却是兔死狐悲，损失太大。这家伙是一个忠实可靠而又心狠手辣的打手，王肃年要靠他震慑群众，开辟局面。他死了，他靠谁去？关键是，王肃年还害怕拔出萝卜带出泥，害怕人们会由王茂发的死，联想起他们一帮一起干的一些事来。你看何桂兰那样子，她说的那话，分明对立情绪很大，而她代表的不是她一个人。

　　王肃年越想越觉得脊背发冷。他决定把这件事情给公社荆家宏书记汇报一下，因为这虽然是个事故，但发生在阶级斗争深入开展的今天。顺便商量一下，看这中间有什么问题。荆家宏也是造反派出身，而且还是黑城地界三大造反派领袖之一。他虽然造反了，但对他的老领导、当时的县委书记是明打暗保，为老领导安全过关立下了汗马功劳。所以，老领导一平反，一高升，首先就把他给安排了，而且看作心腹，私人的事都交给他去干。他在老领导跟前印象很好，但在黑城的干部群众中，却是声名狼藉，提不起来。运动以来黑城发生的几件大事，都有他的重要作用。对他的所作所为，王肃年心里是有一本账的。

　　薛得寿昨晚送走何桂兰后，一夜都没有入睡。他倒不是因为王茂发的死有什么不安，而是何桂兰的揭发，证明了他许多年的怀疑和暗地里偷偷的调查。他觉得何桂兰的证词太重要了，必须想办法把它记录下来、保留下来。可找谁来干这件事情呢？自己不行，张士维也不行，最好是找个外人。找个外人，还要找个可靠的，嘴严的。他想到了龚羡林。不知他在县知青办的工作结束了没有？县上对他们的下一步如何打算？庞政委说的要把他调县委办公室的事情有没有希望？怎么最近听不到消息了呢？他决定到九队去找郁彩虹，从彩虹那里打听打听羡林的情况。

　　彩虹自在刘小慧家门前看到王茂发被打那一幕以后，心里一直惴惴不安。这两天，王茂发被从海子水库捞出来的消息，在村里吵得沸沸扬扬，许多人都跑去看了，但她不敢去。她害怕自己受不了刺激，情绪失常，被王肃年看出破绽来。她心里暗想，这事可能就那么回事了。但又想，海子水库离信和十多里地，如果是刘小强那一斧头把他砸死了，他又是怎么把尸体弄那么远沉库的呢？难道路上什么人也没有碰见？后来听说公安局和法院的人验了尸，没有发现任何他杀的痕迹，她又想，或许事情没有按照她想的方向发展，或许她看错了，王茂发的死，还有另外的原因。这么一想，她的心放松了许多，她暗暗替小慧他们高兴，她为他们祈祷。她想把自己的所见、自己的担忧向龚羡林诉说，但龚羡林自走了以后，再没有回来。听说他很忙。县上领导让他完成对全县知青工作的检查总结以后，最近又在发现典型、书写典型材料，说县上将于最近召开全县知青工作经验交流会。她想上县上去看他，但又怕给他带来不好的影响，犹豫半天，硬把那股思念之情给压下去了。

就在这时，薛得寿来了。薛得寿问了问家里的情况和她爸爸的情况后说，他想找龚羡林，问彩虹最近有没有他的消息，彩虹如实以告。薛得寿想了想说："那我到县上去找他。"正当薛得寿抬腿要走时，龚羡林像有心灵感应似的，突然在院子里出现了。

他们三个人同时惊奇地"啊"了一声。

彩虹和薛得寿"啊"，是因为龚羡林来得太突然了，就像从天上掉下来似的！

龚羡林"啊"，是因为他已经去过薛得寿家了，家里没人，他正想把这一段去县上的情况向他汇报哩，不想竟在这里碰上了。

彩虹非常聪明，她先将自己兴奋激动的心情按压住，对龚羡林说："主任正好有事要找你！"

薛得寿笑着问龚羡林："怎么今天有空回来了？"

龚羡林一把拉住薛得寿的手说："一直想找个机会回来汇报一下，可县上抓得很紧，根本抽不出时间。今天，大活基本干完了，纪副书记给我放了两天假，让洗个澡，理个发，我就赶紧跑回来了。"

薛得寿看看彩虹，又看看龚羡林，不好意思地说："哎呀，你看你刚回来，你们还没有说上话，我就来找你，这……"

龚羡林打断他："有啥事你就直说，对我还有啥客气的？"

彩虹也说："就是，你就说吧，我们没事！"

薛得寿说："那行。"他要彩虹暂时回避一下，他想找龚羡林单独谈谈。彩虹说行，就给他们倒了水，拿了烟，把门一闭，出去了。

薛得寿和龚羡林足足谈了两个小时。彩虹不知道他们谈的什么，但从两个人的神色和气氛来看，谈的肯定是大事。自从崔副政委给大学生们开过会以后，她老为龚羡林的命运担心，生怕有什么不祥落到他的头上。所以，当薛得寿谈完一走，她就迫不及待地问龚羡林什么事。龚羡林反问她："王茂发死了？"彩虹说："原来是这！我正想给你说呢！"于是就把她看到的王茂发企图糟蹋刘小慧那一晚的事情以及年娃子钓鱼从海子水库发现王茂发尸体的事，原原本本地说了。龚羡林听完她的叙说，愤怒地说："王茂发这种人，就是怪胎！这种人渣，早就该死了！"骂完，又一本正经地叮嘱彩虹，"你那天晚上在小慧家门口看到的一幕，再不要说了，免得说漏了嘴，把事情复杂化了。一切都以公安和法院的结论为准！"彩虹庄重地点点头说："我知道，我谁都不说！"说完又问，"薛大队长找你究竟是啥事情？"龚羡林轻描淡写地说："他说找何桂兰了解些情况，要我帮他记录一下。"彩虹说："这是完全应该的，你答应了吗？""答应了。"龚羡林说，"他说吃过晚饭，他和我一块儿过去。"

又问："你还好吗？"

彩虹半天都没有回答，待抬起头说"好着哩"时，已是满眼泪花。

龚羡林一把把她搂在怀里。

彩虹擦擦眼泪说："我给你做饭去。"

二十二

龚羡林在队里果然只待了两天，第二天天快黑就急急忙忙回县城了。

那天晚上，他随薛得寿到何桂兰家录了口供，第二天到队里转了转，看了看两个队长和会计，和他们几个房东喧了喧。自被借调到县上工作，队里社员对他们的看法，来了个一百八十度的大转变。万有仁的红脸婆姨和她那麻脸妯娌见了，笑得乖呆呆地说："老龚，你回来了，老贺和老郑呢？"龚羡林说，自己回来是临时有事，马上又要回去。老贺和老郑忙，怕一时回不来。麻脸婆姨说她嫂子："人家是公家的人，哪能说来就来哩！"说得红脸婆姨面如桃花，笑声更加响亮。总之，乡亲们态度非常热情，完全不再是崔副政委刚开过会那两天的样子。

龚羡林临走叮嘱彩虹，要她抽时间去把刘小慧和英子看看，给她们带个口信，就说老郑和老贺好着哩，他们工作忙，身不由己，回不来。顺便代他看望一下万青林爷爷和杨月红阿姨，也问候一下十队的杨队长。如果有空，再去把王正珍妈妈看一看，问问正珍最近的情况。就说他这次时间有限，顾不上过去看他们，下次来了再看。彩虹说行。

彩虹先到小慧家。自那晚看到王茂发欲行不轨被揍之后，她再没有到这家门前来过，走路也躲着。令她感到狐疑的是，门庭院落依然照旧，但门上挂了个大锁子，已经落满灰土。她抓住锁子连摇几下，并大声喊叫小慧的名字，但始终无人应答。她想可能是到别人家去了或走哪里去了，就去杨队长家打听，顺便代龚羡林看望杨队长。杨队长刚从外面回来，自行车还在院子里立着。见她进来，忙热情招呼，让到堂屋喝水。队长老伴杨阿姨也从厨房出来，端了一盘洗干净的沙枣让她吃。她问小慧干啥去了，怎么家里没人。杨队长说："她早就上新疆了，你还不知道？"彩虹说她不知道，问啥时候走的，杨队长想了想说："啊呀，有一个月了吧！"彩虹一算时间，心里明白了。看来那晚之后，他们兄妹二人就走了。也对！不走干啥呢？难道等着让人家调查吗？等着再叫别的混蛋欺辱吗？

她又到英子家。杨月红疼爱地一把把她拉进门，万青林爷爷正硬硬朗朗地在院里捶芨芨哩，就是英子不在家。

她问英子到哪里去了，杨月红把门关了，笑着告诉她，英子去湖湾找贺丹峰去了。彩虹听了吃了一惊："人家在工作组哩，她怎么敢去找？"杨月红反问彩虹："丫头，你们都和贺丹峰、龚羡林的交往也有些时日了，再说你们也不小了，你对这事是怎么想的？"彩虹说："哪里，还没有扯开来说呢！"说罢又问，"阿姨，英子你们是怎么打算的？"杨月红说："我想能办就给他们早点办了，不然拖着像啥？"彩虹说："我们还没有这样说，龚羡林他爸最近要来，来了看他们大人怎么商量，我怎么都行！"杨月红劝她："能办就早点办了吧，免得人们说三道四！英子这次去，就是和贺丹峰商量，如果他们商量好了，我们大人就给人家准备。"从英子家出来，彩虹倒添了一桩心事，英子比自己小，都想到要结婚了，我怎么办？总不能老这么谈下去吧？她决定等龚羡林他爸来了，让父母亲提出这个问题。

这些心里话，她一般都找王正珍谈。正珍比自己大几岁，遇事特有主见。她们从小就无话不谈。她总是像一个大姐姐一样，关心着自己，管着自己。她发现自从她和龚羡林谈上对象后，正珍离她远了，见了也没有以前那么亲热了。凭着女孩子的直觉，她觉得王正珍也喜欢龚羡林。但她又想，她们是很要好的姊妹，她总不至于坏自己的好事吧！再说，王正珍是结了婚的人，虽然她人很好，龚羡林不至于爱上一个结过婚的女人吧！他之所以老牵挂她，主要是他在她家住过，正珍和她妈妈待他特好，又委托他帮助处理她离婚的事情。这一切，彩虹都是清楚的，龚羡林也都给她说了。

从信和到王正珍婆家苟庄，自行车要骑两个小时。上次龚羡林回家，她去过一次。他们本想给苟耀宗做做工作，让过不到一起了就离婚去。谁知，苟耀宗一见彩虹，竟当着她的面大骂正珍。说正珍自恃有点文化，心野得很，看不起苟庄。正珍是他们家用妹子换的，打死他都不离，他丢不起这个人！他离了再到哪里去找婆姨！王正珍见他粗俗不堪，太没礼貌，就让彩虹尽早回了，啥话也没有说成。自那以后，她再没有见过正珍，不知她近来情况如何，自己这一次再去，会不会又遭苟耀宗的无礼对待？但她心想，她不怕，如果他姓苟的再敢放肆，她要拉下脸来好好说说他！

正珍家也是锁着门的。她问隔壁邻居，邻居丁大妈说，你快到公社卫生院看看去吧，正珍被那个狼吃的打断了腿，正在那里躺着哩！彩虹着急地问："为啥？""为啥？"丁大妈环顾左右，悄悄告诉她，"还不是因为那狼吃的吃喝嫖赌，不务正业，正珍一气之下走了的缘故。"说完催促彩虹，"去吧，快去看看吧，这丫头算是倒了八辈子的大霉了！"彩虹知道，"那狼吃的"是指苟耀宗，但正珍"走了的缘故"，她走哪里去了？

彩虹一口气撵到公社卫生院。这里条件很差，只几张病床，就住了王正珍一个人。彩虹打问着进去时，正珍的妈妈正在给女儿喂饭。王正珍斜靠在被子上，一条打着绷带上着夹板的长腿直直地平放在床上。正珍脸色青黄，人都消瘦了许多，见她进来，略微吃了一惊，紧接着就是满脸的眼泪。

彩虹紧步上前，一把抓住她的手问："怎么回事？"

王正珍没有正面回她，却问："你怎么来了？"

正珍妈一边抹泪，一边向着彩虹说："丫头，你说怎么办？"

"他们苟家的人呢?"彩虹愤怒地问,"苟耀宗呢?把人打成这样,怎么连个头影儿都不露?"

王妈妈说:"露啥呢,人家明说着哩,丫头再走,还往死里打哩!"

"不行!我找他们大队书记去!"

说着就要起身去找。

王正珍一把拉住了她。王正珍睥睨而又绝望地摇了摇头。

王妈妈说:"他们大队的书记,就是苟耀宗的一个叔父,人家护着哩!"

彩虹接过王妈妈手中的碗,说她喂。王正珍对她妈说:"妈,你收拾了吧,我不想吃了。彩虹来了,我们说说话。"王妈妈犹豫了一下,说行。临出门,给彩虹交代:"彩虹,你给你珍姐好好说说!"彩虹点了点头。

王妈妈出去以后,彩虹又问王正珍:"到底怎么回事?"

王正珍抹去眼泪,望着窗外,愣怔半天,开始讲述她这一段的挣扎和遭遇。

上次彩虹走后,她和苟耀宗大干了一场。他打了她,她也没有饶他。她实在气不过,就去北京医疗队找顾大姐。她向顾大姐哭诉了自己的不幸遭遇,提出想离开这个家,想到外面去做苦力。顾大姐就是上次她说过给她剪了衣服的那个大姐。顾大姐很喜欢她,她有什么想不开,总是跟这位大姐谈,大姐教会了她好多知识和本领。顾大姐听了她的遭遇,非常气愤,也非常同情。对她说:"现在苦工不好打,你一个女孩子出去也不安全。其实,北京好多医院都缺护工,如果你愿意干,我给我一个亲戚说一下,你到她们医院去干护工。"正珍说:"只要有饭吃,不受气,多苦多累,我都不怕!"稍顿,又不好意思地说,"我从没有出过门,北京那么大,我怎么找见你的亲戚?我去了住哪里,吃什么?"顾大姐说:"你坐火车去,我让她到车站接你。我家离她们医院很近,我家里没人,就我和老头子,都出来到医疗队了,一个闺女,还在美国读书哩。我把钥匙给你,你住在我家,家里锅碗瓢盆什么都有,你自己做着吃去,顺便给我把家也看住了。"正珍听了,惊喜得眼泪都出来了。

彩虹高兴地问:"你到北京去了?"

"去了!"正珍脸上露出幸福激动的红色,她已经完全忘记了自己是个病人,忘记了腿部的疼痛。她继续说——

我去了北京。第一次坐上火车,第一次到那么大那么繁华那么漂亮的地方去,第一次见到了高楼大厦，见到了天安门，见到了故宫，见到了毛主席住的地方！

啊呀！北京的那个大，那个美，那个气魄，你是做梦也想象不出来的！

顾大姐给我安排好了一切，我就顺利地在她亲戚的医院当了护工，我也就顺利地住进了她的家，当起了北京人。护工就是在医院打扫卫生干杂活的，工作一点都不累，还发衣服，还挣工资，比起我们当农民的不知要好到哪儿去！真是不出去不知道，一出去我才发现，人家城里人活的啥人，我们农村人活的啥人，简直天上地下，没办法比！农村太落后了，我们农民太可怜了！

我偷跑出去以后，苟家人可急坏了。他们倒不是关心我心疼我，而是害怕我一旦找不回来，他们家将损失一笔很大的财产！他们是把我和房子、家具、牲口都算作财产的！如果再找一个女人，那要花多少钱呢！他们在大队当书记的叔老子发号施令，动员全村人四处找我。不知是谁走漏了风声，说我被顾大姐安排去了北京，并且打听到了我当护工的具体医院。当时北京也很乱。有人串连，有人上访，有人游行，有人喊口号。今天这个查，明天那个问的。我怕给顾大姐带来麻烦，又怕把我当流窜犯抓了，就主动回来了。

我一回来，苟耀宗和他爹就把我绑了，用草绳抽，用棍棒打，说打倒的婆姨揉倒的面，一边打一边还问我，今后再跑不跑了。我说苟耀宗，你他妈是个男人，你今天就把我打死，你不把我打死，我还要跑！他们就狠心把我的腿给打坏了。彩虹，他们没有把我打坏以前，我跑我还心虚，现在我的心彻底实了，彻底铁了，走出去的决心更坚定了！我养好了还要走！

彩虹担心地问："那他们再打你怎么办？"

正珍冷笑一声："不是鱼死就是网破，反正跟这种人过一辈子，等于白活了！"

彩虹又问："你不是又向法院起诉了吗？"

正珍从枕头底下掏出一沓纸，搋给彩虹："这就是法院的判决！"

彩霞展开一看，只见那上面写着：

最高指示

政策和策略是党的生命，各级领导同志务必充分注意，万万不可粗心大意。

关于王正珍诉与苟耀宗离婚的判决书

黑民判字 1969 第 24 号

王正珍，女，现年二十四岁，系清泉公社苟庄大队第八生产队社员。

王正珍与苟耀宗于 1966 年自由结婚，婚后感情尚好。但随着文化运动的不断深入和两条路线、两种思想斗争的日趋激烈，两个人的思想都发生变化。尤以王正珍为甚。向往外面的世界，追求资产阶级生活方式，羡慕城市生活，不安心农村生产劳动，多次申诉要求离婚，致使夫妻感情受到损伤。本院经过调查审理，认为这种资产阶级的思想，应当受到批评教育。苟耀宗在夫妻关系处理上简单粗暴，也应提出批评，望认真改正。

根据以上情况，本院判决：驳回王正珍上诉，不准离婚。

黑城县人民法院（公章）
1969 年 4 月 5 日

彩虹看完，愣在那里，不知道说什么好！

正珍把判决书要过去，"嗞嗞"两把撕了，撕完愤怒地说："我向往外面的世界怎么了？我活一辈子人，难道不能出去看一看学一学吗？我们的父辈在农村苦了一辈子，连外面是什么样子都没见过，甚至连火车都没见过，难道也要我们在这么封闭这么落后的地方终老一生吗？我追求城市生活怎么了？我不是贪图享受，怕苦怕累，好逸恶劳，我是说人家城里人爱学习，有文化，有知识，干啥事情看得远想得透，哪像我们农村人，出门一身汗，回家一片黑；我是说人家城里人讲卫生，讲文明，讲礼貌，干干净净，清清爽爽，客客气气，哪像我们农村一些人粗野肮脏。这不对吗？说我追求资产阶级生活方式，啥叫资产阶级生活方式？如果说爱读书爱学习、谈吐文雅举止文明、讲究卫生穿戴整齐是资产阶级生活方式，那我肯定追求了！同样是一个女人，你看人家城里女人穿一件衣服，要讲究颜色搭配，讲究款式，我们农村女人，只要有件衣服披挂在身上就行了，你说人家城里女人错了吗？同样一个男人，你看人家老龚他们，多么聪明能干，要知识有知识，要本事有本事，说起来头头是道，做起来样样在行。哪像我们的男人，除了吃喝嫖赌，就知道打女人。自己庄子以外的世界，啥都不知道！你说人家城里男人错了吗？"

王正珍歇歇气，平静平静心情又问彩虹："龚羡林还好吗？"

彩虹感到震惊，愣怔一阵，就把龚羡林被县上借去工作的事详细说了一遍。说完又强调说："他很牵挂你，一直发愁你的事咋弄了，催我早点过来看看。"

正珍眼睛望着窗外，眼眶里显然有泪花在打转。听了彩虹的话，她悠悠地说："好人哪！"气氛有点凝重。沉静了一阵，她回过头来问彩虹："你们咋谈下了？"

彩虹说："他走了以后，也再没咋谈，还那样！"

正珍说："你可抓紧了，千万不要放过，像他那样好的男人，你不抓紧可有人会抓紧的！"说罢又长叹一声，"可惜我没那个福分！"

彩虹听出了她对龚羡林的爱慕，心里稍稍有点发酸，但她不生气。因为她知道，正珍是个心地善良而且又直来直去的人，她的情绪都挂在脸上，她对姊妹从不玩心计。

彩虹说："我也不知道该怎么办，人家英子都准备结婚了，英子比我还要小几个月呢！"

正珍着急地说："那你也结婚去，你还等什么？"

彩虹说："龚羡林的爸过几天要来，来了看人家怎么说。人家男方没有提出，我们女方咋能主动提这事！"

正珍说彩虹："你就装去吧，哪一天龚羡林被别的丫头拐走了，你可别说我没有给你提醒！"

彩虹为难地说："那你说……"

正珍说："要我，只要我看上了，只要我喜欢，我爱，我就主动说，我才不装呢，怕什么！"

她们正说着，王妈妈进来了。为了不使老人家更伤心，她们打住不说了。

王妈妈看彩虹一眼，戚戚地说："丫头，正珍说得对着哩，赶快结去吧！这女人一辈子能找个好男人，真不容易，你看你正珍姐！"

王正珍听母亲又拿她说事，心里的火"腾"地一下又着了。她对母亲说："再别说我的事了，当初还不是你们害的！"

王妈妈被丫头抢白一顿，自知理亏，就只有偏过头抹眼泪去了。

从王正珍病房出来，尽管外面暖风和煦，艳阳高照，但彩虹感到心里彻骨的寒冷。有一块石头在心里沉甸甸地堵着，让她喘不过气来。她想不通，正珍姐怎么会遇上这么混账的一个男人呢？法院怎么能那么判决呢？哪一个女孩子不爱美？哪一个女孩子不想过城里人的生活？哪一个女孩子不想穿得好一些，不想打扮得漂亮一些？如果说连这种想法都不能有，如果有了就是追求资产阶级生活方式，那她宁可当一个资产阶级，不当无产阶级。女人如果成天头发结成个毡片，脸脏得好像驴脸，裤裆吊成一堆，鞋底破成唱戏的打板，那还算个女人吗？现在的公家不知怎么了，放着大事正事不抓，抓什么女人穿了个啥，戴了个啥，真是没耍的龙了要开蛇了！

　　从王正珍的遭遇中她也总结出一条教训，这对象一定要自己找！找就要找一个有文化有知识有本事的。不然，结了婚吵架都吵不到一个板上，驴头对不上马嘴！像苟耀宗这种人，肚子里没有半滴墨水，把他倒提着沥上三天，也沥不出一个词儿来，那只有动粗，只有用粗胳膊粗腿说话。她也从正珍的遭遇感到了和龚羡林结合的紧迫。打算回去和父亲商量，让他们在羡林父亲来家时，提出商量这个问题。

　　她在快到自家门口的时候，看到罗成农和葛兰玲夫妇回来了，正从一辆吉普车上往下来卸东西。她多了一个心眼，想看看他们都带来了些什么，没有直接过去，躲在大门旁矮墙背后偷看。只见他们从车上卸下来整整一只黄羊，还有一些水果之类。父亲在卫生系统工作，早听他说，医疗队的这些人，在巡回医疗期间，把戈壁滩上的黄羊打扎了。上面给他们配有吉普车，他们自己开伙。当时黑城各地都条件很差，买不到肉，也买不到清油和鸡蛋，他们就靠打黄羊来解决吃肉问题。父亲在北山工作时，公社武装部的索部长就经常叫上他去打黄羊，彩虹跟着去过几次。夜幕中，黄羊只要看见车灯就围拢过来。索部长一枪打出去，如果没有打中，黄羊也只是蹦起老高，落下又傻傻地站在原地张望，不知道逃跑。所以，一般都难逃厄运。罗成农和葛兰玲被抽去参加医疗队的工作了，看来也成了这猎杀者中的一员。

　　只听葛大夫给罗大夫说："你去屋里取一把刀，就在外面卸开，屋子太小，弄脏了不好。"

　　罗成农就进了街门，从屋子里拿出一把菜刀来。

　　葛兰玲问："怎么卸？卸几块？"

　　罗成农一边卸羊一边说："队长一块，副队长一块，会计一块，咱们自己留一块！"

　　葛兰玲不满地说："会计家还给啊？"

　　罗成农很有城府地说："给！"

葛兰玲又问:"那给咱这两家房东给不给?"

罗成农:"不给!那三家也只能意思意思,哪能多给!"

葛兰玲附和:"就是,意思到了就行了!"

彩虹听到这里,倒不好意思露面了。心想,同样是省城来的大学生,心境咋差这么远哩!不就是块黄羊肉嘛,还动那么大的心思!这两口子,也太会做人了!怪不得亲亲的表妹常念念常思思也不来了。今后和这种人,确实只能是"相见开口笑,过后不思量"了!

二十三

一串悠远绵长的驼铃声,就像荒原心底发出的呼唤,于天色发白之际,把中了暑而又迷了路的大学生郑世荣,从戈壁腹地救了回来。

他们是内蒙古雅克盐场前往青州送盐的驼队。当走出戈壁的时候郑世荣才发现,他把方向完全搞反了。如果按照他的那个方向再走,就进了戈壁深处的无人地带,那样的话,要么被野狼吃掉,要么就渴死饿死,变成黑蚂蚁和草原鼠的美食。

他在县城的食堂里,请拉骆驼的阿爸和他的儿子吃了一顿饭,给他们买了县城仅有的红薯干白酒,深深地谢过之后送他们上路了。

这次遭遇,使他对戈壁大漠的神奇和凶险有了深刻的了解。他没有想到,广袤无垠的戈壁大漠,看起来干旱单调,赤裸直白,毫无生气可言,但你轻视了它,它就会像一个魔鬼,搞得你晕头转向,不知道东南西北;它会用它灼热的魔爪,将你的生命紧紧抓住,抓得你窒息,抓得你昏厥,抓得你慢慢失去知觉。怪不得战备考察要做到心中有数,以备将来有事时能够提前预知。

他在上学的时候,曾去学校的牧场实习。那是一片开阔的草原牧场。远处有祁连山的主峰刺破云霭,积雪覆盖着玉笋般的山顶。山下高低不平的牧场,看起来一览无余,但要走出去,得费几天的工夫,真是"看山跑死马"。他们在老师的带领下,也曾为母羊接过羔,也曾为走马钉过掌,也曾为牦牛看过病,那么寒冷的冬天,那么严酷的环境，都挺过来了，没有出现任何差错。可这一次，却出现这种事，这真是丢人啊！这叫我怎么向人家交代？

县武装部的领导听说他回来了，都跑过来慰问。高副部长和蔺参谋更是惊喜交加。高副部长拍着他的肩膀说："小郑啊小郑，你可把我吓死了！你幸亏回来了，你说你如果出了意外，我怎么给县委交代噢？这战备考察刚开始，一个字的材料还没有形成，就丢了一位大学生，这还了得！啊呀呀呀，好好好，回来就好！"蔺参谋检讨说："这事都怪我，我们不该分开！"高副部长叮嘱蔺参谋："你安排让好好休息两天，不行到医院去检查一下，看身体有没有什么毛病。"郑世荣诚惶诚恐，赶忙说："高部长，实在对不起，都怪我工作没有做好，还给部里添了这么多麻烦！"高副部长安慰说："不要紧，这戈壁滩上迷路不是从你才开始的！好好休息吧，休息好了咱们再干！"郑世荣感动得再也说不出话来。

高副部长走了以后，蔺参谋说，那天不见郑世荣回来，他和小寇也找过。找着找着，他们自己也迷路了。幸亏小寇是本地人，停留片刻，辨清了方向，就赶快回来报告，想多带一些人再去找，不想郑世荣被驼队救了，真是万幸！郑世荣再次表示感谢，愈发感到自己的失误，给大家带来的麻烦。

郑世荣在懊丧、自责了一段时间后，心情慢慢平复了。这时候他又想起了娜仁格尔勒给他的托付。她的申诉信他在灼热的戈壁滩上只看了一半，现在他有时间有心情把它拿出来看完。信在贴身的口袋里，已经被他的体温和热汗浸润得有点发潮，但那颗企盼的心，仍然在顽强地跳动，那双热切的目光，仍然叫他不能回避。

他接着上次所说"勒令回家才是我噩梦的开始"看起。信是这样写的——

我被专案人员直接押解回了家乡的牧场。我的养父母看到女儿遭此厄运，痛断肝肠。以往一直十分乖巧十分优秀的女儿，怎么会一夜之间变成这样，他们想不通。他们跪着哀求专案组："娜仁是我们从襁褓中抱回来的孩子，而且为了割断和她生父家的关系，我们从巴里坤草原东迁两千多公里来到这里。不要说孩子对那个地方有什么记忆，就连我们大人，也已经想不起那是个怎样的地方了。这么多年来，我们和那面没有任何联系和来往，那面发生了什么事，孩子的生父母都干了些什么，我们一无所知。一个二十多年没有联系的人干了什么坏事，怎么能牵连到我们无辜的人呢？再说，就算他们有什么罪行，与孩子又有什么关系呢？"他们恳求专案组：女儿现在都被你们弄回来了，你们中断了她的学业，那就在我们身边劳动吧，惩罚也好，改造也好，有我们照看着她！

但是，专案组不行，他们要把我放到公社的眼皮子底下监督劳动改造。他们让养父母在一个所谓的红旗牧场为我搭了一顶蒙古包，让我一个人放牧公社的一群羊。我的衣食，都由我自己料理。要求我认真学习毛主席著作，天天早请示晚汇报，每月写一份劳动改造思想汇报。我的一切行动都要在公社革委会的监控之下，走哪里都要请假。养父母怕我一个人生活寂寞，特地托人从外地给我买来了一只半导体收音机，好让我心急的时候，听听新闻，听听音乐。这只收音机是我的心爱之物，它消融了我心头绵长的寂寞和痛苦，但却几乎给我带来了大祸。

那是一个晚霞血红的傍晚，我正赶着羊群入圈，收音机里忽然传来动听的异域音乐，我听出那是一曲有名的俄罗斯爱情歌曲《莫斯科郊外的晚上》，我们在大学的时候都会唱。听着那优美的旋律和动人的歌词，我不经意间竟跟着哼唱起来。歌曲后面是一段俄文独白，一个悦耳的女声，用带卷舌音的俄语，在解说着歌曲的内容和动人之处。岂不知就是这么一件事，却被无知的人演化成了一起收听敌台的反革命事件。他们诬陷我和苏修有联系，有苏修特务嫌疑。更加无耻的是，他们还趁我出门牧羊，私自闯进我的蒙古包，搜集我的其他反革命罪证。我的学习笔记本是平摊在桌子上的，里面写满了我学习毛主席著作的心得体会和自己创作的一些诗文。在一首名为《向往》的小诗中，我写道："我向往蓝天，向往蓝天上翱翔的雄鹰；我向往大地，向往大地上怒放的花蕾；我向往阳光，向往阳光给生命带来温暖；我向往风雨，我愿在风雨中展翅高飞！"没有想到，这首小诗成了我反党反人民的现行罪证，说我在诗中有恶毒攻击之嫌。再联系我"收听敌台"的罪行，直接认定我为现行反革命分子，强迫我承认罪行。我从我的内心找不出一丝一毫反党的念头和情绪，我也反复审视自己的行为和写的东西，怎么也和反对伟大领袖联系不起来。我是一个当代大学生，我不能违心地承认强加的莫须有的罪名，我据理进行了争辩，阐明了自己的观点，揭露了造反派中一些人的丑恶嘴脸。不想这又让我罪加一等。我被强行逮捕，并以"气焰嚣张"被判处死刑。幸亏我的养父母自我出事以后，就一直替我申诉上告，一直告到自治区革委会，我这才免于一死。

命虽然保住了，但我的政治生命从此完结。他们赖着不给我平反，仍然对我实行监督。他们对我的看管甚至比对地富反坏右还要严格。表面上看，批斗停止了，毒打也没有了，但行动受到限制，哪儿都不让去，哪种会议都不让参加，让你变成瞎子、聋子、哑子，让你就知道放羊，就这样与世隔绝地痛苦地活着，慢慢地消磨下去、消耗下去！我恳请毛主席、党中央过问我的冤情，落实我的政策。我还年轻，我渴望用我所学的知识为祖国为人民做出应有的贡献。

郑世荣看完娜仁的上诉信，心里五味杂陈。可能是家庭遭遇有些相似的缘故，他心里感到特别的气愤和不平。娜仁格尔勒，一个如花似玉前途似锦的女学生，在不满周岁的时候就离开了他的生身父母，就算生身父母罪大恶极，与这个小女孩又有什么关系呢？她选择了拥护党拥护社会主义，成长成了一名优秀的大学生，怎么又把她拉回到她父母的道路上去了呢？这算不算说的一套做的另一套呢？这样做的话，那些出身不好或家庭历史中稍有污点的人，还有什么奔头呢？唉！想不通也得想通。

他决定先把娜仁的信用挂号发出去。上面收到收不到，起不起作用，他就说不上了。但他要兑现他的承诺，这是信用问题，也是良心问题。

让他没有想到的是，当他在邮局买好了邮票，粘贴好了信封，把挂号信交到女邮递员手里时，问题出现了。

这位二十多岁长得很不错的女邮递员，把他的信拿在手里，认真看了好半天，这才抬起头来问："是你的吗？"

他说："是。"

又问："什么内容！"

他愣了愣说："告状信！"

那女邮递员友善地说："按规定，这类信件要经过检查！"

他说："我有冤情，我告个状也要审查吗？"

那女邮递员微笑着点点头："要审。"

他又问："谁审？"

"县上。"女邮递员说要检查，可并不退给他信，她犹豫了半天，抿着嘴在上面盖了个邮戳，说，"你回吧，我帮你发走！"他谢过她，就走出邮局的大门。在回来的路上，他反复回味女邮递员的表情和说过的话，心想这世上还是好人多！

他准备找龚羡林好好聊聊。可当他刚在街头露面，就被医院的护士发现了。黑城这地方就这样，太小，街道上走着几个谁，一眼就能认出来。人家说，东街里翻跟头，西街上捡帽子，虽有些夸张，但基本上是事实。只听那护士喊："郑大学，医院里有人找你！"他心想，什么人找到医院去了？他只在医院做了个例行检查，又没有住院，怎么护士也认下了，找的人也找上来了？他问那小护士："什么人？"小护士说："我们也不知道，好像是县上的。"

郑世荣来到医院值班室，一看，找他的正是龚羡林。

他惊喜地问："你怎么找到这里来了？"

龚羡林忙和他握手说："听说你有病了，到医院看病去了，我就找过来了。"

他们就在医院的候诊室聊了起来，反正这里有的是凳子，又没有候诊的人。

龚羡林问郑世荣中暑迷路的情况，郑世荣就把他们战备考察和自己因为寻找水源而迷路的情况，详细叙述了一遍。本来还想聊一聊娜仁格尔勒，但话到嘴边又咽了回去，只轻描淡写地说了说牧人放牧和驼队运盐的情况。龚羡林听他说话心不在焉，好像有什么心事，害怕问了不该问的，于是就转变话题，问他到信和去了没有。郑世荣说："哪有时间！考察报告还没给人家写呢，哪敢回去！"

龚羡林又问："湖湾你去了没有？不知老贺怎么样？"

郑世荣说："我们这个组主要是北山一线，没有机会到湖湾去。他好着哩吧，他们是固定的，有吃有喝，不淋雨不晒太阳，能有啥不好？"

龚羡林说："我抽空回去了一次，听说英子到天鹅湖看老贺去了，他们可能过一段准备结婚，家里都开始准备了。"

"准备结了吗？"郑世荣虽然问得很平淡，但龚羡林听得出来，他内心明显有压力。

"刘小慧走了新疆。"龚羡林又补了一句。

"走了吗？"郑世荣追问一句。

"走了！"龚羡林肯定地说。

郑世荣再不说话，点了一支烟，烦躁地抽了起来。

龚羡林见他情绪有点反常，知道他心里还想着刘小慧。他等他把一支烟快抽完了，这才告诉他："王茂发死了！"

郑世荣显然没有想到，掐灭烟头，吃惊地问："怎么会死了？"

"喝醉酒栽到水库里淹死的！"

"活该！这家伙本来就是个泼皮无赖，死了信和少了一个祸害！"

"只怕王茂发的死，会牵扯出造反派更多的内幕和丑行！"

"听到啥了吗？"

"没有。"

郑世荣鼻子里"愣哼"一声，骂道："这帮家伙！"听口气，他好像倒听到了些啥。

郑世荣骂完，稍稍平缓了下情绪，问龚羡林："老贺准备结哩，那你是啥打算？"

龚羡林说："我父亲最近要来，来了先听听大人们的意见。"

郑世荣无限感慨地说："你们都好啊，都有处吃饭了，剩下我一个……"

龚羡林正要接上说："谁叫你不找人家刘小慧哩！"

县知青办派人到处找他，说纪副书记有事，要他赶快去县委。他就和郑世荣匆匆别过，急急忙忙去了县委。

龚羡林走了以后，郑世荣没有想离开医院的意思。他本来是想找龚羡林聊聊，排解排解心头的郁闷，可听了龚羡林刚才的话，这郁闷不但没有排解开，反而更堵了。他的脑海里不时闪现刘小慧和娜仁的影子：刘小慧走了，走了新疆了，回来不回来还说不上。她肯定是背负着对我的一肚子怨恨走的，肯定是在青灯孤影中等我无果后走的，肯定是在小提琴上拉完最后一个音符之后走的！多好的一位姑娘啊，我对不起她，可我没有办法！谁叫我生在那样一个家庭呢！我生在这么一个家庭，受尽了屈辱和磨难，好不容易跳出火海，怎么能再引火烧身呢？他又想起娜仁格尔勒。她和小慧虽有不同，但命运比小慧更惨。刚才还是个受到学校表彰受到老师和同学们喜爱的优秀大学生，转眼之间就又成了罪大恶极的现行反革命分子。真是造化弄人！一会儿天上，一会儿地下；一会儿白，一会儿黑！这是什么法则在推演着这种人间悲剧？怎么毫无法理毫无人性！难道刘小慧出身于地主家庭，这辈子就不值得被人爱吗？难道娜仁收听了俄罗斯民歌，就注定是苏修特务吗？且不说这种推理多么霸道多么荒唐，就连起码的知识都不顾了。《莫斯科郊外的晚上》是一首世界有名的歌曲，它歌唱的是纯洁美丽的爱情，并非一些人所说的"靡靡之音"，更不是敌特的联络暗号。你不知道这首歌曲也就罢了，把珍珠当粪土，足见你的无知、愚蠢和无赖！

"贺丹峰很快就要结婚了，龚羡林也正在做着这方面的准备，我怎么办？"郑世荣陷入深思，"是不是我的想法不切合实际？是不是我必须放弃这些不切合实际的想法，重新调整心态，规划自己的生活？刘小慧和娜仁，就相貌和气质，都特别像。不过，小慧因为生活在农区，更加文静、传统，就像一颗明珠，掩隐在不被人重视不被人注意的某个角落。而娜仁，不仅生活在牧区，又经过系统的高等教育，文静中透着泼辣，纯贞中透着成熟。如果找了她们中的哪一个，都将是使自己心满意足的妻子，可命运捉弄，我哪一个都不能找！"

日月一天天在过去，青春一天天在消磨。在几个大学生中，郑世荣是年龄最大的一个，也是婚姻问题至今最没有着落的一个。这使他不能不着急。

北线考察回来以后，他从武装部听说，军队干部要从地方撤出，庞政委不再担任县委书记了，提拔到青州军分区担任副政委去了。黑城由民县派来一位书记，是运动前的沙州县委书记。他原想，在战备办公室借调一段时间后，可能很快就会分配工作了，现在看来，分配还很渺茫。新书记到任后，有个熟悉了解的过程。现在每一个地方都是一团乱麻，光整理这个烂摊子就够他呛，听说"一打三反"运动还要深入进行，又加个"农业学大寨"，他能忙得过来吗？工作分配了，各方面安稳了，对象也就好找了；工作没有着落，自己都不知道自己将来到哪里去，怎么跟人家女方谈？

进城来的这些天，他注意观察了一下城里的女人，这个县有工作的大龄女青年实在太少。有几个能够看过眼去的，一打听，人家早已名花有主。那天替娜仁去发信，从邮局出来一个女的，长得很漂亮，他不觉多看了几眼，事后一打听，是个哑巴，是地质勘探队的家属。县城新开一趟由县城到火车站的班车，上面有一个票员，长得还算可以，一问，早就结婚了，孩子都四五岁了。看来，老龚、老贺他们在农村找，不无道理。等到工作分配停当，年龄大了，黄瓜打驴——半截子蹦了，哪来现成带工资的女人等着你找！

郑世荣后悔没有早点下手，把肖淑娴找上。肖淑娴是他们同校不同系的同学，早就听说陈老师在追她,她没有答应。应该说一同被分来黑城,这是个机会,但他害怕同学们骂他夺老师之爱,没敢动手。现在看来这是个失策。六队那个上海女同学,虽说长得丑了一些,但那毕竟是上海阿拉,是挣工资的,她在黑城就再别想回上海去,在黑城想找一个南方人也没有那么容易。当时如果自己不挑剔,把她找下也是好的,可都怪自己患得患失,现在听人家说也有了。

郑世荣越想越有了紧迫感。他想,人家老龚、老贺都和家里人沟通,都有家里人支持,自己什么也没有,有家不能回,有亲人不能联系,只有自己给自己做主了!他决定等刘小慧回来,找她好好谈谈。

二十四

一个瘦小的身影,顶着正午的太阳,正踽踽前行在湖湾通向天鹅湖的九沟八梁一面坡上。沙窝里的太阳太毒了,她几次被烘烤得几乎要晕了过去,但她坚持着挺住了,任汗水像雨水似的从脸上流下,打湿衣衫。她几次想把自行车往沙窝里一撂,自己展展地躺在沙坡上休息一会,但她不敢。她知道这里荒无人烟,万一碰上野兽或坏人怎么办。她从早上出门到现在,没有吃一口干粮,也没有喝一口水,但一想到要去看自己的心上人,肚子也不知道饿,口也不知道渴。她没有走过这么远的路,也没有到湖湾这面来过,但她一路打听着,一路问询着,终于找上来了。在太阳即将落山的时候,她终于看到了天鹅湖村的影子。这时候,她才知道乏困了,她把自行车往树边一立,自己对着湖水整整衣衫,洗一把脸,稍事休息。

贺丹峰将要离开村子的时候,他们把终身大事定了,准备等他工作一完就结婚。在他结束培训来取行李的那个夜晚,他们住到了一起。一想起那个甜蜜的夜晚,她的心里就好像灌上了蜜糖。她庆幸自己一个农村丫头,一个只有初中文化的人,找了一个干公事的男人,找了一个有文化有本事的大学生,这在信和以前的历史上是没有的,对农村大多数女孩子来说是不可能的。她在心里憧憬着他们将来的生活,暗下决心,一定要做个贤惠能干的媳妇,要把家治理好,要把丈夫伺候好,要把孩子教育好，要把公公婆婆孝敬好。让信和的人们知道，我英子不是你们眼中没出息的人，让一同长大的姊妹们都知道，我英子是个福大命大的女人。

工作队员杨耀祖正在审讯四队队长强奸妇女的案子。本来应该叫调查了解，但老杨是公安出身，喜欢用审讯犯人的方法开展工作，他觉得这种方法威力大，见效快。

此刻站在他面前的，是一位看上去只有十六七岁的小丫头，长得瘦瘦小小，胆胆怯怯，但却有一双明亮的大眼睛。据说她就是遭受恶霸队长欺凌的妇女中的一个。问题已经落实，但老杨害怕农村姑娘没有念过书，没有见过世面，把"男女关系"只理解为来来往往、亲亲热热、拉拉手等表象的东西，误导了问题的定性。所以，他今天要再找她来核实核实，要她说出问题的实质。

他问："权小芹，你说一说苟详生是怎么糟蹋你的？"声音威严而又低沉。

权小芹吓得浑身打战，声音抖抖索索地说："那是、那是、那是去年……"

"时间不用说了，上一次说过了，你只说他是怎么欺负你的！"

"他说、他说我跟他好，他就让我干轻活，给我记高工分。"

"这些都不用说了，你只说他是怎么弄你的！"

"他，他，"权小芹又羞又怕，鼓足勇气说，"他把我抱到炕上，脱了衣裳，把他的尿水的放到我的尿水的里头去了。"

老杨听权小芹这么说，几乎笑出声来，但他忍了忍，如释重负地说："好，这就清楚了，你回去吧！"

权小芹刚走，进来一个社员报告说："杨局长，有一个南滩来的丫头找你！"

老杨疑惑地问："找我？"

来人补充说："她说找工作组的人，我就把她领来了。"

老杨本来不是局长，也没有当过局长，只不过在公安局时间长了，是个老同志，老百姓为了尊重起见，就这样叫他。老杨也乐意人们这样叫。他说："带进来吧，让我看看！"

来人把英子带到老杨他们租住社员家的房里。老杨一看，又是一个和权小芹差不多大小的丫头，他从来没有见过，更谈不上认识。他问她："你找工作组啥事？"

英子擦一把汗，笑吟吟地说："我找工作组的贺丹峰，就是在南滩信和劳动锻炼的大学生老贺！"

老杨把英子从头到脚仔细打量了一番，然后问她："你找他干啥？"

英子不好回答，只羞怯地笑笑说："我就是信和的人，队里让我来看看他！"

老杨狐疑地问："信和到这里这么远的路，队上让你来看？"

英子自知露了马脚，害羞地低下了头。

老杨老到地问："你是他什么人？"

英子勇敢地抬起头："就一个队上的人，我们是他房东。"

老杨冷笑着说："房东？怕没有那么简单吧！他到天正古城去了，不知回来没有。走！我带你到肖淑娴肖大学那里问问。"

贺丹峰确实去了天正古城。一是去看看那里的文物景致，二是调查了解五队那个盗墓贼盗窃文物的犯罪事实。

天正古城确实名不虚传。按他一个历史系本科大学生的眼光来看，这是千里走廊上独一无二的一座古城。它距离东南面的黑城县一百多里地，距离西北面的朔远县也有一百多里地。在黑河由东往西即将掉头北去的一个拐弯里，在两山夹角的一个偏僻峡谷间，我们的祖先竟然在这里建造起了一座规模和黑城县城一样大小的四方四正的城郭，而且至今保护完好，巍然挺立。传言都说这城是为了戍边而建造的，城里的居民都是戍边将士的家眷和后代。可进城一看，情况并不尽然。它是一座街衢纵横、店铺林立、布局规整、建筑考究、商业发达的边贸自然城。北山后面，有蒙古人的牛羊、皮毛和奶制品，源源不断地运进山来；南部草原和祁连山深处，有藏人和裕固人的酥油、腰刀、服饰和镶嵌着红、绿玛瑙的银碗银杯被传递过来。交通如此不便，处地又如此闭塞，人口又比较稀少，商贸活动为何如此发达，这都成了一个谜。如今，这种繁华的景象虽然已不存在，但古城的每一条街巷、每一座建筑，都好像在向我们述说着什么。

古城作为边城要塞的特征、作为古战场的特征，只有走进古城的两座王府和一座寺庙、走进古城后面戈壁滩上浩瀚的古墓葬群才能体会和认识。两座王府，一座是白府，一座是杨府。据说白府是文官，相当于翰林院大学士的头衔；杨府为武官，相当于大军区司令员官职。封建社会历来崇尚"文死谏，武死战"。白府如何没落不得而知，如今只剩一座颓败的王府，无人继承；杨府保驾有功，皇帝准予告老还乡，赏赐金银无数，如今亦是子孙成群，后嗣枝繁叶茂。那唯一的一座寺庙，门墙上六字真言虽清晰可辨，但香火渺绝，破败不堪。庙内有一个亭子，亭子里挂着一口几吨重的铁钟，偶尔敲响，方圆几十公里都能听到声响。那应该是全城百姓同仇敌忾抵御外来入侵者的号角和心声。戈壁滩上的墓葬群，大都有碑，上面的刻字虽经风雨驳蚀，已不能完全看清，但间或可以看到"××将军""××骠骑"的字样，可见葬于此地的绝不是一些等闲之辈。

贺丹峰在大致观看了两府一庙和古墓葬之后，去大队书记老杨家吃饭。杨书记就是武将杨府的后人。他的家坐落在古城东南比较居中显眼的位置。一座高耸的门楼，廊檐飞翘，雕梁画栋，一派王室气魄。门前两尊石狮子，雄踞左右，虎视眈眈，气势雄威。拾级而上，进了大门，迎面一座照壁，上面绘有旭日云龙图案，金龙狂舞，祥云飞腾，云蒸霞蔚。照壁将后面的院落分为左右两厢。杨书记说，这都是先人留下的，我住左厢，我弟弟住右厢。进了左厢杨书记家院子，又有东西南北四座厢房将院子围成四合院。坐北朝南的为上房，即客厅，其他均为卧室或厨房。上房里有一帧巨大的屏风，将会客区和休息区隔了开来。屏风黑底红字，金粉描线，透着富丽堂皇和喜庆的气韵，上面画着三国时的故事，有"三英战吕布""草船借箭""火烧赤壁"等内容。杨书记还介绍说，他家还曾有一顶先人戴过的武将的头盔，光外面的铁帽子就足有十多斤重，不知道过去的人是怎样把它戴起来，又怎样戴着它和敌人作战的。还说，家里原来还有几道皇帝亲下的圣旨，金黄缎子，大红官印，上面的字写得可真漂亮，之后搞运动，家里害怕，统统烧掉了。

贺丹峰扼腕叹息："太可惜了！太可惜了！"又问，"那铁帽子呢？"

杨书记说："原来我们拴根绳子，当水桶打水用，后来撂在井边不知叫谁拿走了。"

贺丹峰在心里骂一句"败家子！"不但为铁帽子的丢失感到可惜，更为整个古城没有得到应有的保护而气愤。他能做的，就是把这些都调查了解清楚，记录下来，写成文章，有机会了提供有关方面引起重视，或在报刊公开发表。他还想，如果有一台照相机把想拍的都拍下来多好，图文并茂，更有说服力，可惜自己没有，以后得想办法借一台来做这事。

从古城回来，经过肖淑娴蹲点的九队，口渴难耐，他进去找一口水喝。刚好肖淑娴在家，他就兴致勃勃地向她讲起在古城的所见所闻。肖淑娴刚从生产队的瓜地里回来,地上放了几个大西瓜。她拣一个对贺丹峰说:"你来得正好,早上我去地里转转,转到西瓜地里,队长让看瓜的老汉给我们挑了几个瓜。今年九队的瓜长得很好,又大又甜。你等等,我给你杀瓜吃!"

贺丹峰高兴地说:"那就太好了,看来还是我有口福啊!"

肖淑娴拿一块布子把西瓜擦了,提起菜刀拦腰一刀,只听"咔嚓"一声,西瓜裂为两半,露出鲜红沙嫩的瓤口。肖淑娴说:"好瓜!快来吃!"

贺丹峰上去抓起一块,咬在嘴里,吸溜一下,半牙瓜就没了。他一边吃一边赞叹地说:"啊呀!太美了,真解渴!"瓜水连着口水从他的嘴角溢出,流得满脸都是。

肖淑娴淘一块湿毛巾给他,说:"慢点吃吧,又没人跟你抢!别干什么事都猴急猴急的,要注意自己的形象!"

贺丹峰明知故问:"我干啥事猴急猴急的了?"

肖淑娴"哼"的一声,"自己想去吧!"

贺丹峰"嘿嘿"笑着说:"对对对,要注意形象,还是你说得对!"嘴上虽这么说,但疯吃的速度一点都没有减下来,狼吞虎咽的样子一点都没有改变。

肖淑娴在一旁看着笑了。

就在这个时候,杨耀祖领着英子来了。

贺丹峰和肖淑娴见到英子,都有些吃惊。他们都心中纳闷,这么远的路,这丫头怎么来了?是家中出了什么事,还是别的?不过,肖淑娴很快就镇定下来,而贺丹峰,则像做错了事的孩子,显得局促紧张,手足无措。他问英子:"你怎么来了?"

英子没有说她来看贺丹峰,而是说:"我来逛逛,我们这边有个亲戚。"

杨耀祖意味深长地看两人一眼说:"从信和来的,说要找贺大学,我说贺大学到古城去了,不知回来没有,我带你到肖大学那里去问问。正好,你回来了,你们都在,那就招呼着吧,我回了。"说完就走了。

肖淑娴递一牙瓜给英子,说:"走累了吧?来,吃牙瓜,解解渴!"

英子把瓜接到手里,但不吃,只淡淡地说:"也不觉多累,也不怎么渴。"

贺丹峰立马觉察到英子的情绪有点不对,于是,对肖淑娴说:"你忙吧,我带她到我那面去。"说着,就让英子跟他走。英子把手中的瓜原封不动放回桌上,也不和肖淑娴告个别,就低着头跟贺丹峰走了。

走在路上，贺丹峰兴奋而又小心地问英子："这么远的路，你一个人咋就来了？"

英子仍然不承认是来看他的，硬硬地说："我不是说了嘛，我家在这面有个亲戚，我来逛逛！"

贺丹峰说："亲戚？我咋没听说你们家在这面有亲戚？"

英子冷冷地说："你没听说的事多了！我问你，你咋和她在一起？"

贺丹峰知道她说的是肖淑娴，"嗨"一声说："我到天正古城去了，回来路过他们队，想进去喝口水，正好她又杀了西瓜……"

英子接上说："也正好被我碰上了！"

贺丹峰知道英子误会了，吃醋了，无奈地说："你看你，怎么能这么说。肖淑娴你是认识的，又不是不认识！"

英子这回真的来气了："认识又怎么样，正因为认识，我才不放心。要知道，她是结了婚的女人，我不准你和结了婚的女人来往！"

贺丹峰心中有鬼，不敢再说什么，于是就信誓旦旦地向英子保证着，今后再不和肖淑娴来往，甜言蜜语地哄着这个有点一根筋的丫头。

英子在贺丹峰的哄劝下，心情慢慢平静下来，气呼呼地说："人家大老远地跑来看你，你却和别的女人在一起！"

贺丹峰为难地说："都是一个组的工作队员，又都是一个队劳动锻炼的，我能不来往吗？"

"不行！以后不准你和她来往，也不准你和别的女人来往！"

"好好好，不来往，不来往！"贺丹峰嘴上答应着，心里嘀咕着，难道他和肖淑娴的事，她听到什么风声了？人常说，农村丫头你千万不要睡她，你不睡她，她对你尊尊敬敬，客客气气；如果你睡了她，她就认为你是她的人了，她也就是你的人了，她会看着你，霸着你，绝不准别人染指。看来，此话不假。

贺丹峰把英子带到他的住处。因他和老杨、张院长同住一间房，没有办法干别的什么事情，就只趁张和杨二人不在，抱住英子好好亲了一阵。英子文化程度低，对一些浪漫的东西务虚的东西不感兴趣，也讲不出多少甜言蜜语，只注重实际的东西。见贺丹峰抱着她不放，那么爱她，心里的冰块也就慢慢化了。

一会儿，张院长和老杨都回来了。贺丹峰把英子介绍给他们，并公开了他们之

175

间的关系。张院长见英子长得聪明伶俐，非常高兴地说："好好好，大学生能看上我们农村的姑娘，这真算改造好了，哈哈哈！以后好好待她，可不准变心！"

杨耀祖指着英子说："你一说找贺大学，我就猜到了，还骗我！还说是走亲戚来了，亲戚在哪里？"

英子笑着转过身去。

张院长对贺丹峰说："一块吃饭去吧！"

贺丹峰说："不了，我给房东家丫头双琴说了，让她到他们家去吃，晚上就和双琴去住。"

张院长说："那也好。安排好！人家大老远地来了，不能慢待了我们的丫头！"

晚上，和双琴睡在一个炕上，英子怎么也睡不着。双琴是个十六七岁的丫头，但发育已非常成熟，体态丰满，风韵迷人。这让英子又多了一份担心：她是贺丹峰房东家的丫头，成天和丹峰他们在一起生活，万一老贺看上她怎么办？就是看不上，日久生情，时间长了免不了碰碰撞撞的，万一哪一天肉和肉碰到一起，两个人都把持不住怎么办？看着丫头的性格，也是活泼热情的那种，保不准她不动心。但回头一想，她爹她妈在，他哥哥嫂子也在，她不会那么放肆，不会那么不知羞耻。贺丹峰这面，有张院长在，有老杨在，他们一同吃饭，一同劳动，一同工作，一同休息，三个人时时都在一起呢，想不会咋的。再说，从认识到现在，她觉得老贺没那个胆子，也不是那种人。

她问双琴："你找对象了没有？"

双琴忸怩着说："家里没有说，我自己认识了一个，是古城的。"

英子又问："你们怎么认识的？"

双琴笑笑说："割湖。我们每年去胭脂湖割湖，他们来收我们割倒的芦苇，慢慢就认识了。"

"噢！"英子悄悄又问，"你们好过吗？"

双琴显然明白她问的是什么意思，反问道："那你呢？"

英子不作声了。半天又问："妹子，老贺他们住在你们家，那个肖大学常来吗？"

双琴说："来过几次。不过贺大哥他们这个组包的是四、五、六三个队，肖大姐她们包的七、八、九三个队，工作各干各的。"

英子在天鹅湖待了两天。贺丹峰陪她在周边转了转，让她看了天鹅湖的湖光山色和其他美景。

临走，张院长和杨耀祖都出门送。

张院长对英子说："丫头，我们工作忙，让你待得太短了，以后有空再来玩。"又叮嘱贺丹峰，"看着把车子给收拾好，往前送送，最好送过大湖湾。"

杨耀祖却不知啥意思，竟说："赶紧回吧，丫头，贺大学有我给你看着！"

英子平静的心湖又起了波澜：有他给我看着？他给我看什么？贺丹峰有什么见不得人的事被他掌握了？难道肖淑娴和贺丹峰之间真有事？

她想问贺丹峰，老杨那话什么意思，但她没有问，见一次面不容易，她不想临分别了弄得两个人都不高兴。但老杨的话像一朵乌云，老在她心头萦绕，怎么也挥之不去。

她就带着这样沉重的心情回到信和。杨月红问她见到贺丹峰了没有？他忙不忙？身体还好吧？问她为什么不高兴，两个人吵架了吗？她拧着脸，一句都不回答。见问不出什么结果，杨月红也只好算了。心想，肯定是闹意见了，丫头大了，心事重了，有些话不想给父母说，这是可以理解的，但她估计，大的问题不会有。于是她说："那就准备给你们结婚吧！"

谁知她这么一说，英子忽然跳起来说："结什么婚？我不结了！我要到新疆找我爹去！"

杨月红吃了一惊，一向温柔乖顺的女儿，怎么忽然像变了个人？问她怎么回事，发生什么事了，可问死英子再也不说，只呆呆地流眼泪。

第二天，英子夹着小包袱，真的坐上火车，上了新疆。把疑问和不安都留给了杨月红和家人。

二十五

龚羡林越来越觉得，庞政委原来答应薛得寿把他们留在县上工作的事，随着政委工作的调动，慢慢成了泡影。不留就不留吧，赶快给我们分配工作，不管分到哪儿，只要工作稳定了，其他问题都好解决。像现在这个样子，老是临时帮忙临时帮忙，临时帮忙到哪一天去？

正在他为工作焦心的时候，这天上午，政治部盛干事来找他，要他马上到陈部长办公室去，陈部长有话要跟他谈。他不敢多想，稍加整理，放下案头的工作，就跟着盛干事来到陈部长办公室。

陈部长是县革委会政治部的一把手。长得粗壮短小，方头大脑，目光炯炯有神。盛干事把他领进去，介绍一声就走了。陈部长正在接电话，用手指指身边的沙发，让他先坐，自己接完电话再说。龚羡林小心翼翼地坐在沙发上，趁陈部长接电话，朝这个威严的掌权人物的办公室快速一睨，这就心里踏实了。部长的办公室是个套间，外面三间大的地方，坐着政治部的全部人马，包括殷、杨两位副部长。里面一间，就供陈部长办公。房间不大，陈设也很简单，就一张桌子、一把椅子、一套沙发、一部电话。正面的墙上，挂着中国地图和世界地图。

陈部长的电话打完了，他重又威严地看龚羡林一眼说："这一段在知青办干得不错吧？"龚羡林不知道该说什么好，稍稍欠了欠身，嘴唇嚅动了一下。陈部长没等他回答，接着说，"这一段你在知青办干得不错，知青办的同志和纪副书记都对你有较高的评价。不过今天找你来，不是谈知青办的事情，而是要交给你一项新的工作任务！"

龚羡林睁大了眼睛，等待陈部长说出新的工作任务。

陈部长从抽屉里拿出一沓信件说："准备派你回去参加南滩公社的一打三反运动。因为那里前期发生了一件震动全县的大事：全国有名的佛家圣地梧桐泉，被人一把火烧掉了，僧人和普通群众有伤亡。梧桐泉和天正古城是我们县的两大文物古迹，只因保护不善，文物流失严重。梧桐泉的案子惊动了北京，惊动了中国佛教协会，他们反映到中央，中央有关部门多次督促查办，但无人理会。最近，我们接到一些群众举报，事情好像有了线索。县委研究决定，组织一个专门的班子，借一打三反运动，把这件事情搞清楚。"说到这里，陈部长望着龚羡林轻轻一笑，继续说，"公社党委和大队的一些同志都希望你能参加这个专案组，说你是外来户，与谁都没有牵扯，看问题比较客观公正；说你头脑清楚，思维敏捷，调查研究能抓住要害；更重要的是,说你是个笔杆子,材料写得好,他们就缺你这样的人!"陈部长说完问他,"你觉得怎么样?"

龚羡林问:"信和的薛得寿主任参加不参加专案组?"

陈部长肯定地回答:"参加。"

龚羡林本来还想问他们什么时候分配,但话到嘴边又咽了回去。他知道,现在不是时候。于是,愉快地答应说:"我接受组织的调遣,保证完成任务!"

龚羡林收拾行装,当天下午就回了信和。他把行李往彩虹家一放,翻身就去找薛得寿了。

薛得寿好像知道他要来,早早地站在门口等候。见了他,也没有表现出太强烈的热情和激动,只抿着嘴笑笑,就拉着他的手进屋。这笑容龚羡林太熟悉了,它是一种亲切温暖的笑,是心灵相通的笑,是无限信任和欣赏的笑。他向他报告了县委要他回来的意图和任务,询问他专案组和公社党委关于整个工作的安排。

薛得寿说:"梧桐泉的案子,始终牵动着全县人民的心。这是一起恶性刑事案件,在全县,乃至全国,都造成了很大很坏的影响。长期以来,这件事情没人管,没人敢管,一是与案件有关的一些人还在台上;二是害怕背上一些罪名。这一次县委下了决心,成立了以县公安局局长董吉成为首的专案组,决心侦破此案,还原事情真相,惩办凶手,给全县人民一个交代。整个工作,由县上主抓,公社和大队只是配合。我们信和,我和王肃年书记参加专案组,再就是你参加。我们两个是只参加案情的分析讨论,不参加具体侦破;你却是自始至终每一个环节都得参加。前一段,咱们从何桂兰处得到一些口供,但那是一面之词,还需要大量的证据来证明。再说,王茂发生前说的那些,真实不真实,全面不全面,都很难说。你去了以后,听从董局长指派,认真工作,争取做出新的贡献。"

龚羡林表示,一定听从组织安排,尽力做好分给自己的工作。

由于专案组过几天才能集中,龚羡林决定趁这个空当,带彩虹去城里逛逛。自抽调去县知青办帮助工作,他们很少有单独相处的机会。两个人的事,双方家长都同意了,自己的父亲过几天要来,结婚已经是指日可待的事了,他得领她到城里,给她买一些结婚用的东西,两个人再照张相。现在市面上东西又紧缺,这些事他们得及早动手,慢慢做准备。不然到了跟前,缺这少那,有这没那,买又买不到,借又借不来，岂不抓瞎了吗？

　　一项大的工作刚刚结束，另一项重要的任务又即将开始，龚羡林思想上慢慢想通了，不分配就暂时不分配吧，只要有工作干，只要不虚度时日，就很不错了。说不定能从这些临时性的工作里面，学到正规工作中学不到的东西。自己刚刚走上社会，脑袋瓜里一片空白，各方面的知识都需要，各种经历都很宝贵。只要对自己锻炼成长有好处，自己就乐意去做；只要对国家对人民有好处，再苦再累，也是值得的。

　　彩虹也已经有好长时间没有进城了。说实在话这个县城确实没有逛头。从东到西，就一里多地，不多时间就全走完了。他们先去照相馆照了几张相。今天，西商店布料专柜销售一种新出的名叫凡尼丁的布料，这种料子据说掺和了一种新型纤维，深蓝色的布料，又薄又软，又很挺括，质地、颜色都很好，很受顾客青睐。在黑城是第一次销售，门口买料子的人排起了长队。龚羡林让彩虹上去看看，彩虹看了，喜欢得不行，说是做裤子的好材料。龚羡林就排在队伍后面，给她也扯了一块。

　　从商店出来，到了吃中午饭的时间。这个地方的农民有一个习惯，进城必定要"下馆子"，不下馆子吃一顿，这个城就好像白进了。龚羡林对彩虹说："咱们也下个馆子吧！"彩虹瞪了他一眼说："你把我当成真正的农村人了？"龚羡林急忙辩解："不是么，是到了吃饭的时间了么，咱们入乡随俗！"说着就拉彩虹进了东食堂的大门。黑城本来有许多著名的地方小吃，但因现在讲究勤俭节约，反对铺张浪费，好多名点小吃都不敢做了，食堂里只卖合汁、米饭和馒头。米饭没有菜不好吃。他们只好一人要了一碗合汁两个馒头，算作是下了馆子了。

　　吃过饭，他们经过县委大门，发现那里聚集了好多人，好像发生了什么事情。龚羡林领彩虹挤上前一看，不由得大惊失色，半天说不出话来。只见在人群围观中间，一个蓬头垢面衣衫褴褛的女青年，正在语无伦次地说着什么。她说一阵就撕扯着自己的头发，对着县委大院声嘶力竭地喊一声"晓龙！晓龙！晓龙！"其情其状惨不忍睹，看得叫人落泪。因为在这个小县城，出现这样的事情并不是很多，好多人可能认出了她的身份。一位围观的老大妈抹着眼泪说："太可怜了，年纪轻轻的，长得又很漂亮，就这么疯了，这可怎么办啊？"另一位大嫂也同情地说："家又不在这里，家里人又不来，谁管？"一位大伯闹心地说："都好长时间了，过几天就来，过几天就来，不知在哪里住着，县上怎么就不管一管？""在哪里住着？就在城外沙枣林里用纸片搭了个窝棚住着！真是造孽啊！"一个中年男人愤愤不平地说。彩虹看她那样子，和自己年龄差不多，就问龚羡林："这是谁啊？怎么从来没见过？"龚羡林痛苦地说："这就是我给你说过的东川公社高地大队的那个女知青闫小曼！她喊的晓龙，就是那个以强奸罪被枪毙了的男知青赵晓龙！"这两个名字，以前彩虹听龚羡林说过，但见到闫小曼本人，这还是第一次。彩虹看她那样子，不忍离开，看着看着眼泪就下来了。龚羡林强行把她从人群中拽了出来。

　　遇到闫小曼，龚羡林心头那块正在结痂的伤疤，被重新撕扯开来，他不想再沉浸到对那件案子的回忆中去，但冥冥之中，好像老有一条鞭子在抽打他的心灵。他知道，那是良心在疼。无独有偶，越是不想再想起这一类的事情，这一类的事情就接踵而至。他的眼前又出现另外一幅画面：那是一个夜黑风高的夜晚，天上乌云密布，没有一颗星星。位于黑城县西南角的梧桐泉寺院，突然火光冲天，人声鼎沸。正在寺院庵堂里诵读经文的小尼姑明玉，被这火光和吵闹声惊起。她下意识地感觉到是寺院着了火，得赶快喊人救火。谁知，当她打开禅门，面前的一切让她吃了一惊。原来，这火不是不小心着起来的，而是外面的造反派明火执仗地来焚烧寺院。他们提着棍棒皮鞭，举着火把，见人就打，见东西就砸就抢，见寺庙就烧，完全是一帮强盗在打家劫舍，逞凶行狂。造反派的恶行寺院里听得多了，但没有想到厄运会降临到自己头上。正当她打开庙门准备逃生的时候，几个提着棍棒的恶人冲到眼前，挡住了她的去路。为首的一个淫笑着对她说："美人儿，你不让哥哥们享受，蹲在这古腾腾的地方，岂不可惜了！"说着就扑上前来将她抱起，任凭她手抓嘴咬怎么反抗，将她强行拖进了庙堂的后室。一朵圣洁的花朵，就这样被恶人欺凌得芬芳零落。等恶人离开，她万念俱灰，叫一声"佛祖"，就从庙堂的最高处纵身跳下……这个场景，是王茂发的老婆何桂兰揭发提供的。一想起明玉和闫小曼，龚羡林的心里就疼。他恨不得把残害她们的恶人尽快抓获，绳之以法！害死明玉的恶人是王茂发他们，那么，把闫小曼害成现在这样的是谁呢？他一时陷于茫然。大学毕业以后，不到一年的短短的经历，让他灵魂震撼，头皮发麻！

　　董局长带领的专案组，第三天早上到达公社。龚羡林接到通知，提前赶了过去。专案组第一次工作会议，就在南滩公社会议室召开。为了保密，公社除留殷书记一人参加外，副书记以下全部人员都被安排下乡驻队，帮助大队生产队开展"一打三反"

运动。

会议开始，董局长复述了梧桐泉案件发生的经过、所造成的后果和社会影响。他把这起案件定性为打、砸、抢、烧的恶性刑事案件，传达了县委领导的批示。案发现场和一些重要证据，都已遭到严重破坏，加之案件在很长时间内无人过问无人处理，致使一些当事人或逃或藏，给侦破带来很大困难。董局长最后说，现在只有依靠群众，在群众提供的线索的基础上开展工作，打开局面，还原事情真相。他根据他拟定的侦察思路，对专案组工作人员进行了力量搭配和分工。

梧桐泉案件中的直接受害者，是寺院的住持、僧人和尼姑。当时，正是这座寺庙香火旺盛的时期。全寺连同打杂僧人算起，少说也有一百多人。在那场大火中，住持法印法师和身边一些大和尚，为了护寺救火，都有死伤，一些尼姑被逼跳楼或跳崖，剩下的为了活命，四散奔逃，不知去向。要了解事情的真相，必须找到这些当事人。然而，茫茫人海，要找到他们谈何容易，更何况既要找到受害者，又要找到加害者，只有得到被害人和害人者两个方面的证言，才能知道案件发生的整个过程，才能为案件准确定性，才能将罪犯永远钉在历史的耻辱柱上！

会议结束以后，董局长把龚羡林单独留了下来，同时被留下的还有公安局刑侦科侦察员向大年。他把他们两人叫到身边，对他们说："我们初步掌握一些被害人的去向，现在交给你们两个一个任务：有一个名叫石觉慧的人，原来是梧桐泉寺庙的大管家，是住持法印法师身边的人。寺庙被烧以后，这个人去向不明。据消息报告，这个人逃出去以后，落脚到了南山牧场。既然是寺庙的大管家，就应该知道事情的真相和寺庙所遭受的损失。我们让别的同志从另外的渠道进行调查，你们两个拿上县公安局的介绍信，跑一趟南山牧场，找一找这个人。几个人的口供集中到一起，事情的来龙去脉就清楚了。"交代完任务，他特意对龚羡林说："小龚同志，这一次把你吸收进专案组，是县委的意思，薛得寿同志已经向县委汇报了你们所了解到的情况，并推荐了你。希望你能发挥你的特长，努力开展工作。"龚羡林感谢董局长对他的信任，表态一定和小向好好配合，保证完成任务。

从董局长那里出来，王肃年和薛得寿都在公社门口等他，没有走。王肃年问他，董局长把他留下都说啥了。王肃年自他们几个大学生被县委抽调去搞中心工作，态度一下子变了，见了总要搭讪着说点什么，套套近乎。但他对这种人前后不同的态度感到恶心。他从王肃年的态度中隐约感觉到，这家伙好像心里有鬼。从何桂兰的揭发中来看，他与梧桐泉事件脱不了干系。龚羡林看薛得寿一眼，薛得寿故意避开他的目光，面无表情地看着别处。他对王肃年敷衍着说："说了说材料的事情。"回到队里他就把董局长的安排，原原本本地给薛得寿说了。薛得寿说，这件事庞政委在的时候，就想查，但阻力很大。现在既然县上下了决心，我们作为共产党员，就坚决服从县委的决定，全力以赴完成任务，也好给全县人民一个交代。

南山牧场地处祁连山南部草原，是一个鸡鸣三省、非常遥远非常偏僻的地方。由于海拔高，气候阴湿寒冷，很少有人到这里来。龚羡林和向大年是坐着拉煤的皮车进山的。进山以后，步行了一百多里地，然后又租骑牧人的走马，一路摇晃颠簸着才到达牧场的。牧场的场部只是一片低矮颓败的小平房，就像一堆脱轨的火车皮，被随便扔在那里。大草原倒是非常辽阔非常美丽，就好像绿色的地毯，一直被铺到天边。草原上有大小不等的几处海子，就好像上天赐给草原的通天宝鉴。海子里，有蓝天白云的倒影在游弋变幻。草原上到处是牛羊和马匹。白色的羊群和黑色的牦牛群，错落移动，交相辉映。马匹是以颜色分为种群的，只见在天的尽头，在海子岸边，一队一队的白马群、黑马群、红马群和黄马群，像旋风奔腾掠过草原，又像五彩云霞，飘浮在蓝天白云之下。龚羡林被眼前的美景陶醉，他很自然地想起了古人"天苍苍，野茫茫，风吹草低见牛羊"的诗句。

他们在牧场办公室找到了这里的负责人，向他递上介绍信，说明来意。那位负责人拿着介绍信，思考了半天说："我们这里没有石觉慧这么个人呀！"正说着，从远处奔驰来一匹黑骏马，到了跟前，从马上翻身下来一位五十多岁的汉子。负责人问那汉子："老安，这是黑城公安局的两位同志，他们要找一个叫石觉慧的人。我记得咱们这里没有这么个人，你知道下面的分场有没有这个人？"

那个老安非常警惕非常审慎地把龚羡林和向大年从头到脚看了半天，这才将信将疑地问："你们是黑城县公安局的？"

龚羡林回答："是的。"

老安又警觉地问："你们找他干啥？"

龚羡林就把要找石觉慧的意图，原原本本地告诉了他。

龚羡林发现，在他讲述梧桐泉惨案的过程中，老安的面部神情在急剧地变化，一会儿激动，一会儿愤怒，一会儿陷入痛苦的回忆，一会儿又气得牙关紧咬。他讲完了，老安半天都没有缓过神来，那眼角明显有眼泪溢出，而他自己却丝毫没有察觉。

他醒过神来以后，又像一个受了伤的人，面色疲惫，心神恍惚。他边走边说："没有，我们这里没有这个人！"

但龚羡林和向大年已经看出，这个人的身份很蹊跷，他们要找的石觉慧，好像很快就会出现。

转眼之间，天就要黑了。夕阳辉映下的草原，广阔、深邃而诡秘。晚霞在远处的天幕上涂上一层暗红，像血一样在天边流淌。马群组成的方队，像海浪一样汹涌澎湃，一浪高过一浪。这是马群归圈的壮丽图景。

场部在仅有的几间招待所里为龚羡林他们安置了住所。劳累了一天，吃过晚饭，他们就睡了。

毕竟年轻，龚羡林一躺倒就睡着了。正在睡梦之中，向大年捣了他一把，让他不要说话，注意听门外的动静。龚羡林一阵紧张，屏息细听，果然听到有人说话的声音。

那两个声音以为他们睡熟了，谈得比较放开。

只听一个声音说："场长，你说他们真是黑城公安局的吗？"

另一个说："我想不会有假，介绍信上大红公章盖着呢！这年头谁敢冒充公安局的？那不是吃了熊心豹子胆了嘛！"

一个又说："那你说，我把事情真相说出来，不会有危险吗？"

另一个问："你要说啥事情真相？"

一个又说："我要说梧桐泉事情的真相！"

另一个又问："你知道？"

一个又说："我不是给你说过嘛，我在那里待了好多年，只不过没有给你说我的真实身份。我就是他们要找的原梧桐泉寺庙的管家石觉慧！这些年我一直把这个天大的秘密隐藏在心底，等待着为住持师傅和那一帮僧人兄弟姐妹申冤报仇的一天！我压着、忍着……"说着，竟嘤嘤地哭了起来。

另一个说："啊呀，我还不知道你受了这么大的委屈，你别哭，你让我想想。"

一个止住哭，抽泣着说："现在他们来了，这事有人管了，我如果再不说，我们的冤情可能就石沉大海了，那些恶人可能就永远逍遥法外了！"

另一个说："好，你说！我支持你！"

"我们把他们叫醒！"一个迫不及待地说。说着，"咚咚咚！"砸起了龚羡林他们住所的房门。这砸门声，在空旷寂寥的草原，显得那么振聋发聩！

二十六

老安果然是梧桐泉寺庙的大管家石觉慧。他承认他经历了寺庙毁于文革乱火的全过程。

他说，是一个矮肥结实、满脸赤红，说话"郎郎"的造反派头头指挥了那一场洗劫，县上和周边许多村子的造反派骨干分子参与了打、砸、抢、烧，寺院的直接损失是：大雄宝殿、大经堂、明月庵等上百间寺庙被付之一炬，其中，绝大多数是明清时代的古典建筑；老和尚、主持法印师傅和大弟子普仁师傅因护庙被活活打死，尼姑明玉被轮奸后跳楼自杀，尼姑红玉被逼跳崖，至今生死不明，其他几十名僧人被打得四散奔逃。更令人痛心的是，庙内的金银佛像、财物被抢劫一空。其中，大经堂里的一尊纯金佛像不见了，那可是寺庙里最值钱的一尊佛像，是梧桐泉的镇寺之宝。主持法师脖子上的一串宝石佛珠也不见了，那可是师傅去印度修行，从南亚带回来的，据说价值不菲。其他财物因无法清点，还不知损失了多少。

向大年问："火是怎么着起来的，你记得吗？"

石觉慧说："造反派打砸抢完了，点了一把火把寺庙烧了！他们说这是破除封建迷信。大火是从大雄宝殿先燃起来的。点火的那个家伙姓王，我听见那些造反派都王哥、王哥的叫他。"

向大年又问："住持是怎么死的？"

石觉慧说："造反派要烧寺院，这等于要主持的命，他拼着命上前阻拦，被那姓王的家伙一把推倒，还踏了一脚。可能是把腰给踏坏了，住持翻了几次都没有翻起来。后来庙墙塌了，他被压在砖石下面。人们从瓦砾中找到他，他早已气绝身亡，面目全非，惨不忍睹。"

龚羡林问："你当时在哪里？"

石觉慧说："我当时正在大雄宝殿的禅房里收拾东西，一看造反派一大帮人提着刀叉棍棒闯了进来，就赶快藏了起来。我是趁他们不注意，偷着从后山跑出来的！"

龚羡林又问："那两个跳楼跳崖的尼姑，当时多大年龄？"

石觉慧说："明玉当时也就十七八岁，红玉也不过二十岁，都是那个姓王的带头造的孽！"他说着，伤心地哭了。

龚羡林和向大年让他在笔录上摁了手印，劝他说："你也不要太伤心，为你师傅和梧桐泉僧众讨回公道的日子可能就要来了。这事超出了造反的底线，已经触犯人伦道德和国家法律，且不说对历史文物的破坏和对人民生命财产的洗劫！如果后期审理需要你出庭作证，我们还会来找你的。"说罢，要求他再仔细回忆一遍，把全寺财产损失列一个清单，给他们挂号寄过来或托可靠的人带过来。石觉慧表态说："我自己送过来！你们有什么事，我随叫随到。"

龚羡林和向大年回来，向董局长做了汇报，董局长听了高兴地说："好！我们另一路的调查也取得了突破性的进展，那个跳崖的尼姑红玉被我们找到了，待会儿我们开会碰碰情况。"

原来尼姑红玉并没有死。她跳崖后被山后一家姓魏的老乡救了下来。这老乡是个孤寡老人，常年上山打柴。这天一早，他去云顶山打柴，老远就看见崖下的那颗树上挂着一个人，上去一看，是个尼姑。他见她还有一口气，就把她背回家进行救治。在老人的精心救护下，这个尼姑终于活过来了。她向老人哭诉了梧桐泉寺庙遭受劫难和她们的遭遇。老人害怕造反派知道了追踪加害，没敢声张，让红玉在他家静静养伤，自己出去打探消息。前几天，他听说县上正组织人力侦破此案，就大着胆子找到县公安局董局长，把红玉的情况向他做了汇报。董局长在派龚羡林向大年前往南山牧场的同时，也派出两名同志去魏老汉家找尼姑红玉了解情况，这一了解，案件的基本情况都明了了。

在调查碰头会上，各路都把各自调查了解的情况汇报了一遍。有一组同志汇报说，据群众反映，梧桐泉住持法印师傅死后，他脖子上的那串珠宝念珠，现在就在南滩公社党委副书记荆家宏母亲的身上，调查的同志没有亲眼见到那念珠。有另一组的同志汇报说,他们在调查寺庙财产损失的过程中,有老乡反映说,寺院里的一尊纯金佛像,现在就在地区某书记的家里放着,有人曾近距离看到过它,这需要寺院里的人员确认。

董局长总结说:"案件调查进展比较顺利,初步打开了局面,有些线索还需要进一步查证,有些问题还需要落实。希望大家再接再厉,努力做好下一步的工作。"完了,他让薛得寿和龚羡林留下。

他对他们说:"案件侦破到现在,矛盾可能就公开化了,我们的压力可能就越来越大了。现在,被害人找见了几个,口供也比较扎实。但害人者还比较模糊,有的才刚刚露出水面。在这个节骨眼上,保护好受害者和知情者的安全,防止一些家伙狗急跳墙,是非常重要的事情。"

薛得寿接上说:"我明白你的意思!正想给你汇报哩。我发现我们中的一些人,很不正常,老在打听龚羡林他们到南山牧场干什么去了。今天那个组汇报找见了尼姑红玉,有的人脸色都不对了。我和小龚现在就回去,我们得保护好何桂兰的安全。"

董局长严肃地说:"我说的就是这个意思。让向大年也去!"

王肃年这些天来一直心神不宁。自王茂发溺水死亡之后,他心里就有一种不祥的感觉。他不认为王茂发是喝醉了酒栽到海子里的,他老觉得王茂发是被人害死的。不是提前弄死撂到水库里,就是故意灌醉推到水里的。依照他对王茂发的了解,这家伙绝对不会不知好歹把自己喝醉成那样。就是别人弄他,那也要身强力壮的,一般人在他身上占不到什么便宜。如果王茂发真是被人弄死的,那肯定是冲着他们一伙的,首先是冲着他的。因为谁都知道,他们是一个造反队的,而且他还是他们的队长,是他们的大哥。他几次想到王茂发老婆何桂兰那里问个究竟,但他没有去。一是何桂兰和王茂发夫妻感情不和,王茂发根本不把这个女人当人,动辄打骂,动辄欺负,他怕他去人家不给个好脸。二是何桂兰很聪明,她知道他和王茂发是一伙的,好多事她不知道,就是知道也不会说。但是,现在不找这个女人不行。听说薛得寿和那个大学生龚羡林,曾经偷偷地找过她,他们找她干什么?她又给他们说了什么?如果万一王茂发活着的时候给她说过什么呢?如果她把王茂发说的这些又向薛得寿龚羡林他们说了呢?特别让人担心的是,今天听董局长说,那个叫红玉的尼姑被找见了,她没有死,她被人救了。如果她认下自己可怎么办?如果她把那天晚上的事情和盘托出怎么办？

王肃年陷入不堪的回忆和思索。

那还是1966年初，他正为队里排阴工程的分配问题，和大队党支部书记万青山吵得不亦乐乎，王茂发来找他。王茂发说，现在上面让搞运动推翻各个战线各个行业的领导，造反派自己掌权，当家做主。王茂发是个有名的浪荡鬼，成天嫖风打浪不务正业，但消息却很灵通。他给王肃年出点子说，现在城里已经闹起来了，夺了县委书记的权。公社的书记也要换了。咱们何不趁这个机会也造反了，把万青山弄掉，你来当书记。你当了书记，咱弟兄不就天天吃香的喝辣的，哪里还受这挖阴沟的苦！王肃年虽不完全看好王茂发，但他的这几句话，还是点燃了自己的野心，长期压抑的欲望，像雨地里的毒心草，蓬蓬勃勃地疯长起来。

他们真的拉起了一支造反队。这在老实巴交的农民看来，虽是大逆不道的行为，但大势所趋，谁也不敢说什么。他们大喊大叫，大吵大闹，不但夺了万青山书记的权，而且还将他毒打致死，趁着夜色黑暗，撂到了涝池里面，造成了畏罪自杀的假象。他们还和城里的造反派联合，打遍县城和南滩所有大队，造成威慑全县的效果。

更为惊天动地的是，由他们打头，南滩十几个大队造反派参加的对梧桐泉寺庙破四旧、扫除封建迷信的行动，至今想起来仍然是心惊肉跳。本来，打砸抢烧佛家圣地，这是要招来灾祸的，是要遭报应的，但听了造反派头头的话，就好像吃了迷魂药，什么都不管了，什么都不顾了。早就听说那庙里有两个尼姑长得天仙似的，不想那天晚上让自己给碰上了。他们冲进大雄宝殿，那个叫作明玉的小尼姑正好从里面出来，王茂发一帮见了，像恶狼一样一声嚎叫，给死拉硬扯拖到后房去了。冲进明月庵，尼姑红玉从蒲团上一跃而起，顺手操起案头上的一把剪刀，进行自卫。她长得太俊了，饱满光洁的脸庞，就像十五的月亮。虽然头发被剃成了寸头，身上穿着灰色的袍子，但难掩她姣好的面容和窈窕的身材。造反派一步步向她逼近，她一步步后退，她瞄准一个机会，飞身从后面的窗户里跑了出去。待他们追到眼前时，她背对深沟，站在悬崖边上了。他正要上前拉她，她杏眼圆睁，怒喝一声："不要过来，过来我就跳崖！我死了也要找你们报仇！"他认为她只是吓吓人而已，谁知又向前一步，她竟然真的从崖边跳了下去。后来听说明玉被糟蹋后，跳楼死了，红玉却一直生死不明。现在她找见了，她被找见，肯定会说出事情真相，那可怎么办？

王肃年想来想去，没有别的办法，只有背着牛头不认账，死不承认！可有一点他是迈不过去的，那就是何桂兰这里！如果王茂发给她说啥，她是肯定会给公安局说的，而据他估计，王茂发那张烂嘴，十有八九是说了的。不说，薛得寿和龚羡林找她干啥！不行！这个女人是个危险分子，她可能会坏大事！

薛得寿和龚羡林、向大年接受了任务，速速赶回信和。他们在薛得寿家草草吃了点饭，就往何桂兰这面赶，不觉之中天已经黑得伸手不见五指了。

何桂兰家没有灯光，也听不见人声。"不可能这么早睡了吧？"薛得寿和龚羡林心里嘀咕。还没容他们多想，只听屋里"啊"的一声，紧接着又听见咚的一声，一条黑影从后面的窗户跳出来跑了，向大年出于公安人员的敏锐，一个健步追上去，但对地形不熟，被脚下的沟坎绊了一下，摔倒了。薛得寿和龚羡林将他扶起，那黑影早已跑得无影无踪。

他们急忙推开何桂兰家的街门，进院查看。谁知刚进去两步，就大吃一惊。只见迎着街门，扑倒着一个人，用手电一照，正是何桂兰，身上满是血迹。再往后一看，窗下蹲着一个人，也好像哪里受了伤，人已经昏迷过去，仔细辨认，竟是队上有名的坏分子何望林。

这是怎么回事？这使在队里当干部多年的薛得寿也糊涂了。但情况容不得他们多想，得赶快救人！他们一边点亮灯，把伤者抬进屋里，一边让大队赤脚医生赶快过来救人，把伤者送公社卫生院。

何桂兰和何望林受的都是刀伤。何桂兰腹部挨了一刀，何望林是右胸挨了一刀。但两个人都没有死，何桂兰意识还比较清楚。据她说，晚上吃过饭，洗完锅，她正在后院喂猪，突然从墙上跳进来一个蒙面大汉，他手里握一把明晃晃的尖刀，进来就直奔她而来。她手里正端着喂猪的泔水盆子。情急之下，就将盆里的泔水朝蒙面人泼过去，趁着他一愣神的瞬间，就往屋里跑。谁知道刚进屋还没有把门关上，那大汉就一脚赶到，"噗"地吹灭了灯，朝她肚子上就是一刀，她打了一个趔趄，就栽倒在地。

"那么，何望林是怎么回事？"董局长问。

"那蒙面大汉把我一刀捅倒，正要捅第二下的时候，突然有人从后面把他拦腰抱住了。他拿刀乱捅那人，那人死死抱住他不放。这时候他可能听到门外有人来了，不敢再拖了，就甩开抱他的人，从后窗跳出去跑了。"何桂兰说。

"你知道是谁要害你吗？"

"不知道。"

"你知道前来救你的是谁吗？"

"不知道。"

"他为什么救你？"

"不知道。"

"他为什么恰恰这个时候赶到现场？"

"不知道。"

"好吧，你好好休息，想起什么再给我们说！"董局长问完何桂兰，来到隔壁病房，再看何望林。

何望林这时候也醒了过来。他一醒来就急着问何桂兰怎么样了，当得知何桂兰并无大碍时，脸上露出欣喜之色。

董局长问他："你为什么要救何桂兰？"

何望林："她是个好人，也是个可怜人。"

董局长："你怎么知道有人要害她？"

何望林："我一直都在暗中保护她！这几天，你们在查梧桐泉的案子，我发现有人很紧张，我害怕她被人家杀人灭口！"

"你说的人家是指的谁？"

"王茂发和他的同伙！"

"王茂发已经死了呀？"

"他还有撑头的！"

"他是谁？"

"我心里知道，但我没有根据说出来！"

"好！你啥时候有了根据，你就告诉我们！"

董局长问完两个当事人，对薛得寿说："找几个可靠人，把他们看好，除了医生，不准任何人接近，要绝对保证他们的安全！这事就由你负责！"说完，通知开会，分析案情。他让专案组人员全部参加。

在会上，他首先让向大年介绍了何桂兰、何望林被刺的情况以及两个人的供词。提出几个问题让大家分析讨论：第一，何桂兰为什么遇刺？是仇杀、情杀还是杀人灭口？第二，蒙面人是谁？是外来的还是当地的？他为什么要杀何桂兰？第三，何望林为什么在现场？他为啥也受了伤？他和何桂兰是什么关系？他和蒙面人又是什么关系？

薛得寿鼓励龚羡林发言，龚羡林见董局长也向他投来期许的目光，于是就大胆地说出了他对案件的分析。

他说，何桂兰被刺事件，是梧桐泉案件侦破过程中出现的一个重要插曲，是犯罪者恐慌的表现，从我们去南山牧场寻访的寺庙大管家石觉慧和以前何桂兰提供的证词来看，王茂发是梧桐泉事件中打砸抢烧的主要成员，他还是强奸尼姑明玉的主要犯罪人。王茂发为了自吹自擂显摆自己，他把自己那天晚上的恶行，全部给何桂兰说了。当然，在自我显摆的过程中，他也有意无意地说出了和他一同作案的所谓他的弟兄们。何桂兰就王茂发的罪行，早就向薛得寿主任做了揭发交代。这就引起了一些人的恐慌，他们在我们案件侦破快要图穷匕见的时候，进行最后的反扑和挣扎。他们想到的最重要的事情，就是让何桂兰闭嘴。所以，他们筹划了这一刺杀。

至于坏分子何望林为什么会在现场，我认为这是更有深意的一件事情。从现场情况看，何桂兰和何望林都是被蒙面人用刀捅伤的，这说明何望林是尾随蒙面人而来帮助何桂兰的，也说明何望林对蒙面人的行为早有觉察，他在暗中时时保护着何桂兰，也在暗中监督着蒙面人，至于他的思想动机由何而起，他是怎么想起保护何桂兰、怎么想起监督蒙面人的，这要等他完全康复以后，由他自己来说。

龚羡林刚说完，王肃年接上说：我认为这件事情，我们应该用阶级斗争的观点来看待。坏分子何望林出现在现场，是这起案子的关键。这说明阶级敌人"人还在心不死"！早就听说何望林和何桂兰有些不干不净，他们的事情王茂发也知道。后来王茂发死了，虽然公安局鉴定是溺水而亡，但我一直怀疑是被他杀，这个杀害王茂发的人就是坏分子何望林！何望林本来想把王茂发杀害以后和何桂兰结婚，但何桂兰和他胡搞可以，并不愿意和他结婚。她不想背上五类分子的名声。何望林纠缠好长时间看不能得逞，又害怕何桂兰把他杀害王茂发的事情检举出来，所以，对何桂兰动了杀心。

一个专案组成员问:"那蒙面人是干什么的?"

王肃年满脸通红,嘴里结结巴巴半天才说:"我认为蒙面人才是帮何桂兰的,或刚巧来她家偷东西的。对!是来偷东西的!"

王肃年的这一番分析,又提出了两个新的观点:第一,王茂发当初不是溺水死亡,而是被人所害,而这个害人者不是别人,是村里有名的坏分子何望林;第二,何望林和何桂兰早就有不正当男女关系,是他为情所困杀害了王茂发,又是他害怕恶行暴露,企图杀何桂兰灭口。这种分析,虽听着牵强附会,但不是没有道理。更何况,现在正处于"一打三反"运动中,又是深挖一小撮阶级敌人的关键时刻,人们不得不提高警惕。

董局长见王肃年打出阶级斗争的旗号,企图把案件侦破引入歧途,于是做总结说:"一切还需要进一步调查。肃年同志说得很对,我们一定要以阶级斗争为纲,统揽全局。要用阶级斗争的立场、观点和方法,去分析任何一件事情。只有这样,才能得出正确的结论。"

会散以后,他让县公安局来人,把何桂兰和何望林转县医院治疗,并且安排人力,严加看管,以免发生意外。

二十七

郑世荣自帮助娜仁发出那封信以后,一直处于彷徨期待的状态中。他明知那种信会石沉大海,弄得不好还会惹来新的麻烦,但他还是希望能够多少听到一点回声。他还不知道自己是放心不下那封信,还是放心不下那写信的人。

这是一个星期天,武装部让他们放假休息。他鼓捣蔺参谋和小寇,到北山后面的荧石滩上去打黄羊。武装部的枪支是不能随便动的,他们从县体委借来一支小口径步枪,开上吉普车就出发了。

其实在老郑心里,打黄羊是一个能够说出口,又让蔺参谋和小寇比较感兴趣的借口,他的真实用意是,再到娜仁格尔勒放牧的那片草原走走,看能不能再见到她,看她现在过得怎么样。想告诉她，他把那封信早就发出去了，发的是挂号，看她收到什么回信没有。心里有了想法，他就故意让小寇把车沿着上一次考察的路线走。

他们很快就到了娜仁原来放牧的地方。可不知为什么，看不到娜仁那像莲花一样的帐篷，也看不到他们曾经住过的那家牧民的家。是转场了，还是发生了什么事情？按照牧人的习惯，现在还不是转场的季节。就是松散放牧，不是走得很远晚上折不回来，蒙古包是不会轻易挪动的，家是不能说搬就搬的。那蒙古包到哪里去了呢？他心头掠过一丝不祥的预感。啊！娜仁是不是出事了？如果出事，肯定与那封信有关。

他不便向蔺参谋和小寇再问什么，他害怕引起他们的怀疑。他的目光一直在旷野上搜索，直到天的尽头，直到眸子里空白一片，直到耳朵里听不到任何声响。忽然，"叭"的一声，一只黄羊在他们车头前翻了一个跟斗，栽倒在地上，他才如梦初醒，意识到蔺参谋朝它开了一枪。当蔺参谋和小寇欢笑着冲下去捡取胜利果实时，他不但对这种杀戮没有了任何兴趣，而且替那只漂亮的黄羊痛苦不堪。他觉得它就好像是娜仁格尔勒，刚才还在蓝天白云下纵情歌唱，纵情奔跑，转眼之间就倒在了罪恶的枪口之下，变成了强权者桌上的美味佳肴。蔺参谋和小寇跑到跌倒的黄羊跟前喊他："老郑快来，还是一只年轻的母羊哩！"他答应着也紧步走到跟前。黄羊还没有死，正在血泊中顽强地挣扎着，两只眼睛泪汪汪地望着他，他不敢面对，赶快背过身去。

晚上回来，他心情特别不好。连小寇喊他去吃羊肉，他都几乎无心过去。他借口说胃不好，随便吃了几口就准备回房休息。正在这时，门口哨兵传话说有人找他。他到门上一看，是杨在明。杨在明见了他，脸笑得像一朵菊花似的，从怀里掏出一个东西，递到他的手里。他问啥事，杨在明说："小慧要结婚了，让我来给你送请帖，请你参加她的婚礼。"他心头一震，忙问："和谁？"杨在明说："一个新疆娃娃。"他又问："啥时候？""明天上午。"他展开请帖一看，只见大红请帖上烫着金色的"喜"字，上面工工整整写着："兹定于某年某月某日上午十时，在礼和大队队部为张敏学、刘小慧举行结婚典礼，恭请郑世荣同志光临。"郑世荣看完，尽管内心五味杂陈，但还是强装欢笑问杨在明："她不是到新疆去了吗？"杨在明说："回来了，在新疆男方家里先办了一场，现在回来待娘家客，杨队长给张罗着哩！"

郑世荣又问："张敏学是谁？"杨在明说："就是我说的那个新疆娃，咱们队上张金花的侄儿子！"郑世荣说："好、好好、好好好，明天我一定去！"

　　刘小慧是由他哥刘小强介绍认识张敏学的。张敏学高中毕业，在一所戴帽子中学当老师，专教语文。接触了一段，她感到这个人心地善良，为人诚恳，做事踏实，勤奋好学。特别让小慧感到满意的是，他们都爱好文学艺术，有着共同的兴趣和追求，这是可遇而不可求的。还有一点巧合的是，张敏学也是黑城人，他竟是礼和张金虎的儿子，张金花是他姑姑。当年送方英逃走以后，张金虎也愤而离家出走。他这一走就再也没有回来，开始到处做工混一口饭吃，一边做工一边看病，后来到一家造纸厂干活，那造纸厂里有一位师傅，看他聪明好学，踏实肯干，就认他做义子，并把自己的独生女儿许配给了他。结婚第二年，就有了儿子张敏学，一家人特别高兴。刘小强是经黑城老乡介绍先认识张金虎的。见面一谈，都是黑城南滩人，还都多少带着一些亲戚关系，所以特别亲切。刘小强和张敏学就好像天生的兄弟两个。尽管因为停课闹革命，都没有大学可上，但爱好学习不断进取的志趣相投，张金虎看小强虽出身地主剥削阶级家庭，但本性善良，待人热情大方，就为他在自己的厂里物色介绍了一个对象，反过来刘小强见张敏学聪明机灵，就想把自己的妹妹介绍给他。谁知把刘小慧带来见了面，不用别人多说什么，两个人一见钟情，且有相见恨晚的感觉。对于两个孩子的交往，张金虎开始是有顾虑的，但他知道，婚姻这种事，靠的是缘分。强扭的瓜不甜，同样，拆散一对有情人可能就会留下终生遗憾。当年，嫂子和姐姐硬把方英娶进家来，既伤害了他自己，又拆散了方英和段怡飞的美满结合，结果种下祸根。再说，信和刘家的事，他们知道。老地主早就死了，刘满仓前些年也被整着上了吊了，子女有啥罪过？这么想着，他就同意了，并抓紧时间给他们在新疆先办了，然后再回老家招待四方亲朋。

　　郑世荣一大早就向高副部长请了假，去礼和参加刘小慧的婚礼。一路上，尽管晨风送爽，阳光明媚，但他的心头是灰暗复杂的。昨天接到刘小慧的请帖，他脑子里一片空白，他感到空前的失落，就好像莫名其妙丢掉了一件宝贵的东西。这东西在手里时，他不觉得它有多珍贵，可一旦丢了，而且永远再不可能捡回，就觉得可惜了，后悔了。可又转念一想，后悔啥哩，这一切不都是你自己一手造成的吗？不是你不喜欢人家吗？不是你嫌人家出身不好吗？不是你前怕狼后怕虎吗？你不要难道还不许人家另找吗？快到礼和的时候，他的心态才逐渐平稳了下来。

礼和和信和仅一路之隔，郑世荣以前去过，公路的西面是信和，东面是礼和。张金虎的家就在礼和的四队。张敏学和刘小慧的婚礼放在公爹张金虎的老家举办，这是天经地义的。张金虎离家多年，他得给祖先们一个交代。刘小强和刘小慧也不愿回到信和他们那个家，他们害怕想起小慧受王茂发欺辱那个夜晚，也害怕想起老爹刘满仓惨死的那些日子。但小慧提出，娘家应该请的人都要请。除她所在十队以杨队长夫妇为首的全体社员外，大队要请薛得寿、张士维、杨在明；九队要请郁大伯、郁大妈、彩虹、杨月红阿姨、英子；还要请大学生龚羡林、郑世荣、贺丹峰，知识青年陆永刚以及春节文艺演出乐队的一些人，张金虎非常高兴地答应了。

这是张家二十多年来的第一次大团聚，哥哥嫂子已经老了，见弟弟、弟媳带着儿子回老家来完婚，张家终于有后了，张家的宅子里终于有了人气，激动得哭了。姐姐姐夫也是人到中年，满脸沧桑，一副苦相。嫂子搂着侄子张敏学的肩膀，字字血声声泪地哭着说："娃啊！张家有了你就有了根了，从此我再不怕死了，也就能闭上眼睛了！"她又拉着张金虎媳妇的手说："妹子呀，你真是我们张家的大恩人，金虎有了你，是他烧了高香了！你不要嫌弃嫂子家穷，有空了把娃娃们领上来多住些日子，嫂子给你扯拉条子蒸面筋。"张金花在一旁也说："妹子呀，抽时间到我那面住上些日子，你的媳妇的娘家就在我们那面。"张金虎的哥哥蹲在一旁，一边不停地抹眼泪，一边"唉、唉"地附和着。张金虎难过得直流眼泪，对哥哥嫂子、姐姐姐夫说："我们一定会经常来的，你们都要保重！老了，干不动了，就不要再下地了，需要吃啥药，给我说，我给你们买！"

信和十队的杨队长和礼和四队的夏队长是老弟兄了。挖沟上坝、割湖清淤，多种农活都是在一起干的。两个人在一起酒没有少喝、谎没有少扯，见了面自然是亲热得了不得！杨队长一见夏队长就说："老夏啊，你这个杵迷鬼，我们小慧这么好的丫头，硬是叫你们的娃子给哄上走了！"夏队长"哈哈哈"大笑："天上下雨地上流，娃子大了就得找媳妇，丫头大了就得说婆家，这是没有办法的事，你能拦得住吗？"说得大家都笑了。

郑世荣去时，参加婚礼的人已经到得差不多了。他先和薛得寿、张士维他们见面打了招呼，然后由杨在明领着去见过了张家的人。正当他办完行亲敬礼手续准备落座的时候，刘小慧款款从新房里走了出来。小慧今天打扮得特别漂亮：高挑细长的身材，一袭大红滚金拖地长裙，一双乌黑发亮中跟皮鞋，长发在头顶做个造型，然后像瀑布一样披散下去，一对银色耳环，一串乳白项链，显得端庄高雅，雍容华贵。这副打扮，在以阶级斗争为纲、贫穷落后的农村，虽看着有点显眼，但在小慧的亲朋好友看来，这是应该的，这才显露刘小慧真正的美丽和原本的风采。结婚对一个女人来说，是这一辈子最重要的事情。小慧这块璞玉，深埋在农村本身就比较憋屈，再加上从小受家庭成分的影响，没有过上一天高兴舒心的日子，今天是丫头一生中最高兴的日子，就应该打扮得漂亮一些。再说，人家是新疆人的媳妇，打扮成啥样是人家的事情，与我们黑城何干！郑世荣看着她，心房有些震颤，准备了一大堆祝福的话，不知从何说起。小慧也略显悲凉，她对他凄然一笑说："你来了？我真的是太高兴了！"说着，眼泪就要流了下来。郑世荣把自己心爱的二胡捧在手里对小慧说："我想把我这把二胡送给你，留作一个纪念。以后你也学着拉拉二胡吧！"小慧激动不已，接过二胡，折身跑回新房，又捧出她心爱的小提琴，对老郑说："我也早就想把这把小提琴送给你，让你以后拉起琴就想到我们的合作。"杨在明在一旁喊叫："干脆你们两个再合奏一曲，让我们大家再听听！"小慧说行，重又把二胡给了老郑，自己仍接过小提琴。她回头喊张敏学过来，说："你把你的笛子拿来加上，咱们三个人就来一曲《九九艳阳天》！"张敏学赶快回房取来了笛子。

在大家的欢呼声中，一曲由二胡、小提琴和笛子合奏的《九九艳阳天》在婚礼现场响起，一些会唱的人也跟着乐器唱了起来：

> 九九那个艳阳天来哎哟，
> 十八岁的哥哥坐在小河边，
> 东风呀吹得水车嘟噜噜转，
> 蚕豆花儿红呀麦苗儿鲜……

尽管是在农村，现场在座的大都是朴实憨厚的庄稼人，但歌曲所营造出的对纯贞爱情的向往和甜蜜，仍然像磁铁一样，深深地吸引着每一颗年轻的心！现场气氛显得热烈而温馨。

婚礼正式开始。郑世荣注意到，今天刘小慧的伴娘是郁彩虹，伴郎竟然是龚羡林。张敏学从小在新疆长大，在黑城既没有同学也没有朋友，据说这两个人都是刘小慧请的。婚礼的主持人是礼和大队的郭书记，证婚人分别是礼和的夏队长和信和的杨队长。这时候，彩虹陪着小慧进屋去了，龚羡林站在婚房门前，他身边围了几个省城下来的知识青年，其中就有罗成农他们的那一对双胞胎亲戚常念念和常思思。郑世荣还注意到，王肃年没有来，贺丹峰和英子也没有来。他问薛得寿，薛笑而不答。张士维替他说："王书记可能是忙吧，这个老贺，可能是路线教育紧不让来吧！"杨在明在一旁悄悄告诉他："王书记人家张家和刘家都没有请，老贺才是工作忙，县上工作组不让来！"

婚礼仪程完毕，宴席开始。在大家端起酒杯开始大呼小叫喝酒的时候，陆永刚忽然站起来说："今天是个大喜的日子，为了给一对新人祝福助兴，我提议让他们表演一个节目，唱个歌吧！"大家发出"噢"的一声吼叫，紧接着是热烈的掌声。小慧和张敏学高兴地放下酒杯，往台中一站，唱起了"阿哥和阿妹心意长"，表达了他们之间坚贞的爱情和对即将开始的新生活的美好向往。

新郎新娘刚唱完，陆永刚和杨在明又喊："让伴郎伴娘唱一个！"

龚羡林和彩虹硬被人们从桌子前簇拥到台中，唱什么呢？没有准备，他们两个简单商量了一下，立刻镇定下来。龚羡林先代表两个人对小慧小张的结合表示衷心的祝贺，祝愿他们"在天愿做比翼鸟，在地愿为连理枝，比翼齐飞天高远，并蒂花开万年春！"然后演唱了男女声二重唱《敖包相会》。歌声把大家带入那辽阔草原明媚的夜晚，月光下流动着乡亲们对他们美好未来的祝福和期待。

唱完歌，龚羡林没有下来，他接着提议说："这些年，从省城下来许多知识青年，他们为农村这个广阔天地带来一股新风。现在，让我们热烈欢迎知识青年常念念、常思思姐妹俩为我们献歌！"台下又是一片鼓掌和欢叫。常思思矫情地在龚羡林背上拍了一巴掌，姐妹俩就走上台去。她们从人群中叫了一个男知青，让他用口琴给她们伴奏。那男孩从兜里掏出一把口琴，"呜呜"吹了两下，常思思说《莫斯科郊外的晚上》。立刻，那优美动听的旋律和美妙的歌声，在这广袤的天地和质朴的人群中响起：

深夜花园里，

四处静悄悄。

只有风儿在轻轻唱。

夜色多么好，

心儿多爽朗，

多么迷人的晚上。

……

我的心上人，

坐在我身旁。

……

　　郑世荣开始听着，为这动人的歌声所陶醉，忽然，不知哪个音符撞到了他敏感的神经，他感到一阵心疼。原来他又想起了娜仁格尔勒。娜仁就是因为从收音机里面听到这首苏联歌曲，而被诬陷为"收听敌台"的"苏修特务"，这是多么荒唐可笑的事情！如今，这首歌曲被知识青年们广泛传唱，怎么就没人感到受到毒害了呢？

　　他正这么想着，小慧两口子来敬酒。信和的一些人都在怪怪地看着他。他赶快从座位上站起，接过酒杯，说了句祝福的话，就一饮而尽。小慧又倒了两个满杯，说："来，郑大学，让我们两个碰一杯！我真诚地祝愿你在不久的将来，能够找到自己心爱的姑娘！为我们的友谊干杯！"说完，和他很响地碰了一下，一饮而尽，就转身去了别的桌子。望着她的背影，郑世荣知道，他此生与刘小慧这个温柔善良的姑娘失之交臂！错失刘小慧，完全是自己的责任，是自己患得患失优柔寡断所造成的。小慧有了自己的归宿，从此再不能和她谈笑风生，切磋琴艺，他感到心灵的大半好像崩塌了。但他又想：你不是不敢娶她吗？你不是还想念着娜仁格尔勒吗？这有什么好后悔的！人家那么好的姑娘，你以为你不娶就没人要了？这不，人家不是仍然风风光光地把自己嫁了？还找了一个英俊挺拔的好小伙子！心里虽这么后悔着，惋惜着，但他绝不承认自己以前的择偶标准错了，他仍然坚持：没有正式工作的不能找，家庭出身不好的不能找。

　　从礼和回来的路上，薛得寿笑着问郑世荣："老郑，小慧今天结婚了，老龚和彩虹、老贺和英子，听说也快办喜事了，你的事咋弄下了？"

郑世荣勉强笑笑说："谢大队长关心，正在找着哩，还没有找下。"

张士维关切地说："你们来了这么长时间了，早成了我们信和的人了。大家对你们几个的个人问题，还是挺关心的。一些老年人把你们当儿女看待，像我们这一辈的人，都把你们当兄弟姐妹看。那一次崔副政委给你们开会，批评你们，那是他们个别人的意见。薛主任以前跟我说过多次，说小慧不错，就是成分高了点，你们应该是很好的一对。春节演节目，你们都配合得那么好，怎么谈着谈着，就成了别人的媳妇了呢？"

郑世荣哈哈大笑："谈着谈着？你啥时候见我们谈了？小慧是不错，我也不是看不上人家的人，我主要是害怕我的成分高，她的成分再高，将来怎么办？"

薛得寿默默点了点头："是个问题。"

张士维说："那你也得抓紧啊，我们等着喝你的喜酒哩！"

郑世荣说："好好好，我抓紧，我抓紧！"说完又忽然想起什么，接着说，"薛主任，张文书，我过两天可能要回一趟家，提前给你们说一声，到时候就不来专门请假了！"

张士维说："这个你向人家武装部请，我们知道就是了。"

二十八

湖湾公社天鹅湖大队的路线教育和一打三反运动，基本告一段落，现在就剩组织处理和组织发展了。

这个大队现有党员七十多名。大都是土改和社教运动中发展的。土改时期的老党员，素质相对比较好，一般还能起模范带头作用，在群众中有一定的威信。但社教中发展的这一批人，用社教工作组的话说，大多是勇敢分子，而不是先进分子。所谓勇敢分子，就是在社教中，敢于冲锋陷阵，勇敢揭发干部的问题。这些人当时当勇敢分子，是有私心杂念和个人目的的，而在入党以后，表现得就不那么好。在群众评议中，大家提了不少意见，有的意见还相当尖锐。

根据这种情况，工作组和大队党支部研究决定，让大多数党员经受党内和群众批评，重温入党誓词，重学党规党纪，在提高认识的基础上，准予重新登记。一些长期把自己混同于普通老百姓，不发挥党员作用的人，劝其退党，让他们做一个好社员。少数问题比较多、群众意见比较大的，根据其问题的大小和认错态度，分别给予缓登和其他党纪处分。在组织处理的同时，汇总各队意见，提出了五六个表现好、有培养前途的优秀青年，准备报公社党委批准，补充进党的队伍中来。

关于干部和群众中暴露出的问题，根据问题的性质和大小，有的在生产队社员会上批评教育，有的在大队范围进行批斗，个别触犯法律的，报请公安机关逮捕法办。贺丹峰所在那个组侦办的生产队长强奸妇女案和盗墓贼偷盗破坏文物案，就属于要法办的两个案例。

在整党工作全部结束以后，工作组和大队以两家的名义召开了全大队社员大会。县公安局的人也来了。四队那个队长和五队那个盗墓贼被押了上来。同时被押上来的还有二队和七队的两个队长、三队和八队的两个捣蛋社员。那两个队长，一个是强奸妇女，一个是贪污盗窃队里粮食。那两个社员是恃强凌弱，不服管教，好逸恶劳，赌博成性。会议组织者为每位被批斗者准备了一张小学生的课桌，让他们高高地站在上面，把他们的面目非常真切非常清楚地暴露在光天化日之下。

工作队成员全部参加大会。贺丹峰和肖淑娴很自然地站在一起。老杨因是公安局的人，也很自然地和他们局里派来抓人的三个同志凑到一起。

能够看得出来，站在桌子上的这几位，平时在自己的一亩三分地里是横行霸道，吆五喝六，但今天面对这么多人的大阵势，一个个都厌了。他们低垂着头，红涨着脸，热汗从脖子直往胸膛里流，腿肚子像抽筋似的瑟瑟发抖，往日的嚣张气焰早已飞向九霄云外。

坐在他们对面的群众，因大多没有经过这种场面，也是凝神屏气，胆战心惊。他们的心情是矛盾的，他们恨透了这帮家伙，恨不得上去好好揍他们几拳，踢他们几脚。一些女的还恨不得咬他们几口呢！可另一方面，他们又是打断骨头连着筋的乡里乡亲，是低头不见抬头见的左邻右舍。万一叫公家的人把他们拉去杀了剐了，心里还真说不出是啥味道。不过，他们总的还是相信政府的，希望政府好好惩治惩治这帮坏蛋。

大会由大队党支部书记展才主持。王主任简单总结了整党、路线教育和一打三反运动所取得的成绩；张院长宣读了县委、县革委《关于深入开展一打三反运动的决定》，讲解了坚决打击流氓犯罪和侵害社会主义集体经济的政策要求；县公安局任科长宣读了关于对四队队长和五队盗墓贼的逮捕令。立时，老杨和公安局另外两个同志提着绳子走了上去。老杨和任科长专捆四队队长，那两个同志捆盗墓贼。老杨看来是经常捆人的人。只见他上去，一把把四队队长的胳膊拧到身后，往脖子上搭根绳子，一边熟练地捆着一边骂道："我把你个坏屄，啥人你都敢欺侮，上至四五十岁能给你当妈的人，下至十五六岁才要做人的小丫头！你个王八蛋，今天我让你弄！"说着绳子往起一提，那队长"啊呀"惨叫一声，立马缩成一只虾米，脸色瞬间变得惨白。群众中响起响亮的口号声："严惩流氓罪犯！""反对贪污盗窃投机倒把！"

群众大会开完了，天鹅湖的路线教育试点工作也就结束了。王主任把大家召集在一起进行总结，吃最后一顿饭。正好展书记他们早有准备，杀了一只羊，从湖边打了一只大雁，让人去湖里摸了几条鱼，从九队的酒坊提了几大桶酒，早早地做好了这一顿饭。

在吃饭中间，贺丹峰把他在天正古城拍的照片拿给肖淑娴看。

肖淑娴问："你又去了？"

"去了。"贺丹峰说，"专为拍这些照片去的。"

肖淑娴又问："你哪来的相机？"

贺丹峰说："五队一户社员家有，胶卷是我托人从城里买的，拍好后也是托人带到城里照相馆冲洗的。"

"还有没有剩余的胶片？"

"有。"

"那明天上午你给我在天鹅湖边拍几张，以作纪念！"

"可以！"

在第二天拍照留念的时候，肖淑娴淡淡地告诉贺丹峰，她要调走了！

贺丹峰吃惊地问："咋没听你说起？"

肖淑娴说:"农大那面老陈早就联系好了,就是黑城这面不放。这一次我给王主任说了,我说了我的困难。王主任说他跟政治部陈部长是老弟兄,他给我说。结果一说就成了,回去就可以办手续了。"

贺丹峰听了半天都没有吭声。肖淑娴观察,他似有痛苦的表情,心里不免掠过一丝悲凉。过了好一阵才无话找话地问:"你们究竟啥时候办?"

贺丹峰有点气闷地说:"本来说好这次回去就办,可不知为啥,上次从天鹅湖回去走了新疆,这都快两个月了还没有回来!"

肖淑娴敏感地说:"该不是吃了我的醋了吧?"

"不会不会!"贺丹峰连连否认。

肖淑娴沉默一阵又接着问:"你写的关于文物的文章写好了没有?"

贺丹峰说:"写好了。很乱,我想等抄好了再给你看!"

肖淑娴说:"看得出来,你们几个都是很有才华的人。你对历史学的研究,老龚的文学功底,老郑的专业技术水平,都是相当不错的。你们这几个人,为人也不错。这将来走了,还怪想你们的!"

贺丹峰笑着说:"那就不要走了么!"

肖淑娴瞪他一眼:"不要走?不要走我就这么半死不活地吊着?我得过日子呀,我的老同学!"说完甩袖先走了。没走多远又回头叮嘱,"照片洗好了可要记着给我!"

贺丹峰回到信和以后,杨月红催他,让他赶快去新疆找英子。说:"那丫头偏,可能你们吵架了还是怎的,她这明显是赌着气走的,你不去哄去劝,她是不会回来的。"

贺丹峰说:"没有吵架呀,她走的时候高高兴兴的,我和张院长老杨都去送了,我还把她一直送过了湖湾,她高高兴兴的呀!"

杨月红说:"你准备一下赶快去吧!我养的丫头我知道,人不大,脾气不小!"

贺丹峰说:"行。我手头有个稿子,我要加班赶几天,写好就去。"

贺丹峰所写的论文题目是《从天正古城的破坏看文物保护》。他准备采用文字加图片的方法说明几个问题:一是天正古城在黑城文物丛林中的重要地位;二是天正古城被人为破坏和自然损坏的严重后果;三是文物被破坏的主客观原因;四是必须提高各级领导对文物保护的认识和重视，树立文物观，对得起先人，也对得起子孙；五是关于文物保护的几点建议。初稿已经成形，只不过是在路线教育的空隙抽时间写的，比较零乱，还需要进行认真的修改和加工。这几天，他要趁这个空当，关起门来认真做这件事情。

在他奋斗了三天三夜，终于把稿子改好抄清的那天晚上，家里来了个人，这个人不是别人，正是大队里经常被批斗的五类分子中的右派分子吴茂功！

吴茂功来敲门，鬼鬼祟祟，小小心心。杨月红去开门。见是他，吃了一惊，心想这可是稀客。忙说："吴老师，快请进！"待吴茂功进门坐定，她捧上一杯热茶，又问："吴老师这么迟过来，有啥事吗？"吴茂功迟迟疑疑地说："也没事，也没事，我就是过来转转。"

原来这吴茂功是杨月红高中时的老师，曾教过他们历史。后来被打成右派，从明水河劳改农场放回来的时候，皮包骨头，气息奄奄。杨月红见自己的老师成了这样，心里非常难过，就和父亲万青林商量，偷偷地接济过他。吴茂功对杨月红父女一直心存感激，但考虑到自己的身份，从来没有到这个学生的家里来过。今天怎么就突然来了呢？他肯定有重要的事情！

杨月红又问他："吴老师，你这么晚到我家来，肯定有事。有啥事，你就直说，没有啥为难的！"

吴茂功见杨月红这样说，这才打消了顾虑。他问她："你们家那个大学生回来了吗？"

杨月红说："回来了，正在后面的小阁房里写什么稿子呢！"

"噢，我就是为这个来的。"吴茂功说，"听说他写了一篇文章，是呼吁保护文物的，和我当年的那份意见书观点一致。我是来劝劝，如果真是那样，那就千万别拿出去。既不要公开发表，更不要给黑城县呈送。我当年的遭遇你们是清楚的，咱们再不能看着这些年轻人往火坑里跳！他们还年轻，不知道运动的凶险！"

杨月红说："吴老师，谢谢你关心！我把他叫出来，你给他当面说！"

吴茂功说："我也正是这个意思。"

贺丹峰被叫出来了。

他和吴茂功见过面，但没有说过话。因吴是右派，他和这种人本能地保持着一种距离，也保持着一种警惕。见他来找，感到有些诧异。

待吴茂功表明找他的因由，并表达了想和他谈谈的意愿后，他问："你怎么知道我写了文章？"

吴茂功说，他有一个学生，现在县文化馆工作，家是天鹅湖大队五队的，是他告诉我的。

"是胡建荣吧？"贺丹峰问。

"对对对，就是他。"吴茂功高兴地说。

贺丹峰接着说："对，我给他说起过我的想法，把文章的主要观点都给他说了，还向他借过照相机。我是在他家吃派饭的时候认识的，他刚好回家来。"说罢又问吴茂功，"吴老师找我是……"

吴茂功也不回避了，直截了当地说："噢，是这样，我和英子家是老关系了，杨月红也是我的学生，青林老人和月红救过我的命。我听你写了这文章，说实话，我内心是非常激动非常高兴的。时隔十多年，我当年的研究当年的建议居然在今天有了知音，我非常欣赏非常佩服你！但出于一个过来人的经验，也是为你的前途担忧，我今天特意来找你谈谈，你文章中的这些观点我都赞成，但是你不要把它拿出去，既不要公开发表，也不要给什么单位呈送，接受我的教训。我当年不也是一片好心，想把祖先留下来的一些好东西保存下来，谁承想……"吴茂功说到这里，自我解嘲地一笑，"我就这个意思。"

贺丹峰认真听着，听完了由衷地感激说："谢谢你，吴老师！我会注意的。原来就是想给县上呈送的，你这么一说，我再考虑考虑。"

吴茂功已经站起准备要走，听贺丹峰这么一说，连连摆手："不能送！不能送！在那些人心里，文物算个啥，根本想都没有想。再说，你给他说，他也不懂。你挑人家工作的毛病，找人家的不痛快，人家能有好果子给你吃吗？"说完笑笑就走了。

送走吴茂功，杨月红也劝贺丹峰："吴老师的话不能不听啊，他当年可叫人家给整惨了！"

贺丹峰哈哈一笑说："一朝被蛇咬，十年怕井绳！不过，他的傲骨还在！一个知识分子，不能没有傲骨啊！"

杨月红隐约感觉到，贺丹峰不会听吴老师的劝。心想：不听就不听吧，你是大学生，好歹你是知道的，自己说多了反倒不好。于是，再不提文章的事，改口说他和英子的事。

她问贺丹峰："英子走了这么长时间，也不见回来，你们的婚事咋办呢？"

贺丹峰说："我忙完手头的一些事情就去新疆找她。她最近没有信来吗？"

杨月红说："没有。"

贺丹峰嘟囔着嘴说："也真够倔的！"

杨月红试探地说："要不你明天就去吧！"看来丫头不来，她内心比较着急。贺丹峰这样说，她更感觉到一丝危机。

贺丹峰说："明天不行！我路线教育的工作还没有完，王主任和张院长可能要找我。"

这是贺丹峰编的谎话。事实上，是肖淑娴要走，已经办好了手续，她约贺丹峰、龚羡林和郑世荣，明天在县上的小酒馆聚聚。贺丹峰肯定不能爽约。他之所以没有给杨月红说实话，是怕杨月红把这个信息说给英子。他已经明确地感觉到，英子还是吃了肖淑娴的醋而出走新疆的。他从现在开始，不能叫她知道半点他和肖淑娴来往的事情。

肖淑娴的调动办得很顺利。她没有像上海大学生老梁采取那些极端措施。这说明在以阶级斗争为纲的社会里，人情普遍存在，一切事在人为。人找不对，或干脆不认识人，舌头说烂也是白搭。人找对了，或人熟悉了，就是一句话的事情，就不费吹灰之力。不过能碰上王主任这么老资格、这么有职有权的老领导帮忙说话，也真是肖淑娴的福分！

和贺丹峰一样，老龚老郑都对肖淑娴的成功调离，感到莫大的高兴和羡慕。他们向她热烈祝贺，并要她提供成功的秘诀。

肖淑娴笑着说："啊呀，我哪来什么秘诀！我不过就是把我的困难说了说，王主任见我可怜，答应给我帮忙。没想到，他就那么一说，这事就成了。"她说着，给三位同学敬酒。

这是自抽调参加县上中心工作以来，四位同学的第一次聚首，又恰逢肖淑娴的喜事。

老郑第一个向她表示祝贺。他说："我是以农大老同学和广阔天地新同学的双重身份，向你表示祝贺，也向陈老师表示祝贺，所以这个酒你要喝双杯！"

肖淑娴爽快地说："双杯就双杯，谢谢你这两年来对我的关心和帮助！"说完，两个人都一饮而尽。

龚羡林第二个祝贺。在敬酒之前，他从挎包里掏出一本书。是省出版社公开出版发行的一本诗集，书名叫《青春似火》。他先给肖淑娴一本，又给贺丹峰、郑世荣各一本。他说："这是省出版社寄来的一本书，里面有我的一组诗。我把它送给老肖，算作是临别的礼物，也请你们二位指正！来，老肖，敬你一杯酒！但愿人长久，千里共婵娟！"

肖淑娴拿着龚羡林的书，惊喜地叫道："哎呀老龚，真有你的！"接着翻书，问，"在哪里？在哪里？"

龚羡林说："第七十八页。"

肖淑娴翻到第七十八页，念道："我的大学，龚羡林。风吹麦苗青，渠水绕山洼，铁臂迎朝阳，银锄送晚霞……"

龚羡林说："先不看了，先喝酒！你和老郑喝了个双杯，你和我喝几杯？你这一走，把我们撂在这干滩上，你可忍心？"

肖淑娴矫情地打龚羡林一把："老龚啊，你别得了便宜又卖乖，你们现在有人关心有人疼，我总得找个出路吧！来来来，我们也喝上个双杯！"说着就和龚羡林"咣，咣"碰了两下杯子，脖子一仰，一干为净。

贺丹峰扭扭捏捏端起了酒杯。他今天心情比较复杂。肖淑娴走，他既有一种解脱感，又有一种深深的不舍。之所以解脱，是因为从此以后，在他的生活中，再不会老有一个不安定因素，英子再不会因她的存在而醋性大发。但他又觉得心里很空，好像肖淑娴要走，把他的心也带走了。他感到空前的失落和对不起肖淑娴。他为自己能有这种想法而感到可笑。扪心自问，他对英子的感情没有丝毫改变，他对肖淑娴从一开始就没有多想什么。那为什么会有这种感觉呢？啊呀，一切都怪湖湾公社那个寒冷的夜晚！不知为什么，他很后悔那个夜晚，但又很怀念那个夜晚。那真是个销魂的夜晚啊！自从那个夜晚之后，他们之间再没有发生过什么事情，但越是没有发生什么事情，那个夜晚越是显得突出难忘。从那以后，他完全改变了对肖淑娴的看法。原来她是那么贤惠、聪明、善良，那么识大体。她这一走，自己注定和一份美好的感情失之交臂，再到哪里去找这种感觉？

"老贺！"郑世荣一声大喝，把他吓了一跳，思绪才又回到现实。

"敬酒啊！"老郑又是一声喊叫，"咋了？想啥着哩？"

肖淑娴古怪地笑了笑说："英子走了新疆，可能想英子了吧！"

贺丹峰如梦方醒，举起杯子，故作豪气地说："来来来，我敬两个双杯，不然还叫老郑老龚这两个家伙笑话！"

龚羡林、郑世荣诡秘地笑笑，拍手称赞。

贺丹峰倒满四个杯子，用小碟端到肖淑娴面前说："来，老肖！我也不会说啥漂亮的话，一切都在酒里了！"

龚羡林揭他："行了行了，你不会说？你不会说这世上没有会说的了！"

郑世荣也说："有的人是好话说尽，坏事做绝，咱们可要防着这种说自己傻的人！"说罢，哈哈哈一通大笑。

贺丹峰气得骂道："你两个坏尿！"

肖淑娴柔情地看贺丹峰一眼说："来来来，老贺，为人不做亏心事，半夜敲门心不惊。一切都在酒里了！"

喝完酒，放下杯子，贺丹峰指着龚羡林给他的书问："你是走的哪家的后门，这诗歌就叫出版社给选上了？"

龚羡林说："我走谁的后门去？我就是抽空写了一些，没有地方去投，现在报纸的文艺副刊撤了，文学杂志全部停刊了，就给出版社寄了去，没有想到他们给用了。"

贺丹峰听了，再不说话，心里在盘算着什么。

龚羡林又问老郑："你那面怎么样了？"

郑世荣有气无力地说："战备考察已经基本结束了，规划和报告也写出来了。现在是既不让走也没事干。也好，我就在这里先混着，至少不需要自己做饭，也不需要烧炕。"说罢，又问龚羡林，"你那个事调查清楚了吗？"

龚羡林知道他说的是梧桐泉案件的侦破，为了保密，他只简单地说："快了，快了。"

一听说梧桐泉纵火案，贺丹峰忽然想起，这是借运动破坏文物的一个典型案例，自己的文章中怎么忘了涉及？他对龚羡林说："老龚，完了你把梧桐泉的事情给我详细聊聊！"

肖淑娴认真地说："你的文章应该面向全县，反映全县文物保护中存在的问题，而不只是一个天正古城！"

贺丹峰连连点头，说："说得太好了！哪一天我要到梧桐泉亲眼看看去！"

几个月前，上海臭老九老梁调走了。现在，同甘共苦的肖淑娴又要走了。这使原本还安心劳动锻炼、接受再教育的龚羡林、郑世荣、贺丹峰等人，心里有一种说不出的痛苦和彷徨。夜幕已经降临，街头已有了稀疏的灯火。远处，祁连山巍峨的身影，挡住了外面的世界，也像一道屏障，沉沉地压在他们心头。城边的黑河，在永不疲倦地流着，泛着粼粼的波光。那水声就像一支古老的歌，在不停地敲击他们的心房！前途在哪里？出路在哪里？难道我们这一辈子就要陪着这风沙滚滚的戈壁滩吗？难道我们这一辈子就要在这白茫茫的盐碱地上生根发芽吗？他们的痛苦无人知晓，他们的抱负，更像一张蓝图，在内心深处偷偷地绽放。

他们拼命地喝酒，直到酩酊大醉。

他们哭了，互相拥抱着哭了，哭得很伤心。

二十九

送走肖淑娴，贺丹峰去新疆找英子了，郑世荣也请假回家了。三条光棍，就剩龚羡林一个，他回信和看了看彩虹，就抓紧回到公安局专案组里。

由于大范围的调查取证工作已基本结束，同时为了保密和工作方便，专案组进行了人员精减，把办公地点由南滩公社直接挪进了县公安局。

龚羡林去时，县公安局的人大都不在，只有向大年在值班室值班。

他问向大年："董局长呢？"

向大年："到县上开会去了。"

龚羡林："医院那面谁看？"

向大年："局里派了刑侦股的小盛和城关派出所的小严。"

龚羡林："何望林说了没有，那个蒙面人是谁？"

向大年："还没有说，他说他不敢说。"

龚羡林："你现在能不能离开？要不我先过去看看？"

向大年："你先去吧，石觉慧大管家一会儿要来送材料，我和他谈了再过去。"

龚羡林说："也行。"

龚羡林来到医院，大夫刚查完房，何桂兰正坐在床上吃药，她娘家妹子在床边伺候。见龚羡林来，她放下手中的杯子，想从床上下来。龚羡林挡住她说："你定定躺着！"问，"伤口恢复得怎么样？""好多了。"何桂兰说。龚羡林把何桂兰的妹子叫到一边问："这两天有什么人来没有？"何桂兰的妹子悄悄说："我姐他们大队的王书记来过。""谁？王肃年？"龚羡林吃惊地问，"他来干什么？""他没有进来，只在窗子上绕了绕就走了。""你姐见了没有？""我姐正睡着哩！"龚羡林"噢"的一声，长出了一口气，叮嘱她一定要把她姐看好。那丫头答应说："派出所的小严也在呢，我们两个看着哩！"

龚羡林回头问何桂兰："王肃年来你知不知道？"何桂兰说："我睡着了，我听我妹妹说着哩。"龚羡林问："他来干啥？"何桂兰说："做贼心虚！那是看我活着嘛还是死了，想趁没人再给我一刀！"龚羡林问："照你这么说，那蒙面人就是他了？"何桂兰愤怒地说："不是他还能有谁！""你有啥证据吗？""我从嫁过来就认识他，他老到我们家来，不要说蒙个面，就是把他烧成灰我也认识！""这些话你给董局长说了吗？""说了！"

从何桂兰的病房出来，他又来到何望林的病房。小盛和小严正在门口交谈着什么。何望林的伤情显然已有很大好转，情绪也稳定了许多。只是惶恐的表情一直挂在脸上，老在东张西望，生怕又有什么灾难降临到自己头上。这是很自然的，谁让他比别人多个坏分子的帽子呢，而今又撞到阶级斗争的风口浪尖，他心里不恐慌不害怕那才怪呢！

小盛小严见龚羡林来，中止了他们的交谈，走了过来。龚羡林挤挤眼问："怎么样？他说了没有？"

小盛把他拉到一边说："说了！他说那个蒙面人就是王肃年！他在跳墙逃跑的时候，把蒙面的布子挂掉了半边，何望林看得真真切切是他！再说，自咱们侦破这个案子开始，何望林就一直在监视着他，那天晚上，他就是从王肃年家一直跟到何桂兰家的！"

"董局长知道这些情况了吗？"

"可能知道了。有些情况他只给局长说，不给我们说。"

"何望林这个人还挺聪明的！"

"这个人本质不坏，就是三十大几的老光棍了，家里穷，娶不起媳妇，收刹不住，搞了几个女人，也都是女方愿意的。真正欺男霸女的是王茂发、王肃年！"

他们正说着，向大年来通知，让龚羡林快回局里，董局长找他有事。

在路上，向大年告诉龚羡林，石觉慧来了，他把梧桐泉火灾中的财物损失清单报来了。红玉也在魏老伯的陪伴下来了。董局长让他们从侧面偷偷见了一下王肃年，他们都认定，这就是那打砸抢烧和强奸案件的具体指挥者和执行者。红玉说，就是这个人把她从悬崖上逼下去的，现已查明，王茂发就是强奸并逼死尼姑明玉的罪魁祸首，和他一起作恶的成和义和的两个罪犯，已经被局里抓了起来。看来这个王茂发是死有余辜，王肃年也是罪责难逃。

龚羡林气愤地说："真是黑白不分，人妖颠倒，让这样的人当党的书记，这不是在给共产党脸上抹黑吗？"

向大年感同身受地说："谁说不是！这些人当政，受苦受难的肯定是老百姓！"

他们说着，就到了局里。董局长正在他的办公室等他们。董局长见了龚羡林，热情地和他握手。他让向大年回避，自己要和龚羡林单独谈谈。等向大年出去了，他让龚羡林坐下，点一支烟，猛吸两口，长叹一声。龚羡林听得出来，这一声长叹中，包含着太多的内容，他来不及细想，只有洗耳恭听，看局长都说些什么。

董局长猛吸两口烟，这才把烟头摁灭，对龚羡林说："小龚，这一段在专案组，辛苦了。我本来想等这个专案搞完了，向县上建议，把你留在我们这里。但给县上一说，县上不答应，说上面有规定，你们这批人，必须分配到公社一级。没有办法，我胳膊拧不过大腿，哈哈！不过不要紧，是金子放到哪里都会发光的！听陈主任说，县知青办的李主任也想要你。县上最近就要给你们分配工作了，我就再不能把你强留在我这里了。你在专案组的表现，我已经给陈主任作了全面汇报。将来不管分配到哪里，都好好工作。一个县上，就这么大的地方，我们会常见面的。现在案情基本明了了。你走的时候,把手头的材料全部留下,交给向大年,包括你的笔记。你回去以后,关于案子,一个字都不要对外面说。我们需要你的时候还会找你,望继续配合。"

从董局长的谈话中,龚羡林隐约感觉到,专案工作可能碰到了一些麻烦。他不敢问,也不能问,只有服从组织决定。他向董局长汇报了这一段工作的体会,表示了衷心的感谢和决不辜负他的期望的决心,就离开了县公安局大院。

回到信和,他就去找薛得寿。他总感觉,梧桐泉专案,正当证据齐全、真相即将大白于天下、罪犯也一个个浮出水面的当口儿,让他退出专案组,这中间肯定有问题。不是他个人有了什么事,而是整个工作受到了干扰,碰到了阻力。这是县委、县革委会定的事情呀,会有什么阻力呢?谁会给它设置阻力呢?他得找薛得寿问个究竟。

薛得寿看见龚羡林,又是撇嘴一笑。待他坐下说明原委,这才非常认真地说:"董局长让你回来,这是对你的爱护和保护!你说的没错,这件事碰上了阻力,而且阻力很大。专案组要承受很大压力,董局长要承受很大压力。他不想让你跟着他们公安局受牵连,所以才让你回来了!"

龚羡林暗自心惊,问:"你怎么知道的?阻力来自上面吗?"

"你不要管我怎么知道的,你只要知道这个背景就行了!"薛得寿说着,轻轻关上了门,悄悄告诉了龚羡林他所知道的情况。

原来荆家宏一伙,自县上决定顺应民意彻查梧桐泉纵火案以来,就坐卧不安。开始他们认为,事情已经过去几年时间了,现场也已是一片废墟,涉事人员四散奔逃,没有踪迹,能查出个啥来!他们认为,县上这样做,只不过迫于社会压力,为了给外面一个交代,平息民怨,走个过场,故意虚张声势罢了。后来看着专案组动了真格的,内查外调,很快掌握了关键证人和证据,他们慌了。他们连夜召集涉案骨干人员,商量对策,订立攻守同盟,并掩盖罪证,造谣生事,把水搅浑,给调查设置障碍。再后来王肃年狗急跳墙,企图杀何桂兰灭口,这本来是他们全线溃败的最后挣扎,没有想到坏分子何望林的出现,反倒救了他们,给了他们一个翻盘的机会。

"他们本来很紧张,"薛得寿给两个人的茶杯里再续点水说,"自从咱们把何桂兰的口供拿到手,王肃年就觉察到大事不好,就赶快报告给了荆家宏。荆家宏是梧桐泉的总指挥。这些年,他虽然靠巴结地区革委会副主任宁子强步步高升,但梧桐泉的大火老在他心上烧着哩。听到王茂发死了,死得不明不白,何桂兰又将一些事情说给了我们,他比王肃年还紧张。及至何望林出来以后,他感到机会来了。他跑到宁子强那里,把黑城县委、县公安局美美地告了一状。宁子强是我们这里的老书记,在黑城拉帮结派,培植私人势力,苦心经营多年。他一直把黑城看作他的老窝,什么事都想插上一手。运动初期,他被打倒了,靠边站了,但荆家宏们死保他着呢,他皮肉一点没有受损。这个人政治斗争经验丰富,手段老道,不知他和军方怎么拉上了关系,地区革委会一成立,那么多被打倒的地级干部、县委书记,都没有被结合,都没有进班子,唯独他被结合进了地区的班子,当了地区革委会的副主任。表面上看他离开黑城了,但他对黑城的控制一天都没有放松。他不允许别人翻他的老账。他怕黑城这面一旦有事,就会把他的老底翻腾出来。"

"听了荆家宏的汇报,他勃然大怒。他说:'梧桐泉寺院是个有名的佛家圣地,但运动中难免要打烂些坛坛罐罐。你能因为他们有一些过激行为,就否定他们革命造反的大方向吗?你组织专案组,你查,查什么?这不是公开唱反调吗?黑城县委怎么这么糊涂?县公安局刚刚恢复就想干什么?'他给荆家宏说:'你回去,回去好好工作,该抓什么还抓什么,完了我给你们李书记打个电话,让他头脑放清醒一些,站稳立场。'"

"他果真给黑城县委书记李立国打了电话。除了扣了一大堆帽子以外,还苦口婆心地讲了许多他认为的历史教训和利害关系。要县委把专案组撤了,梧桐泉的事到此为止。李书记给他讲,这件事已超出了破四旧的范畴,是一起典型的刑事犯罪案件。全县人民强烈要求惩办凶手,还普通公众一个公道。这件事是县革委会领导核心集体研究决定的,是县委的意图,公安局只是个执行部门。如果有错,责任由自己承担。李书记为了给宁一个台阶下,答应在班子内部再沟通沟通。总之,两个人谈得很不好,很不融洽。"

"放下电话,李书记就把董局长找来,听取了他对梧桐泉案件侦破工作的汇报,关起门来向他透露了荆家宏等人的动向以及宁子强副主任的训示。指示老董,专案组不能撤,但要精减,从下面抽的一些人就可以让回去,队伍精干一些。办公就放在你局里,注意保密和斗争策略,不要再叫荆家宏这些人钻了空子。对那些民愤极大,证据又确凿的罪犯，该抓的抓，该判的判。"

薛得寿说到这里，看龚羡林一眼："这就是董局长要你回来的原因。"

龚羡林默默地点着头，心里对董局长充满敬意和感激。通过这一段时间的工作，他的思想成熟了许多。他对黑城县基层干部的敦厚和善良，对全县百姓的人心所向，有了新的认识。他给薛得寿表态，自己原回生产队去劳动，等待县上的统一分配。他说，他一定会很好地总结、消化这些经历，让它变成宝贵的财富。薛得寿笑着说："是金子放到哪里都会发光的！生产队就不用再回去了，就留在大队帮助我们搞一些工作，反正时间不会太长。"龚羡林听他和董局长说的一个话，也高兴地笑了。

龚羡林回到信和的第二天，他父亲来了。父亲来，是专门商量他和彩虹的婚事来的。

彩虹和她爸妈非常高兴，把龚羡林父亲热热乎乎地迎进家门，还请对门大伯大妈过来相见。

父亲说，他第一次到黑城。"黑城不错，一马平川，不像我们的家乡，那里是山区。"

父亲说："两个孩子的事，羡林来信说了，我和他妈都同意。我们很高兴能找上彩虹这样懂事的孩子做我们的儿媳。羡林虽然在城市里长大，但我们都是从农村出来的，现在，他的母亲响应毛主席号召，又被下放回了农村。他的爷爷奶奶、叔叔婶婶都在老家农村。因此，我们都是一家人。"

父亲说，他的问题已经被平反纠正。最近，省上在西州又建了一座新的电厂，可能要叫他去那里当业务厂长。他准备趁这个空当，把两个孩子的婚事定了。"婚期定了以后，就请亲家你们看着给办了。我工作忙，到时候不一定能来。他妈刚回到农村，还没有安置妥当，也来不了。"

彩虹父母说："今天你来，我们见个面，把这事定一下，就很高兴，其他的你不用管，到时候我们给办。羡林当了我们的女婿，就是半个儿子。我们一定让两个孩子满意，让你们大人满意。"

就这样，龚羡林和郁彩虹的婚期，被两家大人商量定在了春节之前。父亲临走，给龚羡林留下了一些钱，说你们先准备吧，不够的我回去筹措好了给你们寄来。父亲放下这个话，就急匆匆回去履新去了。

父亲走后，龚羡林正准备写信，让在省城的妹妹为他买两床上好的软缎被面，杨在明又来找他，说刚接到公社通知，荆家宏书记要他去公社搞几天宣传工作。龚羡林到大队见到薛得寿，薛意味深长地看他一眼说："人家叫去你就去吧，现在还不知道啥意思。我总觉得不怀好意。你去了，他让干啥就干啥，啥也不问，啥也不说，注意保护好自己。有事随时告诉我。"就这样，龚羡林又被南滩公社借去帮忙了。

这是龚羡林首次近距离地和荆家宏接触，这是一个长得矮胖结实的年轻人，年龄比龚羡林大不了多少，满脸横肉，面色赤红，傲气凛然，一副神圣不可侵犯的样子。

龚羡林不知道他平时就是这副样子，还是因为自己参加了梧桐泉专案组，而表现出一种仇视。他想了想，心里坦坦荡荡，不卑不亢。"球！比你大的官我见得多了！论年龄，你大不了多少；论文化，你没有我高；论见识，老子参加文化大革命，搞社教，上山下乡，啥没有见过？你在我面前摆臭架子，你看错人了！如果说因为我参加了专案组你冷淡我，我才不怕呢！我是县委县革委陈主任点名让去的，我在专案组所干的一切都是领导交办的。如果因为这个你仇视我，那正说明你心中有鬼，你与这个案子有铁定的牵连！"

荆家宏见他不卑不亢，不像社员群众和手下的干部那样点头哈腰，毕恭毕敬，脸上的那股凶气慢慢散去了。他勉强笑笑，算是打了招呼："听说你县上的事情忙完了，我们这才把你找来，想让你帮助公社去各队搞搞宣传。具体就是书写标语，布置环境，营造革命气氛，震慑一切阶级敌人，鼓舞激励人民群众！"龚羡林说："行。"

龚羡林原来设想，他要搞宣传，造声势，那就肯定要组织一帮人，一支队伍。谁承想，荆家宏只带了他一个人，就这样单枪匹马地下去了。看来他事先做了安排，各队都把临街的靠公路的墙壁通通刷白了，也准备了红色的颜料水和排笔，供龚羡林书写革命标语。好在龚羡林从小练得一手好美术字，不用打底，拿起排笔，蘸上颜料，就可以在墙壁上直接书写。他在社教的时候干过这种事，只要目测好墙壁的长短和标语字数的多少，大体规划规划，就能准确无误地把标语写出来。他会写多种美术字，但在粗糙的墙上书写，其他字体都用不上，唯有黑体和宋体较为适宜。他在书写的时候，生产队负责派人给他挪动支架，调制颜料。一些社员都围在旁边看，荆家宏也在看，听到社员群众啧啧称赞龚羡林，他绷着脸，一声不吭。

龚羡林原想，荆家宏肯定会借和他单独相处的机会，询问梧桐泉案件侦破的情况，但是人家没问，一句话都没有问。他估计荆家宏可能等他说些什么，但是他也不说,一个字都不说。两人彼此心照不宣罢了。

令龚羡林无比佩服的是,在社员家吃饭,荆家宏也只管自己吃自己的,不跟他说话,架子摆得很正。晚上在大队部睡觉,两个人睡一炕,龚羡林不说话,荆家宏就不说,偶尔回应一两声,也只是"嗯嗯"的,不知他说的啥。更加可恶的是,他绝不和龚羡林面对面睡。你朝东,他就朝西;你朝西,他就朝东,总把脊背和后脑勺给他,使他觉得非常别扭。

这样的日子大约过了半个月,所谓的宣传总算搞完。当龚羡林从荆家宏嘴里听到他说"可以了,你可以回去了"的时候,他心里长出了一口气,暗暗骂道:"什么东西!"

回到队里他才知道,是县上通知他回去的。老郑老贺和其他人都回来了。县上要求他们写出在农村劳动锻炼、接受贫下中农再教育的思想总结,近期将派人来队了解情况,听取群众意见,然后对他们进行工作分配。几个人相视一笑,总算等到了这一天!

三十

黑城县下派劳动锻炼大学生的分配会议,正在县招待所会议室进行。参加会议的,除了全部大学生外,还有县革委会政治部的领导和工作人员。政治部陈部长主持会议。他在传达了省上的有关精神以后,讲话说:"大家来到黑城近两年了,在这近两年的时间里,大家通过参加农村的阶级斗争和农业生产劳动,通过参与县上的一些中心工作,锻炼了思想,提高了认识,在改造世界观、增进群众感情、加强实践锻炼等方面,都取得了很大成绩和收获。县上原本想把你们分配到县直各单位去的,因为各单位也需要人,特别是上面一次性给我们分来了这么多大学生,这在黑城的历史上是没有过的。但是,省上有要求,你们这批人要分配县以下公社一级单位工作。那大家就服从这个要求,到基层单位去工作,继续严格要求自己,努力工作,把自己的工作做好。"

他讲完以后，让政治部副主任杜雪兰宣布具体分配方案。

杜雪兰宣布的分配名单，基本上是：学文的都去公社所在学校当老师，学医的去公社卫生院当大夫，学兽医的去公社兽防站当兽医，学水利的去公社水管所当水管员。除调走的梁倩文和肖淑娴，剩下的十八个人，只有在六坝劳动锻炼的老张留在了县战备办公室。因为他上的是农大草原系，黑城只有戈壁和沙漠，没有草原，老张又和郑世荣在战备办公室工作过。武汉水电学院毕业的老董，分配县水利系统后，被水利局截留了。他们报的是某某水管所，但人留局里帮忙。

信和的几位，龚羡林被分配离城五十里地的水泉公社一所戴帽子中学当老师，贺丹峰被分配南滩公社一所小学当老师，郑世荣被分配湖湾公社兽防站当兽医，罗成农、葛兰玲夫妇被分配祁连山区全县最远的红崖公社卫生院当医生。

分配比预想的要差劲得多！但龚羡林他们早就有思想准备，对任何结果都已感到无所谓。上大学的时候，他们曾心高气傲地想着将来要到北京，要到上海；要到出版社，要到新华社；要当记者，要当编辑；要当诗人，要当作家。自从西行的列车一声长啸，把他们带到这戈壁大漠，他们就知道自己的梦想破灭了，自己的抱负完蛋了。黑城就这么大个地方，分哪里还不都一样，去就是了，还能说什么？说了又有何用？

罗成农、葛兰玲夫妇可不这么想。他们原想，自己在大队、生产队干部和社员群众面前做足了功课，在县上领导面前也做足了工作，加上省上当大官的亲戚的关照，一定会分到县医院或县直单位。比如，县卫生局、卫生防疫站等单位工作。结果不但没有如愿以偿，还被分到了全县最偏远最落后的公社。他们认为，在全部大学生中，他们是分得最差的。他们觉得这不公平，当场脸红脖子粗地提出质问，并把矛头对准一同劳动锻炼的贺丹峰、龚羡林等人。

他们质问政治部领导："你们这个分配是根据的什么？你们对我们大家的劳动表现考察过吗？你们听取贫下中农的意见了吗？"葛兰玲更是手指着贺丹峰、龚羡林说："他们一到生产队就谈恋爱找对象，影响那么不好，崔副政委都专门给他们开过会的，为啥反倒比我们分得好？"

贺丹峰刚要跳出来反驳，被龚羡林给按住了。郑世荣也给他使眼色，要他镇静。

政治部的周副主任站起来说："这个分配方案就是根据大家的表现，并考虑到了基层工作的需要拟定的。你们在农村劳动锻炼、接受贫下中农再教育的情况，部里是经过认真考察的。具体就是我带人去的。我们不但召集大队生产队干部进行了座谈，还走访了一些社员群众。刚才，这位同学提到的，几位同学在农村找了对象的事，我们认为这是正常的。他们谈对象并没有影响什么。群众中开始有一些议论，最后是支持的。崔副政委提醒他们注意影响，也是对的。"

周副主任说完，陈部长总结道："我看就这样吧，什么事要做到完全公平是不可能的！我们县就这么个条件，十几个公社，有川区，也有山区，有条件相对比较好的，也有条件比较差的。如果都想到近处到条件比较好的地方去，那边远山区、条件比较差的地方谁去？正是因为边远落后，那里需要人，才叫你们去。表现，我们主要看实际行动，而不是看你嘴上说得多么好听。你连分配都不服从，能说你表现好吗？有的同学自我总结写得比较简略，但实际表现很好；有的同学自我总结写得很好，但光写自己的优点，不写缺点，不写差距，这就不真实。所以，大家不要在分配去向上再计较。我还是那句话，是金子放到哪里都会发光的，是人才迟早会被组织发现的。我们期待听到大家的好消息。"

会议一散，罗成农和葛兰玲夫妇气呼呼地摔门而去，率先离开了会场。贺丹峰仍然余怒未消地骂道："什么东西！真是知识分子的败类！你拿几片过了期的药片哄老百姓，收买人心；给干部送几斤黄羊肉，巴结讨好领导，太下作了！老子堂堂国立金河大学的高才生，本来是要到大学去当教授的，现在分配当了个小学教员，你还嫉妒？老子找了个对象怎么了？挖了你家祖坟了？"

郑世荣挡住他说："打住打住！越说越难听了！"

龚羡林也气愤地说："知识分子就这样！要倔能倔死，不为五斗米而折腰；要媚能媚死，为了自己的利益，阿谀奉承，奴颜婢膝，丑态百出。一打就叛变，一放就张狂。怪不得每次运动都要从知识分子身上先开刀，活该！"

郑世荣说："老罗两口子看来这一次是气坏了，近两年的心计白费了。走！回吧，回去收拾一下，你们两个去当娃娃头，我继续侗我的猪娃子！"说着，竟忍不住哈哈哈笑了。

龚羡林和贺丹峰也笑了。

龚羡林说："你们先回吧，我到县公安局去看看几个老熟人。"

县公安局董局长不在机关，据向大年说，去地区开会去了。向大年偷偷告诉龚羡林："县上查了梧桐泉的案子，就好像捅了马蜂窝，连地区革委会的宁副主任都惊动了，打电话把我们局长狠狠地训了一通，现在又叫去当面谈话去了。"

龚羡林吃惊地说："有那么严重吗？宁副主任怕是自己屁股不干净吧？"

"谁说不是。"向大年说，"现在我们知道的就是，荆家宏是他的心腹和打手，是黑城地区造反派的总负责人。他为了保护宁，残酷打击和迫害了许多老干部。另外，梧桐泉老方丈舍命想要保护的镇寺之宝——印度半身纯金释迦牟尼佛像，就在他家里，有人亲眼见过。还有没有其他牵连，就说不上了。"龚羡林担心地问："董局长顶不住压力，这事是不是就半途而废了？"向大年想了想说："我看不会。董局长是个疾恶如仇的人，他下定了决心，一般人是挡不住的！再说，"向大年诡秘地一笑，"他有县委主要领导支持！不过，在步伐上，在战略上，可能会做一些调整。"龚羡林听着，心里稍微平复了一些。他对向大年说，让他告诉董局长，自己分配到水泉当老师去了，以后有时间进城，再来看他们。向大年惋惜地问："怎么分那里了？"稍顿又说，"不过去吧，那里还不算太远，以后争取早点调回来！"

从公安局出来，他又来到县知青办。正好李主任在。李主任很热情地让他坐下，询问他最近的情况。他就把在县公安局帮忙，后又回大队生产队的情况向他做了汇报，也把他们这批人被分配了，他被分配在水泉的事说了。李主任说："我给你说过，我们原想把你留在知青办，但县上不答应。县上说，关于你们这批人的分配，省上有精神，县上不好违背。不过下去就下去，下去工作一段再往上调，你个人的经历可能会更丰富些。"龚羡林问起全县知青工作的情况，李主任说现在基本顺当了，平稳了，这都是咱们那时候打的基础。龚羡林又特意问起闫小曼的情况，说他前段时间还在县委大门上见过她，疯疯傻傻，披头散发，太可怜！李主任长叹一声，直言不讳地说："都是上山下乡这政策，把一个好端端的丫头给毁了。她被她家里人接走了，送到陇山那面一个精神病院治疗去了。前些天我们派人去看过，听说好一些了。"龚羡林心想，毁掉的难道就一个闫小曼吗？赵晓龙连肉体都被毁灭了，怎么说？闫小曼的那两个女同学，这一辈子能活得轻松吗？

薛得寿早已从贺丹峰、郑世荣的嘴里听说了他们工作的事情。他和王肃年、张士维商量："这些学生在咱们这里劳动锻炼了一场，现在要走了，是不是大家在一起坐下来，好好聊聊，吃个饭，喝个酒，算是信和的一点心意。"王肃年说他同意，具体让张士维去办。张士维问，参加人员定在什么范围？薛得寿说，就大队几个人和九队的正副队长、会计。王肃年说，让各队正队长都来吧，反正他们都熟了，临走了，都来送一送。薛得寿说也行。

  龚羡林从城里出来，先到的薛得寿家。薛得寿不无抱歉地说："原来庞政委在时，我向他说过你的情况，他说如真像我说的那样，将来就留在县委办公室。后来庞政委走了，换成了新书记，但对你在知青办和公安局的工作，仍然是充分肯定的。知青办李主任和公安局董局长，都想要你，可就是因为省上的政策，谁说话都不灵了。不过，当老师就当老师吧，当老师你也是好老师。你要想得开，万丈高楼平地起。说不定你当上两年老师，就调文教局去了。"

  龚羡林说："主任，你可不要有一丁点儿的自责！你为我做的够多了。你对我的赏识、器重和推荐，我感谢都来不及呢！你也不要宽慰我、劝导我，经过这两年的锻炼，我什么都能想开！过去，在我们家乡，私塾是最受人尊敬的职业，我现在好歹还算公家的人！"薛得寿听出了龚羡林话里的自嘲和不满，咧咧嘴，不好意思地笑笑。

  信和大队欢送来队劳动锻炼大学生的座谈会，就放在大队部召开，九队贡献了两只羊，请八队的厨子做的黄焖羊肉，还有当地人叫作"炙果干"的肉肠、合汁之类。张士维还把他们队里的丢面匠请来，让他给大家做一些黄面。不到开会时间，各队队长都来了。大家听说几位大学生有了新的工作，都很高兴，纷纷向他们表示祝贺。九队的两个队长和会计，显得特别兴奋，也特别光荣。因为他们觉得几个人都是从他们队劳动锻炼的，现在去了各自的工作岗位，他们自然有一种自豪感。张士维和杨在明前呼后喊地招呼着大家，并不时进去厨房查看饭菜准备的情况。

  到了开会时间，龚羡林、贺丹峰、郑世荣三个人早早地来了，独不见罗成农、葛兰玲二人。张士维问杨在明通知了没有，杨在明说他亲自通知的，张士维让再去叫，杨在明跑步去了，一会儿回来说，家里门锁着，人不在了。据郁家嫂子说，两个人提着包上火车站了，说回省城了。张士维说："这是怎么回事？对我们大队有意见？"问龚羡林他们，才知道对分配工作有意见，在县上就闹了一通，这看来是回家去了。薛得寿说："那就算了，开始吧！"

这个会本来应该由王肃年主持，但他硬让薛得寿主持，薛得寿推脱不过，只好主持。他先把大队召开这个会的心意表白了一番，然后对大学生们来队近两年的表现和贡献，做了充分的肯定和总结。他特别称赞道："大学生们的到来，和贫下中农同甘共苦，同生活共劳动，增进了相互之间的理解和感情。你们又热情地帮助社员群众学文化、长见识、搞宣传、排节目，教唱革命歌曲，活跃了农村文化生活，激发了农村青年求学上进的信心和热情，给农村吹进了一股新风，使社员群众的精神面貌都发生了很大变化。"他在讲完上述话后，诚恳动情地说："通过近两年的相处，我们之间已经建立了深厚的感情和友谊。我们已经把你们看成我们信和人了！希望你们到了新的工作岗位，除努力搞好自己的工作外，不要忘了我们，有时间了常回来看看！"他说到这里，把几个大学生看看，笑着接上说："老龚老贺肯定是要来的，因为你们找了我们信和的丫头，就是我们信和的女婿，哪有女婿不来看丈母娘的！老郑可能就不一定了！"

"一定、一定，"郑世荣急忙表态，"一定会来！"

龚羡林被薛大队长的一番话说得心潮起伏，热泪盈眶。他知道，主任是个实在人，他说这些话都是发自内心的。他想起自己刚来，在火车站取行李时和他的第一次相遇，他的那辆老牛车，老牛车上的那把铁锨；他想起和杨在明去油矿调查他的历史问题，回来后他那宽容的微笑，那热情有力的握手；他想起他为了不使几个大学生因为崔副政委和王肃年等人的批评而搞坏影响，去找公社书记，找县委书记；他想起每当自己困难或痛苦的时候，他对自己的爱护、信任和举荐，心里就有说不出的感动。见到他，心里总有一股暖流在涌动。

他第一个发言。含着热泪表达了自己的感激之情，感谢大队、生产队各级领导，特别是九队两个队长、会计和广大社员群众对自己的培养教育。龚羡林发完言之后，贺丹峰、郑世荣接着发了言。大家都是一个心情：感谢，难分难舍，一定牢记这一段经历，今后要加强和乡亲们的联系。几个人的发言，也深深打动了与会的各队干部，大家七嘴八舌，气氛更加融洽热烈，感情更加浓郁深厚。

话说到最后，薛得寿突然问龚羡林和贺丹峰："哎，你们两个啥时候请我们喝你们的喜酒？"龚羡林说，他准备春节前办，老贺可能也快了。贺丹峰说，快了，快了。薛得寿关切地说："就是。现在工作定下来了，把这个事抓紧办了好。"十队的杨队长喝一口酒问老郑："哎老郑，人家两个都定下来了，你的事情咋弄？那时候我们都说把刘小慧给你找下，你硬是不表态，人家等不住，嫁到新疆去了。"杨队长喝口酒，稍顿顿又说："不过不要紧，咱这周围的丫头多着呢，你看上哪个，给我们说，我们给你操办！"郑世荣忙给杨队长敬酒："谢谢！谢谢杨队长！等我看好了，我给你说！"说得大家哈哈大笑。

大队欢送会结束，回到生产队，万有仁家的院子里，已经挤满了人。九队的干部群众都来了。万有信队长说："要走了，大家要和你们坐坐、聊聊。"他吩咐万有年会计："咱们的瓜熟了，叫人摘几个去，叫老龚他们吃了咱们的瓜再走！"万会计答应一声，去了。

天上的月亮又圆又亮，夜晚的风轻柔而且缠绵。龚羡林他们索性把堂屋的两扇门都打开，让上了年纪的老人坐在炕上，中年的和年轻的就坐在地上或站在院子里。房东万有仁的老妈妈穿着红夹袄，把龚羡林的手握在手里，不停地摩挲着，摩挲着，最后竟流泪了。她问龚羡林："这走了还来吗？""来！怎么不来？"龚羡林让她放心，自己一定会来看她。老人说："唉，你们这一走，我怕是见不上了！"万队长的老婆劝她："大妈，你好好活，一定能见上！"队长说："又走得不远，还在一个县。老龚在水泉，老郑在湖湾，老贺就在咱本公社。你们想了，就去他们工作的地方看去！"

话说着，万会计已经将西瓜摘了回来。他让年娃子从屋里取了一把刀，把瓜杀了，分给大家吃。大家吃着西瓜，都不作声。就连平时嘴无遮拦的麻脸婆姨和她的红脸嫂子，也成了无嘴葫芦。一股亲人即将远行难分难舍的气氛笼罩着整个院子。还是那帮丫头面皮薄，有的吃着瓜眼泪就流出来了，有的吃着咽不下去，索性不吃了。还是队长的大丫头桃英刚强，她大声说："与其这么坐着，大家都不说话，还不如让老龚他们给大家再唱上一段，你们走了，以后再听不到你们唱歌了！"一帮年轻人应和喊道："唱一个！唱一个！"龚羡林没有推辞，站起来给大家唱歌，他唱的是马玉涛唱的歌《看见你们格外亲》：

小河的水清悠悠，
庄稼盖满沟。

解放军进山来。
帮助咱们闹秋收,
拉起了家常话,
多少往事涌上心头……

他唱得很投入很动情,尽管没有乐器伴奏,但他唱出了自己的心声。他觉得这首歌正好能表达他对乡亲们的感激和不舍之情。他唱完以后,老贺和老郑也表演了唱歌和快板。乡亲们意犹未尽,强烈要求彩虹和英子也唱一段。彩虹唱了《智取威虎山》剧中小常宝的唱段:"八年前风雪夜……"赢得场内一片掌声。待到要英子唱时,英子不见了。

龚羡林问贺丹峰:"英子呢?"

贺丹峰气咻咻地说:"谁知道!"

杨月红替丫头打圆场:"病了,在家睡着呢!"

年娃子坏兮兮地插一句:"啥病?相思病吧?"

杨月红笑着骂一句:"去你个狼吃的!"

龚羡林看见杨月红,脑子里勾起一连串的回忆。他想起她为了同学情谊,和张金花打架的事情,想起了她的身世,想起了那个待产的红军妈妈,想起了万青林和蒋兴禄老人。不知道是因为自己的感情变了,还是他们来队这两年这里确实发生了变化,总之,他感觉这里的山水,这里的人们,好像和刚来时不一样了。就连那远处的雪山,那金黄色的沙漠,那一棵棵沙枣树,那一丛丛红柳,好像都有了感情似的。他在心里长长地喟叹了句:啊!真是一段痛苦而又甜蜜、怅惘而又幸福、不堪回首而又不想离弃的经历!它可能在自己的人生道路上,写下重重的一笔!

三十一

贺丹峰这两天气不打一处来。

其一，本来是去大学当教授的材料，却被分配当了个小学教员，这已经够叫他胀气窝火的了，可罗成农和葛兰玲那两个溜须拍马的货，还拿这个争比，这不是给他胀气窝火的心头又添一把干柴嘛！

其二，英子很不懂事，说好他路线教育结束就要结婚的，可她不吭不哈跑到新疆去了。昨天连队上组织的欢送会都不参加，故意气他，出他的丑，丢他的人。杨月红妈妈怎么劝说都不听。没有办法，月红妈妈只好说病了，在家睡着呢！

罗成农、葛兰玲的诽谤，只当是放了个屁，被驴踢了一下，可英子的固执任性，却是要认真对待的。

他是在和老龚老郑送走了肖淑娴以后，去新疆接英子的。说心里话，如果说原来因为一夜情还对肖淑娴有怜惜和怀念的话，人家走了以后，自己这根弦就彻底断了。毕竟就那么一次，毕竟人家有人家的男人，自己再缠不但没有任何意义，还显得没出息。自己是六根清净了以后去的新疆，是处理了感情出轨以后去的新疆。

据杨月红讲，英子的生父段怡飞最后落脚的地方是，北疆阿勒泰地区的一个草原小县。贺丹峰坐在通往新疆的火车上，看着眼前没有尽头的戈壁滩和荒漠，心里很自然地涌起"劝君更尽一杯酒，西出阳关无故人"的悲凉和寂寥。他也由此想到英子，直叹这丫头胆子太大，性子太拗，这么远的路，竟一个人也敢走！

经过火车转汽车、汽车转驴拉车的长途跋涉，在第四天太阳将要落山的时候，他总算找到了段怡飞的家。这是个人口大概不会过万的小县城，在与蒙古接壤的高山环抱的一片草原上，县城就像散落的棋子，零散地撒落在这里。段怡飞原来就生活在这片草原的一顶帐篷里。他把方英也葬在离他不远的一座小山包下。直到他后来重新成了家，有了新的爱人，这才把家从草原搬进了城里。

贺丹峰在热心人的引领下找到这里的时候，段怡飞和英子都不在，只有女主人——段怡飞新找的爱人在。她把贺丹峰热情地迎进家门，倒上茶，拿出葡萄干等果品，说："段怡飞去草原给牧人看病去了，英子陪他去了，一会儿就回来。你先擦把脸，喝口水，吃点东西，他们来了，咱们就吃饭。"

话说着，段怡飞和英子就回来了。他们显然没有想到贺丹峰会这么快来，都吃了一惊。段怡飞高兴地拉着贺丹峰的手说："英子说你在搞路线教育，我想你不会这么快就来，没有想到你就来了。"贺丹峰说："她跑这么远，全家人都不放心，本来想早来，但请不上假，这就一直等到路线教育完了才来。"段怡飞笑着说："没事没事，地址我给杨月红留着哩，怎么走，也给他们说过很多遍了，只要打听着走，丢不掉的。"一边说一边喊英子，"丫头，快收拾，看你阿姨把饭做好了没有，丹峰走了一路，饿了！"英子答应着，就去厨房端饭。段怡飞重又从墙角的一个柜子里，取出一瓶"天山特曲"白酒和酒杯放到桌上，对贺丹峰说："咱这地方可不比你上大学的省城，也比不了你的家乡徕远。你来了，我很高兴，今天咱爷俩得好好喝几杯！"

英子见贺丹峰这么远来接她，心里自然是十分高兴的，但碍于父亲和继母的面，面上没有表现出来。可吃饭中间，她频频给贺丹峰碗里夹菜的动作，将她心中的思念和爱恋，完全暴露了出来。段怡飞看在眼里，喜在心头。这个可怜的孩子，在当时张金花姑嫂的折磨下，几乎夭折。要感谢杨月红把她养了这么大。现在她能有小贺这样的对象爱她，作为父亲，也就对得起长眠于地下的她的亲生母亲了。

吃饭喝酒中间，段给贺丹峰介绍说，他和英子的阿姨，都在兵团的医院工作。新疆生产建设兵团，遍布新疆全区，基本上是一个地区一个师，一个县一个团。英子的阿姨是天津支边青年，她丈夫原来就是他们团的副团长，在一次山洪暴发抢救兵团机械的战斗中牺牲了。她是搞西医的，自己是搞中医的，经过长时间的了解，都认为对方人不错，于是就结合了。

段怡飞还跟贺丹峰说："你来一次不容易，好好休息几天，等休息好了我带你们到乌鲁木齐等地转一转，你看看新疆，还是很不错的。"

贺丹峰说："我们可能很快要做二次分配了，我不能待得时间太长。再说，青林爷爷、月红妈妈、有德爸爸，还有亮亮弟弟，都想英子了。我来看看你们，抽时间到英子亲妈的坟上看看，点个香，烧个纸，然后就带英子回去。"

段怡飞认同地点着头，沉思许久，又问："你们的事情什么时候办？"

贺丹峰说："我想在元旦之前。月红妈妈说，听听你的意见，你看合适吗？"

段怡飞："我没有意见，具体日期定了，提前告诉我！"

贺丹峰："那是一定的！"

第二天一早，贺丹峰就提出去给方英上坟，段怡飞说："我让你姨代我向医院请假了，我和英子陪你一同过去。"他还让英子准备了贡品和烧纸之类。

方英的墓由于时间久远，坟头上已是蒿草密实，一片落寞。对于这个女人的生前往事、她和段怡飞至死不渝的爱情、她和她的女儿英子的故事，贺丹峰已经从杨月红那里听得多了。他觉得这就是农村封建婚姻残害当代青年的典型。她虽然在这种残害中进行了英勇顽强的抵抗和挣扎，坚守了自己的爱情，但仍然没有逃脱封建势力的魔爪。这是多么让人痛心疾首的事情啊！农村封建婚姻恶习，已成为封建腐朽势力存在的最后形式了，但要从根本上铲除它消灭它，却并不是一件容易的事！鉴于此，他在心中暗暗发誓，一定要善待英子。因为他与她的结合，既是对这种婚姻制度的冲击和挑战，又是对方英母亲在天之灵的回应和安慰。他跪在她的坟前，虔诚地献上贡品，点燃香火，磕了三个头，并默默地把一个女婿的心意说给她听。

这天下午，他和段怡飞、英子坐上长途汽车，前往乌鲁木齐等地参观游览。

新疆真是太大了。一望无边的原野田地，一条条纵横交错的水渠和灌溉网络，一排排笔直的白杨树和葡萄架。天山山脉在阳光的映照下，白雪皑皑，直插云端。高耸的雪山和广阔的平原，更衬托出天地的高远、洁净和辽阔。

贺丹峰一路走着一路看着，一路看着一路想着。他首先想到的是唐人"明月出天山，苍茫云海间"的诗句，那真是太雄浑壮美了！紧接着又想起左宗棠平定西北，"新栽杨柳三千里"的伟大历史壮举，慨叹左宗棠真是一个不得了的人物，文韬武略，样样齐全。在城市郊区的田野上，他看到了堆积如山的苹果、香梨、葡萄和哈密瓜，也看到了采摘葡萄的维吾尔族姑娘。这使他不由想起毕业前夕，在学校看的一部反映新疆生活的纪录片，他觉得眼前所看到的，正是那部片子里所反映的。那部片名叫《军垦战歌》的纪录片主题曲是这样唱的："人人都说江南好，我说边疆赛江南，朝霞映湖水，湖水倒映映蓝天，啊呀嘞，黄昏烟波里，战士归来鱼满船。"当时，听着那优美的旋律，他就觉得新疆太美了，将来毕业到新疆去，找一个维吾尔族姑娘做妻子，温柔美丽，能歌善舞，岂不快哉！后来又有一首歌，是专门号召到新疆去的："坐上了大卡车，戴上了大红花，远方的青年人，塔里木来安家。来吧来吧，年轻的朋友，亲爱的同志们，欢迎你到边疆来，送你一束沙枣花，送你一束沙枣花！"啊！那真是个激情燃烧的年代，如果不是父母亲坚决反对，自己说不定就跑到这里来了。

英子根本想不到贺丹峰会想这些。她从贺丹峰来，就一直在观察他。她感到贺丹峰好像变了，见了她没有以前那么亲热了，说话也少了，有时候问他，他所答非所问，心不在焉似的。她认为贺丹峰肯定有事情，不是跟肖淑娴有事情，就是跟房东的那个丫头有事情。没有事情老杨会说他帮我看着他吗？没有事情"看"什么呢？她承认她没有给他打招呼，没有听杨月红妈妈的劝说，自个儿跑到新疆来，是有点任性。但她气不过，而且越想越气，越气越想，最后决定，非走不可。就这样赌着气来了新疆。这么长时间没有见面了，他竟然冷冷淡淡，好像我是个外人，好像以前没有好过！她憋了半天，终于憋不住了，问贺丹峰："你想啥呢？"

贺丹峰转脸一笑说："我想我们当学生时的事情着哩！"

英子朝他后腰偷偷捣了一拳："你怕想肖淑娴着哩吧？"

贺丹峰立刻像漏了气的皮球，没了兴致。他生气地说："这事我都给你解释多少次了，你还这样说？再说，人家调走了，我们能不能不说人家？"

英子："咋？你心疼了？"

贺丹峰再也没了游下去的兴致，他对段怡飞说："叔，咱们就去乌市转转，其他地方不用去了！"

段怡飞不知道他和英子拌嘴的事，还以为他急着县上的事情哩，于是理解地说："行。你如果放心不下工作分配的事，咱就先不转了，等以后你们结了婚来的机会多着哩。工作分配是大事！"

就这样，贺丹峰和英子回来了。在回来的火车上，不管贺丹峰怎么哄劝，英子始终再没说一句话。

那天晚上，生产队社员群众欢送他们，他也是好哄好劝，英子还是不来。

这使贺丹峰陷入深深苦恼之中。他想不通，为啥以前那么乖顺那么善解人意的英子，会变成现在这样？他和肖淑娴的事，他坚信没有任何人知道，也没有任何风声传出。那么，她为啥老抓住这件事不放呢？难道她看出什么了？女人的第六感觉就这么厉害？像这样一种脾气，这样一种性格，将来结了婚可怎么办？这时候，贺丹峰开始怀疑自己的选择了。

他困惑，难道这婚姻大事真的要门当户对吗？他和英子真的不合适吗？但他不忍心这样想下去，扪心自问，他良心上过不去。首先是他喜欢英子。一个人喜欢一个人是不容易的，她就好像一粒种子已经种在了你的心头，只等开花结果了，怎么能说拔就拔掉了呢！其次，他心虚，他没有甩掉英子的勇气。和肖淑娴的关系，虽自己背着牛头不认赃，死不坦白，但那确确实实是有的，是自己的错，对不起英子。第三，生米已经煮成熟饭。他和英子已经有了夫妻之实，她为自己已经奉献出了一个姑娘的全部身心，自己的血肉已经和她连在一起，怎么能说散就散呢！

那天晚上，队里欢送会结束以后，他和杨月红长谈了一次，他把他的苦恼和担心和盘托了出来，他请杨月红帮助他解决这个问题。

杨月红说："这丫头由于她的出身，比较敏感、脆弱。虽说我把她养大了，倾注了全部的心血，是按照亲生闺女养的，但她的性格、脾气一点都没有跟我。自从她知道了自己的身世后，变得更加内向，更加自卑，自我保护意识很强。现在长大了，心里有什么话，也不同我讲。但我要告诉你的是，她很聪明，很灵性。有些事你想骗她是骗不过去的。再说，她是真心爱你，爱得很深。她爱你不单是因为你是城里人，有工作，她更爱你的是，你有才华，有学问。所以，她时时害怕失去你。她很清楚她是个农村丫头，文化程度不高，是没有办法跟肖淑娴那些大学生相比的。她也知道她各方面配不上你，生怕你看不起她，对她负心，经常不由自主地给你耍脾气使性子，窝你的面子。这一次从天鹅湖回来，没有理由地去了新疆，我分析可能受了刺激。根据你讲，她可能看见你和肖淑娴在一起，起了疑心。后来又见房东的丫头对你好，又加重了心病。这些心病还没有消除，你们的老杨又没事干地说他替她看着你，这就叫丫头越想越想不通了。"

杨月红说完自己的看法后建议："早点结婚！抓紧把事情办了，你的心定了，她的心也就定了。我们农村的女人，只要结了婚，有了自己的家，生活就有方向了。再说，结了婚，住到一起了，心里有什么话，也好说了。你年龄大，有文化，又有工作，各方面多担待她，多开导她，多指点她，你们不是常说要有共同语言吗？这共同语言要培养、学习、锻炼。你不培养、不学习、不锻炼，你说东，她说西，那能成吗？时间长了，不就互相讨厌了，互相见不得了？"

贺丹峰听了杨月红的劝导，不但茅塞顿开，而且对杨月红这个女人开始刮目相看。她不愧是红军的女儿，不愧是老高中生。那份善良，那份精明，那份通情达理和善解人意，处处显露出农村女人中佼佼者的聪慧和本色。

贺丹峰决定在报到上班之前把婚事办了。

可就在这个时候，英子病了。

英子病得很重，也很蹊跷。

昨天晚上，吃过晚饭，外面的月光朦胧，她去上厕所，出去很长时间不见回来。农村的厕所，一般都在街门外面，有的甚至更远。杨月红见丫头不回来，出门查看，才发现人已倒在厕所门上，口吐白沫，不省人事。她赶紧喊家里人出来，大家七手八脚把英子抬进家门，放到炕上。

"怎么一会儿的工夫，人就成了这样了呢？"杨月红急得不知所措。

贺丹峰说："我去请大夫！"说完，提一件衣服，飞也似的出了门。

万青林伏在英子的枕旁，不停地叫着孙女的名字，着急地问："丫头，你咋了？"

万有德问杨月红："要不要往医院送？"

杨月红说："稍等等，丹峰叫大夫去了，让大夫看了再说。"

英子平躺在炕上，双目紧闭，面色苍白，不时还有些惊悸和抽搐。

贺丹峰叫的大队赤脚医生姜大夫来了。他给英子全面检查了一遍，没有发现有什么异常，他问杨月红发病前后的情况，感觉吃的东西也没有什么问题，怀疑在上厕所的时候受到了惊吓，精神上受了刺激。他决定给打一支强心针，让家长在旁边不停地呼唤，等她醒来，就能知道咋回事了。

针打上以后，英子果然有了反应。她扭动着身肢，嘴里喃喃地叫着，不知说些什么。

杨月红抓住她的手，耳朵贴上去问："丫头，你说啥？你快醒醒！"

英子闭着眼睛，但从面部表情来看，好像很着急似的。她像说梦话似的说："等等我……等等……"

杨月红又问："丫头，你让谁等等？你咋了？"

这一次，英子好像听懂了杨妈妈的话，她喃喃地说："队伍集合了，我们要突围了，姐妹们都已经前面走了，就剩我和小丹哥哥。……我负伤了，他负责照顾我，可是他也走了，我要他等等我……"

大家听了，面面相觑，都不知道她说的啥。

只有万青林老人一听，大叫一声："哎呀，都怪我！"

杨月红几个忙问："爸，咋怪你了？"

万青林说:"都怪我平时心疼她,老爱给她讲当年红军的故事,她可能碰上鬼了!"

他这么一说,把大家说得身上直起鸡皮疙瘩。但回头一想,哪来的什么鬼!

姜大夫说:"从现在的症状看,可能就是心情抑郁,得不到化解,思想压力太大造成的精神失常,意识模糊。"她问杨月红,"她最近有啥不愉快的事情吗?"

杨月红尽管心里咯噔一下,知道丫头为自己的婚事问题焦躁不安,和贺丹峰赌了气走了新疆,但她不想把这些事说给外人听,只轻描淡写地说:"没有啊!"

贺丹峰听姜大夫那么说,心里明白了,英子这是因为他们的婚姻问题,思想上背上了负担,他内心充满怜惜和愧疚感。

姜大夫说:"那就先开几副中药吃着,如果没有效果,赶快往城里医院送!"

万有德跟着姜大夫去取药了,家里就剩杨月红、万青林和贺丹峰。

贺丹峰一直坐在英子的头边,一边喂水一边往醒叫她。

英子在亲人们的千呼万唤中,终于醒了过来,她睁开眼睛一看,贺丹峰就坐在她的头前,眼睛红红的,似有眼泪在里面,她忽然"啊"的一声,一把抱住贺丹峰的胳膊,哇哇大哭。

杨月红和万青林见她醒了,忙拥到跟前,问她这会感觉怎么样,要不要吃东西?

英子轻轻摇摇头:"我就喝点水。"

万青林疼爱地问英子:"丫头,你是不是刚才在外头看见啥了?"

英子让贺丹峰把她扶起。她悠悠地说:"爷爷,我碰到你给我说的那些红军了!"

杨月红心里一震:怎么会?碰也应该让我碰上,怎么会是她!

英子慢慢接着说:"我正上厕所,听见外面很多人过来了,有说笑的声音。我出来一看,全是穿着灰布军装的女红军。她们一个个打着绑腿,戴着八角帽,帽子上的五星又红又亮,可精神了,可漂亮了!她们大多和我年龄差不多。见我站在那里,一个年龄稍大的说:'丫头快走,队伍就要集合了,你怎么站在这里?我说我也是红军吗?她说你不是杨月红的女儿吗?你还有个生身母亲名叫方英,你爷爷还好吗?'我说好好好。她说那就赶快去集合吧!我说我走不动。她看了看我说:'啊呀!你受伤了,叫小丹扶着你!'小丹是个男红军,长得和贺丹峰有点像,他过来把我一扶,我就啥也不知道了……"

万青林对杨月红说:"那个女红军,可能就是你妈妈!咱这门前,那年就是有一队女红军经过，后来她们都牺牲了。"

杨月红说："不知啥原因，这种情况，万桂香的奶奶也碰到过！"但她心想，自己的母亲可能早不在人世了，英子这是想事想得走火入魔，眼前产生了幻觉，出现了爷爷讲的那些女红军的身影。唉！这丫头的婚事不能再拖了，再拖会出问题。

三十二

郑世荣第一个去了湖湾报到，公社文书说领导们都不在，他给兽防站打个电话，让郑世荣直接过去！

兽防站在公社机关的南面，紧靠着黑河。一个很大的院子，西南两边是两座高大的畜棚，北面是一排办公室兼宿舍。他到去时，一位体型强壮彪悍的男子，已经在门前等候。原来这就是站长。站长帮他把行李搬进一间空房，说："你就住这里吧！你先收拾，其他的事咱们完了再说。"说完，就出去了。

这是间只有八九个平方米的小房子。靠墙一张床，床尾一架旧式立柜，柜子的上半部是书架，下半部是衣柜。靠窗子一张桌子，一把椅子，当地一个生铁炉子。郑世荣感觉，比自己想象的要好。至少起码的生活条件具备，而且床上和桌子上都被擦拭得干干净净，整个房子是被打扫过的。这使他苍凉的心境，添了些许的温暖。

他把床铺铺好，把一切用品归放到位的时候，站长又进来了。他皮肤黝黑，面部肌肉粗粝。进来就一屁股坐在床上，从怀里掏出一包烟，弹出一根，递给老郑，再弹一根，自己点上。他连抽好几口烟后才说："听说你是大学生，你跑到这里干啥来了？"

郑世荣也猛吸几口烟，回答说："不是我要来，是人家组织上要分配我来！"

"唉，这是个和牲口打交道的地方，你们那么高的文凭，糟蹋了，糟蹋了！"

郑世荣观察面前这个人，就是生活中常见的那种外形粗犷内心温柔、表面严冷心地善良的人，于是就毫不见外地说："我就是学下和牲口打交道的，不来你这里再到哪儿去！"

站长听他这么说，微微地笑了，脸上的沟坎像刀刻似的。

他说，他姓霍，就是这湖湾人，因没本事，就跟着他当兽医的老丈人学了个兽医，后来公社成立兽防站，就叫他到这里来负责了。

他说这湖湾，应该叫河湾，就是黑河在这里拐了个弯，流到北面的沙漠里去了。但因河面宽阔，水草丰茂，各种水鸟齐全，就叫了湖湾。兽防站就在湖边边上。

他说，站里连同郑世荣，一共六个人。养了三匹蒙古种马、五头种牛、五匹种驴，还有几只种羊。站里除了养好这些种畜，供全公社甚至邻村的牲畜配种以外，重要的还是做好全公社的牲畜防病防疫。有时候还挺忙的。特别是几匹种马的饲养，要花很大气力。平时要给吃好，晚上要添饲料，还要经常擦身洗澡，梳理鬃毛。夏天天气炎热的时候，要早早地把它们赶到南山牧场高寒地区去避暑。每次配种，要记着给吃精料，灌生鸡蛋。不过饲养它们，他们雇了专门的农工。

站长对郑世荣说："站里全是本地人，就你一个外地人。其他的没有啥，就是吃饭有点问题。你看看你是到公社的灶上去吃呢，还是自己做着吃呢？咱们没有灶，但有开水房，开水是现成的。"郑世荣说："我自己想办法吧！"

郑世荣跟着站长在站里转着看了看，完了他让站长回，自己到街道上去走走，认认路，认认地方。

他是第一次到湖湾来。听老贺说湖湾的条件不错，错不错，反正已经来了，就得有蹲下去的思想准备。

和其他公社一样，湖湾也是个纯农业公社。所不同的是，它处于黑河下游，水资源比较丰富，湖滩、河汊、沼泽比较多，气候相对比较湿润。它的乡镇布局也不像南滩公社那样各机关都在一条街道上，而是分散在一个方形框架的四条街道上。他看了看，除公社机关外，大概有学校、医院、粮站、供销社、邮电所、水管所、公安派出所等。

农村的商店一般都兼商业和供销两家的职能。除出售日用百货外，大量的还是农村用的锅碗瓢盆、权耙扫帚之类。

郑世荣进到店里，浏览了一圈，给自己买了一口铁锅、几只瓷碗、一把筷子和少量的调料、食盐。从他采购到走出商店的整个过程中，他发现商店的工作人员和顾客都在用异样的目光看着他，那目光里分明写着：这是哪个单位的人？怎么没有见过？他买这些东西干什么？

公社邮政所，是县邮局的派出机构，很小，就像一位穿着绿色风衣的女郎，亭亭玉立地伫立在那里。这天，郑世荣去发信，他想把自己来湖湾的情况写信告诉家里，免得家里人挂念。邮政所里就一个女同志值班，她正在埋头替一位顾客填写包裹单。待她抬起头来，和郑世荣四目相对时，他们互相都吃了一惊。在经过短暂回忆和确认以后，还是姑娘先开了口。

她问郑世荣："你办什么业务？"

郑世荣回答："我寄一封信。"

姑娘又问："寄平信还是挂号？"

"平信。"郑世荣回答，脑子在急速地转动着，"我不会认错人吧？"

姑娘撕了一张八分钱的邮票给他，意味深长地问："今天怎么不发挂号了？"

郑世荣听着，这是对方在唤醒自己的回忆，他接过邮票说："今天没有必要。"看所里再没有别人，他又问："我怎么看着你有点面熟？"

姑娘说："我原来在县邮电局工作，今年上半年，你是不是在县局发过信？"

郑世荣说："这就对了，我是替别人发过一封信，发的是挂号，好像是你给办的！"

"啊呀，真的是你？"姑娘激动地站了起来，"我找你找得好苦啊！"

"你找我干啥？"

"一言难尽！"

"那你怎么又在这里了？"

"还不是因为你的那封信！"

"那封信怎么了？"

姑娘眼里噙着眼泪，没有正面回答，却又问："你是到这里出差，还是路过？"

郑世荣说："我分这儿兽防站工作了。"

"是吗？"姑娘既吃惊又高兴，"那你住哪儿？"

"兽防站呀！"

"那好，我下班了找你去！"又问，"你叫啥名字？"

"郑世荣！郑成功的郑，世界的世，光荣的荣！"

"我叫濮玉林！"

从邮局回站里，郑世荣一路在想：我那封信怎么了？那是替娜仁格尔勒发的呀，难道信出了问题？那信我看了，是实事求是地反映问题，没有半句不当言论。从濮玉林那痛苦的表情看，肯定是那封信惹了麻烦。如果是信出了问题，连邮局的工作人员都要受到株连，那娜仁肯定又遭了横祸！我还在到处找她，打听她的消息，她说不定这会被羁押到哪里去了。

吃过晚饭，濮玉林果然来了。她打扮得朴素而又高雅，举手投足都透露出受过专业教育的那种淡定和从容。和她一番长谈，郑世荣才弄清了事情的原委。

濮玉林说，她也没有想到，一封普通的信件，会引起那么大的反响，会改变她的工作和生活轨迹。她自从省邮电学校毕业分配黑城工作以来，就在收发台工作。几年下来，从她手上收发的各种信件，何止成千上万！

郑世荣代娜仁发的那封信，她有印象。因为那信封上明确地写着"党中央毛主席收"。当时上面交代，发现可疑信件要送领导审查后才能发出，但什么是可疑信件，并没有明确规定，而且邮政工作人员不能随便拆顾客信件的。于是，她就给按正常信件发了。

一个月以后的一天，她正在正常上班，办公室来人叫她，要她到局长那里去。他们的局长姓黄，是个女的，人长得胖胖大大，戴一副金边眼镜，显得威严而有风度。她去时，局长的办公室里还坐着几个人。据黄局长介绍，其中一个是本县公安局的，另外两人是外省某县公安局的。

黄局长让她坐下，对她说："小濮，这是几位公安局的同志，他们有一件事，想向你调查了解一下！"

濮玉林心想，自己和公安局有什么相干，什么事这么大的阵势要找她了解？她问："什么事？"

黄局长问："今年某月某日，是你值的班吧？"

濮玉林偏着头想了想说："可能是吧，值班日志上记着哩，一查就知道了。"

黄局长："我们已经查过了，是你值班！"局长顿顿又问，"那么有这么一封信，是从你手里发出去的吧？"她说着，向县公安局的那位同志点了点头，那位同志又向陪同来的外地那两位同志点了点头。

外地公安局的一位同志，从随身携带的一个上面印有"红军不怕远征难"字样的黄挎包里，掏出一封信，拿到小濮面前。濮玉林把信翻看了一下，很快就想起当时发信的情景。她坦诚地说："是从我手里寄出去的！"

"你知道这是一封什么样的信吗？"拿信的公安问。

"信是封好的，我怎么知道！再说，我们的职业规定，不允许偷拆顾客的信件！"

"那你知道寄信人是谁吗？"外地公安中的另一位同志问她。

她说："不知道！就是知道也不能说！这是职业道德，也是纪律！"

她注意到，在她回答这些话的时候，黄局长在轻轻点头。

那位给她看信的公安，显然是个负责人。话问到这里，见没有得到他们需要的东西，忽然提高嗓音训斥濮玉林说："这一类的信都要交由上级机关审查以后才能发出，你为啥不送交审查？"

濮玉林说："我不知道它的内容，我怎么知道要送审查！"

"那个寄信的人是男的还是女的，多大年龄，长什么样？"外地那另一位公安又问。

"我忘了！"濮玉林见他们气势汹汹，不讲道理，心里的火也腾一下蹿了上来。她心想，你吓唬谁哩，我一个普通营业员，人家顾客发什么信我能管得着吗？一封普通的信件，你们就如临大敌兴师动众的，咋了？

外地公安见来硬的不行，又故弄玄虚地把调子提得很高，把事情的性质说得很严重。他们说："小濮同志，你要知道写这封信的人是个现行反革命，她公开支持她父亲的民族叛乱立场，收听敌台，还为自己的反革命行为进行狡辩。我们配合学校，把她从高等院校学生队伍中挖了出来，清理了出来，放到草原上接受贫下中农的监督改造。这封信是她不服改造，向党中央和毛主席写的告状信。幸好这封信的内容和发信的情况，被我们知道了。可正当我们要加大对她的审查力度的时候，她逃跑了，失踪了。现在，我们正在全国范围内通缉她。她的这封信是从黑城发出去的，那这信是通过什么人怎么在黑城发出去的，我们就得调查清楚。我们怀疑黑城有她的同党！所以，希望你配合把问题搞清楚。那封信的内容你不知道，这个情有可原。但你必须把代她发信的人是谁说清楚！这也是考验你的阶级立场和阶级觉悟的关键时刻了！"

濮玉林模模糊糊好像听她人防办同学小寇说起过娜仁格尔勒的案子，说那纯粹是一起冤案。但娜仁长什么样子、在哪里接受劳动改造，她一概不知。她也不知道那封信就是她写的。至于那个发信人，她还是有一点印象的。县城小，来一个生人，大家都很注意。同时，那天他来发信，他们还简单交流了几句。至于他是不是娜仁格尔勒的同党，她无从知道。但知道了那封信是娜仁写的，他是代娜仁来发信时，她反倒对这个男的肃然起敬了。她觉得他至少是一个富有同情心的人，是个善良的人。她确实不知道那个人姓甚名谁，现在看来就是知道了，也不能说！她不能做这个乱世中胆小怕事的人、落井下石的人和胡编乱造的人！

于是，她说："你讲的这些道理我都懂，可我真的没有认下那个人！我一天要接待许多许多的顾客，要处理许多许多的邮件，我怎么能记下每一个人呢？"她觉得自己说话的口气稍微生硬了些，于是调整语气接着说："我只记得好像是个年轻的男的，听不出是哪里口音，也说不清是本县的还是外地的。"

县公安局陪同来的那位同志，一直都没有说话，听到这里，不耐烦地说："我看就这样吧，看来丫头真的不知道！"

那两位外地公安本来有一肚子火要发作，见当地同行已说了要收尾的话，只好悻悻作罢。

调查结束以后，濮玉林的工作，就由县局调到了湖湾邮电所。用黄局长的话说，这既是组织对她的有意保护，让她暂时离开县城一段，等待这件事情的风声过去，又是要她去基层锻炼锻炼。湖湾是她的家乡，她的父母兄嫂都在这里，来湖湾工作，没有什么不方便的。但她总觉得自己也受了株连。一段时间，她老想找见这个寄信的人，和他好好说道说道，至少向他诉诉冤屈，但她再也没有见过这个人。没有想到，踏破铁鞋无觅处，今天她到湖湾来了，郑倒主动找上来了！这叫她又惊又喜，又悲又欢，她满肚子的委屈和心酸，终于有了倾诉的地方。

郑世荣做梦也没有想到，代娜仁格尔勒发了一封信，几乎给自己带来灾难性的后果，同时又连累了无辜的邮政员濮玉林。他长叹一声说："啊呀小濮，实在对不起！实在对不起！你说的这些，我一点都不知道。为这事害得你丢了城里的工作，太冤枉了，太冤枉了！都怪我，都怪我！"

濮玉林见郑世荣悔恨不迭的样子，委屈慢慢消散开来。她说："你也不要责怪自己，咱们都是好人，都是替人受过。说到底，娜仁也是好人。一个女学生，能有多大问题！"随后又问，"哎，那封信你看了没有？究竟有没有问题？"

"看了！"郑世荣说，"信本身没有什么问题。问题是，她们县上几个造反派，想出人头地，同时又嫉妒娜仁的美貌和才干，借她生父的历史问题，大加株连，无限上纲，给她罗织了很多罪名。她从小就被养父母抱养，而且从此和生父家断了联系。生父都干了些啥，她根本就不知道，怎么能叫她承担罪过呢？"

濮玉林问："听说开始判的死刑，是他们省上给挡下来了？"

郑世荣忽然想起问："他们说没说，娜仁现在怎么样了？"

濮玉林说："他们不是说她跑了嘛，现在正在全国通缉着哩，我看悬！"说罢又诡秘地一笑，问郑世荣，"你们关系不一般？"

郑世荣连连摆手："哪里话，就见过那么一面，我现在连她长什么样子都想不起来！"

濮玉林根本不信，但她又不好再深问，于是话锋一转，问："你怎么会来湖湾工作？"

郑世荣不忍在她面前撒谎，就将自己从陇城农大兽医系毕业，连同来自全国不同高等院校的二十位同学，被分配黑城农村劳动锻炼的事，详细说给她听。

濮玉林问："在南滩、六坝劳动锻炼的是你们吗？"

郑世荣说："我们在南滩。"

濮玉林问："你成家了吗？"

郑世荣："没有！"

濮玉林："骗人！"

郑世荣："真的。"又问，"那你呢？"

濮玉林："谈了几个，没有谈成。"

郑世荣："怎么？你条件太高？"

濮玉林："我看上的，人家看不上我；看上我的，我看不上人家！"

郑世荣深有感触地说："婚姻这事，受社会、家庭、个人多方面的影响，也与金钱、地位不无关系，还真不是一件简单的事。有的你看着能成，可它就是不成，有的看着不成，嘿嘿，人家成了！"

濮玉林把郑世荣的房间环视了一圈，问："你吃饭怎么吃着哩？"

郑世荣："站里没有食堂，但有开水房，锅头灶台都有，我买了炊具，自己做着吃。"

濮玉林若有所思，但没有再说什么，她起身告辞说："天不早了，我该回去了，以后再聊吧！"

郑世荣说："那我送送你！"

三十三

正当龚羡林紧锣密鼓准备结婚的时候，常思思来了。

常思思是一个人来的，她名义上是来给龚羡林还书，但从那忧郁苦闷的表情看，不完全是。

她说，《茶花女》和《安娜·卡列尼娜》她早就看完了，《基督山伯爵》以前看过一些，但总没有决心把它看完，现一并还给龚！普希金的《欧根·澳涅金》留给她慢慢看，她比较喜欢普氏的诗歌。

龚羡林说她没有必要急着还给自己，等自己有机会到她那儿去了，顺便拿回来就是了。又问："哎，今天怎么一个人，你姐呢？"

常思思没有回答他的问题，却说他："你到我那儿？你现在是有人管的人了，还敢往我们那儿跑！"

龚羡林故作硬气地说："看你说的！腿长在自己身上，谁能管得着！"

"哼！"常思思鼻子里楞哼一声问："听说你们要结婚了？"

"准备年前办。"龚羡林说。

常思思颇有感慨地说："我发现你这个人还是挺有良心的！国立名牌大学的高才生，又有着一身的才华，找了个农村姑娘，矢志不渝，不离不弃，可敬可佩啊！"

龚羡林认真地说："我这个人就这样，人家对我好，我就对人家好！既然爱了，就死心塌地！"

常思思赞同地说:"对!既然爱了,就不能反悔!"

龚羡林觉得常思思的情绪有点反常,待她稍稍平缓一下心情又问:"你姐呢?"

思思淡淡地说:"回家了。"

"回家了?"龚羡林有些吃惊,"那你怎么没有回去?"

"我回去干啥?"思思更加激动,"她回去是处理一件事情,我回去干什么?"

"什么事儿?"龚羡林不解地问。

常思思说:"我姐怀孕了,两个人去给党红家说,党红的爸妈坚决反对他们来往,要她把孩子做了。还说他们革命军人家庭,绝不会和我们这样臭知识分子的家庭结亲,要他们早一点散了,要我姐死了这条心。他们两个跪在地上求情,要他们同意我姐把孩子生了,可长跪不起,仍然感动不了党家父母。我爸知道了,狠抽了我姐一个耳光,骂她没出息,说我们臭知识分子家庭怎么了?我们有知识反倒有了罪过吗?我们的孩子就低人一等吗?他要我姐挺起胸膛堂堂正正地做人。我姐见党家气势汹汹专横跋扈,党红又不敢违抗他父母,咬咬牙,忍痛去医院把孩子做了,现在在家里躺着休息哩!"

龚羡林气愤地说:"怎么会这样?"

常思思也难过地说:"都五个月了,还是个男孩子,你想我姐受了多大痛苦和委屈!"

龚羡林问:"党红的爸多大的官?"

常思思:"就总院后勤处的一个副处长!"

龚羡林骂道:"真是一人得道,鸡犬升天!"

常思思附和:"谁说不是!"

过了一阵,龚羡林又问:"哎,那个谭梅怎么样了?"

常思思冷笑一声:"又一奇冤!"

"怎么了?"龚羡林问。

"谭梅也给那个农民家生了一个儿子,可最近招工,她突然回心转意,什么都不顾地非要到东山煤矿当工人去。这不,那个农村青年抱着孩子苦苦哀求,要她看在儿子的面上留下来,她连儿子看都不看;她的婆婆六十多岁的人了,跪在地上求她不要走,她铁了心,头也不回地走出了那户农家小院,去当她的工人了。留在她身后的，是那祖孙三代撕心裂肺的哭声！"

"早知今日，何必当初！"

常思思说："不说这些了。你怎么样？听说已经正式分配了？"

龚羡林把他们工作分配的事，如实告诉了她。

常思思听后，沉吟半天，然后真诚地说："当老师就当老师吧，以后总会有转机。你要发愤，切不可在老师这个岗位上沉沦下去！"

龚羡林说："不会的，我一定会努力，争取一个好的前程！"说罢又问思思，对自己的未来作何打算？

思思说，她现在业余自修大学中文系的课程，将来还是想出去。

龚羡林又问："那个人的问题呢？"

常思思："暂时不考虑。"

龚羡林说："好！有志气！"又说，"你自修大学的课程，教科书没有的话，我给你找！我的《文学概论》《中国文学史》《古典文学作品选读》都还在。"

常思思："那好啊！"

送走常思思，龚羡林和彩虹商量，自己还是先去报到上班，结婚的事，就请彩虹和她们家先行准备，到时候按照双方家长商定的办就是了。彩虹说行。

水泉公社地处黑河中下游。东面与宣化公社相连，西面紧靠湖湾，南面与邻县金南的一个乡为邻，北面是碧波荡漾的黑河。说远不远，说近不近。一条连接县城约五十华里的土路，曲曲弯弯，要两次经过一条不大不小的河流。公社不通班车，也没有其他任何大型交通工具，人们一般都是骑着自行车或步行进城。如果遇上雨天，又拖着行李，那是很麻烦的。

龚羡林有点发愁，这可怎么办？他和县文教局联系，文教局一位主办干事说，你分配水泉的事，县上已经给水泉公社说了。他们有一辆东方红拖拉机，今天去错口煤矿处理一起矿难事故，说好下午两点到城里，顺便把你带上。你在两点以前，想办法把行李拿到城里向阳旅社门前，在那里等拖拉机。

龚羡林和彩虹抓紧把行李收拾了一下，向单身汉李玉才借了一辆自行车，自己推着，彩虹跟着，进了城。信和离县城不远，转眼就到了。他们来到向阳旅社门前，把行李卸了。龚羡林让彩虹去饭馆吃个饭，自己看行李。彩虹说，要吃两个人吃，行李就放旅社，她给他们说一下。彩虹说了，旅社门房答应暂时存放。他们放好行李，就推着自行车去了东街第一食堂，正好食堂的小笼包子刚刚出锅。他们要了一笼包子两碗合汁，香香甜甜地吃完了这顿别离的饭。

吃完饭，龚羡林让彩虹骑车回去，自己一个人等着。彩虹不行，非要看着把龚羡林送走。就这样，又等了两个多小时，拖拉机终于来了。彩虹帮着把行李搬上车，叮嘱龚羡林："一个人在外，多加小心。礼拜六放学以后，想办法回来，家里给你做好吃的。少到知识青年那里去！"龚羡林听彩虹这么说，猛然醒悟，自己和常思思的来往，确实忽略了彩虹的感受，今后一定要注意。于是疼爱地说："我记住了，回去路上骑车小心，注意安全！常到大队部去看看，有我的信件和包裹就取回来。"因司机催着要赶路，他们来不及说更多，爱恋和牵挂全都在那深情的眼神中了。彩虹一直看着拖拉机走起，龚羡林的身影慢慢远去，这才怅然若失地骑车回家。

龚羡林搭乘的这辆东方红拖拉机，是县上最近才分配给水泉公社的。谁知机子接过来还不到一个月，下属宝安大队的煤窑就发生塌方，一个挖煤的中年农民被砸身亡。煤窑距家一百多里地，大队连辆皮卡车都没有，只能请求公社派拖拉机搬运尸体，以便及时处理善后。人命关天，公社不能不答应。龚羡林开始没有注意，送走彩虹，回头一看，不由倒吸一口凉气。原来翻斗的前部，四方四正放着一口棺材，里面就装着那个被砸死的农民，四个脸上糊满煤迹的年轻农民，就围坐在棺材周边。见龚羡林上来，都冲着他凄苦地一笑。龚羡林心想，分配上任第一天，就碰上这号事，真是晦气！不过，他在信和待了近两年，煤窑上死人的事，已经听得多了。看见棺材也不害怕。他和老郑老贺住的万有仁家的堂屋，万有仁老母亲的寿材，就日夜陪伴了他们近两年的时间。只是这几位挖煤工惨淡的笑容，倒使他的心头着实地疼了一下，他为他们艰辛的生存状态而感到难过和悲哀。

拖拉机到了宝安，可能生产队和家属早就接到了通知，全队的社员群众都已经涌到村口。一个中年妇女带着几个孩子，披麻戴孝地跪在前头。看见拖拉机，看见车上几个年轻人抬着棺材下来，他们蓬头散发呼天抢地地哭喊起来。龚羡林不忍心看见这种惨痛的场面，就把头转了过去。好在拖拉机放下死者，没有停留，就朝着水泉方向开去，这才使他长长地出了一口气。

到了水泉，公社一位主管文教的干部接待了他。这位干部给学校打电话，让学校领导过来，说县上分配的龚羡林老师来了，让他们给安排一下。不一会儿，就有一位瘦高个麻脸的中年人走了过来，那干部介绍说，这就是学校的段校长。龚羡林和段校长见过面，这就拖着行李跟着他去了。

学校就在公社的隔壁，是个有着两百多名学生的全日制小学。学校实行贫下中农管理，所属权归水泉公社水泉大队。六七个教师，大都家在本队。

学校坐西朝东，占地挺大。进了校门，迎面就是一个操场，两副不错的篮球架，就静静地伫立在那里。迎着校门，是一座"工"字型的建筑，两头空着，中间做了教师的办公室。办公室的后面，是四排教室，教室的门头，都钉有班级的名牌。院子的北面，是半截残存的古堡墙，正好和公社机关相隔，堡墙下面，有一间开水房，专供教师和住校学生烧开水用。院子的南面，坐南朝北，是一排小平房，每间房子也就八九平方米大，是老师和住校学生的宿舍。因房子多余，家在本地的老师也在学校有一间宿舍。

龚羡林开始被安置在办公室边上的一间空房子里，这房子很大很宽敞。但是，每当夜深人静，其他老师回家住了，几个住在附近在操场上打篮球的学生也回家了，学校里就剩下他一个人时，他就会感到空前的孤寂和苦恼。他又想起了自己的求学之路，想起了五年的大学生活。他在心里暗自追问，难道十多年的寒窗苦读，满怀对前途的热情和期望，就为了在这样一个远离城市的偏僻村落当一名小学教员吗？他甚至感到，他之前的一些经历，好像都是受到了欺骗。学校的一边，是广袤无垠的沙漠，每当这时，就会清晰地听到夜风吹动沙丘所发出的呜呜声，而清冷的月光，又给远远近近的大地披上一层朦胧的轻纱。用旧报纸糊成的宿舍的顶棚，裂开很大的口子，忽闪忽闪唱着不歇的歌。顶棚上老鼠在追逐打架，打着打着竟从顶棚上掉了下来，砸在他的床上。这是那种吃得很肥足有半尺多长的大老鼠，它掉下来，你还得想办法把它从屋子里赶出去，不然这一夜就别想睡觉。

学校里没有灶。吃饭得去公社。还有一位单身老师在公社灶上吃饭，他也就跟着这位老师去了。公社干部每天吃两顿饭，上午十点，下午四点，和学校的作息时间有点冲突。有好几次，龚羡林下课去公社吃饭，公社的伙房门早就关了。水泉是个小村镇，镇上没有饭馆，他只好去商店买几块饼干充饥。这样的日子过了一段时间，他感到很不方便，就自己买了锅碗瓢盆，自己做饭吃。学校给他配备的办公桌很大，两边共有六个抽屉，他把三个用来装书籍教案，三个用来盛米盛面。好在劳动锻炼的时候，已经练就了做饭的本领，生活上难不住他。因为学校下放由水泉大队贫下中农管理，大队党支部书记见他是外地人，很豪气地从大队粮库中称出一百斤小麦，说是补助他的生活。他的同事王老师家在本队，帮他把小麦加工成了面粉。

　　由于龚羡林是有史以来分配到这个学校的唯一一名大学生，学校决定让他代最高年级——初中二年级的语文课，兼做班主任。这个班共有十六名学生，十二名男生，四名女生。当他第一次登上讲台，翻开教案，拿起粉笔，面对一双双期待的眼睛时，他的心震颤了：这是些多么纯真的眼神啊！尽管他们生活极其贫穷，穿着参差不齐，但都表现出对学习的渴望和对老师的尊重。龚羡林在心中暗暗发誓，要尽力教好他们，要把自己全部的知识和本领，无私地奉献给他们。

　　龚羡林非常喜欢他的学生。他不仅毫无保留地向他们传授知识，而且公正地不带任何偏见地对待每一个学生，很快赢得了他们的信任。同学们课余时间都爱到他宿舍里来，听他讲故事，从他这儿借书看，帮助他收拾房间，打扫卫生。有的学生看他自己做饭，给他拿来了生火的柴、自家地里种的菜。他虽极力制止，但他们根本不听。有一个名叫任诚的同学，是个从小患小儿麻痹双腿不能直立行走的残疾学生，家境十分困难。他也想给老师送一件东西，但不知该送什么。一天晚上，龚羡林批改完学生的作文，正准备睡觉，有人敲门。他打开房门一看，是任诚。只见他不好意思地从怀中掏出一个大口瓶子，双手捧到龚羡林面前说："龚老师，这是一瓶腌好的沙葱，味道好着哩，我奶奶叫我给你送来，你就面条吃吧！"龚羡林问："你这么迟了跑这么远的路，就为了给我送这瓶沙葱啊？"任诚说："白天同学们太多，我不好意思！"龚羡林说："啊呀你看你这孩子，我一个人能吃多少，你留着和奶奶吃吧！"任诚误会了，认为老师不愿意收他的礼物，不知所措地说："我们家的情况你知道，我……"龚羡林扳住他的肩膀，疼爱地说："我没有别的意思，我只是说，你身体不好，不该这么迟了跑这么远的路，不安全，老师也不放心！"任诚见龚老师收了他的沙葱，高兴地说："那我回去了。"龚羡林说："快回吧，路上小心，回去代问奶奶好，谢谢她老人家！"任诚答应着走了。月光下，望着他瘦小的一瘸一拐的身影，龚羡林的眼睛湿润了。他知道这个孩子不但有残疾，还没有父母，只有奶奶和他相依为命。但他学习很好，人很聪明。

龚羡林到来不长时间，就引起了学校内外各方面的注意，所到之处，人们都用审慎的目光看着他。他知道他们在指指点点议论他，但议论的什么他不知道，也不想知道。后来大家熟了，这才知道，人家是在替他惋惜。说龚老师多精干的小伙子，怎么就当了一名老师呢？听学生说，课讲得很好，学问大着哩，干点啥不好，为啥偏偏要当老师？尽管他们认为老师大都是有知识有文化的人，是好人，他们的孩子上学要通过老师教，但他们认为老师社会地位低下，又最没有油水，他们的孩子将来长大是绝不让当老师的。有同事开玩笑说，学校的一名女老师通过关系调到商店当营业员去了，老乡见了惊讶地问："啊呀，老师你提拔了！"可见老师当时的处境。龚羡林却不这样认为。对比他所参与过的知青工作和公安工作，他觉得教师工作才是教书育人、"润物细无声"的根本性工作，是一项塑造灵魂启迪心智的神圣的工作。它能够最大限度地发挥自己的聪明才智，直接服务于社会、服务于家庭、服务于个人，为国家培养人才做出贡献。他虽然并不想当一辈子老师，但他对社会上人们对教师职业的贬损，非常不满，甚至感到气愤。

彩虹来了，她在她大弟弟的陪同下来看龚羡林了。龚羡林走的时候她曾嘱咐过，要他周末回家来，家里给他做好吃的。但龚羡林因为安顿自己的生活、熟悉了解周边环境、走访学生家庭、参加水泉大队的社会活动，同时也由于交通不便，一直没有回去。彩虹不知道他什么原因不来，心里发慌，就和大弟一起，借这个礼拜天，来看他了。

这时候，龚羡林已经由老鼠横行的大房子搬到小宿舍了。由于他有严重的支气管哮喘，怕冷，怕感冒，向学校申请，自己掏钱，在宿舍里盘了一铺炉炕。在为匠人打下手的过程中，他自己也学会了盘炉炕这门手艺。彩虹进到他的宿舍，环视一周，房间虽小，安顿整理得井然有序。炕墙周围贴上了革命样板戏的彩色剧照，办公桌正面的墙上，挂起了中国地图和世界地图，花花绿绿，充满生气，大有"胸怀祖国，放眼世界，立足农村，心想天下"的意味。学校分给老师过冬的煤砖，被整齐地码放在炉炕的顶头，炉子里炉火正旺。

彩虹看他，人是明显地瘦了，且略带疲惫和沧桑。她知道他一个人做饭吃，肯定是胡对付，吃不好。她拉开他的抽屉，发现大米白面香油一应俱全，问龚羡林有什么菜，她给大家做一顿拉条子。龚羡林说，门背后有学生们送来的洋葱和大白菜，还有昨天王老师送来的一块骆驼肉。大弟听说有骆驼肉，惊喜地问："骆驼肉也能吃啊？"龚羡林解释说："他们队上一峰骆驼蹶死了，队里把肉分给社员们吃。王老师从分给他家的肉里给我割了一块。骆驼肉虽没有猪肉羊肉好吃，但在现在没肉吃的日子里，它还是很珍贵的！"彩虹说："我先把肉煮上，再把面醒上，你们两个负责剥个洋葱，洗个白菜！"

不一会儿，肉就煮到了锅里，面也和好醒上了。在切菜炒菜的过程中，龚羡林问彩虹，我走以后信和都有些啥事？

彩虹说："忘了给你说了，你妹妹给咱们买的被面寄来了，我和我妈看了，是特别好的杭州丝绸软缎，一红一绿，可漂亮啦！等把被里、棉絮买齐了，我就缝起来。"

"老贺走了吗？"

"走了。去了海子小学。"

"薛得寿再见过吗？"

"见了，那天他还问我，你啥时候回来。"

"王肃年还在吗？"

"不见了，不知到哪里去了。不过，何桂兰和何望林回来了，伤都好了，现各在各的家里休息着哩。"

龚羡林又问："老贺和英子的婚期定到啥时候了？"

彩虹："不知道啊，自你走了以后，我再没有见过英子。"

"这两个家伙，开始最他们急，这会咋又不急了！"

"如果现在不办，可能就到年后了。"

龚羡林又问彩虹："咱们的婚事，你看还有啥要准备的？"

彩虹说："家里都准备好了，你放了假赶快回来就行了。"

龚羡林往彩虹身上一看，将早已准备好的一百元钱给她，说："给你再添置身衣服吧，再买一双皮鞋。还需要啥，你自己看着买去吧，我可能顾不上陪你。"

彩虹说："衣服就行了，我买一双皮鞋吧，其他的，以后再说。我把钱先存着。"

龚羡林把彩虹深情地拥进怀里，久久不愿放手。

彩虹挣脱他的拥抱，说："吃饭吧！"

吃过了饭，彩虹和弟弟要走。龚羡林叮嘱她，回去以后代问薛得寿好，就说他在这面好着哩。随后就送他们出门,一直把他们送出村口,看着他们骑上自行车远去了,这才怅怅地折返回来。

三十四

彩虹从水泉回来,就把龚羡林的情况给她妈说了。

她愁肠地说:"他就在那么个学校,孤零零的,一个人住。学校又没有灶,还得自己做着吃饭。一个男人家,洗洗涮涮,没人给他搞,我又离得远,这可怎么办?"

母亲嘿地一笑说:"这你急啥,你们不是很快就要结婚了嘛,结了婚,还愁这些?"

彩虹没有理会母亲的话,从柜子里找出一小块黄布,补她草绿色的裤子去了。

母亲刚捡完一碗苞谷糁子,准备熬稀饭,凑到她跟前,小声问:"你这一次去,龚羡林没有给你钱吗?"事实上,她早就从儿子建娃那里问清楚了,建娃说,姐夫是给姐姐钱了,但给了多少,他不清楚。

彩虹说:"给了,给了我一百块,要我去做两身衣服。"

母亲一听,惊喜地说:"啊呀,一百块!这在咱们农村,苦上一年都挣不出来!"随后又自我感叹地说,"我的丫头找了个好对象,完了好好给自己置办两身衣裳穿去吧!谁像我,跟了个你爸,一月就挣那么两个钱,大部分他自己花了,我们娘儿们没有饿死就算好的,还穿什么衣裳!"

彩虹听出了母亲话里的嫉妒和不满。她知道,母亲这个人是个大肝花,能吃苦,也爱享受,特别喜欢穿个好的。于是,就抱歉地说:"妈,这一百块钱,还是羡林攒了好长时间才攒出来的。他自己要花,他妈和弟妹们刚被下放回了农村,听说安家要花很多钱。所以,你不要着急,等我们结了婚,等我以后有了工作,我会孝敬你和我爸的!"

母亲冷冷地说:"哟哟哟,还没有结婚,就知道护着龚家了,就知道胳膊肘朝外拐了,等结了婚,还能认识我们是个谁!"

彩虹被激怒了。她知道母亲说这话是攒了很长时间了。自从龚羡林父亲来,两家把他们的婚期商定以后，对门大妈，南滩三妈，还有队里一些姨姨婶婶，都在她面前打问："彩虹订婚，你们要了多少彩礼？龚羡林的父亲来，给了你们多少钱？"她表面上虽然不说，但内心却被这些问话挑动得很不平衡了。彩虹理解母亲的这种想法。农村嘛，千百年来流传下来的封建落后思想，根深蒂固。谁不想借丫头出嫁，发一笔横财，改变一下窘迫的家境！更何况自己的家境也不富裕！她痛恨自己的婚姻也遇上了这种陈旧观念的干扰，但她绝不允许母亲借自己的婚姻有什么非分之想。

　　她对母亲说："妈，你怎么能说这种话！我怎么胳膊肘朝外拐了？我和龚羡林是自由恋爱新式婚姻，我爱的是他的人不是他的钱！我们是现代青年，我们不能按照农村那种封建落后的习俗办事！我们不是商量了嘛，我们什么都不要嘛，你怎么又想不通了？你要了人家的彩礼，你叫我怎么进龚家的门？叫我以后和龚羡林怎么生活？叫我和公公婆婆怎么相处？你这不是自己轻贱自己吗？"

　　母亲见丫头生气了，刚刚冒出的一点想法只好憋了回去。她知道，丫头大了，不能惹，惹了丫头，也就惹了女婿，她还真想今后靠他们呢！于是，她又放缓语气说："我不是要他们的彩礼，我是想，我这一辈子人白活了！"

　　彩虹见母亲口气变了，又有些于心不忍。她说："羡林给的这一百块钱，是要我去做衣服的。我想我衣服有了，上次到石门去，姑姑给我做了一身，我没有舍得穿，结婚正好用上。我只想给我买一双皮鞋，剩下的钱给你和我爸一人扯一身衣服，叫我三爸在缝纫机上给你们做好。"

　　母亲一听急了："不要叫你三爸做，我在隔壁党翠英的机子上做。叫你三爸三妈做，人家一看你们给我和你爸买了，给人家没有买，肯定不高兴。"

　　彩虹一想，也是。就又说："那你在党家大妈的机子上先做吧，龚羡林说，等我们结婚了，他想给你买一台缝纫机。但缝纫机是凭票供应的，不知我爸能不能搞到票？"

　　母亲惊喜地问："真的？我给你爸说！我叫上山的人给他带个话，叫他早点考虑。"

　　彩虹觉得，母亲有点可怜。母亲这辈子实在不容易，和父亲定了个亲，老盼着早日完婚，可父亲待在新疆迟迟不回来。后来爷爷加急电报催着总算回来了，可热恋着他的商铺老板的女儿，后脚就撵上来了。参加工作以后，父亲总在离家很远的地方，一个月都不见得回来一趟，也不见往家里寄钱或捎带什么东西。母亲带着他们姐弟四人艰难度日，生活过得十分清苦。她都清楚地记得，那时她是大姑娘了，早晨喝一碗小米萝卜稀饭就去上学，走十多里的路程，尿一泡尿，肚子就空了。中午没有干粮可带，也没钱买着吃饭，每当别的同学吃中午饭时，她就悄悄地躲开。饿得实在不行了，就去学校的井边打一桶凉水，喝上几口。母亲不管她的生活，也没有办法管。父亲也不管。父亲和母亲之间有没有爱情她不知道。反正父亲每次回来，都是仓仓促促，也很少说话。母亲对父亲却是一往情深，总是想着法子给父亲做一些好吃的。

想到这，她问母亲："妈，我爸一个月挣多少钱？"

母亲说："也就四十几块吧！"

彩虹心想，父亲是建国初期参加工作的，一个月才挣那么点钱，相比较，龚羡林他们这些大学生一毕业就挣五十多，算是高工资了。

父亲已经有很长时间没有回家了。自从和龚羡林的父亲见过面之后，就再也没有回来。宝贝女儿的婚期将近，不知他作何打算？

彩虹忍不住问母亲："我爸这一次走了怎么不见回来了？我们的事咋办？"

母亲说："听说年底有什么活动，他也被公社抽去了，这些工作干不完不准回来。你们的事你放心，他让你们大伯和你三爸具体办着哩。买东西有你大伯，准备做席有你三爸，请人的名单早就列出来了，他说他回来就发请帖。"

彩虹听了，心里难过，是自己错怪爸爸了。

她又问母亲："妈，你说我爸那么勤快，待人那么热情那么小心谨慎，对工作那么认真负责的人，怎么就越干越小了呢？原来还是个公社的副主任，怎么现在反倒被降成了公社卫生院的院长了呢？"

母亲恨恨地骂声说："你爸这个人，胆子太小！他参加工作那阵，上面说，要每个人都把自己之前干过的事，不管大小，给说清楚，不然就是故意隐瞒。他有两件事给人家说了。就这两件事，害了他一辈子。每次运动来，人家就提，他又交代不清，这就一撸再撸，一个好好的人，人家们越干越大了，他却越干越小了。"

"哪两件事？"彩虹着急地问。

母亲说："说来话长——"一件是，你爸有一个叔伯弟弟，1949年初在肃山中学上学，参加了几个年轻人组成的什么反动组织，给政府抓了，判了刑了，判的是无期徒刑。后来说改造得好，给改有期了。这个弟弟的老子跟你爸的老子是亲兄弟，但自从老弟兄分家以后，各过各的，再也很少来往。人家在城里开布店，当人家的资本家，我们和大伯两家在农村，当我们的贫苦农民。1949年前是人家看不上咱们，互相没有往来；1949年后是你爸和他们划清界线，相互不往来。但你再不往来，有这么个弟弟是真的，你爸还借去新疆出差，去劳改农场看过他一回。这不，臭狗屎粘在身上，想甩都甩不掉了。每次运动来，他都得重新交代一次，都得重新表态划清界限，你说这烦不烦！

"另一件是，你爸在新疆商铺当店员期间，一天，一个不认识的人来找他，说你爸在商界提货送货，认识的人多，托他给买一把手枪。当时，新疆军界确实有卖黑枪的。你爸通过朋友打听，竟然把这枪给买到了。一把手枪，新崭崭的，用黄纸黄油裹着；一盒子弹，足有十多发。那人把枪拿了把钱给了就走了，从此杳无音讯。你爸不知道他叫什么名字，买枪干啥。运动中组织上要他交代，你爸交代不清。组织上说，如果这个人是地下党，是我们的同志，你爸帮这个忙是立了功；如果这个人是敌人是土匪是坏人，那这就成了罪孽。你爸哪里知道那个人是好人还是坏人，又到哪里去找他！这个问题他交代了一次又一次，但看来，这辈子是交代不清楚了！

听了父亲的故事，彩虹心里明白了，怪不得父亲对龚羡林父亲的历史问题那么敏感，在较长一段时间，因这个问题对她和龚羡林的婚事，竟迟迟态度不明，害得羡林都有了意见。可见一朝被蛇咬，十年怕井绳。老一辈人活得都不容易，我们小辈人要特别珍惜今天来之不易的生活。

这一天，父亲终于回来了。从山区带回一只宰杀了的羊，足足有三十多斤；两只活鸡，又肥又大；一箱"雪山牌"白酒。他说："现在物资奇缺，东西不好弄。山羊是顺义大队的周书记听说我丫头结婚给弄的，这鸡是元山大队贾队长家自养的。这些东西加上上次羡林父亲来，给钱买的那头猪，你们结婚做席用的肉是够了。酒可能缺一些，到时候让杨在明到礼和的酒坊里再买一些就是了。"他说完，问彩虹和彩虹妈，这一段家里准备的情况。

彩虹妈说："新房里用的东西，铺的盖的，枕头枕巾，都已经准备齐全了，现在就剩他们身上的衣裳了。彩虹前几天去水泉，龚羡林给了一百块钱，说是给丫头做衣服的。彩虹说，她姑姑给过她一身衣服，还没有穿过，她就只买双皮鞋，其他的钱给你和我一人做一身衣服。"

父亲连连摆手："女婿给丫头的钱，就用在丫头身上，咱们两个做什么衣服！"

母亲急了："那你就让我这么穷酸地出嫁丫头吗？"

彩虹立即出来替母亲帮腔："爸，这是我的意思，也是龚羡林的意思。你们就我一个丫头，你们把我抚养这么大，我结婚你们连一身新衣服都没有，那怎么能行！"

"就是，你不怕人家笑话，我还嫌丢人得慌！"母亲不满地说。

"那就给你妈做上，我不要！"父亲固执地说。顿顿他又说："我是说，龚羡林刚刚参加工作，没有什么积蓄；他母亲被下放回了农村，处处得花钱；他父亲的问题才被解决，一切还没有理顺。在这个时候，我们只要简简单单把事情办了就行了，不要给羡林和他家里增添负担。"

父亲这样一说，母亲也就再不吭声了。

就在这尴尬的当口，门外传来了汽车的喇叭声。彩虹出门观看，惊喜地发现，是龚羡林回来了。龚羡林喊她，让她快去叫人，帮助搬一下东西。彩虹回身喊来了父亲和母亲。大家来到车前，只见龚羡林和司机从车上搬下来几只笨重的木箱，还有他全部的行李。包括锅碗瓢盆。

彩虹问："你把行李搬回来干啥？"

龚羡林来不及向她解释，先介绍司机说："这是县公安局的刘师傅！"彩虹和她父母连忙热情地和刘师傅握手问好，并请到家里去坐。刘师傅客气地说："不了，局里等着用车呢，你们赶快把东西搬进去吧！"说着就要走。龚羡林知道他忙着呢，就没有挽留，扳着车门，谢了又谢。看着刘师傅回了，他才动员一家人把他的行李连同那只笨重的木箱子搬进家。

彩虹一边搬着一边问："这是啥东西呀这么重？"

龚羡林故意卖关子地说："是你喜欢的东西！"

彩虹娇嗔地又问："究竟是啥么？"

龚羡林笑着说："你也好歹是个中学生哩，那上面有字，你不会看嘛！"

彩虹这才注意到，木箱子的一面赫然印着几个大字：蝴蝶牌缝纫机！她不由大吃一惊："啊？缝纫机？你从哪里搞的？"同时喊她爸她妈，"爸，妈，你们看，这是缝纫机！羡林把缝纫机给你们买来了！"

母亲万分惊喜，向着龚羡林问："是吗？你不是说缝纫机要票哩吗？"

父亲很过意不去地说："就是要票哩，票不好搞，钱也要不少！"

龚羡林说："爸，咱们先抬进去吧！"

父亲说："抬进去，抬进去，小心一点，别碰着了！"

几个人抬的抬抱的抱，很快就把缝纫机和龚羡林的东西搬进了家。彩虹随手"咣当"一声把门闭了，她不想家里有了缝纫机的事让外人知道，她只想把惊喜圈进家里关起门来自家人独自享受。

关上了门，父亲就取来了工具拆卸缝纫机的包装。因为三爸是裁缝，父亲是懂得缝纫机的结构原理的。他一边拆着一边说："这是紧俏物资，凭票供应，票又很不好搞。我们那里已经有半年没有发票了。上半年听说全公社就给了两张票，一张公社杜书记拿走了，一张商店的许主任不知给了谁，我不好和人家争。"

彩虹说："爸，咱们不争，这不是买上了嘛！"又问龚羡林，"你从哪里搞的票？"

龚羡林说："我从水泉肯定搞不到，我给县公安局董局长打了个电话，说我要结婚，想给媳妇买一台缝纫机。他没有等我把话说完就把电话挂了，我以为他不想管这事。谁知今天早上向大年给我打电话，说我要的缝纫机给我说好了，东西就在县第一百货商店的库房里放着，让我筹集钱款尽快去提货。还说我什么时候去，给他打电话他让局里的吉普车连人带货直接送到信和。我接到电话，不敢怠慢，就收拾行李坐公社的拖拉机进城找他去了。"

彩虹问："你哪来的钱？"

龚羡林："我爸给我又寄了一些。"

包装打开了。父亲先把架子装了起来，然后再把机头小心地安装上去。彩虹和母亲看着暗铜色的金属的支架，摸着滑溜溜的台面和乌黑发亮的机头，高兴、激动、赞叹得一塌糊涂，就好像身在梦里。

多少年了，羡慕人家用缝纫机，盼望自己能有一台缝纫机，今天，这个梦想总算实现了。

彩虹当着父母亲的面，靠向龚羡林身边，轻轻拉住他的手，眼里有泪花在打转。

母亲高兴地说："龚羡林，谢谢你啊！"

龚羡林忙说："妈，谢什么呀，这是应该的。我答应过彩虹，要给你买一台缝纫机。有了这个，今后你缝缝补补就方便多了。"

父亲抱歉地说："你参加工作不久，就给你增加这么大的负担，真是……"

缝纫机装好以后，彩虹忽然又想起问龚羡林："你把行李怎么都拿来了？"

龚羡林这才告诉全家人，他的工作调了，由水泉小学调到南滩中学了。

这真是喜上加喜！彩虹半信半疑地问："真的吗？"

龚羡林说："真的！"

彩虹："啊呀，太好了，太好了！"又问龚羡林，"怎么回事？怎么没有听你说起？"

龚羡林说："事情没有办成，我怎么给你说，我就是等事情办成了，给你一个惊喜！"

原来龚羡林在水泉，越来越感到生活不方便。关键是，水泉到县城不通班车，离公路和铁路都比较远，交通很不方便。不要说回陇中探望父母，就是回信和看望一下彩虹，都是很不容易的。于是，他有了调动的想法。他没有去找政治部的领导，也没有去找知青办李主任和公安局董局长，而是直接去县文教局找了一把手方局长。他向方局长陈述了自己的困难，提出了自己的要求。方局长是个非常和蔼可亲、通情达理的人，他听了龚羡林的陈述，心想，把一个外地来的同志，又是省城名校的高才生，放那么偏僻的地方确实不合适。他劝龚羡林，让他把这一学期上完，上完了下一学期就过来到南滩中学上课。龚羡林说，他已经把去南滩中学的调令都开上了。水泉那面的手续没有办，文教局说，他们给说，让他开学以后抽时间过去告别一下就行了。所以，他现在的任务，就是集中精力结婚，结完婚回陇中探亲，下学期开学，直接到南滩上班。

彩虹妈发愁地说："你们结了婚，家往哪儿安哩？丫头怎么办呢？"

龚羡林心想，碰到他和郑世荣、贺丹峰讨论了八百遍的问题了。不过，他不害怕。他说："家就随我了，我走到哪儿，家就安到哪儿。至于彩虹的工作，我给公社和学校说一下，让暂时当个民办教师看行不行，以后再想办法转正。"

彩虹爸说："也只有这样了。"

龚羡林又问起做衣服的事，彩虹把她的想法她父母亲的意见告诉了他。

龚羡林说:"你的想法对,给两个老人一人置办一身新衣服,给我们两人更得一人置办一身新衣服,不然结的啥婚!现在,黑城地界没有卖的像样的成衣,到省城买时间来不及了。我们就扯最好的布料,让城里的裁缝做,几天就出来了。明天,我和你就进城办这事去!"

彩虹高兴地说:"我听你的!"

三十五

英子的病好一些以后,贺丹峰就去海子小学上班了。农村小学,一个萝卜一个坑,人家已经给你把课排上了,并且来人当面请了,你能不去吗?好在海子离信和不远,晚上放学可以回来。他弄了辆自行车,白天去学校上课,晚上回来陪伴英子。

这样的日子过了一段,杨月红实在看不过去,对贺丹峰说:"你是公家的人,不能因为她耽误你的工作。你到学校去住吧,晚上要给学生批改作业,准备第二天的课程。英子有我照顾。"她又对英子说:"丫头,丹峰是人民教师,你不能老叫他守着你耽误工作。海子虽说和信和一个公社,可也离了二十多里地哩。你让他天天这么来回跑,他哪有精力好好备课!"

英子噘着嘴说:"他住在海子,海子的丫头晚上找他去怎么办?"

杨月红没好气地说:"哪里没有丫头?你这么不放心,那就搓一根绳子,把他拴到你的裤腰带上算了!再说,天下又不止贺丹峰一个男人,人家丫头们离开他就不能活了!"

英子羞怯地把脸转了过去。

"瓜子!"杨月红又气又疼地骂了一句。

骂完又问:"那你们的婚事咋办呢?原来说元旦前元旦前,现在元旦都过了,你还这么犟着,你到底啥意思?"

英子转过头,坚定地说:"我得让他把事情说清楚,说不清楚我不结婚!"

"啥事情?"杨月红着急地问。

"就是肖淑娴的事。"

"你不是问了一百遍了吗，人家都说没有，现在人都走了，你还问啥哩？"

"不！他们肯定有事，我能感觉来！我现在不问清楚，他将来还会欺负我！"

"那你问着人家还说没有呢？"

"那我不结！"

"那要人家承认有呢？"

英子不说话了。眼泪像泉水涌满眼眶，继而又从杏眼中破堤而出："我不知道！妈，我弄不明白，心里这道坎过不去！"

杨月红将丫头拥在怀里，用手擦着她脸上的泪水说："那你不用难过，妈帮你问吧。"

杨月红终于找了个机会，向贺丹峰旁敲侧击地问起肖淑娴的有关情况："肖淑娴走了这么长时间，没有给你们来信吗？"

贺丹峰思想上早就打好了预防针。关于那件事，不管谁问，打死都不承认。见她这么问，开始还是吃了一惊，但很快就镇定下来。他如实回答说："给老龚老郑来信了没有，我不知道，反正给我没有来信。"

"你们去湖湾搞路线教育，一块去，一块来，人多吗？"杨月红改侧面套问为正面主动询问。

"人多。"贺丹峰说，"去的时候我们是分散走的，来的时候是一块儿回来的。"

"湖湾挺远的，天鹅湖更远。多的时候，一天是走不到的。"杨月红一边往缸里腌制过冬的大白菜，一边好似漫不经心地问。

"就是，远着呢，一天到不了，我们还在公社住了一夜哩。"贺丹峰把这个话说完，心头惊了一下，脸色很快变得很不自然。这个变化，被杨月红看在眼里，记在心里。

"在公社住了一夜？他们是怎么住的？"杨月红陷入深入的思考。"走的时候他们是又说又笑一起走的，没有别人；在公社住，也是他们两个，没有听说有别人。公社一般都有客房这是真的，但公社干部一般都不在公社住，平时都下乡了，都到各驻的队里去了，机关最多留一个文书和炊事员。那么，他们是怎么住的？"杨月红想到了一个危险的结果，但她又很快否定了这种想法："哎呀，你都胡想些啥呀！人家是大学生，知识分子，起码的道德和素质还是有的。再说，公社里还有别人，他们能想怎么住就怎么住吗？"

从贺丹峰这里没有问出结果，杨月红想，为了取掉丫头的心病，最好的方法是，带她再去一趟湖湾，再去一趟天鹅湖，以转亲戚为名，去走访走访湖湾公社的人和天鹅湖的老乡，作一次调查了解。回来再去县公安局找一下老杨杨耀祖，问一问他对贺丹峰和肖淑娴的印象，问一问他说那句话的意思。只有走这么一趟，调查调查，了解了解，这丫头的一根筋才能扳回来，她心里的那个坎才能过得去。

她把这个想法在心里掂量了好几天，觉得可行，这才给英子说了。英子同意妈妈的想法。但她说，不要告诉任何人，不告诉爷爷和爸爸，也不能让贺丹峰知道。母亲说行。

于是，第二天一早，母女二人就各骑一辆自行车从家里出发了。因为路途遥远，她们骑得很快，不到中午，就已经到了湖湾公社。这里是重点怀疑区，必须进去实地踏看踏看，了解了解。杨月红妈妈聪明得很，猛然想起，她有一个远房亲戚原在这里工作过，她们就以打问亲戚为名进了公社。公社大院里，一切都和几个月前一样，静悄悄的，没有人。她们正在踌躇，从后面伙房出来一个老汉，问她们干什么，她们说找人。问找谁，杨月红说出那个亲戚的名字。老汉说："你说的这个人，早就不在这里了，调别处去了。"杨月红知道这个情况，为了搭讪，她又问老人："大叔，公社里怎么就你一个人呀？"老人说："都下队去了，就我一个人看门。你们从哪里来？"

杨月红说："我们从城里来，还要到天鹅湖去看一家亲戚。"

老人说："那我给你们倒点水，你们喝着休息休息再走。"说着就去伙房拿水去了。

趁着老人去拿水，杨月红和英子把那排客房认真看了一遍。老人回来，杨月红问："大叔，这排平房就是县上来人住的客房吧？"

老人说："是。"

杨月红接着说："我们队上的贺大学和肖大学参加路线教育，听说就在你们公社住了一夜，可能住的就是这房子？"

"怎么样的两个人？"老人问。

杨月红就把贺丹峰和肖淑娴的样子，给他描述了一番。

老人一听，说："对！两个大学生，一男一女，就住最顶头那两间房，男的住一号，女的住二号。那天天很冷，把两个年轻人给冻坏了！"

杨月红和英子面面相觑。见不好再问啥，就抓紧喝了口水，准备继续赶路。

就在这时，从大门口又进来一男一女两人。只听那女的还没有走进门，就高声喊着说："谈叔，有公社的几封函件，你给签收一下吧！"老人连忙答应说："好好好！"

那男的朝老人身边一瞅，不由吃惊地叫道："杨姨！英子！"

杨月红和英子抬头一看，也大吃一惊："老郑！"

"你们到这里干啥来了？"郑世荣问。

杨月红瞥老郑旁边的那女的一眼，不好意思地说："我们到天鹅湖去，路过这里，有一个亲戚，想打听着看一下。"

"打听着了吗？"

"早就调走了。"

"那到我那里去坐坐吧！我就在这里的兽防站工作。"同时，介绍他身边的女的，"噢，这是邮电局的小濮！"濮玉林笑着和杨月红、英子握手。

杨月红上下打量小濮，一边打量一边夸赞说："啊呀！长得真俊！湖湾水好，丫头也像水一样清秀。"夸赞完小濮，又对郑世荣说，"不了，我们还要赶路哩，害怕迟了，到那儿都天黑了。"

郑世荣见留不住她们，就说："如果事情紧急，你们就走，不过到那儿还有三十多里路吧，路也不好走，等到了恐怕就天黑了。"又问，"老贺好着哩吧？老龚再见过没有？"

杨月红说："贺丹峰好着哩，老龚再没有见，听说准备结婚的事情着哩，到时候他肯定要请你。"

老郑说："那是肯定的。"

说完，就送杨月红母女又踏上了去天鹅湖的道路，并且和濮玉林一起，一直目送她们过了胭脂湖的拐弯。

杨月红母女是在夜幕将要降临的时候到的天鹅湖。心血来潮，糊里糊涂地来了，举目无亲，人生地不熟，晚上住哪儿去？这时候她们才感觉到，这次出门，未免太荒唐太滑稽，不考虑当天能不能返回，也不考虑返回不了晚上住哪儿去，就这么一根筋地来了，这黑灯瞎火的找谁去？情急之下，英子想到了贺丹峰路线教育时的房东家，她还依稀记得那个地方，于是领着母亲来到双琴家。

金双琴家正准备吃晚饭，忽然听到有人敲门。双琴去开门，见门外站着两个素不相识的人，就问："你们找谁？"英子说："双琴，是我，我是南滩信和的英子！"双琴仔细一看，这才吃惊地道："啊，是英子姐呀，你怎么来了？这是……"英子急忙介绍："噢，这是我妈，我们到天正有点事，顺便过来看看你。"双琴高兴地说："快请进！快请进！"

双琴的父母听说英子来了，高兴地迎了出来，把杨月红母女招呼到炕上就座，问长问短，还说起英子上一次来的情景。

杨月红见炕上摆着炕桌，桌上摆着筷子和菜碟，知道人家要吃饭了，心想来得不是时候，便问双琴："丫头，这村里有没有旅馆？"双琴不解地问："旅馆？"杨月红解释说："我们原想过来把你看一看，晚上到天正亲戚家去住，不想路上耽搁了，现在得先找个住的地方。"双琴的妈说："啊呀，找什么旅馆呀，来了就住我们家。我们家地方宽着哩，工作组走了以后，西房就空着哩。"杨月红看英子，英子也无别的办法，杨月红就不好意思地说："太麻烦你们了！"双琴的妈说："麻烦啥呀，英子来过，就像我的丫头一样。认识了，我们就成了亲戚，高兴还来不及呢！"双琴一家的热情接待，打消了杨月红的顾虑，把她从尴尬难受的境地中解放了出来。她在心里暗暗地责怪英子的固执和任性。

吃过晚饭，双琴已轻把西房收拾好了。她给杨月红介绍说，上一次路线教育，贺大哥他们就住在这里。双琴妈还指着铺好的炕说："当时张院长睡最里面靠墙的地方，贺大学睡中间，老杨睡靠窗。三个人的呼噜都打得震天响，大门外都能听见！"说罢，嗨嗨笑了，杨月红和双琴也笑了。

双琴妈问英子："贺大学回去好着哩吧？"

杨月红代丫头回答说："好着哩，他们已经分配工作走了，离开我们信和了。"

"是吗？"双琴妈回忆着说："都是一些好人啦！张院长严肃认真，贺大学的材料写得好，老杨随和，爱和我们拉家常。他们走了，还怪想的！"

杨月红说："就是。"又问，"那个肖淑娴肖大学也是我们队的，她常过来吗？"

双琴妈说:"知道,知道。她在九队,来过几次。长得挺漂亮的,待人可热情啦,一看就是有知识有文化的人!"

英子有点显得不自在。她的心理活动,杨月红全看在眼里。

双琴妈说:"我听双琴说,那个贺大学就是你们丫头的对象,有这个事儿吗?"

杨月红笑着问:"大姐,你看怎么样?"

"好呀好呀,"双琴妈说,"那是个好后生,要人品有人品,要学识有学识,懂的东西可多啦!你家英子真是好福气啊!"

杨月红又问起双琴的婚姻情况,双琴妈又把双琴谈恋爱的事,从头到尾聊了一遍。

两个人你一言我一语,一直聊到深夜。真像是一对亲姊妹走亲戚来了。杨月红在这种闲聊中,把贺丹峰路线教育中的表现、当地群众对他的评价、他和肖淑娴的关系,全弄清楚了。

待双琴和她妈离开以后,她悄悄说英子:"你都听见了,人家贺丹峰和肖淑娴不是你想象的那种人!一起工作的人嘛,总会有些来往。人家来往了,你就认为不对了。那你说,你这一辈子就不和别的男人来往了吗?那时候你妈把你托付给我,她却可怜地走了。你爸想你,要来看你,我总不能拒绝一个心头滴着血的父亲来看他的亲闺女吧?为你爸来看你,张金花在队里给我造了多少谣?架都打过几回,但我认为我没有做错啥,我就仍然坚持让他来看你。你可不能跟上张金花学啊!可不能鸡肠小肚,疑神疑鬼,说风就是雨,老念叨那些没影子的事!"

英子一声不吭。等母亲说完了,她说:"妈,咱们回去再找杨叔问一下吧!"

杨月红知道,看来说了半天,她心里的结还没有解开。她没好气地说:"行行行,赶快睡,明天早点起,起来就走!还不知道人家在不在呢!"

第二天早上,吃过早饭,和双琴一家千恩万谢地话别了,杨月红母女就往县公安局赶。到了局里一问,说老杨今天没来上班,可能在家里哩,去家里找吧。她们又找到家里。

老杨的家在县城解放路的北街。他在这里住了大半辈子,从没挪过窝。因为快到退休的年龄了,上不上班基本上没人管。今天上午,他参加了一个晚辈的婚礼,喝了些酒,回来睡了一觉,这刚刚起来。

他见到英子,感到非常奇怪,问:"丫头,你怎么来了?"

英子说:"我来看看你啊!"

老杨歪着头,大着眼,不太相信地说:"不会吧?"

杨月红说:"杨局长,丫头就是来看看你!你和我们女婿贺丹峰不是一块儿搞路线教育么,她去过。过些日子他们结婚,想提前把你请下,好给我们长个面子!"

"噢,是这事啊,这是好事。啥时候办?"

"日子还没有最后定哩。"杨月红说,"定了我们再给你说。"又问:"杨局长,在一块儿工作过,你觉得我们那女婿怎么样?"

"好着哩啊!大学生,年轻精干,能写会说。好着哩!"老杨十分肯定地说。

"没听说一块儿的同志都说他啥吧?"杨月红随便地拐弯抹角地问。

"没有啊,你指哪方面?"

"哪方面都不指,我就这么随便问问。"杨月红笑着说。

英子忍半天,不好意思地问:"杨叔,那天我走,你说让我放心,你替我管着他是什么意思?"

杨耀祖一怔:"我说过这话吗?噢,如果说过,那就是随便说说,故意跟你开个玩笑,没有什么意思。"

英子说:"我还以为他有什么事情哩。"

老杨:"没有没有,啥事都没有!我就那么一说,可不要当回事!"完了,又不无抱歉地说,"我这个人就是喜欢开个玩笑,喜欢热闹。那时候在天鹅湖,我经常和小贺、肖淑娴开玩笑。"

杨月红问:"肖淑娴你也熟悉?"

老杨笑着说:"熟悉着哩,在一起好几个月,怎么能不熟悉!"

杨月红说:"那也是我们队的!"

杨耀祖说:"我知道。那一帮大学生都挺不错,有文化,有水平,待人也不错。肖淑娴调走了,小贺好着哩吧?"

杨月红:"好着哩,好着哩!等他们的日子定下来了,我让他亲自来请你!"

老杨哈哈哈笑着说:"好好好,我一定去!"

从杨耀祖那里回来,杨月红说英子:"这下你该满意了吧?"

英子羞怯地笑笑,说:"好,这下你们商定日子吧,完了我到彩虹那儿去看看,看人家咋弄着哩。"

贺丹峰自住到学校以后，感觉挺好的。这里虽是个偏僻的农村小学，但民风淳朴，学校条件也不错。以他的学识，教一个小学是绰绰有余的，剩余的时间还可以写写文章做做学问。吃饭也不是问题，想做了自己做一点，不想做了就到社员家去吃一点，光学生家长请着吃饭都吃不过来。

现在，让他头疼的还是婚姻问题。英子显然感觉到了什么。从不打招呼独自去新疆，到莫名其妙地闹病；从急切地想结婚，到冷冷淡淡再不提此事。不是故作矫情，而是实实在在地内心起了变化。人们常说：女人是最敏感的，她们的眼里容不得沙子。和肖淑娴的事，尽管自己感觉天知地知她知我知，做得天衣无缝，没有露出任何破绽，没有传出半点风声，但从英子的表情来看，好像她听到什么了，或是闻到什么味道了。我该不该把真相告诉她呢？不告诉她，欺骗她的感情，我怎么对得起她？我于心何忍！因为她是真心实意爱我的！可一旦告诉了她，她能经受住这个打击吗？万一她经受不住怎么办？她现在身体有病，病情加重或出现意想不到的情况怎么办？

这一段，他得头脑冷静地反复考虑这个问题。

他觉得自己的那次失贞，虽是个意外，但对英子的伤害却是致命的。与其强行包着，不告诉她，不如坦坦荡荡地把事情说清楚，求得她的原谅。说清楚了，她若能原谅，还愿意成，自己将来吸取教训，加倍珍惜相互的感情，加倍爱她。如她不能原谅，那就只好各走各的路，各做各的选择。长痛不如短痛！但他明白。这个坦白不能直接与英子说，直接给她说，她肯定受不了，那太残忍了。他得先给杨月红谈，和她商量。和杨妈妈谈，先求得她的谅解，通过她的帮助解决问题，这可能是贺丹峰目前想到的最好办法。

三十六

龚羡林和郁彩虹的婚礼，在他们选定的二十世纪七十年代的头一个春天，在一个乍暖还寒的日子里，终于如期举行。这可是信和这个西部农村里比较特别的一场婚礼。它特别就特别在，首先，结婚的一对新人，一个是省城重点大学毕业来队劳动锻炼、接受贫下中农再教育的大学生，一个是村里土生土长但却又是百里挑一的女高中生。这样的结合以前从来没有过。其次，他们的婚姻，曾遭到来自多方面的非议、干扰和反对，中间还出现县武装部领导出面开会批评的事情。世俗的各种偏见，还不时地向他们泼去脏水和冷水。但是，这一切，都没能阻挡住他们相爱的脚步，没有拆散牢牢粘连在一起的两颗心灵。他们用坚贞的爱、海枯石烂的决心和矢志不渝的坚守，捍卫了自己的爱情，赢得了人们的赞许与支持，改变了世俗的看法，终于，用甜蜜的泪水，将这沙枣树下偷偷破土的花蕾，浇灌养护成鲜艳的花朵。今天，这花朵将要迎着凛冽的寒风，傲然绽放了！

婚礼就在彩虹家的院子里举行。除两边房子里摆上桌子以外，院子里也搭起了篷布摆上了桌子。信和大队的领导和工作人员都来了，各队的队长们都来了，老远就能够听到他们爽朗的笑声。九队的社员群众都来了，他们花花绿绿穿起了自己最新的衣服。彩虹家的亲戚们都来了。彩虹还邀请了她的闺蜜、同学和朋友。龚羡林的父母及家人来不了。他邀请了县公安局的董局长和向大年、县知青办的李主任，还有同甘共苦一个锅里搅了一段勺子的贺丹峰和郑世荣，充当他男方的代表。婚礼由九队队长万有信主持，大队文书张士维做主婚人，大队主任薛得寿做证婚人，大队干部杨在明做席面总管。因是在女方家主办，又加是新式婚姻，传统婚礼中的接亲、送亲、迎亲、哭嫁等环节就全免了，只在大门口放了两挂鞭炮，让龚羡林和彩虹手牵着手顶着一头炮花子从大门外走进来就行了。

万有信队长今天特别高兴。站起来主持婚礼，一时紧张，半天说不出话来，光"嘿嘿"地笑，笑得两撇小胡子在油光发亮的脸上瑟瑟抖动。会计万有年悄声说他："不要紧张，就像给你的社员讲话一样！但不要再说'热烈地恋爱'了一番的话！"旁边的几个人听见，笑了。这一笑反倒使他不紧张了。

张士维宣读结婚证书。那证书红底黄字，上面印着毛主席语录，具有强烈的时代色彩。只听张士维非常严肃认真地念道："最高指示：我们都是来自五湖四海，为了一个共同的革命目标，走到一起来了……"听到这，龚羡林和彩虹同时想起，那天去公社领结婚证，南滩公社一向老成持重的文书朱老头，非要领着他们背毛主席语录不可。他背一句，他们跟着背一句。直到把几条语录背得滚瓜烂熟，才给领了证。想到此，龚羡林偷偷地笑了，彩虹轻轻把他的手捏了一把。

薛得寿的证婚词是最富有感情的。他从和龚羡林第一次见面认识讲起，讲了他对这个大学生的印象和看法，讲了龚羡林在劳动锻炼中的突出表现，讲了他们之间所建立起的深厚的友谊。对龚羡林的人品、才学和表现给予了很高的评价。他说："作为一个国立重点大学的高才生，来到我们这么偏僻落后的西部农村，不嫌苦，不嫌累，不嫌弃我们农村人的肮脏散漫和没文化，实心实意地和我们摸爬滚打在一起，实心实意地为社员群众做一些事情，这使我们感到，他们就是我们的人。他们的思想观念、群众感情，已经发生了根本性的变化。今天他能够在这里当着许多父老乡亲的面，迎娶我们信和的丫头，我们感到非常高兴，我们为能有这样的女婿而感到自豪！让我们为他们的结合，表示热烈的祝贺！"

董局长和李主任在大家的欢呼声中，也先后站起来讲话。他们除了对一对新人表示热烈祝贺外，还从各自的角度，对龚羡林的工作和能力大加赞赏，也以领导和前辈的身份，提出了中肯的希望和要求。九队的一些社员，看到龚羡林和郁彩虹的婚礼办得如此风光，对他们也更加刮目相看。

龚羡林、贺丹峰、郑世荣三个人，自分配工作以后，就各奔东西，再也没有见过面了。今日重逢，都有一肚子的话要说。贺丹峰见龚羡林忙着给客人敬酒，递给他一个条子。龚羡林展开一看，上面写道："一对新婚人，两个旧家伙。"扑哧笑了，骂道："狗嘴里吐不出象牙！"贺丹峰大笑着又对老郑说："老龚这就修成正果了，你和我怎么办？"老郑说："你不是早就修成正果了嘛，怎么，还没有吃到嘴里？"贺丹峰"嘿嘿"傻笑两声说："吃是吃到嘴里了，可是太硬，咽不下去！"老郑狐疑地看着他的脸："咋？又出啥情况了？老革命遇到新问题了？"贺丹峰觉得有点失言，忙掩饰地说："没啥，没啥！"既而又主动问，"哎，你到底咋弄下了么？"老郑也调侃地说："最近正'日鬼'着一个，能不能成，还说不上。"

贺丹峰还想再问，龚羡林和彩虹领着一个人过来了。他们同时吃惊地站了起来：刘小慧！

刘小慧吃得白白胖胖挺着个大肚子从新疆回来了。彩虹事前给她去了信，说了他们结婚的日期，盼她能够来。但又考虑她离得太远，现在也是一大家子，估计不一定来。没有想到,她说她非来不可,撇下家里一大摊子,来了。这让彩虹喜出望外。一个村子上的姐妹,脾性和爱好又很相同,她平时最喜欢也最崇拜的就是小慧了。只是因为小慧出身不好,又不在一个生产队,所以,平时来往并不多。春节排练文艺节目,她才真切地感受到小慧丰富的内心世界和艺术方面的才华,她把她作为自己学习的对象。小慧的到来,又勾起大家对春节演戏那一段激情澎湃岁月的回忆。

彩虹说:"小慧,上次你结婚,我和老龚都为你献了歌,今天我们结婚,你和老郑一定要再演奏几曲!"

小慧说:"我没有乐器啊!"

彩虹说:"这你不用发愁,你们先喝酒吃饭,待会儿让士维爸打发人去取。自上次演出后,大队里陆续置办了一些乐器,都在文书爸那里保管着哩。小提琴和二胡都有。你们还是保留曲目:《骏马奔驰保边疆》!"

小慧说:"好!"

几个人正说着话,建娃跑来嘴搭在彩虹耳边不知说了些什么,彩虹对大家说:"你们先吃着聊着,我出去一下!"

彩虹叫上龚羡林来到大门外,王正珍老远在庄子外面站着,样子显得疲惫而又憔悴。彩虹见了,吃惊地问:"正珍姐,你不进来,站在外面干啥?"

王正珍拉住彩虹的手说:"人太多,我就不进去了,就在这里和你说说话。"她望一眼龚羡林,笑着点点头,"祝贺你们!"

龚羡林也说:"进去吧!进去吃个饭,聊聊再走!"

彩虹着急地说:"你不进去,就这么走了,我爸我妈问起我怎么说?"

王正珍为难地说:"我现在这么个情况,多少不愿往人前走!"

彩虹嗔怪地说:"你咋了?你又没干啥见不得人的事,有啥不愿往人前走的?走走走!"说着,把王正珍连拉带拽地拉进了婚礼的现场。

正珍进了院子,挨着桌子和一些认识的人打了招呼,就一头钻进彩虹妈忙乎的小屋。彩虹见席面上一时插不进去,正珍自己也不愿去坐席,就给她弄了几样菜,盛了一小碗米饭端了过来。彩虹爸倒了两杯酒对正珍说:"丫头,你妹子的喜事,你喝上两杯他们的喜酒吧!"正珍不好推辞,端起酒杯,一饮而尽。彩虹妈一边劝正珍吃饭,一边问:"丫头,你是从你妈那边过来,还是从你家来?"正珍说:"大妈，我从我妈那边来。""你妈好着哩吧？""好着哩。"

彩虹从外面敬酒回来，王正珍的饭已经吃完了，正和她妈聊着哩。她知道，正珍有一肚子话想给她说，但她得招呼客人，顾不上和她坐下来促膝长谈。于是借敬酒的空隙，插空回来招呼她这个亲密无间的姐妹。

她抓紧时间问正珍："你的事咋弄下了？离了没有？"

正珍无奈地摇摇头："离不了，人家法院不给离！不但不给离，还给我扣了一大堆帽子。说我满脑子资产阶级思想，追求资产阶级生活方式，好逸恶劳，看不起贫下中农，忘了本，等等，等等。"

彩虹说："公安局的董局长正在我大伯家的炕上坐着哩，不行给他说说？"

王正珍："不要！今天是你和龚羡林大喜的日子，不要因为我的破烂事，影响了你们的好事！"

王正珍坐了一会儿，说她要走了。彩虹把她送出大门外。龚羡林看见，也跟上出来了。王正珍对龚羡林说："你出来了好，我正有话要给你说哩！"龚羡林说："啥事？你说！"王正珍一把拉住龚羡林的手，指着彩虹说："这可是我的亲妹子，你今后一定要对她好！"龚羡林说："我会的！"王正珍的手一直不想松开，眼睛里满是眼泪："你也保重！"龚羡林心里很不是滋味，说："你也是，想开一些！"王正珍这才把手松开，和彩虹抱抱，恋恋不舍地走了。

王正珍的出现，给彩虹和龚羡林的心头蒙上了一层阴影。但他们来不及难受，调整情绪，赶快又折回婚礼现场。

董局长、李主任要走，现场吃席的人都站起来送行。龚羡林心想，忙忙乱乱，人多眼杂，两位领导专程而来，自己竟没有和他们说上多少话，完了一定要进城当面致谢，聆听教诲。也不知道全县的知青工作开展得怎么样了？那个他一直牵挂的女知青闫小曼病好了没有？梧桐泉大案的侦破就那样放下了吗？怎么再没有听到什么动静？董局长见了为啥一个字都不漏？望着两位领导远去的背影，他正胡乱地想着，杨在明喊他，让他和彩虹去给乡亲们唱歌表演节目。他"噢"的一声，急忙回到院里。

这时候，张士维已经打发人把乐器取来了。郑世荣和刘小慧的器乐合奏《骏马奔驰保边疆》正拉得酣畅淋漓、气氛热烈。那激越奋进的旋律，像一把烈火，把全场人的情绪都点燃了，就连刺骨的严寒，也好像被融化了，被赶跑了。

张士维说："让老龚和彩虹唱一个吧！"龚羡林说："人家都划拳着哩，唱啥哩！"张士维已经喝得有些迷糊，微闭着眼说："没关系，他们划他们的拳，我们唱我们的歌！"龚羡林对贺丹峰说："老贺你唱吧，我们结婚着哩，我唱啥哩！我再给薛主任和杨队长他们敬上几杯。"贺丹峰说行，并对郑世荣和刘小慧说："那就唱一个《洪湖水，浪打浪》！"老郑看一眼小慧说："好的。"紧接着，《洪湖水，浪打浪》那轻柔舒缓的旋律在院子里响起。开始是老贺一个人唱，后来是全场子会唱的人都跟着唱了。好像郁家的院子里不是在举办着一场婚礼，而是在开着一场音乐会。

这时候，席上的客人大都已经散去，薛得寿对队长们说："咱们也走吧，让人家年轻人闹去。"大家都说走，于是，下炕的下炕，穿鞋的穿鞋。龚羡林和郁彩虹以及彩虹的父母，把他们一一送出大门。龚羡林拉着薛得寿的手说："谢谢主任光临！今天人太多，不方便说话。等消停了我去你家，我们再好好聊。"薛得寿说："好！"

彩虹爸借了邻居万有泽家的小屋，作为彩虹和羡林的新房。小屋很小，土墙土炕，什么家具摆设都没有。因考虑第二天就去龚羡林的老家陇中，新房就没有怎么布置。他们只在墙上贴了两个红"囍"字，在炕上铺上了龚羡林当单身汉时用的褥子和床单，摆上新做的两床被子和枕头。宴席结束以后，那些年轻人没有回家，把热闹的摊场早早地搬到了新房，准备连晚上的"闹洞房"也一起热闹了。

龚羡林知道，在河西农村，结婚当晚的"闹洞房"，是热闹而又难受的一个环节。这种习俗，其本意是为了祝福婚后生活幸福美满、恩爱千秋，但在具体过程中，又不乏许多粗俗的节目。所以，心理上得有准备，不管人家怎么闹、闹到什么程度，都不能烦恼，不能生气。好在有张士维和杨在明在，有老郑、老贺和刘小慧在，一些"捣蛋鬼"的"坏点子"没敢拿得出来，大家重点是听老郑和小慧的乐器演奏，听龚羡林和彩虹、老贺唱歌。总体的气氛还是文明的。

正在热闹中间，彩虹的堂妹金兰来找龚羡林，说他们家来了一位客人，非要见姐夫不可。龚羡林向张士维表示歉意，让彩虹留下来继续招呼大家，自己跟随金兰到大伯家看看。谁知进门一看，来客不是别人，竟是王茂发的老婆何桂兰！何桂兰见了龚羡林，不好意思地说："老龚，我是代表我和何望林来给你们道喜的！白天我不敢来，怕影响不好，给你们带来什么麻烦。但不来呢，这心里又过不去。何望林说，他虽身份不好，但不能没有人情。只好晚上来了，就一点心意！"龚羡林问："那何望林呢？"何桂兰说："他不敢露面，在家老老实实待着哩。"龚羡林说："谢谢你！"何桂兰见意思已经表达，就说："那我走了，你快回新房吧，他们可能还等着你呢。"说完就走了。龚羡林把她送出门外，看她的身影消失在夜幕里，心想，多么善良多么命苦而又多么聪明的女人啊！她害怕自己身份特殊，白天不来晚上来；来也不往彩虹家去，而是去了大伯家。彩虹的爸爸是国家干部，她怕影响人家。大伯是老实巴交的农民，农民怕啥！

等到龚羡林再回到新房的时候，大家的节目都已经不演了，都在聊天。张士维对他说："我们回吧，你们早点休息，明天不是还要赶火车哩嘛！"他这么一说，别人不好再说啥，这可就给一对新人解了围。他们把大家送出门，抬头一望，满天星斗正一个个抖抖索索地笑着哩！

这是个不眠的夜晚。两个人极尽缠绵恩爱，两颗心就好像浸泡在蜜糖之中，慢慢相互溶化。等到彩虹睡熟了，龚羡林这才有了独立思索的空间。

婚礼办得不错。感谢董局长、李主任、向大年他们赏光，感谢薛得寿、张士维、杨在明他们倾力操办，感谢父老乡亲们热情捧场！古今中外，结婚有多种形式：中国封建社会，讲究披红挂绿，红地毯铺路，八抬大轿或高头大马，最穷也得有一头毛驴，披上红毡去接亲。西方世界，讲究去教堂，由神父主持祈祷祝福，问询双方意愿。自己的婚礼，既不能古，也不能洋，只能在这广阔的天地，在这长满沙枣树的盐碱地上，在这贫下中农的小屋。这虽不是他想象中的婚礼，但也是一场完美的婚礼！他得接受命运的安排。他也曾无奈地追问：这就是结婚吗？这就是千百年来人们用热血和生命奋力追求的"伊甸园"吗？这就是诗词歌赋所讴歌所传颂的爱情吗？爱情原本是那么虚无缥缈，那样遥不可及，可如今就在这黄土小屋，就在身边。他有种恍如在梦中的感觉。待意识回归现实，一切都实实在在呈现在眼前的时候，他才意识到，自己这是真的结婚了，那个"追求"和"向往"，从遥远的天际，从蔚蓝色的星空，落在了被严寒包裹着的河西农村的这座农舍里。学生时代的风花雪月和胡思乱想，从此一去不复返了！

在这清冷的夜晚，在爱人的身旁，他又顽固地回忆起了他谈恋爱的全部经历。那真是奇峰险峻，柳暗花明！

他感觉他在上初中的时候，就已经知道喜欢女孩子了。初中男女学生眉目传情、互相往铅笔盒里塞纸条约会的事，他也经历过。初中还没有毕业，姑姑介绍了一个女孩子，让他去处对象，他居然当真了。以后随着年龄的增长，好像介绍对象的越来越多。从老家的叔叔婶婶，到父亲的同事朋友，还有一些热心人，好像都给他介绍过对象。他也见过几个，印象较深的也有几位。一位是六叔介绍的老家农村的一位姑娘。那姑娘小名叫"黑蛋"，其实一点不黑，还挺白，挺水灵，也挺大胆活泼。听说他从省城回来了，早早地在村头等他，见了他还"苦苦"地笑。一位是他到一个印刷厂劳动锻炼，带他的女师傅介绍的姑娘。那姑娘单纯善良，真心爱他，因其母亲反对，抱着他哭得稀里哗啦，他也很伤心。但这些痛苦都是短暂的。给他留下长久痛苦的，则是他主动追求几年相爱几年的他的初恋。一次次的见面，一封封的情书，一句句热切的话语，多少年了，一直在耳边回响。那熟悉的面容，那暖心的微笑，任时光流逝，却怎么也挥之不去！

按照他的想法和追求，他要找一个漂亮的、温柔贤惠的、知书达理的爱人，具体就是：个子高，身材好，端庄秀丽，气质典雅。他把未来想得比较美好，把爱情想得比较浪漫，把婚姻想得庄重神圣。从青春萌动开始懂事起，他就在规划自己的婚姻，就在设计爱情的蓝图。他还有一种天生的冲动和倔强，只要是自己看上的，就要去追，即使碰得头破血流也不回头。就以他的初恋为例吧。当父亲知道对方的家庭背景，苦苦劝他的时候，他不知哪来的胆量，竟然敢顶撞一向威严的父亲。

他的婚恋观，随着阶级斗争的不断深入，一步步得到校正。现在，一切资产阶级的胡思乱想和私心杂念都没有了，都抛到九霄云外了！剩下的，就是这黄土小屋，就是这土炕，就是这身边的人！透过窗外的月色，他见彩虹睡得香甜，恬静的脸颊上，荡漾着幸福的光泽，就忍不住又将她轻轻拥进怀里。

第二天早上，太阳刚冒光，龚羡林就带着彩虹，在彩虹爸的护送下，踏上了去陇中的行程。

彩虹是第一次到省城来，也是第一次到陇中去。看着大城市鳞次栉比的高楼和街道上川流不息的车流和人群，她心中暗暗吃惊，这省城比黑城大多了，比姑姑的石门也大多了。自己如果不走出黑城,不知道天有多高地有多大。外面的世界真是一幅自己想都不敢想的精彩画卷。龚羡林带她到自己的母校——金河大学去逛了逛,实地指认当年他在哪栋楼的哪一层住宿,在哪栋楼的哪个教室里上课,哪个是阶梯教室,哪个是图书馆,哪个是礼堂。彩虹看得眼花缭乱,听得动情入迷。自己在内心发誓:我虽没能上成大学,但一定要以一个大学生的标准要求自己,勤奋学习,努力进取,尽量缩短和龚羡林他们的差距。不能自甘落后,把差距越拉越大。人们常说:要想会,跟上老师傅睡。龚羡林就是我的老师,跟着他我一定会有长进的。

他们在省城住了一夜,第二天转车到了陇中。

龚羡林的家,在陇中城郊的一个小山村里。这里虽没有祁连山那样高大的山脉,但海拔两千多米的荒山旱岭连绵不断。没有走过山路的人,在崎岖蜿蜒的山路上爬行一阵,就气喘吁吁汗流浃背。龚羡林拉着彩虹的手说:"知道我的不容易了吧?"彩虹满脸热汗,喘着粗气说:"啊呀,真不容易!"

他们终于到达了山顶。站在山头往远处一望,层层梯田紧紧相连,在那树木葱笼的地方,隐约可见一团一团的村庄。就要过年了,村子里应该是杀年猪蒸年馍的日子,空气里,仿佛能闻见煮肉和蒸年馍的香味。

龚羡林用手指着山下的一处村庄说:那就是我的家!

三十七

郑世荣没有想到,濮玉林重新调回县局,走的时候竟连一声招呼都没有打。他感觉,人家最近在有意躲着他,疏远他。"还不是因为咱的出身不好工作不好,不想成了么,还能有啥!不想成就不想成吧,把话说清楚,好说好散,谁也不会强迫谁,何必来这一套!"

话虽这么说,但一想到人家不成了,几个月的感情付出白费了,内心还是非常痛苦的。这是他认真谈了的一场恋爱,是真正投入的一段感情。老龚比自己小,已经结婚了。老贺据说也快了。有了紧迫感是一个方面,更重要的是,他喜欢小濮,他爱小濮。濮玉林性格开朗，落落大方，心地善良，处事稳重，人也长得漂亮，各方面的条件都是他所追求和向往的。这一段交往，他感觉这人不错，天上掉下个林妹妹。他甚至有点沾沾自喜。心想，一块来的三个人，老贺找了个英子，等于纯粹找了个农民。老龚虽说找了个高中毕业生、回乡知识青年，但毕竟没有工作，是农村户口。只有自己总算坚持住了，硬不找农村的，终于找了个有工作的、城市户口的。可这个牛还没有吹出去，还没有来得及高兴，事情就有了变故，这叫人怎么能不着急上火呢！

他又一次真切地感觉到了出身的可怕！

由于出身地主家庭，他从懂事起，就处于防范和挣扎的恐惧之中。每走一步，都小心翼翼，如履薄冰。考上大学以后，为了摆脱家庭的影响，他五年没有回过家，在校积极表现，处处争取主动，这才平稳地读完了大学。没有想到，这阶级烙印一旦烙上，想取都取不掉。你走到哪它跟到哪，跟你一辈子！在这件事上让你躲过了，在那件事上它就等着你，缠死你！所以，你再积极再努力，也是闲的。它只要发挥作用，就会置你于死地。

他原想，自己绝不和出身不好或家庭有问题的人谈婚论嫁。岂不知自己忌讳的，也是别人忌讳的；自己嫌弃的，也是别人嫌弃的。在阶级斗争天天讲月月讲年年讲的年代里，谁不顾忌这个，那就是天生的笨蛋和傻瓜。自己顾忌刘小慧出身不好，有一个戴着地主分子帽子的老爹，同样，濮玉林顾忌咱出身不好，害怕将来影响人家一辈子。这在情理上是讲得通的，是合情合理的。

濮玉林调回县局工作的事，还是他站上霍站长告诉他的。在此之前，他已经发现濮玉林有好几天不在邮电所上班了，邮电所来了一个生面孔。他也曾绕到她家门前去看，门是锁着的，她父母兄嫂都不在家。那天，站长从外面进来见到他，随便问了一句："小濮又调回城里了，你知道吗？""不知道呀！"他吃了一惊。站长见他不知道，"噢"了一声，说："我还以为你知道哩。"说完，心事重重地走了。不一会儿，又返了回来。见他一脸愁苦，又问："她怎么没有给你说呢？""不知道。""这就有问题了！"又问，"你们没有吵架吧？"他摇了摇头。站长沉思半天，关切地说："去城里找找去，和她好好谈谈，可别让做成的菜又凉了！"他点了点头。

郑世荣真的进了城。但他并没有直接去找濮玉林，而是来到县人防办，找见了曾和他一同搞战备考察的小寇——寇克明。他揣测濮玉林不辞而别，连一声招呼都不打，可能就是分手的意思，说明人家根本就没有把这段感情放在心上，没有把他当一回事。人家都这样了，自己再大老远地跑来求情下话，岂不是太下贱了！人们常说，强扭的瓜不甜，死乞白赖觍着脸求回来的婚姻又有啥幸福！所以，他决定先不去找她，从旁作一些调查，把事情弄清楚再说。

寇克明是小濮的中学同学，也曾狂热地追求过濮玉林，没有成。应该说他对小濮的情况比较了解。他们没有成的原因，这中间有什么经验教训，也都是需要知道的。小寇正在他的办公室写全年人防工作的总结，见郑世荣来，非常高兴，急忙端茶倒水，问长问短。

他们的话题自然地从战备考察说起。说到那次考察的天气炎热，说到郑世荣戈壁深处的迷路。说着说着，就又很自然地说到个人问题上了。

寇克明直截了当地问："老郑，婆姨咋弄下了？"

郑世荣哈哈一笑："婆姨？可能在她妈腿肚子里正转筋着哩吧！"

小寇也哈哈大笑："胡说！你老兄要人有人，要才有才，堂堂大学生，还愁找不下个婆姨！"

郑世荣不想说他和濮玉林谈对象的事，而是拐弯抹角地问："有一个濮玉林你认识吗？"

"认识呀，那是我们同学。怎么？你看上她了？"小寇问。

"不是。"郑世荣说，"我去湖湾工作，她在湖湾邮电所，这就慢慢认识了。"

"她原来在县邮电局工作，不知啥原因，给下派到湖湾去了。"

"这人怎么样？"郑世荣问。

"看！你还是看上她了。你不看上你打听她干啥？"小寇用手指着老郑说。

郑世荣吹着浮茶抿着茶水说："行行行，就算我看上了，说说她的情况吧！"

寇克明认真起来了，陷入了对往事的回忆。他说："不瞒你说，前些年我也追求过濮玉林，可人家眼光高着呢，根本看不上我。可这人不错。我不能吃不到葡萄就说葡萄酸，事情不成就把人家说得一塌糊涂！可以说，濮玉林是黑城地界不可多得的亮豁丫头！不要说你看上，看上的人多着呢！"

"都有谁看上了？"郑世荣问。

寇克明压低声音神秘地说:"光我知道的,就有两家大户:一户是县武装部高副部长,想给他弟弟说,没有说成。他弟弟就一普通司机,没有文化不说,人也非常一般。还有一个是她的直接领导,他们邮电局的黄局长,听说也是给她弟弟说。不过这一个的砝码要重一些,她弟弟在某部炮团当副营长着哩。"

"说成了没有?"郑世荣着急地问。

"不知道。没有听说成,也没有听说不成。"

郑世荣心想,这就对了!这很可能是黄局长利用职权玩弄的把戏。把濮玉林调回城里,为给她弟弟说媒创造条件。对濮玉林来说,重新回城,正好解除当初被下派的委屈,求之不得,感恩戴德。如果是那样也好。只要小濮满意,小濮接受,那就顺其自然。心爱的人幸福,就是他最大的心愿。

从寇克明处出来,老郑去了县邮电局。受自尊心和自卑心理的双重影响,他没有进去,而只是在门前来回踱了几遍。他发现,濮玉林没有在前台上班,可能是黄局长怕其他追求者再来纠缠,把她藏到哪个岗位去了。他也问清楚了,这个黄局长就是县武装部崔副政委的老婆,她确实有一个弟弟在某师高炮团工作。现在军人吃香,就连农村丫头也想找一个当兵的,相比之下,自己这个臭老九不是人家的对手。他又想:这个崔副政委,怎么处处跟我们过不去呢?在信和,他批评龚羨林和贺丹峰劳动锻炼期间谈恋爱。现在,我找了个对象,又有你和你老婆的黑手从中插入,你们想干什么?你们这些人,不就穿了一身军装嘛,不就当了个小小芝麻官嘛,怎么干涉起别人的事来毫无顾忌理直气壮?谁给了你们随意践踏别人人格和意志的权利?

郑世荣气呼呼地回到湖湾。回到站里,他不想做饭,只顾抽烟。劣等烟草呛人的烟味,很快充斥整个房间,把个房间弄得乌烟瘴气。

站长听说他回来了,敲门进去,一看这个样子,什么都明白了。

站长不说话,坐在床头,也点了一支烟。

两人就那么面对面坐着,只顾抽烟,谁也不说话。直到把一支烟抽完了,站长才在脚底板上摁灭烟头,瓮声瓮气地问:"见着了吗?"

"没有。"

"为啥?"

"我没去找！"

"为啥？"

"听说人家的局长给介绍自己的弟弟着呢，人家没有打招呼就走了，可能就那么回事了，再找有什么意思！"

"是吗？不管怎样，你应该找见她，把话问清楚。问清楚了，不成就不成，这有啥哩！"

"我自尊心受不了！"

"自尊心，自尊心，你们这些人，就是脸皮薄，自尊心太强，把该办成的事都闪过了！"站长显然不高兴了。

屋子里一片静默，只有乳白色的烟雾在头顶翻卷升腾。

站长沉默一阵，语重心长地劝慰道："算了，不成就不成吧，你也不必气恼伤心，女人多得是，咱们再找！"说完，迈着沉重的脚步走了。

郑世荣看着站长远去的背影，感觉又窝囊又不安。当着大家的面亲亲热热谈了一场恋爱，人家脖子不转一下就走了，如今想见都见不上，害得自己丢人，领导操心，这算亏了哪一辈子的人了？

其实，站长对郑世荣的婚事之所以如此重视，有两个方面的原因：直接的原因是，他关心郑世荣的婚事。湖湾兽防站成立这么多年郑世荣是分来的唯一一个有专业技术水平的大学生。他的到来，使兽防站的业务技术水平提高了一大截。现在，他年龄大了，到了该成家的时候了，作为领导或长辈，他都有责任帮助小伙子把这个问题解决了。他还有个深层次的想法，自己年龄大了，无论身体还是专业知识技能，已经越来越不适应工作的需要了。毛主席讲，要培养革命事业的接班人。兽防站也应该有自己的接班人。通过这一段的观察和了解，他看准了郑世荣，他想让郑世荣接他的班。

郑世荣和濮玉林谈对象的事，站长是看在眼里喜在心里的。他想，只要他们两个结了婚安了家，世荣接班干工作就更加有了保障。他也不知道濮玉林忽然又被调回县局的事。他曾背着郑世荣去找过濮玉林的父母，他们是老朋友了。濮玉林的父亲说，丫头的事他们一点都说不清楚，他们也做不了她的主。那天早上，她正在上班，黄局长来了，还带来了一个人，要她把湖湾的工作简单交接一下，随她回县局，说县局有重要的工作等着她。她都没有来得及和朋友们告别一声就走了。说到濮玉林和郑世荣谈对象的事,他说这事他们知道,小郑到他们家来过几次。依他和老婆子看,这是很不错的一个年轻人。人家是大学生,人又长得周正,只要丫头愿意,他们没有意见。只是这娃成分高了点。站长问小濮的爸,丫头在别处再谈没谈下对象?濮玉林父亲说,以前别人给介绍过几个,丫头都没有看上,最近再介绍了没有,他们说不上。站长劝濮玉林父母,两个年轻人的事让他们自己决定,郑世荣这个小伙很不错,成分是高点,但党的政策是不唯成分论,重在个人表现。希望濮的父母支持一下。

话虽这样谈了,但站长知道,小濮的爸这个人很没主见。他家的事,是丫头和儿子拿主意着哩,这事要想成,还得找濮玉林本人和她哥来说话。濮玉林的哥濮玉强在湖湾水管所当临时工,平时很少回来,自己这一段(时间)站里也有些忙,打算待消闲下来,就去找他,找完他再找濮玉林。

几天之后,霍站长就去找濮玉强了。濮玉强在湖湾水管所当巡渠员。他的职责是定期巡察全公社范围内的干、斗、农、毛渠道的完好情况,发现漏洞,及时修补,以保证在用水期间,各种渠道顺利通水,防止溃堤和破损渗漏。小伙子工作很努力,正在积极争取转为国家正式职工。霍站长找到他以后,问了他工作的情况,继而把话题引到他妹妹的婚姻问题上来。

他问:"你妹子和我们站的大学生郑世荣谈恋爱着哩,你知道不知道?"

濮玉强说:"知道啊,郑世荣到我们家来过好几次了。"

"你对这事怎么看?"站长又问。

濮玉强说:"人好着哩,就是成分太高了。"

霍站长说:"成分高怕啥哩,党的政策是重在表现嘛!"

濮玉强笑了:"好我的霍叔哩,政策是政策,现实是现实。"

霍站长掏一支烟,点着了,抽两口,接着说:"不过事情没有绝对的,在他们中,也有可以教育好的子女。像我们小郑这样的,人家能上大学,能给分配工作,说明表现不错。表现不好,没有和家庭划清界限,人家能让他上大学吗?审查严着哩!"

濮玉强还是很坚决地摇着头:"唉,说是那么说,那可是万年脏啊!他们成了,就把我们妹子害下了!也把我害下了!"

霍站长："怎么害下了？"

濮玉强脖子硬硬地说："怎么没害下？我们妹子正入党着哩，局里还准备提拔她当局长助理哩，找个地主对象，这些不是都黄了吗？我正申请转正，有这么个成分不好的妹夫，能转得了吗？"

霍站长把烟熄了，说："你说得对。"说完就站起走了。

过了几天，从县上传来消息，说省上最近给黑城县分来一批中等专业学校的毕业生，里面有学畜牧的，有学兽医的，有学农机的，有学草原的。县上正在征求各公社意见，准备按需求打乱分配下去。霍站长心想，自己站上职工队伍年龄偏大，文化偏低，需要补充一些年轻的有知识有文化的新鲜血液。如果有学畜牧兽医的女学生，能给郑世荣重新物色一个对象，那就更好了。这天，他去了县委组织部。一问，确有这回事，但要公社革委会统一呈报意见。回来，他又急急忙忙去找公社革委会徐主任，说了他的意见，但他将为郑世荣物色对象的想法隐瞒了下来。

就在这个时候，郑世荣收到一封信，是濮玉林从城里发来的。他有些激动又有些犹豫地打开了那封信。

信是这样写的：

郑世荣同志：

这是我写给你的第一封信，也是最后一封信。

我反复考虑了，我们两个人的事情可能不成。你出身地主剥削阶级家庭，我出身苦大仇深的贫下中农；你从事的是基层兽防站的工作，成天和牲口打交道，我从事的是人民邮电事业，崇高而又神圣。我们两个人的阶级成分和工作性质都不般配。前一段的交往是属于我幼稚不懂事，如果给你造成伤害，请你原谅！

不要来找我！你替反革命分子娜仁格尔勒发送信件的事，我们的领导已经知道了，你若来找，对你对我都没有好处！

我相信凭着你的学历和能力，一定会找上一个你称心如意的对象的！

濮玉林

X年X月X日

郑世荣彻底崩溃了！如果原先在他脑海中，濮玉林是个活泼可爱的天使的话，那么信中出现的濮玉林，就是一个极其冷血极其虚伪的黑魔头！怎么会这样？你不成就不成，怎么还拿娜仁的事情来威胁我？郑世荣弄不明白，濮玉林为什么会变得这样快？难道她把两个人交往中的那一桩桩一幕幕都忘了吗？难道她把她信誓旦旦所说过的话都忘了吗？他再反复看她的信，思想上翻江倒海想了好多遍，却总也得不出答案。他决定再次进城，到单位去找她，想当面问个明白。

他到了县邮电局。濮玉林仍不见在前台上班。他到邮局机关，敲开局办公室的门，问濮玉林在哪里上班，办公室工作人员说，不清楚。他又问黄局长的办公室，那人说黄局长到省上开会去了。他好不容易找到一个了解情况的女同志，那女的说，濮玉林被派出去学习去了。他问在什么地方参加什么学习，那女的说，省邮电系统举办的毛泽东思想学习班，具体在什么地方，她说不清楚。

邮电系统的培训中心？他好像听人说过。不要紧，能够打听出来。他决定打听出来了再到培训班去找。总之，不管千山万水千难万难，他得找她，他得见到她，他得问她，既然你嫌我成分不好，你早做啥着哩？我当初就告诉你了呀！既然你觉得我和你门不当户不对，你一开始缠我干啥！他又想，她不在县局，那封信怎么从县局发出的呢？是她发的还是她托人发的？那信上笔迹也不太像她的，莫非干脆就是别人写的？他越想疑虑越重，急切的心又多了一份担心和牵挂。

他把濮玉林的信拿给霍站长看。霍站长看了也觉得有问题。他说，按他的了解，濮玉林不是这样的人，她说不出这么绝情的话，做不出这么绝情的事。是的，人是会变的，但变的在变，不变的仍然不变。有的人就是变，但其基本的和本质的东西不会变。濮玉林就属于这一种。他还说："我估计你们这事，阻力可能在她家里。她父母是老实人，没有多少主见，主要是她哥，可能这小子没有起好作用。"他同意郑世荣再到省城去找，成不成当面问她一句话。

霍站长没有把他申请中专生名额的事告诉郑世荣，但提醒他："去找着问吧，如果人家真是那个态度，就想开些，咱们另想办法，总不能在一棵树上吊死吧！你脚下的路还长着哩，你的前途远大着哩！恋爱结婚是一辈子的大事，但一辈子不只这一件事。你可不能因为一场恋爱失意就心灰意冷，遭受打击。咱们站还就指望你们这些年轻人文化振兴呢，所以，你可不能倒下，更不能垮掉！"

郑世荣望着老站长的脸,坚定地说:"不会的!"

三十八

龚羡林领着媳妇回到陇中老家,可把一家人给高兴坏了。母亲是那种喜怒不形于色的人,但龚羡林看得出来,她对彩虹是满意的。儿子在龚家的儿孙辈中,是唯一上了大学又有了工作、能够从外面领回来一个媳妇的人。媳妇身材高挑,相貌俊俏,皮肤白净,婆婆和妯娌们见了,一个个啧啧称赞,她嘴上不说,心里欢喜着哩。父亲见了彩虹爸,亲热如弟兄,一再感谢他为孩子们操办婚事,并向他介绍家乡风情以及龚家长辈和兄弟姊妹。

母亲和孩子们刚被下放回来时,是住在爷爷奶奶的老庄子里的。老庄里有六叔一家,本来就不宽展,再住进母亲一家,显得更加拥挤。所以,父亲从母亲下放,就向大队和生产队申请,要求拨给桩基地,自己打桩盖房。这一年,陇中一带土壤干旱严重,现在的桩子是龚羡林姊妹挑水湿土才打起来的。

陇中买不到木料。盖房所需椽檩,要到很远的岷州去采购。母亲让四叔和五叔帮忙,费了很大劲,花了很长时间,才从那里买来一间上房的木材。厨房的材料实在无法解决,五叔出主意,让把老庄子里原分给父亲的西房拆来一用。龚羡林向爷爷提出了这个要求,爷爷表示同意,这个问题就算解决了。至于各种生产劳动工具和杂物的堆放,就只有挖几孔窑洞了。为此,龚羡林和妹妹们在附近的山崖上,自己动手,挖了几孔窑洞。龚羡林的三舅,还从他家移来几棵杏树苗子,栽种在了新桩的周围。

龚羡林领着彩虹,一边观看,一边给她讲述母亲安家的不易。他还领她到自己小时候放羊的地方,既向她讲述了童年生活的艰辛和困苦,又向她讲述了一个农村孩子快乐有趣的童年生活。他用手指着家对面一个名叫黑鹰沟的河沟说,那条沟里没有住人,但有一眼很清亮的山泉,泉边水草丰茂。他和同庄的几个放羊娃都喜欢把羊赶到那里去放。渴了,就爬在泉边喝几口泉水;饿了,就偷挖河坡上农民的洋芋烧着吃；想玩了，就从泉边顺着草坡铲一道沟槽，泼上水，堆上泉里的紫泥，光屁股坐上去，"噢"的一声，就滑到沟底。往往滑下来屁股上总是鲜血淋漓，但乐此不疲。

彩虹瞪他一眼说："你小时候还挺坏的！"

龚羡林说："不是坏，是调皮。这是孩子的天性！"

彩虹无限感慨地说："看这里的自然条件，你太不容易了，母亲更不容易！不过，从你的表述来看，你又对家乡怀有深厚的感情。对的，子不嫌母丑，狗不嫌家贫嘛！"

龚羡林说："你说得很对，我不能忘了她！没有她的养育和锤炼，就没有我的今天。"

彩虹接着说："条件这么艰苦，生活那么困难，你仍然坚持学习，可见古人说的'梅花香自苦寒来'是对的。"

龚羡林不无忧虑地说："话虽这么说，可这将后的日子咋办呢？"他说出了他的担忧。他说，母亲在城市生活已经十多年了，现在年纪大了，身体又不好。农村要凭挣工分苦着吃饭，她怎么受得了？几个妹妹都没有在农村生活过，现在慢慢又大了，到了该成家立业的年龄，你让她们在这荒山沟里怎么成家怎么立业？总不能当一辈子农民吧？弟弟还小，马上就要上学，这里的小学在沟对面的河坪上，来去要过两座山崖一处河沟，下雨下雪，那河坡上山崖下，滑得搭不住脚，你让他怎么去上？听说学校没有教室，借用的社员群众废弃的窑洞。没有桌凳，全是砌的泥土台子，孩子们一年四季坐的土台伏的土台，你叫他们怎么上得下去？据说，去年一孔窑洞塌了，几乎把一窑洞里的孩子压在下面！你说这叫人担惊不担惊？怎么放心让他们去上？

彩虹见龚羡林发愁，也不由得发愁起来。她嗫嚅半天，问龚羡林："那你把我怎么考虑？"

龚羡林猛然从忧虑中惊醒过来，拉住彩虹的手说："我怎么舍得把你放在这里受苦，我们还是回黑城想办法。"

彩虹问："妈妈会同意我们的想法吗？"

羡林说："会的！妈妈是多么开通的人！不过从本意讲，她是想和我们在一起生活的，但现在这么个情况，她是不会叫你留下来受苦的，她也不忍心把咱们分开。"

彩虹父亲送完女儿，在龚家住了两天就回黑城了。父亲走了以后，彩虹跟着龚羡林到龚家各家转了一下，认了认人。

龚羡林的父亲是老三，上面有一个大伯，下面有四叔、五叔、六叔。二伯因病少年时就去世了。几家叔伯都是老实巴交的农民，对彩虹的到来非常欢迎，都请去家里吃了饭。最为高兴的是爷爷奶奶。他们认为羡林给龚家争了光，不但念好了书，干着公家的事，还从外面领回来一个俊俏媳妇，这在他们的孙子中是唯一的一个。彩虹被他们的热情接待及朴实的感情深深打动。他觉得龚羡林的家人都是些忠厚善良的好人，从而打消了心头的种种顾虑。

母亲还安排他们去自己的娘家，看望了已经年迈的外奶和舅舅。彩虹看到，外奶家还不如婆婆这面。自然条件恶劣，土地瘠薄，家庭生活非常困难。就是这样，外奶还是坚持杀了一只正在下蛋的老母鸡，用来招待他们。吃饭中间，外奶不停地给彩虹和龚羡林的碗里夹肉夹菜，两只眼睛定定地看着两个孩子，好像总也看不够疼不够。临分别的时候，外奶和舅舅们一直把他们送出门，送上梁，送过豁岘。彩虹在挥手分别的那一刻哭了，哭得很伤心，她是被慈祥善良的外奶和舅舅们感动而落泪的。

走在路上，龚羡林心情沉重地对彩虹说："你都看到了，就这么贫困，这么可怜！要想摆脱贫困，就得学习，就得走出大山！"彩虹收住眼泪，也有同感地说："就是，比黑城比信和还差了一大截！"又问，"这里的孩子都爱读书吗？"龚羡林说："爱读！尽管山大沟深，家庭困难，但他们把读书抓得很紧。好多孩子上学都要翻山越岭走好几十里路。可能是穷则思变吧，上学学习是他们走出大山的唯一途径。"他还举例说，他小舅的一个孩子，家里那么穷，经常吃了上顿没下顿，但从他的书桌上仍然发现《人民文学》《诗刊》这一类国家顶级刊物。不知是人送的还是自己买的。总之，他在认真阅读，每篇文章的空白处，都有他写下的心得体会。彩虹长叹一声说："穷人的孩子早当家！越是寒门，越出人才，越出孝子！"

彩虹在龚羡林家待了一段时间，深受龚家上下的喜爱。她和婆婆也无话不谈，关系融洽。婆婆看她生活朴实，吃饭不挑不拣，尽可能地帮自己干一些活计，认为这是个过日子的孩子，和自己很对脾气。

眼看龚羡林的假期快到，彩虹对婆婆说："妈，我看你很辛苦，弟妹们又小，本应该留下来帮你，但一个是我从小念书，没有干过多少农活，我怕山区的农活我更适应不了；再一个是，我和羡林刚刚结婚，我们还没有一个自己的家。我在陇中他在黑城，我怕羡林的生活没人照顾……"

婆婆没有等她说完，就打断她说："你们回去，回去看能不能找个工作。咱农村的活，你们干不了，苦死了！再说，你们刚刚结婚，我怎么忍心把你们分开！"

母亲这么大度，彩虹再没有什么话说。

又过了几天，在学校即将开学的日子，他们离开陇中，返回了黑城。

返回黑城以后，他们面临的首要问题，是彩虹往哪儿去，家往哪儿安？

龚羡林借去南滩学校报到，向学校领导提出，给郁彩虹申请民办教师资格，以解决他们的实际困难。郁彩虹也是南滩中学的学生，教师们对她都很熟悉。两个校长碰了碰头说，他们没有意见，自己的学生，学校比较了解。但这事要公社同意，公社同意了还要报县文教局批准。不过，有一个有利的理由是，胜利大队的学校还没有建立起来，也没有民办教师，他们的学生现都在南滩上学。可以让郁彩虹占用胜利大队的民办教师名额，先在南滩授课，将来胜利的学校建好了，可和学生一同撤回去。至于待遇嘛，除公家每月给民办教师发的五块钱外，其他全由胜利大队解决。杨校长对龚羡林说："待会儿我领你到公社去一下，给书记汇报汇报，胜利的话也要公社去说。"刘副校长笑着说："一般我们的意见公社是尊重的。你们来了，就给你们解决一间宿舍，你们可以把家安置在这里。"龚羡林听了，非常感动，连连道谢。

公社正好是荆家宏主管文教。龚羡林一见，心想坏了。他想起他帮助调查的梧桐泉大案和荆带他去各队搞宣传的情况，害怕这家伙乘机报复。没有想到，荆家宏今天态度非常好。他握着龚羡林的手说："欢迎欢迎！你转了一圈又回来了。我们的人还是我们的人！"就这样，公社这一关很快就过了。荆家宏给文教干事老段交代："和杨校长商量拟一个文，我签了，报县文教局。"又对杨校长说："郁彩虹本人，学校一开学就让上课去，不要等了。"

龚羡林打听着公社的文件送县上以后，马上去县文教局找老宋。老宋现在是文教局的主办干事。他说："这事县局只是控制个名额，具体人选由公社和学区决定，只要公社报上来，县局一般都会通过。你放心，我注意这事。"末了，他还对龚羡林说:"就是,你得把这个先给她解决了,以后再等机会转正。不然,蹲下怎么办?以后孩子的户口都解决不了。"龚羡林听了,心头一阵温暖,眼眶有些湿润起来。

过了几天,彩虹的民办教师批下来了。刘副校长也兑现诺言,给他们安排了一间宿舍,并让学生帮助打扫了出来。他们白手起家,没有床铺,老刘给他们找来了一块废弃的乒乓球台面;没有做饭的案板,老刘又找出张坏掉的课桌桌面,让木匠给刨平了。刚开始在宿舍做饭,过了几天天气热了,宿舍里做不成了,龚羡林又和刘副校长商量,想在宿舍后面一处僻静的角落,搭建一个简易的厨房。老刘看了那个地方,觉得可行。于是,又给找来破砖烂瓦、木棍树枝,发动学生,打水和泥,一个简易厨房很快就建成了。做饭用的土炉子,还是刘副校长亲自为他砌造的呢!为了表示感谢,龚羡林买了两斤好酒,让彩虹做了几个菜,请两位校长在家里吃了一顿饭,喝了一场酒。

胜利大队在南滩和信和的中间,和两边都土地相连。全大队只有四个生产队,总人口不过千人。靠近南滩的为一、二生产队,靠近信和的为三、四生产队。大队部和学校都建在一、二队中间。

这天,刘副校长过来对龚羡林和郁彩虹说:"今天没有事,我陪你们到胜利去,跟大队领导见个面,认认地方。将来郁老师回去,各方面还要靠人家哩!"龚羡林感激地说:"对对对,你替我们想得真周到!"回头催促彩虹说,"收拾一下吧!"彩虹问:"怎么去?要不要我去借车子?"刘副校长说:"两三里地,咱们走着去吧。走着舒服,还可以聊聊天!"龚羡林和郁彩虹高兴地说:"行,走着去。"

他们在大队部见到了大队党支部书记方向明。这是个三十岁出头中等身材的农村汉子,短发,红扑扑的脸膛儿,浓眉大眼,给人一种阳光帅气虎虎有神的感觉。刘副校长把龚、郁两个人介绍给他,他热情地说:"我都知道了,公社老段已经打电话通知我们了。"他面向彩虹说,"郁老师来,我们欢迎呀!其实我们就是俩邻居,我和你爸郁主任都很熟悉,我还到你们家去过呢!"他又对龚羡林说,"龚老师我们也认识,你们在信和演的《智取威虎山》我们大队的人都去看了,都说你们演得好。好!有你们两位在,将来我们胜利说不定也能唱起大戏哩!"

他说着把大家带出办公室,一边现场观看一边讲解。他说:"我们胜利大队,就九百多号人,四个生产队。大队东面的这是第一生产队,基本上都姓刘,人称刘家队；大队北面的这是第二生产队，都姓王，人称王家队；靠近信和的那是三队和四队，清一色都姓方。我的家就在三队。"

他接着说，现在的大队部是去年才建的。它建在一队西面的一片盐碱滩上，是一座传统的四合院建筑。靠南是两个砖柱一个大门。天下衙门朝南开，这个祖规谁都无法打破。进了大门，正对的是一个五六间大的会议室，大队有什么大的会议、培训，都在这里举行。两边各有五六间房子，除大队部办公室、卫生医疗站外，还留出几间宿舍，以备学校老师住宿和其他急用。

正在修建的学校在大队部的后面。规划是两排六间教室，四到五间教师宿舍。教室主体框架已建好，教师宿舍尚未动工。方书记介绍说，胜利虽然人少，但学生娃子不少，现都在南滩学校。将来学校建成就得撤回来，一个年级一个教室，够了。教师现在就郁老师一个，将来大队还得有一名民办教师，要求公社和学区能够再派一名公办教师，这样，有三名教师就可以转开了。

说到这里，他又望着彩虹说："至于郁老师的生活待遇问题，我们研究了，除公家每月给你五块钱外，大队每年给你解决四百斤小麦四斤清油，由四个生产队平均负担，一个队一百斤小麦一斤清油。我们已经给各生产队打了招呼，到时候你找他们去要。生产队给的是原粮，得你自己去磨成面粉。磨面机房嘛，好像走南滩的公路边上就有一家，很近。"方书记是个直爽的人，把话说得很清楚。龚羡林和郁彩虹听了，交换一下眼色，心想也就这样了，先把问题解决了，以后有什么困难，以后再说。

出了胜利，刘副校长笑着说："关系在于维持，等以后你们方便了，多请着喝上几场酒，啥事都就好说了。"龚羡林也笑笑说："对对对，等一切理顺了，一定把这个事办好。"他知道，老刘本身就是个酒老罐。那天，和他一同进城给学校买东西，他站在商店柜台前面，打了半斤散白酒，什么吃的东西都没有，就那么"咣咣"一口气喝完了。喝完什么事都没有，嘴一抹，又骑着自行车上路了。这地方的人，都好这个！

学校里给龚羡林分派的是初中二年级的语文，代一个班的班主任。这里的高中撤了，变成了个戴帽子中学，初二是最高年级了。给彩虹分派的是小学三年级的语文，代一个班的班主任。

彩虹担心地说:"我从没有当过老师,万一教不好怎么办?"

龚羡林鼓励她说:"别怕,自己要有信心,我相信你能干好,教上两天就会了。再说,还有我哩嘛!"一边说着,一边帮她备课,教她怎样掌握教学重点,怎样把握教学进度,怎样吸引学生的注意力,怎样活跃课堂气氛,怎样给学生布置作业。彩虹听着,心里有了底,也有了勇气。

这天开学报名。他们正准备各去各的班里接待学生,忽然听见前面杨校长的宿舍门前,有人大吵大闹。他们以为是哪个学生家长因孩子的问题吵闹,认真一听,竟是一个名叫胡英英的女老师在吵,闹的原因是为了排课,而且涉及彩虹。

只听胡英英大声吵着说:"我都是多少年的老教师了,你们仍然让我带一年级。郁彩虹是我的学生,刚参加工作,你们就让带三年级,你们这太欺侮人了吧?"

只听杨校长耐心地劝解说:"正因为你是多少年的老教师,带一年级有经验,所以才让你带。一年级的学生太小,不懂事,自理能力差,不是哪一个老师都能带的。郁彩虹老师正因为刚参加工作,没有经验,所以才让她带三年级。等她教上两年,有经验了,也可以回头再带一年级。这是根据工作需要和我们每个老师的特点安排的,怎么叫欺负人呢?"

只听刘副校长和其他几位老师都在帮杨校长劝胡英英,吵闹声这才慢慢中止。

彩虹本来有点紧张的心,叫胡英英这么一吵一闹,更加紧张。她有些可怜地对龚羡林说:"要不你给杨校长说一下,就让我带一年级,让胡老师带三年级。胡老师是我的老师,她对这件事有意见,以后我们怎么相处?"

龚羡林说:"不管她!学校怎么安排就怎么执行。你现在赶快去你的班上给学生报到,高高兴兴的,装作什么也没听到,什么也不知道。"说着还把彩虹往前推了一把。

彩虹刚走,刘副校长就过来了。他可能估计龚羡林听到了胡英英的争吵,有点不好意思地说:"唉,人上十个,杵迷鬼就有一个。她胡英英么,小学都没有毕业,大字不识几个,还不是学校归贫下中农管理,她公公是大队书记,硬要让学校安排民办教员,这才当了老师的。她连字的笔画顺序都搞不清楚,拼音更不会,怎么教三年级学生!学校看在她公公的面子上,让她教一年级就不错了,还想教高年级,教高年级误人子弟不说,她自己拿得起来吗?"

龚羡林知道,他这么说,完全是为了抚慰他和彩虹,就笑着说:"没事,这很正常。"说完就和老刘告别,也去了自己的班上。

不过,胡英英的事,勾起了他一连串的想法,他真为现在的教育担心。农村学校交由贫下中农管理以后,带来许多问题。首先是管理不到位,不落实。怎么管,管什么,贫下中农并不懂,也没人教他们。凡事不征求贫下中农的意见不行,征求就变成一种干扰。其次是教师队伍严重不纯。从水泉的情况来看,一些公办教师回到本队以后,忙于家里的事情,学校工作很少放到心上。有的教师家在本队,但不去家里住,一家人住在学校,烧学校的煤,用学校的电。有的干脆把学校的东西偷偷运回自己家里。民办教师队伍,胡塞乱加,良莠不齐。有一个民办教师,本来没有任何音乐细胞,学校里却要他代小学三年级的音乐课。一次,龚羡林路过这个教室,听他正在教学生唱革命现代京剧《红灯记》里"提篮小卖"那一段,结果句句都不在调上。还有一个民办教师,给学生教珠算,竟然不知道算盘下面的珠子一个顶一,上面的珠子一个顶五。像这种情况,怎么保证教学质量?怎么教好学生?

晚上,龚羡林和彩虹商量:"打铁先得自身硬,咱们不能像有些人一样,不懂装懂,得过且过,遭人背后议论。"彩虹说:"以我现有的水平,代小学的课不是很难,但要真正搞好教学,赢得学生和家长的尊重,还得不断学习,努力提高自己,武装自己。"龚羡林说:"你说得很对。咱们还年轻,要趁现在没有小孩,没有拖累,抓紧多学一些东西,抓紧适应工作的需要。"彩虹说:"你教我!"龚羡林说:"我的大学课本都在,我给你辅导,你自学大学中文系的课程,你看怎么样?"

彩虹坚定地说:"行!"

三十九

贺丹峰终于鼓足勇气,把他和肖淑娴的那事,给杨月红说了。他想和杨月红商量,看给英子怎么说,以求得她的原谅,把这一页翻过去。

杨月红听了,开始有些不信,认为是贺丹峰叫英子逼急了,胡说着哩。后来见贺丹峰态度诚恳，不像是开玩笑，立马像胀鼓鼓的皮球，叫人一下把气给放了，心里一片空白。

她愤怒地盯住贺丹峰看了半天，这才从牙缝中挤出一句话："你们还都是大学生！"

贺丹峰脸涨得通红，刚想说："是她……"

杨月红喝一声打断了他："行了！这个时候了，又想给人家赖！还不知道谁主动的呢！母狗撅屁股，公狗不上，还不是白搭！"

贺丹峰听她说得那么难听，更觉得无地自容。

杨月红余怒未消，紧盯着又问："你还有没有和别人？"她想起英子怀疑的天鹅湖房东丫头双琴的事。

贺丹峰无可奈何地长叹一声说："就这我都把肠子悔青了，还能有别人！"

杨月红猛拍一把自己的大腿，自言自语地说："还调查，调查。调查个屁！鬼做的事只有鬼知道，人从哪里去调查？"

贺丹峰不知道她说的啥，也不敢问，只低着头，任她数落。

杨月红心想：看来丫头怀疑得没错，这贺丹峰果然有问题。可碌碡拉到半山坡了，怎么办？继续成去，让他们结婚，我怎么对得起我的丫头？又怎么对得起老同学两口子的信任和委托？可从此断掉，生米已经煮成熟饭，丫头感情上怎么受得了，庄前庄后的人怎么议论？张金花那帮人还不得把牙叉骨嚼折？

她愣怔半天，情绪慢慢平静。心想，算了，打掉牙齿往肚子里吞吧！事情已经出了，就是气死后悔死也是闲的！像这一类的事，也不光他一个人出，农村里普遍得很。况且都是二十大几的男女，烈火干柴似的，单独碰到一起，能不着起来吗？现在他自己承认了，也后悔了，也保证将后再不犯了，来找我商量了，我总不能撇开不管吧？

她问贺丹峰："你打算怎么办？"

贺丹峰说："我想给英子说清楚，不说清楚我心里堵得慌。说清楚了，她要原谅我，我俩就结婚，我保证以后一心一意爱她，再不会发生这种事。如果她不原谅，那就好说好散，各走各的路，一切都是我咎由自取！"

杨月红说："你想得简单！在你说开这件事情之前，我们专门去湖湾天鹅湖一带调查了一趟,又问了县公安局的老杨。现在丫头解除了怀疑正高高兴兴准备结婚,你又偏偏向她承认这件事情,这不是杀她吗?"

贺丹峰问:"那怎么办?"

杨月红恨恨地说:"算了!这事就永远烂到你肚子里去吧!永远再不要往外说,不要给任何人说!丫头心事很重,又是一根筋,她最担心最忌讳的就是这事。你给她说了,她不会原谅你;即使勉强原谅了,心里会记一辈子!她老记着这事,你们的日子还怎么过?"

贺丹峰嗫嚅半天,无话可说。

杨月红又说:"打起精神结婚去吧,以后检点着点,收剎着点!"

贺丹峰和英子的婚礼,终于在这年的暑假举行。也是一样的问题,结婚以后英子到哪里去?嫁出去的丫头泼出去的水,娘家父母虽然没有说啥,但千百年来的规矩,娘家是不能待的,因为你嫁的是外地人。也像彩虹一样,给找个民办教师?不行!英子基本上没文化,上学认下的几个字,因长年不用,差不多都忘了。再说,民办教师要几道关口考察审核,不是谁想当就能当的。贺丹峰和他远在徕远的父母商量,他父亲说:"现在到哪里找工作去?如果一定要来,那就到我们所在的医院去打扫卫生,当清洁工。"他母亲连这都反对,说:"我把儿子供着把大学上出来了,找了个农村丫头当媳妇,我丢人得慌!与其找个农民,还不如在我们医院找个护士!不要来,来了我这里没有地方去!"英子的父亲说:"不行就到我们那儿去,在兵团当个农工,日子也能过下去。丹峰把工作调那面去。"贺丹峰说:"你那儿太远,我们去了可能不太适应。再说,我的工作跨省调动难度很大。"最后他们决定,哪儿都不去,就先在海子学校安个家,走一步看一步。至于吃粮,不行就在海子入个户,在那面劳动,在那面分粮。于是,贺丹峰就把家安在了海子学校。

英子对她婚后的生活非常满意。她偎在贺丹峰的怀里说:"我现在是你的人了,你要一辈子对我好!"

贺丹峰盯着她的眼睛说:"我现在也是你的人了,那还用说!"

英子又从贺丹峰的怀里挣开说:"我和我妈都去调查你了。"

贺丹峰故作吃惊:"调查我?调查我什么?"

英子笑着说:"不给你说!"说完又说,"我给咱们做饭去,昨天晚上发了些面,已经起好了，我给咱们蒸一些萝卜包子。我的小笼包子蒸得好着呢！"

贺丹峰从身后把她抱住说："傻瓜，你做的啥饭，我都吃着香。"

海子水库是黑城南部地区最大的水库。水库每隔几年都要清淤，以解决因水土流失给库区造成的淤泥堵塞现象。每次的清淤，都以大队划片、以生产队包干完成任务。这是黑河灌区一项重要的农事活动。

又到了清淤的季节。信和大队九队的社员把营盘扎在了海子边上，这里离海子学校很近。村里的几个丫头趁工休到学校来看英子。英子很高兴，赶快给她们烧水泡茶，热情招待。队长万有信的小丫头超英，天生是个大大咧咧的人，贺丹峰在队里劳动锻炼的时候，她经常没大没小地闹着玩。到了贺丹峰家里，她还是原来的脾气，"刚"的一声往床上一躺，接着滚了两个嘟噜，就好像到了自己家一样，全然不顾英子的感受。她不但在人家的新床上躺了滚了，而且还醋惺惺地说贺丹峰："老贺，我对你那么好，你怎么好上英子再不到我们家去了？"贺丹峰知道她的脾气，也笑着说："你都是说下婆家的人了，我跑到你们家去干啥！"岂不知超英不但不收，还继续露骨地说："那有啥！说下婆家我还可以跟你好嘛！"说完，哈哈哈大笑着跑了。一帮丫头走了，贺丹峰发现，英子不说话了，脸色早就绿了。贺丹峰知道事情不妙，心里恨恨地骂超英："这个疯丫头，哪壶不开提哪壶！"

晚上，英子不做饭了，只坐在地下的小凳子上，眼望着窗外，在默默地流泪。贺丹峰知道，她是因为超英的事，就劝她说："你生那些人的气干啥呢，她就那么个人，你又不是不知道！"

英子还是在流泪，不说话。过了好半天，她抬起头问贺丹峰："贺丹峰，你和她什么关系？怎么我们结婚了，她还想着要和你好？你们以前怎么好过？"

贺丹峰真是有口难辩。他苦笑着说："她就那么个小毛丫头，见了谁都是嘻嘻哈哈打打闹闹的，我和她能有啥关系！"他知道，英子爱他，爱到骨子里去了。她不允许任何女人侵扰他，包括她从小一块长大的亲亲的姊妹。联想到自己曾对不起她，他心里就充满了愧疚。他把她揽在怀里，左劝右劝，好不容易才把她从愤怒和痛苦中解脱了出来。

他替她擦干眼泪，轻轻抚弄着她的秀发，说："你相信我，我这一辈子就爱你一个人，任何人都别想占据你的位置！"

英子抬起头，两只大大的眼睛定定地看着他，半信半疑。

又半天才说："那今后再不要让她们来，来了我就往外赶！"

贺丹峰迟疑了一下，说："行。只要你不高兴你就赶！"心里又说，"人家屋里就是让人来的嘛，你赶得路断人稀，光自己活着有啥意思！"但是他不敢把这个意思说出来，他只有顺从着她，慢慢开导她，让她逐渐融入到社会生活中来。

这天，贺丹峰正在给学生上课，大队党支部魏书记找他，说让他赶快到县上去一趟，县文教局的领导找他。他怀疑地问："是南滩学区吧？"魏书记说："不是，就是县文教局。你骑个车子赶快去吧！"贺丹峰见魏书记说得肯定，就不敢怠慢，赶快给学校和家里安顿了一下，骑上车子走了。

果然是县文教局方局长找他。方局长显然并不认识他，他也从人家的脸色上看不出究竟是啥事情。局长在问询了他的基本情况和这一段教学工作的经历后，忽然问："那你是不是和老宋、龚羡林他们一批分来的大学生？"他说："是。"方局长又问："那他们怎么把你分在了一个纯小学去教学？"贺丹峰无奈地说："这我就不知道了！"方局长愤愤地骂一句："胡球整！"不知道是在骂谁。

在轻松自在地寒暄了一阵后，方局长这才转入了正题。他问贺丹峰："贺老师，你最近是不是写了一篇文章，篇幅还比较长，分量还比较重？"

贺丹峰想了一下，回答说："就是。是关于文物保护的，提了些自己的观点和建议。"

方局长认真听着，边听边点头。看贺丹峰说完了，这才说："今天请你来，就是因为这篇文章。不过要说清楚，不是县文教局要请你来，而是县委县革委会的领导要请你来。他想和你谈谈。你的这篇文章，你寄给了省上刚刚创办的《史海撷英》杂志，他们想用，征求县上的意见，并要县上就你的政治身份和政治表现签注意见。县上主管领导看了你的文章，有些不同看法，想和你谈，让我们把你叫来。"

贺丹峰听了，顿时思想上有些紧张。他很自然地想起吴茂功老师的遭遇和他那天夜里对自己的忠告。但他想不通的是，吴茂功何罪之有？自己又有什么过错？难道看着那么珍贵的文物遭受破坏而不哼不哈不闻不问就正确吗？难道保护了祖先留下的宝贝，看到先人创造的文明惨遭破坏而拍案愤起，反倒和什么政策相悖了吗？这是谁家的政策，这是哪家的王法？这么想着，他反倒镇静下来了。他在心里骂道：

"什么狗屁领导！不过就是个七品芝麻官，我才不怕呢！老子还是堂堂国立大学历史系的高才生呢！你们知道什么叫治国齐家平天下吗？你们十多年前因为吴茂功提了这个意见，就把人家打成了右派，现在还因为这个意见，要和我谈话，谈什么？"

贺丹峰在方局长派出的陪员的陪伴下，来到了县委。县委要和他谈话的是主管文教的纪副书记。陪员把他介绍给了书记，书记正在打电话，没有理会陪员的介绍，也没有看他。陪员等书记打完了，又重新介绍一遍，书记这才朝他身上瞟一眼，也没有让他坐下，问："你就是贺丹峰？"

老贺说："就是。"

纪副书记又问："你知道我找你来是谈什么事情吗？"

老贺说："不知道。"

陪员见书记的谈话已经开始，就说："纪书记，那你们谈，谈完有什么事给我们方局长打电话，我们再过来。我先走了！"纪副书记点了点头，他就走了。

看着陪员出去把门关好，纪副书记又问贺丹峰："你是不是写了一篇关于文物的文章？"

贺丹峰说："对。"

"涉及全县文物的调查和分析、政策和规划，你有什么资格写这一类的文章？"

"我那只是调查、分析和建议，不是什么政策和规划。我为什么没有资格写这一类的文章？我是黑城县的一个干部，有权利也有责任为全县的文物保护尽一份心。再说，我在大学是学历史的，我对全县文物的情况，特别是天正古城和梧桐泉寺院遭受严重破坏的情况，进行了详细的调查了解，所以，我有资格写这篇文章！"

"是谁让你写的？还是谁组织你写的？你代表谁说话？"

"我代表我自己说话，谁也没有让我写或组织我写！言论自由都不行吗？"

"言论自由当然是可以的，这是宪法的规定。问题是你站在什么立场？是出县上的丑，还是扬自己的名？"

"我站在历史和人民的立场！我是就整个文物的管理，向县上进言献策，向社会发出呼吁，既没有辱没县上的动机，更没有借此突出自己的心思。"

"对，就算你的动机是好的，那为什么不用阶级斗争的观点分析问题？"

"对文物的长期破坏，是各级领导不予重视疏于管理所造成的。怎么能把地方政府工作中的责任和阶级斗争扯到一起呢？又怎么能把一小撮民族败类的倒行逆施和文化大革命的丰功伟绩相提并论呢？"

"地方政府的工作千头万绪。上面千条线，下面一根针。我们总得有个轻重缓急吧！现在，'一打三反'运动还没有结束，农业学大寨运动又蓬蓬勃勃地开展起来了。县上哪里有那么大的精力、财力和人力再投入到保护文物的事情上去呢！"

"其实，保护文物关键是个认识问题。认识上去了，领导重视了，不需要花太多的人力和物力。你把历史留下来的这些东西当成宝贝了，它就可能在我们的社会中发挥重要作用；如果你把它看成是封建落后的东西，那就有可能把耀眼的明珠当成粪土埋没在岁月的尘埃之中。书记，关键是个认识和重视问题。只要上面认识了重视了，老百姓会自觉地起来保护文物！"

纪副书记看说不过他，有点生气。他拿出以势压人的态度武断地说："反正我们不同意你把这种东西拿出去公开发表！你公开发表，就是给黑城县的工作抹黑。"说到这儿，他朝贺丹峰脸上再瞪一眼，加重语气又说，"年轻人，我是为你好！前车之鉴，后事之师。有人为此已经付出过沉痛代价，我不希望你成为第二个吴茂功！要知道，不管你的动机如何善良，我们的社会是只看结果不看动机的！"

贺丹峰也犟上了："一切后果由我负责！"说着，从纪副书记的案头一把抽回那稿件，气呼呼地摔门而出。

贺丹峰离开了纪副书记的办公室。他原想身后可能传来一声断喝："你站住！"或有办公室的人出来拦住他，可是没有。书记既没有发出命令式的断喝，办公室的人也没有见出来挡他。他一边走着一边想：纪副书记找他谈话的目的究竟是什么？是真的害怕他的文章给县上的工作抹黑，还是害怕上面过问起来承担责任？好像后面的成分更重一些。据说纪副书记运动初期几乎被整死了，他对"左"的那一套，应该说是从骨子里恨透了的，那为什么他在工作中还扯起这张虎皮呢？难道"一朝被蛇咬，十年怕井绳"？难道他是"惊弓之鸟"，伤痛时时都在心中？难道他也学会了顺应潮流，宁"左"勿右，阶级斗争"天天讲，月月讲，年年讲"？那他为什么没有喝令我站住，或让办公室的人把我挡住，对我进行更加严厉的批评？难道他真的为我好，真心保护我，让我不要犯错误？和吴茂功老师的劝告一样？如果真是那样，可见这个书记心地还是善良的，他口中说的和心上想的不是一回事！

贺丹峰最后决定，这篇文章暂时压着，不拿出去发表，等以后形势变了，政治环境宽松了再说。但坚持文物保护的立场他不会变，追究造反派破坏文物的罪行的决定他不会变！

回到家，英子追上来着急地问："县上把你叫去干啥去了？"

"嫖风去了！"贺丹峰余气未消地说。

"胡说八道！"英子气愤地说，"人家问你正事哩，你却满嘴胡说！说么，究竟干啥去了么？人家急的！"

贺丹峰边换衣服边说："说了你也不懂！"

英子可怜巴巴地："你说了我不是就懂了嘛！"

贺丹峰忽然灵机一动说："对！我辅导你学习。人家老龚和彩虹定了个计划，老龚辅导彩虹争取在两三年内学完大学文科的知识。你的基础比彩虹差了一些，但你很聪明，达到高中毕业的水平总可以吧？"

英子没有把握地问："能行吗？"

贺丹峰坚定地说："准能行！你又不傻不笨！"

英子沉思了一阵，忽然想起一件事，说："你弟弟来了一封信，说你妈病了，要咱们回去一趟。"

贺丹峰急忙接过信，边看边着急地跺脚："哎呀！这可怎么办？老妈本来血压就高，这并发症出来可就危险了。我向学校请假，你收拾一下，咱们明天就回去！"

英子说："行。"

四十

龚羡林抽空到信和去了一趟。一是看看薛得寿，说说心里话。上次婚庆典礼上，人太多，没有时间也没有机会交谈。二是和他谈谈，梧桐泉的案子咋弄下了，怎么连一点动静都听不到了？

他在村口碰见了杨在明。杨在明问他，咋结了婚了就不见了呢？他说，回了一趟老家，彩虹总得见公婆吧！回来又是准备开学又是给彩虹跑民办教师待遇，哪有时间过来。他问薛主任和张文书在不在家，杨在明说，薛主任到新疆看丫头去了，他有一个丫头在新疆，听说生娃子了。张文书在，这会不知道跑到哪里喝酒去了。杨在明又说："走走走，到我家去，咱们老弟兄好久没有喝上两杯了。"龚羡林见薛得寿不在就跟上杨在明去了。

杨在明叫他婆姨很快弄了两个菜，拿了一瓶酒，谁也不叫，就他们两个人，往炕上盘腿一坐，围着炕桌，边喝边聊起来。

龚羡林问："王肃年干啥着哩？"

杨在明美美地灌一口酒，噎得半天说不出话来，待气息平稳后说："看着公安局没动静了，又开始折腾了！"

"怎么个折腾法？"

"把个何望林往死里打！"

"何望林是梧桐泉案子的重要证人，县公安局有过交代，他怎么能往死里打？你们怎么不管？"

"人家书记抓个阶级斗争，我们怎么管？再说，薛主任不在，他把我和张文书根本不放在眼里！"

"那何望林现在怎么样了？"

"幸亏何桂兰拼死相救，不然，王肃年就真把他弄死了！"

"何桂兰？何桂兰有这能耐？"

"哼！你别小看这个女人，这可真是个烈女子！有情有义，有胆有识！"

原来，王肃年看到梧桐泉案件的审理没了动静，就和荆家宏商量，来个主动出击，以挽回颓势。他决定从何望林身上开刀。何望林掌握他们很多东西，又亲眼见证了王肃年企图杀害何桂兰的罪行。

这是一个月黑风高的夜晚，何桂兰做好了拉条子，正准备给何望林端一碗过去，忽然看见王肃年的另两个打手万小军和刘化龙正在拍打何望林的街门，她把饭碗放下，倚门偷听。不一会儿，就见这两个家伙押着何望林出了门。何望林的双手被朝后绑着，他们要把他带到哪里去？是带去批斗吗？为啥白天不斗，当着社员群众的面不斗，要黑天半夜地偷偷摸摸地带出去斗？公安局曾说过，要批斗何望林，得给他们打招呼,他们打招呼了吗?不对!这帮家伙肯定没安好心,何望林这一去凶多吉少!于是她做出一个决定:跟上他们,看他们往哪里走!如果他们胆敢对何望林下手,我就豁出这条命,和他们拼了!

万小军和刘化龙一面一个押着何望林,朝碱沟沿方向去了,天很黑,风很大,他们很快就消失在黑暗之中。何桂兰眼睛都不敢眨,紧紧地跟在他们后面,生怕眨一下眼,他们就把何望林给吃了。这帮贼杀的,你有本事收拾个厉害的去,把这么个可怜人往死里整啥哩!说起何望林,她心里有一百个悔一千个疼。小时候,他们一起长大,何望林只比她大一岁,但时时处处像个大哥哥一样,保护着她,疼爱着她。本来她是一心想嫁给他的,但何望林家太穷,他娘死得早,身后还有一个弟弟,为了让弟弟念书,为了给弟弟说婆姨,他硬是上煤山挖煤,上莒石矿挖矿,把自己给耽搁大了。因为太穷,家里没有办法同时给两个儿子说亲,他也不好再对何桂兰心生爱意了。也就在这个时候,王茂发托人来提亲,她父母不管丫头同意不同意,就一口答应了。结婚这么多年来,王茂发吃喝嫖赌,不把她当人看,她心里也一直牵挂着何望林。见他年龄大了,找不下对象,破罐子破摔,她也替他惋惜,替他着急。但看到他被定成坏分子,天天接受批斗,心里又非常难过。老想尽自己所能,偷偷帮帮他。那次,蒙面人王肃年企图杀她灭口,是他在危急时刻救了自己,他却被蒙面人捅了一刀。她据此心想,他对自己的心没有变,他还在时时关心自己,这就又唤起了她一桩桩美好的回忆。她在心里暗暗发誓:不管他是什么身份,只要他对我的那片心没有变,我就得想着为他做些事情。

忽然,她听到前面"啊哟"一声,好像有人栽倒了。她紧走两步,藏在一棵沙枣树背后偷看。只听万小军向着路边厉声喝道:"谁呀?有种你站出来!"栽倒在地上的刘化龙挣扎着站起来,朝何望林腿上踢了一脚,骂道:"何望林,是不是你的同伙打了我一棒子?"何望林说:"我哪有同伙!"万小军骂道:"我明明看到有一个人从红柳丛背后跳出来,给了刘化龙一棒子就不见了,那不是你的同伙是谁?"何望林冤枉地说:"我也不知道他是谁!你们来时,我正在做饭,你们把我绑上走时,谁也没有碰见。我就是有同伙,也来不及通知呀!"万小军问刘化龙:"伤得怎么样?打到你哪里了?"刘化龙说:"打到我肩膀上了,不是我头一偏,就打到头上了,打到头上我还能站起来吗?"说罢又悄悄告诉万小军,"我好像看见那不是个人,是个鬼!"万小军心里一惊:"啊?鬼?"刘化龙说:"在我一偏头的时候,我看见他好像是个吊死鬼,舌头掉了那么长!"万小军心想,刘满仓就是吊死的,该不是他吧?就说:"快点走,把这倒霉鬼押给书记,由书记去审吧!"说着,两个人又押着何望林朝前走了。何桂兰没有听见他们悄悄说了些啥,继续跟着他们。

何桂兰也纳闷,会是谁给了刘化龙一棒子呢?怎么再不给万小军一棒子呢?把两个坏厾都打倒、都打死才好哩!在这个庄子里,何望林再没有什么比较亲近的人,他是四类分子,人家躲他都躲不及呢,能有啥同伙!那么,是谁在他遭难的时候会出手帮他一把呢?从那人出现的时间地点来看,他不是知道王肃年等人的预谋,就是一直在跟踪着他们。看到他们出手,他就出手。不管怎么样,何桂兰感到高兴,感到激动:这天底下还是有好人哩!还是有人看见我们的苦楚着哩!

万小军二人押着何望林,一直朝西行进。漆黑的夜空,没有一点星光,呼啸的夜风,从远处的大漠中吹来,像一个妇人的哭泣,尖锐而又拖沓。何桂兰越跟心里越毛,最后她竟有些害怕了。批斗四类分子,是要拉到大队,当着大队部所有干部,当着社员群众进行批斗。这深更半夜的,他们要把他拉到哪儿去?难道要拉到荒郊野外去灭口?从上次蒙面人闯进她家企图杀人灭口来看,极有可能!另外,虽然说最近县公安局对他们的调查抓得慢了,但账在身上,他们心里清楚着哩!他们无时无刻不想着要反扑,不想着毁灭罪证,不想着消灭证人。所以,从这个动机看,他们今天晚上说不定就要置何望林于死地!"不行,我得保护他!他在他们眼里是坏分子,但在我的眼里是个好人。"她趁他们不注意,拐到路边一家的街门上,提了门口一把铁锨。心想,如果万不得已,就和他们拼个你死我活!

那两个人把何望林押到碱滩的一片小树林里停下了。这里有一座废弃了的羊房子。原先大队有一群羊,由一个老羊倌养着。后来羊叫造反派连偷带抢弄完了,老羊倌也死了,这里就成了一座古腾腾的鬼屋了。据说常有不明身份的人和一些野物出没。何桂兰没有来过这里,只听人们说起过。现在实地一看,不由得浑身都起鸡皮疙瘩。这里远离大队,远离人家,他们把何望林带到这里来干啥?这是审判批斗四类分子的地方吗?这时候,她愈发清醒地意识到,王肃年要杀何望林以绝后患,这个羊房子可能就是他们行凶的地方。她明确地告诫自己:做好最坏的打算,看着不行就和他们拼了,大不了他们把我和何望林一同弄死!

她看到，羊房子里唯一的一间屋里亮着灯光，何望林被押了进去。她提着铁锨悄悄来到窗子跟前，透过窗户破缝往里一看，王肃年正杀气腾腾坐在炕上。他要何望林交代，县公安局的人都找他问什么了？他是怎么说的？何望林说："那天夜里，有人要杀何桂兰，我去保护，反倒被蒙面人给捅了。他们就问我当时的情况，问我认识不认识那个蒙面人，我说当时天气很黑，那人又蒙着脸面，我不知道他是谁，也不知道他为啥要杀何桂兰。"

王肃年"啪"地一巴掌拍向木头炕沿，震得炕桌上的煤油灯盏火花乱跳。他脸色非常难看，厉声问何望林："你和何桂兰什么关系？你为啥要救她？"

何望林抬起头轻蔑地看王肃年一眼，说："我们就是一个生产队的，邻居关系。看到她受到伤害，怎么能见死不救呢！"

王肃年又提了提嗓子："何望林，你知道你的身份吗？"

"知道。"

"党的政策明确规定，你们这些四类分子，只准规规矩矩，不准乱说乱动。你不规规矩矩在家待着，到处乱跑啥哩？"

何望林理直气壮地回答："党的政策规定我们不要再干坏事，没有说不让我们干好事。我救何桂兰是干好事，怎么就不能救呢？"

"你还嘴硬！给我打！"

只听里面乒乒乓乓一阵乱打，何望林很快被打倒在地上。待他站起来时，何桂兰看见，他满嘴是血。何桂兰正要冲进去，只听王肃年又说："何望林，我明确地告诉你，我们在后面已经为你挖好了坟坑。只要你老实交代，配合我们的工作，我就免你一死，如果你负隅顽抗，继续狡辩，今天就是你的死期！我问你，王茂才是不是你和何桂兰合伙弄死的？"

"不知道！"何望林吐一口血水，不想再回答。

"你和何桂兰什么时候勾搭成奸的？老实交代！"

何桂兰终于忍无可忍，一脚踏开房门，提着铁锨冲了进去。这可把屋里的几个人吓了一跳。她手指着王肃年的眼窝说："王肃年，我和何望林早就勾搭成奸了，你不知道吗？你们几个坏尻还是我和他日弄出来的呢！你连老娘也不认识了吗？"说着扬起铁锨就朝王肃年的头上砸去。无奈她毕竟是个女人，哪有正值壮年的王肃年劲大，王肃年朝旁边一躲，顺势一把抓住锨把，把铁锨夺到手里，万小军从地上拾起半块砖头，朝何桂兰头上一拍，何桂兰立刻倒在地上，鲜血从头顶汩汩流出。何望林见此，拼死挣扎反抗，但双手被绑着，无能为力。他跪倒在何桂兰身旁，声泪俱下。他说："桂兰，是我连累你了！"

他又愤愤地对王肃年说："王肃年，你要整我就整我，你把她放了，她可是贫下中农！"

王肃年拿出一副死狗相说："我没有叫她，是她自己找上门来的。既然自己找上门来了，那就正好一同问清楚。说！公安局找你们都问啥了？王茂发是不是你们弄死的？"

还没有等何望林回答，何桂兰突然从地上翻起，不顾脸上正流着血，一个"母鹰展翅"，朝王肃年扑去。王肃年猝不及防，被扑了个仰面朝天。何桂兰没有等他反应过来，一个马步骑到他身上，在他脸上乱抓乱打。一边抓一边骂："把你这个断子绝孙的，你还当的什么书记！你害死了万青山书记，你又害薛得寿主任，你放火烧了梧桐泉，你又蒙了面来杀我！你当我们不知道，我们早就认出你来了，公安局也早就知道是你了！"王肃年好不容易才从身下翻了起来。他气急败坏命令万小军二人："往死里打！打死一同埋到后面土坑里去！"万小军上去又给了何桂兰一砖头，何桂兰彻底昏死过去了。何望林看到何桂兰再受重击，不知哪来的劲，竟然狂叫一声，挣断了绳索，一下跳到王肃年身上，拼起命来。万小军和刘化龙一见，乱棒齐飞，一起朝他打来。

就在这力量悬殊、何望林和何桂兰即将遭遇厄运的危急时刻，忽然，房门又一次被人踢开，一记重重的棍棒，落在穷凶极恶的万小军的肩上。万小军"噢哟"一声，就被打倒在地。王肃年等人抬头一看，吓得魂飞魄散。只见来人一米八几的个头，身穿一件白色长袍，脸上戴着一副面具。那面具是狰狞可怕的吊死鬼的形象，红色的舌头伸出很长，在胸前摇晃。来人没有等他们反应过来，一顿乱打，把刘化龙和王肃年又都打趴下了。他乘机让何望林背起何桂兰，一路掩护着跑了，很快消失在夜色中。待王肃年回过神来，好像想起什么的时候，眼前就只剩下半死不活的两员战将了。外面的风还在刮……

杨在明一边讲着一边自斟自饮，这时候舌头都有些大了。

龚羡林没有想到，自己离开信和没有多长时间，这里就发生了这么惊心动魄的事情。更没有想到，王肃年在身份已经暴露、各项罪证基本齐全的情况下，竟如此胆大妄为，还敢想着法子猎杀知情群众，这可是太嚣张了！太无法无天了！

他问杨在明："那你们是怎么知道的？"

"何桂兰和何望林逃出来后找我们了。"杨在明回答。

"那你们怎么处理了？给县公安局报案了没有？"

"报了。"杨在明说完，又补充说，"我们正要去报，公安局的向大年同志就来了。"

"他怎么知道的？"

"他说有人已经报了，局长要他来先了解一下情况。"

"那肯定就是那个戴面具的人！他是谁？"

"万有年！"

"啊？万有年？万会计？"

杨在明重重地点了点头。

"是他？"龚羡林疑惑地说，"他平时不哼不哈的，关键时刻还有这勇气？这智谋？"

杨在明又呷了一口酒说："那你不了解他。你别看他平时不哼不哈的，在大事上可聪明着哩！王肃年弄死了他老子，早就把仇恨种下了。这些年王肃年为非作歹，他给他攒着呢！"

杨在明的一番话，勾起了龚羡林的回忆。万会计这个人，自他们来到九队就认识了，但很少来往。就是队里开会碰见，也只是客气地打个招呼，多余的话一句都没有，但他发现，他和薛得寿、张士维、杨在明这些人走得很近，每次喝酒都有他。他原想，这是个城府很深的人，现在看来他就那种沉稳的性格，在他内心深处，充满善良和正义。他对王肃年这些所谓的造反派深恶痛绝。他时时想着查明父亲的死因，为父申冤。他密切地注视着王肃年这些人的动向。当他看到他们又兴风作浪、无辜的人们又将惨遭毒手的时候，他以自己的方法出手了。这些"出手"中潜藏着极大的风险，但他决不后退，决不畏缩。由此可见，这个人的心灵是多么的忠厚耿直，疾恶如仇。他由此对他增添了几分敬意。

龚羡林问："向大年来，说了些啥？"

杨在明说:"把何桂兰和何望林带走了,安排住进了医院,要我们大队负责他们的医疗。"

"王肃年呢?"

"在家里调养着哩!"杨在明猛地一抬头,大睁着眼睛说。

"公安局没有说法?"

"没有。人家是大队书记,书记批斗四类分子能有啥错!人家扬言还要追查那个戴面具的人哩!说这是阶级斗争的新动向,是阶级敌人的疯狂反扑!"

"他为啥要把何望林拉到羊房子里去斗?又为啥往死里折磨?"

杨在明语塞半天,忽然说:"那可能是人家的工作方法吧!"

两个人又碰一杯酒,谁都不说话。

过了好一阵,龚羡林又问:"公安局为啥还不下手?这中间到底都有些啥事情?"

杨在明把酒杯停在空中,左右望望,无限神秘地说:"听说复杂着哩!"

龚羡林不用问,也知道他所说的"复杂"是指什么,有些话也不敢再说,就告别杨在明,回了学校。

就在他回学校以后,听到一个消息,说公社的荆家宏书记调走了,调地区农科所当副所长去了。地区农科所是个副县级单位,副所长算正科。照么说,单位虽不算显眼,但荆家宏的职位算提了。

又过了一段时间,从信和传来爆炸性的新闻,说王肃年被公安局抓了,县上和公社商量,决定撤销他的大队党支部书记职务,开除党籍。他所犯的其他罪行,将由县公安局依法处理。县公安局决定,对他实行正式逮捕。公社党委还决定,由薛得寿担任信和大队党支部书记,张士维任革委会主任,杨在明任文书。

薛得寿被从新疆丫头家叫了回来,公社尹书记给他们开了个会。尹书记结合王肃年的例子强调说:"我们是共产党,我们是为人民服务的,不是祸害人民群众的;我们是个法治国家,不是任随帮派或个人胡作非为的地方。"尹书记讲得慷慨激昂,义愤填膺,从话语中能够听出长期受荆家宏等人打压而积攒的一肚子怨气!

尹书记最后还对以薛得寿为首的新班子语重心长地提出了希望和要求。要求他们一定要站在人民的立场,保护人民,服务人民;一定要加强内部团结,团结一心干革命;一定要抓革命促生产,不要误了农时农事。

龚羡林听到这个消息，非常高兴，他心想，天理不可违，正义总会战胜邪恶。王肃年落得如此下场，咎由自取，罪有应得！荆家宏显然被他的主子变相保护重用了，说不定什么时候又安排到重要岗位飞黄腾达去了。不过想起他在彩虹的工作问题上帮了忙，内心忽然又对他有了一丝留恋和感激。

四十一

郑世荣来到省城，找到省邮电管理局，打听他们的培训中心在哪里，并请查一查这期毛泽东思想学习班上，有没有一个从黑城来的名叫濮玉林的女同志。对方把他审视半天，问他找她干什么？他说他们是一个县的，临来时她家里人给她带来些东西，要他转送一下。对方听他这么说，和缓了语气，拿出花名册一查，说："有。"并说，"培训中心在黄河对岸的北山林场，远倒不远，就是不通班车，你怎么去？"郑世荣说："我走着去。"对方又打量他一眼，见他是个身强体壮的小伙子，好像认可了，又说："过了黄河，一直往前走，大约走四五里地就上山。那原是我们的邮电学校，后来不让办了，就改成了干部培训中心。你打问邮电学校，周围的老乡都知道。"郑世荣谢过人家，就按照指引的路线上路了。

他来到黄河大桥。这两天黄河涨水，从上游冲刷下来的泥沙，将河水晕染成一片橙红，翻滚着冲天的巨浪，省城解放的时候，人民解放军和敌人曾在这座桥上进行过生死较量和搏杀。夺权阶段，所谓造反派和保皇派，也曾在这里进行过一场大的武斗。当时他正在省城，不巧赶上了两大派在桥上的对峙。桥南通向市区，桥北通向市外。桥北的造反派想要冲进市区，桥南的保皇派却挡着寸土不让。造反派急中生智，从河边拣来成堆的鹅卵石，用鹅卵石远距离袭击保皇派，只见一百多米的桥面上，石子乱飞，密若蝗虫。他们一边甩着石头一边呼啸着冲锋过来，保皇派经不住石头的袭击，队伍很快溃散开来，好多人被打得头破血流，哇哇直叫，郑世荣清楚地记得，他的一个老乡，被飞石打准了天灵盖，满脸是血，但还捂着脸颊高喊："战友们，让我们和大桥共存亡！"喊罢就昏倒在地。这时候，对方的石头更像雨点般地砸了下来，他本来是看热闹的，见老乡处境危险，急忙跑上去把他扶了起来，而且扶着他离开了袭击圈。事后，他发现自己的脚趾也被石头砸中，伤得不轻。

这一幕虽已过去多年，但一看到滚滚奔流的黄河水，记忆的闸门又自动打开。唉！整来整去，光是把国家搞乱了，把多少人心中的梦想打碎了，弄得工人不能做工，农民不能种地，学生不能上学。死的白死了，残的白残了，活着的，一个个神经兮兮，全然没有了过去那种社会环境、那种人与人的关系，他庆幸在这中间自己当了逍遥派。如果不当逍遥派，跟上他们胡整，不死也得残。是自己的地主成分救了自己。可反过来说，这算啥！把人弄到最基层，成天和牲畜打交道，叫人瞧不起。如果在过去，像这样的大学生，找一个对象有什么难的，可现在，一波三折，求情下话，竟难成这样！他知道，他在婚姻问题上的艰难困苦都是那个年代造成的。他虽然嘴上不敢说，但内心切切实实是这么认为的。

省邮电系统的培训中心，也就是原来的邮电学校，在北山后面的一个山窝窝里。这里山形秀美，树木葱茏，是个清静凉爽的世外桃源。郑世荣费了好大劲才找到这里。濮玉林家不知道他会来这里，也就没有托他带什么东西，而是他心重，从城里买了不少桃酥，点心和水果之类，装了很大一包，他想，不管人家认不认，见不见，自己该做的一定做到，免得叫人小看了。哪怕这一片热心肠被当成驴肝肺，咱做人的架口不能倒！咱是男人，是大学生，得有气度，有胸襟！

他到门房打问濮玉林。值班的老师傅悄悄对他说："正上课着哩，等下课了我给你叫！"他就只好先在值班室稍等一会。不多时，就下课了。只见从教室里三三两两有走出的学员。老师傅望一眼墙上的挂钟，知道时间到了，就对院子里几个女同学说，你们把濮玉林叫一叫，就说门口有人找她。那几个女同学答应着去了。就在郑世荣忐忑不安心情难平的时候，他看到濮玉林远远地从教学楼那边过来了。啊呀，她怎么瘦了？怎么不高兴？难道知道我要来？难道真的讨厌我不想见我？不可能！我来只有霍站长知道，其他人都不知道。霍站长不会走漏消息！也可能是我多虑了！

正思想着，濮玉林已经来到门房。她揭开门帘问："牛师傅，谁找我？"话刚出口，就看见坐在一边的郑世荣，一时愣在那里，好半天才说："怎么是你？你啥时候来的？"

郑世荣站起来笑着说:"我来省城出差,你家里给你带了些东西。"说着,将自己买的东西给到濮玉林手里。

濮玉林有点迟疑地接过东西,眼泪忽然扑簌簌流下来。她带着哭腔质问郑世荣:"我给你写了那么多信,你为啥不回?"

郑世荣愣住了,丈二和尚摸不着头脑:"没有啊!我连你到哪儿去了都不知道,到处打听这才找到这儿来,你的信都寄到哪儿了?"

"我就寄到你们单位了!"

"没有,我除了收到你从县上发出的绝交信以外,再没有收到过一个字!"

"什么?绝交信?县上?"

郑世荣把那封信给了她。

濮玉林把信件展开一看,脸色大变,手抖得厉害。她见传达室还有别人,就对郑世荣说:"咱们到外面去吧!"

她把郑世荣领到一处僻静的角落,激动地说:"我就根本没有写过这样的信!当时黄局长来湖湾接我,我连向你告别的话都没来得及说。到了城里,他们又火急火燎送我上了当天的火车。我在城里就没有停留!"

"那这信?"

濮玉林抹一把眼泪,生气地说:"我知道了,这封信是谁写的!"

"谁?"

"我哥!"濮玉林说,"我也知道你为啥没有收到我的信!"

"为啥?"

"都被我哥半道里扣下了!"

"他怎么会?"

"他怎么不会!他跟邮电所的人很熟,一看是我写给你的信,他就说让他带过去,邮电所的人见他是我哥,不会不同意的。"

濮玉林又拿起那封信,一边用指戳着一边说:"你看你看,这都说的些啥话!说你成分高,说你工作不好,我说过吗?成分高那是人家定的,又不是你定的,何况你早就给我说了。工作不好?国营单位的工作不好,啥工作好?我啥时候说我成分比你好工作比你好了?我比对过吗?有意思吗?还毛主席语录哩!写封信都要想

299

着引用一段毛主席语录，累不累？吓唬谁呢？还有，我怎么能用娜仁的事威胁你呢？这不是太无耻了吗？我谈对象，我看着成就成，看着不成就不成，胡拉乱扯些别的事情干啥呢？再说，人家娜仁还说不上是一种什么情况，你替她代发了一封信，这是人之常情，再正常不过了。我拿着这个抓你的辫子，打你的棍子，那不显得我这个人政治品质太坏，太阴险太可怕嘛！啊呀，我哥这个人，太没情况了！他想转正，他想入党，他想往上爬就想着法子在我身上做文章，我回去一定要他给我说清楚！"

郑世荣等濮玉林发泄完了，又小心地问："那黄局长给你介绍对象的事是真的吗？"

"是真的。"濮玉林毫不避讳，"他那个弟弟原在青藏高原当兵，后来调黑城高炮团了。我没有见过。但我明确地告诉她了，我说我已经有了。"

郑世荣不放心地又说："那人家条件比我好，再说，你哥不同意我……"

濮玉林一下不耐烦了："你这个人怎么这样？我的事情我做主着哩，关他别人啥事？他条件好，好他的去，我不羡慕。我哥不喜欢就不喜欢，只要我喜欢就行。"她停顿片刻又说，"你放心回去吧，回去好好工作。等我学完回去咱再商量。这个地方远离城市，连个吃饭的地方都没有，我要上课，不能陪你，学习班也不允许请假，你就自己出去吃个饭吧，公事办完了就赶快回去！"

郑世荣高高兴兴地离开了邮电培训中心。听了濮玉林一番解释和表白，事情的原委弄清楚了，心里的疑团解开了，眼前顿觉一片敞亮，腿上也有了劲。这时候他看周围的环境，天更高更蓝，草更绿更青，花更红更美，就连混沌的黄河水，也一下变得清澈起来。他在心里慨叹：啊呀，幸亏来了，幸亏听了老站长的话了，幸亏当面谈了，不然由着心里胡思乱想，由着别人胡说八道，岂不把好好的一个人给错过了吗？岂不把一段美好的感情给白白葬送了吗？郑世荣啊郑世荣，你以后做事可得谨慎了再谨慎，认真了再认真，不能由着性子来！

郑世荣回来，把见了濮玉林的情况详细给老站长说了。老站长高兴地说："你看你看，我就觉着玉林不是那样的人，我就觉着这中间有问题。你看你看，果不其然！幸亏去了幸亏见了，不然你说！"他停顿一下又说，"这个濮玉强，真是个浑球！你怎么能为了自己的事情，祸害亲亲的妹子哩？完了我见了再好好说说他！"

还没有等老站长见到濮玉强，濮玉强这天就来找他了。他把老站长堵到房子里问:"霍叔,你是不是叫你们的大学生找我妹去了?"老站长说:"不是我叫,是人家应该去。怎么了?"濮玉强哭丧着脸说:"你不是害我着哩吗!我妹昨天来信,把我好好地说了一顿。""活该!那你为啥把人家写的信扣下?你有啥权利?为啥冒充人家本人,给小郑写那么绝情的信?""我也是为我们兄妹的前途着想啊!""你恐怕主要是为你自己的前途着想吧?为了自己就不顾妹子的幸福了?你也太自私了吧?来来来,坐下说,咱爷俩再好好谈谈!你不来找我,我还正要找你去哩!"

霍站长给他倒了一杯水,坐在对面,神色凝重地看着他。

老站长:"说说,你那转正的事,进行得怎么样了?"

濮玉强沮丧地说:"谁知道!我们所长给我答应下着哩,说快了快了,可转了两批,都没有我。"

老站长问:"那怎么回事?"

濮玉强说:"一次是公社杨书记的小舅子占了,一次是县民政局索局长的远房侄子占了。我没有后台,挣死也是闲的!"

老站长知道他说的是真的,但还是鼓励他说:"你说的那种情况是有,但你不能因此就丧失了信心。你工作很好,已经成了业务骨干,但还要努力,创造新的成绩。也还要学会处理各方面的关系。完了我给你们所长说说,让他把你关心关心。另外,你妹的事情,你再不要掺和了,人家两个好着哩,你说你从中作梗有啥意思?这个周末,你和郑世荣都到我家来,我给你们说合说合。"

濮玉强不置可否地"嗯"了一声就走了。老站长望着他的背影心里慨叹:一对棉花性格的人,咋养球了这么个刚强硬铮的东西!他准备就两个人的见面,先找郑世荣谈谈,把工作做在前面,免得到时候尴尬。

没有想到,郑世荣也窝了一肚子的火。他不能原谅濮玉强半路截留濮玉林写给他的信,更不能原谅他冒充他妹子写那样的信。那封信对他的打击太大了,他几乎从那种绝望中走不出来了。如果他想不开死了呢?他妹妹会怎么样?他就能活得心安理得?这也太自私了吧!也太不考虑后果了吧!"不!我不和他和好!我要把他记恨一辈子!以后我和玉林成了家,绝不认他这个大舅子!"郑世荣拒绝老站长的调解,他明确表态他不和濮玉强见面。

老站长见他这样,笑了,丢给他一支烟,自己也点一支。待猛吸两口稍微和缓一下气氛以后，他说："你们这些知识分子啊，就是死要面子活受罪，不懂得变通！要知道，退让一步，海阔天空，硬磕硬，死路一条。他就这么个农民，没有你念的书多，没有你见的世面广，想问题窄了一些，目光短浅了一些，这有什么嘛！要我说，他的顾虑是有道理的，他为自己打算没有错！是的，他的一些做法是缺德了一些，是过分了些，但他是个农民，他就这个素质，这个境界，你能把他怎么样？你如果抓住他的这些毛病不放，你和濮玉林将来的生活还问题多着哩。因为人家是亲亲的一个娘生下的姊妹，是打断骨头连着筋的亲兄妹！虽然两个人的性格不同心境不同，玉林也对她这个哥哥气大得很，但你要知道，亲兄妹吵架是不过夜的。你如果一直不跟濮玉强来往，你想玉林会答应吗？"

老站长的苦口婆心，终于唤醒了郑世荣的理智。他忽然醒悟，自己太感情用事了。他笑着承认了自己的狭隘和考虑问题太情绪化，答应让老站长给他们调解调解。

转眼到了周末，霍站长特意买了两瓶酒，泡好了茶，让老伴儿做了几个菜，在家里等着。不一会儿，郑世荣来了，还买了茶叶和糕点。霍站长埋怨他说："你看你看，你到我家来，还买什么东西！"郑世荣说："你总不能叫我空着手来吧？"老站长笑着说："好好好，你既然拿来了，我就收下，以后可不行！"说着，就给郑世荣让座，倒茶。

两个人坐下，说了说站里工作，等了半天，濮玉强不见来。老站长有点着急，嘴里嘟囔着，出去查看，仍然不见他的影子。回到屋又等了一阵，濮玉强还没有来。如果是刚开始，老站长还认为，可能是有什么事给绊住了，迟到这会儿了，他觉得这家伙在故意窝他的面子，平时给他说过的话，都当耳边风了。"狗日的！"老站长生气地吐出三个字，对老伴说："你就拾掇，我们俩先吃着。他来了吃，不来算了！"郑世荣见濮玉强没有来，老站长气成那样，心想这全都是因为自己。他赶快倒了两大杯酒，高高举过头顶，给老站长敬酒。他说："站长，你不要生气，他不来就不来，没有啥！你为这种人生气划不来！事情是我和濮玉林的事情，只要玉林没有变心，我就放心了。来！我敬你两个酒，谢谢你对我的关心和爱护！"

第二天上班，霍站长就去了水管所。他要问一问濮玉强，为啥说话不算数，害得他这个老的等了一中午。濮玉强不在所里，唐所长也不在。水管所几乎门窗紧闭，悄无一人。他在院子里碰见一个回所取东西的职工，他问："你们的唐所长哩？"

那人说去上游检查渠道去了。他问濮玉强也去了吗？那人说："这两天我们的人，从所长到一般职工都在渠上。"他问水渠怎么了？那位职工把手中的东西暂时放在地上，擦一把额头的汗说："今年旱情严重，地面水和地下水都显得特别紧缺。咱们湖湾地区的小麦，不浇灌七八次水是成熟不了的。所以，县上指示，要我们严格检查水库和各种渠道的完好情况，严防各种跑冒滴漏。县上说要把这作为一项政治任务去完成。所以，全所高度重视，几乎所有职工都下去了。"听了这位职工的说明，霍站长的心情慢慢平复下来。他终于明白濮玉强没有到他家来的原因。心里说这就不能怪人家了。工作嘛，什么时候都应该是第一位的！这件事只有暂时放下，等见了他再说。

就在他准备离开的时候，水管所唐所长一身泥水满头大汗地回来了。见了他，惊喜地问："老哥啥时候过来的？"他说过来一会儿了。唐所长急忙把办公室门打开，让他先坐，自己擦洗一下。霍站长就进屋坐了。一会，唐所长擦洗完毕，又急着给他拿烟倒茶。

"有啥事情吗？"唐所长问，"你可是无事不登三宝殿的！"

"也没啥事，我就是找濮玉强问个事。"霍站长说。

"噢，他到丰稔渠上去了。昨天下面报告，说那里有一段渠，下面发现了古墓，整个渠塌陷下去了。我们派出了以夏副所长为首的抢修组，配合县文化局，到现场看去了。濮玉强也去了，怕三两天回不来。"

"也不急。"霍站长说。又问，"哎，这小伙子怎么样？"

"好着哩，就是有时候爱认个死理。"唐所长说。

"不是在你这里干了好多年了嘛，有没有转正的可能？"霍站长问。

"机会是有哩，可一时轮不到他。"

"为啥？"

"为啥？"唐所长怒眼圆睁，"你问我我也不知道！"接着扳着手指头气愤地说，"全县十几个水管所，像濮玉强这样的合同工上百人，每年给水利系统的转正名额也就四五个，一个所还摊不上一个。就这几个名额，水利局要占，县上一些头头脑脑的亲戚朋友关系户要占，轮到基层能有几个！所以，我给濮玉强他们说，前途是光明的，道路是曲折的。这种亏先人的空话大话我已经说了好多年了，说得我自己都臊得慌，愧得慌！"

霍站长听着笑着点着头，他相信唐所长，也非常理解他的苦衷，但他还是说："有机会给娃子考虑着！"

唐所长说："那当然！"

霍站长回到兽防站，公社文书来找他，要他通知他们站的郑世荣到县革委会政治部去一下，政治部杜雪兰副部长找他。霍站长心想：杜雪兰找郑世荣啥事，莫不是这小子不安心在湖湾待，活动着想调走吧？现在，濮玉林调城里了，他们之间的误会解除了，调城里是顺理成章的事。但如果他走，我一定要县上再给我一个学过专业的大学生！上次那批中专生我争取了半天，没有给我们分人，这次郑世荣走再不给我给人，恐怕说不过去吧！

郑世荣接到霍站长的通知，也是一头雾水。杜雪兰副部长他只是在分配工作的时候见过一面，之后再无来往，估计人家根本没有认下他。那么，她找他能有什么事？想来想去，找不出答案，最后决定先去，去了再说。

他在政治部办公室见到了杜雪兰副部长。这是个四十多岁的中年女人，据说是土改时期参加革命工作的老同志。政治部办公室比较拥挤，两名副部长和三名干事挤在一间不大的平房里。杜部长让一位干事把档案室的门打开，她把郑世荣叫到档案室去谈话。

待两人坐定，杜雪兰问："你叫郑世荣？"

"是的。"郑世荣回答。

"陇城农大兽医系毕业，现在湖湾兽防站工作？"

"是的。"

"你认识一个名叫娜仁格尔勒的蒙古族女学生吗？"

"不认识。"

"不认识？不认识你怎么替她代发书信着哩？"

"代发书信？噢，您是指我给代发过一封信的那位姑娘？那是去年夏天，我被抽调到县战备办公室去北山考察，在北部草原碰到的一个人，她要我代她发一封信，我就把信拿到咱们县城发了。"

"你知道她是什么人吗？"

"当时她就是个牧羊的蒙古族姑娘。"

"你看过她写的信吗？"

"没有。我看信封上写着党中央毛主席收，估计是封告状信。"

"你估计是封告状信，怎么还给她代发？"

"受人之托，举手之劳，我怎么能不帮人家呢！说不定有什么冤屈呢？"

杜副部长凝重地看郑世荣一眼，说："有人检举，说你和那个女的串通一气，借向中央申诉问题，发泄不满！"

"欲加之罪，何患无辞！"郑世荣很愤怒，"杜部长，我真的只是出于同情，才替那人代发信件的。在那种情况下，任何人都不会拒绝她！至于那人有什么问题，信上都写了些啥，我一概不知。我请组织彻底调查！"

杜部长说："你不要紧张，这件事，组织上会调查的。"末了又莫名其妙地问："你和邮电局黄局长认识吗？"

"不认识。"郑世荣说。

谈话结束以后，郑世荣脑海里一直回响着杜部长那最后的问话。"黄局长？"黄局长与我有何瓜葛？听杜部长的口气，好像是黄局长检举了我，她怎么知道我替娜仁发信的事？是濮玉林说的吗？不可能！就这么一件事，兴师动众上纲上线的，想干啥？

郑世荣又陷入深深的思考。

四十二

龚羡林在南滩学校才待了一年，就被调黑城县第一中学任教。一中是全县最好的中学，这不免引起一些人的羡慕和妒忌。他不管这些，接到通知，就赶快去报到上班。

这时候，胜利的学校也建好了，彩虹和她的学生，不得不一同撤了过去。公社还给他们配备了一名公办女教师，这样，两位女老师担负起了从一年级到六年级的全部教学任务。

彩虹怀孕了，而且已经有六个多月的孕期。龚羡林担心，他不在身边，没人照顾，她可能孤单。彩虹劝他说："你好好上你的班去吧，我这里什么事都没有，记着星期六回来就行。"

龚羡林在一中代高中二年级两个班的语文和一个班的班主任。教育改革，缩短学制，高二是学校最高年级，他感到责任重大，时间紧迫，立即以饱满的热情投入到工作中去。

学校给他一间低矮的平房作为宿舍，也就八九个平方米。他的左边是数学陈老师，右边是物理滕老师。龚羡林抱怨县城理发很不方便，只一家理发馆，还在县城的最西头，理一次发，光跑路排队就得好长时间。滕老师听了，把新买的一把胶木梳子拿去磨成理发的梳子，要给龚羡林理。龚羡林不好拒绝，结果把他留了十多年的分头一会儿就剪成了寸头，两个月都长不起来。他对着镜子，哭笑不得。陈老师听说他爱人要生孩子，想在宿舍里盘一铺炉炕，就给班上几个住校的学生安排，让他们抽星期天休息时间，给龚老师脱几块盘炕用的炕面子。

炕面子脱好干透，龚羡林让学生帮忙，利用在劳动锻炼期间学得的手艺，亲自操刀，为自己和老婆打造炉炕。他先把炉子砌出，再把烟道挖开砌好，用沙子把炕坑填平，摆出火道，坐上炕面，使火道和烟道连成一体。炉炕盘起后，他在炉子里点了几张纸，只听"呼"的一声，火苗和纸灰都被吸了进去，这说明抽烟很利，大功告成。在一旁帮忙的陈老师和滕老师不由赞叹地说："啊呀啊呀！不错不错，改造得不错！谁能想到文质彬彬的龚老师会干这活！"

炉炕烧了两天就干了。龚羡林一算，彩虹的预产期也就到了。他去胜利把她接进城来。谁知当天晚上，彩虹就有了反应。早晨六点，当接生的大夫从医院过来，手忙脚乱刚刚做好接生准备，一个胖嘟嘟的男婴就已经迎着黎明的曙光，呱呱来到这个世上。

儿子的出生，让龚羡林兴奋异常，也隐隐感到有了压力。他兴奋，是因为觉得自己有了儿子，多年漫长的相思相恋之苦，终于有了结果，老龚家有了后继之人，他可以向父母和列祖列宗交代了。兴奋之余，又感到老婆还是农村户口，孩子出生要随母亲的户籍，他和郑世荣、贺丹峰在万有仁家堂屋晚上的辩论，非常现实地摆在了面前。这可怎么办?"难道让我的孩子长大当个农民吗?"这是不可能的!这时候尽管看不到任何希望,但他下定决心,要让妻子和儿子尽快跳出"农门",要给他们一个像样的生活!就是从这时起,每当他看到孩子在怀中甜甜地微笑或哇哇哭叫,这种责任感就在心头加重一分。他在照顾妻儿的同时,不惊动学校,不耽误工作,认真备课,认真讲课,及时批改学生作业,经常熬到深更半夜,受到学校和同事们的高度评价。

就在儿子刚刚满月的时候,他又被调到县委报道组工作,而且马上要去省上参加一个全省的新闻学习班,学期三个月。他一中的教学工作,调另一位同志去接任。学校为他召开了欢送会。他又急急忙忙收拾东西,把彩虹母子送回胜利学校进行安置,并委托岳父岳母照顾,然后,自己背着行李去了省上。

调县委报道组工作,这是命运的转折。但三个月的学习,却非常难熬。他想念妻子,想念儿子,担心他们的生活和安全。胜利大队和学校那么大,况且还在一片孤零零的荒滩上。晚上夜风呼叫,犹如鬼哭狼嚎;白天黑风吹来,飞沙走石,天昏地暗。他们能不害怕吗?万一有野兽或坏人闯进去怎么办?儿子出生那天,整个县城买不到一瓶奶粉,还是在县畜牧站工作的朋友老孟为他找了两瓶鲜牛奶,才解决了一时之急,现在,不知彩虹的奶水够不够吃?小家伙长胖了没有?胜利吃菜要到城里去买,彩虹又带孩子又上课,哪来的时间出去买菜?人不吃菜怎么能行?整个学习期间,他脑子里想的就是这些事情。

所以,学习班一结束,他就打起背包回家。火车到达黑城,正是半夜时分,他不顾旅途疲劳和路上危险,一个人背起行李徒步往家里赶。待走到胜利,浑身的衣服都湿透了。一轮明月挂在天上,将大队院子照得一片雪白,越发显露出清冷和孤寂。他喘口气轻轻敲响彩虹和孩子居住的套房的窗户。彩虹惊醒,听出是他,这才赶快点亮油灯,将里外房门一一打开。龚羡林把行李朝地上一扔,就去看他的儿子。彩虹跟在后面说:"睡着了。你走的时候才四十几天,现在都四个多月了。"龚羡林说:"别叫,让他睡,天还没有亮哩!"说着,在儿子脸蛋上再亲一口。彩虹说:"也快了,不行你和儿子再睡一会,我去把炉子捅开。"

龚羡林跟随彩虹来到外间,外间是一个三间大的房子,原准备做教室用,后来学校单另建了,这间房子就空下来了。反正大队暂时不用,就让彩虹里间住人,外间做饭。彩虹在靠窗子的地方安了一个炉子，支了一块面板，锅碗瓢盆全放在面板下面。外间的一头整整齐齐码满了煤砖。彩虹说，这都是大队的，文书和赤脚医生办公室用煤都从这里取，方书记说让我用煤也从这里取。暂时这样，以后搬到学校那面，再给学校单独拉煤。龚羡林听彩虹这么说，感到非常欣慰，他觉得大队对彩虹的照顾是非常不错的。他搂着彩虹的肩膀说："方书记真是个好人，咱们抽时间到他家里去一下，以表示感谢。"

炉火着上来了，彩虹也已经把拉条面和好了，她对龚羡林说："你把娃娃看着，我出去一下。"龚羡林不知道她去干啥，也没有问。过了好一会儿，彩虹回来了，手里提着半筐苜蓿芽子。还没等龚羡林问，她就说："家里没有油也没有菜，我到王吉文家借了半斤油，到二队的苜蓿地里掐了半筐苜蓿芽子，好给你做饭。"

龚羡林听了大吃一惊，他接过筐子问："那你平时没有吃菜吗？"

彩虹凄苦地一笑："我吃哪里的菜去？我又要上课又要带娃娃，就是有钱也没有时间去买菜！"顿了顿她又说，"不过我不爱吃菜，拉条子出锅倒一股醋也就吃了。娃娃有我的奶，更不需要吃菜。"

"那你会把身体搞垮的呀！"龚羡林心疼地说。

"没有那么金贵！现在你回来了，你每个星期回来给我买些菜，我们不是就有菜吃了嘛！"彩虹说着，把苜蓿拣了，用水淘了，放锅里焯了，再用油炝了，拌成香喷喷的凉菜。她让龚羡林把碗筷拿出来，准备吃饭。

龚羡林还是没有从刚才的震惊中回过神来。他又问："家里一点油都没有吗？你去借人家的油？"

"没有。大队定的是一个生产队一年给我一斤油，一百斤小麦，但有的队给，有的队不给。有的队说人家的油籽还没打下来，等秋后打下来榨了油再说，有的队明明有油，可就是拖着不给！"

龚羡林气愤地说："明天我找他们书记去！"

彩虹劝他："你不要给人家发火！咱们是寄人篱下，你发脾气，把人家惹了，以后更不好相处！"

龚羡林连连点头，说："我不会发火。我想等我工作稍微轻闲下来，抽一个星期天，买点菜，买点肉，再打几斤好酒，把大队书记、文书和各队队长请一下，好好联络联络感情，以后可能就会好一些。"

彩虹已经把一盘拉条子下出来了。她找了个小方凳，把菜和醋都摆在上面说："你就坐床边吃吧！"

龚羡林接过他手中的面，看着碟里的苜蓿菜，再看看妻子苍白消瘦的脸颊，眼泪不由流了出来，嗓子里就好像堵了一团乱麻，筷子在碟子里不停地挑着，但就是吃不下去。

就在他心里难过的时候，儿子醒了。他正要去抱，彩虹拦住他说："你别动，让我来，可能是尿憋了。"她说着把儿子抱起，抱到外间的空地上给他把尿。儿子长得皮白肉净，胖乎乎的，一对大眼睛清澈明亮，双眼皮曲线就像刀刻似的。可能是睡热了，脸蛋上红扑扑的，特别可爱心疼。儿子醒来，发现家里多了个人，感到很奇怪，一边撒着尿，一边扭头不停地看他的父亲。彩虹给他把完尿，把他塞到龚羡林怀里，对儿子说："叫爸爸！这是爸爸！"儿子显然有些认生，虽没有哭，但把头扭过去，不看爸爸。彩虹又把他接过去说："这娃娃认生，我妈来了想抱他，他哭着就是不让。你先吃饭吧！"龚羡林吃饭中间，儿子一直在他妈妈的怀里偷偷地看他，待他吃完饭哄着要抱他的时候，他已经不认生了，笑着来到爸爸的怀里。彩虹说："孩子能闻见父母身上的味道，他天生知道他是谁的儿子！"龚羡林亲着儿子说："是吗？"

龚羡林又问彩虹："你和儿子的照片，给他陇中的爷爷奶奶寄了没有？"

彩虹说："寄了。他爷爷来信了，说家里大人孩子看了娃娃的照片都高兴得很。"

"给娃娃起名字了没有？"

"就等着你给起哩。"

龚羡林沉思一阵，说："还是让他爷爷给起吧，他是爷爷的第一个孙子，爷爷又是个很有学识的人，他起的比我起的好！"

"我没意见。"彩虹说，"那就给父亲说吧！"

龚羡林说："行。"又说，"我明天就得报到去了，调县委报道组工作，我还没有正儿八经去报到呢，学习班结束了，不赶紧去怕不好！"

彩虹说："那你就赶紧去吧！"

县报道组归县委宣传部领导。龚羡林先去县委组织部报到，副部长杜雪兰接待的他。她在给他介绍了报道组工作职责和应注意事项后,把他领到宣传部两位部长的办公室。正部长姓马,是个稍微有些年岁的人,说话高声大嗓直爽果断,副部长姓郎,长得一表人才,穿着也很讲究,但说话慢声慢气,文文绉绉。杜部长交接完毕,当着马、郎两位部长的面说:"机关住宿紧张,就让他和郎部长一起住吧!"回头又对龚羡林说:"赶快把行李搬来,上手工作。最近县上要开全县农村工作会议,县委领导对报道工作很重视,我们黑城已经有两个月没有在省报上露脸了。两位部长你们商量商量看怎么打破这个僵局!"说完笑笑,就走了。

龚羡林感到,杜雪兰说话有点居高临下,太不给宣传部两位部长面子。后来他才知道,组织部和宣传部虽同为县委的重要部门,但地位和分量不可同日而语。杜雪兰是个老资格,一向偏严偏"左",大事上没有多大的本事,但对细小的事情却抓得很紧,以后得小心。他还知道,马部长是个痛快人,虽一只眼睛不好,模样看着凶恶,但心地善良,为人宽厚,特别体恤下属。郎部长虽然看着衣冠楚楚风流潇洒,但其实是个命苦的人,他是徕远人,若干年前和一位来自天津的支边青年结婚。三年困难时期,女方忍受不了黑城的艰苦生活,领着一男一女两个孩子回了天津,而且一去再不回来。郎副部长想调调不过去,从此只好过牛郎织女两地分居的生活。龚羡林和郎部长住到一起后,老郎告诉他,原报道组和他对调的老王,是北京大学中文系的毕业生,但报道两年,在省报上没有上过稿子。据他看不是水平问题,而是夫妻分居两地,不安心。郎部长下面的话没有说,但龚羡林已经听出了他的意思,决心踏踏实实干出一番成绩,不能让周围人笑话。

龚羡林从郎部长那里拿来了几份最新的《县情通报》,他连夜加班,在此基础上编发了七条信息。没有想到,这七条信息,竟然被省报采用了四条,有一条还加了"编者按"。虽是豆腐块,但在文后的括弧里,都醒目地署着"黑城县报道组"的字样。这让县委领导和县委大院的人眼前一亮。他们议论说:"不一样就是不一样啊,这一次报道组总算把人选对了!"

不久,全县农村工作会议召开,龚羡林深入各公社代表团采访,学习县委领导的讲话,明确全县农村工作的形势和县上的指导思想,写成了长篇通讯《春风得意马蹄疾——黑城县农业学大寨综述》,省报发在头版头条,并加了"编者按",受到了县委主要领导的肯定和表扬。从此,由他执笔的以县委领导名义书写的调查报告和读书心得，接连在省委主办的刊物上发表，很快打开了工作局面，奠定了他在报道组的地位。

马部长在部里的会议上热情地赞扬了他，还给他配备了一辆自行车、一架"海鸥"120照相机。要求他文字和图片一齐抓，要经常地深入到公社和生产大队第一线去，发现新鲜有价值的线索，用翔实的文字、精美的图片，宣传黑城的大好形势。他谢过部领导的关心和重视，情绪更加高涨，工作更加积极努力。

这是一个星期六的下午。他到商店买了几样菜，还想买几斤肉，可被告知，县城的生肉供应是一个星期一次，被定在每个星期天的早晨九点至十点出售。一次就卖两只猪，卖完为止。他打听了一下，每次开门不到半个小时就卖完了。他的一个在县供销社工作的学生听说了，让他先回去，说自己明天替老师把肉买好，让老师早上直接到宿舍找他取肉。这样，他把蔬菜先送回家里，并和彩虹商量，星期天晚上请大队和生产队的人，让彩虹早做准备。

第二天，龚羡林返回城里取了肉，又买了四瓶绵竹大曲。他想，家里还有几瓶，加上这个，够了。农村人喝酒厉害，一个人起码得一瓶。他们主要是喝酒，吃菜是个样子。

殊不知，晚上客人陆续到齐，他有点傻了。他本来只请了大队书记、文书和各队正队长，还有在当地落户的一位陇中老乡。谁知，各队的副队长也来了，还有两位以前当过队长现在已经不是队长的人也来了，他不知道这些人是谁通知的，也不好问，只好硬着头皮招待。

待大家坐定，他把酒斟上，站起来致辞。首先感谢方向明书记和各队队长对彩虹的照顾，说这场酒早就该请了，只是因为自己工作忙，才放到今天，希望大家多多原谅！方向明书记非常兴奋，代表大家表示感谢。他说："龚老师是个人才，从水泉调到南滩，从南滩调到一中，现在又从黑城一中调到县委宣传部去了。将来迟早是要当领导的。郁老师在我们这里，我们感到骄傲！希望各队都能够照顾好郁老师的生活。人家不是白吃咱们的，人家在给咱们的娃娃们当老师着哩！"各队队长也很高兴，齐声说："一定！一定！"龚羡林知道，他们不是缺这场酒，他们缺自己的一个态度，他们需要尊重！这些人，你只要敬他们一尺，他们就会还你一丈。今后自己在这方面要特别注意。

果然，绕着场子敬了一圈酒，就把两瓶酒倒空了，后面划起拳来，剩下的四瓶根本不够。龚羡林暗暗着急，这深更半夜的再到哪里去买酒？他把老乡偷偷叫出来，问他："家里还有没有酒，待会如果不够，先借我用，以后还你。"老乡说："你说哪里话，我去取就是了。"说着赶快去家里提了一个十斤装的塑料桶，桶里装满了酒。老乡笑着说："如果把这一桶再喝掉，恐怕都趴这滩上了。"

由于头天晚上喝了不少酒，龚羡林第二天稍微起迟了一些。待他骑着车子急急忙忙赶进县委大院时，各单位都正在打扫卫生。他在大门道里碰见了杜雪兰副部长。

他下了车子，很有礼貌地问了声："杜部长早！"

杜雪兰冷冷地看他一眼，问："回去了？"

他说："家里有点事，回去了一下。"

杜部长仍冷冷地："家在哪里？"

"南滩胜利。"

杜副部长"噢"了一声说："以后早点回来！不能发了几篇稿子，领导表扬了一下，就骄傲啊！"

龚羡林一时语塞。他想不通，稍微来迟了一会和骄傲有什么关系。他弄不清自己哪里骄傲了，怎么个骄傲法？心想：是的，县上是有规定，家住城外的同志，一般要在星期日晚上返回单位，最迟星期一早上要按时上班。我就是没有赶上打扫卫生，没有赶上提水，这就算骄傲了吗？我一个外地人，家在农村，老婆孩子连吃的米面油都不能保证，你问过没有？你关心过没有？我没有赶上打扫卫生，没有赶上提水，你就看见了，你就认为我骄傲了，这是什么逻辑？是什么领导水平？

这之后，接连发生了两件事，使杜副部长对龚羡林彻底有了看法。

一件是，一天晚上，县委几个部门和工、青、妇的同志正在集中学习，县医院为他儿子接生过的吴医生突然来访。吴医生家在省城，最近正在联系调动的事情。自和龚羡林认识后，她就想让他帮忙，替自己催着点这件事情。这天晚上，她也不知道县委机关学习，看见灯亮，就直接找了上来。她在楼道里正好碰见杜雪兰。杜问她找谁，她说找龚羡林。杜问找他干啥，吴医生不好说出真实意图，就吞吞吐吐地说找他借一本书。杜冷冷地回绝她："正学习着哩！"事后她就有了想法。办公室一个女打字员未婚先孕，她就当着龚羡林的面批评办公室主任："你让你们那人赶快走，再不走把娃娃生到办公室，可有你们的好看了！"龚羡林听得出来，这是把吴医生来找他的事，已经看得比较严重了。

另一件是，和他曾一同任教过的中国人民解放军某军军长，借检查部队工作，来黑城看他。该军有一个师驻扎在黑城。黑城县武装部的政委，就来自这个部队。军长要县上把龚羡林叫到师部，说要见他，他还把武装部政委也叫来，说大家聊聊。那天，军长向大家介绍了他和龚羡林认识的经过，临走要师部首长和武装部政委对龚羡林多加关照。这事在县上引起了轰动。杜雪兰不了解龚羡林和军长之间的深情厚谊，反倒认为龚羡林"好攀高枝"。其实，龚羡林自离开省城以后，就再也没有见过军长。他不知道军长在某军任职，更没有想到他还会记着来看他。他的信息是军长的一位亲戚透露给军长的。龚羡林心想我要攀高枝早就攀了，还能等到今天！我大学毕业的时候，军长是省革委会政治部主任。我只要求一下，留省城是一句话的事情，何必跑到黑城来受苦呢！

这天晚上，他正要睡觉，郎副部长吞吞吐吐地对他说："明天讨论你入党的问题，可能有人会提出一些不同的看法，你就有则改之无则加勉吧！不要反驳，也不要说明！"龚羡林心头一震，默默地点了点头，算作感谢。

果然，在第二天的党员大会上，杜雪兰不顾大家对龚羡林的肯定和赞扬，非常严肃非常认真地提出了几个问题：

第一，她认为龚羡林在开局顺利并取得了一些成绩之后，有自满的情绪，工作没有开始时抓得那么紧了。

第二，她认为龚羡林太恋家，对机关"星期日晚上必须返回单位"的规定没有很好地遵守，表现出自由散漫的倾向。

第三，有攀附权贵的思想，爱走上层路线，这会影响和普通群众的接触，不利于和广大工农群众的结合和世界观改造。

第四，和女同志的来往上不注意影响，虽未发现什么问题，但提醒本人注意。

她的这些意见，显然与大家的意见形成对立，引起了其他一些领导的不满。马部长说："杜部长提出的这些意见，我们宣传部的同志倒没有感觉，也没有听说。羡林同志来机关工作时间不长，但工作勤奋努力，踏实认真，做出了显著的成绩。这一点是大家有目共睹的。我们看事物，要看主流。看一个同志，首先要看他的优点、他有成绩的一面。至于缺点,有则改之,无则加勉。我们相信龚羡林同志会正确对待!"主持会议的组织部陈部长,干脆没有理会杜雪兰的发言,直接宣布:"如果宣传部支部没有意见,我们表决吧!"表决结果,大家一致通过龚羡林的入党申请,他从这一天起,就成为了一名光荣的共产党员。

在最后的表态发言中,龚羡林没有为自己作任何辩解和说明,他只诚挚地表达了对大家的感谢和进一步要求进步的决心。但在心里,却是憋了一肚子的气。他扪心自问:我骄傲自满了吗?工作抓得不紧了吗?没有啊!我无时无刻不在想着把县上的报道工作再做得好一些,无时无刻不在想着能够再写出一些有分量有影响的文章。我恋家吗?谁不恋家?恋家有什么不好吗?家是一个人的后方基地和避风的港湾。很难想象一个不爱家不爱妻儿的人,会是一个坚定的革命者!把家庭和工作割裂开来对立起来的人,不是口是心非,就是装模作样!说我"攀附",人家军长那么大的领导来看我,正说明人家高风亮节体恤部属,我能躲着不见吗?我去见了就是"攀附"了吗?至于那最后一条,纯粹是神经过敏胡说八道!我认识的一个女同志来找我,你就认为不正常,怕出问题,你一个女人家,成天和男同事混在一起,就不怕出问题吗?真是莫名其妙!

不过,从杜雪兰的态度中,龚羡林闻到了基层"左"的味道、空气凝滞窒息的味道,看来县委机关的政治环境不宽松。一些人靠着运动中学来的一些术语和手法混日子,却对别人的一举一动盯得很紧。越是女人越是对别人所谓的男女关系感兴趣。今后任何事情,都要慎之又慎啊!

四十三

贺丹峰和英子回到徕远家里,母亲已经偏瘫在床。母亲是那天夜里起床解手,忽然感到头晕腿软,一头栽倒到地上,口吐白沫,不省人事。送到医院,被诊断为脑溢血。经过抢救,虽保住了性命,但落了个偏瘫的后遗症,半个身子麻木没有感觉,鼻嘴歪斜,连话也不会说了。英子是第一次到公婆家,公公是地区医院的医务科长,手中有点小权,把个家弄得还算殷实。婆婆虽是个家庭妇女,但她管着这个家。常言说:男人是个耙耙,女人是个篓篓。这个篓篓兜得紧了,才能把耙耙耙来的光阴积攒起来慢慢享用;如果篓篓是个漏底子,耙耙耙得再多,也会跑冒滴漏,不日见底。贺丹峰的母亲就是这样一个把底子兜得很紧的"篓篓"。家中生活能够小康平顺,与她的勤俭持家计划周详有着绝对的关系。

贺丹峰有一个弟弟一个妹妹。弟弟高中毕业后遇上了"文革",无法再进一步深造,只好在地区图书馆帮忙。一边帮忙一边自学外语和文学科目。妹妹也是初中毕业,闲在家。最近,上面已经确定好了上山下乡的地方,因母亲病重,暂时没有下去。

贺家人对英子的到来,态度不一。公公是见多识广的人,对儿子的婚事虽有遗憾,但木已成舟,也就不再说什么。弟弟原来也对哥哥的选择有意见,但设身处地一想,也理解了哥哥的无奈之处。唯有小妹不原谅大哥。她认为他太没出息,不相信他连一个有工作的女人也找不上。她认为就是找不上城里的,想找农村的,找一个下乡知识青年或回乡知识青年也行,现在农村这种人多的是,他们至少还有文化。为啥非要找一个纯粹的农民呢?父母亲都是很要面子的人,街坊邻居亲戚朋友问起来怎么说呢?

英子非常敏感地感觉到了贺家人对她的不同态度。但她知道,关键是两个老的,只要把公公婆婆弄好了,其他人说啥做啥都是闲的。她和贺丹峰来到婆婆床前。贺丹峰叫了声:"妈!我们回来了!"母亲睁大眼睛看着儿子,看着看着,两行浑浊的泪水就从眼眶里流出来了。贺丹峰让英子靠前一步,给母亲介绍说:"妈,这就是你儿媳妇英子!"母亲又把眼睛转向英子。英子上前一把握住婆婆的手说:"婆婆,我就是英子!"婆婆的目光一直在英子身上打转,转着转着又是泪流满面。英子从婆婆的眼神中读懂了,这个病重的老人是喜欢自己的。她要贺丹峰打盆热水来,她要给婆婆擦身。贺丹峰赶快去厨房打来了。她对他说:"你去客厅陪爸爸说话吧,这里有我就行了。"贺丹峰在她肩头拍了拍,意思是"你真不错",就去和父亲说话了。

父亲问了他工作和生活的情况,贺丹峰简略地说了一下。

父亲说:"根据咱们家现在这个情况,你要考虑该调回来了。你妈这个样子,身边离不开人；我年纪大了，身体也不好。你弟弟一心想上个大学，让他自学准备去吧！你妹妹过两天要到榆林插队去，她这一走，家里连个做饭的人都没有了。"

弟弟贺青峰说："哥，我还是想把高中的课程从头再学一遍，国家恢复高考，我想冲刺一下。"

贺丹峰说："就是要冲刺！不考大学你真可惜了！"转而又对父亲说，"爸，调动的事我不是没有想过。我担心的是，就算黑城那面放我，徕远这面好不好联系单位？再就是，我调回来，英子怎么办？她是农村户口，现在农转非比登天还难！转不了城，她吃什么？"

父亲凝重地说："先把你调回来吧，调回来再说。徕中的魏校长我们关系不错，上次说起，他说他那里正缺人，只要把教育局说通，没有问题。你媳妇呢，先回来帮助伺候你妈，以后在我们医院干个护工吧，户口的事慢慢再说。"

贺丹峰觉得父亲考虑的是对的。妹妹一走，母亲身边没个女的，伺候起来也不方便，自己早就想调回来了，可这个调动恐怕没那么容易。

他和英子商量，英子一百个愿意。一则，这是个地级城市，比黑城大得多也繁华得多，公婆的家就在城中闹市区，调回来她就可以做城里人了。二则，可以远离家乡那一帮姊妹们的骚扰。住在海子，离信和太近，娘家人哥哥姐姐弟弟妹妹，说来就来了，来了就要吃就要喝。特别是那一帮年龄和自己差不多的丫头，没皮没脸，来了经常当着她的面和贺丹峰打打闹闹，说一些糙巴子话气她，但当面还不好说。这样下去，迟早要出事！三则，这是她心里的一点小算盘：公婆家里不错，虽住的医院的公房，但宽敞明亮，公公手里有权，时不时还有人登门巴结，小姑子虽看着厉害，但迟早是要嫁人的，小叔子一心想考大学，想到外面去闯，也不是个守家的人，她和丹峰调过来了，把两个老人伺候好，公公说不定就会把她的户口跑成了。他们下场了，这一份家业也就是她和丹峰的了。

英子对贺丹峰说："要么你回去办调动吧，我留下来伺候婆婆，妹妹一走，她身边当下没有人，爸和弟弟，两个男人，怎么伺候？"

贺丹峰没有想到英子如此深明大义，感动地问："能行吗？"

英子说："能行。"又说："你回去抓紧办事，再不要到处胡跑了！再就是，咱们要调的事，先不要给信和的人说，我不想让他们知道！"

贺丹峰闷声回答："知道。"

贺丹峰回到海子，立马就写了一份请调报告。

他把报告交到学区负责人手里，并当面陈述了调动的理由，说得情真意切，颇动感情。学区负责人听了说："贺老师，你的请求我们支持，但你知道，调动这种事，学区没有任何权利！我们只是个用人单位，不是管人单位。调谁来，我们接收；调谁走，我们放行。调动权在县上。我们把意见给你签了，你到县上去跑吧！一般本县范围内调动，县文教局就可以批。你这是出县调动，恐怕得经过县委组织部。像你们这样全国重点大学毕业的学生，可能要县委主管领导同意。不是害怕人才流失嘛！"

贺丹峰说："谢谢！那就请你把学区的意见签上，我到县上去跑吧！"

学区负责人很痛快地签了字，他出了门心里骂道："他妈的！害怕人才流失？我们是人才吗？是人才为啥不按人才重用？把一个全国重点大学毕业的高才生放到偏远的农村去教小学，这是重视人才吗？他们不按这个阻挡我还罢了，如果按这个阻挡我调走，我要和他们好好理论理论。"

贺丹峰拿着他的请调报告去了县文教局。方局长不在，接待他的是上次陪他到县委纪副书记那里去的张干事。这时候他才知道张干事名叫张为民。他把报告给了张为民，并简单说了想要调走的原因，张为民看了报告说，这要等局长回来才能研究。他问局长到哪里去了，张说方局长到地区开会去了，两位副局长，一位到农业学大寨点上蹲点去了，一位带人下去检查农村小学的校舍危房去了。他问局长什么时候回来，张说："估计下个礼拜就回来了，他回来我把你的情况汇报一下，你下个礼拜来吧！"贺丹峰一想，也只能这样。就回去了。

可是回到家，他一会儿都待不住。过去英子在，吃点喝点都是现成的，下课了还可以和她说说话。现在英子不在，他一个人不想做饭，也懒得烧水。好在几个学生家长见他爱人不在，请他去家里吃饭，还给他送一些鏊子烧制的馍馍过来。几个住在学校门前的学生，每天送他两壶开水，他也就这样悠悠荡荡地过了。他现在心里想得最多的是赶快调走。母亲病成那样，自己连一天孝心都没有尽过，如果再不陪陪她老人家，万一她走了，还不后悔死了！特别是那天听了张为民的话，他的气更不打一处来。"他妈的，还知道我们是人才？老子本来就是人才！现在到黑城这个破地方来当什么小学教员，真是奇耻大辱！"他这么想着，越想越生气，越想越着急，一个星期不到，就又进城去了。

还好，方局长回来了。方局长还记得他，在听完了他的陈述以后，认真地说："你的事，为民已经给我说了，我的意思，不要走！咱们黑城是个小县，你们是有史以来分来的第一批大学生。既然来了，就为黑城人民做些事情吧！"

贺丹峰说："我家里有困难，我母亲……"

方局长打断他说："有困难克服一下嘛，我们可以给你准假，你回去陪母亲一段时间。像那种病，你就是天天陪伴在她身边，也有力使不上。"

贺丹峰一时不知道该怎样坚持自己的诉求，吭哧了半天，又说："方局长，你还是放我走吧，我在徕远那面已经联系好了单位，人家要我。"

方局长笑着说："像你们这样全国重点大学毕业的学生，不用联系，到哪里都要。人才不可多得啊！"

贺丹峰自嘲地笑了："还人才呢，像我这样的人才，才捞了个海子小学，要不是人才，还不知道会被'发配'到什么地方去哩！"

方局长听出了他话中的不满和嘲讽意味，诚恳地说："这是当初县上统一分配，不知道怎么想的。你的事情我们商量过，你不要走了，从下学期开始，调你到县一中来工作。对你以前安排得不当，我表示道歉！怎么样？"

贺丹峰没有想到，方局长会这么亲和大度，会给他道歉，并调他到县一中工作，他有点感动。他该怎样回答他呢？他脑子里急速地转了一圈，最后还是认定：这是哄瓜娃子着哩吧？你早不调我晚不调我，我要求调走了，你就给我变换工作，你就重用我。我来黑城多长时间了，你们没有发现我是个人才，我要求离开了，你们忽然发现我是个不可多得的人才。哄鬼去吧！他说："方局长，你向我道歉我不敢当，你替我考虑，我谢谢你！但是，我还是想调走，因为我确实有困难。"

方局长半天不吭声，一直看着他，又问："一定要走吗？"

贺丹峰："一定要走！"

方局长见他去意已决，沉吟半响说："你一定要走，我们可以考虑。但你是跨县调动，光我说了还不算，要人家组织部同意哩！像你这样的，恐怕还要县委主管领导点头哩！"

贺丹峰说:"那就请方局长给我往组织部报,并请给县上说一说吧!"

方局长说:"县上我们可以给说,但主要要你自己跑。我们一边向人家要人,说教师缺口大,一边又积极地替你调动,人家会有意见。"说完,深思片刻,又说,"这样吧,你把报告放下,我们再商量一下。我们的意见,你也再考虑一下,过几天你再来吧!"

离开县文教局,贺丹峰来到县委宣传部找龚羡林。他想和老龚商量一下,看他这事怎么办,顺便看一下这家伙现在都干啥着哩。龚羡林正好在,见他来,非常高兴。自离开信和九队,特别是结婚以后,各忙各的,很少见面。当得知英子去了徕远,老贺现在也是独身一人,龚羡林说:"你稍等等,再有半个小时我们就下班了,下班了一起吃饭去,有啥事饭桌上再谝!"贺丹峰不以为然地说:"半小时都要坚持吗?"龚羡林悄悄说:"这是纪律!"贺丹峰怪叫:"这也太吹毛求疵了吧!"

吃饭中间,贺丹峰说起他家里的情况和想要调走的事,问龚羡林有没有办法。龚羡林说:"我如果有办法,早把自己先调走了,还能和你在这里干谝!"贺丹峰听老龚也没有办法,有些丧气,他喝一大口酒说:"把我们弄上来,视我们如草芥,哪里没人去就往哪里塞,真的好像我们犯啥错误了似的。你有困难,要求调走了,他又说你是人才,说不能走。弄得我现在也不知道自己是谁了!"

龚羡林笑着说:"你就是人才嘛,谁说不是?你成天在齐家治国平天下,谁能有这么大的本事?"

贺丹峰手一挥说:"你就不要挖苦我了。方局长说了,如果我不走,可以调到一中去工作,被我拒绝了。"

龚羡林一顿:"那你拒绝什么?"

贺丹峰:"我是成心想走,怎么?你认为一中好吗?"

龚羡林:"我认为一中不错,你先去干着,说不定以后还会有变化。一边干着一边申请把英子的户口解决了。你知道跨县调动有多难吗?"

贺丹峰:"多难我也得想办法调走!"

"犟的!"龚羡林骂一句说,"有本事你就调走,反正我没有本事!"说完,又分析说,"咱们一块分来了二十个人,截至现在,共调走了两个人,都是女的,男的一个都没有走,梁亚雯是抱着孩子天天到组织部去闹,组织部上班她上班,组织部下班她下班。来了就坐那里，光着胸脯给孩子喂奶，孩子哭闹，拉了尿了，都在部长的办公室里，这个情况部长能受得了吗！你有这个本事吗？你没有！肖淑娴是路线教育认识了农委的王主任，王主任是这县上举足轻重的人物，王主任给跑给说，这事就成了，你有这么硬的靠山吗？你没有！你只有自己硬得像石头一样，那顶啥用？"

"走马川行雪海边，平沙莽莽黄入天。"贺丹峰一点也不怪罪龚羡林对自己的揶揄，竟然高声朗诵起唐诗来，他好像要把一肚子的才学和愤懑，都在这种朗诵中发泄出来。

龚羡林也喝得高兴了，接上朗诵道："轮台九月风夜吼，一川碎石大如斗，随风满地石乱走。"

贺丹峰更加来劲了："将军金甲夜不脱，半夜军行戈相拨，风头如刀面如割。"

朗诵到最后，两个人已有些歇斯底里，哈哈狂笑着，眼泪就出来了。

临下楼时，龚羡林对贺丹峰说："以后少背岑参那些苍凉悲壮的句子，免得感同身受。多背一些李清照吧，清丽温婉，怡心养性。比如：'常记溪亭日暮，沉醉不知归路。兴尽晚回舟，误入藕花深处。争渡，争渡，惊起一滩鸥鹭。'"贺丹峰指着龚羡林骂道："无耻文人！就喜欢风花雪月，就喜欢女人！走了！"说着真就跟跟跄跄地走了。

贺丹峰的请调报告被送到了县委组织部。方局长在上面签了意见，表示同意。具体送报告的是张为民，张为民把报告双手呈到主管部长杜雪兰手里，杜只看了一眼标题就大发雷霆。她批评张为民说："你们不是叫唤教师不够吗，怎么还往外放人？"张为民说："这位老师家庭有困难……"杜雪兰提高嗓门："谁家庭没有困难？"张为民："他母亲瘫痪了。""他母亲瘫痪了，他回去就能站起来吗？""方局长同意了。""谁同意都不行！像这样的人调动，要县委领导说话！"张为民挨了一顿训，只有惴惴地回去给方局长汇报。

贺丹峰在家待了几天，就过来打听。张为民说："我们已经送过去了，你到组织部去问一下吧！"看着贺丹峰就要走了，又急步撵出来说："到了组织部好好说你的困难吧，不要跟人家吵架！"贺丹峰不解地问："咋了？"张为民说："咋没有咋，就是人家的权大架子大，没有我们这面好说话，你注意把态度放好一些！"

贺丹峰似有所悟，点点头，谢过张干事，就走了。

  贺丹峰进了县委大院，感觉森严可怖，院子里静悄悄的，听不到任何说话吵闹的声音。偶尔见有人从办公室出来，也是一脸严肃，面无表情。上次纪副书记叫他来谈稿子，是由张为民陪着来的，没有太注意。这次自己一个人来，才觉出了这种官府衙门的生杀之气。他记着张为民的话，放轻了脚步，小心小胆，把自己装成孙子，找到组织部办公室。办公室里有好几个人，见他进来，都用审慎的目光看他，表情冷冰，使他内心不由打了个寒战。他咽口唾沫，鼓足勇气问："哪位是杜部长？"

  "你找杜部长吗？"那坐着的人中一个人问。

  他说："是。"

  "你找杜部长啥事？"那人又问。

  他说："我是南滩海子学校的教员，我找她想谈谈我工作调动的问题。"

  那人说："杜部长开会去了，你过几天再来吧！"

  他问："杜部长到哪里开会去了？如果在这大院，能不能给我叫一下，我来一趟不容易。"

  那人显然有些不高兴了，说他："杜部长参加县委常委会，正汇报工作着哩，怎么给你叫？你回吧，过几天再来找。"

  贺丹峰不得不悻悻地走出县委大院。他不明白，这个庞大的官僚机构，一天除了开会，还在干些什么？一个小小的组织部副部长，都这么难找，再大一点的官就更难找了。像他这样的大学生、国家干部，想见他们都这么难，老百姓就不知道难到什么程度了！他内心有点着急。昨天弟弟来信，说母亲的病又加重了，嫂子英子这一段伺候母亲，辛苦坏了。全家人希望他抓紧调动的事情，争取早日调过来。

  自此以后，他每隔几天就到县委组织部去一次。但每次去，杜副部长都不在，不是出差去了，就是正在开会。

  这一天，他干脆闯进了纪副书记的办公室，他想和纪副书记说说自己调动的事，请求他帮忙。没有想到，他在这里碰见了杜雪兰副部长，本来他是不认识杜雪兰的，但纪副书记认出了他，问他有什么事，他说了自己想调走的事情。杜雪兰问他叫什么名字，他说出了自己姓名。杜雪兰朝纪副书记的脸上看一眼说："噢，你就是贺丹峰！"看来他们原先议过他的事情。纪副书记介绍说："这是组织部杜副部长，你的事情跟她谈吧！"贺丹峰想跟纪副书记单独再聊几句，一是为上次自己情绪激动摔门而去道歉；二是请书记帮忙解决调动问题。不想，这时办公室秘书进来说，县委李书记正等纪副书记过去开会哩。贺丹峰不得不犹犹豫豫地退了出来。

杜雪兰见贺丹峰出来，头昂昂地走了。贺丹峰紧追慢追总算把她堵在了办公室。

他低声下气地说："杜部长，我来了几次，你都不在，我的情况是……"

杜雪兰不正眼看他，打断他说："你不是找书记解决着哩吗，怎么解决下了？"

贺丹峰："纪书记让我找您。"

杜雪兰："书记让你找我你就找我，你跑到书记那里干啥去了？"

贺丹峰："纪书记找我谈过别的事，我认识他，找你找不到，我就去找他了。"

杜雪兰猛地转过身，摆正了姿势，气势汹汹地说："国有国法，家有家规，该哪个部门、该谁办的事，就得找哪个部门，找哪个人，如果人人都去找书记，书记怎么忙得过来？你找我没有找见，是因为我忙着呢。你找了几次就不耐烦了？就越级找上级领导了？"

"不是不是，杜部长，"贺丹峰赶快解释，"你千万不要误会，是我着急忘了程序，这是我的错，今后一定注意，一定注意！"

杜雪兰见贺丹峰认了错，这才稍微和缓下来，但仍然一板一正地批评道："你们这些知识分子，不是我说你，就需要改造！你连起码的工作程序都不懂，还胡闯乱闯，你认为你是谁啊？这是县委机关！"

贺丹峰涨红了脸，将一腔怒气都压在肚子里，极其痛苦地忍耐着。

杜雪兰耍够了威风，这才问："你啥事？"

贺丹峰哭笑不得。心想，你把我都骂得快狗血喷头了，还不知道我是啥事？但他强压怒火，又像祥林嫂一样，絮絮叨叨地说出了他要调动的事。

杜雪兰听他说完，又带着嘲讽地问："咋？黑城地方小，搁不下你了？"

贺丹峰终于忍无可忍，"啪"地一拍桌子站了起来："你什么意思？我嫌黑城小了吗？我说我大着搁不下了吗？我家里有困难，母亲瘫痪在床上没人照顾，我请求调回去照顾一下家庭，这错了吗？你一个组织部的副部长，理应关心干部爱护干部，组织部应该是干部之家！可你从我进来，就高高在上，摆出一副官架子，夹枪带棒地说我，侮辱我，谁给你这么大的权利？"

组织部的几个干事见贺丹峰和杜副部长吵了起来，都纷纷上来劝贺丹峰，要把他从办公室推出来。贺丹峰像一头被激怒的公牛，奋力甩开他们，大声叫道："我找你们李书记去，看这黑城县还算不算共产党的天下！"

杜雪兰没有料到贺丹峰会来这么一下，呆呆地杵在那里。吩咐手下："不能叫他去找李书记！"

四十四

龚羡林抽空又去了一趟信和。他想去看看薛得寿。这是他黑城认识的第一个农民，也是他劳动锻炼期间结交的最知心的朋友。是他用牛车把自己拉到了信和这个地方，是他用西部农民所特有的正直善良勤劳纯朴影响着自己滋润着自己。他感谢他在每个关键时刻对自己的赏识、信任和爱护。

薛得寿瘦了也黑了，这使他在笑起来的时候显得嘴巴越大牙齿越白。他见龚羡林来，一把抓住他的手，一声不吭，一直拉到上房来。同时，安排老伴儿，赶快杀鸡，赶快做饭。又让小儿子快去喊张士维、杨在明和万有年。看来自担任党支部书记后，他忙得够呛，今天龚羡林来，难得有一个消闲放松的借口。

不一会儿，张士维几个人都来了。大家见了，非常高兴，对龚羡林能够想着回来看他们，表示欣慰，同时对他工作步步高升，由衷赞赏。

龚羡林特意拉住万有年的手说："万会计，当时在队里，咱们交流较少，但从后面的事情来看，你还真是个有勇有谋的人，真不愧是老书记的儿子！"万有年腼腆地说："自父亲遇害以后，我心里一直很压抑。不过，老天爷长眼睛着哩，恶人总会遭到报应！"

从闲聊中龚羡林得知，王肃年被抓后，董局长和县公安局承受了很大压力。地委宁子强副书记给黑城县委李立国书记打电话说："王肃年是我当年培养的一个农村积极分子，这个同志在运动中立场坚定，旗帜鲜明，表现很好。你们怎么把他抓起来了呢，他犯了什么罪？你们所掌握罪证确实吗？董吉成他想干什么？如果做不了公安局的工作，就让他走人。"李立国书记不动声色地听着应付着，心里骂道："你慌什么？"他让董局长把梧桐泉案件的卷宗和王肃年犯罪的有关材料带上，去地委当面向宁副书记汇报，弄得宁子强气得牙根痒，但是毫无办法。

杨在明突然问："你们说，王肃年这一次能判几年？"

张士维："恐怕得个十多年吧！"

万有年："才十多年？那太便宜他了吧！"

薛得寿告诉龚羡林，何桂兰和何望林经过申请，大队批准，已经正式结婚了。

龚羡林高兴地说："是吗？有机会了我去看看他们。"

张士维劝他："知道就行了，不必去了。你现在是县委的干部，怕对你影响不好！"

龚羡林说："那行，啥时候见何桂兰了，我给说一声道个喜，我们结婚人家来了。"

薛得寿岔开话题，问龚羡林："老龚，你在面上跑，现在全县的知青工作是个啥情况？"

龚羡林："这个我真说不上，李主任我还是上次县委全委扩大会议上见过一次，也没有来得及聊，最后再没有见。估计不会有啥大的问题吧！咋？你问这个干啥？"

薛得寿说："我们周边几个队，都有知青，现在开始招工。像你们先后来的那些老知青，这一次可能都能走了。可糟糕的是，个别家庭有问题的和个人身体条件不合格的留下了。留下了，就给生产队和大队把问题留下了，有些问题还真不好解决。"他举了隔壁智和大队一个男知青的例子，他说："这个孩子家在省城，父亲是个搬运工人，母亲是哪个毛纺厂的挡车工，家里很困难。孩子本人又害了一种病，就是全身皮肤黑得像非洲人似的。这次招工，哪个单位都嫌弃，都不要。看着一块的同学一个个都被招走了，一个人就躲在房子里哭，饭也不吃，水也不喝。他原来的房东郭大妈见了，心里不忍，就带他去找大队，去找公社。郭大妈还和这娃给招工单位的人跪下了，求人家说，'你把这娃招走吧，留下他一个人太可怜了。'可说死说活，人家还是不答应。智和的罗书记问我有啥办法，我能有啥办法！"

张士维说："只好等下一次了。"

龚羡林说："回去我给李主任反映一下，看县上有没有办法。"

薛得寿看他一眼："我也就是这个意思。"

知青招工的消息，使龚羡林猛然想起，常思思和常念念好长时间不见了，不知道这次招工有没有她们的份？他决定去看一看。

礼和知青点一片静谧，门前的铁丝上，晾着几件刚洗的衣服，在风中摇晃。有几件洗得发白的黄布外套，也有几件花格子的的确良衬衣，一看就是女孩子的东西。一股浓重的中药味，从女生宿舍飘出。龚羡林正感到狐疑，常思思端着一盆脏水从门里出来。看到是他，忙把脏水泼了，湿着手招呼他进屋。

他问："正洗衣服着哩吗？"

常思思："我姐的，常吃中药，味道难闻得很！"

龚羡林压低声音又问："回来了吗？"

"回来了。"常思思嘴朝里间一呶，"不回来怎么办，关系在这儿哩！"

龚羡林又问："啥病？"

常思思："吃的药是调理肠胃的，害的病是心病，想不通，整夜整夜睡不着，没有办法！"

龚羡林开玩笑问："你呢？你可能睡得不错，精神蛮好的嘛！"

常思思俏皮地："我以前有一段也睡得不好，老爱胡思乱想。现在尘埃落定了，就睡得好了！"

龚羡林："什么意思？"

常思思："没有什么意思。"又问，"哎，今天怎么想起过来了？嫂夫人还好吧？"

龚羡林"噢"了一声说："谢谢，好着哩。我过来想问问，听说招工着哩，你们这里怎么静悄悄的，一点动静都没有？这一次没有你们的份？"

常思思说："有是有，可不是什么多好的事情。"

龚羡林问："怎么了？"

常思思说："这次招工面比较大，但单位不好，大都是一些地处偏远，交通闭塞，条件较差的企业，而且没有几个像样的工作。像什么祁连焦化厂、东大泉煤矿、大堡子水泥厂、北山石膏矿等。就是这，我的战友们还打破头地争着要去，总觉得比在农村当农民好。省城近郊最近兴建了一个维尼龙厂，全要女的，不要男的。一些家住省城的小姐们争着要去，动用所有关系，使出浑身解数，你争我抢，明争暗斗，哭天号地，血流成河！一些有门路的家长，怀揣重金厚礼，巴结公社、大队和生产队干部，还从省城找熟人说话，从县上寻找各种关系，打通各个环节，搞得好不热闹！像我们这种既没靠山又没关系的人，只有隔岸观火听天由命了！"说罢，哈哈哈一通狂笑。

龚羡林看着她那冷傲的样子，心中暗自赞许。问："那维尼龙厂想不想去，想去了我帮你争取一下。"

常思思狐疑地问："你有办法？"

龚羡林："没有把握，但可以争取一下。"

常思思听龚羡林这样说，认真了。她用手指指里间，悄声说："我倒不急，要走得她先走。"

龚羡林知道，常念念正在里间休息。思思的意思是，要走得姐姐先走。他对思思说："我知道了，我回去找一下李主任，看行不行。有什么情况，我会及时通知你！"说完起身就走。临出门又回头问，"上次给你的那些书都看了没有？还有一套肖洛霍夫的《静静的顿河》，下次过来给你带上。"

常思思："谢谢龚哥！"

龚羡林离开礼和，就去县知青办找李主任。

李主任不在他的办公室，到哪里去了，谁都不知道。他正想离开，知青办主办干事高义过来了，他嘴搭在他耳边，悄悄说了一个地址，让他去找。

这是机关食堂后面的一排平房，只有一间是管理员老王住着，其他房子都空着。李主任的办公室这两天被知青和知青家长踏破了门槛，吵得根本没办法办公，就在这里借了两间房，做个个别谈话，处理应急事务。

龚羡林找去时，李主任正闩着门和一个什么人谈话，听他报过姓名，这才开了门，放他进去。

和他谈话那人，见来了生人，就站了起来。

李主任给他介绍说："这是我们县委报道组龚记者！"

那人见龚羡林不是外人，就笑着和他打了招呼，对李主任说："李主任，那就这样了，闫小曼我们就要了。你为一个受过伤害的知青如此苦口婆心，确实令我们感动，我们以后一定会很好地待她，你放心！"说完，就告辞要走，李主任亲自把他送出大门。

李主任回来，长出一口气，一屁股坐在凳子上，望着龚羡林，苦着脸笑笑。

龚羡林说："我刚才到你办公室去了，可真是门庭若市。"

李主任皱皱眉说："办公室不敢待，电话不敢接，就躲到这里来了！"

龚羡林问："刚才那人是？"

"省城新建的维尼龙厂的冯厂长。"

"怎么？你在给他说闫小曼的事情？"

"是啊，闫小曼的病好了，家长领上来了，要求招工。可你说现在这人坏不坏，不知道是谁把人家当年出事和有病的事情说出去了，厂方说啥都不要。我们把人家冯厂长请到县上来，热情招待，把事情的来龙去脉说清楚了，打消了人家的顾虑，这才答应了下来。"

龚羡林说："闫小曼招工，我看你比她父母都着急！"

李主任："不着急能行吗？丫头到我们这儿来插队，出了那么大的事，受了那么大的苦，我们有责任啊！插队的时候没有把丫头照顾好，现在再不把她安顿好，不给她一个好归宿，我们这些当父母的，心里怎么能过得去？"

龚羡林乘机说了薛得寿所说那个男知青的事，也说了常思思和常念念的事，常念念的事李主任知道，也还多次说起，他翻了翻身边的招工名册，说："维尼龙厂还没有招满，刚好，让这姐妹俩都去吧！双胞胎，走掉一个留下一个，对谁都不好！"说完看龚羡林一眼说，"这事你我知道就行了，现在我这里说情的人多得很，领导们写的条子也多得很，你看，这是李书记的，这是纪书记的，这是张主任的，我怎么能照顾得过来！"说着，把那一大把条子在手里扬了扬，又接着说，"至于你说的智和那个学生的事，完了我问问公社，如果光是身体原因，就得给招工单位多做工作。"

李主任把常思思常念念的名字记下后，对龚羡林说："走，咱们一块儿到招待所去看一下闫小曼和她的父母，再给叮嘱几句。"龚羡林高兴地说："好！"

闫小曼的父母领着女儿来黑城已经有几天了。女儿经过专业医院的精心治疗和调理，现在已经基本恢复正常。听说知青开始招工，他们早早地就来了。可来了一打听，好多招工单位只招男的，不招女的；有的单位虽招女的，但不适合女儿去。唯有一家省城近郊的维尼龙厂，适合女儿去，可不知为什么表都填了，却被退了回来。

两位老人苦苦哀求，让他们把女儿带走，人家开始还好言解释，到后来干脆连面都不见了。这两天，两位老人整天唉声叹气，愁眉不展。又不敢把这不好的消息告诉住在隔壁单间的女儿，害怕她受到刺激。

正在他们心急如焚时，龚羡林陪着李主任过来了，李主任知道他们等得急了，一进门就开门见山地告诉他们：小曼招工的事说好了，维尼龙厂答应要了，表已经拿走了。闫小曼的父母听到这个消息，喜极而泣。老母亲到隔壁房里去喊丫头，却发现房子是空的，女儿不见了，老母亲慌慌张张过来告诉老头子，丫头不见了！老头子又去房里看了一遍，就是没有。李主任说："是不是上街或是到那个同学那儿去了？"老两口说："不可能！她来了这么几天，一直在屋里窝着，哪儿都不去，什么人也不见！"李主任说："不要急，慢慢找，黑城县就这么大，她能到哪儿去！"说完，对龚羡林说，"你帮他们找一下吧，我还忙着哩，找见了告诉我。另外，常思思和常念念我会通知南滩公社，让她们来办手续。"

龚羡林说："好！"

龚羡林陪着闫小曼父母在街上到处寻找，仍然不见闫小曼的身影。龚羡林让两个老人回忆，闫小曼还有什么朋友和熟人？会不会又回她原来的知青点去？会不会又找她原来的同学？两位老人经过反复回忆，都否定了。他们认为闫小曼自出事以后，精神受到很大刺激，性格也由原来的活泼开朗变得消极沉闷，断绝了和所有同学的来往。她认为世道险恶，人心不古，不愿再交任何朋友，有时间就帮父母干活或把自己关在屋里看书，哪儿都不去！龚羡林听了，心想：这就麻烦了，她会到哪里去呢？他在心里暗暗祈祷：不幸的姑娘啊，你可千万不能跑丢！厄运即将结束，幸福就要开始，你在这个时候可不能犯傻做出糊涂事！你的父母，你最亲的亲人，为了你，弯了脊背，白了双鬓，已经远非当年的模样！他们用满腔爱心生生把你从死亡线上拉了回来，用滴滴心血硬是把你从昏沉和疯癫中挽救过来，你可不能辜负了两颗疼爱女儿的心啊！可爱的姑娘啊，你要知道，这世间虽有丑恶，但有多少同情善良的心在爱你吗？李主任为了你的招工，痛斥那些说你有病给你继续泼脏水的人，低三下四苦口婆心给招工方做工作，为你解释，为你美言，你可不能叫他寒心啊！旧的一页已经翻过去，新的一页就将开始，你可不能辜负命运转折的大好时机啊！

忽然龚羡林灵机一动，想到一个地方，他觉得闫小曼很有可能到那儿去！他把他的想法告诉两位老人，提出一同去那里找找。两位老人面面相觑，狐疑半天，最后只好答应。

他们来到黑河边一片茂密的沙枣林里。赵晓龙的墓地就在这里。正是沙枣花盛开的季节，那米黄色的花朵所散发出的浓郁的花香，十里路外就能闻到，头顶是蓝蓝的天，蓝蓝的天上白云游动，那种悠闲自得，好像永远也不会知道人间的痛苦和丑恶。远处是波光粼粼的黑河水，这支以祁连山深处积雪融化轻歌曼舞而来的内陆河，一反常态，由东向西奔流而去，在穿越了高山草甸、戈壁瀚海之后，消失在巴丹吉林游牧民族的牧歌声中。它的清澈透亮，永远也洗不尽人们心头的污浊与烦闷。沙枣林的旁边，总会有一支长长的驼队，正向远方踽踽前行，那叮咚叮咚的驼铃，永远在唱着一支不倦的歌，摇曳着一个迷茫的梦。蓝天白云不会因为人世间的阴晦丑恶而失去光亮，高山河流不会因为曾经的悲怆岁月而改变颜色。逝去的永远逝去了，痛苦和阴晦只留在人们心间。

龚羡林知道赵晓龙的墓。当年赵晓龙被枪毙以后，还是知青办出面，请几个附近的农民为他收尸的，埋葬赵晓龙那天，闫小曼呼天抢地地去了，她的精神病就是那天受刺激得的。龚羡林当时正被借调到县知青办帮忙，参与见证了这件事的全过程。他领着闫小曼父母一直往枣林深处走去。走着走着，他停住了脚步，他仿佛听到了撕心裂肺的哭声，他用手指指前方，闫小曼的父母顺着他的手势看去，他们看到了沙枣树下女儿跪着的背影，那脊背在剧烈地抖动，撕心裂肺的哭声就是从那里传过来的。

闫小曼的父母刚想喊出声来，被龚羡林挡住了。龚羡林说："就让她痛痛快快哭一场吧，她就要走了，这可能是最后一次来了，就让她向昔日的恋人告别吧！"

闫小曼的母亲吞声饮泣，把头埋在丈夫怀里。

他们悄悄上前一步，闫小曼仍然没有觉察出后面来人，仍然在为赵晓龙烧着纸钱，凄凄切切地叙说着心声。

只听她说道：晓龙啊，是我对不起你！是我爱你反倒把你害了！都怪我们太年轻太幼稚！那天晚上，我不应该让你留宿我们女生宿舍。我是怕天色太晚你回去有危险，结果把你置身万劫不复的境地！我们幼稚就幼稚在，还不能用社会的公德来压制我们青春的冲动和激情！我们只简单地把那种冲动看成是自己的东西，看成是当然的东西，一点也没有考虑到可怕的后果。我们只把那种冲动那种放纵看成顶多是不顾羞耻违反纪律的行为，而丝毫没有意识到它会和破坏上山下乡联系起来，会和阶级斗争联系起来，从而完全颠倒了事情的真相，改变了我们的初衷！

晓龙啊，是我对不起你！你知道吗，自你被抓走，被判了刑，我是多么后悔多么愤怒多么软弱多么无助！我曾为你的事奔走呼号四处申诉，可没有人理我没有人听我说出事情真相。我曾怒斥同宿舍那两个女同学，骂她们出卖灵魂出卖良心，骂她们不实事求是，落井下石，保全自己，陷害好人的罪恶表演。谁知却被她们栽赃陷害，反被社会和别的同学耻笑。我抛却名誉影响不顾，到处找人上诉，可这个冰冷的世界没有一丝温情，没有任何光明，我一个弱女子，又能怎样？

晓龙啊，是我对不起你！自你走后，我的眼前一片漆黑，我的梦想全部破灭。我的灵魂，已跟随你上升到九霄云外，我的躯壳，只是一具行尸走肉！我曾到你的父母兄嫂面前，跪地谢罪，请求他们原谅，但被他们像驱赶瘟神一样赶了出来。我曾想过各种的死法，但都被亲人们拉回。每次从死亡线上回来，睁开双眼，看到我年迈的父母哭成泪人，我的灵魂突然一声大叫：我有何罪？我为什么要死？赵晓龙何罪？赵晓龙为什么要死？就在这种反反复复的追问中，我疯了，我死了，我又活过来了！我想我得活着，为了我的父母活着，为了我闫小曼活着，为了你赵晓龙活着！为了继续申雪强加在我们头上的耻辱和罪名活着！

晓龙啊，今天可能是我最后一次来看你！我们那批知青开始招工了，如果招了工，我来的机会就少了。愿你在天国能够生活得开心！愿那里不再有出卖和陷害！我走了，我的心会追随着你，在七彩云霞之上，在群星闪耀的苍穹，永远自由地飞翔！

龚羡林和小曼父母走上前去，把她从地上扶起，父亲紧紧地把女儿搂进怀里。

母亲替她擦去满脸的泪，告诉她，那过去的一切，都不能怪她！

龚羡林激动地通知她，在县知青办李主任他们的不懈努力下，她已被省维尼龙厂正式招工，从此将走向新的生活，开启新的一页！

闫小曼慢慢恢复了平静。

龚羡林叮嘱她的父母："回去到李主任那里去一下，没有见到小曼，他不放心。另外，他可能还有些话要给你们交代。"闫小曼父母抓着他的手，热泪盈眶，久久不愿放开。闫小曼给他深深地鞠了一个躬。

送走闫小曼一家，望着他们回城的背影，龚羡林心里很不是滋味。他真想找一个地方，痛痛快快大哭一场。

今天是周末，他和彩虹说好，这个星期磨面。自上次好烟好酒好吃好喝宴请大队生产队干部过后，生产队长好说话多了，答应给彩虹的麦子和清油都能按时给了。昨天，一队的麦子和清油取来了，他们想借两个人都有时间，去公社的磨坊磨了。龚羡林到家时，彩虹已经用湿抹布把麦子搓洗干净了，搓洗过的麦子正在大队的乒乓球桌子上晾着。

彩虹问："今天怎么回来这么迟？"

龚羡林告诉了她闫小曼的事情。

彩虹感慨地说："啥时候有人把我招工了就好了！"

龚羡林安慰她："别急，总会有那么一天的！"

彩虹悄悄告诉他："王正珍出事了！"

"啊！"龚羡林吃了一惊，"啥事？"

彩虹面色恐慌地说："她杀人了！"

"杀了谁？"

"她男人！"

四十五

濮玉林从省城学习回来，就去单位报到。心想工作一定，就去找郑世荣，看他有没有想要尽快结婚的打算，上次郑世荣去省城看她，把一些事情说清楚了，解除了双方的误会，她的心里一片敞亮。

谁知黄局长却对她说，工作的事先不急，最近县上在选拔青年干部，局里已经把她作为副科级的局长助理的人选报上去了。如果县委常委会能够讨论通过，她就在新的岗位工作；如果通不过，再作新的安排。濮玉林说："既然这样，那我就先回个家，我爸妈想我了。"黄局长说："回家可以，但你不要忘了我给你说下的事情，趁着回家,再好好考虑一下。"濮玉林吃惊地问:"啥事?""啥事?看来你还真的忘了!"黄局长有些生气地说,"就是我给你说的你和我弟弟的事!"濮玉林着急地说:"哎呀黄局长,我不是给你说了嘛,我已经有了。""你有啥有?"黄局长更加生气,"我调查了,有一个农大毕业的大学生在追你。我们避开他的工作不说,那是一个怎样的人?那是一个臭知识分子,出身又是地主,在运动中的表现不清不楚,还和人家公安部门通缉的逃犯有牵连!这样的人,你怎么能找呢?你不是成心往火坑里跳吗?"顿顿,又不容分辩地说,"你回去吧,回去顺便和你的家人也商量商量,过几天我安排你们见面!"说罢,自己竟先离座走了,把濮玉林冷冷地晾在那里。

濮玉林回到家,父母和兄嫂都在。她正有一肚子的火没处发泄,见了她哥。就摔碟子打碗地和他争吵起来。

她质问她哥:"你为啥冒充我给人家郑世荣写那样的信?我说过那些话吗?你把我想成什么人了?你为啥扣我的信?你给人家郑世荣造成多大伤害?我都二十几的人了,你还不尊重我的感情,你到底要干啥?"

濮玉强被妹子一顿臭骂,再也说不出什么,只一个劲嘟嘟囔囔地说:"我还不是为了你好嘛!"

母亲和父亲见了,也都替儿子打圆场:"就是,你哥也是为你操个心!"

只有嫂子站在玉林一边,埋怨丈夫说:"玉林都多大了,还用得着你操心!你这事做得也真是!"

濮玉林说:"你们口口声声说人家是地主出身,地主出身怎么了?党的政策是有成分论,不唯成分论,重在个人表现。再说,如果人家表现不好,大学能要吗?学校能给分配工作吗?你们知道考一个大学生是多么不容易吗?当年我奋斗扎了,努力扎了,一心想考个大学,可费了吃奶的劲,最终还是没有考上。黑城县每年有几万人参加高考,可考上几个了?有几年都被推了光头,连一个人也没有!大学生怎么了?大学生是有文化有知识的人!我们国家的哪一项科学发明科技成果,不是人家有文化有知识的人创造的?我们生活中的哪一个难题,不是人家有文化有知识的人给解决的?你去医院看病,为啥爱找院长主任?院长主任大都是大学生啊,学问深技术好啊!你送孩子上学为啥非要找一个学识高教得好的老师,就是这个道理。

现在是文化大革命，大学生不值钱，但你们不要忘了，是金子总会发光！等这一切都结束了，国家就会想起他们，国家还得靠这些人！所以，你们不要认为郑世荣现在在兽防站，永远会在兽防站。我敢肯定，他的前途大着哩！"

濮玉林一口气说完骂完，不管她哥和父母再说啥，就径直去了乡兽防站。郑世荣掐算着她的学习这两天就将结束，想去城里接她，但站上工作一时较忙，脱不开身。正当他心神不定一个劲朝大门外张望的时候，濮玉林像一朵彩云，从蓝天飘然而至。他停下了手中的活，赶快在水管子上洗了把手，就迎了上去。他们不管院子里有没有人，就忘情地拥抱在了一起。在这封闭落后的农村，人们宁愿对那些偷偷摸摸的媾合给以原谅，却看不惯光天化日下这种公开的搂搂抱抱。但这对艰难相恋深切思念的恋人，什么也不管了，什么也不顾了。

热烈拥抱过后，他们来到郑世荣的办公室兼卧室。郑世荣从柜子里掏出了他早已准备好的在当时难得一见的巧克力糖、北京果脯和洮州酥点心，捧到濮玉林面前。

濮玉林高兴地问："你从哪儿弄的这些东西？"

"同事们出差带的，还有同学来看我送的。"郑世荣将一块巧克力送到濮玉林嘴里说，"先吃这个吧，这东西不好保存，一热就化了。"

濮玉林吃一口巧克力，惊奇地说："啊呀，真香！又甜又香！"

郑世荣高兴地说："香就多吃几块！这一包都归你了！是我大学同宿舍很要好的一个同学从上海带过来的，他说现在这东西，只有上海有！"

濮玉林一边吃着郑世荣为她准备的糖点，一边问："你怎么样？"

郑世荣说："我好着哩。"

濮玉林眼睛一挑："我知道你好着哩，我是问你干啥着哩？"

"我就等你着哩，再干啥着哩！"

"等我干啥？"濮玉林明知故问。

"等你回来好向你求婚，让你嫁给我！"

"想得倒美！"濮玉林故意冷刺一句，接着又说，"不过这倒还是一件正事！"说完，自己先哈哈哈笑了。郑世荣也笑了。

笑过之后，郑世荣问："你回来这工作怎么弄？局里有没有一个意见？"

于是，濮玉林就把黄局长的话原原本本地说了。

郑世荣一听，又陷入深深的沉默之中。

过了好一阵，濮玉林又问郑世荣："你说她说的这个人，我是去见还是不见？"

郑世荣半天不吭声，见濮玉林催他，就说："这事我不好说，就我的本意我肯定是不同意你去见他的，但这明明是你们黄局长给你出的难题。你不去见，她不会放过你，不要说你的提拔，恐怕工作安排都有问题。以后如果一直在她手下，那就有受不完的气！"郑世荣说到这里，就把上次组织部杜副部长找他谈话的事告诉了濮玉林。他说："黄局长在组织部反映我替娜仁发信的事，就是为了给我寻找些问题，把我从你身边赶开，为她弟弟成就美事铺平道路！照此看来，她在这件事情上是下了决心使了手段的，是不达目的不罢休的。在这种情况下，这个面你是一定要去见的，可见了以后又怎么办呢？"

濮玉林想了半天，有了主意："我去见还是不去见，黄局长的脸都下不来。我要是见了，就要跟她弟弟好好谈谈。我就说我已经有了，是他姐姐硬让我来的。他一个军人，这点道理总还懂吧，他不至于强迫我吧？"

郑世荣冷静地想了想，表示同意濮玉林的意见，但又不放心地提醒她，要她注意安全。

濮玉林回到局里，黄局长不在，值班的小丁告诉她，黄局长说了，要她回来去县委找她，她正在那里参加县委全委扩大会议。濮玉林问有什么事吗？小丁说："她说你知道。"我知道？哼，我偏不知道！"濮玉林心想：我知道的就是你要我和你弟弟见面，嫁给他。你到县上开会去了，我去找啥？我还不至于那么急着想和你弟弟见面吧！我还不至于那么急着想把自己嫁出去吧！既然你去开会了，那就等你开完会回来再说。这样想着，她就又坐上下午送邮件的邮车回了湖湾。

这天，她正帮湖湾邮电所分发邮件，黄局长的电话打过来了。黄局长在电话里责问她为啥没有去县委找她？为啥又回去了？她说她的会现在开完了，她已经约了她弟弟今天下午来她家，要濮玉林下午三点直接去她家。濮玉林回答知道了。

下午三点，濮玉林准时来到黄局长家。她刚落座，黄局长就从里间引出一个军人，并给她介绍说："小濮，这就是我弟弟黄少雄！"又给她弟弟介绍说，"这就是我给你常说的我们局优秀话务员濮玉林同志！"她介绍两个人认识了，又说："你们好好谈谈，我局里有事，我先去单位！"

黄少雄个子不高，身体强壮，穿一身崭新的军装，倒显得干练潇洒，濮玉林猛一见他，脑子里突然跳出《智取威虎山》中少剑波的两句唱词："一颗红星头上戴，革命的红旗挂两边。"他皮肤黝黑，一看就知道是长期在青藏高原服役，紫外线照射和高寒缺氧造成的毛病。他说他一参军，就在西藏阿里地区，条件极其艰苦。后来又调羌塘一带，海拔还在四五千米。再后来才调内地部队。因为从小当兵，只上到小学毕业，现有的一点文化，还都是在部队上自学的。

濮玉林觉得他很诚实，谈吐也不错。从表象看，人品要比他姐姐好。她不想伤害他，只想把自己的想法告诉他，让他另作选择。她告诉他，这次见面是他姐姐安排的，她不打算来，黄局长是她的领导，她不来，局长会不高兴。她已经有了男朋友，她给黄局长说了，但局长不听。他是省城农大毕业的一个大学生，经过两年劳动锻炼后，现就在湖湾工作。他们认识恋爱已经有一年了，现正准备要结婚哩。"所以，很抱歉，我不能答应你，请你能够理解，并请向你姐黄局长作出解释，你这么好的一个人，一定会有比我更好的姑娘喜欢你的。"濮玉林抱歉地说。

黄少雄认真听着，不时点头表示同意。待濮玉林说完了，他不好意思地笑笑说："小濮同志，实在对不起！你说的这些情况我不知道，我不知道我姐强拉你和我来见面，我更不知道你已经有了心爱的人。我在部队很忙，再加上条件所限，个人问题一直没有解决。我姐非常关心我的个人问题，但她不能不尊重你本人的意愿，强行安排我们见面。更不能无视你已经有了对象这个起码的事实，拆散别人，成全自己！我们都是新一代的青年，在婚姻问题上一定要通过自己的意愿，要通过自己的眼睛和心灵，去寻找另一半，切不可受外部因素的影响。我尊重你的选择，欣赏你的胆识和坦诚，让我提前祝福你和那个大学生幸福美满！"说完，站直了身子"啪"的一声，给濮玉林敬了一个标准的军礼。

濮玉林知道她该走了。她没有想到，黄少雄竟是这样一个通情达理的人！他最后的这一个军礼，让她实在受用不起！她由开始的理直气壮变得不好意思起来。她想，像他这样的优秀军人，肯定会有不少漂亮的女孩子喜欢的！

黄少雄的问题就这么轻易解决了，可给黄局长怎么说呢？这个女人可不是好惹的！她是黑城县四大强势女人之一。和县委组织部的副部长杜雪兰、县妇联主任伍兰英、城关镇党委书记曾一凡齐名。黄虽不像杜雪兰那么"左"，不像伍兰英那么"活"，也不像曾一凡那么"泼",但她的"硬"是出了名的。她自以为是,一言堂,说一不二。在她手下工作,你事事得听她的。你把她惹了,得罪了,她可是往死里整你。不过,反过来想,"婚姻问题是一辈子的大事,我不能因为你是我的领导就听你的。我不能因为你"硬",就把我吓倒了,就屈从于你!让她弟弟给她解释去吧,我才不怕她呢!你大不了在工作安排上刁难我。你刁难得轻我就忍了,你刁难得重了我还不忍,我到县上告你!"

濮玉林知道,这个时候她不能主动去找黄,她主动去找,话不好说,脸色不好看。让她来找我,她找我,我就主动了。她问到哪我说到哪。

自濮玉林进城后,郑世荣就坐卧不安。他不知道她和黄局长的弟弟见面了没有,他们怎么谈下了。他在心里恨恨地骂着黄局长:什么东西!当了芝麻大的个官,就不得了了!你弟弟是个军人,就比别人高一截?他知道茴香豆的"茴"字怎么写吗?真是一人得道,鸡犬升天,这是什么世道!

他心里发急,就不停地去街口转悠,眼睛盯着去城里的方向,希望濮玉林能够早一点从那里出现。从玉林接到黄局长的电话时,他的心就提到嗓子眼了。他知道跟人家比,自己没有一点优势。人家姐姐是局长,是县上比较重要的中层干部,而且在女干部中出类拔萃,赫赫有名。要命的是,人家还和县上领导、县委组织部的领导关系密切,是个能说起话、能起重要作用的角色!人家的姐夫是武装部的副政委,团级干部,虽不参与地方领导,但在县上也是有分量的人。人家本人年纪轻轻就已经是营级干部,在部队上,只要爱学习能吃苦,前途是无量的。濮玉林虽说跟自己脾性相投爱好一致,也信誓旦旦非他不嫁,但在这样反差很大的对比面前,会不会动摇,会不会反悔,谁也说不上。

他在街面上碰见了濮玉强。濮玉强见他,仍然黑着脸。他见人家那样,就想躲过,谁知濮玉强主动把他叫住了。他问啥事,濮竟然气呼牛斗地说:"你不要害我妹妹好不好!你是大学生,哪里不能找对象,非要找我妹妹?你要知道,你要是把她找下,不但断送了她的前途,也断送了我的前途!我们全家人都不好过!"郑世荣正想给他解释,人家"呸"地吐了一口唾沫,脖子硬梗梗地走了。

濮玉强的奚落和警告,在郑世荣烦闷的心头,又点了一把火!羞愤、着急、无奈,在交织燃烧,反复折磨着他。他回到站里,在院子里的水管子上洗了把凉水脸,好让自己冷静下来。

他来到霍站长的办公室,把刚才见到濮玉强的事给站长说了。霍站长听了,骂一声"这个混球!"接着安慰他说,"不要管他,只要那丫头没有变心,你什么都不怕!完了我再找那两个老的谈谈。"郑世荣说:"玉林去了几天了,怎么见了,怎么谈了,现在一点都不知道,我想进城去看看!"霍站长想了想说:"也行。"又叮嘱他,"如果有啥不好的情况,可千万要冷静,不敢感情用事!"郑世荣说:"知道。"

郑世荣决定去城里,找濮玉林。他不想再偷偷摸摸躲躲闪闪了,他想理直气壮正大光明地去找。如果有人问起他们的关系,他就公开说明她是他的恋人!既然两情相悦,还怕什么!说实在的,不是替濮玉林考虑,不是害怕给濮玉林造成不好的影响,他就和那姓黄的公开干了!大学生怎么了?大学生怎么就不如人了?大学生没有恋爱的自由恋爱的权利吗?

他在县邮局院里碰见了上次碰见的那位女同志。他打问濮玉林的下落,那女同志说,红沙梁邮电所的陈师傅病倒了,那里再没有人,黄局长让小濮上去暂时顶几天班。郑世荣问:"她的工作定了没有?"那女同志摇摇头,说这个她不太清楚。

红沙梁是个非常偏远闭塞的地方,属红坝公社管辖。红坝本身就是黑城紧靠祁连山北麓海拔最高的一个山区公社,红沙梁还在它的西南三十里路的大山深处。郑世荣刚到湖湾以后,因为业务上的事情曾去过一次,红坝到红沙梁不通班车,三十里路是穿行在大山里的土路,他们那一次是步行去的。让玉林一个女同志去那里顶班,这是怎么考虑的?会不会是一种惩罚?从县城到红坝一百多公里,从红坝到红沙梁三十多里,想去红沙梁看她也不行啊!自己手头有工作正忙着哩,放后一步再说吧!时间来不及!

郑世荣忽然想起到县委报道组去找龚羡林。他在县委工作,知道的情况比较多,看能不能给自己帮上忙。老龚不在,说是到北山公社采访去了。郑世荣知道,那个公社的五一大队是县上农业学大寨的典型。最近,省上将要召开全省农业学大寨会议,点名要县上总结五一大队亩产千斤小麦和全县打井抗旱、百亩一井的经验。宣传部的同志见郑世荣有事,就说:"有事你就等一下吧,他可能快来了。"

郑世荣等了一会,龚羡林果然来了,见了郑世荣,惊奇地问他啥时候来的,郑世荣说来了一会了。龚羡林问办啥事来了,郑世荣说不办啥事,就是来看看他。龚龚羡林听出郑世荣有不可明说的事情，于是就把他领到院子里一棵槐树下，那里有一把供人休闲的长条椅子。

他问郑世荣："啥事？"

郑世荣就把他和濮玉林谈对象的事，前前后后详详细细说了。说完，半开玩笑半认真地说："咱们三个人，我的年龄最大。你们两个小的都已经结婚生子了，而老哥我还在光着棍子浪哩个浪，你们就不看着可怜吗？"

龚羡林骂他说："你可怜个屁！我们两个是年轻幼稚，饥不择食，找了个农民和回乡知识青年。你是老谋深算，放长线钓大鱼，终于钓了个城里有工作的！你可怜啥哩？濮玉林我认识，不错，但从文化底蕴来讲，她赶不上刘小慧！你那时候如果把刘小慧找上，这会也儿女绕膝了。"

郑世荣说："听她们局长说，要推荐她担任局长助理，副科级待遇，你觉得有没有可能？"

龚羡林说："有可能，但也不排除是她们局长的御人权术！"

郑世荣想想问："那你说我这事咋办哩？你有啥高招？"

龚羡林知道，老郑和老贺不一样。老贺征求意见，是确实按你的意见去办；老郑征求意见，只是想听听外界对这件事的看法。于是他说："高招没有，建议倒有两条：第一，黄局长这里，现在看来肯定是要刁难濮玉林的，刁难就刁难吧！大不了就是把工作安排得差一些，你让小濮啥话都不要说，忍着，说也没用。你也冷静面对，不要为了心上人，跟人家吵，跟人家闹。咱们县这几个女干部，都喜欢人恭维，喜欢人吹捧，喜欢人服软，你得顺着这个毛捋。完了再从外围做做工作，尽量缓和矛盾，改变人家的看法。时间一长就好了。第二，你现在的主要矛盾是濮玉林的家人。这事如果他们不同意，你就不好办。现在要找人给做工作，你自己要放下架子，该低头就低头，该说软话就说软话。把他们的工作做通了，就快刀斩乱麻——结婚！结了婚他们谁都没脾性了！"

郑世荣听了龚羡林的"建议"，心胸慢慢开朗，头脑逐渐清晰。他点着头说："行，就这么办吧！"说完又问："哎，你最近见老贺了没有？"

"见了。"龚羡林说，"他母亲病重，他想调回去，正在跑调动。"

郑世荣又心事重重地点了点头。

四十六

这是黑河岸边一个普通的村落。低矮的农房,就像累弯了腰的主人,一个个匍匐在那里。它的北面是广袤无垠的巴丹吉林沙漠,南面是滚滚奔流的黑河。每当夜深人静,你会听见漠风抽着鞭似的嚣叫,黑河的波浪发出永不停歇的哀怨的响声。

王正珍觉得自己已经死了。腰部和腿部的伤痛,就像锥扎似的,直通心窝,要想挪动一下身子都很困难。她恍惚记得,自己刚才曾进行过生命中最愤慨最激烈的抗争和搏斗,以反抗那个男人带给自己的折磨和侮辱。现在情况怎么样了,她甚至懒得去看,懒得知道。

自上次被打住院以后,她铁了心要和这个男人离婚,铁了心要走出这个破败的家庭,到北京去,到上海去,到天南海北去!"人家外面的人,有文化有素养,待人和蔼,处事文明,处处都透着一股洋气。像信和那几个大学生,像北京医疗队的大夫们,像地质勘探队的那些队员,不要说穿戴得整齐,收拾得利索,就是说起话来,也是满肚子的学问,走南闯北,见识那么宽广。你一和他们接触,一和他们交谈,就被他们吸引,就被他们迷住。那才叫活人!那才叫不枉来这世上一趟!可我们呢?地方偏僻落后不说,人的思想更差别太大!当然,我们是农村,不能和人家城市比,更不能和大城市比,但学习、改进总是应该的吧?为什么不学?为什么不改?为什么别人能办到的我们办不到?同顶一片天,同踩一块地,又同有两条胳膊两只手,我们的男人,就知道劳动——吃饭——睡觉,睡觉——吃饭——劳动,除了喝酒嫖风打老婆,再会干啥?我们的女人,除了操持家务——伺候男人——喂养儿女,再能干啥?这也叫活人吗?说我资产阶级思想严重、贪图享乐,我就资产阶级思想严重了,我就贪图享乐了,怎么样?难道人活一辈子,追求文化知识,追求享受不对吗?如果连起码的追求都不让要,那么,人活着还有什么意义?"

她从内心真正佩服、喜欢像龚羡林那样的人。龚羡林插队她妈那个大队,她正转娘家。那天,她哥把人领来,她猛一见,心头亮过一道闪电:啊呀,这不正是自己梦寐以求想要的那个人吗？原来远在天边，近在眼前！你看他的长相，清清俊俊；你看他的气质，文质彬彬；你看他的谈吐，幽默风趣；你看他的举止，稳稳当当。她一下就喜欢上了这个大学生。当时，大队张士维文书开玩笑说她，其实正好说中她的心思。当时她就曾想，如果自己现在还没有嫁人，她会主动向他吐露心声。那天晚上，她为他送水烧炕，她摸了他的被窝，摸到了让她惊心动魄的东西。她看到了他的羞怯和胆小，也从而证明了他的纯真无邪。如果是一个心术不正的男人，自己都有了那个意思，说不定会趁势做出什么事来。那次他去兽防站为队里的母马配种，她早就打听好了，一心想着把自己给了他的，但到了那个份上，他竟起身逃跑了。为这事，她在心里狠狠地骂了他好几天，但过后一想，又越来越喜欢他。她知道，人家是公家的人，上面有纪律管着，况且他正在劳动锻炼，接受贫下中农的再教育，她不能因为自己害了他。她也知道，即使自己离了婚，人家也不会娶她，他们之间的差距太大了。但她控制不住自己的感情，她只有把这份爱恋深深地埋藏在心底，让它在内心偷偷存放。后来，她听说他和郁彩虹好上了，既感到吃惊，又羡慕嫉妒。彩虹是她最要好的朋友，她虽比自己小几岁，但情趣相投无话不谈。她吃惊于这丫头眼光不错，大胆果断，看准了就及早下手，不给别人留下任何机会。她也高兴，自己得不到的人，让自己的朋友得到，总算是她们这些有追求的丫头们的一个胜利。尽管她用这种想法一再安慰自己，但免不了内心极大的失落和痛苦。这种失落和痛苦过了很长时间才慢慢消退。她在心里骂自己：你这个人太没情况！一方是你喜欢的男人，你不能嫁给他，总不能让他打光棍吧？一方是你最好的朋友，总不能叫她终身不嫁吧？这么想着，思想又开了窍，开始从心里为他们高兴，为他们祝福。她曾去过很多地方，但那些地方不是要暂住证，就是要查盲流，查黑人黑户。一旦被查出来，不是被遣送原籍，就是送收容所或劳教所。那些劳教所的管教人员，比农村的队干部还坏，打人没深浅，打死没人管。没有办法，她只好往工矿走，特别是那种流动性比较强、大量使用临时工和辅助工的企业。

  这一次，她来到石门油矿的一个钻井队。因动乱人员流失，钻井队的一些岗位出现人手空缺。她被答应进队当临时工。队长说，青石岭上的磕头机，只有一个女工值守，荒郊野外的很不安全，你去做个伴吧！她高兴地去了。

  值守女工名叫蒙娜，是个年龄和她差不多的女孩子。人长得很漂亮。高高的个子，白皙的脸庞，一双大大的眼睛，好像深藏着无尽的话语和难以述说的心事。她见队上给她派来一位伙伴，非常欢迎，并向王正珍热情地介绍了她们将要共同值守的石油抽油机的性能、原理和工作情况。蒙娜知道的很多，上自天文地理，下至人情百态，无所不知，无所不晓，对矿区的生产流程和经营管理都很熟悉，说起来头头是道。她还特别能讲故事，讲起来总是生动有趣，娓娓动听。正珍见她知识渊博，谈吐优雅，判定她是个大学生。于是就问："你是大学生吧？"蒙娜略一吃惊，遮掩地说："不，我不是大学生，我只是爱看书罢了！"蒙娜说罢，再不言语。王正珍觉得，她好像在有意地回避着什么，刻意的缄默后面，似乎隐藏着难言的苦痛和伤心。她知趣地停止了追问。从此以后，她们很少谈及对方的出身和来历。至于家庭和亲人，更是一字不提。

一个风清月朗的夜晚，她们来到抽油机房上方的山冈上，就着草坡席地而坐。深邃的天空上有群星闪烁，月亮披着云丝的长裙在自由自在地游走。此情此景，处处洋溢着青春的气息和诗意般的祥和，正珍觉得不说点什么，好像辜负了这美好的时光。

于是，就问："小蒙，你有对象吗？"

蒙娜沉思良久，猛回头笑笑说："有啊！"

"在哪里？干啥的？"王正珍又问。

"在天边，干大事！"蒙娜说着，哈哈哈放声笑了。

正珍有些不高兴地说："人家正儿八经问你呢，你跟人家打马虎眼着哩！"

蒙娜见正珍是认真的，就抱歉地说："对不起，我是开玩笑。我原来有一个，后来就散了。"又问，"那你呢？"

王正珍见蒙娜开始敞开心扉，思想上也没有顾虑，就把自己的一摊子事，从头到尾详详细细地说了。

蒙娜不听则已，一听大吃一惊。她没有想到，解放多少年了，农村还这样贫穷落后封建愚昧。一个好端端的姑娘，竟做了什么换头亲的牺牲品。夫妻之间没有感情，有的只是肉欲和毒打。更不可思议的是，农村女青年不让追求城市新生活，追求就被戴上"好高骛远""资产阶级思想"的帽子。没有感情不让离婚，法院部门也不问青红皂白、公然支持传统落后势力，封建的绳索紧紧地捆绑着这些年轻的生命！

她觉得正珍所受的苦难,比自己要深重得多。她决定认下这个和自己同病相怜的姊妹,用温暖体贴的话语,抚平她心灵的创伤;用积极向上的鼓励,引导她开心起来,振作起来。

她说:"正珍,有一段时间,你见没有见内蒙古某县贴出的一张通缉令,通缉抓捕一个名叫娜仁格尔勒的蒙古族女大学生?"

王正珍:"知道,这事还牵扯我们队一个劳动锻炼的大学生哩!"

蒙娜吃惊地问:"怎么回事?怎么牵扯了?"

王正珍说:"听说这个女大学生被打成反革命,在我们北山后面的戈壁滩上放羊呢,正好被我们搞战备普查的大学生老郑碰上。那女学生托老郑给她代发一封信,不想这事被人知道了,他们一直追查到我们县上,硬要县邮电局交出那个代发信的人。我们县邮电局说没有认下,拒绝交人,这才避免了一场祸端。"

蒙娜着急地问:"你怎么知道的?那个大学生叫什么名字?现在在哪里?"

正珍说:"那个大学生就在我娘家妈他们队里劳动锻炼着哩,他叫郑世荣。还有两个,一个叫龚羡林,另一个叫贺丹峰。老郑是农大学兽医的,被分配到我们县的湖湾公社工作着哩。"

蒙娜听完,陷入深深地思索。好半天,才幽幽地说:"你把那个大学生的名字和地址给我写一下,以后见了他,请代我向他问好!"

王正珍狐疑地问:"那个女学生是你啥人?"

"她是我同学!"蒙娜低着头说。正珍发现,不知为啥,她已是泪流满面。心想,肯定是非常要好的同学,甚至是亲人,不然不会如此动情。

从此以后,她们不再互相诉说苦难,只一门心思认真工作。工作之余,谈谈见闻,谈谈爱情,谈谈未来。好多话题是躺在山坡上,沐浴着清冷的月光,数着天上的星星交谈的。那世界,完全是两个女孩子的世界。那脱离凡尘的清静,那梦幻般美妙的境界,将她们内心的痛苦和肉体的创伤,暂时抛却一边。

一次,王正珍忍不住问蒙娜:"小蒙,你也老大不小了,长期待在这里,个人问题怎么解决?"

蒙娜苦笑笑说:"暂时只有熬着,等以后风声过了,形势好了,我就调走,个人问题只有到那时候才能考虑。"

"那要等到什么时候？"

"没有办法，谁也抗拒不了命运的安排！"

"你怕心里有啥事哩吧？"

蒙娜沉默片刻："有啥事，你以后就知道了，到时候我会告诉你的。你呢？你怎么想？"

王正珍说："我是逃婚出来的。我的想法是，要坚决摆脱那个家庭，摆脱那个男人。为了逃婚，我哪里都去过，当过护工，当过保姆，干过杂活。来矿上这么一段时间，这里虽没有大城市那么繁华那么热闹，但它毕竟是个大型国有企业，有天南海北的人，有矿井、机房、城市和街道，一切都和城市没有什么两样。那些工程师、技术人员和工作人员，一个个很有文化很有修养。咱值守的这个采油工岗位也不错。如果人家同意，我想在这里一直干下去。另外，我心里还有一个秘密，我想告诉你！"

"什么秘密，你说！"

"我想在这里找个对象！"

"那你得把农村那个离了才行，不然会犯重婚罪！"

"我知道，可我的问题就在这里，人家不离，死活不离，我申诉多次，县上不给离，还给我扣了一大堆帽子。"

"不离你就拖死他们，一年不行两年，两年不行三年！"

"那不把我也拖老了吗？"

"那怎么办？"说着，两个人都笑了。

王正珍在石门油矿当了近一年的采油工，决定要回家了。一个是蒙娜在她之前已经走了，说是现在形势有所宽松，她要回原来的学校把自己的问题再申诉一下，至于她的什么问题，她也没有说。正珍估计，她不会回来了。二是这么长时间了，她想苟耀宗可能死了心了，不会再找她的麻烦了。蒙娜说得对，自己要往前再走一步，得把苟家这一头处理掉，旧的一页没有翻过去，怎么打开新的一页。不管他找不找麻烦，这个事迟早得面对。她想清楚了，这一次他们家的人再打她再侮辱她，她就和他们拼个鱼死网破。"你们不叫我活人，我也不会让你们好过！"

她在一个漆黑的夜晚，首先偷偷回到她信和的娘家。当她轻轻推开尚未上栓的街门，悄悄站在母亲的身后，甜甜地叫了一声"妈"的时候，她妈着实被吓了一跳。

母亲看到失踪近一年、四处打听未果的女儿，突然喜滋滋站到面前，一声长嚎，眼泪就像决堤的河水。她抱着丫头一边号啕一边追问："这么长时间你都跑到哪里去了？一个字的讯息也不给我，你把你妈往死里急哩吗？"正珍把妈妈扶着坐下，详细讲述了她这一年的奔波经历。从妈妈、弟弟和哥哥的讲述中，她才知道，她走以后，苟耀宗和他老爹来家闹过好几次，逼着她妈和她哥交出她。最后一次来，见还找不见她，竟把弟媳葛兰强行带走了。苟耀宗的老爹还说："我们是换头亲，既然你的丫头跑着不回家，我的丫头我也要带回去了！"葛兰连哭带揉，但没有用。正珍听了，狠狠地骂道："这个王八蛋，儿子老子都不是好东西！"

王正珍回到婆家，得知苟耀宗父子把葛兰关在了柴房里。她怒不可遏地斥责他们："你们把葛兰放了，有啥事跟我来！"说着强行拆掉了柴房门上的锁子，把葛兰放了出来。她对葛兰说："妹子，都是姐不好，连累了你。你回去过你的日子吧，这里的一切都由我担着！"谁知道葛兰刚要走，却被苟耀宗一把拽了回来，紧接着一顿拳打脚踢，而且还边打边骂："我把你个没见过男人的骚巴子货，你就那么喜欢那个王家？王家给了你什么？你为啥一点不顾念娘家的事情？不信我把你再卖了，卖得远远的，叫你往王家跑！"王正珍气愤之极，扑上去推开苟耀宗，拉着葛兰就冲出了大门。她们没走多远，苟耀宗父子就从后面追了上来，苟耀宗手里还提着一条长长的绳子。正珍见状，对葛兰说："妹子，你快跑，姐把他们挡住。他们再去信和闹，就找大队薛书记，找公社去告！"葛兰稍微犹豫了一下，但看到正珍态度坚决，就听她的话，撒腿跑了。

苟耀宗父子来到王正珍面前，二话没说，就是劈头盖脸一顿毒打，等打趴下了，他们又用绳子把她的双脚捆了，两个人一人一头，就像拖拉柴火一样，拽着绳子拖拉她回去。戈壁滩上的石头冰冷而坚硬，正珍的衣服被磨破了，皮肉被磨出了血，那父子二人全然不管。他们把她拉磨回家，又把她绑在堂屋的柱子上，用蘸了水的麻绳抽打，一边打一边还问："这一年你都跑到哪里卖去了？你还跑不跑了？你再跑不跑了？"王正珍很快就被打得昏死过去。

这样的毒打已经挨了多少次了，王正珍已无从计算。总之，一次比一次恶毒，一次比一次严重，一次比一次留给她的伤痛要深重。她内心的仇恨已填满胸膛，矛盾不可调和。农村人常说：打倒的婆姨揉倒的面。王正珍最反感最瞧不起这种说法了，都新社会了，还抱着那种老教条死教条不放，谁看得起？一个男人，不是靠着自己的本事自己的魅力去吸引女人征服女人，而是靠野蛮的打骂惩罚，能得到女人的心吗？那只能是一种没有教养没有文化的表现，是无能的表现！苟耀宗父子在他们当大队干部的亲属的支持下，企图在王正珍身上践行这一"揉面"的古训，以达到通过征服肉体来征服心灵的目的。但是，他们看错了对象。和他们拼死争斗的，不是一个普通的农家女子，而是有着新思想和新追求的女中学生王正珍！他们可以打断她的腿打断她的筋，但决不会使她低头屈服，决不会动摇她追求新生活的决心！

夜半时分，王正珍刚刚从昏死中清醒过来，苟耀宗就乘着她身体疼痛乏力，强行扯下她的内衣，几次强暴了她。那家伙一边弄着一边嘴里还咬牙切齿地说："我花钱把你弄来是干啥的？我用我妹妹把你换来为的个啥？"如果说肉体的毒打折磨，摧残的只是身体，那么，性的强暴和侮辱，使她的精神极度崩溃，她已经没有了活下去的勇气，她决定做最后的拼死一搏！

也许是到了后半夜了。苟耀宗在她身上发泄完了兽性，已经像死猪一样瘫软在一边，睡着了，发出粗重的鼾声。她活动了一下自己的腿脚，虽有钻心的痛，但能动弹。黑暗中她望望窗外，窗外一片寂静。她朝枕边摸了摸，无意中摸到一根绳子。啊，这不正是苟耀宗和他老子用来拖拉她捆绑她毒打她的绳子吗？现在正好来用它报仇雪耻！她把麻绳的一头从苟耀宗的脖子底下穿过，又和另一头交叉挽成一个活扣，轻轻地扣紧了，然后，忍着伤痛，拼尽全力，来了个鹞子翻身，骑在苟耀宗身上，将绳子死死勒紧，直到苟耀宗没了气息。

那人是死了还是活着，她懒得去看。她是希望他死了的。因为她已经不想活了。但是，事情过后黑夜所带来的寂静和黑暗，使她觉得有点后怕。她两眼瞪着屋顶，脑子里慢慢清醒过来。她知道她在极度痛苦极度无助的情况下，可能干了一件蠢事，干了一件很不值当的事，这将使她万劫不复，无法回头。

这时候她满脑子都是仇恨和后悔。她仇恨她的父母把她的幸福当商品，为弟弟换了媳妇。她仇恨苟耀宗吃喝嫖赌不思进取，让她丢尽了脸面。她仇恨大队干部以势压人，搞封建专制。她仇恨县法院不给她办离婚手续，眼看着她身陷买卖婚姻见死不救。她仇恨那些给她强戴"追求资产阶级生活"帽子的人，真是人言可畏，舌头都能杀人。然而，她更多的是自责和后悔。回想自己的童年和长大的经历，回想自己曾经走过的地方，曾经经过的事和认识的人，内心还是充满阳光和温暖的。她向往城市生活，因为她毕竟上到了初中毕业，学习打开了她的脑洞，文化的拥有和知识的累积，使她的思想具有了丰富的色彩。结婚以后，地质勘探队队员就住在苟庄。他们组织队里社员学习，宣传毛泽东思想，排练文艺节目，使她对城里人的认识更加生动具体。特别是那些阳光帅气的小伙子的形象，使农村姑娘眼睛发亮。后来北京医疗队来到苟庄，那些穿着白大褂的医生，一个个文质彬彬，笑容灿烂，待人亲切，真像白衣天使似的，使她对有知识有文化的人，从内心生发出仰慕和崇敬。更加不能忘记的是：自从认识了顾大姐，教她学裁衣服，学打毛衣，还教她许多城里人的生活常识和经验，使她眼界大开。顾大姐安排她在北京的那一段生活，使她亲眼看到了外面世界的精彩和天地之广大。乃至认识了龚羑林这些大学生，她被他们青春的热情和风采所震撼所感染。她经常慨叹：自己怎么没有早一点碰上他们啊！说实在话，她从内心喜欢龚羑林。是他，给自己带来了生活的希望；是他，鼓励自己去争取美好的生活。他的英俊潇洒，他的多才多艺，他的热情谈吐，他的生动幽默，无不使自己着迷。她原想，即使这辈子和他没有夫妻名分，做一个红颜知己，也不枉活一世！她真想把自己全部给了他！她也想起了那一段踏踏实实的采油工的生活，想起了蒙娜。那是个多么富有传奇色彩的人物啊，此刻不知她在哪里？她临走的时候告诉她，她就是那个被通缉捉拿的女学生娜仁格尔勒，她要她知道就行了，不要给别人说。她也给她讲述了自己的故事。唉，多么凄惨荒唐的故事啊！多好的人啊！恐怕这一别就再也见不上了，恐怕这些思念的人从此以后就都见不上了！"我刚才劲怎么那么大？怎么一下子就把那家伙勒得不出声了？我都干了些什么呀？"

她回忆着后悔着眷恋着，忽然回过头再看苟耀宗，苟耀宗仍然像睡着一样，只是眼球突出，脸色难看，鼻子里早已没了气息。她用手拍打他的脸颊，希望他能醒过来，而且一边拍打一边着急呼叫："苟耀宗，你醒醒！苟耀宗，你醒醒！"然而，苟耀宗再也没有醒来！

一串豆大的眼泪，从她俊俏的脸庞上，悄悄滚落……

四十七

贺丹峰不听劝阻，硬是闯进了县委书记李立国的办公室。李书记听了他的申诉，把组织部副部长杜雪兰叫来交代说："我们要用干部，也要关心干部。贺老师家里有了困难，你们要酌情处理。和文教局商量一下，如果人手不是太紧，能放就放他回去吧！到哪里也是为人民服务嘛！"杜雪兰笑着说："我们正准备给办呢！"贺丹峰见她公然撒谎，忍不住也笑了。

从李书记办公室出来，杜雪兰对贺丹峰说："你先写个申请吧，把调动的理由写充足，明天送我办公室。"

贺丹峰说："我现在就可以写上，不用明天。"

贺丹峰找了个地方，很快就把调动申请写好了。他把它拿给杜雪兰。问："还有什么手续？"

杜雪兰说："你还得让徕远那面接收单位发个商调函过来，我们收到商调函才能上会研究。"

贺丹峰说："商调函是你们组织跟组织要吧，我个人怎么要？"

杜雪兰说："接收单位是你自己联系的，不是我们组织代你联系的，我们怎么要？"

贺丹峰觉得她说的有道理，就说："那好吧！"

他从县委出来，就去邮电局给父亲挂了个长途电话，要他赶快联系徕远中学，要他们发个商调函给黑城县委组织部。

接下来，又是长时间悄无声息的等待。

这天，他正在家中翻阅资料，想把原来保护文物的那篇稿子再修改补充一下，忽然有人敲门。他去开门，进来的竟然是信和九队的丫头莲莲。莲莲是英子小姑，也就是万有德妹妹的姑娘，年龄不大，却长得人高马大，肥臀丰乳，性格又活泼开朗，哈哈连天，没心没肺。

贺丹峰问:"你怎么来了?"

莲莲说:"我来看看你们,顺便给你们带来一包辣子和茄子。"她说着将一包蔬菜放进厨房,又问,"英子呢?"

贺丹峰说:"我妈有病,她回徕远伺候去了。"

"那你为啥没去?"

"我们一块去的,学校有事,我回来办事了。"

"噢!"莲莲又问,"那英子不在,你的饭咋吃着哩?"

"胡凑合着哩!"

"胡凑合啥哩,来,我给你做一顿拉条子。面在哪里?"

贺丹峰知道她是个热心肠,也没有阻拦,就给她拿出了面。

莲莲人虽长得高大粗壮,但一双小手却非常灵巧麻利。不一会儿,面也和好醒上了,菜也炒好了。

等待面醒的过程中,他们聊起了家常。贺丹峰问了队里一些人的情况,莲莲一个一个详细地说了。她说完问贺丹峰:"离得不远,英子又不在,你咋不到你姨娘那儿去?"

贺丹峰说:"最近忙着哩,等忙完了就要去哩!"

莲莲很快就把拉条面下出来了。她给贺丹峰满满捞了一大碗,问:"激不激?"

贺丹峰说:"不激不激,我就吃粘窝子!"又说,"你给你也下上,咱们一块儿吃!"

莲莲没有推辞,给自己也下了一大碗,但她用凉水激了。

贺丹峰说:"你们这儿这个生活习惯不太好!用凉水激面,固然面比较散一些,但那水哇哇的,吃下去胃能受得了吗?黑城一带胃癌食道癌很多,与这个习惯有很大关系。"

莲莲一边吃一边说:"习惯了,改不掉了。"

他们正在吃着,门被"咣当"一声推开,英子回来了。

英子进门一看,大吃一惊:怎么莲莲在我家里。她当时就黑了脸:"莲莲,你咋来了?"

莲莲深知英子的脾气和气度,就解释说:"好长时间听不到你们的消息,我妈让我过来看看。我来就我姐夫一个人，说你到徕远去了。"说罢又问，"姨娘的病好些了吗？"

"好不好与你有啥相干？"英子看桌子上的碗筷菜碟，一时醋性大发，将手中的包袱朝床上一扔，大声斥责贺丹峰："贺丹峰，你说你回来办调动了，怎么叫了女人在家里胡搞着哩？"

莲莲一听急了："哎，英子，你把话说清楚，谁和你男人胡搞着呢？"

英子怒不可遏："就你！"

莲莲也气急，用手指着英子眼窝说："你真是满嘴胡说！我给你说是我妈……"

"你妈还没有那么好的心肠！"

"你……"莲莲见英子不讲理，"嗨"地跺一下脚，转身摔门而去。

英子自知再和她闹，人家人高马大，自己占不上什么便宜，遂向门上狠狠地踢了一脚，算是送走了瘟神。

回过身来，她就和贺丹峰吵："贺丹峰，今天我都把人堵到家里了，你还有啥话说？你说你调工作来了，就这么调着哩吗？"

贺丹峰生气地说："你不要误会，人家确实是来看咱们的，还拿了菜。屋里就是人走动的地方，你谁都不让来，我们活得还有啥意思？"

英子说："我在的时候她咋不来，我不在她咋就来了？"

贺丹峰："她也不知道你不在家呀！"

英子没有说的了，一屁股坐在床上，脸沉沉的，眼泪竟流出来了。

贺丹峰知道她这是爱他，倒一杯糖茶，放在她面前，轻轻拍一下她的肩膀，说："不要生气了，你的男人没有那么金贵，好像谁见了谁爱，谁见了都想夺走似的。再说，我也不是那种人！我现在大事都忙不清楚哩，哪有工夫在一些小媳妇小丫头的身上动心思！"

他把糖茶送到英子口边，继续说："来，喝一口糖茶吧，这一段可把你累坏了，丹青来信说了。我最近天天跑县上，调动的事县上领导答应了，正在抓紧跑手续。我给爸打电话了，让他从徕远那边要个商调函，商调函一来就快了。"

英子只默默地听着，也不说话。听完，朝床上一躺，睡了。

贺丹峰忙说："你还没吃饭哩，我给你下一碗拉条子，你吃了再睡吧！"

英子把头包在被子里，还是一声不吭。

这时，乡邮员敲门，送来了一封信。贺丹峰一看，是父亲的。父亲在信上说，商调函已经开出寄给黑城组织部了。因徕远方面也要组织部出具，而不是学校，所以，迟了几天，要他注意从县上打听。贺丹峰看了信，高兴极了，赶快去床头告诉英子，岂料英子还在生他的气，还是不理他。

第二天一早，贺丹峰就去县上打听。组织部的沈干事查了一下说，商调函是到了，但还没有上会研究，部里几位部长都去农村检查打井抗旱的事去了，估计回来还得四五天，他们回来才能开会研究。你先回去等着吧，有了消息，我们就让学区给你通知。

贺丹峰回来，骂骂咧咧地给英子说："真是官僚作风！一个教师调动的事，县委书记都交代了，还这么拖拖拉拉地办不下来，指靠这些人能给人民办什么事！"

英子瞪他一眼说："你就嘴掂上胡说吧，啥时候把你抓起来你就高兴了！"

贺丹峰拍着肚皮说："我又没有反党，我是对他们的这种作风不满，给他们提意见，他们凭啥抓我？人家外国人才不怕政府呢！你看，对政府有意见了，就举个牌子上街游行。对哪个官员不满意了有意见了，就向他扔臭鸡蛋，扔西红柿，当面指着鼻子骂他，都没有被抓起来。"

英子看他得意的样子，说："那你扔去哟，你朝我们的书记扔一次西红柿，看人家不把你腿打折才怪呢！"又说，"哎，与其在这里闲闲地磨牙叉骨，不如咱们回去看看我妈他们去。原来你说等你工作调好了再去，我以为就几天时间，没想到拖了这么长，再不去我妈要骂了。"

贺丹峰说："你说得非常对，再不去就不像话了！"

于是，两人就简单收拾了一下，去了信和。

杨月红自丫头出嫁以后，心里就一直空落落的。虽不是亲生，可她在这个丫头身上，付出了比亲生母亲还要多得多的疼爱与关心。英子从小先天不足，体弱多病。她自接受了同学方英的恳托后，就没有一天放松过紧张的心情。她想，父亲万青林，作为一个老实巴结的农民，在那个寒冷的冬夜，在马步芳匪帮的刺刀铁蹄下，能够勇敢地救出她亲生的红军母亲，而且一诺千金将她抚养成人，竟一辈子都没有娶妻成家。自己帮同学这点忙又能算得了什么！丫头没有了亲生的母亲，父亲又远走他乡，不能亲自哺育，自己不对她好，她还能有什么？之后时间长了，一个病快快的肉蛋蛋贴在身上，已经孵化成了一个文静秀气的小姑娘，她早已将生与未生忘在一边，她和孩子的血肉筋骨完完全全地连在了一起。就是在她亲生了自己的儿子以后，这种感情也没有丝毫的改变。她为这丫头不但承担了养育之苦，还承担了名声之累。因为丫头的亲生父亲常来看她，这个关系又不能捅破，这中间的故事不能叫外人知道，于是，张金花这些人就给她造了很多谣，说了很多坏话。她无处辩解，只有忍痛承受。丫头结婚另过，她虽长长地舒了一口气，心想总算把她养大了，总算能对同学对朋友对自己的良心有个交代了，但还是感到心里像撕扯一般疼痛。舍不得啊！一双筷子用久了都不舍得丢，何况是一把屎一把尿拉扯大的丫头！让她感到欣慰的是，丫头最后的归宿不错，她在同辈的丫头中，能够和郁彩虹一样，找一个年轻精干、有文化有知识的大学生，这个是自己没有想到的。小贺那小伙不错，虽有些大大咧咧，不拘小节，但肚子里有墨水，是个有前途的人。只要他们小两口和和美美，自己再也没有发愁的了。她该静下心来想想自己的事情了。

　　前天，县上来人，陪着一位当年的女红军，说要找一位叫作万青林的人，说还要找蒋兴禄两口子。女红军近六十岁的样子，瘦俏脸，短发，头发已经有些花白。皮肤白皙光亮，眉骨清秀，一对大眼，明亮而又温暖。当时，杨月红正在给老父亲煨药做饭，忽然家里进来了一帮人，大队薛得寿书记和张士维主任领着。老父亲万青林不知道发生了什么事，急忙披好衣服从炕上下来。

　　他刚一下炕，那位女红军就上前一把抓住他的手，声音颤颤地说："青林大哥，你不认识我了吗？我是月明啊！"

　　"月明？"万青林半晌回不过神来，"月明？月明？"

　　"还记得三十多年前那个冬天的晚上吗？你的瓜棚里……"

　　"啊？你是那个女红军？"万青林又惊又喜。

　　"对，我就是那个女红军月明！"

　　"啊！你还活着？"

　　"活着！"

　　"太好了！太好了！"

　　"蒋兴禄大哥和嫂子呢？"

"他们已经不在了。"

"唉，真可惜！"

"你真是女红军月明？月月的妈妈？"万青林不知是惊喜过度还是恍若梦中，又盯着女红军看了半天，又重复着问了一遍。

月明望着他笑，轻轻点了点头："就是，我就是月月的妈妈！"

万青林忽然一把拨开众人，从厨房门上把杨月红拽了过来推到月明的面前说："月明妹子，这就是你的闺女月月，大名杨月红。你说她爸姓杨，你姓月，是红军的女儿，就叫个杨月红吧！这名字还是你给起的！"又对杨月红说，"月红，这就是我给你说了多少遍的你的亲生母亲红军妈妈月明！"

杨月红对自己的出身虽早已了如指掌，也多少次梦里泪里见过母亲，可当母亲真真切切地站在眼前时，她也呆住了。她怀疑这又是一场梦。她使劲眨巴眼睛，好让自己从梦境中醒来。可眨巴来眨巴去，眼前场景不变，眼前的人群不变，眼前这个自称是她亲生母亲的人不变。她的长相，她的笑容，她身上所散发出来的那种气息，无不使自己感到亲切，感到温暖，感到温馨。这就是妈妈的气息，这就是妈妈的味道。一种本能的渴求和冲动，使她一下子扑了上去："妈妈！"月明把她紧紧地搂抱在怀中。在场的人看着，大家唏嘘不已。

月明认了自己的女儿后，又当着众人的面，回忆讲述了三十多年前，万青林和蒋兴禄夫妇抢救她、为她接生的感人场景。她感谢万青林把月红抚养成人，感谢乡亲们当年对红军的帮助。她要万青林和杨月红陪她，到蒋兴禄夫妇的墓上去祭奠，寄托她无尽的哀思。

杨月红的红军妈妈来找杨月红了。这消息很快传遍信和大队。人们在惊奇感叹的同时，不由地好心发问：她会不会把杨月红带走？有的妇女说，月红这一下好了，可能要到大城市过好日子去了。老红军月明在了解了黑城当地的生活条件和月红家的家境后，也向月红和她的父亲袒露了自己的想法。她说，她自丈夫杨师长牺牲后，一直一个人过，再没有成过家。所以，她对唯一女儿的思念，与日俱增，越来越刻骨铭心。她在川渝的一家机械制造厂当党委书记。现在年纪大了，面临着退休。她真不知道退休以后，离开了火热的工作岗位，这将来的日子怎么过。所以，她有个想法，想把月红一家接到她那里去。"青林大哥老了，身体不好，农活不能干了，我想让你到我那儿休息休息，那面气候比这面好，对你的气管炎有好处。你可以钓钓鱼，遛遛鸟，到处转转。如果嫌闲得慌，想干点什么事，就去厂子里看看大门，看看仓库都行。月红和有德还年轻，可以安排他们去工作，孙子上学就更不会有什么问题。"她说完她的想法，要月红和有德、青林老人商量，如果愿意去，她尽快和厂里商量，办理各种手续；如果实在不愿意去，她可做新的打算。

杨月红听得出来，母亲是多么希望他们能去！这是三十多年的寻觅和等待，也是她后半辈子的全部希望和渴求。她自己何尝不盼着得到浓浓的母爱。长这么大，不知道母爱是什么，每当看到人家的丫头依偎在母亲怀里，让梳头扎辫、耍乖耍娇的时候，自己的心里是多么孤独和酸楚。现在母爱来了，怎么又能轻易丢弃！

她和父亲商量，父亲说："你一定要去！你妈这一辈子多不容易，替老百姓打江山，江山打下了，她成了孤身一人。她多么需要你啊！你和有德、孩子都去。英子已经成了家了，成了人家贺家的人了，你就不用管了。我年纪大了，就给咱们把这个土窝子守着。什么时候不中用了，给你们发信，你们来收拾掉就行了。"

杨月红说："那不行！你不去，我也不去！没有你，我的日子过得一天都不舒心！"

就在他们争论不定的时候，贺丹峰和英子回来了。贺丹峰听说这事，明确表态说："去，为啥不去？红军奶奶是一个厂的党委书记，她说的事肯定是能办到的。川渝我去过。那可要比这黑城好上几十倍。妈和爸去了，不但和奶奶团圆了，而且还有比农村轻松的工作。爷爷去了，那面气候湿润温和，你的气管炎会一天天好起来，说不定能活一百岁哩！"

杨月红问："那我们走了，你们怎么办？"

英子说："妈，我们也要走哩！我婆婆病了，病得很重，已经卧床不起了。为了照顾婆婆，丹峰向县上提出工作调动，县委领导已经答应了，正在办手续。徕远那面也联系好了。等手续办下来，我们就去徕远了。"

杨月红问贺丹峰："真的吗？"

贺丹峰说："是真的。本想等手续办好再给你们说，没有想到，事情很麻烦，已经为这事跑颠折腾了好长时间。这一段我们没有过来，就是回徕远看我母亲连同跑调动去了。"

杨月红问:"你妈病得厉害吗?"

贺丹峰沉重地点了点头。

杨月红由贺丹峰的母亲,又想到了自己的红军母亲。她对父亲说:"爸,要不我先陪我妈过去看一下,先做个前期调查,然后咱们再决定去与不去。"

万青林说:"行,你去吧!"

但就在这个时候,从南滩公社传来消息,说贺丹峰调动的事,县上批下来了,要他赶快去办手续。与此同时,又收到弟弟贺丹青发来的加急电报,说母亲病危,望他和嫂子见字速归。

贺丹峰对杨月红说:"妈,你这一头的事我顾不上了,我得赶快去办手续。"

杨月红说:"我这一头的事不急,你赶快去办手续吧,办好了我和你有德爸送你们去徕远,顺便再看望一下你母亲。把你们安顿好了,我才有心思考虑我这一头的事。"

贺丹峰的手续很快就办好了。他因惦记着病中的母亲,顾不上和龚羡林、郑世荣等老同学告别,就匆匆忙忙赶回了信和家里。

这时候,杨月红和英子已经做好了去徕远的准备。杨月红对她的红军妈妈说:"妈,女婿工作调了,和丫头都要走,我送他们过去一趟。你就住在我家里,和我爸好好拉拉家常。我们三五天就回来,回来我陪你去川渝。"

月明说:"你去吧,我和你爸正好有很多话要说。"

杨月红和万有德护送女儿女婿来到徕远。徕远距黑城不算太远,也就两百多公里的路程。过去,黑城人朝西,不是上新疆,就是去徕远,因此,在徕远经商和做事的黑城人很多。杨月红感到,丫头在这里安家,也不会觉得寂寞。

他们来到地区医院的贺丹峰家。让他们大吃一惊的是,贺家楼下的院子里,搭起了一座高高的灵棚,灵棚的四周摆满了花圈,白色的挽帐在风中飘荡。贺丹峰紧走两步来到棚前,正想看看是谁家的老人故去了,弟弟和妹妹穿着长长的孝袍从棚里出来了。弟弟一把抱住他,号啕大哭地说:"哥,妈妈走了!"

贺丹峰整个人惊呆在那里,半天才哭出声来。英子扶住他,缓缓来到棚里,来到母亲的遗像前。他跪在地上,对着母亲大叫:"妈,你怎么不等我?"叫着,不停地在地上砸头。

杨月红和万有德也没有想到，第一次来到亲家家里，却遇上这么不幸的事情。他们原本还想好好安慰安慰亲家母，让她病好了到黑城去看一看，不想来迟了，没有赶上。亲家母已与他们阴阳两隔。

　　他们也给亲家母点了香，烧了纸，磕了头。见贺丹峰和英子哭得伤心，让丹青把哥哥嫂子扶起来，并询问亲家母去世的情况。

　　贺丹青说："这一段一直不太好，前天晚上突然加重，很快人就过去了。医生检查说，心肺病，多项器官已经衰竭。现在人在医院里，准备明天安葬。"

　　杨月红问："你爸呢？"

　　丹青说："我爸在楼上。"

　　"看看你爸去！"

　　贺丹青就陪着他们上了楼。

　　安葬完贺丹峰的母亲，杨月红的思想受到了很大的触动：看来要尽孝心得早尽。人活一世，草木一秋，说啥时候不行就不行了。一个好端端的人，今天还和你花天酒地地喝酒着哩，和你嘻嘻哈哈说笑着哩，明天说不行就不行了，说走就走了。自己的红军妈妈征战一世孤苦一生，就自己这么一个女儿，"我再不陪她谁陪她去！我不赡养谁赡养她去！我若没有尽上孝心她就走了，那我还不悔断肠子！"她给贺丹峰兄妹交代："好好照顾你爸！"又给贺丹峰单独说："英子心眼小，你多担待。"

　　在返回信和的路上，她决定：陪着母亲，到川渝去！

四十八

　　"她是长期遭受家暴才干的傻事，她男人和她公公往死里打她。那天，也是用那根绳子蘸着水打的，她被打急了……"

　　"我知道。"

　　"她是自己报的案，这算自首行为啊！"

　　"我知道。"

"她的婚姻是父母包办代替的,她是买卖包办婚姻的牺牲品!"

"我知道。"

"能不能给她找个律师,给她辩护辩护,她太冤枉了!"

"我们国家现在还没有建立起律师制度。"

以上是彩虹和龚羡林来看望王正珍时,彩虹和县公安局向大年的一段对话。

龚羡林说:"那我替她辩护行不行?"

"不行!"向大年肯定地说,"你的身份是国家工务人员,你没有律师身份。"

"那我们能不能进去见见她?"

向大年考虑老半天说:"她现在还没有被正式判刑,嫂子就不要进去了,你可以以了解案情书写内参的名义进去一下,但时间不能长,长了我没法交代。"

龚羡林用目光征询彩虹的意见,彩虹说:"你就进去一下,代表咱们两个,也不能叫老向太为难了。"

龚羡林说:"那好。"

龚羡林被向大年带进了一个审讯室,他让他等着,他去提人。

一会儿,王正珍就被提出来了。她收拾得干干净净整整齐齐,只是腿还瘸着。从干净整洁的面容和装束打扮来看,可能做好了最坏的打算。

她看见龚羡林,脸上掠过一丝惊喜,继而又脸色大变,恨恨地说:"你怎么来了?"意思是你不该到这种地方来。

龚羡林说:"我来看看你,彩虹就在外面,人家不让她进来。"

"一个杀人犯,有什么好看的!"王正珍决绝地说。

龚羡林痛心地说:"你怎么干这种傻事?"

王正珍猛抬头,血红的眼睛里汪满泪水:"傻吗?你不知道吗?不是一次两次了,而是经常!你看我的腿!兔子急了还咬人哩!"

龚羡林说:"可你知道,这样后果是很严重的!"

王正珍平静地说:"我知道,杀人偿命,血债血还,大不了一个死!我也早就不想活了!"

龚羡林气愤地说:"你糊涂!你才几岁就不想活了?你还年轻,还正要活人哩!再说你走了,你妈怎么办?我们这些朋友怎么办?你不是把大家活活地给急死了吗？"

王正珍不说话了。她知道龚羡林骂得对，她也正这么后悔着哩。沉默半天，她问："彩虹和娃娃都好着哩吧？"

龚羡林说："好着哩。"

又问："你呢？"

龚羡林看她的眼，那里面尽是柔情和温暖，说："我也好着哩。"

王正珍凄楚地说："托你一件事：如果我被枪毙了，你让我哥另外找一块地把我埋了，苟庄是我的伤心地，我死也不会回去了；另外，还请你和彩虹多安慰我妈，叫她老人家不要为了我太伤心。"

龚羡林难过地说："正珍，对不起，我没有本事，没有给你帮上忙！"

王正珍用她戴着手铐的手，为龚羡林拭去脸上的泪痕，说："不要难过，你没有对不住我的地方。这一辈子，能和你们这样的人认识，相交，成为朋友，这是我最大的荣幸。"

向大年推开门，探了探头。

龚羡林知道，探望的时间到了，他得出去了。他拉着王正珍的手说："一定要老老实实把案情交代清楚，争取宽大处理！"

王正珍"嗯"了一声，突然提出："你能抱抱我吗？"

龚羡林忘情地把她拥抱在怀中，正珍的胳膊从他头上下去，也把他抱得很紧很紧，眼泪像决堤的河水，汹涌而出……

从公安局出来，龚羡林受到很大刺激。他想不通，为啥好好的一个人，硬要把她逼成杀人犯？她是换头亲，她对那桩婚姻极其不满，她和那个男人没有任何感情，她多次提出离婚，想通过正常渠道解决这个羁绊她终生的问题，但一次次都被以反对追求资产阶级生活方式而驳回。有关当局不去调查不去了解她离婚的真正原因，不去调查不去了解她遭受家暴遭受欺辱所受的种种苦难，而是从旧的传统观念和极"左"思想出发，听信她夫家的一面之词，想当然地给她扣上许多莫须有的帽子，酿成现代版的"窦娥冤"。这种牢笼为什么就不能打破？都什么年代了，为什么我们的一些政府和政府的工作人员，仍然抱着这些封建的落后的东西不放？

彩虹听龚羡林说了王正珍的情况，也流着眼泪说："咱们再去看看她妈吧，你把见了正珍的情况给她说一下。"

龚羡林说:"我还想去找一找薛得寿。正珍是信和的丫头,当丫头的时候表现很好。正珍的换头亲他们是清楚的,苟耀宗父子的为人他们也是清楚的。现在正珍遇上这么大的事,作为娘家人,看他们能不能帮一下她。"

彩虹说:"那我们一起去!"

薛得寿早就听说了王正珍的事情。他和张士维、杨在明等人商量,也征求了各队队长的意见,大家都认为:杀人固然是犯罪,但这苟家父子真他妈不是东西!我们出类拔萃数一数二的丫头,嫁给他们,他们非但不爱惜,还生着法子折磨,这不是欺侮我们娘家没有人吗?把丫头腿都打折了,浑身打得没有一块好肉,能让丫头忍住不反抗吗?现在苟耀宗死了,好像都是丫头的错,这不公平!为啥在我们信和是个好丫头,是个事事争光的当代青年,嫁到他们苟庄就变成杀人犯了呢?这个道理我们得讲一讲,我们得把她杀人的原因弄清楚,不然,人家会说我们信和的丫头没教养,给我们散布不好的名声。

他们正想把王正珍的冤屈理一理,把社员群众的呼声整一整,好写成一个系统的申诉材料递上去的时候,龚羡林和彩虹出现了。

薛得寿高兴地对龚羡林说:"正盼着你哩,你就来了。我想你来,可能和我们为的同一件事情——"

"王正珍!"龚羡林心有灵犀,说出了大家都想说的名字。

薛得寿一帮会心地笑了,继而又严肃地说:"我们现在是抢救人命的事情。我们不是包庇我们的丫头,我们是把事情的原委和群众的呼声反映上去,让法院在为王正珍量刑的时候,公平合理,公正服人。路见不平,拔刀相助,这是古代英雄好汉的做法。我们不吵不闹,就是反映群众的看法,还原事情真相。这是我们基层党组织和广大社员群众的权利。"

龚羡林说:"就是,不能吵,不能闹,不能有任何过激行为!"

杨在明着急地说:"啊呀,我听说王正清找了一帮人,要到苟庄去闹事!"

张士维:"赶快挡下,胡球整啥哩!你和苟庄人打一仗就把你妹妹救下了?你那是更把她往死路上推了一把!"

杨在明一听,赶快出去挡王正清去了。

龚羡林很自然地承担起了申诉材料的整理工作。

他把材料写好后交给了薛得寿。薛得寿看完说:"你是国家公务人员,这种事就不要掺和了,由我来弄吧!"

薛得寿没有说他怎么"弄",但龚羡林估计,他会把材料打印分送公安、法院等各政法单位,而且还会动用自己的关系,私下去找董局长和法院院长。这个人的心,永远在他的乡亲们身上。

忙完了王正珍的事,龚羡林回身立即投入他的本职工作。最近县上比较忙。在农业学大寨运动中,黑城培育出了许多不同的农业典型:有小麦亩产过千斤的,有玉米间作套种和带状种植的,有大搞农田水利基本建设的,有排阴治碱改良盐碱地的,有防风固沙阻挡沙漠南移的。这些典型各有所长各具特色,在全县农业发展中起到了很好的示范带头作用,前来学习参观的人络绎不绝。地区每年都组织学大寨现场观摩评比会议,今年更把黑城作为观摩学习的重点。有一大堆材料需要准备。另外,黑城在打井抗旱工作中也取得了突出的成绩,第一个在全省实现了百亩耕地一眼井的奋斗目标,极大地改变了水源不足的被动局面。省人民广播电台要就此事搞录音报道,说好记者这两天就来。新华社、人民日报的记者也要来。为了应对这个局面,县委书记李立国亲自主持,召集县委办公室、县委宣传部、农办、知青办等单位开会研究,分工部署。龚羡林接受的任务是,全力以赴做好省台的录音工作,配合新华社和人民日报记者做好其他新闻采访。

《百亩耕地一眼井》的录音讲话稿,早就写好了,李书记本人也已经看着改了一遍。因要占用电台"书记访谈录"的全部时间,稿子要求不得少于五千字。又因为讲话是李书记讲的,电台播报完后,省委《工作研究》杂志还要刊登,李书记比较慎重,提出让常委会再过一遍。按说,像这样重要的稿子,应当县委办公室上手,可不知为啥,书记却偏偏点了龚羡林的将。龚羡林知道,这将又是一次对自己的考验,所以,暗下决心,拼尽浑身力气,一定要把这个稿子改好。

黑河流域历来是靠祁连山雪水灌溉农田。在平常年景,只要没有大的自然灾害,收成是有保证的。这样,长期以来,就在干部群众的思想上形成了对黑河的依赖,有了"黑河保险论",对在水川灌溉区打井缺乏认识,存在抵触情绪。但随着这些年来祁连山雪线上移,黑河水量减少,就出现河水不够用的情况。往往农作物正当用水的时候，却无水可用。这就免不了有争水抢水甚至为此大打出手互相械斗的事件发生。黑城县委就是针对这种情况，为了摆脱用水上的被动局面，才开始率先打井的。县委克服重重阻力，统一全县干部群众的思想，把打井作为农业学大寨的一项重要工作来抓，持之以恒，这才有了现在的效果。

这是龚羡林第一次参加县委常委会。常委会会议室就在大院里的一排平房里。外面五间是会议室，里面一间是李书记的办公室。当他被办公室周主任叫着进去时，前面的议程已经完了，常委们正坐在那里等他。李立国书记见他进来坐下，先向常委们做了个说明，然后让他把稿子念一遍，请大家进行讨论。

这个常委班子人员组成参差不齐。有地方领导干部是运动后又重新出来工作的，有代表军方的县武装部政委的，有所谓运动中表现突出新近提拔的，有部队转业地方工作的，还有一位副书记纯粹是从农村大队党支部书记被破格提拔上来的。龚羡林注意到，出身不同，在常委会上的表现就不同。当李书记要大家开始讨论时，那些出身低微的常委，一般都不说话，都偷着看一把手的脸色。那些运动中曾被打倒现在又出来工作的领导干部，久经沙场，谨言慎行，沉着冷静，绝不带头发言，更不挑刺。带头发言的，往往是那些新提拔的干部和军队转业干部。

查主任是部队转业干部，原是炮兵，长期打炮，把耳朵震聋了，说话嗓门大。虽是个大老粗，但为人耿直，体恤下属，很受干部群众喜爱。今天又是他打头炮了。他说："老龚（他称龚羡林为老龚，使龚由小字辈进入老字辈，这使龚羡林受宠若惊）他们进行了长时间的调查了解，下了很大工夫，我看写得很好，很全面，把咱们县打井抗旱的成绩都写出来了。总结的经验也写得很好，很深刻。"龚羡林知道，他文化程度低，说不出多少有价值的意见，但见他表扬自己，心里还是很舒服的。

岂不知，还没有来得及高兴，新提的唐主任兜头泼了一盆凉水。他在运动前是县运输公司的一名司机，后来当了车队队长，再后来又当了交通运输局的副局长。革委会成立时，被作为造反派的代表结合进来当了副主任，前不久才递补进县委当了常委，年轻气盛，冲劲十足。他把打印稿前前后后地翻了一下，说："文章总体还算可以，但空的东西太多。前面讲形势的部分可以不要。可以直接从大旱之年的教训说起。后面讲认识的部分也太多了，一多就显得空泛。就写我们是怎样认识到打井的重要性的，从什么时候开始打，一共打了多少井，起到了什么作用，就行了。

干干散散，明明白白。"

龚羡林知道，这个人虽是司机出身，但平时喜欢学习，有一定文字功底，运动中给原县委领导写过一些检查。听县上干部说："子系中山狼，得志便猖狂。"他对他也没有好感。

真是一物降一物。唐主任否定了查主任，纪副书记又否定了唐主任。纪副书记在深思熟虑后说："文章的总体框架是好的，有事实，有数据，有做法，有认识。既然是县委的总结和认识，是立国同志的录音，就不能光是一些干巴巴的条条，就得体现我们县委认识的深度和水平。理论联系实际，是我们党一贯的作风。理论的阐述，认识的提高，表面上看它是空泛的东西，实际上它是实的东西。"龚羡林注意到，在纪副书记说这些话的时候，唐主任脸上红一块白一块，显得很不自然。看来两条路线两种思想的斗争，随时随地都会出现，不是打着斗争一场就能解决的。东风可以压倒西风，西风也可以压倒东风。鹿死谁手，还说不上哩！

李书记让大家都说说。同是部队转业的张主任哈哈一笑说："我看可以，写得不错，大家提的意见也不错。再改改，最后由李书记把关就行。"龚羡林知道，这是种不负责任的态度。听说张主任原在某军分区是个副师职干部，运动中被揭发有男女作风问题，被降下来了。自知政治前途已经到头，也就"你好我好大家好"了。倒是大队书记出身的邴副书记，结合他原来所在大队的实际情况，对打井的必要性、打井中需要解决的问题、县上这些年打井的成效和体会，讲了一些实实在在的意见。李书记总结说："稿子基础不错，大家又提了一些很好的意见，下去再认真修改一遍，改好交给办公室。"说完会议就散了。

等常委们一个个散去，李书记笑着问龚羡林："你觉得稿子怎么样？"龚羡林说："我觉得不错！"李书记继续说："做什么事，自己要对自己有自信。自己觉得对了，就要坚持，不能人云亦云！有的意见可以考虑吸收进去，但大多数意见只能听听而已，如果都吸收，那岂不成了大杂烩了！"龚羡林心领神会，点头称是，高兴地去了。

打井抗旱的录音报道进展得非常顺利。不几日，李立国书记自信洪亮的声音，就已经传遍陇省大地。人民日报记者在龚羡林的陪同下，对黑城不同的农业典型进行了采访，写成了《用典型发言》的长篇通讯，在《人民日报》显著位置刊登。新华社也发了通稿。另外，中国新闻纪录片厂还对黑城的知青工作拍摄了专题片，在全国播放。一时间，黑城在全国名声大振，成为人们学习的先进县市。

这天晚上，在为几家媒体的同仁们送行的宴会上，新华社记者老孟把龚羡林叫到门外，从包里掏出一份打印材料让他看。他一看，大吃一惊：这不正是他和薛得寿们讨论、由他亲自整理的为王正珍鸣冤叫屈的那份申诉材料吗？怎么会在他手里？

他假装认真地看完，问老孟："你从哪儿得到的？"

老孟说："你们县招待所。"

"是谁给你的？"

"一个女服务员。"

"怎么样一个服务员？"

"这个你就不用问了，你知道不知道这件事？"

"知道。"

"这上面说的是不是真的？"

"真的。"龚羡林又把王正珍案的始末从头叙述了一遍。

老孟听完说："如果是这样，那就太典型了！天天喊要破除旧的封建的东西，这种欺压妇女干涉妇女婚姻自由的陈规陋习怎么就破不掉呢？"

"你想干什么？"龚羡林问。

"我想写个内参。"老孟说。

龚羡林说："内参你就别写了，这个事县上领导可能还不知道，你不如把材料给他们看看，顺便说说你的观点。这样，说不定帮了这个女的，还能引起县上对这类问题的重视。"

老孟说："也行。不过我觉得这件事太典型了，在陇省和全国其他一些地方也太普遍了。写一个内参，让上面领导批一批，可能起的作用更大。"

龚羡林说："内参你以后去写，先给县上领导谈谈，救人要紧！这个女的太冤枉了，也太可怜了！"

老孟答应给县上领导说。龚羡林心想，有中央媒体关注，王正珍的案子或许会有转机。不然，不问青红皂白，按照旧的"杀人者偿命"的原则把她杀了，这世上不是又多了一个冤魂！

回到家，彩虹说父亲来了。父亲的问题已彻底平反。因省上要在西州新建一座电厂，把他从原来的青牛电厂调出，负责西州电厂的筹建工作。他这一次是要去西面的雄关市采购机器安装中的有关配件。父亲这次来，带了一辆卡车，是准备拉配件的。他说他和材料科长在黑城城里转转，让卡车去煤窑给龚羡林他们拉一车煤烧。父亲知道，黑城没有煤炭供应，各家各户的用煤都是自己找车去煤窑上拉运。儿子工作忙，媳妇一个女孩子，到哪里找车去！自己出差路过，司机又都是自己人，顺便把这个问题给他们解决了。父亲来，还给儿子媳妇从家里带来了几斤清油和母亲腌制的几块腊肉。他说他这一次要把孙子巍巍带走，母亲想得不行，放在彩虹身边，影响彩虹工作。龚羡林和彩虹都同意了。母亲因为父亲被委以重任，上面答应把她和几个未成年孩子的户口，由农村又迁入西州城里，现在住宿宽敞，生活方便，孙子去爷爷奶奶身边，会受到很好的照顾。

父亲这次来，也看到了儿子媳妇生活的艰辛。尽管他内心很痛苦，思想上压力大，但没有多说，只是勉励他们努力工作，争取县上领导的关心和重视，尽早把彩虹的转正问题给解决了。龚羡林向父亲谈到他近期的一些工作和他们生活的情况，说他们正在努力，问题迟早都会解决，望父母不要挂念，保重身体。

父亲走后不久，龚羡林就被提拔为黑城县委、县革委会办公室副主任，成了县上最年轻的中层领导干部。

四十九

濮玉林来到红沙梁顶班，已经有一个多月了。现在她才明白，这是黄局长有意整她。

红沙梁是全县唯一设在大队一级的邮电单位。因为海拔高寒、地处偏远、交通不便，从建所伊始，县局就没有派上过人来。陈师傅是被聘请的当地人。局里人员并不紧张，男同志都不愿来的地方，偏偏派她一个女同志来，而且来了再不管不问，这不是明显的打击报复是什么？

她一上来就给郑世荣打了电话。说了她和黄少雄见面的情况，说了她的态度，说了局里派她来顶班的原因，也简单说了红沙梁的情况。郑世荣接到电话，当时就要去看她，可县畜牧局通知，要他和局里另外一名同志去内蒙古出差，学习细毛羊改良换代和接种培育技术。说一个月左右就回来，回来便去看她。

　　这天，正当她把大雪封山积压几天的邮包装上邮车的时候，郑世荣踏着一路霜雪，风尘仆仆来到了她的面前。

　　他一见她，就急切地说："咱们结婚吧，他们把你放到这里，我不放心！"

　　濮玉林见他急迫的样子，与平时的老成持重形成鲜明对比，就问："咋了？你急成这样咋了？"

　　郑世荣气呼呼地说："咋没咋，我是看到你在这里受这种苦，我心疼！"

　　濮玉林听他这么说，心里一阵感动："没啥！就是条件艰苦了些，我受得了！就是她这种做法，太吓人！"说完，竟甜甜地笑了。又问，"你们的细毛羊咋弄下了？"

　　"弄好了。"郑世荣说，"内蒙古答应卖给我们几只新一代种羊，接种培育技术我们也学会了。"

　　濮玉林说："走吧，我给你做羊肉吃去！"

　　郑世荣说："你哪来的羊肉？"

　　濮玉林说："红沙梁的悬崖上，经常有青羊出没。就是背上是青灰色的，肚子是白色的，长着两只长角，体型比咱们家养羊要大得多的那种，专门在悬崖上攀爬。昨天大队狩猎队打下了一只，大队陈书记给我拿过来一块。"

　　"大队还有狩猎队？"郑世荣惊奇地问。

　　"有。"濮玉林回答。

　　郑世荣说："我吃过黄羊肉，青羊肉还真没有吃过。"

　　濮玉林："青羊肉没有黄羊肉那么好吃，丝子比较粗，但它毕竟是肉。你来我这里，我再没有啥招待的呀！"

　　郑世荣一边帮忙洗肉，一边说："我说那话是认真的，我们结婚吧，我连一天都不想等了！"

　　濮玉林："我也想结，可怎么个结法？我的工作没有定，我家里又是那么个态度！"顿顿又说，"再等一等吧，再等三五个月，如果还是这个样子，我就啥也不管了，我们就结！"

郑世荣说："那行。"

郑世荣这一次上来，是向单位请了假，专门看望陪伴濮玉林的。吃过饭，濮玉林带着他到村子里转了转，看了看村貌和街景。这是个典型的祁连山麓宜农宜林宜牧的村庄。村子在一面山坡上，平缓的山地台田一直沿展到山下，红色的沙土地适宜小麦和玉米生长。村子的东西两面各有一条深沟。东面的沟是一条干沟，通往公社和县城的道路就从沟底穿过。西面的沟是一条水沟，一直通进祁连山深处，一条叫作红沙河的河流常年在这里喧嚣奔腾。村子的后面是祁连山的支脉，森林覆盖，郁郁葱葱。林子里有各种飞禽走兽，常见的有野鸡、兔子、狐狸、青羊、獐子，有时候也会有熊出现。常言说，靠山吃山、靠水吃水。红沙梁有如此得天独厚的自然资源，虽说离公社较远，离县城更远，但这里如世外桃源般的生活环境和丰富的自然资源，并不十分贫乏。吃的可以自给，烧的也不发愁。到处是野物，大队狩猎队和有的社员个人，时不时地打一点野物，以改善生活。

濮玉林高兴地说："你若在这里多住几天，我带你到后山去看看，那才叫美哩，完全是两个不同的世界！苍山叠翠，树木葱郁，怪石林立，流水潺潺。后山是藏区，有一条杨树沟，有一座松鹰大坂。杨树沟的杨树到了深秋，一片赭黄，那种纯纯的沉沉的黄，看了叫你心里甜甜的暖暖的，真是心旷神怡。松鹰大坂上，老有松涛鸣风，苍鹰盘旋。山顶有一座寺庙，寺庙里有一位藏族阿妈，她煮的奶茶可香了！"

郑世荣也高兴地说："那太好了！祁连山是我国境内最年轻的山脉之一，但我至今没有进山看过。经你这么一说，那是非去不可了。"

星期日，天高气爽，风和日丽。濮玉林换了一身休闲服装，给郑世荣也找了一双旅游鞋，两个人准备齐全，就从红沙梁出发了。

红沙梁通往后山的路，就凿开在红沙河东岸的崖壁上。开始还比较宽，可以允许一辆架子车通过。慢慢路就变窄了，成了只能一个人行走的羊肠小道。到后来，羊肠小道也没有了，只有湿滑的天梯式的台阶，要一脚一脚踩稳了才能过去。松枝在眼前摇曳，云雾在身边缭绕，瀑布似银链飞泄，水声像滚雷回响。郑世荣很自然地想起了李白《蜀道难》中的诗句："连峰去天不盈尺，枯松倒挂倚绝壁，飞湍瀑流争喧豗，砯崖转石万壑雷。"濮玉林听他嘴里念念有词，调侃地说："这草原上的人,说起李白杜甫不一定知道,但说起仓央嘉措,几乎无人不知,无人不晓。"接着轻轻吟诵起来:"第一最好不相见,如此便可不相恋。第二最好不相知,如此便可不相思。第三最好不相伴,如此便可不相欠。第四最好不相惜,如此便可不相忆。第五最好不相爱,如此便可不相弃……"郑世荣惊奇地说:"你也会背仓央嘉措的诗?"濮玉林说:"我原本不会,那天听老阿妈念,跟着学了几句。"郑世荣暗想,这丫头的文学功底深厚着哩,谁说不如刘小慧!

他们终于走过了天梯峡,来到了杨树沟。只见一条很长的沟里,全是赭黄色的白杨树。那种纯洁的安静的黄,十分养眼,也十分钻心,它具有片刻净化环境净化心灵的作用,使人顿时想起生活中一切美好的东西。周边的山坡上,开满了各种不知名的小花,姹紫嫣红,生机盎然。自然界就是这样,越是人迹罕至的地方,越是花团锦簇,一片繁荣。每一棵小草,每一朵小花,都在尽情地伸展着腰肢,绽放着青春。没有高低贵贱,没有勾心斗角,有的只是宁静,只是祥和,只是互相依靠,互相扶持,交相辉映。一只苍鹰从蓝天飞过,落在了松鹰大坂的坡上,就好像这美景的守护者,任何外来物种的侵入,都逃不过它那两只如电光石火般的眼睛。

濮玉林用手指指向大坂高处的一座寺庙,对郑世荣说:"那就是藏族阿妈安息的地方!"

"她就一个人吗?"郑世荣问。

"一个人。"濮玉林说,"其实她不是僧人,也不是藏族人,而是一位流落的红军。"

"流落红军?"郑世荣感到吃惊。

"是的,祁连山一带流落红军很多,有男的,有女的。大都是打仗受了伤,队伍失散了,等到伤好,队伍找不见了,走不出大山了,就在当地住下了。有的当了农民,有的成了牧民。红沙梁村子里就有两个哩。"

"咱们上去看看吧!"郑世荣说。

"当然!我还给老阿妈买了点心和面包哩!"濮玉林说。

原来这个老阿妈,当年和她的恋人,都曾是某部文工团的成员。男的是乐队拉二胡的,女的是跳舞唱歌的。一次,马匪围山,队伍被打散了,女红军的恋人负了重伤,昏迷不醒。当时正值寒冬腊月天气,祁连山里滴水成冰,寒风砭骨。夜半三更时分,女红军看到敌人撤了,就借着夜色的掩护,背起恋人向远方的一座山梁上爬去。她看到那座山梁上有一户人家,想去那里寻求救助。她费了很大的劲,才把伤员连背带拖弄到了那家门口。一看,不是一户人家,是一座寺院。正当她筋疲力尽不知所措时,从庙堂里走出一位五十多岁的阿妈,手里捻动着佛珠,嘴里念念有词。老阿妈显然知道发生了什么事,一声不响,帮她把伤员抬进屋里,打来温水替伤员擦洗包扎,处理伤口。待这一切处理完了,她又从火炉上的大铜壶里,倒出滚烫的奶茶,放上酥油,双手捧到女红军面前,示意让她一口一口喂给男红军吃。昏暗的酥油灯下,老阿妈饱经沧桑的脸颊上,刻满了深深的皱纹,就像山下起伏不平的沟壑。然而那双眼睛所发出的光芒,犹如暗夜的灯塔,那慈祥的笑容,就像寒冬里温暖身心的篝火。女红军在伺候恋人养伤的过程中,学会了熬煮酥油茶,学会了缝制藏袍,学会了藏语,学会了转经……更叫她高兴的是,她还跟着老阿妈学会了许多仓央嘉措的情歌:"第一最好不相见,如此便可不相恋。第二……"老阿妈从哪里学的这些歌,不得而知,但每次她唱,眼里总是噙满泪水,泪眼总是望着远方。那歌声,仿佛是从草原的心底发出来的!

  男红军的伤口不时地发炎化脓,老这样下去不是办法。这天夜里,女红军决定只身出去寻找队伍。就是找不见队伍,找些药品也行。待她冲破敌人的层层封锁,既没有找见队伍也没有找上药品,最终回到庙里的时候,她惊呆了。只见老阿妈血肉模糊地倒在寺庙门上,手里的经轮摔向一边,恋人却不见了。她拾起经轮,把老阿妈抱到炕上,千呼万唤,终究没有唤回老人的灵魂。她又像疯了一样到处寻找恋人,可找遍了各个庙堂,仍然不见恋人的踪迹。忽然她想起,老妈妈生前有一次曾带她去过庙后一个暗窖,说万一不行就藏到那里。她会不会把受伤的男红军藏到暗窖里去了呢?她一阵小跑。冲进了暗窖。眼前的一幕更让她伤心绝望。原来老阿妈真的把受伤的男红军藏在暗窖里,可他因伤势过重不治身亡,死在了暗窖里。从现场情况看,是敌人得到了什么消息,袭击了寺庙。老阿妈拼尽全力刚把男红军藏好,自己还没来得及躲藏,敌人就进来了。老阿妈显然被严刑拷打,敌人要她交出红军,她死都不交,最后被那帮畜生活活打死在了庙门口。男红军本身就失血过多,再加感染,病情恶化,终于没有走出这座山林。但是他的二胡还高高地挂在暗窖的土墙上。

  女红军掩埋了老阿妈和恋人的尸体,她不顾危险,留了下来。她把寺庙整修一新,把转经筒和酥油灯擦拭得更加明亮,让老阿妈的经轮重新转动起来,让寺庙的香火重新接续起来。白天,她绕着恋人和老阿妈的坟墓转经超度,晚上她拉响恋人的二胡,唱着老阿妈教他的情歌。那眼里,也是噙满了泪水;那双眼,也是凝望着远方。二胡悠长缠绵的琴音,如泣如诉,如火如风,在讲述着一个英勇悲壮却又感人肺腑的爱情故事……

濮玉林带郑世荣来到寺庙里,老阿妈见到了濮玉林,高兴地说:"你又来了!"濮玉林把郑世荣介绍给她,她一看心里全明白了。郑世荣从她身上,丝毫看不出当年唱歌跳舞的女红军的身影了。他心里一阵感动,又一阵难过。

晚上,回到红沙梁,大队陈书记对濮玉林说:"你们到哪里去了?你们单位打电话找你,你那里没人接,打到大队去了。打了好几遍,可能有急事,你给回个电话吧!"濮玉林说好,就赶快回到所里,拨通了县局的电话。

电话是办公室的于莉打来的。于莉是濮玉林很要好的姊妹。于姐只是说有重要的事情,要她赶快回去,但没有说是什么事情。她也没有多想,对郑世荣说:"那正好,咱们一块回吧,回去你上你的班,我看有啥事。事情办完了,如果人家还不给我安排,我还得上来。"说完又安慰郑世荣道,"不过没有啥,就是远了点,这里的人对我好着哩!"郑世荣说:"先回去看看再说吧!"

濮玉林被发配顶班的事,被黄少雄知道了。他为这事和他姐姐大吵一场。

他质问他姐姐:"你为啥要这样做?是因为我的事情吗?我的事情你关心是对的,我很感激你。但你不能以势压人搞拉郎配,不能因为你是领导就强迫人家!婚姻自由这是宪法规定的,人家不答应这很正常。何况人家已经有了意中人,你为啥非要把人家拆散?是谁给了你这么大的权利?人家没有答应我,你就利用职权,以顶班的名义把人家发配到那么远那么艰苦的地方,你这不是打击报复是什么?"

"怎么打击报复了?艰苦的地方她就不能去吗?"

"她能去,你为什么自建所以来没有派过人上去呢!为什么你不去呢?"

"我还不都是为了你!"黄局长愤愤地说。

"为了我你就不顾职工群众的议论,不顾党纪国法?姐,你这样下去是会脱离群众的,是要犯错误的!"

黄少雄发完火之后劝他姐:"赶快把小濮调回来吧!那里地处偏远,交通不便,男同志都不愿去，你把一个女孩子放到那里合适吗？再说人家正准备结婚，你把两个人分那么远，叫人家怎么弄？"

黄局长仍然听不进去，训斥弟弟说："你把你的事情管，濮玉林既然不和你成，你管她干啥？"

黄少雄见姐姐不听劝告，"嗨"一声摔门而去。

其实，黄少雄的话，在他姐姐心里，还是起了一定作用的，但促使她把濮玉林叫回来的，主要是来自上面的压力。

前几天，省邮电局政治部尤主任打来电话，询问濮玉林参加省上学习回去后表现如何，现在在做什么工作。黄局长汇报说："濮玉林学习回来后，思想上提高很大，工作更加努力，表现很好。现仍从事话务工作。我们已将她列为局长助理的人选，报县委组织部备案。"尤主任听了非常高兴，对黄局长说："濮玉林在学习班结束时写的总结，我和史局长都看了，写得很好，有认识，有理论，有心得，有体会，是一篇难得的好文章。史局长已批转全省，一定要理论联系实际，活学活用；一定要结合我们的本职工作，研究新情况，解决新问题。"尤主任还说，"省局最近准备组织一个活学活用毛泽东思想宣讲团，到全系统各单位去宣讲，决定把你们所的濮玉林也抽出来，参加这个宣讲团，时间大约是一个月。另外，我过两天要带人下去，和各地县商量协调我们邮电系统管理体制的问题。我想第一站就先去你们黑城，你让濮玉林等我，我有话要跟她谈。"

黄局长接到电话以后，不敢怠慢，赶快让办公室通知要濮玉林回来，但同时又想：尤主任要找濮玉林谈啥话？她抽她去参加宣讲团，局里没有意见，但单独谈话，会谈出些什么事来？濮玉林可是一个很有主见敢想敢说的人，她这一段肯定对我有意见，除了强行安排她与黄少雄见面，更主要的是，让她去红沙梁顶班，对她的工作迟迟未作安排，她心里是有想法的。如果单是这两件事，她给尤主任说了就说了，那么，她还会不会说出其他一些事情呢？她在省上学习期间认识了尤主任，听说尤主任很喜欢她。我为了笼络人心，心血来潮地把她报了个局长助理，如果尤主任也心血来潮，和县上商量把她任了，岂不构成了对我最大的威胁！自己养的狗，将来管束不住，反过来咬自己，那不成了天大的讽刺！

所以，濮玉林一回来，她就找她谈话。除了告诉她省局将抽调她去搞宣讲团的事，让她做好准备外，还旁敲侧击地叮嘱，尤主任要来，要找她谈话，这是组织谈话，一定要严肃认真，慎重对待。从谈话的内容到方式，都要想清楚了。该谈的谈，不该谈的不要谈；谈大事，不谈小事。她用她一贯凌厉的目光扫濮玉林一眼，神情庄重地说："这些不用我说，我想你是清楚的！"

濮玉林自然听出了那话里的威严肃杀之气。她心里暗自好笑：你把你的瞌睡好好睡，把你的饭好好吃，不放心着干啥哩！你就爱搞个一言堂嘛，爱搞个顺我者昌逆我者亡嘛，爱给人穿个小鞋嘛，爱整个人嘛，那又能咋！我濮玉林连那么点挫折都不能受，连那点苦都不能吃，我还是我吗？再说，我也不是那种头发长见识短、舌头长口无遮拦的人！有痛苦有看法我在嗓子里咽着，你啥时候见我"不该说的"也说了？这么想着她就表态说："黄局长，你放心，于公我是共产党员，于私我是你多年的老部下，我知道该怎么说。"

这一天，尤主任真的来了。这是一位比黄局长还要年轻的中年女性，人长得很漂亮，待人很热情，很有亲和力。虽是个女同志，但掌管着全系统上万名干部职工的提拔、任免和调动，还有政治思想工作。她一来就让黄局长把濮玉林找来，说要和她单独谈谈。为了不使黄局长有什么想法，她解释说："主要给她交代一下宣讲团的事，让她先去省上，他们可能还要集训几天，等我回去了，他们再下去。"黄局长不敢违命，尽管心里像有十五个吊桶打水——七上八下，但还是赶快叫人把濮玉林找了来。

尤主任和濮玉林的谈话很简短，不一会儿就谈完了。可能就是她说的那样，见个面，交代交代，拉两句家常。濮玉林的表情也没有什么异样。黄局长一直等着她们谈完，等着尤主任出来，问她下面怎么安排。尤主任说："咱们先不忙着谈工作，你派一个人，先陪我到下面去走走，我想看看公社一级邮电所是个什么情况。回来咱们再谈工作。你再和县委组织部联系一下，我还想和他们商量一下邮电系统实行双重管理的问题。"黄局长本来想亲自陪尤主任下去，但见尤主任给自己安排了具体任务，只好让办公室主任于莉陪着去。

濮玉林接受宣讲任务后，回了一趟家，看看父母，就去找郑世荣。郑世荣原来估计，黄局长急急忙忙把濮玉林从红沙梁叫来，可能要给正式安排工作，没有想到又是外面的任务，而且是省局尤主任亲自点的将，不能不去，尤主任还单独找小濮谈了话，据说谈得不错。尤主任对小濮印象很好，很欣赏小濮阳光明亮的性格，好像还对她寄托着很大的期望，这就更要去了。人这一辈子，碰个好单位不容易，单位好，生活无忧，在社会上也受人尊重。碰一帮好同事不容易，同事好，工作环境好，心情舒畅。碰个好领导更不容易，领导好，处事公道，作风正派，干起工作来浑身有劲，有无穷的创造力。小濮的黄局长不行，唯我独霸，唯我独尊，喜欢揽权，女人的缺点毛病集中得太多。这个尤主任不错，体恤下属，珍惜人才，把这根线牵紧了，对小濮往后的发展会有许多好处。一番交流之后，濮玉林内疚地说："那我就去吧，你再坚持坚持，等我回来咱们就结婚！"郑世荣说："我坚持，我坚持，但你记住了，总有坚持不住的那一天！""讨厌！"濮玉林在他身上打了一巴掌，两个人都哈哈哈笑了，笑得很开心。

尤主任在全县几个点都去转了转。重点去了湖湾、红沙梁、南滩几个地方。问了问濮玉林在几个点工作的情况。于莉感觉主任好像在有意识地考察小濮。但尤主任没有说，她也没有把这种感觉说出来。完了黄局长问，她也没有说。黄局长心里落下一块心病。

尤主任和县上的沟通协调也很快结束。她临走对黄局长说："邮电系统将来可能实行条块领导，以条为主，征求块上意见。现在，就全系统来说，干部队伍年龄偏大、职工业务素质偏低、管理水平不高、规章制度不够健全的问题，普遍存在。另外，思想作风方面也存在很大问题。毛主席他老人家谆谆教导的'理论联系实际，密切联系群众，批评与自我批评的'的三大作风，贯彻执行不力，一言堂盛行。这个我们可得注意啊！你们县的几个点我都看了，总的不错。现在的问题是：人员太少，大多数点上只有一个人，多的也就两人，这个不行。要精简县局工作人员，把他们充实到基层去，加强基层网点建设。再一个是，条件艰苦，设备落后，职工生活困难。有的点连个炉子都没有，连个烧水壶都没有，你叫职工怎么生活？我们要关心职工群众的生活啊！既要关心他们的精神生活，也要关心物质生活。要注意培养年轻干部，大胆启用有文化有知识的青年人才。要组织职工学政治，学业务，不断提高政治素质和业务素质。老黄，时代在变，我们的思想也要变。让我们共同努力吧！"

尤主任走后，黄局长一头雾水：她说了那么多，都对，都是大道理。可真实意图是什么呢？哪一条才是最重要的呢？

五十

龚羡林在办公室三个主任中,分管文秘、档案和文字工作;主任抓总,管全面;另一个副主任则分管后勤服务和招待所。

分工是这样分了,但很难落实。因为农业学大寨,县上领导和各部门领导都要到农村去分片包队。三个主任,每年得有一个人代表部门下去,另一个人跟随书记,到书记的点上去蹲守,在家主持工作的就一个人。

办公室是个综合服务部门,涉及县上领导,涉及方方面面,工作烦琐而又复杂。特别是县上领导不在家的时候,办公室主任就成了管家婆。除文秘、档案、会议记录、后勤保障、车辆、机关事务、信访、地震、机关农场外,还要时时注意上情下达,下情上报,各方面的协调联系,南来北去的送往迎来。正如在提拔之后的组织谈话中,政治部陈主任对他说的:办公室主任,说到底是县委领导的贴身秘书,是个干活的差事。要学会紧跟领导,像蛔虫一样钻到他肚子里去,了解掌握他的工作思路、战略意图和行事风格,只有这样,你的工作才能和他的思想契合。办公室工作量大面宽,琐碎复杂,婆婆妈妈。要学会眼观六路,耳听八方,统筹全局,要学会处理好和各方面的关系;还要学会喝酒,学会应酬。接触到具体工作,龚羡林觉得陈主任说得太有道理了。

这是一个极其普通的一天。

早晨起来,龚羡林正在刷牙洗脸,就听到院子里一阵骚乱,只听到通讯员小郭大声说:"你不能去,你看你是什么样子!"一个含混不清的声音在叫着:"我就要去,我就找县委,他个驴日的把我做成这样!"龚羡林侧耳倾听,还没有听出个门道,他的办公室兼宿舍的门"咣"一声被人撞开,紧接着一股恶臭味弥漫房间。他回头一看,顿时一阵恶心,一股热流从胸腔直冲喉咙,险些吐了出来。来人是城关镇的一个无业游民,名叫王文云,会拉二胡,也会一些雕虫小技。只见王文云的脸上糊满了大粪,半个嘴都被糊住了,屎渣子正从口角往下掉。王文云一见龚羡林就叫："主任你看,主任你看,驴日的……"龚羡林不知道发生了什么事,厉声喝道："你先回去把身上收拾干净再说,这副样子,搞什么名堂?"通讯员小郭一直在拦挡他,见龚羡林生了气,和信访办干部老常连推带轰把他硬推了出去。事后他才知道,这家伙和一起的狐朋狗友晚上喝酒,喝醉了不知道胡说了些什么,惹了人了。早上起来,他还没穿戴整齐,人家就挖了大便上门堵他的嘴了。常听当地人开玩笑骂人说："你那张臭嘴如果胡说八道,我就用大便给你堵上。"没有想到,他们这样说,还真这么做,这让龚羡林长了见识。

  本来上午要把书记在全县四干会上的讲话写完,但经过这家伙这么一闹,鼻子里老是臭烘烘的,眼前老是那恶心的场面,思想集中不起来,眼见着稿纸撕掉了一张又一张,文章却没有大的进展。

  烦躁之下,他去办公室打电话,想问一下林业站全县近几年植树造林的情况。他们送来的报表没有把年限分开,体现不出近几年植树造林的情况,体现不出新的县委和革委会抓革命促生产的实绩;另外,没有把成片植树和零星植树的数据分开来。李书记是个心很细的人,说不定他的本子上就记着这些数据,你混为一谈,和他的对不上,到时候挨训挨骂的是办公室。

  电话打完,已是中午吃饭的时候了。他把电话放好,正准备出门,一个瞎眼的女人带着一个七八岁的男孩,"咚"的一声坐到办公室的门上,把门堵了个严严实实,不让他出去。他问你找谁?那女人说找县上。他问你找县上哪一个人?那女人说我就找你。他吃惊地说,我不认识你,你找我啥事?那女人长嚎一声,这才连哭带骂地说出来她要办的事情。

  她说她叫朱某某,是双湾大队朱家沙梁上人。自幼双目失明,无依无靠。她来是要告一个人,这个人名叫晁二能,是县上某单位的干部,他把她的肚子搞大了。龚羡林心中好笑,又碰上八卦了!于是就朝她身上看一眼说:"你的肚子没有大呀!"那女人说:"生了,就这娃!"说着,用手把那娃一把拉了过来,推到龚羡林面前。龚羡林盯着那男孩看,看不出他像谁,那孩子一脸麻木和无奈。他问那女人,都七八年了,咋现在才想起告了?那女人说,以前她不懂,现在她懂了,她要晁二能出钱养活他们娘俩。龚羡林问:"你告晁二能有什么证据?"那女人说:"我证据多着哩!他第一次怎么搞我,在什么地方,一共搞了多少次,我都记着哩。"龚羡林一看麻烦了，就赶快给晁二能所在单位领导打电话，让他们过来领人。

不一会儿，那个单位的马局长过来了，一看笑着说："老问题了，今天怎么又想起找县委了？"接着回头对那女人说，"走，到我们单位去，二能把你肚子搞大了，我们处理，不要在这里胡闹！"那女人不去，扳着门框不松手，龚羡林让老常和小郭帮马局长把她弄走。弄走了瞎眼女人，龚羡林问老常，到底怎么回事？老常笑着说，现在说不清楚。不过晁二能确实不是个好东西。他本来是有名字的，因为"能吃，能干"，大家都叫他晁二能，他自己好像也默认了。龚羡林说，以后这样的事门房上要挡一下哩，不然让领导看见是个啥样子！老常说，挡着哩，门房上老贾是个老革命，已经七十多岁了，耳朵有点聋，尽管很认真地挡着哩，可还是挡不住。这个二能就是个死皮二流子，乱搞女人是一贯的，走到哪搞到哪。以前就有人反映，县上也派人做过处理，但这家伙老毛病不改。瞎眼女人的事不是今天才告来了，已经告的时间长了。但组织上跟他谈，他不承认。他说："她怎么知道是我，你们不能听一个瞎子胡说八道冤枉好人！"但瞎眼女人说得有根有据。老常还说，"这个瞎眼女人也是挺厉害的，别看她眼睛瞎着哩，可心里亮堂得很。县上哪个领导在哪里办公，姓啥叫啥，她清楚得很，一找一个准。门房上也挡着哩，但不知道她啥时候就溜进来了。"

弄完瞎眼女人的事，龚羡林一看表，已经快两点了，大灶开饭的时间早过了。炊事员老邢很内疚地摊着双手说："啊呀，不知道你没有吃饭，我把火已经封上了。你等等，我捅开再做。"龚羡林问，有馒头没有？邢师说有。又问，有青辣椒没有？回答说也有。龚羡林说："给我烧两个青辣子，切碎，洒点盐，倒点醋，再给我两个馒头，就行了。"邢师问："就这？"龚羡林说："对，就这。"

一碟火烧辣子，两个馒头，吃得龚羡林满头大汗。王文云身上的臭气随之远去，瞎眼婆姨的身影也逐渐模糊。他在床上稍微休息一会，爬起来又写书记的讲话。正在奋笔疾书，又有人敲门。开门一看，是林业站的技术员报送最新植树数据来了。那技术员说，数字老在变，刚刚统计上来又变了，刚刚统计上来又变了，各公社的口径又不一致，所以他们也很难掌握。龚羡林问："这回合适了吗？"那人说："现在差不多了，你说绝对合适还说不上。"龚羡林说："好了，我就用你这个数字，错了你们负责！"

下午快下班的时候，县委院子里吵吵嚷嚷进来许多农民。信访上老常和通讯员小郭挡也挡不住，他们径直来到县委办公室，一进门就"噢"地叫了一声，集体躺在办公室的地下。三四十个人，躺了一大片，把办公室堵了个严严实实。小郭报告龚羡林，龚羡林过去一看，有的头破了，正在流血；有的腿瘸了，走路一拐一拐的；有的不知道哪里不合适，一个劲怪声叫唤。他问老常怎么回事，老常说，这是邻县新华村的，和县南滩公社海子大队的社员，因为边界纠纷打了起来。他们说是南滩人不讲理，霸占了他们的土地，还带头打了他们的人。可南滩人却说是新华人先动的手。双方各执一词，相持不下。龚羡林交待老常先把他们弄到县招待所去，如果不去，就请县公安局帮忙，说他们干扰县委正常工作。弄过去以后，先请几个医生过来把伤口给处理一下，不管怎么样，不能把人打成这样。老常说，咱们这样处理，南滩人有意见怎么办？龚羡林说，不要紧，他一会给南滩尹书记打电话，让公社党委出面做好群众工作。老常说那也行，就说服动员那帮邻县农民，好不容易才把他们从办公室弄走。

邻县农民离开以后，龚羡林就把这件事向当时在家的纪副书记做了汇报。因为像这一类的事是很敏感很复杂的，以前曾多次发生过，以后保不准还要发生。和新华有，和其他县社也有。一发生往往就是流血事件，有时候还会死人。但要评个谁是谁非还真不好说。县与县边界，据说解放初期经政府权威机构勘测认定过，有的地方还立了界桩。但农民群众喜欢以传统习惯认定，在不符合自己利益的时候，置国家法典和传统认定都不顾，有的随意挪动界桩，有的干脆把界桩拆了，给他们要讲清这方面的道理是很不容易的。

纪副书记态度很坚决，表示龚羡林把人弄出县委大院是对的，让他们县上领导来谈，在原则问题上不能让步。按照纪副书记的指示，龚羡林立即通知邻县办公室，让他们来领人，并交换意见。但邻县态度也很强硬，说："你们霸占了我们的土地不说，还打伤了我们的人，我们跟你们怎么谈？你们什么时候把我们的人伤痛治好了，挨打社员群众没有意见了，咱们再谈！"龚羡林一听也火了，说："那好，你就等着吧！"

龚羡林放下电话，正准备往县招待所去，主任老周来了。周主任是陪同李立国书记在南滩公社义和大队下队的，他怎么来了？他来了那就有可能李书记也回来了。

他正要给老周汇报新华的事，周主任却打断他说："招待所那面的事情我去处理，你抽身出来把李书记四干会上的讲话赶紧写。李书记明天要到地委开会去，回来就要开四干会，我怕材料到时候拿不出来他不高兴。"龚羡林说："讲话的文字稿我已经写出来了，现在就剩下数据，农办和有关业务单位提供的数字对不上茬，我正一个一个核对落实着哩。"周主任说那就好。说罢又悄悄对他说："你明天抽时间到机关农场去一下，找一下赵大庆场长，我给他说了，让他给你解决二百斤小麦，你去把这事办了。"龚羡林着急地说："你给我二百斤小麦干啥？"周主任边走边说："你也不要遮掩了，你的困难我知道！好了，快去写报告吧，这事咱们几个人知道就行了。"龚羡林望着他的背影，眼泪不由得涨满了眼眶。

前几天回家，彩虹说，一队和二队的口粮又拖着不给了，她去要了几次，人家总是说忙，等闲了再说。看来又想叫龚请着吃上一顿呢。龚羡林听了大骂："他妈的，他们是我娘还是我老子？我把我爹娘还没有请着吃上一顿哩！我不是惜疼钱，我是没有时间，我一天忙得连吃饭的时间都没有，哪有工夫吆五喝六地陪他们喝酒！再说，请客是个高兴的事儿，他们让我高兴了吗？我花上钱请这么一帮没良心的家伙吃饭，我的头是叫驴踢了还是进水了？"回来闲聊，无意识间把这些说出去了，叫周主任听见还放在了心上。

县上的机关农场在信和偏西五公里的地方。运动中，曾是县上的五七干校，所有有问题的人和所谓当权派，都曾下放到这里进行劳动改造。后来当权派一个一个仍然回去当权去了，有问题的人也大都解决了问题，这里就只剩下一些本场的农民合同工了。鉴于这种情况，五七干校就改成机关农场了，由县委办公室代管。农场虽在一片盐碱地里，但面积很大，可耕地就有好几百亩，每年除种植小麦和玉米以外，还种植少量的油料作物和蔬菜。一些盐碱地和荒地，种植了大量的沙枣和红柳。沙枣树开花，淡黄色的花朵竞相怒放，香气袭人；红柳丛繁茂的小红花，更是争奇斗艳，一片明丽。因是从五七干校转变而来，场部的生活设施和劳动设施比较健全。比如，有食堂，有会议室，有职工宿舍，有库房，有劳动工具，还有一台铁牛拖拉机、一台收割机和其他一些小型农业生产机械。当权派们和有问题的人们搬走以后，农场的活计单靠本场十几个合同工是根本忙不过来的，每当农忙的关键时期，农场就来县上要人，县委办公室就通知大院各单位派人去农场劳动。

赵大庆场长是龚羡林的熟人。这不单因为赵场长经常跑到龚羡林这里来要人，还因为在龚羡林劳动锻炼期间，他们一同在海子大队下过队。一天夜里，炕洞里煤烟倒灌，睡在同一铺炕上的两个人，差一点叫煤烟打死，从此成了患难朋友。

龚羡林见到赵大庆的时候，他正在办公室后面的菜地里割韭菜，说："估计你会来，咱们今天中午就包个韭菜饺子吃。"龚羡林问："你怎么知道我要来？"老赵说："昨天见周主任了，他说县上马上召开四干会，他让你今天来，不然就没有时间了。"龚羡林问了问老赵的身体，问了问农场的情况。老赵简要地说了说，然后话锋一转说："周主任给你说的那个事，我想这么办：我让管理员把粮食装好，你晚上让你小舅子拉个架子车来取。你不要来，彩虹也不要来，认识你们的人多得很，碰见了不好说。"

龚羡林说行，又不放心地问："啊呀，你说这事这么弄下行不行？"

赵大庆抬头看他一眼说："有啥不行的，家里有困难么，组织上照顾照顾也是应该的。再说，你又不是头一个。"

龚羡林还是有点惴惴不安："我怕犯错误！"

赵大庆圆眼一睁说："犯啥错误？这是粮食，是吃的。机关农场打的粮食，补助补助机关职工生活，有什么错？再说，这是周主任做主让给你的，又不是你利用职权强行拿的，犯什么错误？"

龚羡林让赵大庆说得无话可说了。

赵大庆笑笑又说："不过这确实不是长久之计，长久之计是你得赶快想办法把彩虹给转正了。"说完又问，"怎么样？跑得差不多了吧？有没有需要我帮忙的？"

龚羡林说："跑着哩，给李书记也说了。现在就是狼多肉少，一年就一次机会，一次就几个名额。民办教师压了几层，论资排辈，比她资格老的多的是。去年给南滩学区一个名额，叫智和学校的冷老师占上了。"

赵大庆怪叫一声说："这事要特事特办，你论资排辈要排到哪一年去！你是大学生，又是外地人，现在是我们县上离不开的笔杆子，给你优先解决怎么都能说得过去。他谁能和你比？"

龚羡林摇摇头说："人家领导并不这样认为。"

赵大庆："他不这样认为，你就要求调走！"

龚羡林作揖感谢:"谢谢老兄,你可千万不要让李书记知道!我再跑跑,我再跑跑!"

龚羡林回到家,把机关农场答应给小麦的事给彩虹说了,并说这是周主任安排的,他已去农场见过了赵场长。彩虹听了也担心地问:"这样行吗?会不会给你带来什么影响?"

龚羡林说,他也问了,赵场长说没事,以前给别人也这样补助过。

彩虹说:"困难就困难,咱们自己想办法克服,千万别占公家的便宜!为这么个事,给你惹一身麻烦,划不来!"

龚羡林又想了想说:"不会有啥事,周主任那么老练,考虑问题深着哩,咱们可不能窝了他的面子!"

彩虹说:"那行,我给我弟弟说一下,让他晚上去取。"

龚羡林把这件事给彩虹交代清楚,就赶快回了县委。李书记去地区开会去了,走之前对四干会的报告又说了几点意见,他得赶快回去再作修改,赶书记开会回来,得把稿子放到他的桌子上。

回到机关,天色已晚。他刚进宿舍,老常来了。老常说:"周主任让我来看你回来了没有,如果回来了,就请到招待所去一趟。"龚羡林问邻县的人走了没有,老常说:"昨天太晚,周主任让他们住了下来。"龚羡林说:"我马上过去。"

龚羡林来到招待所,周主任正在所长老高的办公室等他。高所长看见他,赶忙迎了出来。

周主任见他,没有说话,只朝他脸上扫了一眼。他轻轻点点头,表示那件事已经办了。

他又问:"新华的人呢?"

周主任这才说:"昨天晚上老常找来医生,已经为受伤的进行了包扎处理,民工情绪趋于稳定。因为是乡邻乡亲,谁也离不开谁,为了今后和平相处,友好往来,我们把姿态放高一些,主动承担点责任,也主动表示表示。"

龚羡林问:"怎么个表示法?"

周主任:"我们办公室出面,请他们吃个饭,喝个酒,向人家赔个不是,毕竟我们的人把人家打伤了。"

龚羡林问:"我也参加吗?"

周主任:"参加!我们三个主任,一个下乡包队去了,就剩我们两个,都参加,显示我们的诚心。"随后又给高所长安排,"饭就家常饭,酒也是普通酒。我给南滩公社说了,就从他们生产队的酒坊里提过来两桶,你再落实一下,看送过来了没有。"

邻县农民听说黑城县委办公室的两个主任要请客,有些人不大相信。因为他们知道,因边界纠纷打架闹事的多了,打了就打了,闹了就闹了,有时候打死人都没人管,还从来没有哪个县的县委办公室请谁吃过饭。大多是打来打去闹来闹去,最后没有输赢不了了之,灰溜溜地回去,各看各的病,各疗各的伤。待看到满桌酒菜摆到眼前时,他们愣住了,他们傻了。不管怎么样,他们觉得这是看得起他们。他们都是朴实忠厚的农民,凡事爱讲个良心,看到对方的领导这样对待他们,怨恨早已烟消云散,后悔不该为一条田埂一条水沟大打出手,闹成这样。心中暗暗发誓,今后再不做这种蠢事了,不但自己不做,还要教育自己的儿女后人不能做这种事!做这种事,不但伤人心,还丢人现眼,太没教养。

周主任举杯给大家敬酒。他说:"这本来是不该发生的事,但现在发生了。发生了也没有什么了不起,邻居间吵架是常有的事。我代表我们县上向被打的受伤的乡亲道歉!同时也希望咱们双方都以这次事件为教训,学会克制,学会忍让,多从团结友好上去想。边界问题,政府有明文规定,大家要按国家的政策办事。政府有规定的,要按政府划定的界线执行;界线不明或没有划定界线的,要本着互谅互让的原则解决。打架吵架不是解决问题的办法。问题归问题,饭还得吃,酒还得喝。来!我敬大家一杯!"说着,仰起脖子,一饮而尽。

"喝!喝!"高所长和老常他们跟着吆喝,"酒肉不分家,喝醉了就成了一家!"邻县农民开始有点不好意思,第一杯烧酒下肚,感情就放开了。接着有人划拳了,有人脸发红了。一场剑拔弩张的生死争斗,变成了杯斛交错的酒肉盛宴。龚羡林心想,冤仇宜解不宜结啊,周主任的这两下子,立刻化干戈为玉帛。如果让自己去处理这件事,肯定不会有今天这个结果,有谋略而没有胆略。姜还是老的辣啊!这些老同志从实践中磨炼总结出的这种经验,这种工作方式,值得自己永远学习啊!

五十一

　　贺丹峰调徕远中学以后，担任高中三年级的语文课老师。高三是这个学校的最高年级，他感到受到了重用，决心甩开膀子大干一场。

　　徕远是古丝绸之路上的一座重要驿站，是"劝君更尽一杯酒，西出阳关无故人"的地方。这里西临西域，北接内蒙古，东面和内地惜惜相望，南面与雪山紧紧相连。有广袤的沙漠，无尽的戈壁；有各个朝代开凿的洞窟，湮灭于历史长河中的古城；有绵延的长城，明晰的丝路；有"大漠孤烟直，长河落日圆"的壮丽画卷，海市蜃楼魔鬼幻化的瑰丽色彩。这里远古的时候就有人类活动。从最早的月氏、乌孙、匈奴、西夏，到现在的汉、羌、藏、回、蒙、裕固、哈萨克等，共有二十多个民族生活繁衍。他们不但为边陲的安全、家园的开发做出了重要贡献，也通过本民族特色和特点的展示，形成了当地丰富多彩包容开放的社会风貌。自汉武帝开郡以来，不仅是开拓疆土、经营西域的前哨阵地，而且是通向中亚、西亚乃至整个欧洲的国际交通要道。国际交往很早就在这片土地上频繁进行。

　　贺丹峰心想，守着这么一块风水宝地，如果再不在自己的专业上做出一番成就，那这个大学就算白上了。他决定在黑城文化考察的基础上，对徕远的历史资源做一个全面的挖掘和梳理。

　　英子到了徕远以后，心中自然是高兴的。她在信和，虽有父母和爷爷的疼爱，但毕竟是农村。繁重的劳动和艰辛的生活，使得她娇小的身板几乎承受不了。一想起每年冬季的"起五更"和春季的挖沟上坝，她就不寒而栗。起五更是要早晨三四点钟就得起来的。这个时候正是戈壁滩上风头最硬最为寒冷的时候，男人们都穿着肥大厚重的老羊皮袄和翻毛皮靴，姑娘们则最多穿个棉衣棉裤和高帮球鞋，那个冷啊，直往骨头里钻。开春的挖沟上坝，是要站在冰冷的盐碱水里干活的，一次下来，男人们都喊腿疼，而丫头们十有八九叫唤肚子疼，月经不正常。

　　更让她释然的是，她终于摆脱了张金花那些人对她身世的恶毒诽谤和攻击，摆脱了同龄丫头们对她的嫉妒和干扰。她和贺丹峰结婚，被同村的丫头们认为是拣了个大便宜，很不服气。她们认为她不是丫头们中的佼佼者，凭什么能有这么好的运气。更可气的是，一些原来曾对老贺也有意思的几个人，在他们已经结婚了以后，还以各种借口千方百计接近老贺，有的甚至毫不害羞，见了面就想往老贺的怀里钻，她若不看紧点，保不准会出什么问题。现在好了，离开她们了，她们的阴谋再也无法得逞。

她爱贺丹峰，敬佩贺丹峰，害怕贺丹峰。她觉得老贺什么都好，就是性格不好。老大大咧咧，嘻嘻哈哈，爱和丫头婆姨说个笑话。如果像老龚那样，文文静静清清爽爽就好了。其实，她最早看上的是老龚，但后来发现他和彩虹好，知道竞争不过，就赶快改弦更张，换成老贺了。她害怕老贺这种性格，万一哪一天被别的女人拖下水或拐跑了，那可怎么办？生活上的困难她不怕，她就怕贺丹峰变心，怕贺丹峰缠上别的女人。不知咋的，她一看见贺丹峰和别的女人说说笑笑打打闹闹，心就抖，腿就发软。老贺经常给她宽心，说她想多了，但她就是改不掉。

公公原说在他的医院里为她找个工作，但找了好长时间，不见有下文。正当她准备问一问的时候，公公把他们叫到面前，说在他的医院找不了工作了，现在造反派掌权，人家不买他的账！贺丹峰和英子见父亲为难，就说："算了吧爸爸，我们再想办法，你也不要为这事生气！天无绝人之路，只要我们勤快能干，哪里都会有一碗饭吃。"

贺丹峰把自己的困难给学校领导说了。学校领导说："学校大灶正缺人哩，嫂夫人如果愿去，就到大灶去帮忙吧！"贺丹峰知道，他们这个学校，是全地区最好的全日制中学，周边好多县的学生都在这儿住校上学。学校的大灶既供学生吃饭，也供一些单身教师用餐。大灶上有专门的管理员和会计，也有五六个厨师。能到这儿去上班，当然不错。于是，他谢过校长，并很快领英子上班去了。

英子有了到徕远中学干活的机会，心里又高兴又忐忑。做饭对她来说不是问题，她从记事起就学习做饭了。只不过农村人吃得简单，早晚都是稀饭馍馍，就中午炒一个菜，吃一顿干面或拉条子。不知集体灶上都吃些什么，自己会不会做。直到去灶上一看，她放心了。学校大灶上也都是稀饭馒头，炒菜米饭，因人多，吃拉条子很少。炒菜也都是年长的有经验的师傅炒，她们年轻的则干些剥葱洗菜、揉面蒸馍的粗活。本来她的小笼包子做得不错,但好像没有显露的机会。

英子明显地感到了城里人对乡下人的不屑和轻蔑,她们总是高昂着头斜着眼看她。幸亏她梳洗打扮得干净整齐,手脚也麻利,不然她们早就嫌弃她脏和笨了。英子知道,自己和她们肯定不同,轻蔑就让她们轻蔑去吧,只要自己把工作干好了,时间长了她们会认识她接受她的。

但是有一次,两个长舌妇的对话,彻底伤害了她的自尊心,她决定不在这里干了。

那天,她怀孕反应恶心呕吐,去得迟了。当她蹑手蹑脚走进食堂的时候,就听到两个揉面的女师傅在议论她。

只听一个问:"哎,这个新来的贺老师啥关系,怎么一来就把他的农村女人安插进咱们的食堂来了?"

另一个回答说:"听说是省城全国重点大学的高才生,校长可能是惜才吧!"

一个说:"什么狗屁高才生,从黑城的小学调过来的,能是什么高才生!全国重点大学的学生,怎么找了个没文化的农村女人?"

另一个说:"听说在农村劳动锻炼的时候找的。"

一个说:"那就说不定是把持不住,把这个女的做了,叫人家给讹上了!"

另一个说:"可能是这么回事,不然,一个大学生,挺稀罕的,咋就找了个农村丫头呢!"

听到这些议论,英子心房震颤,两腿发软,感觉受到了莫大的侮辱。她本想冲进去,和她们好好争辩争辩,但她没有这个胆量和勇气。她知道她不是她们的对手,她说不过她们,更打不过她们。她只有从食堂过道里慢慢退出来,回到家,把一肚子委屈和愤怒发泄到贺丹峰身上。

贺丹峰不知道发生了什么事情,问她她又不说。这丫头就这个毛病,在外面受了气或有什么想不通的,不说出来,只自己在那里生闷气,暗自流泪。给她说好话,开导她,讲明利害,没有用,她永远像一只没有嘴的葫芦,把一切都牢牢地憋在心里。

贺丹峰知道,肯定在学校受了欺负,不然不会气成那样。他本想到学校去问问,但一想,学校刚给安排了个干的,就闹成这样,若问出是自己人的毛病,这脸往哪儿搁?于是就说:"学校不想干了,就在家做饭吧,反正家里需要个做饭的。你在家,我和爸爸还能按时按点吃上饭。再说,你已经怀孕了,不能太累,肚子里的孩子要紧。"英子听罢，也不说话，回屋睡了。

　　岳母杨月红来信，说她送老红军妈妈月明去川渝，提前看了一下，那地方真不错，绿水青山，气候温和湿润，空气清新。吃的穿的都比黑城好。她的母亲是个重型机械厂的党委书记，全厂两千多人，占了很大一块地盘。工厂一面环山，其他三面都被嘉陵江包围。嘉陵江是长江的一条支流，江面宽阔，江水清澈，江上有无数船舶在游弋航行，真像一幅画儿似的。嘉陵江上有几座漂亮的桥梁把工厂和外地相连。到了晚上，华灯绽放，渔火闪亮，站在桥上向江面看去，流光溢彩，漂亮极了。鉴于此，她和爷爷、爸爸商量，决定到川渝去。到川渝去，倒不是为了享福，而是为了和失散多年的母亲团聚，照顾她的晚年，弥补她大半辈子的缺憾。爷爷原来不想去，但听了她的介绍，答应去。去了蹲不习惯再回来，或两头跑也行。这样，他们决定近期就过去，他们希望丹峰和英子随他们一起过去，在那面玩上一段时间再回来。

　　贺丹峰和英子商量，英子说，那肯定要去，我妈他们要走，我们再忙也得去送。于是，二人给父亲和弟弟妹妹说了，向学校请了假，回到信和。

　　有的人真是奇怪的动物。在一起时势不两立，恨不得当下就吃了你。可要分别了，好像突然醒悟了，辨过阳世了，又难舍难分，亲得不行。张金花现在就是这样。她本来特别恨杨月红，认为是杨月红帮助英子的亲生父亲从她弟弟手中把方英撬走了。为了她弟弟，她可以和她嫂子联合起来，往死里整治方英；可以在全队社员大会上，当着贺丹峰这些劳动锻炼大学生的面，公然胡说杨月红的所谓丑行，并大打出手，把人家的裤子都扒下来了。可听说杨月红找见了亲生母亲，红军母亲要带女儿走时，不知哪根筋转动了一下，亲自找上门来，哭天抹泪地说："月红啊，你就这么硬着心肠要走吗？你让姐姐今后怎么办？以前我误会了你，你是个好人！你别记姐姐的仇啊，你要回来看我啊！"说着，"呜呜呜"哭得十分伤心。杨月红见她良心发现，不计前嫌，也难过地说："金花姐，快别这么说了，事情都过去了，咱们还是从小一块长大的好姐妹。你们都有父母，有人疼爱，妹子我从小没见过父母是啥样，是青林爸爸把我一手拉扯大了。现在，我的妈妈找我来了，你应该知道我有多么高兴。她老人家革命了一辈子，孤苦了一辈子，我再不去照顾她能行吗？你放心，我还会回来看大家的，我不会忘了信和这个老窝子！"

　　其实，前来送别杨月红一家的，不止张金花一个人，月红出门一看，全庄子的人都来了。年轻的同辈的拥在身边，年老的长辈站在外围。杨月红的一些姐妹们都哭哭啼啼地说："月红啊，你就真的狠心撇下我们去当城里人吗？""不走不行吗？""你什么时候再回来看我们啊？""记着给我们写信啊！"几个老婆子泪眼婆娑地拉着杨月红的手说："丫头，回去好好照顾你的妈妈，她这一辈子不容易呀！"队长万有信让车把式李有才把队里皮车也套出来了。他说："让皮车把你们往车站送一送吧，再是农民，搬个家哩，包包蛋蛋总有一些东西。"杨月红和万有德感激不尽，激动万分。万有德本就是个老实人，咧着嘴想说些感谢的话，但嘴涩着一句话也说不出来。万青林老人也是不知道该说些什么。不去嘛，自己一辈子没有儿女，全靠月红这丫头照顾哩，他离不开她，她也离不开他。去吧，老了老了还要离开自己的穷窝，离开风沙中一同滚过来的弟兄，心中实在是不忍。但他知道，月红能找见她的红军妈妈，确实不容易！"她向我要了三十多年的妈妈，我都不能给她，现在她妈妈出现了，她能丢手吗？她和我相依为命，比亲生父女还亲，我要不去，她能答应吗？"为了不使丫头为难，他还是决定去。丫头答应他，去了住上一段，回来看看；回来看上一眼，再过去住，两头跑，遂他的心愿。

薛得寿和张士维、杨在明都来相送了。杨月红感动地说："啊呀薛书记，把你们都惊动了，实在不好意思！"薛得寿说："这有啥不好意思的，我们的社员要远走他乡了，我们当领导的，和大家一样，舍不得呀，过来送送是理所应当的！"说罢又问，"川渝那面都安排好了吗？"杨月红说："都安排好了，先把住的和娃子上学的事安排好了，我和有德的工作，我妈说等我们过去，她和有关方面协调好了就安排。"薛得寿高兴地说："好啊，红军为咱们穷苦老百姓翻身解放抛家舍命，咱们贫苦老百姓为红军养育了后代。今天你走，等于我们把你交给了你的母亲，我们信和的人就算对得起你的父亲和母亲了！就算对得起红军了！"杨月红再也忍不住，扑倒在书记怀里，放声大哭。

在场的乡亲们都落泪了。他们又想起三十多年前那个寒冷的冬夜，想起他们见过的或听过的一个个红军的故事……

贺丹峰和英子在川渝杨月红的新家只待了几天，因贺丹峰要急着回学校上课，就准备回徕远了。临行前，英子哭哭啼啼。她心里很苦。亲生的母亲没有来得及相见，就离她而去。养母杨月红虽待自己如己出，但现在也要分离了。原在黑城，回个娘家比较近，现在离得这么远，山回路转，树遮水绕，想见一面都很难。今后一切都要靠自己了，自己能行吗？她有一种不确定感和不安全感。但她知道，她又不得不离开。她已经嫁了人了，她是贺丹峰的女人，她的家在徕远。她肚子里已经怀了贺丹峰的孩子，她得回去伺候年老体弱的公公，伺候丈夫贺丹峰，将来孩子生了，再哺育孩子。她感到她和养母彻底剥离开来了，从此她也要独撑起一个家了，原来那种受父母和爷爷疼爱保护的日子，一去不复返了。她感到有点悲凉和害怕。贺丹峰催促她："快收拾走吧，你还怀着身孕哩，回去好好休息。"

杨月红吃了一惊："啥时候的事？你们怎么不说？我竟没有看出来！"

英子羞怯地说："才几个月，说啥哩！"

杨月红抚摸着英子的肚子说："怎么也有四个月了。好！我要当外婆了，回去好好养着，到时候我去伺候你坐月子！"

英子高兴了："只要有妈在身边，我什么都不怕！"

贺丹峰和英子回到了徕远。

第二天，贺丹峰去上班，学校领导对他说，让他到县文教局去一趟，文教局有事找他。

他到了县文教局，一位姓魏的局长接待了他。魏局长把他别有意味地看了一眼说："贺老师，请你过来，是有一个东西想给你看看，听听你的说法。最近，我们收到黑城转过来的一封信，事实上是你原来上学的金河大学转黑城、黑城又转我们的。说你在运动初期，曾参与对金大全国著名史学教授钱伯言的批斗，你还亲手打了他。学校让你做出说明和检讨，并向钱先生赔礼道歉，求得他的谅解。"魏局长说着从抽屉里抽出一封信，递到他手上，接着说，"你先看看信，看是不是事实，如果真是学校说的这么回事，我们建议，你写个说明，做个检讨，必要的话，给钱先生本人写个道歉信。青年学生犯错误是难免的，认识了改了就行了。你写好以后给我们看看，我们出面和学校沟通，看这样解决行不行，如果人家不行，咱们再说。"贺丹峰把信拿在手里，脸涨得通红。他表态说："谢谢魏局长，我回去好好看看，我一定认真反思那一段历史，一定认真检讨自己的过失和错误，请局长放心！"魏局长说："那就好！"说完还一直把他送出了文教局的大门。

这是金河大学历史系发过来的一封检举信。信的意思是，让地方组织督促贺丹峰认识错误,做出检讨,吸取教训,认真加强世界观的改造,走好今后的人生之路。

钱伯言教授是我国史学界泰斗级的人物。他早年和吴晗、邓拓、廖沫沙这些人是老相识老同事。他在我国古代甲骨文的研究、农民战争的研究和明史的研究上所取得的成就,无人能及。他高大魁梧,英俊挺拔,很有风度,三十岁出头就当了正教授。他是金大老校长从外校吸引而来,并用自己的专车亲自接进校门的专家。他讲课,广征博引,生动有趣,有自己独到的见解,深受广大师生的尊敬和喜爱。当然,像他这样的人,运动一开始,就首当其冲地被打成了反动学术权威。

批斗钱伯言时,批斗者往往被他饶有兴致的交代所吸引,为他渊博的知识和深厚的学问所陶醉,深深地陷入他口若悬河精彩绝伦的演讲当中。比如,他坚持把马克思译成"马尔克思",说翻成"马克思"不准确;学生高喊:"钱伯言,交代你和吴晗的关系!"他不慌不忙地说:"要交代我和吴晗的关系,得从我和吴晗的弟弟的关系说起……"那神情,完全不像被打倒的牛鬼蛇神在交代问题,倒像个学者在对学子开专题讲座,抑或像个长者在给孩子们讲述有趣的故事。总之,金大运动中批斗钱伯言可谓一景:往往你看人多的地方,人们在屏息静听的地方,肯定批斗的就是钱伯言。有时候在学生食堂门口批斗,一些学生端着碗一边吃饭一边听他交代"问题"。

贺丹峰本来是钱先生的得意门生,钱先生很欣赏他的刻苦攻读和钻研精神。但他为了表现自己,划清界限,故意疏远了钱先生。而且每次批斗会上,都以极"左"的面目出现,高声大嗓,上纲上线,表现极为抢眼。后来系上成立钱伯言专案组,他报名参加了。在专案组里,他本来不是什么重要角色,可他不知道哪根筋搭错了,竟然充当了一个推推搡搡吼吼喊喊的打手的角色。钱伯言也不知道他为什么会变成这样。他由对他的赏识慢慢变成了失望,变成了讨厌。更让钱先生无法容忍的是,每次批斗他,造反派都要让他低头认罪,他不低头就强按。有好几次,贺丹峰为了让他低头,在他的脖子上狠狠捶过几拳,直捶得他两眼直冒金星。平反冤假错案,清理批判资反路线的时候,系上知道了这个情况,决定通知贺丹峰所在单位,对他进行继续教育,让他认识错误,做出深刻检查。

贺丹峰看了学校的函,后悔不迭,心想自己那时候怎么那么混球,干出这么不可理喻的事情。这充分表现出自己的幼稚、无知和人品上的缺陷。"钱先生一直对我不错，是我的恩人，我怎么反倒对他做出那么野蛮那么非礼的举动呢？"说到底，是个"私"字作怪，总想出风头，表现自己，总想往上爬，害怕受牵连。这件事在后期自己已经认识到了，也后悔了，但直到毕业，没有勇气再站在先生面前，深深地鞠上一躬，说一声对不起。参加劳动锻炼以后，总想尽量忘掉这些事情，但一闲下来，那一桩桩一幕幕又鲜活地在脑海中出现。自己知道这是一笔必须偿还的良心账、道德账，但什么时候偿还，好像历史一直没有给自己这么一个机会。好了，现在既然学校来函追查这事，正好我应该勇敢地站出来，进行深刻的反思，卸掉心头沉重的包袱。

他把自己的说明和检讨交给了魏局长，并且提出自己回母校一趟，不但亲自送去检讨，还想当面向钱先生承认错误，赔礼道歉，求得钱先生的原谅。魏局长听了高兴地说："好啊，我们正需要你这个态度！"

贺丹峰来到金大，来到母校。学校里当年满目疮痍的情况不见了，操场上开始有学生打球的身影，教室里也有了琅琅的读书声和讲课声。他来到系总支办公室。那个当年为保护反动学术权威钱伯言而受到学生毒打的党总支书记，又坐在了他原来的位子上。贺丹峰还没有来得及介绍自己，书记一眼就认出了他。

他把自己的检讨呈给书记，并说："老师，系里发给县上的函，他们给我看了。我今天是专门从徕远过来承认错误的。这是我的书面检讨和说明，完了我还要登门拜访钱先生，当面向他做出检讨。"

总支书记没有先看他的检讨材料，而是问："从徕远来吗？"

他说："是的。"

又问："现在做什么工作？"

"在中学当老师。"

"你不是原来在黑城吗？"

"是的，老师！原来在黑城，后来家里有困难，调过去了。"

"噢！"书记长噢一声，说："你来一下好！事情虽然过去了，但道理没有过去，也不能过去。虽说要造反要砸烂一个旧世界建设一个新世界，但中华民族几千年来的道德操守总不能丢吧？作为一个人，起码的人格和品行总还要吧？何况我们还是大学生！何况我们还是受过高等教育的全国重点大学毕业的大学生！我们不管他们别的学校别的系怎么做，我们金大历史系要对得住历史，要对得住人民，也要对得住你们每一个学生！如果我们连这个底线都坚守不住，那么，我们这个民族这个国家就要完蛋了！"书记缓缓情绪，又语重心长地说，"给你单位发函追问此事，不是为了秋后算账打击报复，不是抓住你们的一些错误不放，而是为了让你们进行反思，总结经验教训，修正错误，矫正步履。钱教授是多好的人呀，人品学问在咱金大，堪称第一。你们当初打他斗他他想不通啊！他特别想不通他一贯欣赏器重的学生打他！完了给先生好好认个错，做个检讨吧！"

贺丹峰说："对对对，书记你说得非常对，完了我一定向钱先生好好检讨！"

钱伯言教授这一段相对比较清闲，他的专题讲座还暂时开不起来，他只有一周给历史系和中文系的学生上几节《中国通史》，剩余的时间，整理整理自己的旧稿，指点一下高考的女儿学习学习绘画，其他就没有什么事情了。

这天，他正端着女儿为他沏好的香茶，准备考虑下一部专著的思路的时候，贺丹峰提着礼品上门看他来了。

他后来对这个学生是很反感的。但随着时间的推移，又想，一帮尚未成熟的学生，还是原谅了他。系上给徕远去函他不知道，他要知道，肯定是会阻拦的。

贺丹峰进门，向他深深地鞠了一躬，然后检讨当年自己的错误，说到动情处，竟泪流满面。钱教授急忙拉他坐下，说："这不能全都怪你！好了好了，这一页就算翻过去了！知道你们现在都好，我很高兴！"

钱教授明显地老了。尽管身材还是那样挺拔，但步履已显迟缓，脸上也有了深深的皱纹。贺丹峰知道，这固然是岁月"打磨"的结果，但在这个"打磨"中，也有他们这些当初不懂事的学生的"功劳"。他对钱教授说："先生，当年我们幼稚，更多的是私心，害怕受您连累，被打成右派学生，过多地接受了五七年反右派、好多在校大学生被打成右派的负面教训。由于私心作祟，做出了许多出格的事情，给您带来了深深的伤害。我这次是专门来看望您并当面向您道歉承认错误来的，希望能够得到您的原谅！"

钱教授连连摆手："不说了，不说了，什么道歉不道歉的，我早就原谅你们了，如果我不原谅，还能让你进我的家门吗？说吧！除了教学，你还有些什么研究？"

贺丹峰又一次被感动了。他掏出自己写的关于黑城文物的考察报告，请老师指点。他还提出了自己对徕远古文化的考察和研究，征求老师的意见。他说："老师，从新近发现的北山岩画和前川魏晋墓中砖画的描述，徕远在远古时代，就已经有了狩猎、养蚕、垂钓等农事活动，这说明这个地方那时候不是一片戈壁，而是碧波荡漾、水草丰美的江南水乡！"钱教授说："是啊是啊，应该是这样！"遂对这一研究提出了自己的指导意见。

贺丹峰没有想到，来向先生认错，反倒又接受了一次恩师的指点。这使他对徕远的研究有了方向。在回家的路上，他的整个身心被兴奋和激动所包裹：母校之行，意义重大！

第二天早上，车到徕远。他下了火车正准备往家赶，忽然看到一个熟悉的身影：一个妇女推着自行车在熙熙攘攘的人群中叫卖包子。他定睛一看，不禁失声叫出："英子！"

英子也看见了他，高兴地问："你回来了？"

他疑惑地问："你这是？"

英子甜甜地笑着："我自己蒸了些包子出来卖，补贴家用。"

贺丹峰一时不知道说什么。

五十二

龚羡林正在翻看县四干会的简报，准备挑选一些，给省上和地区写专题报告，忽然，电话铃响了。

电话是县文教局老宋打来的。老宋前不久被提拔担任了文教局副局长，这是他高升以后第一次给自己打电话。

老宋在电话中压低声音说："名额下来了，你过来一下，咱们商量商量。"龚羡林一听，知道他说的什么事，立即像屁股着了火一样，把案头文件迅速锁起，给秘书安顿了一下，就骑上车子往外跑。

他来到县文教局老宋的办公室。门是开着的，老宋却不在。他知道这是在等他，就径直走了进去。一会儿老宋回来了，看来是上厕所去了。他边在毛巾上擦手边笑着说："省上关于今年民办教师转正的指标下来了，给咱们县给了四个名额。现在严格保密，没有对外面说，怎么分，也没有定。我的意思，你是不是给我们方局长说一下，让在研究的时候，给南滩分上一个名额。你再抓紧跑跑公社和学区。县上领导你也得提前给打个招呼，因为人选确定以后是要上报县委常委会的。"

龚羡林抱拳感谢道："太谢谢老兄了！我这就分别去找。公社和学区的话，你们能说了也给说说！"

老宋说："我们说还不如你自己说。快去吧，局里有我给你盯着！"

龚羡林就近先找到方局长。方局长说："是老宋给你说的吧？"还没等龚羡林回答，他接着说，"你们是同学，关心关心是应该的。南滩肯定分一个，但是积压的人太多，如果论资排辈，可能就有问题。"他沉思片刻又说："这样，你自己跑，我们的话我们说，你最好请县上哪一位领导再给公社说说，估计下面就好办了。"

龚羡林小心地问："方局长，能不能戴帽子下达？"

方局长："那要县上领导给我们说话哩，不然矛盾都集中到我这儿了。"说完又补充说："你的这个没有必要戴帽子，问题明摆着哩，本人表现又好，符合转正条件。这样，你找马部长，他是县委常委、宣传部长，我们文教局归他管。你让他给我们打个电话，我们便于操作。"

马部长是龚羡林的老上级。龚羡林在报道组工作时，就听命于马部长。龚羡林的报道工作搞得好，首先推荐提拔他的就是马部长。他从方局长那里出来，就去找他。马部长听他说了，也高兴地说："好！这是个机会，一定要抓住了！"龚羡林说："好我的老领导哩，我手小得抓不住，就想借助你的大手哩！你给文教局说说，我就可以拉大旗作虎皮了！"同时说明这也是方局长的意思。马部长一听，立即给方局长打电话。只听他说："老方啊，你要的什么滑头？龚羡林爱人转正的事，你就给南滩戴帽子下达个指标让办了，还胡绕啥哩！对，你就说我说的，你说李立国说的也行！对，公社的电话完了我打。"说着，又要给南滩公社打电话。龚羡林一把按住电话说："老领导，公社的电话等我找过你再打，不然人家会不高兴。"马部长一想说："对，你先找，找了我再打。"龚羡林又补充说："其实方局长也挺关心我的！"马部长说："我知道。"走出马部长的办公室，龚羡林不由得慨叹：多好的领导啊！

慨叹之余，不知为啥又忽然想起马部长曾对他说过的一句笑话。他说："宣传工作啊，就像娃娃的牛巴子，看起来是软的，但你用手一摸，它就硬了！"龚羡林感到好笑。

龚羡林又马不停蹄来到南滩中学。本来他想去找薛得寿，让他给公社尹书记说，可尹书记最近调县农办工作去了，公社新来了个姓于的书记。这个人他不熟，就只好先到学校找杨校长。当年曾和他一起喝酒、给过他很多帮助的老刘，因和公社关系搞得不好，被辞退了。找了个表现比较好的知识青年接替了刘副校长的工作。杨校长既是学校校长，又是学区领导。他见龚羡林来，大概猜出是为了什么事情，热情地把他招呼进自己的办公室。杨校长还是那样矮胖结实，脸上总挂着亲切的微笑。他是陇苑师大学历史的，因都是同龄人，龚羡林在时，他们相处配合得不错。

龚羡林说了郁彩虹转正的事。老杨没有推辞，他给龚羡林出主意说："学区没有问题，公社文教干事老段那儿我给你说，就是这个新来的于书记，咱们谁都不熟。听说原来在县计委工作过，后来又到胭脂堡。据说这个人一把手当的时间长了，有点霸道，作风不民主，爱独断专行。你打听一下，看县上哪位领导能跟他说上话，让提前给打个招呼。好在他在南滩没有工作过，估计不会有框框。"龚羡林问："宣传部马部长说话怎么样？"杨校长思忖半天说："行是行，就是马力不够大。因为马部长不掌实权，掐不住他的七寸！""那谁能掐住他的七寸呢？"龚羡林陷入深思。杨校长猛然想起说："有两个人，只有这两个人能掐住他的七寸！"龚羡林问："谁？""一个是县委李书记，李立国书记；另一个是组织部陈部长，陈其仁部长。"杨校长说。龚羡林说："李书记人家是一把手，日理万机。为咱这事，不好张口，张口了也不好说。我就找陈部长吧！"杨校长看着龚羡林说："李书记你鞍前马后把他伺候得那么好，你的大事他说一句话都不行吗？"龚羡林没有说话，只轻轻摇了摇头。

陈部长对龚羡林一直印象不错。不是李书记不放，他真想把这小伙子调到组织部工作。原来军方在时，就曾对他的使用提出过意见，后来因为省上有统一政策，只好作罢。陈部长对龚羡林印象好，还有另外一个原因。他有一个丫头，也老大不小了，还没有找下对象，老婆子成天在他耳边叨叨，要他为女儿操心。他看龚羡林不错，可一打听，人家早和老郁的丫头结婚了。女婿没有当成，但他对龚羡林反倒多了一份感情。龚羡林找到他，说了彩虹转正的事，请求他帮忙。他看龚羡林一眼，笑着问:"你怎么知道我跟于书记熟?"龚羡林说:"您老人家是多年的'吏部'部长,这黑城县的哪一个官员不是从您手下过来的,又有哪一个是您不认识的?于书记想再进步,还得从您这儿过!人家都说,您捏着他的七寸哩!"陈部长哈哈大笑:"可别胡说!好,完了我给打个电话说说!"

从陈部长办公室出来,龚羡林本想立即去找于书记,但转念一想,还是等陈部长和马部长说了再找。人家是老资格,听说脾气也有点古怪,根本不会把自己这个县委办公室的副主任放在眼里。领导们不说自己去找,碰一鼻子灰是小事,把事情搞砸了是大事。这么想着,他就又去找马部长,说他已去过公社,没有找见人,让马部长现在就说。完了他又去老宋那里,说了他跑的情况。老宋见他满头大汗,哈哈大笑,说:"谁让你一下来就急着找对象哩!看着人家丫头漂亮,就啥也不顾了。这是你应该付出的,是报应!"龚羡林擦擦额头的汗珠,自嘲地说:"谁说不是!"

接下来的日子,便是漫长的等待了。他和老宋保持着电话联系,老宋说只要有新的情况,他会马上告诉他。

过了几天,老宋来电话说,名额分下去了,给南滩分了一个。局里定了几条标准:必须是年轻的优秀的民办教师;有胜任教学工作的能力和条件;在现任的教学工作中做出优异成绩,受到广大贫下中农的认可和肯定;下乡知识青年和回乡知识青年优先。方局长点了郁彩虹的名,其实就是戴帽子下达。陈部长和马部长的电话也打了。但南滩还有点麻烦:有个名叫胡英英的民办教师,说当民办教师已经有十多年了,他的公公是滩头大队的党支部书记、公社党委委员,是贫下中农管理学校责任单位的代表。他提出要给胡英英转正。公社于书记让他闹了一下,下不了决心了。他给方局长回话说:"你们几个领导都给我说话,我不能不办,但我刚到南滩,胡英英的问题处理不好,我不好工作。"他提出两个方案:一是给南滩再追加一个指标,把郁彩虹和胡英英都解决了,啥矛盾也没有了,皆大欢喜。二是郁彩虹转正,他们公社同意,由上面直接定了就行了。这样胡英英问起来,他们也好解释。

龚羡林问:"那你们准备怎么办?"

老宋说:"追加名额是不可能的,全县那么多公社,一共四个名额,南滩就占去两个,让别人怎么办?我们还是要他们报,如果催促再三还不报,就不管他们了!"

这天,龚羡林给李书记去送文件,李书记问起他爱人转正的事,他就把最新的情况说了。李书记问:"他们坚持的那个人条件怎么样?"龚羡林说:"小学都没有念出来,稍微难一点的字就不认识,不会拼音,不会珠算。"李书记笑着看他一眼说:"行,完了我给于军成说一下。"龚羡林心里骂道:好你个于军成!两个常委给你说话,你都不买账,非要书记亲自出马,看来你老兄的官也就当到头了!

李书记果然给于军成说了,南滩的报告很快报上来了。文教局汇总各地情况,准备提交县委常委会讨论。

县委常委会在一个星期后的一天终于召开。龚羡林先看了常委会议程安排,发现有文教局的议题。在县农办和水利局的议题快要结束的时候,他看见老宋夹着文件包带着一名干事进了县委大院。他和老宋交换了一下眼色,老宋用手指指他的文件包,他什么都明白了。老宋汇报了不到一个小时就出来了,他向龚羡林点点头,龚羡林过去了。

他悄悄地讲:"过了。"

龚羡林问:"你们什么时候给地区报?"

"明天就报。"

"谁去报?"

"我去。"

"到时候我和你们一起去!费了这么大的劲,地区这一关可不能出问题了!"

老宋说:"好,我们各走各的!"

当天晚上,龚羡林就给西州的父亲打了电话,通报了事情进展的情况,询问了掖州他所认识的熟人的地址和联络方式。同时,还打听清楚了原黑城一中老校长、现地委党校校长党建民老领导的家庭住址。

第二天一早,龚羡林就坐班车去了地区。

他先找见了父亲当年的老熟人、原省公安厅副厅长金某的家。这位老先生因文革站错了队,得罪了军方,被从公安队伍中请了出来,下放掖州一家医院当了个支部书记。他的老伴陈姨去地区科技局工作。龚羡林去时,老头子不在,老婆子在。龚羡林向陈姨作了自我介绍,说了要托办的事情。陈姨先接到了父亲的电话,非常热情。她说,地区教育局她不熟,但他们局长熟,她要龚羡林把彩虹的情况简单写一下,她去找他们局长。说好中午在她家听信。

从陈姨那里出来，龚羡林又去地委党校找党校长。

党校长是黑城一中的老校长。因早年的地下党问题，运动一开始就靠边站了。正是他靠边站的那段时间，龚羡林调进了县一中。他的小女儿党少琴就在龚羡林的班里上学。

党校长中等身材，身板很宽很结实；寸头，脸庞黑红，表情刚毅；宽阔的额头上有几道深深的皱纹。他笑起来特别慈祥特别亲切。龚羡林第一次见他，是在学校的一次教师会上。那次会议讨论的什么议题他已经不记得了，只记得新到的校长拉拉杂杂讲了半天，不知道要解决个什么问题。这时候坐在他身边的一位长者，几乎是自言自语地说："有些事该定下来就要定下来，便于执行；像这样讲完就完了，算不算定了？"他问一边的数学老师这位长者是谁，数学老师说："党校长！"之后龚羡林也分得了宿舍，就在党校长家的后面。不久，和党校长的老伴儿也认识了，熟悉了，两家人相处得十分融洽。

龚羡林找到党校长家的时候，党校长刚晨练回来。见到黑城来的老同志老邻居，老两口特别高兴。党校长一把抓住他的手，问寒问暖，问长问短，就像见到了久别的亲人。龚羡林也感到特别亲切，就好像见到了无话不说的长辈。几口热茶喝过，龚羡林就说了他来的目的，请党校长在这最后的审批阶段帮他说个话。龚羡林爱人郁彩虹的情况，党校长是知道的。原在黑城，他们曾经聊过，他曾流露过这方面的痛苦和烦恼。党校长听了他的来意，还未来得及表态，他的老伴儿却抢先说话了："帮！龚老师和郁老师的事，我们一定要帮！这是大好事！"接着她又告诉龚羡林，老党是全区教育界的老前辈，这里学校的校长、教育局局长都是他的学生。龚羡林说："就是，我们就是知道这个情况，才来找党校长帮忙的。"党校长听龚羡林和老伴说话，笑着起身说："我先打个电话，问问情况。"一阵他从电话旁过来说："对着哩，黑城的名单今天报来，他们十点开会研究审批。"说完，看看手表，赶忙去穿衣服，穿好衣服对龚羡林说："走，咱们现在过去，你在外面等着，我进去找他们。"龚羡林高兴地说："那太好了！"于是，别过党校长老伴，就和党校长一同去了地区教育局。

地区教育局的会，不知是开始得迟了还是开的时间长了，直到中午十二点还没有开完。

龚羡林像热锅上的蚂蚁，在门口焦急地等待着。远处，祁连山的雪峰，隐现于氤氲之中。修建于唐朝的佛堂里，威震华夏的卧佛还在安详地静卧着，中心广场的木塔旁，传来学生们放学的吵闹声。他无法理解，自己的命运竟然与这个城市紧密相连。忘不了那个寒冷的冬夜，天空有雪花飞舞，地上有坚冰湿滑，天气冷得直逼骨髓。他就在这么个夜晚，孤身来到这个城市。临离开学校的时候，工宣队董师傅曾给他说，掖州好啊，百亩水塘，百亩湿地，十里芦苇，十里荷花，棉田泛白，稻谷飘香，是一个典型的北国江南地方。有同学在旁边提醒他说："别听他胡说八道，那是哄着让你去哩！那是古代的蛮夷之地洪荒之所，胡天八月即飞雪，胡儿眼泪双双落。诗经上亦云：失我焉支山，使我嫁妇无颜色。那里的女人没有胭脂可用，就用焉支山上一种红石粉来涂脸化妆。再往西走，就用牛血涂脸。"龚羡林听了，满腹狐疑。

第二天早上去街头吃饭，只见不太宽敞的街巷一片狼藉，街道两旁竟然摆满了血淋淋的羊头在出售，他心中顿时感到一阵恐惧和恶心。哎，自己怎么分到这么个地方，已经消磨掉自己将近十年的青春，如今还在为爱人的事情苦苦奔波。

龚羡林正在胡思乱想，党校长从院子里出来了。他笑嘻嘻地告诉龚羡林："批了！黑城的宋九鹏局长也就出来了。走吧，回家吃饭去！"龚羡林激动得不知说什么好，像有一块石头从背上卸了下来。他抱住党校长的手说："太谢谢您了，老领导！家里我就先不去了，我等等宋局长，等我抓紧把这个事办了，专门来掖州看您！"党校长见他执意不去，就说："也好，抓紧办事要紧，下次来了一定要来！"说完，就先自回了。这时，老宋和他的干事也从门里出来了。老宋见他，哈哈一笑说："妥了！"他问为啥这么长时间？老宋说："全区六个县，一个县一个县地过，一个人一个人地过，轮到我们就已经快十二点了。好了，这就赶快回去抓紧办手续吧！"龚羡林说："咱们一起吃个饭吧，吃完饭再走！"说着，把老宋二人连拉带拽拉进街边一家饭馆，要了一盘牛肉几个菜、三大碗当地面食"搓鱼子"，结结实实吃了一顿午饭。吃完饭他对老宋说："你们先走，我去看个人，回去再请您喝酒。"老宋说也行。

龚羡林还要看的人，就是陈姨。陈姨帮上没帮上忙，他不知道，但人家也是一片诚心，满腔热情。就冲这，他都得去诚挚感谢。人生在世，要讲良心。滴水之恩，当涌泉相报。何况是这么大的恩情！他到达陈姨家时，陈姨正倚门等着他呢。看见他，高兴地问："知道了吧？"他说："知道了陈姨，太谢谢您了！"陈姨说："谢什么，我们和你爸是老熟人老朋友，帮助老朋友的孩子就是帮助自己的孩子。这下好了，回去好好工作吧，别再叫你爸操心了。"接着说了她怎么找他们局长，他们局长怎么给教育局长打电话，等等。龚羡林问："我叔呢？"陈姨朝里间撇撇嘴说："午睡了。"龚羡林说："那我就不打扰了，陈姨，下次过来，再来看您！"

这天，当他从陈姨家出来，坐上从掖州开往黑城的最后一班车回到家的时候，浑身的骨头都好像要散了，他只把消息告诉了彩虹，一家人还没有来得及同喜同乐，他就一头倒在炕上睡着了。

待他醒来，他看见彩虹正坐在他身边偷偷流泪。他知道，那既是喜悦的泪水，也是委屈的泪水。这些年，她跟着自己，没有少看白眼少受刁难，没有少经磨难少经艰辛。工作中的困难难不倒她，生活中的艰辛也压不垮她，唯有这没有正式工作、寄人篱下的身份和生活，给她带来无穷压力。没有一份正式的工作，没有端上一只国家的铁饭碗，你就低人一等，谁在你面前都可以趾高气扬。你是外来户，在此地没有根基，你就得事事仰人鼻息、看人白眼，你就得处处求情下话，遭受欺负。为了不给自己增添思想负担，她把委屈都压在心里，今天，就让她尽情地高兴尽情发泄吧！

龚羡林轻轻揽住她的肩头，贴上她的脸颊，疼爱地说："好了，不难过了，一切都过去了。"

彩虹扬起笑脸，说："我给你盛饭去吧！"

龚羡林说："给他外爷打个电话吧！"

彩虹说："对，你吃饭，我到大队去打电话。"

岳父一接到电话就从山区回来了。他对龚羡林说："手续的事你就不用管了，由我和彩虹去办。"龚羡林说："那好，我这一段可能正好没有时间，李书记要去省上开会，他要我跟着他去。"彩虹着急地问："时间长吗？我给你准备准备。"龚羡林说："没事，多带一件换洗的衣服就行。"

龚羡林回到城里，又给老宋打电话，除了感谢他的鼎力相助以外，还提出借着转正能不能给彩虹换个地方，当然调县城学校最为理想。老宋说他："你想得倒美！

县城就一个小学，光那些达官显贵的家属都安排不过来，哪能轮到你！你现在虽然也算达官显贵，但毕竟是少壮派，资历太浅。慢慢来吧！你放心，我们会把她安排好的。"

放下电话，他想了很多很多。之前在地区听人介绍说，掖州的几个县中，黑城是民风和官场风气最好的一个县。这个县的干部，较少团团伙伙，较少排外情绪，对外来干部相对比较宽容比较关心；这个县的领导比较重视文化知识，重视人才，因而在县委机关和县革委机关用了一帮大学生；这个县公社与公社之间、机关与机关之间、干部与干部之间，团结协调风气比较浓厚，因而全县各项工作都搞得比较好。当时，他对这种说法不以为然，这次通过彩虹转正的事，他感觉到了扑面而来的善良和温暖，感觉自己遇到了不少好人。李书记的爱心在胸，深藏不露，关键时刻的一言九鼎，锁定乾坤；陈部长马部长的平易近人，不摆架子，关心下属，排忧解难；方局长、杨校长、老宋的充分理解，大力支持，贴心关照，全力相助；党校长、陈姨的诚实敦厚，可亲可敬，说话算话，亲力亲为，都给他留下了难以忘怀的印象。

特别让他感动的是老宋和党校长。老宋是他们同期来的大学生，虽不在一个点上，但大家互相牵挂互相关心，心灵是相同的。由于都是学文的，爱好一致，情趣一致。见了面总是天南地北、诗词歌赋地神吹一通。说到高兴处，总是高声大嗓哈哈连天。这一次，从消息的通报到具体的操作，都由他一手搞定。这虽是理所应当，但却是龚羡林没有想到的。党校长原在黑城一中，和龚羡林相处的时间并不长。龚羡林在一中只待了一个学期就调县上了，他走后不久，党校长就调地委党校了。龚羡林知道党校长是个老革命，为人和善，人品厚重，但求他帮忙，心里还是犯嘀咕的。没有想到，老人听了，二话不说，亲自去找他的学生，而且守在那里一个上午，直到事情有了结果。龚羡林从他身上，既看到了老干部的人格和高风亮节，又感受到了父亲般的温暖和力量。他深切地感受到，这些精神和品质，正是自己这些所谓知识分子身上所欠缺的！能认识他们并和他们共事，是自己的荣幸！

这天晚上，龚羡林正在家准备去省上开会的东西，胜利大队党支部书记方向明来了。方向明是听说了彩虹转正的消息后，向他们来道喜的。

龚羡林问："你怎么知道的？"

方向明呵呵一笑说："南滩街上都嚷红了，谁能不知道！我是听公社老段说的。"

龚羡林从柜子里拿出一瓶酒，吩咐彩虹说："你给我们简单弄两个菜，我和方书记好好聊聊。"

方向明说："好啊，我听说了也特别高兴，从商店买了几斤酒，想请你们两口子到我家去坐坐哩！"

龚羡林说："我明天要和李书记去省上开会，等我回来，一定到你家去。今天你既然过来了，就在我这里随便喝上几杯。看，这还是我那一年去北京出差买的二锅头哩！"

方向明不好意思地说："郁老师转正了，我想你们下学年不一定在胜利待了，所以，过来看看，顺便有些话想说说。"

龚羡林斟满酒，举起杯说："我也有一肚子话想跟你说。首先，感谢你这些年对郁彩虹的接纳和关照！这份情无论我们走到哪里都会记着！"

方向明连连摆手说："不不不，要说感谢的应当是我们！郁老师在我们队几年，辛辛苦苦培养教育我们的娃子；你龚主任把胜利当成自己的家，经常帮助指导我们大队的工作，而我们，对你们的关心照顾太不够了……"

龚羡林知道他要说什么话，立即打断他说："方书记，你可不能这么说！你和大队的同志、胜利大队的贫下中农，对我们够好了。生活中有误会是难免的，过了就过了，我们不会多想。这样，等我开会回来，你把各队队长叫一下，我把信和的薛得寿、张士维、杨在明也请上，咱们再聚一聚，我和彩虹好好谢谢大家！"

方向明一直坐到很迟才离开。这是个重感情的人，他好像有点难分难舍。龚羡林把他送出学校，一直看着他的身影消失在夜色之中。

今夜月光很美，把大地照得一片雪亮。远处仿佛又飘来沙枣花浓郁的芳香，耳边似乎又有驼铃响动。龚羡林站在月光下，吮吸着夜晚清凉的空气，眼望着祁连山模糊的身影，内心真是浮想联翩，五味杂陈。来这片土地上工作生活已经有七八个年头了，一段美好的青春岁月也贡献在这里了。这片土地，给过他烦恼，也给过他欢乐；给过他损失，也给过他收获；给过他失望，也给过他希望。不管他愿意不愿意、喜欢不喜欢，他的命运，已经紧紧地和这片土地连在一起了！

五十三

濮玉林参加省局组织的毛泽东思想宣讲团，去省内各地宣讲，开阔了眼界，提高了思想认识和政策水平。

这天，正当她打点行装准备回家的时候，尤主任和史局长找她谈话。局里两个主要领导同时找她谈话，她感到非同寻常。果然，又一次人生的重大选择，摆在了她的面前。

原来，这次宣讲团的成员，都是省局有意识从各地考察挑选出来的优秀年轻干部。准备再进行一段强化训练后放到基层去任职。这是邮电系统管理体制改变以后，省局第一次以条条框框来任用干部。

鉴于黑城县邮电局局长、党组书记黄亚红同志年龄偏大，文化程度偏低，且任职多年，群众意见较多，省局准备大胆提拔邮电学校毕业的濮玉林接替局长职务，让黄亚红同志只做党组书记的工作。

谁知，这个意见在与县上商量沟通的时候，碰到了阻力。县上说，提拔濮玉林他们没有意见，县局也报的要提拔她担任局长助理（副科级）。但一下从一般干部提到正科，这在县上还没有先例，在同龄干部中也没有说服力，恐摆不平，影响一大片。另外，黄亚红同志还不到退休年龄，当局长时的工作表现也还是不错的，在全县女干部中算是有能力有水平的。正在她兢兢业业勤勤恳恳工作的时候把她拉下来，这是不是有点不妥，她本人可能也接受不了。还望省局三思。

此后不久，省局就收到一封匿名信。信上不说别的，就检举濮玉林在运动初期，曾给内蒙古一通缉犯发过告状信的事情，说她阶级立场有问题，对运动不满，不宜提拔重用。令人感到蹊跷的是，这封信好像是内部知情人写的，时间、地点、人物都很清楚，且帽子扣得很大。这件事濮玉林早就做过说明，省局也派人进行过调查了解。事实证明，这是一些别有用心的人，为了达到某种目的，精心策划的一起冤假错案。现在，通过本人的不断上告申诉，地方党委和学校的认真核查，女大学生恢复了学籍，分配了工作。濮玉林作为邮电工作人员，收发顾客信函是她的工作，没有任何过错。

尤主任对濮玉林说："那封匿名信的事情查清楚了。收发信件是你的工作，没有问题。就是信件本身有什么问题，也与你无关，因为你没有权利随便拆阅检查顾客的信函。现在就是县上对你的任命还有些阻力，我们估计，黄亚红同志也有些想不通。在这种情况下，你再去黑城，已经不好工作。我和史局长商量，调你到省上来，具体做政治部组织科科长的工作，不知你意下如何？"

史局长接着说："一个年轻干部，要经受多种工作环境的锻炼和考验。在下面工作一段，再到上面领导机关工作，可以视角更加宽广，综合统筹能力更强。在上面时间长了，可以下去，接触基层工作实际，经受各种困难的考验，磨炼意志，充实心灵。"

濮玉林早就感觉到了省局领导对自己的重视和关心。上次尤主任来，在与她的谈话中，就听出了要提拔她用她的意思。后来于莉姐曾偷偷告诉她，说她陪尤主任下去，好像也有这个感觉。对于这个信息，她当然是又惊又喜。作为一个当代青年，谁不向往进步？谁不希望得到领导的赏识和重视？谁不希望实现人生最好的价值？可现在，这个消息一经尤主任和史局长谈明，她反倒不知道该如何表态了。

调省局工作，而且直接由普通职工一跃成为正科级干部，这是多少人梦寐以求的事情。省局居高临下，面对全系统，这是多大的空间和舞台啊！省城物质生活和文化生活都比较丰富，人多地大，信息灵通。如果自己去了，这在濮家的历史上，都是光宗耀祖值得骄傲的事情！组织科科长又是何等重要的一个岗位，它表明了尤主任和史局长对自己的充分信任及殷切的希望！这种比山还重的知遇之恩她能辜负吗？她能让他们失望吗？再说经过这么一折腾，正如尤主任所说，黑城她还能回去吗？不要说当领导，就是做个普通员工都是不可能了。她怀疑那封匿名信是黄局长写的。这是个口是心非的女人。她以前对自己好，那是看着自己能干，能给她撑上面子；再就是她想让自己给她当弟媳妇。其实她最后悔的是向县委推荐了自己。她才不想让她的部下和她平起平坐甚至超过她哩！自己回去仍在她手下工作，就会有受不完的气，看不完的眼色。到那时候，就不单是个发配红沙梁的问题了！

但是到省上来，自己的婚姻怎么办？她和郑世荣正在谈婚论嫁，他们为了在一起，得罪了黄局长，得罪了哥哥和父母，克服了数不清的困难和阻力，好不容易才有了今天的结果，又面临如此重大的选择，这该怎么办？

她把自己的顾虑给尤主任谈了。答应和男朋友好好商量商量，商量好了再给组织答复。

尤主任给她出主意说，如果你们准备好了，就结婚去吧，将来想办法把你爱人调过来。万一不行，你再调回去。濮玉林一听高兴极了，立即表态说自己愿意到省上来。现在回家结婚，结完婚就回来报到。

濮玉林回来，把这个情况先跟父母兄嫂说了。母亲一听急了："咋？在县上工作得好好的，跑省上干啥去哩？你一个丫头家，连个伴儿都没有，一个人孤孤单单的，碰上个啥事咋办哩？"

哥哥濮玉强兴奋地说："妈真是妇道人家，玉林是去省上当官去哩，能碰上个啥事儿？"

嫂子也特别高兴："我们的玉林这一下是山窝里飞出了金凤凰，给我们濮家争了光了，留了名了！"

父亲眯着眼问："科长是个多大的官？"

哥哥回答："就和咱们湖湾公社的书记一样大！"

父亲吓得吐了一下舌头："哎呀，那么大？那可就砝码了！老了老了，我和你妈还沾上丫头的光了！"

嫂子朝丈夫脸上看一眼，羡慕地说："妹子将来在省城安了家，我们还可以到大地方去游游。"

母亲忽然想起，着急地问："丫头，你这要走，那你的婚事咋办哩？"

濮玉林说，她这就准备和郑世荣结婚，结完婚再去报到上班。

她这一说，把全家人的嘴巴都堵上了，刚才欢乐喜庆的气氛，一下子变得严肃紧张起来。两个老的直往儿子媳妇的脸上看。

濮玉强沉默半天，终于忍不住了。他说："你和他结婚，故且不说他的成分，就是今后的日子咋过？你在省上，他在黑城，夫妻分居两地，谁照顾你？"

濮玉林说："我去省上熟了，就给他联系单位，把他调过去。分居是暂时的，局里领导也答应给我帮忙。"

濮玉强又问："郑世荣知道这个情况吗？"

濮玉林说："还没有见他的面哩，我想他会同意的。"

郑世荣这一段一直在县畜牧局帮忙。由他参与考察的长毛滩羊改良繁殖技术，准备在全县推广。有关资料的编写和人员的培训，需要业内人员参加，他就理所当然地成了这一工作的组织者和领导者。

濮玉林走了以后，他天天都在回忆他们相处的日子，回忆他去红沙梁看她时的情景。那首《假如》的旋律老在耳边回响。越回忆越觉得这个女孩的阳光可爱，就好像一块璞玉，浑身都闪着迷人的光彩。越回忆越觉得这个丫头不简单，她身上具有叫人无法抗拒的魅力。她没有上过大学，但是对天文、地理、历史、人物、文学艺术有着自己的独到见解。她是农村孩子，在农村长大，可冰雪聪明，眼界高远，跑了全国很多地方。她紧跟时代，打扮时髦，但绝没有城市女人的那种装腔作势矫揉造作。她特别能吃苦，多大的困难都吓不倒她。她心地善良纯净，乐于助人，是乡亲们眼中的"好丫头"、同事心目中的"好姐妹"。回忆往往勾起无穷无尽的相思：不知道她的"宣讲"怎么搞下了？什么时候回来？什么时候能成为我的新娘？他发誓这一辈子都要对她好，要真正"捧在手里，含在嘴里，藏在心里"。

这天，他实在急得不行，就去县邮电局打听，看她回来了没有。他站在大厅报栏前面，假装看报纸，向里窥探，希望能够看到她的身影。正好柜台里两个营业员的对话被他听到了。

两个营业员一胖一瘦。胖的年龄略大，瘦的年龄稍小。

只听那瘦的一边办业务一边对胖的说："祁姐，我听说濮玉林濮姐调省上去了，真的吗？"

"我好像也听说了。"胖的回答。

"啊呀，濮姐这一下可就一步登天了！"

"谁说不是！听说还给提了个科长哩！"

那瘦的机警地看周围一眼，小声说："刚开始不是那样，人家省上想让濮姐在咱们局当局长，让黄局长退，黄局长不干，跑到县上去闹，又写信告人家濮姐，结果——"

胖的打断瘦的的话："她把咱邮局当成他们家了！做人不要那样，你做着哩，天看着哩！她要玉林给她当弟媳妇，玉林不干，她就把人家发配到红沙梁去受罪，一个女人家，心怎么那么硬，能做得出来这种事？"

濮玉林调省上了？这真如晴天霹雳！郑世荣只感到心头一震，腿子软得几乎站不住了。他刚想冲上去问问那两位，她们说的是不是真的，那两个的对话又开始了。只听那瘦的又问："祁姐，濮姐她这一走，她的婚姻问题咋办哩？她可比我都大好几岁哩！"那胖的抬头笑笑说："人家不急，你急啥哩？听说不是和一个大学生谈着哩嘛！"

瘦的说："我知道谈着哩，如果没谈，还倒利索，正因为谈着哩，才不好办。你想，断去嘛，舍不得；成去嘛，成了咋做哩？将来一个在省上，一个在黑城，总不是个事！"

胖的说："不过也就是。"

郑世荣再也听不下去了，他转身问柜台里那两位："你们濮玉林调省上了？"

那两位不知是真不认识他，还是装作不认识，抢着说："就是啊，参加完宣讲团留下了，本来要当我们的局长，县上和我们黄局长不答应。省上一气，干脆直接调省上了。"她们说得眉飞色舞，喜气洋洋。

郑世荣强装高兴："噢，那是喜事呀，喜事！"

那胖的又补充说："估计不会错，听我们办公室说，省局已经电话通知了，任职文件和调令随后就到。"

郑世荣又言不由衷地说了一句："你们这儿，还真出人才！"

郑世荣又回到畜牧局招待所，脑子里一片空白。他让人给局里带话，说自己病了，想休息一下，就再没有去上班，一头倒在床上，再也没有力气起来。

怎么会这样呢？追了两年，好了两年，正要准备结婚哩，又调省上去了。是组织上决定要调，还是她自己想去？如果是组织决定那倒好说，如果是她自己争着要去，那是什么意思？怎么不和我商量？是不是想甩掉我？从红沙梁回来，就说要去参加宣讲，没有说调动的事，怎么突然就调了？

他知道她各方面都很优秀，省局的尤主任很看好她。从那两个女营业员的对话来看，这可能是省局的意思，她还没有来得及和我商量或人家不允许商量。去省上工作当然好。去省上工作是多少人梦寐以求的事情。从小濮的情况来看，省局已经为她搭建了这么一个平台，凭着她的能力和吃苦精神，一定会干出成绩来的。可她走了，我怎么办？我可没有尤主任那样的"伯乐"。她去省上了，我们长期不在一起，她会不会变心？省城那种地方什么人没有，她又那么单纯善良，叫人三句好话一哄，说不定晕头转向了呢？哎呀，不知她回来了没有，我还得去找她，得问清楚到底怎么回事，她是什么想法？这婚还结不结？

郑世荣又来到县邮电局，他直接去办公室问于莉，濮玉林回来了没有？

于莉是见过他的，也知道他和濮玉林的关系，就非常客气地说："和我没有联系，但好像回来了，在家里哩。"

郑世荣又问："说她调省上了，有没有这事？"

于莉吃惊地："你都不知道啊？她没有给你说？"

郑世荣故作镇定："没有啊！"

于莉马上改了口气："噢，那你赶快去问问她！"

郑世荣从邮电局出来，迎面就碰上了寇克明。小寇见他，就开玩笑问："又找濮玉林去了？"郑世荣没有作答，只苦笑了一下。小寇一把抓住他的手说："走走走，到我那里喝两杯去！"郑世荣推辞说："好兄弟，我还忙着哩，改天吧！"说罢就急匆匆往畜牧局赶。小寇望着他的背影，不解地说："咋了吗？像火烧屁股似的！"

郑世荣回畜牧局，是想给局里请个假，他要回湖湾去，回去找濮玉林。

谁知道他刚一进门，门房就说："郑技术员，有人找你，我让她在办公室等你。"郑世荣以为是濮玉林来了，三步并作两步跨进办公室，结果让他吃了一惊。

办公室果真有一位女同志在等他，但不是濮玉林。

他正感到诧异，那女的从凳子上站起来，望着他问："你是郑世荣同志吗？"

他说："我是。你是？"

那女的浅浅一笑，说："几年前，在巴丹吉林沙漠深处的牧场上，有一位牧羊女曾托你代发过一封信，你还记得吗？"

郑世荣如梦方醒，惊问："是你吗？"

那女的点着头说："是我，娜仁格尔勒！"

郑世荣说："快请坐！快请坐！"说着，赶快沏茶倒水。

"你是怎么知道我的名字和地方的？"郑世荣一边沏茶一边问。

娜仁说："听说因为我那信，给你和黑城县邮电局的同志带来了不少麻烦，实在对不起！"

郑世荣说："也没有咋，就是审查了一阵。你呢？你的事情咋弄下了？"

娜仁说："我那纯粹是一桩冤案。是我们县上别有用心的人，利用我生父的历史问题，陷害我。他们气焰非常嚣张，黑手伸进了公安队伍，搞得全县一片乌烟瘴气。后来，人民群众醒悟了，揭穿了他们'怀疑一切，打倒一切'的反革命真面目。我也向县上和学校多次提出了申诉。新成立的县革委会平反了我的冤假错案，学校也恢复了我的学籍，给我分配了工作。"

郑世荣问："你工作分配到哪儿了？"

娜仁说："他们分配我去县民族中学当老师。但我是学法律的，我从自己的亲身经历深深感到，我们国家的法律体系太不健全，无法可依无章可循的问题严重存在。对于一些案件的审理，甚至是一些人命关天的大案，不是以法律为准绳，而是以人的意志为准绳，这就在现实生活中造成大量冤假错案，甚至误判的案例。人民群众的法律意识也很淡薄，甚至不知道法为何物。官大于法、权大于法，这种封建阶级的腐朽观念，几乎为绝大多数老百姓所认可和接受。国际通行的律师制度被国内一些人认为是笑谈。"娜仁顿顿，接着说，"鉴于此，我现在又在工作之余，继续学习法学，专攻律师专业。"

郑世荣佩服地说："你胆子真大！"

娜仁又问："你原来是不是和几个同学在南滩公社的信和大队劳动锻炼？"

郑世荣说："对啊，我们五六个人哩。"

娜仁又问："有一个王正珍你认识吗？"

郑世荣说："认识啊，她娘家就在信和。"

娜仁："你不是问谁告诉我你的名字和地址的吗？就是她！"

郑世荣问："你怎么和王正珍认识？"

娜仁说了她为了躲避造反派的"通缉"，王正珍为了躲避家庭的折磨，一起到石门油矿去当采油工的经历。

郑世荣听了，痛心地告诉她："王正珍出事了！"

"啊！什么事？"娜仁急切地问。

郑世荣就把王正珍的事，前前后后详细说了一遍。

娜仁问："你是怎么知道的？"

郑世荣说："黑城就这么大，她的事惊动了全县，谁不知道！"

娜仁陷入对石门油矿那段生活的回忆。王正珍的形象，鲜活地出现在她的眼前。她的一颦一笑、每一句话语、甚至每一声叹息，都深深地印在她的脑海中。她不解地说："正珍是个非常好的姑娘，她很善良，如果不是被逼急了，她是不会干出这种事的！她现在关在哪里？"

"肯定是县公安局。"

"判了没有？"

"好像没有。"

"让不让探视？"

"这我说不上。"

他们正在说王正珍的事，忽然有人敲门。郑世荣把门打开，濮玉林像一朵云彩从天边飘来，落在他的眼前。

三个人同时都有些尴尬。郑世荣想，自己想她盼她正准备去找她，她就来了，而且是在另一个女人在场的情况下来。娜仁心想，可能是他的女同事或女朋友吧，她来得不是时候还是自己来得不是时候？濮玉林心想，哟，这是谁啊？自己望穿秋水地想念着他，他却与别的女人在这里约会！

郑世荣很快就平静下来，当着娜仁的面，也不好有太亲近的表示，就给濮玉林介绍说："这就是我给你常说的那个蒙古族女大学生娜仁格尔勒！"又给娜仁介绍说："这就是那一年曾给你收发过信件的县邮电局的濮玉林！"濮玉林和娜仁的两双眼睛，在对方的身上热烈地注视良久，两双友好的玉手，紧紧地紧紧地握在了一起。

因为都是敏感的女人，且是洞察一切的青春年华，娜仁从郑濮二人的表情中，一眼就看出了他们的关系。于是高兴地说："二位是我的恩人啊！我没有想到玉林如此年轻漂亮，真好像祁连山里的雪莲黑河岸边的月季。请受娜仁一拜，说声谢谢了！"说着，竟深深地鞠了一躬。

濮玉林急忙将她扶起，说："不愧是从草原飘来的云朵，出口都是诗一样的语言。早就听老郑说起你了，没有想到今天终于见面，真是缘分啊！"

三个人特别激动也特别高兴，就围绕着娜仁那封信聊了起来。天下善良人的心是相通的。没有想到，一封信的传递，把三个素昧平生的人的命运连接在了一起，把三颗闪光的灵魂连接在了一起！郑世荣看着天色不早了，提出一块儿吃个晚饭，娜仁说："下次吧，你们有你们的事情，我也有点事要去忙。找见你们就好了，我们还有见面的机会。"说完，要郑世荣和濮玉林留下他们的通讯地址，就恋恋不舍地告别了。

送走娜仁，郑世荣来不及关门，就给濮玉林来了个激情拥抱和热吻。濮玉林急得呜呜哇哇乱叫："门没关！"郑世荣这才放脱濮玉林，重新去关门。关了门他问濮玉林："你来怎么不先到城里，回乡下去了？我正准备回湖湾找你去哩！"

濮玉林说："我回湖湾就是为了见你，到你单位一找，说你借调县畜牧局去了。这不，我又风尘仆仆赶来县上了。"又问，"你知道我回来了？"

郑世荣说："我不但知道你回来了，我还知道你一个重大秘密。"

濮玉林知道，这种消息传得很快，想他可能也知道了，就不点破，问他："那你知道了你怎么想嘛？"

郑世荣无奈地说："我能怎么想哩！我就好比追赶着一朵云彩，她一会儿飘到这儿，一会儿又飘到那儿，我怎么追也追不上啊！"

濮玉林故作生气地说："看你说的，我都成了你的人了，你还说追赶不上！"

郑世荣说："你调省上，又升了官，这当然是好事，可我怎么办呢？我们分居两地怎么生活？"

濮玉林高兴地说："老郑，你不用发愁，我先去，去了就给你联系单位。我听说省畜牧厅和省兽医研究所都缺人着哩，你是正儿八经的兽医系毕业，他们肯定欢迎！你放心，分居只是暂时的。"

郑世荣听濮玉林这么说，也不能多想了。就问："那我们的婚？"

濮玉林接上说："就结！我已经给家里说好了。"

不久，郑世荣和濮玉林这对有情人，经过爱情的长跑和痛苦的磨炼，终成眷属。他们的婚礼，是由霍站长主持的。结婚以后，借着度蜜月，郑世荣送玉林去省城报到。这事在黑城县邮电系统，在湖湾濮玉林的家乡，引起不小轰动，传为美谈。

五十四

　　王正珍的案子，决定面向社会公开审理。

　　在此之前，薛得寿拿着大队领导成员和各生产队队长签名的诉状，找了县公安局董局长，又找了县法院张院长。诉状承认王正珍杀人有罪，应当绳之以法。但要求对她杀人的原因进行认真的调查，对苟耀宗父子对她的伤害进行深入的了解。诉状还对苟庄大队主要负责人为了维护封建家长统治，以反对资产阶级生活方式为名，纵容支持苟耀宗父子实施暴行，同时千方百计阻挠王正珍离婚的恶劣行径，进行了揭露和控告。认为正是他们的这种错误做法，酿成了这桩悲剧。

　　新华社记者为此案专门写了内参，印发全省县以上单位。县委书记李立国看了，非常生气。他把董局长和张院长叫去问，董和张如实做了汇报，同时也谈了案发的因由和社会反响。李书记听了痛心地说，这么严重的事就发生在我们的眼皮底下，为什么没有人报告？法院的工作是怎么做的？不是每个公社都有一个民事调解员吗，这些人都干什么去了？有的矛盾调解不了就得走法律程序，为什么人家多次上告离婚被驳回去了？现在出了人命了，记者写了内参了，扬名全省了，就好看了？书记发完火之后问："那你们现在是啥意思？"张院长说："鉴于这个案子比较特殊，涉及农村包办婚姻、家庭暴力、封建专制等问题，我们建议，面向社会公开审理，吸收农村基层干部和社员代表参加。通过公开审理，进一步宣传党的政策，弘扬社会主义风气，破除旧的传统观念，打击一切买卖婚姻和家庭暴力，教育广大干部群众牢固树立政策观念，提高执行党的路线方针政策的自觉性。"李书记指示："公开审判可以，但范围不要太大，不要把极'左'的那一套运用到案件审理上来。要公开公正，起到审理一个案子，教育广大人民群众的目的。要允许犯罪嫌疑人为自己辩护，防止偏听偏信和逼供。"董局长和张院长答应着去了。

　　龚羡林把这个消息赶快告诉薛得寿，让他们思想上有个准备，到时候带人参加大会。

听到王正珍将要被公开审判，彩虹难过得几个晚上都睡不着觉。一个女孩子，在公众面前被审来斗去，将来可怎么做人？何况正珍姐还是那么清高要强的一个人，龚羡林劝她说：对于正珍来说，现在是保命的问题，其他就顾不上了。公开审判是把审判置于广大人民群众的监督之下，避免由于内部审判出现执法不当或执法不公，甚至让一些别有用心的人钻了空子。可以实事求是，伸张正义，主持公道，还案情以本来的面目，给正珍一个公正的判决。彩虹听了，虽从道义上是理解的，但从感情上仍然接受不了。

王正珍出事以后，她的老母亲就一病不起。老人在病中曾多次提出，让儿子带她去狱中看看丫头。这辈子见不上女儿，她死都闭不上眼睛。王正清去公安局跑了几趟，都被人家挡了回来。听说正珍的案子要公审，心想公审的时候带母亲去，说不定会见上妹子。但和家人一商量，大家都不同意。大家说，母亲年事已高，身体也不好，在那种场合，见到女儿，受到刺激，当场翻倒怎么办？王正清一想，也是。就去请示薛得寿和张士维。张士维说："你千万不能领上去，你领上去，她见了丫头，哭天号地，把她自己急翻过了，把人家公审大会也破坏了。"薛得寿说："放以后吧！以后判了刑就可以探视了。到那时候你们把老人带上，到劳教地去探视丫头吧！"

公审大会就放在县法院审判庭举行。这里能容纳二百人。除吸收南滩公社信和大队和苟庄大队的干部群众参加以外，还吸收县直各单位、学校、医院的代表和社会各界人士参加。还没有到开庭的时间，审判庭里就已经坐得满满当当。

今天，担任公审大会审判长的是县法院副院长兼刑庭庭长袁继承。

龚羡林和彩虹坐在中间靠前的位置。他用眼角扫了一遍，看见了坐在前面几排的薛得寿、张士维、杨在明和各队队长。还看见了胜利大队的方向明书记，彩虹一直低着头。倒不是她害怕看见谁，而是心里一直害怕那个时刻的到来。

应该说放在审判庭内开这样的会，不能算是真正意义上的公审大会。真正的公审大会是在县上的露天大操场上举行的，那一般是要枪毙人的。比如，那次枪毙强奸女知识青年的罪犯，就是在那里开的会。当时，参加大会的，至少有两千人，今天这样的公审大会，对与会者来说，大都是第一次，大家感到气氛有点不同。

随着开庭时间的临近，场内逐渐安静下来，一股紧张压抑的气氛弥漫全场。彩虹紧张得攥紧了龚羡林的手。龚羡林轻轻抚摸她的手心，让她放松。她期盼王正珍尽快出现,又害怕她出现。她们已经好长时间没有见面了。经过这么大的事情,正珍姐不知都成什么样了?人往往就是这样:一个非常要好非常熟悉的人,猛然听见她干了一件非常可怕的事,你会觉得她本人也非常可怕。彩虹不知道,正珍当时是怎么想的,她是怎样杀的苟耀宗?如果不是逼急了,她是绝对下不去这个手的。

主审法官已经就位。陪审法官、起诉人、书记员也都一一到齐。人们屏声静气,审判庭里掉下根针都能听到声音。

审判长宣布公审大会开始。全体起立,背诵毛主席语录:"政策和策略是党的生命,各级领导务必充分注意,万万不可粗心大意。"背诵完毕,全体坐下。

审判长又宣布:"带犯人!"声音威严而又响亮。

两个武警战士押着王正珍从后门走了出来。

全场一片愕然。

龚羡林和彩虹注意到,王正珍明显消瘦了,但神色淡定,绝无惧怕之意,彩虹从看见她的第一眼起,眼泪就像断了线的珠子。她用双手捧住抖动的牙关,生怕自己哭出声来。龚羡林把她的手攥得更紧,但眼睛一刻也没有离开王正珍的身上。他想起了自己和她的交往。他恨自己人微言轻,不能够给她任何实质性的帮助。他更恨这些无形的力量,把一个好端端的女子,硬是逼成了杀人犯,他觉得王正珍到今天,自己也有责任。

起诉人宣读了起诉书,介绍了案情经过和提起诉讼的原因。

然后是法庭调查。法庭出示了王正珍作案的有关证据,就起诉书所提出的问题,询问了王正珍本人,王正珍都如实作了回答。

最后,审判长宣布,为了使审判做到公平公正,公开透明,法庭允许罪犯本人替自己辩护。可以说出自己对案情的看法以及法庭还没有调查到的冤情。这种陈述和说明不能算作不认罪伏法的表现。宣布完毕,他对王正珍说:"王正珍,现在你可以为自己辩护了。"

会场里人们的目光一起看向王正珍。

会场下面,王正清含着眼泪对王正珍说:"妹子,你有啥冤屈你就说吧。"

信和的队长们齐声喊:"丫头,我们知道你是冤枉的,你就大胆地说吧!"

"哇"的一声,王正珍再也控制不住,放声大哭起来,哭得抽抽咽咽,哭得浑身瘫软。

正在大家期待她能够止住哭泣，堂堂正正为自己辩护的时候，忽然从前排的座位上站起一位姑娘，她举手报告审判长说："审判长，鉴于王正珍心情过于激动，已经没有能力为自己辩护，就让我为她辩护吧！"

大家看那姑娘，高挑个儿，肌肤白嫩，一头秀发，两只星眼。她像是二十四五岁年纪，穿一身淡青镶边的外衣，看上去热情洒脱，充满活力。

审判长问："你是谁？"

那姑娘自我介绍说："我是内蒙古某政法学院毕业的大学生，现在是见习律师。我叫娜仁格尔勒。我了解王正珍的案子，我也了解这起案子的社会历史根源，我愿意为王正珍进行免费辩护。"

审判长心想，原来在商议这起公开审判的时候，有同志也提出，应该给王正珍找一个辩护人，国际惯例是这样，县上领导也有这个要求。可到哪里找辩护律师呢？这个特殊时期，不要说律师制度没有建立起来，就连公、检、法、司的机构，在许多地方都不健全。现在能有人主动替受审者辩护，正好完善了他们的审判。于是问王正珍："王正珍，现在有人主动要求为你辩护，你同意吗？"

王正珍这时候已经认出了娜仁格尔勒，就是当年在青石岭油矿一同当过采油工的姐妹蒙娜，心中掠过一丝惊喜，大声说："我同意。"

审判长对娜仁说："那好，那就请你为被告人进行辩护！"

人们的目光"唰"的一下，全都集中到了娜仁格尔勒身上。他们在交头接耳窃窃私语："这是谁啊？怎么没有见过这个人？她和王正珍认识吗？她知道这个案子的隐情吗？"

彩虹偷偷问龚羡林："这是谁？"

龚羡林说："不认识。"

彩虹又问："她会辩吗？"

龚羡林说："听着看吧！"

只听娜仁清清嗓子，开始辩护。

她说：审判长，各位法官！我的当事人王正珍，被控于月黑风高之夜杀害了亲夫苟耀宗。目前苟耀宗已尸埋荒山，这是事实。王正珍为此当受到法律的制裁，付出沉痛的代价。但是，一个善良贤惠的妻子，一个柔弱腼腆的女子，为什么要杀害她的亲夫，她又是怎样杀死她的亲夫的呢？这个问题不弄清楚，我们就无法解开这个案子深层次的原因，就会把一场由封建势力所造成的沉痛悲剧，当成了一般刑事案件。

大家都知道，王正珍和苟耀宗的婚姻，是封建包办婚姻中很奇特的一种，在民间叫"换头亲"。就是王家和苟家的女孩互相交换，王正珍做了苟耀宗的媳妇，而苟耀宗的妹妹葛兰做了王正珍弟弟王正洁的媳妇。在这场交换中，两对年轻人都没有感情基础。只不过在婚后的生活中，王正洁和葛兰逐步建立起了感情，而王正珍和苟耀宗始终脾气不投性格不合，双方无法建立信任和感情，而且，这种交换，为他们今天的悲剧打下了基础。当然，这不能全怪他们的父母，这也是他们父母的无奈之举，是当时的经济条件决定了他们采取这种愚昧的结亲方法。可能有人会问，老辈人不都是这样过来的吗？他们没有谈过恋爱，不也都生儿育女过了一辈子吗？是的，这正是封建婚姻制度统治了我们民族几千年的缘故，这正是当时的社会条件和经济条件所决定的，但这不能说明这种封建礼教就是正确的，事实上，它坑害了多少相爱的人们，酿成了多少人间悲剧，所以，这是我们政府要坚决反对并取缔的。

听众席上有人大喊："说得好。"接着是热烈的掌声。又有人大喊："都什么时代了，还搞换头亲？"审判长及时制止："请保持安静，请辩护人继续辩护。"

娜仁继续说："王正珍和苟耀宗结婚以后，苟耀宗吃喝嫖赌，恶习严重。苟耀宗的父亲不但不教育儿子向善学好，而且纵容支持儿子游手好闲不思进取。王正珍对丈夫的行为很看不惯，多次进行规劝和批评。苟耀宗非但不听，还经常拳脚相向。这种家庭暴力愈演愈烈，最后竟发展到没有节制的野蛮程度。我的当事人经常被打得遍体鳞伤，不能行动。先后三次住院，两次骨折。就是出事的这最后一次，苟家父子还用麻绳捆绑拖行，在冰冷的沙石路面上拖行五六公里，直到王正珍背部被严重磨烂。拖行回家后，这对父子还不作罢，竟然又将我的当事人绑在柱子上，用蘸了水的麻绳继续毒打，直到王正珍完全昏死过去。现在，我请法庭出示苟耀宗平日殴打王正珍的部分凶器，并请法庭为王正珍验伤。"

审判长说："同意！"

两个法警拿出了苟耀宗平日殴打王正珍的麻绳、木棍、火铲和铁锹，还拿出了王正珍几次被打入院的影像资料和诊断报告。法院展示了这些凶器和影像资料，宣读了医院的诊断报告和证词。

法医验证了王正珍的伤情。当大家看到她至今仍一瘸一拐、后背上新伤摞旧伤的惨痛样子时，彻底愤怒了。王正珍的娘家人哭成一片。

有人高喊："这根本就不是人，一家子畜生。"

有人高喊："像这种人，该杀。"

有人高喊："兔子急了还咬人哩。"

苟耀宗的父亲，像一只死虾，深深地埋着头，不时用干枯的手掌抹一把眼睛，他原想王正珍勒死了他的儿子，他今天一定要为儿子报仇。没有想到，他们父子的恶行，受到参会听众的强烈谴责，他那一肚子邪火早已灭了下去。

彩虹捅捅龚羡林，问："这个女大学生辩得真好，她是谁？怎么对正珍姐的情况那么清楚？"

龚羡林悄悄地说："我大概能猜出她是谁了？"

"谁？"彩虹急切地问。

"你听过老郑原来说给一个蒙古族女大学生代发告状信的事情吗？"龚羡林问。

"听过呀。还不是听你说的！"彩虹说。

"我估计她就是那个人！"龚羡林说。

"那个女大学生？"

"对。"

"你怎么估计的？"

"听辩护，完了再说。"

审判长又一次制止了喧哗，让辩护人继续辩护。

娜仁面向法庭，继续辩护说："王正珍在婚姻存续期间，几次提出离婚，都被大队阻挠，也被公社和县法院一一驳回。为了躲避家庭暴力，在叫天天不应叫地地不灵的情况下，她只好出走外地。去医院当护工，去油田当采油工，给地质勘探队洗过衣服，给北京医疗队做过饭，用自己的力量养活自己，她的这些行为，完全是正当的，是被逼无奈的，但却被有关组织和领导扣上了'追求资产阶级生活方式''向往城市生活'等罪名。他们不同意她离婚的理由，就在于此。我们且不说她是被逼无奈才出走的，就是向往城市生活，有什么错？向往城市生活就是追求资产阶级生活方式吗？以反对王正珍追求城市生活为理由，不准离婚，这是什么逻辑？这是以反对资产阶级为名，行保护和坚守封建落后思想为实！在本案中，我们了解到，苟庄大队之所以千方百计阻挠、破坏王正珍离婚，是因为这个大队的主要负责人，是苟耀宗的亲叔父。他在苟庄一手遮天，独断专行。他不准王正珍这个弱女子挑战大队党支部的权威，不准挑战他苟某人的权威。"

"按说，夫妻感情不好，过不下去了，离婚是非常正常的，也是法律所允许的。但是，我们的一些组织和领导，宁肯看着事态一天天恶化下去，也不放松他手中的那一丁点权利。这事实上是封建专制思想在作怪，它与伟大领袖的教导格格不入，应当坚决反对，王正珍的事，如果有关组织和个人稍微明白一些，也不会演化出今天这样的恶果。所以，在这件案子上，基层组织和法律部门应当承担相应的责任！"

苟庄的苟书记愤怒地质问："难道是我让她杀的人吗？"

娜仁毫不畏惧毫不退让，义正词严地说："对，是你们把她逼上了绝路，也可以说，是你们逼她杀的人！"

"说得好！"信和杨队长大声说，"为啥在我们信和善良乖巧的丫头，到了你们苟庄，就变成杀人犯了呢？她那满身的伤痕是怎么回事，你能不能给大家解释一下？我们要求审判长，在审判王正珍的同时，把这种支持家庭虐待，造成如此严重后果的支部书记也审一审。"

"对！对！应当审一审。"

"苟耀宗虽然死了，但他摧残迫害王正珍的罪行也应该得到清算！"

审判长制止大家说："请大家肃静，这些问题不属于今天审理的内容，它会有人管的。请大家继续听娜仁律师的辩护！"

娜仁继续辩护道："审判长，造成王正珍顿起杀心的是，苟耀宗在把她打得遍体鳞伤、腿部骨折不能动弹的时候，还兽性大发，强行和她发生多次性关系，这使我的当事人人格受到极大侮辱，自尊心受到很大摧残。她在忍无可忍的境况下，才做出了杀人这一本能的报复反应。试想，一个腿部严重骨折的女子，杀死一个健全的男人，她下了多大的决心！而促使她下这么大决心的背后，是她受了多大的耻辱！她是和那个无耻的男人以命相搏的！"

"真他妈不是人！"场下又有了骂声。

"这就天生是个畜生！"有人附和。

娜仁继续辩护说："审判长，我的当事人是在杀死了苟耀宗之后，自己拖着伤残的身躯，找人主动报的案，而且交出了她作案的工具——那条苟耀宗用来打她、她又用来勒死苟耀宗的麻绳。认罪态度很好，将案情和盘托出。这是自首行为。恳请法庭在对她量刑的时候给以考虑。我的辩护完了，谢谢审判长！谢谢各位法官！"

审判长说："王正珍，你还有什么补充的没有？"

"没有。"王正珍回答。

审判长又让苟耀宗的亲属替苟耀宗进行了辩护。

最后，审判长宣布，王正珍杀夫案，经过法庭审判，内外调查，控辩双方发表意见，事实清楚，证据确凿。法庭认为，这是一起典型的封建包办婚姻酿成的惨剧，是一起典型的家庭暴力引起的恶性案件。全社会都应该从这起案件中吸取教训，进行反思。破除封建落后思想，树立社会主义新的风尚；破除买卖包办婚姻，提倡自由恋爱婚姻自主；破除独断专行、不按党和国家政策行事的错误做法，保护妇女合法权益。法庭要求各级组织一定要体察民情，尽职尽责。要善于发现矛盾，解决矛盾，将一切事故苗头消灭在萌芽状态，确保一方平安，百姓和谐。

王正珍案，将根据犯罪事实、认罪态度、辩护人的意见，综合考虑各方面的情况，择日宣判！现在，宣布休庭！

会场上"轰"的一声，就好像一只充满希望的气球，突然爆裂。人们议论纷纷。

"怎么择日宣判呢？公审大会一般是要当场宣判的。"

参会的人都有些不解。同情王正珍的人想，应该趁热打铁，当庭审判，以免夜长梦多。同情苟耀宗的人想，原希望把王正珍判了死刑，一命抵一命。现在看来，杀是杀不掉了，不但杀不掉，刑期也不会判得很重。总之，两面的人都有些失望。

彩虹担心地问龚羡林："这是怎么回事？"

龚羡林也不解地说："可能情况复杂，需要再斟酌斟酌。"

娜仁也愣在那里。

龚羡林对彩虹说："走，咱们过去！"

他们来到娜仁面前。龚羡林说："谢谢你，娜仁，谢谢你的精彩辩护！"

彩虹说:"我替王正珍谢谢你,这些话你不说,她说不出来。"

娜仁望着他们,忽然说:"你是龚羡林!"又指着彩虹说:"你是郁彩虹!"

龚羡林和彩虹都感到吃惊:"你认识我们?"

娜仁笑着说:"我知道,你和郑世荣是一起的,在南滩公社信和大队劳动锻炼。"

龚羡林高兴地说:"这么说,你就是当年托他寄信的那个蒙古族同学?"

娜仁说:"正是。"

彩虹说:"你怎么对王正珍的情况那么了解?"

娜仁说:"一部分是她自己告诉我的,一部分是我调查了解的。"又说:"我不但了解王正珍,我还了解你郁彩虹。你们是闺蜜,你的家在信和九队,她的家在信和三队。"

彩虹又问:"你是怎么认识她的?"

娜仁把她和王正珍同在石门油矿当采油工的故事,讲给他们听。

他们正聊得热火,薛得寿过来了。他们过来,也是向娜仁表示谢意,同时邀请她到信和做客。娜仁感激地说:"改日吧,改日我和羡林彩虹一起去。"薛得寿说:"好,一定要来。"说完,就先回了。

娜仁问龚羡林:"怎么今天没有看见郑世荣?还有你们那个老贺?"

龚羡林说:"老郑前不久刚刚结婚,听说去省城送老婆走马上任去了。老贺调徕远老家了。"

"老郑是和那个濮玉林吗?"

"对,就是那个濮玉林。你也认识?"

娜仁说:"认识。就是她替我发的信,还因此受到很大牵连哩!怎么?她调省城了?"

"对,调省城邮电总局当科长去了。"

"是吗?"娜仁既高兴又吃惊,"小濮还挺能干的!"

彩虹说:"走吧,到我们家去吧,我们也搬到城里来了,就在县委隔壁。我给你做拉条子,我们一边吃饭一边慢慢聊。"

娜仁直爽地说:"我还正想和你们好好认识一下好好聊上一场哩!如果方便的话,我就恭敬不如从命了!"

彩虹说:"那有啥不方便的!"

说着,三个人就去了龚羡林和彩虹在城里的新家。

五十五

英子生完孩子以后,又去火车站卖她的小笼包子。她的小笼包子确实做得不错,一次做十几笼,不一会儿就卖完了。她很高兴,也很得意,很有成就感。

贺丹峰不想让她去卖了,孩子小,得靠她照看,让学校的老师和同学见了,丢人。火车站比较乱,南来北往乌七八糟的什么人都有。特别是,治安队查得很紧,万一叫他们碰上,割了资本主义尾巴,可怎么办?

不巧的是,还真叫他给说准了。

这天,他正在家里修改他的《徕远论稿》,附带照看孩子,忽然邻居家的孩子跑来报告,说:"贺老师,不好了,你家阿姨让治安队给抓走了。"他问抓哪里去了,那孩子说:"我听我同学说的,好像抓票房旁边的治安所去了。"贺丹峰没有再问,披上外套就往火车站跑。

他一头热汗冲进治安所院子,英子正被扣在院子当中接受一个治安员的训斥。他忙赔着笑脸对那治安员说:"同志,同志,实在对不起,这是我爱人!"那治安员斜他一眼说:"你爱人?你是谁?"贺丹峰说:"我是徕中的老师。"那人蛮横地说:"老师怎么了?老师的家属就可以搞投机倒把,扰乱社会治安?你是怎么为人师表的?"贺丹峰知道,跟这种人没有道理可讲,只有骂不还口打不还手,继续赔着笑脸说:"是我们不对,是我们不对!"那人见他态度诚恳,火气慢慢消了下来,改训斥为教训说:"看你们都是有文化的人,怎么能搞这些东西呢?做小买卖,这是搞资本主义!回去好好教育你家属,搞资本主义,扰乱社会治安,态度还不好,这次是碰上了我,如果碰上了我们所长,叫你吃不了兜着走!"完了,要英子写一份检查交来,才把自行车还给他们。贺丹峰一边答应一边扶着英子出了那个大门。

回到家里,他把一肚子的火都发泄到英子身上。他责怪她说:"你还哭哩,我不叫你去不叫你去，你偏要去，你看你都弄了个啥？咱们又不缺那两个钱！"英子流着泪争辩说："我还不是为了这个家！"

孩子该喂奶了，在床上哇哇哭叫，公公拿着冲好的奶瓶从厨房出来，说："已经喂过一次了，这又饿了。你们看看这温度行不行？"

贺丹峰接过奶瓶说："爸，你去外边转吧，我来喂。"

公公外出转去了。

贺丹峰一边给孩子喂奶，一边继续说英子："你看你，一天起那么早，挨冻受冷，辛辛苦苦，做的个啥吵，娃娃撂在家里，让我和爸两个大男人操心，爸那么大年纪了，每天早上得早早地出去锻炼，你不在家他就出不去。我今天早上没课，这才在家里改稿子，如果我去上课了怎么办？你怎么多少不听劝哩？"

英子知道，这家不缺那两个钱。按说她应该在家好好照看孩子，外面的事由贺丹峰和公公去料理就行。可她不甘心，自己没有多少文化，小的时候不好好学习，别的什么事都干不了，就会做饭，在徕中食堂待了几天，人家城里人欺负，干不下去了，等公公给找工作，找了半天，也没有了希望。她想着总得干个啥。干个啥，多少能体现出自己的价值，能证明自己不是白吃饭的，在这个家里也有地位，在公公和丈夫眼里，才不是农村来的笨女人。

在娘家时，父母不让她干太多的农活，就让她给一家人做饭，慢慢她的厨艺提高不少。她做的最好的是拉条子、饺子和包子。那些天，她老在火车站一带转。她发现火车站卖早点的摊贩很多。有卖馒头大饼的，有卖豆浆油条的，有卖荷叶饼夹菜的，过往旅客很多，很好卖，也没有人管。她灵机一动，心想自己何不蒸些小包子来卖呢，自己蒸的包子一点都不比他们的差。于是，她就瞒着贺丹峰和公公，偷偷准备材料偷偷去做，没有想到，第一天出去卖，就被抢购一空。人们吃着她的包子，直竖大拇指。她捏着油油腻腻的一沓零钱，心里美极了，心想：我英子也可以靠自己的双手挣钱了。这个意外的收获和惊喜，大大地提高了她的自尊心和自信心，她决定就干这个，大干一场。可就在她自信的翅膀刚刚展开羽翼的时候，却碰到了这么致命的一击。更加可恶的是，一向对她呵护有加的丈夫，不但不支持她不同情她，还给她泼冷水，还说她骂她，这使她感到极度伤心。

真是好事不出门，坏事传千里。第二天早上，贺丹峰去学校上课，英子卖包子被抓的事，就已经通过一些学生家长的嘴，传遍全校。学生是善良的，见自己的老师家出了这种事，都投来同情担忧的目光。一般老师也是嘴上不说，心里暗自惋惜，慨叹教师低人一等，家境贫寒才遭此厄运。唯有学校食堂的那几个婆姨，好像听到了个特大新闻似的，兴奋异常，叽叽咕咕绘声绘色，长舌说个不断。一个说："听到没有，贺老师的那个农村女人，到火车站去搞投机倒把，叫人家给抓住了。"另一个说："听说叫治安所的人给训了，铐在柱子上一个中午都没让吃饭！"第三个说："唉，这可给贺老师把人丢了，也给咱们徕远中学把人丢了！"这些话都风风雨雨传到校长耳朵里。校长找了个借口来到贺丹峰办公室。贺丹峰知道校长来的意思，他没有遮掩，把事情的经过说了一遍，还当着校长的面，埋怨了一通妻子，对该事所造成的负面影响，表示了歉意。校长听罢，哈哈一笑，说："算了算了，事情过去了，就行了，只要人好着就行。你也不要过于自责，完了我给他们所长说说，叫把自行车还回来。以后咱们吸取教训就行。"当天下午，校长果真亲自把自行车给他要回来了。

事情总算过去了。但由于此事给贺丹峰丢了面子，造成了影响，他几天都高兴不起来，也不想和英子说话，他的态度，深深地刺激了英子，给她本不开朗的心境上，又蒙上了一层阴霾。

这天放学，贺丹峰回到家，英子不见了，只有不懂事的娃娃在床上号哭。问父亲，父亲说他也不知道，他到医院去了，回来就不见人了，他以为出去买菜去了。

英子直到晚上也没有回来，孩子哭得厉害。好在小家伙从小吃的是奶粉，冲一瓶奶子喂饱就睡着了，不然还真把人难住了。贺丹峰一边备课一边心想，英子会去哪里？她在徕远没有亲戚，也没有熟人，该不是躲到哪里故意不回家吧？管她的，毛病多得很！都是自己太疼爱了惯下了！本事不大脾气不小！

现在，他越来越后悔自己的这桩婚姻了，人就得有文化，没有文化素质就高不起来。英子之所以任性不懂事，与她念的书少文化偏低有着直接原因。他们之间在文化上知识上存在着较大差异。你给她讲多少，她不按常理去想问题，她越是聪明越是灵巧，就会把这种优势都用到任性上去，古人常说"门当户对"不是没有道理，自己当时之所以看上她，之所以急着结婚，主要是对处境极其绝望，对前途丧失信心，又加青春冲动，心理和生理都需要婚姻来滋润温暖。如果冷静一些，像老郑那样，再坚持几年，可能情况会好一些。就是像老龚那样也行，找一个回乡知识青年，人家当个民办教师，到时候转正，不也一样过得很好。这个时候，他非常自然地想起了老同学肖淑娴。唉，那是多好的一个人啊！端庄美丽，热情大方，知书达理。有很高的知识素养，也不乏一个成熟女人的温柔、贤惠和体贴。自己当时怎么就没有注意到她呢？怎么没有感觉到她对自己的一片心意呢？他一想起她，就后悔得直砸胸。自己骂自己：贺丹峰啊贺丹峰，这都是你的命，你就好好接受命运的摆布吧！

英子一夜未归，第二天早上仍不见踪影。父亲催促贺丹峰："你到处打听一下去，不要叫出什么事！"贺丹峰气呼呼地说："一个大活人，能出什么事！我到哪里去打听！"父亲说："你不打听，她不在，这孩子怎么办？"贺丹峰知道，父亲说的是当务之急。这孩子虽乖，但英子不在，他要上班，父亲一个老人是领不住的。气大归气大，找还得找。他只好出去给各方去打电话，托人打听。

问了黑城的几个熟人，又给信和打了电话，都说没有见到英子，贺丹峰就给学生上课去了。英子卖包子被抓的事，已经闹得沸沸扬扬，现在找不见的事他不想再让人知道。他想，无非就是见说了她，耍脾气躲哪儿去了，能有什么事。晾她几天，她就回来了。

就在这天晚上，杨月红从川渝打来电话，说英子跑她那儿去了，问贺丹峰发生什么事了，丫头怎么哭得泪人儿似的。贺丹峰就把发生的事说了，要杨月红妈妈劝劝她，要她尽快回来，不然孩子没有办法。杨月红说："看样子一时半会儿不想回去。我劝劝吧。孩子的事，你先另想办法。"贺丹峰想想说："也行，既然去了，就让她多住几天，散散心，你们娘俩也好好聊聊。孩子反正不吃母奶，我找人先看着吧。"

到哪里去找人呢？贺丹峰想来想去，只有去黑城一趟，看莲莲能不能腾出身来。到了黑城，给莲莲的母亲一说，就说杨月红病了，英子去川渝探望去了，可能要一段时间，想请莲莲去徕远帮助看几天孩子。莲莲的母亲一听，满口答应，还悄悄给贺丹峰说："她姐夫，莲莲也不小了，一心想找个像你们这样有工作的对象，你给操个心，看能不能在你那面给找上一个。丫头能找个好人家，我和她爸就放心了。"贺丹峰连连答应，说："行，我给注意着点。"

其实，找莲莲去看孩子，贺丹峰还是有所顾忌的。那次在海子学校，莲莲路过去看他们，被英子撞见，不但把人家赶了出去，还吃了好多天的醋哩。可不找莲莲再找谁哩？别人家的丫头都要劳动，都不让出去。莲莲是万有德的妹子万翠兰的丫头，也就是英子的姑姑的丫头。英子家就这一门亲戚，妹妹替姐姐去看孩子，理所应当。自己现在有了困难，就顾不了那么多了，谁让她英子跑了呢！莲莲也有担心，她害怕她那"醋罐子"姐姐，说："如果我姐闹起来我怎么说？"贺丹峰说："你就先给我救救急吧，她要回来，你就回去。"莲莲不好推脱，也就只好答应了。

让莲莲想不通的是，英子从小和自己一起长大，那时候两个人亲得就跟一个人似的。为啥嫁了男人就变得那么自私那么无情无义了呢？有两个镜头她是一辈子也忘不掉的。有一年秋天，她们两个去南滩的沙枣林里去打沙枣。英子从小胆小，不敢上树，她自告奋勇，说她上去打，让英子在树下接。谁知她越上越高，一脚踩到一枝枯树干上，把树干踩断了，身体失去重心，从树上掉了下来。英子在树下尖叫一声，跑步上前，伸开臂膀，把她接在怀里。她人高马大，那么重的身子，一下砸在姐姐那小巧玲珑的身上，直接把姐姐砸翻过去了。好在姐姐在下面垫着，自己一点也没有受伤。英子为那一接，多处受伤，在家整整躺了半个多月。还有一次是夏天割麦子，生产队实行按人定行的办法，大人一次割三行，娃娃割两行。莲莲当时看着人长大了，但是没有力气，也不会割，一开始就落在了后面，眼看着其他大人都已经割出了趟，而自己在半地干着急，那些兀自挺立的麦田，织成了一道严实的屏障横在她的眼前。正当她急得满头大汗的时候，英子割完自己的，迎头帮她从对面割上过来了。她们两个人从两头夹击，她的麦子也很快就割完了。回到地边休息，她抱着姐姐磨起血泡的双手，感动得直掉眼泪。怎么当年那么好的姐姐，结婚以后竟变了个人呢？

莲莲来到徕远贺家，不但把孩子带得好，还把贺丹峰和他爸伺候得好。一天三顿饭能吃到点子上，还能花样翻新，吃到英子做不出的一些饭菜来。这样，贺丹峰就能够安心搞好他的教学，还能抽空修改完善他的历史研究文稿。不过，他也没有忘了给莲莲找对象的事情。

再说英子来到川渝，本是赌气出走，她想给贺丹峰一点颜色看看，谁叫他不但不护着她，反倒说她埋怨她。可一来到母亲这里，就后悔了。耳边老有孩子哇哇的哭声，眼前老有那小家伙甜甜的笑脸，鼻子边也时时能闻到小娃娃身上那浓浓的奶香。娃娃是她的命！她一刻都离不开！娃虽然是个女孩子，没有像她希望的那样，在两条小腿腿中间，长个小鸡巴，但娃一从身上掉下来，她就心疼得不行。她那几天去火车站卖包子，走的时候把娃喂饱了，看着娃睡着了，又给公公交代了又交代，生怕娃有事。娃长这么大，还没有这么长时间离开妈妈哩！可后悔归后悔，既然来了，就不能急着回去。急着回去，不但惩罚不了贺丹峰，还会被他嘲笑。他肯定会说，能跑得很，怎么这么快就回来了？母亲杨月红这里也不好应对。那天她来，杨月红吃了一惊。看她神情不对，知道是吵了架赌气跑来的。又见她是一个人，没有带孩子，就更不正常了。问她她又不说。后来从贺丹峰的电话中才知道了一切。杨月红在她情绪稍稍稳定以后，跟她好好谈了一次，向她指出："你没有找下工作，就得把孩子带好，把家里料理好，把丹峰和你公公伺候好，让丹峰放放心心地去工作，而不是不听劝阻去做小生意。你的家庭情况还没有到那一步。这一次你到我这儿来，我不怨你，但你应该把孩子带上。你把那么小的人撇在家里，让谁照顾？你这不是给你公公和丹峰添乱吗？那么小的娃娃，没有妈妈怎么能行？你怎么能放得下心？"批评归批评，埋怨归埋怨，但刚来又想走，妈妈肯定是不同意的。所以，英子只有自己种的苦果自己吃，肠子悔烂也只有硬撑着。

她盼望贺丹峰打来电话，向她承认错误，求她请她回去。可是这死鬼就是不打，连一点喘气的声音也不给她听。她想象不出他们父子是怎么带她那小丫头的，想象不出他们一天天是怎么过的，想象不出那一双小眼睛睁开找妈妈而妈妈不在会难过成什么样子！

母亲杨月红把她的心事看了个透。劝她说，既然来了，就高高兴兴玩上几天，孩子由丹峰他们管去，他们会有办法的。走！今天我休息，我带你去商场逛逛，给你买两身衣服，给小孙女买些吃的。英子说："妈，这里奶粉和炼乳好买不好买，给娃娃买些。徕远地界奶粉奇缺，娃娃吃的都是贺丹峰和我公公托人从内蒙古牧区和青海买来的哩！"杨月红说："这种东西全国都缺，不过我早就积攒了一些，你走的时候带上。另外，川渝这面的小饼干不错，给孩子买一些，回去泡水喂。"

川渝的百货商店真大，东西真多。杨月红给英子挑了一件水红色外套，是最新出品的毛涤面料，质地细密，款式新颖，英子非常喜欢。母亲又为她买了衬衣、内衣和胸罩之类，还为贺丹峰和她公公各买了一身军便服。英子觉得母亲对她的疼爱没有变，一股亲情和温暖流淌全身，就好像又回到当姑娘时的那种温馨和自由的氛围中来了。

母亲一家自搬到川渝以后，家庭情况发生了很大的变化。明显感觉经济上宽裕了，吃的穿的用的都好多了。听说红军奶奶月明退了，可以有充足的时间陪着青林爷爷转了。母亲杨月红在说起两位老人时，神秘地笑了，说他们当年结下的生死情谊，到老来竟然开花了。母亲杨月红和父亲万有德，在奶奶的厂里上班，虽说是合同工，但一切待遇都和正式工没有两样，每人每月都有几十元的工资，不愁吃不愁穿，不下苦不出力，不出门就能把福享了。弟弟在厂子弟中学上学，穿得像个"小少爷"似的，口音都变了。

看着这一切，英子有点心热。她试探地问杨月红："妈，能不能在这面给我也找个工作呀？"

杨月红看她一眼，摸着她的头说："你月明奶奶退了，人走茶凉，说不上话了。再说，给你在这面找个工作，丹峰咋办哩？你的家咋办哩？你不知道，现在调一个人有多难！"

英子一时语塞。

杨月红停顿半刻，换个话题问："你公公好吗？你那个小姑子和小叔子都干啥去了？"

英子说："公公好着哩，就是老胃病，动不动就犯了。小姑子在农村插队两年，最近刚被招工到徕远钢铁公司去了，也谈了个对象，可能年底就结哩吧。小叔子一边在县图书馆工作，一边准备功课，他等着国家恢复高考，一心想考大学，将来还想出国去哩。"

"那丹峰哩？最近工作忙不忙？"

"忙！带着一个班的班主任两个班的语文课，光学生的作文都批改不完，经常抱到家里来加班着哩，他还写书着哩！"顿顿，又神秘且自豪地说："妈，教育局最近任命丹峰担任了徕远中学的副校长兼教导主任！"

"是吗？"杨月红一阵惊喜。这是英子这次来带给她的最好的消息。她语重心长地对英子说："丫头，这就是你最大的福分！他们这些人不会错的，都是有本事的人，都是干大事的人！你看，才多长时间，龚羡林就当了县委办公室的副主任，贺丹峰当了徕远中学的副校长,那个老郑也少不下,以后前途都大着哩!好好过去吧,再不要争争吵吵了,再不要随便耍脾气了,丹峰干得好,你脸上也有光;丹峰干大了,你的出头之日不是就到了嘛,你还不高兴着咋了?"

英子被母亲说得哑口无言,但她心里是赞同的,事情就是这么个理。

莲莲在贺丹峰面前虽然什么话都不说,但贺丹峰知道丫头的想法。给她找对象的事,该抓紧给办了。

这天,他正和校长商量工作,莲莲抱着小丫头到学校来找他了。

贺丹峰吃惊地问:"咋把娃娃抱上来了?啥事?"

莲莲嘻嘻笑着说:"我抱上小丫头到公园去了,走的时候爷爷在家所以就没有拿钥匙。谁知道我们走后爷爷又出去了,忘了拿钥匙。这会我们三个都进不了门了,上你这儿拿钥匙来了。"

贺丹峰说:"你看你们!"说着,掏出钥匙给了莲莲。小丫头看见爸爸,伸出小胳膊要他抱,他就接过孩子,亲着她,逗着她笑。

校长在小丫头的脸蛋上点一指头,欢喜地说:"小调皮,都长这么大了!"说着,从兜里掏出十块钱,塞到孩子的围裙里,"伯伯给你几块糖果钱!"

这时候,正好有几位青年教师走了进来,看到校长在给小丫头钱,忙问:"这是贺老师的丫头吗?"说着,也都掏出一些钱来给了孩子。

有一个姓潘的体育老师,长得高高大大,清清俊俊。看到莲莲,目光竟停在她身上,忘了自己来干啥了。校长见他痴迷的样子,问:"潘老师,你有啥事情?"

那小伙猛然惊醒,不好意思地说:"噢,噢,我是问一下校长,居民委员会让学生下午打扫卫生,这样高二两个班的体育就上不成了,看咋弄?"校长说:"上不成就不上了,还能咋弄!"潘老师又"噢,噢"地走了。临出门忍不住又在莲莲的身上脸上看了半天,看得莲莲脸都红了。

校长提醒:"小心脚下!"

老师们和莲莲走后,校长开玩笑地对贺丹峰说:"我看咱们潘老师看上你们小姨子了!"

贺丹峰高兴地说:"真的吗?"

校长说:"你看小潘那眼神,都看呆了。不是我提醒,就一头蹶到门外边了!"

贺丹峰："哎，那你就给撮合撮合，算帮我一个忙了。"

校长胸有成竹地说："我看能成。"

贺丹峰又问："这娃啥情况？"

校长："家是石门花寨子的，父亲是石油工人，母亲在家务农。本人师范学校体育专业毕业，各方面表现都好。"

五十六

1976年，对于中国来说，是个灾难性的年份。本就贫穷落后的国家，国民经济到了崩溃的边缘。在这一年里，党和国家的几位领导人相继去世，还发生了震惊国内外的唐山大地震。全国人民痛断肝肠，流完了几辈人的眼泪。

国内形势有了新的变化，作为一个小小的县上的干部，龚羡林也感觉到了"山雨欲来风满楼"的气息。真是老乡说的，"风是雨的头，屁是屎的头"，风一刮就要下雨，屁一放就要拉屎，等着看吧！

第二天上班，李立国书记就把办公室三个主任都叫去开会。

他说："批判'四人帮'，肃清其流毒和影响的工作，地委已经有了部署。准备派工作组到我们县来，帮助我们对照检查，认真反省，深刻总结。工作组由地区供销社主任曹天民任组长，组员一行八人。他们后天早上就到，要求我们届时召开县委全委扩大会议，由我代表县委作对照检查。咱们分个工，认真进行准备。工作组的接待、全委会的组织，由周主任统一负责。小刘主任重点做好工作组的食宿安排、车辆使用和意见收集。全委会今天就可以通知，让各公社来的时候把他们的意见和建议带上。今天下午召开常委会，先听听常委们对对照检查的意见，小龚和秘书参加会议，认真做好记录，以便参考大家的意见，写好对照检查报告。"

书记安顿完以后，让周主任和刘主任先回，把龚羡林留下，说和他先讨论讨论报告的问题。他让龚羡林先说说自己的想法。龚羡林不知道这一次地委派工作组来是什么意思，是一般性的检查，走走过场，还是要做个啥事情？如果要做个啥事情，那就另当别论。如果是一般性的检查,那就按一般性的检查来对待。历来的检查,都是大帽子下面开小差。讲成绩,一、二、三、四,甲、乙、丙、丁,一套一套,讲缺点讲不足,就一段不着边际的套话;整改措施订了几十条,谁知道落实了几条?真正混日子的差的班子都是这么检查的,何况黑城李立国这个班子还确实干了些事哩!于是他说:"李书记,我想我们的检查还是要实事求是,还是要以四干会上你的报告为基础,把该讲的成绩都讲够,因为这是全县各级党组织和干部群众,在党的路线方针的指引下,在县委的坚强领导下,抓革命促生产,农业学大寨建设大寨县,战天斗地干出来的。是全县人民的成绩,不是你一个人的成绩,这个成绩讲不够,是对不起全县几百个基层组织和全县十几万人民群众的。我们的差距和问题,主要在思想认识上,在发展不平衡上,这个你比较清楚,完了你再想一想,给我说说,我也再想想,具体理一理。"

李书记听他说完,默默地点了点头。

龚羡林看书记好像有心事,大着胆子问:"李书记,地委这一次派工作组,给各县都派了吗?"

"没有,"李书记说,"就咱们一个县,说是搞试点。"

"听说地委新来的解书记很厉害?"龚羡林又试探地问。

李书记抬头笑着反问他:"你听谁说的?"

龚羡林:"听咱们县委院子里有人说的。"

李书记绷着脸说:"不错,干工作不咋样,整人厉害着哩!"

龚羡林吃惊于书记竟当着他的面说出这样的话。这就印证了他听到的关于新任地委书记的一些传言,也印证了李书记跟这个人有矛盾,他暗自有些担心,觉得这个试点是冲着李书记来的。

李书记没有让他走的意思,继续问:"听到工作组要来,咱们内部有什么反应?"

龚羡林回答说:"大的反应没有听到,但我估计,意见肯定是会有的。"

"什么意见?"

"大概主要在干部问题上。有的人没有得到提拔,有的人没有得到重用,肯定不高兴。还有就是,您提拔重用了一些像我这样的年轻干部、知识分子干部,一些老的所谓工农干部,就有想法。"

李书记听完说:"好吧,你回吧,回去好好考虑一下咱们对照检查的稿子,其他不用想那么多!"

龚羡林回到办公室,农办的干事老麻正和县委办的秘书小张嘀嘀咕咕不知道说着什么,见他进来,两个人都不说了,神情显得鬼鬼祟祟。麻干事是农办的老人手了,因爱谝,人称"麻大谝子"。这个人有个毛病,就是爱听个小道消息,爱背后胡说八道。他知道李书记不喜欢他,四十大几了也提拔不起来,就经常搜集点书记的桃色新闻,背后说说。但见了书记,两条麻秆腿比谁都跑得快,两片子嘴比谁都热乎。张秘书是个工农兵大学生,戴一副眼镜,人很精明,在别人面前,他是一副怀才不遇傲气凌人的样子,但在书记面前,却老是装出老鼠见了猫的样子,唯唯诺诺,战战兢兢,机灵乖巧,随机应变,很会看领导脸色行事。

龚羡林问:"你们在说什么?"

麻大谝子说:"听说地委工作组就要来了,我们在分析他们来干什么?"

张秘书没有正面回答他,却满腹心事自言自语地说:"这么快?知道早晚要来,没想到这么快!"

麻大谝子讽刺他:"工作组来,也是对着书记对着县委的,你急什么?"

龚羡林打断他们的对话说:"来了就来了,有啥了不起的,该干啥还干啥!老麻,你把你那儿的数字再核实一下,完了我报告上要用。"麻大谝子答应着去了。他又对张秘书说:"小张,下午常委会讨论县委的对照检查,你参加会议,认真记录,完了起草报告好用。"张秘书嘴里"嗯嗯"着,算是做了答应。

地委工作组第二天一早就到了。组长曹天民,人称曹大个子,原来一直不得志,老想在党政主干线上干,但总被安排在一些边缘化的单位。他是地委解书记的老部下,解书记在少数民族地区工作时,他在他手下当过办公室副主任。这一次老领导来掖州主政,他兴奋异常,心想总算有了出头之日。解书记一来,他就忙着去看望,去接风,去叙旧,很快就接上了关系。这次能让他担任黑城工作组的组长,是他没有想到的。他和李立国本来关系不错,李书记还在他儿子就业的问题上帮过他大忙,但解书记要以黑城为典型,要拿李立国开刀,他也没有办法。自己仕途能不能有转机,全靠这一锤子了。为了老领导,更为了自己,他只有什么都不顾了,横下心来,去蹚这个臭狗屎。

县委全委扩大会议，次日上午如期召开。县委委员，各公社书记、主任，县直各部门各单位一把手，全部参加了会议。会议由县委副书记纪延铭主持。他先介绍地委工作组和大家见面，接着请曹天民讲话。

曹大个站了起来，环视会场一周，故意把肩膀提提，"吭吭"干咳两声，就开始他的讲话。他先抄书抄报引经据典地大讲了一通粉碎"四人帮"，揭批查他们在各地的代理人，肃清其流毒和影响的重要意义，接着讲了工作组的来意和地委对这一工作的安排。他还特意突出讲了新任地委解书记如何如何资格老，如何如何有水平，也不忘突出说明他和解书记关系如何如何深厚，解书记对他如何如何信任和器重。他讲了对黑城县委领导班子的看法。他无法回避地轻描淡写地对黑城的工作肯定了几句，接着话锋一转，原则肯定，具体否定，而且还罗织了许多莫须有的罪名，戴了不少空洞的帽子。他把这些问题的根源，都放在李立国书记的身上，而且上纲上线，把它们说成是李立国忠实推行"四人帮"反革命路线所带来的恶果。他号召全县干部群众行动起来，揭开黑城阶级斗争的盖子，彻底清算"四人帮"的流毒和影响。

曹天民的讲话，像一块石头，投进了黑城这平静的湖面，激起滔天巨浪。参会人员群情激愤，秩序大乱，有的人直接喊叫起来："这是什么狗屁工作组！""这不是给我们黑城脸上抹黑吗？""你们还有没有一点辩证法？有没有一点一分为二？""不许你们这样污蔑我们的县委和各级组织！不许你们污蔑我们黑城十几万人民群众！"

纪副书记稳住局面。尽管可以看出，他脸色十分难看，有一肚子话要说，但他把自己的情绪硬是压了下去，继续主持开会。他宣布，下面就请县委书记李立国同志代表县委一班人做对照检查报告。

会场上一片暴风雨般的掌声，而且这掌声延续了好长时间。龚羡林非常激动，眼泪就快流了出来。这掌声是对李书记对县委一班人最热烈的拥护，最有力的支持；是对曹天民对地委工作组有力的回击无情的嘲弄！看来黑城的绝大多数干部还是正直善良的，是明事理辨是非的。得民心者得天下，一切与事实不符与民心相违的阴谋诡计，都必将破产，落得个可耻的下场！

李书记是按照龚羡林他们准备的稿子来讲的。这个讲稿征求了各方面的意见，特别是吸收了昨天下午常委会上常委们的意见，连夜加班加点赶写出来的。应该说，县委的态度是严肃的认真的。书记先对地委派工作组来黑城表示欢迎，表示拥护，接着汇报县委这几年的工作。他从加强党的路线方针政策的学习讲起，讲到加强各级领导班子和干部队伍的建议，讲到全县农业学大寨，建设大寨县的情况，讲到大搞农田基本建设、大搞科学种田、大搞打井抗旱、大搞植树造林等工作中所取得的丰硕成果。正当他讲完成果、心得和体会，转而要讲工作中存在的问题、差距和教训的时候，曹大个子终于不耐烦了。他霍地站起身来，"啪"地拍一巴掌桌子说："李立国同志，我们这次来，不是听你表功来的，也不是听你讲大道理来的！我们是听你对照检查来的，是帮你揭盖子来的！你要认清形势，端正态度，不然这关你是过不去的！"

曹大个子这么粗暴地打断李书记的讲话，把本已绷得很紧的会场气氛，又一次点燃了。大家纷纷指责他："你这是干什么？""为啥打断书记的报告？""你地委工作组就这个水平吗？""你算什么东西？滚回去！"

李立国也没有想到曹天民竟这样没有水平，但他强压心中怒火，示意大家坐下，不要再吵。他平静地质问曹天民："怎么？我这么讲不对吗？我这后面就要讲差距和问题哩，就要剖析根源深挖流毒哩！你连我们做过的工作取得的成绩都不让讲，这不符合党的实事求是的思想路线，不符合马列主义唯物辩证法的观点。问题和错误是从工作中来的，没有一个县的县委和人民是只犯错误不做工作的！你否定我李立国可以，但你不能否定中共黑城县委和黑城县革命委员会，不能否定全县各级组织和全县人民！黑城总还是共产党的天下吧？黑城人民进行社会主义革命和建设所取得的成绩总还是主要的吧？"曹大个子被说得哑口无言，李书记见他杵在那里，不再说什么，就又接着讲下去，直到把讲话稿全部讲完。

散会以后，龚羡林回到办公室，又见麻大谝子和小张秘书在那里，这一回他们倒没有叽叽咕咕，而是开诚布公高声大嗓议论着刚才的事情。

只听小张一声"操！"说："我看这回麻烦了！"

麻大谝子说："麻烦什么？天塌下来有大个子顶着，你紧张啥？我看现在这世界，谁也把谁做不了个啥！"

小张的眼睛在镜片后面滴溜溜转了转，恨恨地说："人家工作组把话说到这一步了，还没有啥！操！"

麻大谝子："哪一步了，到崖边上了还是到沟里了？你操？你操谁？"

"我操他妈！"张秘书气冲牛斗地骂了一句，就摔门而去，与正要进门的县革委会副主任吴亦军几乎撞了个满怀。

吴主任进来，笑着问："小张这是怎么了？"又问，"你们在讨论什么？"

龚羡林很敏感："我们没有讨论什么呀，吴主任！"

麻大谝子开玩笑说："李向阳还没有进城，有的人就想投降！"

吴亦军愣了一下，继而用手指点着麻大谝子，哈哈笑了。

麻大谝子更加来劲，接着说："我们正在议论当前的革命形势，有人悲观绝望，已经开始怀疑红旗到底能立多久了！"吴亦军意味深长地问："是吗？"继而又笑得更响。

老吴是地区派来的人，据说是李立国书记亲自点名要的。此人胖胖乎乎，一脸福相，脸上总带着那么一丝热乎亲切的笑容，因为办公室李书记管，他很少进来，今天突然造访，不知有何用意。

"坐坐，吴主任！"龚羡林赶快给搬过来一把椅子。

麻大谝子又不失时机地问："吴主任，你对今天的事怎么看？"

吴亦军瞅瞅龚羡林，又瞅瞅麻大谝子，笑了笑："不好说，不好说！"说完，没有坐，就走了。

龚羡林望着他的背影，心里想，这个胖子不寻常！

曹天民连夜去地区，把黑城县的事情向地委做了汇报。地委决定加强工作组力量，派地委委员、地委组织部部长王旗来坐镇，地委解书记过几天亲自督战。地委明确指示，现在的重点是，发动群众，主要是发动中层干部，利用大鸣大放大字报的形式，把县上的盖子揭开，把李立国的问题抖弄出来。曹大个子又像打了鸡血，回到县上，便提着尚方宝剑，连夜找人谈话，到处煽风点火。

第二天一早，麻大谝子神秘地告诉龚羡林："你们知道不知道，昨天晚上曹大个子把你们张秘书叫去谈话了。"

一旁的档案室老何说："怕是他自己找去的吧！"

麻大谝子吃了一惊。看着周主任进来，吐了吐舌头，赶快溜了。周主任见大家都在，就说："不算开会，但给大家说一下，在这个敏感时期，我们办公室的人最好不要到处胡跑，不要串门，坚守工作岗位。管住自己的嘴，不该说的不说，不该问的不问。说话办事都要实事求是，有根有据，不要瞎子听梆声，道听途说，人云亦云，更不要散布谣言，传播小道消息。"

周主任讲完，把龚羡林叫到外面，悄悄交代说："这两天你把李书记跟紧，看他那儿都有些什么事情，我要出一趟差。"

"到哪儿？"龚羡林感到有点突然。

"省上。"周主任向两边看看，压低声音说，"送一封信。"

龚羡林心领神会，说："好，我知道了。"

周主任走后，龚羡林就来到李书记办公室，李书记正在他办公室的套间里打电话，不知打给谁的，打了好长时间，才打完出来。从疲惫的面容来看，他昨天夜里休息得不好。看见龚羡林，勉强笑笑。

龚羡林问："李书记，你还好吧？"

李书记："没事！大风大浪咱们都过来了，把这算啥！"

龚羡林知道，李书记是冤枉的！这不是实事求是评价一个县的工作、评价一个县委书记的作为，而纯粹是一场政治陷害！是地委那个新来的老"左"书记，想借清理"四人帮"的流毒，拿李立国书记开刀，以报李立国以前和他政见不和、曾反对过他的个人恩怨。李立国在黑城县的所作所为，龚羡林是再清楚不过了，他是亲历者和记录者：李书记这个人，对工作抓得很紧，对农业和农村工作也比较熟悉，工作有套路有办法。对干部要求严格，喜欢动脑筋爱学习的干部。有时脾气不好，不太注意工作方法，也得罪了一些人。但从总体上来看是好的，他关心干部，现在的大部分部局长都是他一手提拔的，他们都尊重他，信他服他，听他指挥。人是得有良心的。好就是好，坏就是坏。不能做墙头草，随风倒。不能因为你工作组来了，你上面对这人有看法，我也就跟着胡说八道落井下石。这是关系到一个人的品质的问题！再说，他在黑城工作搞得好，好多项工作都进入全省先进行列，这不但黑城的人民群众有目共睹，而且在省上在外县都很有影响，这是你想否定就能否定得了的吗？

这天夜里，修改完书记的对照检查，已经到后半夜了。天出奇的黑，好像真的有一场暴风雨将要降临。龚羡林上完厕所正要回去，档案室老何不知突然从哪里冒出来，一把拉住他的手，一直把他拉到大会议室门前，那里有两盏照明灯彻夜亮着。只见会议室门口的墙上，赫然贴出了一长溜大字报。这显然是乘夜深人静刚刚贴上去的。

龚羡林心想，动作好快呀，来真的了！他问老何："看见是谁贴的吗？"

"没有。"老何说，"我过来人家已经贴上了。"

"你咋没有回家？"龚羡林问。

"今晚我值班。"老何说。

龚羡林认真看那大字报，看来看去就三条：一条是农业学大寨运动中弄虚作假，好多农田基本建设的数字不实，有虚报浮夸的嫌疑；二是在干部问题上任人唯亲，拉帮结派，培植私人势力，打击压制持不同意见的人；三是生活腐化，道德败坏，长期与外地一女教师有暧昧关系。在第二条里，赫然点了周主任、龚羡林、董局长、李主任等人的名，把他们都列入了李立国的死党。

老何说："从内容看，是知情人写的，不然有些内容他编不上去。"

就在这时，他们老远看见，麻大谝子和吴亦军副主任从吴的卧室走了出来，两个人的样子十分亲密，不知嘻嘻哈哈在说些什么。

龚羡林心想，看来好多人都没有睡，这真是个不眠之夜！

大会议室门口的大字报，把整个黑城县都搅翻天了。还没有到上班时间，县委院子里就已经挤满了人。一些在外面办公的部局长们听到消息，也都来了。多数人看完大字报，有些气愤和担忧。一是不符合事实；二是担心这样一搞，李书记不好工作，县上工作要受影响。仅仅一个上午，反击的大字报就已经贴满县委大院，新的大字报还在源源不断地送来。

曹大个子找人谈话，专找那些平时不被重用或对李书记有意见的人。这些人看到正义的呼声席卷而来，也不敢去谈了。曹大个子如笼中困兽，铁青着脸，在大字报前转来转去。

令人奇怪的是，传说一早就要到来的地委委员、地委组织部部长王旗，直到中午吃饭也没有来。

那张大字报会是谁写的呢？是有人指使，还是一般人所为？县委院子的每个人都在思考着这个问题，都在怀疑着自己心目中的对象。

吴亦军坐在自己的办公室里，情绪低落，谁也不找，谁也不见，再不像昨天那么活跃了。

张秘书从外面进来，麻大谝子逮住就问："你昨天晚上是不是给三爷献图去了？"

张秘书没有听懂："什么图？"

麻大谝子："秘密联络图啊！"

张秘书终于反应过来，气急败坏地说："麻谝儿，你他妈到底想说啥？操！"

老何望着他们二位大笑，念着戏文说："孩子，你姓陈，奶奶我姓李，你爹他姓张！"

不久，从省上传出话来，说揭批"四人帮"，肃清其流毒和影响，对各级干部来说，主要是个正面教育的问题，怎么能搞过去整人那一套呢？省上明确指出，掖州地委向黑城县委派工作组的做法，是完全错误的。李立国同志这几年的工作是有成绩的，是党的好干部。必须推倒强加在他身上的一切诬蔑不实之词，支持他帮助他更好地工作。

地委委员、地委组织部部长王旗，在黑城县领导干部大会上传达了省委领导同志的指示，代表地委向李立国书记进行了赔礼道歉。王旗部长还宣布，经地委研究，撤销曹天民同志供销社主任职务，下放九公里园艺场担任副场长，按副县对待。

五十七

郑世荣送濮玉林去省邮电局报到，顺便去了省畜牧厅和兽医研究所。递交了自己的简历。他们把调动想得太简单了。小濮原来听到的是，这两个单位都要人，郑世荣所学专业也对口。但人家看了他的简历说，专业是对口的，可现在人员冻结，暂时不能考虑进人问题。省畜牧厅干脆说，省上安排机构改革，下一步，畜牧厅和农业厅可能合并，现有人员都没处去，咋能再往里调人。

尤主任原来答应帮忙，其心倒也真诚。可隔行如隔山，邮电和畜牧、农业八竿子搭不上界,想找个熟人给说说,都没有地方去找。郑世荣苦思冥想,终于想起几个同校不同届的农大同学,就厚着脸皮找了去。

真是天无绝人之路,找老同学还找对了。据一位老同学提供,现任省畜牧厅厅长,就是农大早些年毕业的学生,和农大陈老师同班,两个人关系很好。这件事找陈老师帮忙,肯定能成。

郑世荣得到这个信息,再不敢沉湎于新婚的缠绵之中,和小濮商量,立即动身回黑城,中途下车去农大找陈老师。陈老师自和肖淑娴结婚以后,就再没有见过。肖淑娴也是失去了联系。这件事,要给陈老师说,得先给肖淑娴说。肖淑娴曾是一个战壕里的战友,一同经受了信和风雨的洗礼。此人又心地善良,热情贤惠,愿意给人帮忙。老夫少妻,陈老师听她的。

这天,当他坐着火车在祁连山下的青牛镇下车,来到陇城农大时,他被一个意外的消息震惊了。陈老师半个月前带着学生去学校牧场实习,遭遇山体滑坡,不幸以身殉职!肖淑娴在自己的家里接待了他,给他详细叙说了陈老师遇难的经过。郑世荣听了,唏嘘不已。一连声地说:"没有想到,真是没有想到,怎么会这样!"他安慰肖淑娴说:"你要节哀顺变,保重身体!孩子还小,陈老师走了,你一定要坚强地生活下去,把孩子带大。"肖淑娴不说话,一直在默默地流泪。郑世荣知道这种情况,自己的事不能再提,就把肖淑娴再三开导一番,然后回了黑城。

他在黑城火车站碰见了罗成农、葛兰玲两口子。这两口子自分配工作以后就再没有见过,也很少听到他们的消息,没有想到在这里不期而遇。

罗成农还是那副玩世不恭的样子,一只手卡在腰上,一只手拎个小包。头发很长,络腮胡子几乎遮蔽了整个脸庞。葛兰玲拉着个拉杆箱,要出远门的样子。

郑世荣问:"你们怎么在这里?这是到哪儿去?"

葛兰玲抢着回答:"到省城,回家,看孩子!"

郑世荣又问:"孩子在省城啊?"

葛兰玲说:"可不!一生下来就送给我妈了,一直在姥姥家。"

郑世荣见罗成农不说话,一副傲慢冷漠的样子,就故意问他:"怎么从不见你们进城啊?"

罗成农"喊"地从牙缝里吐出一声轻蔑,说:"把黑城那个城有啥进头,还不和我们待的新安镇一个球样！反正我们穿的用的都从省城带，也没有必要浪费时间进那个城！"

"看你说的，你总得吃饭吧，有些东西你总得到城里来采购吧？"

罗成农把挎包往肩头抖抖，底气很硬地说："老郑，还真不是给你吹，老子虽然待在那兔子不拉屎的地方，可生活肯定比你们强！省城我丈母娘家买不到大米买不到清油，我这里能买上！省城吃不上鸡蛋吃不上肉，我这里肉吃不完！鸡蛋都是老乡家的鸡新下的！只要我看好一个病人，不用我张口，什么米啊面啊，肉啊蛋啊，就源源不断地送来了，挡都挡不住，不要还不行！"

葛兰玲怕他说漏了嘴，白他一眼，说："你就吹吧，让人家老郑听了笑话！"

郑世荣高兴地说："我笑话啥？我们同学过上了共产主义生活，我高兴还来不及哩！"

罗成农忽然想起，问："老郑，你这是从哪儿来？"

郑世荣："省城。"

罗成农："出差？"

郑世荣知道，这两口子不知道他结婚的事，就故意实话实说："我想调到省城去。"

罗成农："啊？跑调动去了？"他和葛兰玲诡秘地对视了一眼，继而又对郑世荣说，"不瞒你老兄说，我们这次去，也是为了调回省城的事。"

郑世荣一听调省城，心里咯噔一下。自己八字还未见一撇，人家早就动手了。人家省上有人，看样子好像已经有了眉目。于是就祝贺说："那好啊，你们去了省城，我们将来去办事，也好有个去处。"

葛兰玲知道他说的是笑话，就诚恳地说："孩子在那面，明年就要上学，姥姥年经大了，没办法照顾她。"

郑世荣说："好事，好事，祝你们早日成功！"临别，他又握着罗成农的手说，"去省城了，把胡子刮一下，别像个老毛子似的！"

听者和说者都哈哈大笑。罗成农说："我们山区紫外线强，留着保护皮肤。"

郑世荣回到黑城，先去湖塆给岳父母说了濮玉林报到上班的情况，又去兽防站转了转，看了看霍站长和大家，然后又回到县畜牧局。他在这里的工作还没有搞完，局长不让他回去。

第二天，他给贺丹峰挂了个电话，咨询他当年调动的情况，让他介绍介绍经验。贺丹峰骂他说："你这个家伙，老奸巨猾，还能没有办法？你能把那么漂亮的女人弄到手，还能没有办法追着她去？你可小心红杏出墙！"两个人在电话里互相挖苦挖苦，过过嘴瘾。事实上是以这种调侃的方法，表达一下昔日的友情和别后的思念。完了老贺正儿八经地告诉他："调动可是个磨人的事情，你在心理上得有充分的准备。要准备打持久战，不要想着三锤两梆子就把事情办成了。要准备看人眼色受人气。要准备十趟八趟地跑。跑一趟人家不在，跑两趟人家开会，跑三趟人家出差了。要准备当孙子。骂死都别还口，受多大委屈都忍着。只要对调动有利，人家叫钻裤裆，眼睛一闭：钻！"老贺还说："调动是你那面得有单位接受，这面得同意放你，哪面说不好都不行。"

郑世荣还在电话里说了他去陇城农大看望肖淑娴的情况，说陈老师因公殉职，肖淑娴现在孤苦伶仃，非常可怜。贺丹峰听了，半天都不吭声，完了又让他说详细一点，又问他这个情况老龚知道不知道。他说："我刚回来，还没有见老龚哩，等我见了再给他说。"贺丹峰说："我想请你和老龚商量，把肖淑娴请到黑城来，我也过去，咱们三个做东，再聚一聚，好好安慰安慰她，让她散散心，怎么样？"郑世荣说："你这个想法很好，我和老龚商量了再说。"

郑世荣还说了他见到罗成农、葛兰玲两口子的事，贺丹峰不耐烦地说，他们的事情就不要说了，我懒得提起这两个人！

郑世荣也给龚羡林和彩虹说了陈老师的事和肖淑娴的情况。两个人听了都大吃一惊。肖淑娴的热情大度、善良贤淑，陈老师的沉稳老练、细心执着，立刻浮现在他们眼前。那时候，肖淑娴一个人住在万有财的小偏房里，经常到彩虹家来玩。陈老师来探亲，彩虹父亲还请他们到家里来吃过饭哩。多好的一个人呀，怎么说走就走了呢？撇下肖淑娴一个人，年纪轻轻的，带个孩子，怎么过呢？彩虹说："就请到我们家来吧，你们都是一个人，我和羡林好歹有个窝，让淑娴姐和我住上几天，我们好好聊聊，宽慰宽慰她。她见了你们大家，心情会好一些的。"龚羡林说："就按彩虹说的办。"郑世荣说："那我和淑娴联系，看她什么时候方便，我再通知你们，通知老贺。"

郑世荣还忸忸怩怩地说起自己想调动的事，还说了老贺说的一些情况。龚羡林笑着骂道："你别听他胡说八道，他钻过谁的裤裆？他还不是把人家组织部部长怼翻了，直接闯到书记的办公室，是书记发话放他走的！他是钻人裤裆的人吗？你的事，要我看，关键是接受单位，只要省上有人要，县上放的事相对比较好说。到时候咱们再想办法。"

郑世荣高高兴兴地回去了。当他回到单位，门房又说有一个女同志找他，到了办公室一看，竟然又是娜仁格尔勒。

他非常高兴地问："你什么时候来的？"

娜仁在他脸上端详半天，诡秘地笑笑说："我早就来了，也可以说，从上次来就没有走。我还参加了王正珍案的公开审理，搜集证据，了解情况，为王正珍进行了现场辩护哩！"

郑世荣说："是吗？那这一段你在哪里，怎么没有见你？"

娜仁嗔怪地说："你怎么见我呢？你先是忙着结婚，后面又护送夫人去省上报到，欢度蜜月，想见你也见不上啊！"

郑世荣拍拍脑袋："噢，我是去了几天。"

"怎么样，小濮还好吗？"娜仁又问。

郑世荣说："挺好，挺好。"

娜仁见他说话有些局促，就说："走吧，今天我请你吃饭，咱们好好叙谈叙谈！"

郑世荣说："行啊，有女生请我吃饭，莫大的荣幸！"

他们在黑河边的一座小酒楼里要了一张桌子。黑河湿地就在眼前，浩渺的河水波光粼粼，白云和蓝天倒映其中，一幅流动的画卷。丛丛芦苇随风摇曳，芦苇丛中不时有水鸟飞出鸣叫，就像一个个活动的音符。

娜仁说："这家的烤羊排味道不错，虹鳟鱼也烧得很好，咱们都尝尝吧！"

郑世荣不解地问："你怎么对这里这么熟悉？"

"以前常来。"娜仁淡淡地说。

趁菜还没有上来，娜仁突然又问："当年我那封信，你看过没有？"

郑世荣问："是那封告状信吗？"

"是啊。"

"我大概看了一下。"郑世荣说,"你不要误会,我知道,偷看别人的信件是很不道德的。但我在戈壁滩迷路了,走不出去了,我想如果我死了,你的信不是也发不出去了吗?这时候我就有了一个强烈的欲望,我想看看你的信,看你在信上都写了些什么。结果这一看,给了我活下去的力量。我想我一定要走出戈壁,走出沙漠,一定要活着回去把你的信发掉。就是这股力量,支撑着我硬是战胜了白天的酷热和夜晚的奇寒,等到了骆驼队的到来。"

娜仁眼里含着热泪,满满斟了一大杯酒说:"来吧,恩人,我敬你!"

郑世荣问:"那封信究竟起作用了没有?"

娜仁点点头:"那封信被转回来落到造反派手里了,之后我又写了同样内容的信,据说是被中央办公厅一位老红军看到了,他在上面批示说,一个襁褓中的小女孩,又已经过继给了别人,怎么能为她的生身父亲的行为负责呢?应立即停止抓捕和批斗,恢复名誉,恢复学业!正是有了这个批示,我的问题才得以解决。"

"你生父真的参加了反革命武装叛乱吗?"

"大约是建国初期的1950年代末吧,新疆巴里坤地区发生了反革命武装叛乱。我的生父和那些贫苦牧民没有文化,也没有见过啥世面,受叛匪的蛊惑和胁迫,就跟上去了。这是我长大后从养父母的叙述中才知道的。后来大部分牧民都得到了甄别,只有少数骨干分子受到了惩处。"

"他们就是以这个给你编造了许多莫须有的罪名?"

"是的,你看了我的信,你就知道这些人的卑鄙和无耻了!"

"一个名牌大学的优秀生,突然被强迫中断了学业,并被扣上反革命分子的帽子,被监督放羊,你是怎么挺过来的?"

娜仁抹一把眼泪说:"几乎活不过来了!你想,我原来一直填写的是贫苦牧民出身,一下子变成了反革命家庭。我原来被内定的毕业以后当校团委副书记,一下子美梦破碎,被赶回原籍成了牧羊女。我原来像一枝鲜花初放,追求者如云,可这一切竟在一个夜晚烟消云散,这是多么沉重的打击?"

"你有自己的初恋吗?"

"有!"

郑世荣还想再问得详细一些,不料被娜仁决然打断:"不要再提过去的事情!"

郑世荣知道，可能那个人把她伤害得太深了。

气氛一时陷入凝滞。

好半天，娜仁才缓过情绪，笑着问郑世荣："你当时看了我的信，害怕了吗？"

"有那么一点儿。不过我不是也战胜自己了嘛！"

娜仁又倒一个满杯，说："来，我敬你，大哥！"

喝完又问："小濮当时犹豫了吗？"

"没有！她很同情你。"

娜仁竖竖大拇指说："好姐妹！你俩真配！"完了又问，"你们现在分居两地，将来怎么办？"

郑世荣说："争取往一起调呗，再有啥办法！"

"有眉目了吗？"

"人家人员冻结。再说，我跑了省畜牧厅和省兽医研究所，可没有熟人，背上猪头找不见庙门啊！"

"畜牧厅，畜牧厅……"娜仁嘴里念叨着，好像她认识那里什么人。念叨半天，又说，"走着看吧，看我能不能帮上你们的忙。"

"怎么？你在畜牧厅有认识的人？"郑世荣问。

"熟人倒是有一个，也可能还能起点作用，但我不想去找他！"

"为啥？"

"不为啥！"

郑世荣"噢"了一声，若有所悟，也就不再强求。

娜仁走后，郑世荣想，她在省畜牧厅有人，但是不想去找，这是为什么？那个人是她的仇人还是恋人？从她叙述的口气来看，很可能是恋人，是她的初恋。爱之愈深，恨之愈切。她不是说那场变故不但毁坏了她的前途，而且也毁坏了她的爱情吗，那么，那个人会是怎样的一个人呢？他们是屈从于政治压力不得已而分手的呢，还是此人品质不好而分手的呢？不管什么原因，如果他错过娜仁这么好的姑娘，他就是个大笨蛋大傻瓜，他会后悔一辈子！

娜仁现在孤身一人。那件事虽然已经平反，也给她分配了工作，但她的内心所受的伤害还远远没有抚平。她不愿意回她的家乡那个县，那里有一些当年陷害过她的人，她不想看到那些丑恶的嘴脸。她也不喜欢教师这个工作，她一心想当个好律师，为一些弱势群体和蒙受不白之冤的人进行辩护。在这种情况下，她身边太需要有个男人了，太需要有人帮她抚平伤口、安顿心灵、对她时时关爱了。但从她的口中透露出的信息看，她对个人问题再没有多想，任何人都无法再走进她的心灵。这就说明，她对她的初恋还一往情深，她对她恨的那个人还寄有希望。郑世荣有个大胆想法，且不说为自己帮忙与否，如果省畜牧厅那个人果真是她的初恋，他和濮玉林从旁调查调查，调和调和，再使他们旧情复燃，岂不是为这个美丽善良的蒙古族姑娘做了一件好事，尽了一份朋友之情吗？想到此，他就给濮玉林写了一封信，把娜仁说的情况复述了一遍，让小濮去畜牧厅打听打听，看有没有这么个人。

濮玉林接到他的信后，好多天都没有回信。后来来信说："我反复考虑，这种做法似有不妥，叫人感觉我们动机不纯。既然娜仁说了，她就一定会去找。如果她找的这个人确实愿意给我们帮忙，那他肯定要见我们。到时候见了，认识了，我们才能弄清他和娜仁的关系，也才能弄清娜仁现在的想法。如果那人确实是娜仁的初恋，如果娜仁确实还有继续的想法，到那时我们再做工作不迟。现在对双方情况不明，态度不明，就去找岂不唐突！你嘴上说的是成人之美，可你最终还是为了解决自己的问题。两件事过早地交织在一起，我怕引起人家的误会和反感。"

郑世荣看了濮玉林的信，仔细一想，还就这么个事。他心里说，好了，就听她的，就让娜仁去找吧，找不出结果再说。

郑世荣给肖淑娴打电话，说了大家希望她来黑城团聚散心的意思。肖淑娴说，陈老师去世时间太短，她心情不好，哪里都不想去。再是，孩子上幼儿园，每天要接送，离不开。等孩子放了假了，等老陈的七七纸烧完了，她带上儿子来看大家。让郑世荣转达对龚羡林夫妇的问好，谢谢彩虹一片心意，见了贺丹峰了能够代她问好。郑世荣把她的意思向大家一一做了转达。

由肖淑娴的遭遇，郑世荣想起了他们几个人的命运：原大学毕业，一个个雄心勃勃，想干一番大事业。结果，中央一声令下，全部四个面向，从最高处跌到了最低处。握笔杆子的手握起了牛鞭，穿皮鞋的脚踩进了牛粪堆里。老龚是多么聪明多么清高的一个人，上大学二年级的时候就在《人民日报》上发表文章，本人一心想当作家或一名记者。如今困在黑城这样一个西部边陲小县城里动弹不得，只好和回乡的知识青年郁彩虹结了婚。还好,这家伙本事大,也能折腾,不但自己当了官,还跌跌绊绊给彩虹转了正。现在,这家伙是几个人中混得最好的。老贺他哥的做了个啥!天天手揣进衣服口袋胡吹他是国立大学的高才生,结果,既没有"治国安邦平天下",也没有混得个一官半职,领了个农村姑娘英子回老家当教书匠去了。要知道,这家伙的历史知识功底深厚着哩,是一心要当大学教授和历史学家的!罗成农、葛兰玲夫妇,在劳动锻炼的时候,把小市民的那种小伎俩耍遍了!经常用一些小恩小惠巴结讨好生产队干部,取悦一些社员群众。没有想到一分给分到全县最差的山区公社了,而且这一去就再没有动。利用自己的一点医疗技术,向老百姓索贿受贿,榨取老乡辛辛苦苦积攒起来的几斤清油几颗鸡蛋、老大妈穷死都舍不得吃的几只老母鸡,还吹啥着哩,缺德!肖淑娴是同学中不可多得的漂亮女生,可不知咋弄的,老龚没有找,老贺没有找,我也没有找,硬生生让肥水流了外人田了!陈老师比她大好多,她肯定不情愿,如果情愿早就答应了。不情愿了不情愿,已经生米煮成熟饭了,就好好过去吧,可天不遂人愿,陈老师又叫滑坡给压死了,你说这叫啥事啊!

　　自己当年坚持不找农村丫头,为此,曾和老龚老贺三个光棍在万有仁的堂屋炕上讨论过几个晚上。找了濮玉林,虽说如愿以偿,可走过的道路多么艰辛,受过的冷眼有多么锥心,只有自己知道。自己家庭出身不好,所学专业又不吸引人,先天不足,比别人矮了半截。但自己生性好强,偏偏要向命运挑战,这就注定将要走过一条不平坦的道路。人家父母从一开始就不同意。他哥更是阴的阳的手段都用,铁了心地要把我从他妹妹身边撵走,就差动手打架了。中间又遇上权势女强人黄局长,为了把濮玉林弄给他弟弟,一方面到县委组织部去诬告我有政治问题,一方面又把小濮发配红沙梁,逼其就范。真是大起大落大悲大喜啊!现在好了,总算追到手了,结了婚,心想这下可以过一个平稳日子了,谁想玉林又被调省上了,两个人一个被窝刚睡几天,又要牛郎织女天各一方了!这真是:人的命,天注定。该死的娃娃牛牛子朝天着哩!

　　原来自己一个人,一点都不知道"急"的味道,自从和她认识了来往了,就知道急了。一天不见都不行,她走到哪里,就追到哪里。从她身边回来以后,就睡不着了,失眠了。吃饭不香,走路无力,连班都不想上了。心里猫抓猫抓的,怎么会这样呢?难道这就是人们常说的爱情的力量,婚姻的力量吗?唉,再急再慌,总不能为了媳妇把工作丢掉吧？工作这是自己吃饭的依靠，也是人生价值的追求，丢掉了工作，就等于丢掉了媳妇，丢掉了追求！因此，得打起精神，好好工作。调动现在看来，显然是一场硬仗，要做长期的思想准备，越是时间长越要把工作做好。

今天是星期日，他不想回原单位去。回到湖湾也是自己一个人，有什么意思。濮玉强对他还是那么冷淡，自从妹子调省上又升上科长以后，他越发地趾高气扬，越发地不把他郑世荣放在眼里了。他懒得和这种人一般见识。玉林在了他尽量应付着，玉林不在，他根本不想回去看他们。

他一个人来到黑河岸边。这两天祁连山积雪消融，河水高涨，河面充盈而宽阔。清澈透亮的河水，平缓而幽静地向北流去，两岸树木一片葱茏。野鸭子成双成对地在水中嬉戏，一幅相亲相爱的温馨画卷。河对岸就是黄沙茫茫的巴丹吉林沙漠。看见那沙漠，他就想起那次战备考察自己迷路的情景，又想起和娜仁格尔勒的初次见面。说实在的，谁能把娜仁娶上，就是烧了高香。她的人品，她的学识，在整个黑城县，还没有几个人能与之相比！

他在河边一直坐到月亮上来。噢，多么清亮浑圆的一轮明月啊！

第二天上班，局长笑嘻嘻地通知他，说九点钟召开一个全体职工大会，县委组织部的人来，有重大事情宣布，请他务必准时参加，他没有想过这个会会和自己有什么关系，就说："我一定准时到。"

九点不到，局长又来亲自请他了，他们过去时，会议室里已坐满了人，组织部的人也来了。

局长让他坐在前排，而且非常客气，他感到有点异样。

看着人到齐了，局长和组织部杨副部长一阵耳语，会议就开始了。

局长主持会议。他说："今天我们召开机关全体职工大会，有一件重要的事情宣布。现在就请县委组织部副部长杨华林同志宣布并讲话。"

杨部长打开文件夹，看会场一眼，郑重宣布：经基层推荐、组织考察、县委常委会议研究决定，郑世荣同志任县畜牧局副局长。从该任命宣布起，五日之内和原单位办清工作交接手续，履新上岗。

局长带头欢迎，与会人员都向他投来热情的目光。郑世荣站起来向大家鞠躬致谢，脑子里一片空白。至于杨部长后面还讲了些什么，他一句都没有听进去。

五十八

地委工作组撤走以后，李立国书记好像胜利了。但龚羡林明显感觉到，他在黑城不好工作了。

果然，书记已经开始做着走的准备。他借工作组风波，对县直各单位的领导班子，进行了大幅度的调整，把那些心术不正品行不端专搞阴谋诡计的，没有本事不干工作每天牢骚满腹的，老子天下第一说不得动不得的，挑拨离间搬弄是非闹不团结的，毫不手软地剔除出去；提拔任用了一些年富力强、文化程度高、事业心强、有能力的干部充实进了各县直领导班子。他跟地委据理力争讨价还价，硬是把县委办公室周主任弄到县委常委的位置，把公安局董局长提到县委常委、县政法委书记的位置，把知青办李主任提拔交流到地区知青办副主任（副县级）的岗位，把文教局方局长提拔到县革委会副主任的岗位。一个小县，一次提了四个县级干部，这在黑城的历史上是没有过的，在全区也尚属首次。地区那些人，知道他省上有人，想拦也拦不住，只好听黑城人拍手称快唱赞歌了。

除了县级干部外，他还提拔任用了一批科级和副科级干部。龚羡林被任命为办公室常务副主任（正科级，主持日常工作），老宋被任命为文教局局长，老张被任命为战备办公室副主任，小寇被任命为人防办副主任，郑世荣被任命为畜牧局副局长。还有一些龚羡林不认识或不熟悉的干部。

任命宣布后的一天晚上，李立国书记找龚羡林谈了一次话。他说："这一次给你任了个常务副主任，主要是为了解决你的正科级问题，提县级你太年轻，资历又浅，不好提，解决个正科，为你以后上到县级搭了个台阶。我知道你想调走，省委组织部的肖处长两年前就看上你了，想要，给我提了几次，我没有答应。我给他说，我手下就这么几个顶用的人，你给我调走了，叫我怎么办？不过，我答应他让你再陪我两年，到时候我走，你就走。现在省委已经决定，让我去我省的南都地区担任副专员兼民河县的县委书记。这样，你就可以联系调省上的事情了。过几天我去省上，再给肖处长说说。"龚羡林说："谢谢书记的关心和爱护！我不管走到哪里，都会永远牢记你的教诲，努力工作，积极上进，绝不给您丢脸！"

过了几天，李立国书记被正式调走了。黑城新来了位姓柳的书记。纪副书记被调往邻县担任县委书记。吴亦军当了革委会的二把手。

这位柳书记一来，也是调整干部，把李立国刚刚调整好的班子，弄了个稀巴烂。

龚羡林被调整到县委宣传部当常务副部长，调老张来充当他的角色。他知道这是对李立国势力的清洗和打击，但心里长出一口气：没日没夜伺候人写材料的日子终于结束了。因为调整来调整去就这么几个人，把谁也杀不掉，把谁也少不了，大家都在一起混了多少年了，思想上没有一点压力，彼此心照不宣，没有任何看法。

不久，十一届三中全会召开，宣告文化大革命结束。紧接着开展真理标准问题的讨论，县上让龚羡林带队，带领县直部分单位负责人共十五个人，去地委党校学习。龚羡林敏锐地感觉到，这个真理标准问题的讨论，绝不是一般理论问题的研究，它是有针对性的，针对以往工作中的得失，关系到党的路线方针和政策。这一问题的提出和讨论，仿佛预示着一个清明、清新、民主、宽松时代的到来。但由于历史的经验教训，他和大家商量："听老师讲，老师讲到哪里，我们就认识到哪里，绝不出人头地，先发议论，也不标新立异，胡说八道。历来的运动都是这样：先是引蛇出洞，接着就是枪打出头鸟！挨整的永远是有思想的，没思想的从来不挨整，不要不疼的手往磨眼里戳！"大家都说："就是，叫他们上面先往清楚里认识，他们啥时候认识清楚了，我们也就认识清楚了。谁也不是傻子！"

龚羡林抽空去看了党校长一家，党校长还是那么庄重朴实，只是刚劲的寸头开始有些灰白，他的夫人还是那么热情健谈，问了这个问那个，对黑城的人和事念念不忘。他们的小女儿也由黑城调往地区工作，家里的事就由她来打理，两位老人的衣食起居也多由她来照顾，龚羡林望着两位可亲可敬的长者，想起他们曾给予自己的全力帮助，内心充满深深的感激之情。

陈姨已经随着权叔的工作调动回省城了，只有等以后自己去省城了再去看他们。

参加学习班的学习，倒是一件轻松愉快的事情，抛开了繁重的工作拖累，撇开了家中油盐酱醋一应杂事的纷扰，和一帮年龄相仿级别相同脾气相投的人在一起，胡吃海喝，胡吹神聊，心情有一种放飞的感觉。县粮食局马副局长，肥腮胖脸，浓眉大眼。当年当兵剿匪，右手的食指和无名指被打掉了，吃饭时用只有三根指头的手掌抹嘴，样子滑稽可笑。县文化馆的王馆长就开他的玩笑说："实践是检验真理的唯一标准，你去照照镜子，看抹干净了没有？"惹得大家哈哈大笑。

晚上没有事情，学员们大都借这难得的机会寻亲访友去了，龚羡林趁着没人打扰，抓紧给肖处长写了一封信，说了李立国书记已经调走和自己参加学习班的情况，望他能够继续关心，以尽快解决自己工作调动为盼。

龚羡林和肖处长并不熟悉。只是前年省上召开全省农业学大寨经验交流会，派人到各地去审查材料，肖处长负责掖州地区。他一个县一个县地进行审查，最后从全区的材料中只选了龚羡林写的黑城的材料。他就是那个时候认识龚羡林的。之后材料送省上修改，龚羡林又在他的直接指导下工作了一段时间。龚羡林不知道他看上自己，只是觉得他欣赏自己的文采，也问过一些简单的情况，当时他不敢有任何想法。李书记说的那种情况他不知道，要知道了，他早闹腾着要走了。心想：这个李书记，让我错过了一个多好的机会，白白耽误了我两年的时光！现在信是发出去了，就听天由命吧！肖处长如果还有那个想法，这事说不定就能成，肖处长如果不好再要他，那就只好再等机会了。龚羡林清楚，像他这样的人，一没后台，二没关系，只有靠自己挣扎了。

从地区学习回来，办公室老张——张副主任嘻嘻哈哈笑着对他说，新来的柳书记是搞统计出身的，对数字特别感兴趣。他讲话，桌子上除讲稿以外，还有各个方面送来的统计报表，他自己也有个小本本，记录了一大堆数字。他边念讲稿，边引用数字，如果谁家的数字和他的对不上，就当场大骂不负责任，并叫搞统计的人站起来，严加训斥。麻森没有得到提拔，本来就窝了一肚子气，前几天会上被叫起来训，两个人当场就吵起来了。柳书记下来余气未消地要组织部处理麻森，组织部杨部长无奈地说："人家是个老同志了，又没犯错误，叫我们怎么处理？"龚羡林听了，哈哈大笑说："看来这书记就这水平了，完了咱们把麻大谝子叫出来喝上几杯，给安慰安慰。"

老张还说，柳和吴已经闹翻了。吴原来想借工作组之手，把李搞掉或弄走，他来接班，没有想到李走了，地区和省上并没有要他接班的意思，又派来了柳。他很不服气，又站在李的立场到处放风说柳把干部队伍弄乱了，说不定到地区也这么说。

这话叫柳听到了，这不，一二把手直接对立起来了。龚羡林说："不管他，咱干咱的活，咱吃咱的饭。"龚羡林嘴上这么说，但内心却为县上政治环境的恶化而担忧。好端端的一个县，如果县委一班人七股八岔闹不团结，就很难形成合力。如果一二把手带头闹内讧，你搞你的我搞我的，你拉你的人，我拉我的人，就难免使干部队伍分化，使领导班子分裂，给全县的工作造成影响。自己虽然要走了，但并不希望这里乱，这是自己生活了十多年的地方。这里有自己流过的汗水、付出的辛劳，有难忘的人和事，有刻骨铭心的爱和恋。干部队伍乱了，领导班子乱了，遭受损失的只能是全县的老百姓！不过，担忧归担忧，自己人微言轻，左右不了什么，也阻挡不住什么。可他相信，时间总会做出回答，任何与人民意愿相悖的行为，总会结出历史的苦果！

　　龚羡林去公安局看望董局长和向大年，董局长还没有去政法委上班，向大年新近被提拔担任了刑侦股股长。龚羡林去，一是看看他们，二是向二位表示祝贺，董局长还是那么沉稳老练。他为龚羡林能去看他感到特别高兴，说："祝贺什么呀，我都老了，就希望把咱黑城的事办好，让老百姓能过上安稳的日子。以前李书记在，工作有人支持。今后怎么样，很难说，反正这个活是越来越不好干了！"令他欣慰的是，"李书记在时的几件大事都已经办理完结。梧桐泉纵火杀人案，是运动初期黑城发生的最大案件。尽管案子牵扯造反派头头和他们的幕后指使人，但我们顶住重重压力硬是把它翻了过来。现在，一些主要罪犯，包括信和的王肃年，都已经全部抓捕归案，并被判刑。至于一些台面人物，我们也把材料和罪证报了上去，看上面怎么表态。我们的态度是，不管他后台多硬，我们要一追到底！"董局长谈兴正浓，还想再说下去，龚羡林也想再听下去，忽然有重要客人来访，龚羡林只好告辞。董局长说："那你和大年再聊聊去吧！"

　　龚羡林来到向大年的办公室，把他和董局长聊的情况说了说。向大年说："董局给提拔了一下，高兴着哩！"龚羡林刺他："那你不高兴？"向大年忙说："高兴，高兴，当然高兴！"

　　龚羡林："听董局长说，梧桐泉的案子基本上处理完了？"

　　向大年："完了。案犯都被绳之以法，受迫害的由政府给以补偿处理，丢失财物正陆续追回。"突然问，"那个跳崖被救的尼姑红玉你还记得吗？"

　　龚羡林说："记得呀，她怎么了？"

向大年："她不是被一位姓魏的老人救下了吗，后来寺院的管家来了，把她和那位老人一同带走收养了。听说现在嫁人了，日子过得不错。"

龚羡林说："董局长跟前我没有来得及问，王正珍的案子究竟怎么判下了？"

向大年说："判了，判了几年有期徒刑，送省城旁边的风铃客车厂劳动改造去了。"

"啥时候走的？你咋没说？"龚羡林着急地问。

"咋？你还想去送？"向大年说，"你一个大主任，老出现在一个犯人身边，怕不好吧？"

原来王正珍的案子，当天公审完后，法院又综合各方面的意见，认真进行了研究，并在一定范围内进行了判决。之所以当天没有宣判，是考虑到双方群众情绪都比较激动，怕闹出事来。再加动用辩护人是临场决定，辩护合不合法，辩护有效无效，需党组织统一认识共同担责。

龚羡林听了颇感欣慰。心想这个判决来之不易。如果没有董局长、张院长、向大年这些人主持公道伸张正义，王正珍——这个饱受新时代封建礼教和世俗观念摧残折磨的善良女性，就很有可能成为它们的牺牲品！龚羡林向向大年表示感谢！

向大年说："你感谢我干什么，你要感谢就去谢人家娜仁律师，这一次娜仁的辩护可是起了大作用！"

龚羡林问："是吗？"

向大年接着说："不是说她人长得多么漂亮口齿多么伶俐，而是她面对一个无依无靠的弱女子，敢于挺身而出，敢于大胆地替她说话，敢于用她同样弱小的身躯保护一个自己的姐妹，就这种精神，足以叫人感动，叫人佩服！同时，她还提供了一些法院没有掌握的案情细节，这为法院最后的判决给予了很大支持。"

向大年还说："娜仁这个人真不错。她自从听说王正珍犯事，就一直跟着这个案子，暗中调查，搜集证据，并和法院保持联系。直到案子判了，王正珍被押走了，她还陪伴在她身边，一直护送她到了省城，到了风铃客车厂。"

龚羡林感叹："真是侠肝义胆，奇女子也！"

龚羡林回家把这个情况给彩虹说了，彩虹也是十分高兴和感动。她问龚羡林："不知给她家里说了没有？薛书记他们知道吗？"

龚羡林说:"这么大的事,肯定要通知她家里,大队也就知道了。"

彩虹说:"我不放心。你忙你的,我去一趟。"

龚羡林说:"也行,你去看看王妈妈,让她想开一些。几年时间,很快就过去了,到时候王正珍也就三十来岁,正活人哩!"

彩虹答应着去了。

龚羡林收拾东西正准备去上班,县委的通讯员小罗风风火火从街门里闯进来了。他看见龚羡林就说:"龚部长,柳书记叫你赶快到他办公室去一趟!"他问有啥急事,小罗说他也不知道。

龚羡林来到柳书记办公室,柳书记正一个人摆弄一大堆资料不知干啥哩。见龚羡林来,对他说:"老龚,现在国家准备恢复高考,就在三个月以后,时间特别紧张。文教局送来了个统计数字,咱们全县积压下的老高中毕业生和知识青年,就有上千人,估计报名参考的也不下七八百人。我的意见,这事你们宣传部要抓总,和文教局商量,拟订个方案,看怎么组织实施。总之,我希望我们黑城能多考几个大学生。另外,十一届三中全会的贯彻落实,也请你们能够拿出个意见来,供县委常委会讨论,集思广益,最后形成决议。"

龚羡林说:"柳书记,高考正如你所说,是多少学子梦寐以求的大事,我们一定和文教局配合,把这件事做好。报名条件咱们看国家的,国家什么条件咱们就什么条件。组织复习我想请一些专家教师,搞一个系统的复习大纲,尽快地印发每个考生,同时让县一中分课目进行集中辅导。临阵磨枪三分快!我们再进行一些思想发动,鼓励他们胸怀大志,敢考敢赢,克服自卑心理,提高自信心。这件事,我可以具体负责。"

"关于你说的三中全会贯彻落实的问题,题目太大,我一时半会还想不太清楚。"龚羡林继续说,"但我认为以下几条是不能或缺的:一是破除以阶级斗争为纲的指导思想,清除极'左'思潮的束缚和影响,最大限度地解放思想,调动积极性;二是落实政策,平反冤假错案。我们县是有冤假错案的。这些错案虽不是我们手上造成的,但我们有责任平反和纠正;三是发展经济要拓宽思路多头并举的问题。不能光发展农业,还要发展林业、牧业和副业。要鼓励农民发展家庭经济,鼓励并组织农村工匠出外挣钱,彻底解决农村的贫困问题。"龚羡林最后说:"柳书记,我说了,这个问题太大，我一时说不清楚，就以上几条也不一定对。你可以让丁部长牵头，弄几个人，好好讨论讨论。他是县委常委，他来抓这件事最合适。"

柳书记点着头说："你说得很对，也很好。这样，你先把高考这件事抓一抓，一边抓一边考虑三中全会的事。我让老丁先组织人研究着，完了咱们再一起讨论。"

龚羡林答应着，就去抓高考的事去了。

他首先找见老宋，传达了柳书记的意思，问了上面关于高考的政策规定，说了自己的想法。老宋一听，高兴地说："咱们想到一块儿去了！现在，全县考生的底子已经摸得清清楚楚。这次机会难得。机会面前人人平等。我们想，只要本人历史清白，身体健康，年龄在三十五岁以下，都可报名。不再搞政治审查。你说的复习大纲的事，我们马上组织人编写。一中辅导的事，马上安排。只要对考生有利，我们加班加点熬几个通宵又有什么！"

龚羡林说："想想我们当年，由于运动，大学的课程没有上完，留下遗憾。现在让咱们抓这项工作，内心有一种难言的激动，有一种强烈的使命感。"

经过紧张的筹备，复习大纲在考生报名之前终于编印成册并分发到手，一中承办的辅导课也按计划分课展开。龚羡林感觉到，在这一关系到千百万考生前途和命运的奋斗中，黑城县从县委、县革委、各个机关直到全社会，心灵是相同的，思想是一致的。这是对运动破坏和耽误的抗争，是为黑城未来的抗争！在这一问题上的空前一致，说明人心之所向，社会之所求！

龚羡林和老宋作为这项工作的总负责，深感责任重大。他们跟随一中的老师，参加对考生课程的辅导，插空进行励志教育和心理辅导，以振奋考生昂扬的斗志，并减轻他们的心理负担，完全融入了这项伟大的事业，进入到了一种忘我的工作状态。

经过全县上下的共同努力，这一年，黑城县共有两百多人入选全国各类大专院校。其中，有近一半入选省级以上重点院校，破了历史记录，也震动了全县。特别是对全体教师、学生和家长来说，就像看到了黎明的曙光，无比欢欣鼓舞。教师又恢复了教书育人的自信，学生看到了美好的希望和前途，家长也增添了甘为孩子付出的担当。一次高考，胜过十年说教，极大地提高了教育的地位，提高了全社会都重视教育都抓教育的自觉性。

不久，龚羡林收到了原知识青年常思思和闫小曼的来信。常思思考上了北京大学中文系，闫小曼被中南师范学院哲学系录取。

常思思在信中说——

龚哥，参加工作以后，一直想给你写信，说说我们的情况，表达感激之情。但又考虑，没有什么高兴的事情可以告诉你，一个挡车女工的生活，能有什么说的。所以就一直拖了下来。最近，国家恢复高考，我可以骄傲地告诉你的是，经过无数个日日夜夜的拼搏，我终于考上了北京大学中文系，实现了多年的心愿。我想你知道了，一定会替我高兴的！

你知道，我喜欢西方文学和俄罗斯文学。感谢在插队的时候，你给我找来了那么多世界名著，让我的心灵又打开了另外一扇窗户。北大的外国文学师资力量很强，我想在学完基础课以后，选学外国文学。重点是法国文学、英国文学和俄罗斯文学。还望能够继续得到你的帮助。本科毕业，如有可能，我想出国深造。人活一辈子，争取活得精彩一些。

我姐姐常念念没有考上。主要是旧事缠绕，心思恍惚，精力集中不起来。名落孙山，对她打击很大，她决心振作起来，明年再考。以她的实力，我们相信，只要她能够彻底走出阴影，明年一定会成功。

你是一位学业深厚且各方面都比较成熟的兄长，不知对自己的未来有何打算？就在黑城那种小县城一直待下去吗？我觉得太委屈你了！我会一直给你写信的，望保持和我的联系！

闫小曼的信是这样写的——

龚老师，你好！首先给你报告一个好消息，在今年恢复的高考中，我幸运地考上了中南师范学院哲学系，这是我做梦都没有想到的！

在这兴奋的时刻，我特别想念你和李主任这些好人！是你们像父兄一样的搀扶和挽救，把我从极度痛苦极度疯癫的状态下拉了回来。是你们一句句温暖的安慰、一字字触及心灵的规劝，唤醒了我迷惘的灵魂，鼓起了我做人的勇气！我能够有今天，全靠了你们无私的关爱和帮助！我一定要把这种大恩大德带到自己的生活和学习中去，做一个新时期的优秀大学生，将来回报我的祖国，回报所有爱我的人！

我之所以选了这么远的学校，我想原因你们是清楚的。我想远离那个地方，远离昨天，远离眼泪……

赵晓龙是冤枉的！如果有朝一日能为他平反昭雪，我即使走到天涯海角，也会回来再祭他的！

龚羡林给他们两个人都回了信。他为她们的成功考取感到高兴，表示祝贺。同时，根据自己的认识和体会，提出了一些可供她们参考的建议。

在给常思思的回信中，他热情肯定并赞扬了她的雄心壮志，勉励她一定要学好基础课。建议在喜欢西方文学的同时，对中国古诗词也多关注，因为这是中国文学的精髓。要注意练笔，多写东西，不能只做眼高手低的文学家。只说不练是假本事。

在给闫小曼的回信中，他热情赞许她现在的精神状态，为她考上大学而感到特别高兴！他说一切都来之不易，希望她能全身心地投入到学习中去，慢慢忘却过去忘记黑暗。相信她一定会成为有文化有知识有前途的一代学人！

他要常思思给常念念带话，忘记过去，集中精力，加紧复习，明年一定会成功。

他向闫小曼承诺，赵晓龙的事，他会持续关注，不断向上反映。

在忙完了高考的事情之后，龚羡林又参加了《县委县革委关于贯彻落实党的十一届三中全会决议》的讨论和起草工作。

待文件打印稿放上柳书记案头的一天，县委主管组织的副书记找他谈话，说接到地委组织部电话通知，借调龚羡林同志去省委组织部工作。望接到通知后，尽快交接手头工作，去省委组织部报到。

五十九

英子从川渝回来，问公公，她不在这几天，孩子是谁带的。公公说，那不是丹峰去黑城把你那个表妹给接来了嘛！

英子一听，怒火中烧，直接冲进书房找贺丹峰算账。贺丹峰正在抄改他的书稿，整整齐齐的稿子码满书桌。英子上去二话没说，抓起一沓稿子就"呲呲"撕个粉碎，扬在地上。

贺丹峰大叫一声，斥责道："你疯了吗？这是我费了一个多月的时间才抄成的！"

英子怒不可遏："我问你，你把莲莲那个骚货又弄来，是想干啥呢？"

贺丹峰也气极了："你真是个满涮！你把孩子撇下，自己跑了，我要上班，谁看？"

英子脸色发青："你不会找别人吗？"

贺丹峰："我到哪里找别人去？人家谁愿意丢下家里的活跑来给我看娃？就莲莲，人家也不愿来，还是我给她妈求下话才来的！"

英子无话可说，气呼呼地回到卧室。孩子刚好醒来，可能尿了，啼哭不止。她正在气头上，揭过被子，就在那粉嘟嘟的小屁股上"啪啪"打了两巴掌。孩子哭得更凶，她又将孩子抱起，抱在怀里哄劝，哄着哄着，自己也哭了。

这事就这样过去了。

又过了一段时间，英子去商场买东西，她看到了一个熟悉的身影。那是莲莲的身影。她正和一个不认识的高个子男青年在一起，挑选床上用品。英子很奇怪，莲莲不是回黑城了吗？怎么又出现在徕远？那个年轻男子是谁？难道是她找的对象？她怎么把对象找到这里来了？英子怀疑，要么老贺没有说实话，莲莲根本就没有回去；要么就是老贺给莲莲在徕远找了个对象！他想着法子把莲莲留下干啥？难道我的怀疑是对的？他们早就勾搭上了？他贼心不死？

英子本已平静的心，又开始焦躁不安起来。她从别处打听，跟莲莲在一起的那个男青年是谁，人家告诉她，那是徕远中学的一个老师，姓潘。她一听心里就明白了，果然是贺丹峰一个单位的，果然是贺丹峰搞的把戏！

英子回到家，表面上装得很平静，内心里却早已翻江倒海。她讽刺贺丹峰说："你现在老师当着当着，还会当媒人了？"

贺丹峰问她："你啥意思？"

"啥意思？"英子又开始愤怒了，"我问你，你不是说莲莲已经回去了吗，怎么还在徕远？你们学校的潘老师，是不是你给她介绍的对象？"

"你见着莲莲了？"贺丹峰问。

"我不但看见她了，我还看见潘老师了！"

"这是好事啊！"

"什么好事？怕是给你自己弄的好事吧！"

贺丹峰一听也火了："哎，英子！你怎么现在越活心胸越狭窄越活越没有人气了呢？那是你亲亲的姑表姊妹，是从小一个被窝里滚大的人。在海子学校，人家来看我，你就胡说了一通，把人家赶走了。前一段你不在，我把人家叫来帮咱看了几天娃娃，你又疑神疑鬼，不依不饶。是的，她在我们学校找了个对象，那是上次我去，你姑姑万翠兰当面托付我的，但人是我们校长给介绍的。我最近工作忙，没有再管这事。你碰见两个人在一起，说明可能谈得不错。你作为姐姐，应当为此感到高兴，怎么反而就生气了呢？"

"那以后不准她到咱们家来，也不准你去找她！"

"你呀你！"贺丹峰气愤地说，"你怎么变成这个样子？人活着总得有些亲戚朋友，你六亲不认，一个人活着，有什么意思？"

英子理直气壮："我就六亲不认！我就一个活着！"

贺丹峰警告说："你有权利在徕远生活，人家莲莲也有权利！你如果把人家莲莲的婚事搅黄了，你就不用进这个家门了！"

没有想到，英子还真找莲莲闹去了。

英子过去时，莲莲和潘老师正在布置学校分给他们的新房。宽大的席梦思床上，正是他们昨天选购的太平洋床单，淡蓝色的底色上，牡丹花富贵娇艳。再配上一对鸳鸯枕头，床头他们结婚的照片，营造出一种温馨甜蜜的氛围。

莲莲正幸福地端详着房间的布置，猛回头，英子站在她的身后。她惊喜地叫了声："姐！你怎么来了？"

英子冷着脸说："我来看看你啊！"

莲莲尽管听出了她话中的敌意，但还是高兴地给潘老师介绍说："小潘，这是我姐英子！"又向英子介绍说，"这是小潘！"

小潘热情地伸出手，想与英子握手，谁知英子冷冰冰地转过身去，弄得小潘非常尴尬。

还没等莲莲生气，英子突然问："是谁给你们介绍的？"

小潘小心地说："是我们校长，当然，也有贺老师！"

英子："我就知道是我们家那个坏种！"

小潘："姐，你怎么那么说贺老师？"

英子："你可能不知道吧，你面前这个骚货，跟我们家那个坏尿早就有勾搭！"

莲莲愤怒至极地说："万小英！你不要满嘴喷粪！你嫁了个贺丹峰，你认为别人都稀罕你家的贺丹峰，这世上比贺丹峰好的男人多的是！你不要把别人对你的好当成了驴肝肺！"

英子："你就是攥着贺丹峰来的！"

英子这句话刚说完，贺丹峰就从门里冲了进来。贺丹峰手指着英子说："你给我住嘴！你太过分了！你好好的一个人，怎么现在变成泼妇了呢！"

莲莲气得痛哭失声："姐，你怎么现在变得这么歹毒了呢？你过上了好日子，就不准别人过好日子，这是为啥？"

"我不为啥，我就歹毒，我就是泼妇，怎么了？"英子像一头发狂的母兽，气势汹汹地逼向莲莲。

贺丹峰一把将她推开。可能用力过猛，竟将英子推倒在地。

英子煞白着脸站起，指着贺丹峰说："贺丹峰，你敢打我！我不和你过了，我们离婚！"

"离！离！现在就离！"贺丹峰也被气疯了。

待英子走了以后，贺丹峰半天才平静过来。他抱歉地对小潘老师说："小潘，让你见笑了，她原来不是这样！你别听她胡说八道！她就是太爱我，生怕我被别的女人抢了去，才这么疑神疑鬼的！莲莲是什么样的姑娘，你已经了解一段了，你也到她家去了。都是老老实实本本分分的农家子女，你们就好好准备你们的婚事吧，我真诚地为你们祝福！愿你们相亲相爱，白头偕老！"说完，踉踉跄跄地走出了家门。

小潘看着他远去，对莲莲说："贺老师好可怜，那么大的学问，还是我们的副校长兼教导主任，怎么找了这么个不讲道理的老婆呢？"

莲莲抹了一把眼泪说："她小的时候可不是这样！可能是我姐夫学问太大她心

里不踏实吧!"又问小潘,"她刚才说我的那些话,你信吗?"

小潘上前,替她擦干眼泪:"怎么可能!贺老师的人品,我们都了解;你的人品,现在我更了解!"

莲莲委屈地说:"就是嘛!你说她是我亲亲的表姐,我就这么一个表姐,我们从小一块长大。按说,你嫁出去了,你成了城里人了,你就得操心着给这个妹妹在城里找个对象。结果,你不但不给找,还时时提防着,害怕我和我们姐夫有麻达。我是那样的人吗?我再急着想找男人,总还没有急到连廉耻都不顾了吧!"

小潘说:"算了算了,再不生气了,你再想想,咱们还需要置办些啥?"

莲莲一把抱住他,眼泪又像小河一样流了出来。

贺丹峰回到家,不见英子的面,孩子也不见了。他想可能到哪里转去了吧,没有多想,又去抓紧抄写他的文稿。抄了一阵又觉得不对,心想:"人家跳着喊着要和我离婚,是不是当了真到法院等着我去了?这个痴子客,神经一搭错,啥事都做得出来!"他赶快收拾文稿又急急忙忙去了法院。法院里并没有英子和女儿的身影。但真有两对男女在那里上演离婚的悲剧。他想,既然来了,不妨看一看听一听,再等一等。他总觉得,一对相亲相爱的人,闹到离婚的地步,可能真是山穷水尽了,可能就真的水火不容了。离婚不是一件好事,伤害对方,伤害家人,更伤害孩子。离婚在中国的传统观念里是大逆不道的,是遭人诅咒的。一个好人,没有正当的理由是不能离婚的。他不想离婚,他说他同意离婚,那是叫英子气的,是说的气话。他为啥要离婚哩?媳妇是自己找的。英子虽是农村姑娘,虽没有文化,但那是自己看上的。"她爱我,她对我好,她护家,她敬老人,她给我生了丫头,以后还会生儿子。这就够了,还图什么?当然,她有毛病,她防卫心理、自我保护意识太强,她脱离不了农村丫头那种自私、狭隘、细碎、多疑的毛病,但她的大节是好的。我一个男人,应该宽容一些。"真像老辈人说的,两个素不相识的人,要在一起居家过日子,哪有碟碟碗碗不相磕碰的呢?再说,他总觉得他对不起英子。他和肖淑娴那事,虽是他们结婚前发生的,但还是他的污点。他曾多次试图向英子坦白这事,但正如杨月红妈妈所说,英子的胸怀就那么丁点大,你不说,烂在肚子里,她只是个怀疑。怀疑来怀疑去,没有证据,时间长了,就不怀疑了。如果你说了,就等于推倒了一块骨牌,她会怀疑,你和张三有了,和李四有没有,和王五有没有,没完没了。你这一辈子不要想说得清，不要想再安宁。到那时候，说不定就真的不离婚不行了！"

贺丹峰想了半天，还不见英子的影子，那两对真正要离婚的男女，却吸引住了他的注意。一对年纪较大的，大约四十多岁，两个人都不说话，看来已经无话可说了，只有法院的同志在一旁进行着耐心的说服和调节。另一对比较年轻的，却是吵得不可开交。贺丹峰听了一下，都是些鸡毛蒜皮的事，根本上不了台面。法院的同志却不说话，看着他们吵。贺丹峰听不下去，上去劝那男的说："老弟，居家过日子，哪有不磕磕碰碰的事！算了，回去吧，我看弟妹挺贤惠的！"他这一说，那女的"哇"的一声号啕大哭，看样子经不起同情，要把一辈子的委屈都倒出来。那男的恶狠狠地盯住他问："你是谁？那你到这儿来是干啥来了？""我，我……"贺丹峰一时语塞——就是，我是干啥来了？我自己都焦头烂额，哪有资格管别人家的闲事！于是，就急急拔腿走了。

回到家，仍然不见英子和孩子，只有他抄写的书稿在微风中瑟瑟发响。他赶快过去关紧窗子，找一块戒尺压在上面，防止它被风吹散。最近，弟弟考上北京的大学已经上学走了，妹妹结婚以后住在徕远钢铁公司的家属宿舍，把老爸也接过去和他们一起住了，家里再没人了。他给妹妹打电话，问英子和小丫头过去了没有，妹妹说没有。这样看来又跑了，也不知道跑哪里去了。这女人就这毛病，心里不痛快了就跑，也不哼也不说，跑得远远的，叫你去找。

"不管球她！爱跑不跑！她走掉我还清闲。正好借这个时间把书稿抄写完了。"这部《徕远论稿》是他的心血之作，全书四十多万字，已经抄抄改改，几易其稿。他把书稿的目录和内容梗概给钱教授寄了一份，请求指点。钱教授回信说："书稿很有价值，观点新颖，论据平实，建议尽快完成，填补徕远历史研究之空白。"钱教授还告诉他，根据国家恢复高考的有关精神，学校可能将于近期恢复硕士研究生的招考。他建议贺丹峰准备好功课，一旦这事定下来，要他报考他的研究生。贺丹峰自然喜不自禁。

英子可以不管，可小丫头是他的心肝宝贝，不能不找。他又给各方再打电话，但都说没有看见。杨月红问又咋了，贺丹峰就把莲莲的事从头又说一遍。杨月红说，不要管，完了我给写封信再劝劝。还说，她估计，如果没有到别处去，那就是去了新疆，去了她爸那儿。

果然，过了几天，新疆来电话，说英子母女到了他们那儿，大人孩子都很平安。还说，小丫头长得非常可爱。见到英子都有了孩子，他们有了外孙女，心里特别高兴。英子父亲说："山高路远，来一趟很不容易，就让她们在我这儿多住一段时间吧！你安心搞好工作，放假了也过来。"贺丹峰心想，只要她们母女平安无事，他就放心了。

时间过得飞快，转眼两个多月过去了。

这天，贺丹峰又接到英子父亲的电话，说英子和孩子准备近期回来，他和老伴儿准备护送她们回来，有重要的事和贺丹峰说。

"有什么重要的事？还不是英子小肚鸡肠，在她爸跟前告了我的状说了我的坏话，老丈人这是要兴师问罪来了嘛！"

贺丹峰心里虽这么想，但媳妇和丫头要回来，他还是非常高兴非常期待的。毕竟结婚以后还没有分开过这么长的日子！他去商场买了她们母女爱吃的东西和家中要用的，把房屋打扫得干干净净，收拾得整整齐齐。为了给老婆一个惊喜，也为了迎接岳父母大人第一次到徕远，他还特意和他在某单位给领导开车的学生约好，到时候请他开车去火车站接他们。

新疆开往上海的火车，经过徕远是下午三点钟，英子他们坐这趟车来。贺丹峰和他的学生不到两点就到了火车站。他让学生在车上候着，自己买了站台票进到月台上去等。他想只有这样才能在车门打开的第一时间，见到他的宝贝女儿，在那粉嘟嘟的脸蛋上狠狠地亲上几口，以解两个多月来的想念之苦。

塞上的寒风是很凛冽的。中午还暖洋洋的天气，到了下午就起风了，天地也变得混沌一片。列车就在这呼啸的寒风中，缓缓开进车站。

英子他们早早地就在车门旁等候，贺丹峰一眼就看见了他们。他跑步撵了上去，刚到跟前，车门就打开了。是老岳母抱着小丫头，英子和她爸提着东西。贺丹峰先问一声好，欢迎他们的到来，紧接着就从老岳母怀里接过女儿，一边问着亲着，一边引领一家人出了站台。

回到家，他才认真看了英子几眼。发现她瘦了，面色更加苍白。他认为是路途劳累，休息几天就好了，没有太在意。于是一直陪着岳父岳母说话，介绍着徕远和自己家中的一些情况。

晚上吃过饭，英子陪继母到卧室说话去了，老岳父把他叫到书房，关上门，悄悄对他说："有一件事我要告诉你，英子有病了！"

贺丹峰吃了一惊："有病？啥病？"

岳父从包里掏出一个大信封，从里面取出几张单子，递给他看。

贺丹峰展开一看，是新疆当地医院的病情检查报告。他一项项认真地看着，忽然，手一抖，惊叫道："食道癌！"顿时愣在那里。

岳父也沉重地说："就是，食道癌！据医院说，这病时间长了，到我们那儿，我看她不好好吃饭，一碗饭端在手里，半天都吃不完。我问她咋了，她说没啥，就是吃饭有点噎。我看不行，就硬把她带到我们那儿的地区医院去检查，结果是这病。现在还没有告诉她本人呢！"

贺丹峰说："先别告诉她，她心理承受能力太差，怕她知道了受不了，趁你们二老在，帮我把孩子看着，我带她到我们省城的大医院再去复查一下，确诊一下，看是不是这个病，有什么根治的办法。"

岳父说："我和你岳母来，就有这个意思。你们省城的大医院，设备、技术都好，离家也近，抓紧再给复查一下，我们心里也就有底了。"

贺丹峰知道，食道癌，民间就叫噎食病。就是食道发生病变，吞咽功能减弱。岳父所说的英子一碗饭端半天的情况，他也似曾发现过，但因为没有朝这方面想，也就没有在意。现在看来，自己太粗心大意了。

黑城和徕远的人都说，噎食病是气下的，是长期心情郁结爱生气得下的。这话有没有科学根据，不得而知，但英子的病，肯定与这个有关。

她自认识并喜欢上贺丹峰这个人，就将自己的一切都毫不保留地交给了对方，以对方为自己生命的全部寄托和希望。她爱他爱得死去活来，爱得轰轰烈烈。为了爱得纯洁，为了自己的爱不被别人玷污和掠走，她就像一只多疑的小狐狸，时时窥探着周围，时时警惕着身边。如发现有目标靠近，就会毫不犹豫奋不顾身地扑上去，咬对方一个鲜血淋漓。为此，她可以六亲不认，可以得罪从小一块长大的姊妹。她对肖淑娴和贺丹峰关系的调查，她对贺丹峰路线教育房东丫头的怀疑，她和莲莲的反目，都出于这种心理。贺丹峰又偏偏是个行为举止不拘小节比较随便的人。每当她看到他和那些媳妇丫头打打闹闹胡开玩笑的时候，她的心在抖腿发软，恨不得当场发作一通。她性格内向，有话憋在心里。受了委屈，也不给人说，只一个人生闷气。她自知自己是农村丫头，又没有多少文化，和贺丹峰之间存在很大差距，她就想方设法用自己的勤奋、能干、贤惠、体贴来弥补这个差距，用汗水和生命捍卫自己的爱情和婚姻。她本来身体就比较单薄，结婚以后生活环境并不宽松。为了丈夫，为了孩子，为了家，她苦撑苦扒，严重伤害了身体。贺丹峰是爱她的，是体贴她的。但丈夫越是爱她，她越是害怕失去丈夫；丈夫越是体贴她，她越是敏感，越是疑神疑鬼。出于这种心理，她加紧了对贺丹峰的盯梢和监督，不准贺丹峰和别的女人说话，不准贺丹峰不按时回家。这种思想上的高度警觉和烦恼，也加重了她的病情。

贺丹峰和岳父母商量，英子的病和要带她去省城再做检查的事，得给她说。这话由她爸去谈最合适。没有想到，英子很痛快地答应了。看来她对自己的病情已有了解和担心。这样，就做了必要的安顿和准备，买了火车票，贺丹峰就陪着妻子去了省城。

贺丹峰托他同学联系的是省人民医院消化科的尉迟主任。同学说，这是省上消化科方面的专家。他们一下车，同学就带他们去见这个主任。尉迟主任看了新疆拍的片子和下的诊断书，说先住下吧，住下做个全面检查，检查完了才能确诊。于是开了住院条，让英子住了下来。同学问贺丹峰："嫂夫人住下了，你怎么办？不行到我那里凑合几天吧！"贺丹峰说："不了，我得照顾她，她身边再没有人！"同学说："那你晚上睡哪儿？"贺丹峰说："挤她旁边或爬床边上就行了。咱们这种人，啥苦没有吃过！"同学竖着大拇指说："那我走了，改天再过来。"

送走同学，回到病房，英子深情地看着贺丹峰说："老贺，找上我这么个人，糟蹋你了！"贺丹峰说她："看，又胡说开了，是我不好，老惹你生气。"

不想英子竟嘤嘤地哭了起来，而且越哭越伤心。贺丹峰怎么劝都劝不住，后来索性不劝了，让她哭个够！

英子哭，更多的是后悔和自责。她知道她经常发脾气动不动就跑掉不对，但她控制不住自己。自己之所以当初看上贺丹峰，就是觉着他有文化、为人耿直、爱说爱笑，怎么爱着爱着就觉得他的这种性格不好了呢？事实上他们来的几个人，都爱热闹，都喜欢说笑。"一人一个性格。我不能让老贺见了别的女人，把嘴装进兜兜里。他和肖淑娴就是同学关系，他把莲莲就当成我的亲亲的表妹看待，我不该冤枉他，也不该冤枉莲莲！唉，我这是怎么了？我怎么这么糊涂！"

贺丹峰知道英子心里想什么，安慰她说："不要紧，有了病咱们就看，有我哩，啥都不用想，啥都不用怕！那么艰苦的年月咱们都过来了，还怕这点小灾小病吗？"

英子说："我知道。"

医院从第二天就开始给英子做全面检查。主任开了一大堆单子，要贺丹峰去缴费，去预约。贺丹峰看了一下，其中最主要的是 CT 和超声波的检查。他一个项目一个项目地划价交费，一层楼一层楼地跑每一个窗口，完了又陪英子一项一项排队检查。

在没有检查的时候，他就陪英子在院子里散步或在房间里聊天。

英子望着窗外的高楼大厦和车水马龙，问贺丹峰："你那时候就在这里上大学吗？"

贺丹峰骄傲地说："就是。我们的大学离这里很近，几分钟就能走到，啥时候你有精神了，我陪你过去看看。"

英子说："哪一天我没有检查的项目了，你去看看你的老师吧！你写的那本书，你不是说要拿给他看哩嘛！"

贺丹峰说："算了，那个以后再说。现在给你看病是最主要的！"

英子说："不矛盾嘛，你一辈子就这个爱好，我不能拖累你干正事！"

贺丹峰岔开话题，故作高兴地问："英子，你还记得咱们刚谈对象那会儿的事吗？"

英子说："咋不记得，那时候我才十七岁，还瓜着哩，你就给人家送毛主席像章，还借着别像章，摸人家的胸！"

"胡说，那是别像章，手不小心碰着你的胸了，哪敢故意摸！"

英子说："我看你是故意的！"

贺丹峰投降："好，好，故意的，故意的。"又问，"英子，你那次病倒，说魂叫红军勾上去了，是怎么回事？"

英子说："我也不知道。我妈是红军的女儿，我爷爷救过红军，我从小听他们讲红军的故事，听着听着，我觉得我也成红军了。"英子神秘地说，"你还别不信，我经常听到红军唱歌的声音，操练的声音，说笑打闹的声音，集合吹号的声音。在黑城是这样，在徕远也是这样。只不过我没有给你说，我怕把你吓着。"

贺丹峰说:"日有所思,夜有所梦。也可能是你身体不好精神恍惚的缘故。"

"不!"英子说,"我觉得红军的魂就附在我身上了。不然,我妈怀了我,她的嫂子小姑子联手折磨她,想把我打掉,怎么没有打掉哩!"

贺丹峰嘴上说:"可能吧!"心里却无限疼爱地想,英子太单纯了,太可爱了!

经过一个多星期的全面检查,英子的诊断结果出来了。主任把贺丹峰叫到他的办公室,拿着几个单子说:"情况不好,和新疆检查的基本一致:食道癌晚期,已有扩散。回去一个是调节情绪,要放松、平和、高兴,不能生气;二是改变饮食习惯,多吃稀的有营养的,切忌刺激性的食物;三是要注意休息,不能劳累,不能再干重活;四是用药方面,现在没有特效药,用一般的药对她已没有意义。保守治疗吧!"

贺丹峰强打精神问主任:"她还能支撑多久?"

"不好说!"主任同情地说,"一般就是半年。如果陪护得好,保养得好,可能会创造奇迹。唉!就是太年轻了,太可惜了!"

从尉迟主任办公室出来,贺丹峰如坠茫茫云雾之中。脑袋昏沉沉的,心里一片空白,双腿像灌上了铅。他在院子里的一块大石头上坐了下来。好让自己冷静冷静,可还没有冷静下来,眼泪却哗哗地流了下来。

"怎么会是这样?她还不到三十岁。我们结婚也才只十年。虽然丘比特之箭早早地射中了我们,但命运之神却对我们太不公道!太不公道!"

贺丹峰在院子里足足哭了一个小时,害怕英子起疑,藏好各种数据,擦干眼泪,强装欢笑,去了病房。他想,英子没有到过省城,没有见过黄河,没有逛过公园,他要借这次机会,带她到各处去看看。也许这就是她的第一次也是最后一次省城之行了!

六十

龚羡林被省委组织部借调三个月后,正式办理了调动手续。彩虹也被安排进省委子弟小学当教员。近日,他们准备离开黑城,举家迁往省城。

在黑城待了十多年，现在突然要离开，心里总有一些难舍难分。这里虽给他一些伤害和不愉快，但总体上是好的。他在这里经受劳动锻炼，分配工作，入党，提干；在这里恋爱结婚，娶妻生子，组建家庭，完成了由一个无知大学生向社会人的转变，度过了生命中最宝贵的年华。这里的干部群众父老乡亲，接受了他，培养了他，锻造了他，也善待了他，使他由一个外乡人变成了本土人。他和他们结下了深厚的情谊。那些过往的岁月，那些桩桩件件点点滴滴，都在心头。

临走了，得给大家打个招呼。得到有些人家里去看望一下，做一个告别。

他去向县委柳书记做了道别。

特别到组织部陈部长、宣传部马部长、政法委董书记（即原公安局董局长）、县革委会周副主任（即原县委办公室周主任）、县革委会方副主任（即原文教局方局长）、地区知青办李副主任（即原县知青办李主任）、法院张院长等领导的家中去拜望了一下，感谢他们多年来的关爱和支持，表达了依依惜别之情。

一些关系比较好的部局领导和下面的同志，例如：老宋、老张、小寇、向大年等人，他已分别在家中或在外面请他们吃了饭，畅叙了十多年的友情，表达了同样难舍难分的情感。

为了重拾记忆，重拾年华，他已经一个人骑着自行车，跑遍了川区所有的公社。没有给任何人打招呼，没有惊动任何方面，只一个人偷偷地转，默默地体味。每到一地，请人给拍几张照片，在自己曾到过的地方再多看几眼，留下深深的印记和无尽的思念。

他还和彩虹两个人，带着孩子，多次来到黑河岸边，脱掉鞋袜，赤脚浸泡在水里，感受母亲河的温柔、善良、多情和清澈，欣赏两岸诱人的景色和河中嬉戏的水鸟。透过那流淌的碧绿，回想北山后面，一望无垠的戈壁大漠和沙漠里呼啸的塞风。有时候，他们会去河的对岸，背靠巴丹吉林沙漠和三北防风固沙林带，眺望积雪如银的祁连山脉，慨叹它的雄伟壮丽和绵延不绝，遥望在这山脚下的走廊里被风吹干了的岁月。他们想起了骠骑将军霍去病，想起了飞将军李广，想起了历代征战疆场的勇士。在这走廊上，曾留下他们战马的嘶鸣声和刀枪剑戟的铁血身影。他们也想起西路军的西征，想起寒冬腊月那一个个穿着单衣短裤，头上闪着红星的身影。他们也特别留恋这里戈壁大漠长河落日的壮丽图景，聆听驼铃摇过沙海摇过枣林那纵情的歌唱。这片承载着自己青春年华和热血的土地，再次凝视她，抚摸她，不觉心潮澎湃，热泪盈眶。

龚羡林和彩虹把他们最后的告别放在了南滩公社信和大队。这是彩虹的家乡，也是他安身立命成长起步的地方。刚好，肖淑娴要来，想到信和去看看，他和薛得寿商量，自己做东，请大队几个同志和少数生产队长，再约上贺丹峰两口子、郑世荣两口子，大家再聚聚，乐和乐和。薛得寿说："你和彩虹要走，这个东家应该我们来做。时间你定，人你叫，你到时候只拿几斤好酒就行，其他的我们大队准备。"龚羡林一想也行，这事就这么定了。

龚羡林和郑世荣联系，老郑说："肖淑娴要来，你们两口子要走，我肯定要来。但我还是一个人，濮玉林在省城上班，来不了。"龚羡林说："那就你一个人来吧！"

龚羡林又和贺丹峰联系，老贺有气无力地说："我和英子商量商量吧。英子身体不好，还要照顾孩子，肯定来不了；我能不能来，还说不上。完了我给你个准信吧！"龚羡林一听，心里就上火：有什么离不开的，最多一天时间，大家见个面，吃个饭，第二天就回了。老贺这家伙，不知心里又起了啥毛病！

聚会定在三天后的一个星期天。龚羡林让商业局的孔局长给他批了两件绵竹大曲和两条"牡丹牌"香烟，这是黑城市面上能够见到的最高档的烟酒了。星期六下午，他和彩虹带着这些东西提前去了信和。

彩虹的爸妈是不大情愿丫头和女婿调往省城的。他们就这么一个女儿，凡事还靠着她哩。再说，几个外孙都小，在身边还能帮助照顾一下，走了就帮不上忙了。主要还是舍不得丫头。彩虹劝他们："就到省城，又没有出省，交通很方便，我们会经常回来看你们的。等安顿好了，我接你们到我那儿去住住。"慢慢他们也想通了，这是组织上的安排，得为女婿和丫头的前途着想。

团聚的日子到了。第二天一早，龚羡林和彩虹就带着烟酒去了大队。让他们没有想到的是，薛得寿不知从哪里弄了两只羊，正宰了挂在院子里的树上剥皮哩。而宰羊的人竟然是何望林，给他打下手的是他现在的妻子何桂兰！何望林见了龚羡林，笑笑将手中的刀子叼在嘴里，摊开双手，呜呜哝哝地说："手脏着哩，没有办法和你握手！"龚羡林也笑着在他肩膀上拍拍，算是握过手了。何桂兰从厨房里撵出来，一把抱住彩虹，热泪盈眶地说："在黑城待得好好的，为啥又要走哩？"何望林一边干活一边嬉笑着替她回答说:"人家省上要调老龚做大官去哩,你一个小小的黑城咋盛得下人家!"彩虹纠正说:"叔、婶,不是黑城盛不下龚羡林,是人家省上看上老龚写的材料了,是调他下苦去哩,当什么大官!"何望林更加高兴:"对,对,是我说得不对,是下苦去哩。不吃苦中苦,哪为人上人!"说得大家都笑了。

杨在明给龚羡林解释说:"这两口子的羊肉做得好,所以就把他们叫来了。"

张士维补充说:"何望林的坏分子的帽子,是运动中给戴的,有点牵强。现根据本人表现,我们已报请公社批准,给正式摘掉了。"

龚羡林望着何望林说:"喜事啊老何!今天你可要多喝几杯!"

"没问题!"何望林满面红光,高兴而又激动。

他们正说着,薛得寿提着一大塑料桶烧酒从大门外走进来了。

龚羡林迎上去,接过一掂,足有二十斤。

他吃惊地问:"我已经拿了两件,十二斤,你怎么又拿了这么多?你是诚心把我们往醉里灌里吗?"

薛得寿抿嘴一笑:"就这还不一定够哩!你知道,咱这地方的人,喝不醉不算喝。再说,你要走,不把你灌醉一回,啥时候再灌?"

"叫的人多吗?"龚羡林问。

薛得寿说:"原想生产队只叫九队和十队的,结果人家都知道了,都喊着要来,我能把谁不要?"

龚羡林说:"也对。"

这时候,各队队长已陆续来了。九队的万会计手里提了个袋子,沉甸甸的,走到龚羡林身边说:"给你和彩虹烧了些烧壳子(一种面食),今年新打的麦子,存着慢慢吃去吧!"

何桂兰听见了,从厨房跑出来说:"老龚,我还给你做了些面筋哩,听说你爱吃我们黑城的面筋,晚上我给你拿过来。"

龚羡林不好意思地说:"太麻烦了!我今天吃了就行了,还拿什么!"

薛得寿说:"乡亲们的一点心意,你得拿上,这不违反政策,我做主!"

这时,十队杨队长从大门外进来了,后面竟然跟着刘小慧,小慧身边领着一个半大的孩子。

"小慧！"彩虹看见小慧，又惊又喜，"你怎么来了？"

刘小慧说："我已经来了好几天了，听说你们要走，今天大队聚会，我肯定要来了。"

彩虹上下打量小慧，她还是那么文静，那么漂亮。看见昔日闺中密友，如今都嫁为人妇，天各一方，心中不免掠过一丝苍凉和伤感。她指着小慧身边的孩子问："这是你的老大吗？"

"不！"小慧说，"这是我哥哥刘小强的儿子，我的侄子。"

提起刘小强，彩虹心里"咯噔"一下，想起多年前那个傍晚，她在沙枣树后面看到的一幕，想起流氓王茂发的死。这多年来，要不要把那一幕说出去，曾在她心里反复纠结，现在经小慧一提，又泛起了波澜。

刘小慧接着说："我哥给别人开大车送货，在一次前往伊犁的路上，出了车祸，人没了。我把侄子领来，让认认老祖宗的地方，顺便把这里的房产处理一下。"

彩虹问："你是说你哥出车祸了？"

"就是，走了。"小慧说，"在一条弯弯曲曲的山路上，和对面来的车发生碰撞，连人带车翻到几十米深的沟里去了。这房产是留给他的，他不在了，他儿子在，我得处理了交给他儿子，这才是我们刘家的继承人。"

彩虹听说刘小强死了，一个小时候的玩伴没有了，感到异常震惊和难过，内心里那种纠结却早已不存在。她望着小慧说："你们姊妹两个人，这房产应该有你的一半。"

小慧淡然地说："算了。我现在家境还可以，丈夫有固定工作，我偶尔参加一些文艺演出，也有一些收入。我嫂子没有工作，我哥一走，失去了主要经济来源，这往后的路还真不知道怎么走哩！"

彩虹听了心想，好一个深明大义的妹妹！好一个贤惠善良的小姑子！

郑世荣来了，骑了一辆崭新的自行车，说是局里给配的。见了小慧，也一阵惊喜，同时又有些不好意思，不知说什么好。

倒是小慧落落大方，握住他的手问："郑大哥，你的二胡还拉吗？"

老郑说："偶尔拉拉。"

小慧又问："还是骏马奔驰保边疆吗？"问完，自己竟先笑了。

老郑也笑了:"我还能拉啥!"

就是这几句简短的对话,唤醒了逝去的岁月,也唤醒了珍藏在各人心底的情感。彩虹心想,当初龚羡林他们来,大家一起学歌唱歌,排戏演戏,那是多么火热又多么纯真的年代。小慧的小提琴和老郑的二胡合奏,曾感染整个信和大地,至今还在人们的心头回响萦绕。老郑如果当年娶了小慧,真正是珠联璧合,天配的一对!可婚姻就是这么怪,看着能成的就是不成,看着不成的偏偏就成了!真是千里姻缘一线牵吗?真是月老在系红头绳吗?

老郑自当了县畜牧局副局长后,形势大变了。局长是个工农干部,基本不懂业务,但他很会用人,也不揽权,局里业务就交给老郑去管。老郑出身不好,时时夹着尾巴。他懂专业,又爱学习钻研,搞一些事都能搞到点子上,所以受到全局上下的佩服和尊敬。他那个大舅哥,原来死活看不上他,反对他和濮玉林的婚事。没有想到,才几年的时间,这个在湖湾兽防站给牲口看病配种的兽医,竟然进城当了局长。大舅哥好像一夜之间睡醒了,开窍了,腰粗气壮了。老郑见不得这种德行,很少回老丈人家去。大舅哥提出的一些要求,有理的无理的,能办的不能办的,一律答应,一概不办。

彩虹问:"你调省城的事,咋弄下了?"

老郑"啊呀"一声说:"正联系着哩,麻烦得很,哪像你们,不吭不哈就要走了。"

彩虹:"抓紧联系,我和老龚在省城等着你!"

和小慧彩虹寒暄过后,郑世荣来到会议室,和薛得寿、张士维、杨在明、龚羡林等人见面。他告诉龚羡林:"老贺可能来不了了。他来电话找你,找不到,把电话打到我那儿去了。说英子有病,家里有事,不一定能来。让我告诉你们。"龚羡林说:"这家伙就这样,前几天我打电话,就没个准信,现在还是这样。能来你就说能来,不能来你就说不能来。模棱两可,叫人等也不是,不等也不是。"

就在这时,彩虹和小慧进来报告说,看着老远的路上,好像是肖淑娴来了。龚羡林和郑世荣一听,急忙跑出去迎接。

来的正是肖淑娴,还领着她小小的儿子。

彩虹和刘小慧跑上前,和她热情地拥抱,问寒问暖。肖淑娴和孩子是坐火车过来的,下了火车坐班车到信和路口。彩虹挽着她的胳膊,小慧牵着孩子的手,像迎接远道而来的姐妹，来到大家面前。

肖淑娴见了龚羡林和郑世荣，还没有说话，就热泪长流。

老龚老郑知道，这是因为陈老师不幸去世，她心里难过。如果说在此之前，她强忍悲痛，不曾流泪的话，那么今天回到信和，见了这么多乡亲和老同学，她感情的闸门却再也关控不住。

薛得寿握住她的手说："肖老师，陈老师的事情我们都知道了，太不幸了！你节哀顺变吧，今后，这在场的都是你的亲人！"

一句动情的话，把大家的心说得酸酸的，暖暖的。见过陈老师的人，都想起他那和蔼可亲的样子。

张士维见人到齐了，招呼大家入座。

他们在会议室里摆了三张大桌子。让大队的同志和龚羡林、郑世荣坐一桌，让各生产队的队长坐一桌，让其他人员坐一桌。

薛得寿今天显得特别高兴，甚至有些激动。他看大家都坐好了，端起一杯酒离开座位，鞠身将酒洒在桌前的空地上，洒了个半圆，然后说："这杯酒就让我们祭奠已经远在天国的陈老师的亡魂！让我们永远记住他，记着他对信和的一片情义！"肖淑娴泪流满面，连声感谢薛书记，感谢乡亲们！

薛得寿回到座位，正式主持团聚会开始。

他说："老龚被省委组织部调上去了，要离开黑城了，彩虹也要走。提出来想和大家再聚一聚，还拿来了好烟好酒，我让我山里的亲戚拉两只羊过来，今天咱们就吃黄焖羊肉喝绵竹大曲，为他们送行。老郑同志最近被提拔当了县畜牧局的副局长，我们向他表示祝贺！听说老贺贺丹峰同志也当了徕远中学的副校长兼教导主任，这都是让我们信和人高兴的事情。老贺今天没有来，但我们要把大家的祝福传过去。今天，特别令人感动的是，肖淑娴肖老师领着儿子过来了，过来一是为和大家团聚，二是回信和娘家看看。看看她曾经劳动锻炼过的地方，看看她日思夜想的乡亲们。我们应该给她鼓掌，表示欢迎和感谢。"

大家鼓掌。肖淑娴又一次站起来向大家鞠躬致谢。

薛得寿接着说："大家在即将离开的时候，还能想着要来看看我们；已经离开的人，还能想着时间长了回来看看，这说明大家对我们信和是有感情的，也说明我们信和人是有情有义的,是值得大家记挂的。你们能来,既是我们之间深厚情谊的体现,也是对我们大队党支部工作的肯定,对我们这些人人品的肯定。我要代表信和大队和乡亲们,向你们表示感谢!"

薛得寿接着说:"古人说,相见时难别亦难。临别了,有些话我还想再说说。你们几个到我们黑城来,到我们信和来,可能是老天爷的安排。我们这里是边塞地区,偏远落后,条件艰苦。你们不但不嫌弃这个地方,还扑下身子来吃苦受累,和我们一同摸爬滚打,和我们一同战天斗地,完全把自己当成了这片土地的主人。你们和贫下中农打成一片,帮助我们大队工作,开展教育活动,排演文艺节目,活跃农村文化生活。你们还被县上抽调,参加了全县路线教育、战备考察、知青工作和积案的侦破,不但锻炼了自己教育了自己,反过来又使我们两级干部和广大贫下中农受到了教育。你们从信和的土地上走出去,一个个成了党的事业的骨干力量,这是我们信和的骄傲!我们为你们所取得的成绩而感到由衷的高兴和自豪!希望你们不管走到哪里,不管做了多大的官,都要守住自己的根本,心里想着人民。要敢于坚持真理,主持公道,伸张正义,替人民说话,为人民办事。到了大城市,身份和地位变了,但不要把在这里劳动锻炼的成果和在县上工作的收获给丢了!清清白白做人,认认真真做事,争取更大的光荣!另外,不要忘了信和这个地方,不要忘了今天吃过的羊肉喝过的酒,常回来看看!"

薛书记的讲话赢来一片热烈的掌声和欢呼声。

在热烈的掌声中,薛得寿端起一杯酒,脖子一仰,很豪气地喝了下去。不知是情绪激动还是被酒呛的,眼角竟溢出眼泪。

龚羡林上前,和他紧紧地拥抱在一起。

杨在明不失时机地端上来一大盆黄焖羊肉,并大声说:"羊肉来了,先吃肉,吃好了再喝!"

龚羡林推开羊肉盆,也端一满杯酒站起来说:"非常感谢乡亲们的深情厚谊,感谢薛书记在我们离开或将要离开的时候,说这么多掏心窝的话!他的话,使我又一次感受到信和这片土地的温暖,感受到乡亲们对我们的肯定、鼓励和鞭策。我会永远记住这些话,并按你们的要求和期望努力去做。"

龚羡林接着说,"我之所以把我们的告别聚会放在信和,是因为这里是我的第二故乡，我是从这里走出去的人。我必须在离开黑城之前，来看看乡亲们，向你们作个告别。在这里，我要反复表达的一个意思是，感谢信和的领导和社员群众对我的厚爱！没有你们的关心、爱护和帮助，就没有我龚羡林的今天！我和老贺都是信和的女婿，老郑是湖湾的女婿，我们无论走到哪里，也是要来拜望老丈人和丈母娘的！我们都会记着信和的建设和发展，都会以一己之能，回报、支持第二故乡的社会主义革命和建设事业。"

在龚羡林说话的时候，肖淑娴悄悄地问彩虹："老贺怎么没有来？"

彩虹说："请了，老龚给打的电话，说英子有病了，来不了。"

"英子年纪轻轻的，能有啥病？"肖淑娴又问。

"不知道，老贺没有说。"彩虹说。

龚羡林讲完话，要彩虹和他一起给大家敬酒。三个桌子敬完，张士维说："你们就要走了，给大家再唱一段吧！"

薛得寿说："让老龚和彩虹先吃些羊肉，我'挡一专'，完了他们再唱。"

杨在明高兴地说："对，对，让薛书记先'挡一专'！"

于是，吆五喝六的喝酒便正式开始了。书记出马打头阵，队长们群情高涨，跃跃欲试，一个个使出了浑身的本事。只听有的划的正规拳："哥俩好呀，七个老巧，八台坐上……"有的划的螃蟹拳："一只螃蟹八只脚，两头弯弯这么粗的角，六六六，该谁喝？五魁手呀，该我喝！"有的划的尕老汉拳："一个尕老汉哟哟，七十七里嘛哟哟，再加上四岁者叶子儿青，八十一里嘛哟哟。点子圆，你喝上，十满堂，我喝上！"真是五花八门，精彩纷呈。

龚羡林边吃羊肉边给杨在明说："把大队的小提琴和二胡取出来，让小慧和老郑先来几曲器乐合奏，我再喝两杯酒，等嗓子喝开了再给大家唱。"杨在明"好嘞"一声就去库房取东西去了。

杨在明把乐器拿来，直接塞到郑世荣和刘小慧手里。龚羡林笑着说："你们先开始吧，骏马奔驰保边疆！"两个人也不好意思再推辞，于是开始了十年之后的又一次合奏。一时间，激越的马蹄声响遍全场，给人一个昂扬奋进的音乐享受。

合奏完毕，小慧在老郑的二胡伴奏下，演唱了苏联歌曲《红莓花儿开》。那少女暗恋少年的甜蜜而又羞涩的情愫，从小慧的嘴里流淌出来，别有一番意味，彩虹、龚羡林和老郑都听着会心地笑了。

彩虹在二胡和小提琴的伴奏下演唱了《花儿为什么这样红》。唱到中间，龚羡林也加进去了，变成了夫妻二人的二重唱。唱罢，龚羡林给大家解释说，小慧唱的《红莓花儿开》是苏联经典歌曲，彩虹唱的《花儿为什么这样红》是我国著名电影《冰山上的来客》的主题曲，这都是深受广大人民群众喜爱的歌曲，绝不是什么修正主义和资产阶级的东西！

大家说："好听，好听。老郑再来一个！"

老郑在小慧的伴奏下，演唱了《毛主席的战士最听党的话》。短促的旋律，铿锵有力的节奏，把会场气氛烘托得更加轻松明快。

最后，龚羡林提议，全场共同合唱《敬爱的毛主席》，大家一致同意。老郑、小慧的音乐声响起，龚羡林、彩虹带领大家齐声高唱："敬爱的毛主席，敬爱的毛主席，你是我们心中的红太阳，你是我们心中的红太阳。我们有多少知心的话儿要给你讲，我们有多少热情的歌儿要给你唱。千万颗红心向着北京，千万张笑脸迎着红太阳……"

席毕，张士维还安排大队学校的邓老师给大家照了合影照。

第二天一早，龚羡林和彩虹就拖儿带女上了东去的火车，离开了信和，离开了黑城。当他们看着熟悉的戈壁瀚海、大漠孤烟——从身边闪过时，眼眶又一次湿润了。对新生活的向往和对旧地的留恋，在交相折磨着他们的心。晓月如玉盘，静静地挂在淡淡的天幕上，挂在如银蛇般静卧的祁连雪峰的胸前。天幕如长河，雪峰似银簪，在他们眼前，又勾勒出一幅更加广阔更加空灵的图画。

龚羡林和彩虹到了省城以后，找了一个周末，去凤铃客车厂女子监狱，探视了王正珍。王正珍气色很好，面庞白里透红，人好像还胖了一些。管教干部告诉他们，说她来了以后一直表现很好，被评为年度优秀服刑人员，已获多次表扬。王正珍见龚羡林和彩虹来看她，激动得热泪长流泣不成声。彩虹给她说了临走去看她母亲的情况，说王妈妈一切均好，现在就是盼着女儿能够好好服刑，争取早一点回去看她。龚羡林鼓励正珍说："你还年轻，有着美好的明天，要增强生活的信心和勇气，争取早一点出去。"王正珍抹一把眼泪，轻轻点头。彩虹说："需要啥东西，我在外面给你买。我会过一段时间再来看你的。"

几个月之后，贺丹峰来信，说可怜的英子，终因久病不治，已于近日在家中去世。英子在得知自己的病不能再好的时候，非常绝望。按说最艰难的日子已经过去，这些年生活刚有好转，应当放下负担过两天好日子。可谁知老天不公，偏偏给这个聪明伶俐的农村姑娘安排了这种命运！在病情加重的那些日子里，她不让贺丹峰离开她一步。本来瘦弱的身体，由于疾病的折磨，已枯瘦如柴，睡在病床上很疼，她就让贺丹峰白天黑夜抱着她。在医院住了一段时间，自知病势沉重，她要求把她接回家里，回到家，她对贺丹峰说："咱们恩爱一场，现在我的病好不了了，咱们一块儿死吧！"贺丹峰劝她："你不要多想，好好养病，总会好的！"她见贺丹峰没有想和她一块儿死的意思，拼着全身的力气，猛地卡住贺丹峰的脖子，嘴里叫道："我要你和我一块儿去死！我要你和我一块儿去死！"贺丹峰还没有怎么反抗，她自己早已气喘吁吁昏了过去。贺丹峰又是心疼又是难过又是无可奈何，只能暗自痛苦流泪。当天夜里，贺丹峰由于过度疲劳，不知不觉睡着了。待他惊醒，英子倒在地上，已气绝身亡。只见衣橱里她平时最爱穿的和没有舍得穿的几件衣服，被剪成条条块块，撒落一地。贺丹峰捶胸顿足，号啕大哭，泪雨滂沱……

龚羡林在电话中说他："这个情况，你为啥不早告诉我和彩虹？我们好去看她！"贺丹峰说："她不让我给你们说，你们信和聚会，她也不让我去！"

龚羡林劝他："已经这样了，你就不要太难过了，想开一些吧！我和彩虹如果有机会到徕远去，就去墓上看她，如果你有空，就到省上来散散心吧！"

贺丹峰说："她走了，我的心也被带上走了。现在，我谁也不想见，哪里也不想去。除了教学，就把自己关在家里，想啊想，怎么也想不清楚！"

"那你总得从这种情绪中走出来啊！"

"是啊，我还准备考钱教授的研究生，让我慢慢来吧！谢谢你，老龚！照顾好彩虹！"

郑世荣通过娜仁联系调省厅的事，目前没有什么进展。娜仁认识的那个人，好像就是她的初恋。但这个人在娜仁联系的时候，已被告知，下派到厅下属某良种培育场当副场长了。这样，这条线就算断了。濮玉林一心扑在工作上，对此好像并不十分着急，郑世荣每每催她，她总会说："不着急，我想总会有办法的。"看来他的分居生活还得继续过下去。

肖淑娴所在的陇城农大，经过数年争取，终于获得国家和省上批准，要从青牛镇农村迁来省城安家落户了。据说，办公楼、教学楼和宿舍都已经盖起来了。在前不久开始的教师职称评定中，肖淑娴被评为讲师，属中级技术职称。

娜仁格尔勒正在联系陇省的司法部门，她想做一个专职律师。按面试和笔试的情况，录用、接收不会有啥大的问题。她之所以想到陇省来，一是陇省政法部门正在大量进人，机会难得；二是到了陇省，可以和郑世荣、濮玉林、龚羡林、郁彩虹这些人在一起，还可以经常去看王正珍。经过这些年的认识和交往，她觉得这都是些正直、善良、有爱心的人，和这些人交朋友，灵魂不会受到污染，生活充满情趣。她向往纯真无邪、充满诗情画意的生活。

龚羡林写了一首诗，他让音乐家给它谱上了曲。诗的题目是：《长河》

　　大漠孤烟直，
　　长河落日圆。
　　回望归来路，
　　塞风阵阵寒。

　　大漠孤烟直，
　　长河落日圆。
　　历史在奔腾，
　　十年一瞬间。

　　大漠孤烟直，
　　长河落日圆。
　　生命火不熄，
　　真情永流传。
　　生命火不熄，
　　真情永流传！

2018 年中秋完稿

2019 年春节改定